D1218452

LE JARDIN DE BADALPOUR

Kenizé Mourad est née à Paris. Parallèlement à ses études de psychologie et de sociologie à la Sorbonne, elle effectue de longs séjours en Inde et au Pakistan. Dès 1965, elle commence à faire du journalisme free-lance jusqu'en 1970, date à laquelle elle rejoint *Le Nouvel Observateur*. Elle y restera douze ans comme spécialiste du Moyen-Orient et du sous-continent indien. Elle couvrira notamment les révolutions iranienne et éthiopienne ainsi que les guerres du Liban. En 1983, elle quitte le journalisme pour se consacrer à l'écriture. Après avoir enquêté en Turquie, au Liban et en Inde pour les besoins de son roman, elle publie *De la part de la princesse morte* (Grand Prix des lectrices de *Elle* 1988), qui raconte l'histoire de sa famille.
Le Jardin de Badalpour ouvre un second volet de cette saga.

KENIZÉ MOURAD

Le Jardin de Badalpour

ROMAN

FAYARD

D'abord, tu fus minéral,
puis tu devins plante;
ensuite tu es devenu animal :
comment l'ignorerais-tu ?
Puis tu devins homme.
Quand tu auras transcendé la condition
d'homme, tu deviendras, sans nul doute,
un ange.
Dépasse même la condition angélique :
pénètre dans l'Océan,
afin que de goutte d'eau tu puisses devenir une mer...

Djalâl Ud-Dîn Rûmî.

PROLOGUE

Un sourire illumine son visage d'oiseau :
— C'est bien que vous soyez venue !
Ses yeux noirs sont devenus pâles, comme voilés par la brume du grand large qui court à sa rencontre. Il est si maigre... Son nez en bec d'aigle, que j'ai toujours aimé et qu'il m'a légué, en bec de moineau beaucoup moins aristocratique, aspire avec difficulté l'air moite de cette fin d'été. Dehors, les arbres se tordent sous la pluie, la mousson est en avance.
— Approchez... plus près.
Sa main décharnée a pris la mienne, l'agrippe, fragile telle une main d'enfant. Je la serre doucement, essayant avec toute l'intensité dont je suis capable de lui communiquer ma force.
— C'est bien que vous soyez venue, répète-t-il en fermant les yeux, apaisé.
Debout près du lit de fer, je regarde avec une stupéfaction indignée ce corps squelettique. Comment l'a-t-on laissé en arriver là ? Pourquoi m'avoir prévenue si tard ? Les images me reviennent, de ces morts vivants de l'Ogaden, dans le sud de l'Éthiopie, où mon journal m'avait envoyée « couvrir la famine ». C'était l'année suivant la révolution qui avait renversé le Négus [1]. Nous avions parcouru

1. Hailé Sélassié Ier, empereur d'Éthiopie déposé en 1974.

des centaines de kilomètres dans le désert parmi des carcasses desséchées dont nous ne savions pas toujours si elles étaient de bêtes ou d'humains, avant d'atteindre ce camp de réfugiés tenu par la Croix-Rouge. Il y avait là quelque dix mille Somaliens qui avaient fui la guerre pour venir mourir de faim, de soif, d'épuisement à l'ombre du drapeau rouge et blanc. Armée de mon calepin, j'avais honte, me sentant moins témoin que vautour, chargée d'arracher çà et là des images bien poignantes à l'intention de populations trop nourries qui s'ennuyaient. Longtemps pourtant j'avais cru que par le témoignage on pouvait faire bouger les choses, ayant fait mienne cette phrase inscrite sur les murs de Paris en mai 68 : « Seule la vérité est révolutionnaire ». Je le croyais de moins en moins, ayant éprouvé combien la description de la misère et de l'injustice pèse peu, face aux égoïsmes baptisés « réalisme » ou « intérêts supérieurs ».

Une infirmière est arrivée pour changer les draps et le *kurtah* [1] souillés. Je m'apprête à sortir. Il me retient : « Attendez... », et, sur un ton de fierté :

— C'est ma fille, elle est écrivain, elle vit en France...

La femme me dévisage : comment cette *Ingrese* [2] peut-elle être des nôtres ?... Pour lui faire plaisir elle opine admirativement.

De l'autre côté du lit, tante Zahra, sa sœur cadette, arrivée du Pakistan, me fait signe de rester. Je décline. Je ne veux pas voir sa nudité.

Dans le couloir des dizaines de gens sont assis ou étendus par terre. Ce sont les familles des malades. Ils vivent là des semaines, parfois des mois, encombrants mais indispensables car ils relaient les

---

1. Tunique, en langue urdu. L'urdu est une langue de l'Inde du Nord, composée d'arabe, de persan et de sanscrit. Elle est très semblable à la langue officielle l'hindi, sauf qu'elle s'écrit en caractères arabes.
2. *Ingrese :* Anglais en langue urdu.

infirmières débordées. Je retrouve mon demi-frère Muzaffar et sa nouvelle épouse, la troisième. Musulman, il aurait pu se dispenser de divorcer et garder ses trois femmes, mais c'est un homme moderne, un intellectuel : la preuve, toutes ses épouses sont des hindoues [1], fait rarissime en Inde où ni les religions ni les castes ne se mélangent.

La nouvelle épouse est petite et mince, voix douce et menton volontaire — peut-être tiendra-t-elle plus longtemps que les autres ? Il faut dire que Muzaffar est un don juan, avec son visage de dieu sombre. Il ressemble extraordinairement à mon père lorsqu'il était jeune. Je ne connais pas de femme qui soit restée insensible à son charme.

Il est le fils aîné de la seconde épouse, celle qui remplaça ma mère, morte quelques mois après ma naissance. « Remplacer » est un grand mot. Je crois que mon père n'a jamais aimé que ma mère : partout dans la maison ses portraits trônent, jusque dans la chambre à coucher, à côté du lit. Voilà qui ne devait pas plaire à rani [2] Shanaz, mais celle-ci était réaliste : que pouvait-elle contre « l'Européenne » ? Et puis, l'amour est une notion occidentale ; l'important était que mon père lui fût attaché. Pour ce, elle lui donna trois fils.

Il n'en reste qu'un et demi.

Le plus jeune, Nadim, que nous surnommions Gouddou, médecin en Angleterre, s'est suicidé en s'étouffant dans un sac de plastique. Le second, Mandjou, le plus beau et le plus intelligent, a décidé, à quinze ans, de s'enfermer dans la schizophrénie : cela fait trente ans qu'il ne parle plus. Pour faire bonne mesure, il s'est jeté un jour du haut de la terrasse et il est maintenant cassé de partout. Pour l'heure, Muzaffar est le seul à avoir

---

1. *Hindou* désigne la religion ; *indien,* la nationalité. Les Indiens sont partagés entre hindouistes, musulmans, bouddhistes, chrétiens, parsis, etc.
2. *Rani :* épouse du radjah.

échappé à la névrose familiale. C'est sans doute parce qu'il est le fils aîné et, à ce titre, le seul auquel on ait donné quelque importance. Né à l'époque des maharadjahs, il était le prince héritier de l'État de Badalpour et a été élevé comme tel. Je me souviens d'une photo de lui, reçue lorsque j'avais cinq ans, avant qu'un lourd silence ne s'abatte sur ma famille indienne. Elle représentait un gros bébé rieur assis tout nu sur un trône.

Nous tombons dans les bras l'un de l'autre sous le regard approbateur de la nouvelle épouse. Il a les yeux rouges. Ce n'est ni le lieu ni le moment de le lui demander, mais pourquoi diable ne m'a-t-il pas téléphoné? C'est son fils Mourad qui a pris l'initiative de laisser un message sur mon répondeur, par miracle branché : « Je pense que vous devriez savoir qu'Abadjan [1] est au plus mal. » Mourad est mon préféré, il venait de passer trois semaines avec moi en France. Sinon, aurais-je même été prévenue?

Dans l'affolement, j'avais cherché à obtenir une place d'avion. Il fallait que je voie mon père, il le fallait absolument, il ne pouvait mourir sans que nous nous soyons parlé, sans qu'enfin je sache pourquoi... Mais il n'y avait plus de place sur Air France ni sur la Pakistan Airlines. Finalement, Air India avait accepté de m'inscrire sur une liste d'attente. A présent, le visa : j'avais couru jusqu'au consulat, bondé comme à l'habitude. Au bout de deux heures d'attente, j'étais enfin parvenue au guichet. L'employée avait longuement examiné mon passeport. « Il faut que j'en parle au consul... Revenez demain. — Impossible! Mon avion part à l'aube! »

Inébranlable, elle avait secoué sa longue natte huilée. « Revenez demain. » Quelle mouche l'avait piquée? J'avais un passeport français parfaitement en règle. Soudain, j'avais compris : « C'est parce que j'ai un nom musulman, n'est-ce pas? Je suis peut-être une terroriste? Si je m'appelais Dupont ou

1. « Père aimé et respecté » en urdu.

Sivananda, il n'y aurait aucun problème ? » Et, tremblante de rage, j'étais sortie sous les regards réprobateurs de tous les babas cool en jeans dépenaillés qui allaient chercher la sagesse au pays de la tolérance.

En désespoir de cause, j'avais téléphoné à un ami indien proche de l'ambassade ; quelques heures plus tard, j'avais mon visa. Le lendemain, je m'envolais pour Bombay.

Je suis arrivée juste à temps.

Je pense à tous ceux qui n'arrivent jamais, qui chaque jour se heurtent au racisme, aux incohérences de l'administration, sans aucun moyen de se défendre. J'ai la chance d'avoir un pied de chaque côté de la barrière, d'appartenir à la fois au monde développé et au tiers monde, j'ai la chance d'être une privilégiée qui a connu l'injustice et le mépris et qu'écorchent toutes les injustices et tous les mépris.

Mon père aussi s'est toujours battu contre l'injustice. Lorsqu'il a perdu son État, à la suite de la réforme de 1952, il a continué sa lutte en envoyant des « points de vue » aussi fulminants qu'argumentés aux journaux locaux. C'était un moraliste, il croyait à la force des idées. Ou du moins il y avait cru et refusait d'abandonner. Mais, au fond, croyait-il encore en quelque chose ? J'en doute. De ma vie je n'ai vu visage aussi tragique que le sien.

Cet homme de justice n'avait pas été juste envers ses enfants. L'a-t-il compris lors du suicide de Nadim qui s'était exilé dans la froide Angleterre parce qu'à la maison, étant le plus jeune, on lui reconnaissait à peine le droit de respirer ? Révoltée par la réaction première de mon père — « Comment a-t-il pu Me faire cela ? » —, je lui avais écrit : « Nous n'avons pas su le comprendre. Sa mort est notre faute à tous. » J'avais eu envie d'écrire : « Votre faute. Vous l'avez toujours ignoré, vous n'aviez d'yeux que pour votre aîné ! Et si notre cadet, Mandjou, a lui aussi, à sa façon, quitté ce monde, ce n'est pas par hasard. Et si moi... mais sur vous et moi, il y aurait tant à dire... » Je n'avais pas eu cette cruauté.

L'a-t-il néanmoins compris ?

Après la mort de son fils, il avait peu à peu cessé de s'alimenter. Je ne le savais pas, je n'étais pas là. Si j'étais venue, comme chaque année, pour son anniversaire, peut-être ne serait-il pas en train de mourir ? S'est-il senti abandonné ? Mille autres choses me retenaient à Paris... rien ne me retenait à Paris.

Pourtant, je savais combien il tenait à ma présence. Mais il n'aurait jamais insisté : depuis longtemps, il n'osait plus se sentir de droits sur moi ; tout ce que je lui donnais, il le recevait désormais comme un cadeau. Il était si heureux, si fier de ces réunions de famille que j'organisais en son honneur, lui, le radjah [1] de Badalpour qui avait connu tous les honneurs. Il jouait le jeu : comme un enfant, il ouvrait les paquets colorés, s'extasiait devant les babioles que nous avions dénichées au grand bazar, puis, avec application, gonflait ses joues creuses pour souffler les bougies d'un maigre gâteau au chocolat. Il se sentait aimé et en était reconnaissant : jamais personne auparavant ne lui avait fêté son anniversaire.

Je ne l'avais pas réalisé à l'époque, mais le 13 janvier, jour de sa naissance, était aussi le jour anniversaire de la mort de ma mère. Ma mère qui adorait plaisanter et quitta ce monde le 13 janvier 1942, date de l'expiration de son permis de séjour en France. Lorsque, il y a des années, je découvris ce permis au milieu de vieux papiers, j'en suis restée pétrifiée, partagée entre l'horreur et l'ironie devant ce pied de nez adressé à la rigueur administrative par une femme qui était la fantaisie même.

1. Souverain d'un État, plus petit que celui d'un maharadjah, titre plus récent donné par le colonisateur anglais. A l'origine ces titres sont hindous et correspondent au titre de *nawab* pour les souverains musulmans, mais il y a dans le nord de l'Inde beaucoup de radjahs musulmans.

14

Peut-être est-ce depuis que je ne crois plus au hasard des dates. Le seul homme que j'aie aimé parmi tous ceux dont je suis tombée amoureuse, né comme moi un 14 novembre, s'est marié, avec une autre, un 15 juin, jour de mon anniversaire officiel, qu'il ne connaissait pas. J'ai en effet la chance d'avoir deux anniversaires, comme j'ai eu la chance d'avoir trois pères et quatre mères, ce qui fait beaucoup d'enterrements.

L'infirmière est ressortie de la chambre :
— Il veut vous voir, mais ne vous attardez pas, il est très faible.

Discrètement, ma tante s'est éclipsée. Me voici avec lui, seule pour la première fois depuis longtemps, sans la famille, les amis ou les domestiques qui, à la maison, formaient un perpétuel ballet, convaincus comme on l'est en Orient qu'il n'est rien de pire que de laisser seuls ceux qu'on aime.

Je me penche sur son beau visage émacié, caresse son front humide, doucement, comme s'il était mon petit garçon malade, et j'embrasse ses pauvres mains bleuies par les perfusions. Jamais auparavant je n'ai osé tant de familiarité. J'ai envie de le prendre dans mes bras pour le rassurer, de le bercer, mais je crains de lui faire mal, il est si fragile... Alors je prononce ces mots que dans ces moments nous prononçons tous : « Daddy chéri, tout va s'arranger, vous allez guérir », me maudissant de faire ainsi insulte à son courage, à son intelligence. Mais puis-je lui dire : « Daddy, vous allez mourir, je suis là pour vous aider » ? Comment évaluer le degré de force et de lucidité d'un être parvenu au seuil de la mort ? Sa vie passée ne nous permet jamais de juger de ce qu'il est alors capable d'entendre.

Il m'a attirée à lui, il essaie de me parler, mais de ses lèvres desséchées ne sortent que des murmures inaudibles. Penchée sur son visage, je tente de comprendre tandis qu'il s'essouffle, ses yeux dans les miens, implorants. Je ne comprends pas, je ne comprends rien, je n'en peux plus de sa souffrance. Alors, lâchement, je fais semblant :

— Oui, mon Daddy, oui.

Il s'est tu et me regarde intensément. Il attend.

Et moi qui ne sais que répéter : « Oui, mon Daddy », tout en caressant ses cheveux, comme on le fait à un enfant pour le calmer.

Découragé, il s'est laissé retomber sur ses oreillers, les yeux remplis d'une tristesse immense. Que ne donnerais-je pour le comprendre, pour l'arracher à cet enfermement qui est déjà la mort. Comment puis-je être sourde aux derniers mots de mon père, des mots venus du plus profond de lui, au moment où il se sait partir ? Au moins devrais-je deviner... ou est-ce que je préfère ne pas entendre... par peur d'avoir mal... ou parce que j'ai envie, une envie monstrueuse de me venger ?

De me venger ? Mais je l'aime !

— Je vous aime, mon Daddy, ai-je murmuré à son oreille. Je vous aime, je...

Il a détourné la tête, il ne m'écoute plus, comme s'il savait qu'au-delà des paroles, des gestes, des pleurs... Comme s'il savait quoi ? Que sait-il que moi-même je ne sache ?

Soudain, tout mon amour s'est figé. Sur le masque du moribond, un autre visage s'est greffé, et sont remontées en moi, lancinantes, d'anciennes envies de meurtre.

La porte s'est ouverte, une infirmière s'affaire autour du lit, dans un ballet de tubes et de fioles. Puis entre un médecin à l'air docte et soucieux qui, après avoir pris le pouls du malade, me met dans la main un appareil :

— C'est un masque à oxygène, il faut le tenir plaqué en permanence sur son visage, sinon le cœur risque de s'arrêter.

Et il sort d'un pas rapide pour esquiver toute question.

L'appareil de vie... Délicatement, je le pose sur la bouche et les narines pincées. Il s'agite, fait non de

16

la main, j'insiste et, l'estomac noué, suis le mouvement de la tête qui tente de se dérober, mais il continue à se débattre... Que suis-je au juste en train de faire ? Est-ce que vraiment je lui donne la vie ou est-ce que je l'étouffe ? Le médecin prétend que c'est sa seule chance, il faut continuer. Révulsée, les larmes aux yeux, je maintiens de force le masque en dépit de ses dénégations de plus en plus faibles. Comment puis-je le torturer ainsi ? Pour son bien, pour qu'il guérisse, dit le médecin. Guérir de quoi ? Il n'y a rien à guérir, il n'est pas malade. Il n'a simplement plus envie de vivre.

J'ai ôté le masque, je l'ai pris dans mes bras et l'ai serré doucement pour le rassurer, lui dire combien il est aimé. C'est cela, son oxygène. Si nous l'aimions vraiment, s'il en était sûr, peut-être voudrait-il vivre encore ? Les gens âgés meurent surtout de manque d'amour. Ce matin, il était si heureux de me voir, il avait recouvré la force de parler et de sourire, alors que, depuis une semaine, il se trouvait dans un semi-coma. Si je restais avec lui ? Je suis bien, à Lucknow, maintenant que nous nous sommes, tacitement, réconciliés... Nous pourrions même séjourner à Badalpour, dans le vieux palais au milieu des champs de canne à sucre. Badalpour, le berceau de la famille où je me sens en paix, enfin chez moi après tant d'années d'errance.

— Dès que vous serez guéri, Daddy, voulez-vous que nous allions ensemble à Badalpour ? Nous y passerions l'hiver. C'est si beau, la campagne, en hiver.

Il a ouvert les yeux et m'a donné son regard, et ce regard était d'une douceur si intense que, soudain, plus rien d'autre n'a existé. Nous n'étions plus dans la sordide chambre d'hôpital d'une métropole étouffante, il n'était plus le vieillard agonisant veillé par sa fille éplorée, il était à nouveau le séduisant radjah de Badalpour, le père encore jeune que j'avais connu à l'âge de vingt et un ans et que j'avais tant aimé et tant haï.

A cet instant seulement j'ai compris ce que, tout à l'heure, il essayait de me dire, un mot qu'inconsciemment j'attendais depuis trente ans mais qu'aussi je ne voulais pas entendre, un mot tout petit, mais pour nous deux immense : « Pardon. »

Le lendemain matin, lorsque nous arrivons, c'est le grand branle-bas dans la chambre. Médecins et infirmières entrent et sortent, l'air affairé. Il est retombé dans le coma, on installe l'appareil de réanimation.

Nous avons enfin la permission d'entrer. Tandis que Muzaffar prend le médecin à part pour un entretien « entre hommes », tante Zahra s'est placée à la tête du lit et s'est mise à prier. Toute la matinée elle restera debout, immobile, égrenant silencieusement le *tesbih* [1]. Pas un instant elle ne regardera son frère, sans doute parce que cela lui fait trop mal — de dix ans sa cadette, elle a toujours éprouvé pour lui une totale adoration —, mais surtout parce qu'elle sait qu'elle ne peut plus rien faire, que désormais tout est entre les mains d'Allah.

Et moi, devant ce pauvre corps branché de partout, qu'une infirmière vient ausculter toutes les quinze minutes, je ne ressens plus qu'indécence. Le médecin ne nous a pas caché que ce n'était qu'une question d'heures ; ne peut-on le laisser tranquille, lui permettre de mourir dignement ? Je me suis assise à son chevet, lui ai pris la main pour lui communiquer un peu de chaleur — on prétend qu'un être dans le coma perçoit bien plus qu'on n'imagine, il ne faut surtout pas qu'il se sente seul.

Les heures passent, immobiles. Je lui murmure à l'oreille des mots tendres qui trouveront peut-être à se frayer un chemin vers ce qui lui reste de conscience, et l'accompagneront dans son terrifiant voyage.

1. Chapelet mulsulman dont chacun des quatre-vingt-dix-neuf grains correspond à un attribut de Dieu.

Vers midi, l'infirmière venue prendre sa tension, s'affole : le pouls est de plus en plus faible. Un médecin accourt, puis un autre, la chambre à nouveau se remplit, on prépare un nouveau goutte-à-goutte. Mais le médecin-chef qui l'ausculte s'est relevé :

— Ce n'est plus la peine. Tout est fini.

Alors, à ma stupéfaction, tante Zahra, jusque-là si digne, se met à pousser de longs hurlements, déchirant ses voiles, se frappant les joues et le front, tandis que mon frère Muzaffar s'écroule sur le sol en sanglotant, faisant mine de s'arracher les cheveux.

Pourquoi ai-je l'impression très nette d'assister à une comédie ? Je sais pourtant qu'ils éprouvent un vrai chagrin. Mais en Orient l'expression de la peine semble si peu naturelle, si codifiée... Peut-être est-ce pour la canaliser, l'empêcher de déborder et de mettre ainsi en péril l'équilibre de la famille et de la société ? Les cris des femmes mimant la folle douleur ne viseraient-ils pas justement à empêcher que la douleur ne les rende folles ? Pleurs et simulacres d'autodestruction permettant à la fois d'exorciser le mal en l'exprimant à toutes forces hors de soi, et de rendre au défunt son dû.

Au risque de paraître indifférente, je reste dans mon coin, immobile, soulagée que l'angoisse des derniers instants lui ait été épargnée et qu'il soit parti ainsi, sans un tressaillement, comme s'il s'était endormi.

Mais eux, espéraient-ils un miracle ?

Moi, je n'espérais plus rien. Ses adieux, il me les avait faits hier ; il m'avait dit ce qui depuis si longtemps lui pesait, il pouvait désormais partir tranquille.

Sous quelque forme qu'Il existe, je remercie Dieu, car jamais je ne me serais pardonnée de n'être pas arrivée à temps.

— Il vous a attendue pour mourir, me dit tante Zahra quelques heures plus tard.

Je suis touchée. J'ai si peu l'habitude de ce genre de reconnaissance de la part de ma famille. Sauf, justement, de tante Zahra que ma mère adorait et dont elle m'a donné le prénom. Ayant perdu ses parents toute jeune et ayant été élevée, comme moi, par des étrangers, elle peut comprendre mes sensibilités.

— Mais, Tante, il aurait pu mourir sans même que je le sache! Pourquoi Muzaffar ne m'a-t-il pas prévenue?

Et tante Zahra, qui est toute bonté, mais aussi toute gaffes :

— Il était submergé, il ne pouvait penser à tout.

A tout!... La colère m'envahit : que suis-je donc dans cette famille? Je n'existe pas? Mon père se meurt et mon propre frère oublie de m'en aviser? J'en suffoque d'indignation et de peine. Même Tante, qui m'est pourtant la plus proche, me considère comme une étrangère?

— Ce n'est pas le moment de faire des histoires, coupe-t-elle un peu ennuyée.

Effectivement, ce n'est pas le moment : le corps de mon père n'est pas encore froid. Je ravale ma rancœur, ignore la blessure, décide de tout mettre sur le compte de l'émotion et de faire taire la petite voix qui me répète insidieusement que c'est justement sous le coup de l'émotion que se révèlent les sentiments profonds.

Demain, avec le cercueil, nous prendrons le train pour Lucknow où aura lieu une première cérémonie destinée aux amis, puis, avec les intimes, nous partirons pour Badalpour l'enterrer dans le cimetière familial à l'ombre de la petite mosquée.

Nous avons gravi les marches brisées du palais à la lueur de torches tenues par des paysans en *longui* [1]. Des ombres effrayantes dansent sur les murs

1. Sorte de pagne en tissu porté par les hommes.

de la véranda où sur deux chaises on a installé le cercueil. Muzaffar l'a fait ouvrir afin que le village puisse rendre un dernier hommage à celui qui, pendant trois quarts de siècle, par-delà les changements politiques et les vicissitudes économiques, fut et resta « le Radjah ».

Émergeant du linceul, le visage émacié semble encore plus imposant qu'à l'accoutumée, comme s'il consentait, en cet instant ultime, à souffrir la curiosité, mais certes pas la compassion. De compassion, aucun de ces paysans n'aurait l'idée d'en éprouver pour cet homme qui fut leur maître mais sut aussi les protéger, les aider dans l'infortune et accompagner leur vie non sans bonté, les exploitant moins qu'il n'est coutume. Car ceux qui exercent le pouvoir ne sont plus considérés comme des humains, de par leur puissance ils appartiennent à l'univers des dieux. Et qui aurait pitié des dieux ?

Tour à tour, les hommes ont défilé, noirs et maigres dans leurs pauvres hardes, et avec avidité ils se sont penchés sur le visage de celui que jamais auparavant ils n'auraient osé regarder en face.

Pendant plus d'une heure ils se sont succédé, certains effrayés, risquant un rapide coup d'œil avant de s'enfuir : certains, tout farauds d'être en pleine santé, s'approchant jusqu'à examiner sous le nez ce géant enfin à leur portée et en appréciant d'un air gourmand chaque détail ; d'autres, solennels, la tête à cent coudées au-dessus des épaules, tels les vainqueurs d'un monstre terrassé ; d'autres, encore, la mine hargneuse, osant pour la première fois éprouver de la haine, certains même, le rictus aux lèvres, jaloux de ce mort auquel eux, vivants, se sentent encore inférieurs ; enfin, beaucoup d'indécis, les bras ballants, partagés entre joie et peur — jusqu'à l'idiot du village qui, d'émotion, en a lâché ses urines.

Rassurez-vous, Daddy, pas un n'a eu pitié.

A courte distance du palais, on aperçoit la petite

mosquée qui se détache, toute blanche, sous la lune.

Le cortège s'ébranle. En tête, portant le cercueil sur l'épaule, mon frère, le chef du village et quatre anciens que l'on a voulu honorer. Le cœur serré, je les regarde s'éloigner, la coutume islamique interdisant aux femmes d'assister à la mise en terre. Coutume qui, comme la plupart, varie selon les époques et les climats : en France, j'ai assisté à tous les enterrements de mes oncles et tantes maternels sans que l'imam y trouve à redire. Mais ici, tous les yeux sont braqués sur moi, je suis la fille du radjah, je n'ai pas le droit de provoquer le scandale.

C'est impossible, c'est mon père, je dois l'accompagner jusqu'au bout !

Suppliante, je me tourne vers ma tante :

— Puis-je y aller ?

Elle doit lire dans mes yeux un tel désarroi qu'après avoir hésité quelques secondes, elle hausse les épaules et, balayant des siècles de traditions, me prend par la main :

— Allons-y !

Veillant à laisser une distance convenable entre les hommes et nous, nous suivons le cortège à travers la rue principale du village. Confinées dans leurs maisons, derrière les *djalis* [1], les femmes nous observent. Peu à peu, elles sortent sur le devant de leur porte et, stupéfaites, nous regardent passer. Soudain, d'un commun accord, elles nous emboîtent le pas : l'occasion est trop belle, qui pourra les critiquer d'avoir suivi la fille et la sœur de leur radjah ? En quelques minutes, nous nous retrouvons à la tête d'une cohorte d'une centaine de femmes marchant résolument vers le cimetière.

Arrivées là, les choses se gâtent. Excitées par cette sortie extraordinaire, une vraie fête, les femmes se bousculent, c'est à qui arrivera le plus près de la

---

1. Écrans de bois ou de fer forgé, ajourés et posés devant les fenêtres.

tombe. La curiosité aidant, toute tradition de respect est oubliée, et, poussée sans vergogne, je dois m'arc-bouter pour ne pas basculer dans le trou qu'on achève de creuser. Puis-je m'en plaindre? C'est moi qui, la première, n'ai pas respecté la coutume. Mais, demain, les hommes répéteront que les femmes sont des êtres déraisonnables, incapables de se contrôler, et que l'Islam a bien raison de les garder à la maison. Tout en refusant de comprendre que les rivières les plus paisibles, si une digue vient à céder, se changent soudain en torrents furieux, alors que leur cours reste calme si on ne leur impose pas de barrage.

A la lueur des torches, les hommes sont descendus dans le trou noir et creusent, creusent avec fureur, comme s'ils ne devaient plus s'arrêter, comme s'ils tentaient d'enfouir leur radjah au plus profond — pour mieux le protéger? ou pour que jamais il ne revienne?

Enfin mon frère donne le signal. A l'aide de cordes, on descend lentement le corps enveloppé dans son linceul. Tour à tour, la famille et le village entier vont défiler, chacun jetant sa pelletée de terre.

Ainsi disparaît peu à peu celui qui, hier encore, me tenait dans ses bras, l'être qui, de ma vie, me fut le plus proche et le plus mystérieux.

Comment dormir?

Avec des précautions de chat, pour ne pas réveiller tante Zahra qui partage avec moi le même grand lit, je suis sortie sur la terrasse.

La lune luit, sereine, sur *Sultan Bagh*, le Jardin de la Sultane. C'est, au milieu du parc, un petit jardin clos d'une grille délicatement ouvragée, surmontée d'une plaque de marbre gravée au nom de ma mère. Elle aimait venir y rêver. C'est un jardin tout simple, sans plates-bandes ni fleurs rares ni arbres séculaires, seulement de la luzerne et des nuées de boutons-d'or au printemps, et, depuis quelques années, les jeunes manguiers que mon père et moi y avons plantés. Régulièrement, il m'écrivait pour m'en donner des nouvelles. Nous étions tous deux si heureux de ce cadeau qu'il m'avait fait, après bien des péripéties.

Ce jardin est ma plus grande victoire, ou plutôt, maintenant que les combats sont oubliés, mon plus grand bonheur. Il est mon lien tangible avec l'Inde et Badalpour, il est surtout... l'acte de reconnaissance de mon père.

Ce fut un long cheminement.

I

CHAPITRE PREMIER

Je suis une enfant gâtée : j'ai une maman suisse et une maman du Ciel, un papa suisse et un papa du Zinde, et puis j'ai une maman belge et un papa curé, et encore, un vieux papa et une vieille maman du Lot-et-Garonne. Avec, bien sûr, une flopée de frères, sœurs, cousins, oncles, tantes, grands-pères et grand-mères de Suisse, du Zinde, de Belgique et du Lot-et-Garonne. Ceci, avant que je ne découvre mes oncles, tantes, cousins et cousines de Turquie et du Pakistan.

Moi, ça ne me pose aucun problème, ce sont les autres qui s'embrouillent et se fâchent, et parfois même m'accusent de mentir.

C'est pourtant simple !

Lorsque ma maman du Ciel partit justement au Ciel, comme me l'expliquèrent les religieuses et comme je le crus jusqu'à ce jour de mes quinze ans où tout bascula et où je décidai, compte tenu de certaines informations, qu'elle devait plutôt rôtir en enfer, lorsque cette maman, donc, partit supposément au Ciel, Zeynel, mon eunuque-nounou, me prenant sous le bras, s'en alla frapper à la porte d'un autre paradis où coulaient des fleuves de lait, de beurre et de chocolat : le consulat de Suisse à Paris pendant l'Occupation [1].

1. *Cf.* du même auteur, *De la part de la princesse morte*, Robert Laffont, 1987.

C'est là que je fis la connaissance de ma deuxième famille, mon papa du Zinde étant, comme son nom l'indique, aux Indes, très occupé à lever des troupes pour aider les Anglais qui lui avaient pourtant volé son pays [1].

Ça m'était égal, car ma famille suisse me plaisait beaucoup. C'était, comme disait Noémie, la cuisinière, « le dessus du panier ». Il y avait monsieur le consul, madame la comtesse, les deux jeunes demoiselles et Jean-Roch, de deux ans mon aîné. Moi, comme je devais bien vite l'apprendre, je n'étais pas non plus du « fond du panier »...

Mon premier souvenir d'enfance — ô grand-papa Freud ! — c'est d'avoir surpris mes parents suisses faisant trempette dans la même baignoire. J'en fus terriblement choquée. Avais-je, à trois ans, un tel souci de la décence ? ou n'est-ce pas plutôt la jalousie qui me prit à la gorge, accompagnée d'un profond sentiment d'injustice : à mon frère et à moi la nouvelle nurse interdisait ces délicieux jeux aquatiques sous prétexte que nous étions trop grands...

Ce frère était mon amour et mon souffre-douleur. Je griffais toutes celles qui osaient l'approcher — quarante ans plus tard j'éprouve encore un léger malaise lorsque je rencontre sa préférée de l'époque. En revanche, je n'hésitais pas à lui faire porter la responsabilité de nos bêtises. Sans rien dire, il subissait les punitions, conscient déjà de son statut de protecteur du sexe faible. Il est devenu un homme adoré des femelles, abhorré des féministes et apprécié des femmes.

L'arrivée dans cette oasis de luxe et de propreté d'un bébé rachitique et nauséabond (on m'avait oubliée trois jours dans une minable chambre d'hôtel) avait fait très mauvais effet sur les domestiques. Il avait fallu maintes promesses et menaces

---

1. Pendant la Seconde Guerre mondiale, les Indes, colonie anglaise, étaient dans le camp des Alliés contre Hitler.

de la comtesse pour persuader la nurse de se saisir de ce paquet inerte — j'étais, paraît-il, à moitié morte —, de le laver, l'épouiller et le panser, car, pour faire bonne mesure, j'étais couverte d'eczéma.

Confinée pendant deux semaines dans la lingerie et visitée matin et soir par le médecin de famille, je fus veillée tour à tour par la belle dame parfumée, ma nouvelle maman, et par la nurse, une Suissesse habituée aux bébés roses et riches, qui montrait pour ce petit être maladif une répulsion que je lui rendais bien, hurlant dès qu'elle m'approchait.

Peu à peu, d'autres visages vinrent se pencher sur mon berceau. C'étaient mes nouvelles grandes sœurs : Viviane, l'insouciante aux yeux clairs et au rire moqueur, et Rose-Marie, la sérieuse, une beauté sombre. Et puis, bien sûr, Jean-Roch que, sitôt sur pieds, j'allais m'annexer.

De mon père suisse, je ne fis connaissance que plus tard, car Mamie — ainsi appelions-nous notre jeune et élégante maman — lui avait dissimulé ma présence, craignant qu'il ne m'envoyât à l'Assistance publique, comme il était de règle pour tous les enfants orphelins ou abandonnés. Elle voulait le placer devant le fait accompli d'une petite sœur dont ses enfants ne pouvaient déjà plus se passer.

Moi, je ne crois pas que Padrino m'aurait renvoyée, il était si gentil ! Chaque soir, avant de sortir dîner, il venait nous border et nous raconter les histoires de Dizi Boulboum, un héros qu'il avait inventé à notre intention ; parfois, pour se délasser, il se mettait au piano et improvisait des ballades qu'il nous apprenait à chanter, ou bien il saisissait ses pinceaux et faisait nos portraits. Non, je ne crois pas qu'il m'aurait renvoyée dans cet endroit pour petits pauvres où le docteur assurait que je serais morte. J'étais trop mignonne.

« Trop mignonne », c'est ce que disaient les dames chapeautées venues prendre le thé lorsque Mamie leur présentait sa « petite princesse hindoue » affublée pour la circonstance d'un turban de brocart. Je jouais avec plaisir mon rôle de chien savant qui me valait caresses, compliments et bonbons, et, embrassée et bichonnée de toutes parts, j'écoutais pour la énième fois narrer mon « incroyable histoire ».

D'entendre les exclamations de ces dames au récit de mes malheurs — combien j'avais été malade, comment j'avais failli mourir —, je me sentais très importante, la seule ombre à mon bonheur étant les baisers mouillés dont elles me couvraient et que, d'un revers de main, je tentais d'essuyer le plus discrètement possible.

Mamie et mes grandes sœurs m'entretenaient souvent de mon « papa du Zinde », le radjah de Badalpour, dont leur avait parlé Zeynel. Elles me décrivaient son fabuleux palais, ses éléphants, sa piscine remplie de pierres précieuses. Nous devions y aller sitôt la guerre terminée. Je ne sais pas qui, de Mamie ou de moi, rêvait le plus à cette extraordinaire rencontre : elle, habillée de blanc à la dernière mode de Paris, son teint délicat protégé par une grande capeline à fine voilette, ramenant au radjah éperdu de reconnaissance sa petite fille adorée qu'il croyait à jamais perdue. Devant toute la cour assemblée, il oublierait pour une fois sa dignité et dévalerait les escaliers de marbre, et dans son regard de velours, au-delà du bonheur des retrouvailles, au-delà même de l'admiration pour sa grandeur d'âme, elle lirait la stupeur devant sa beauté. En notre honneur, il donnerait des fêtes somptueuses et de tous les villages alentour les paysans viendraient pour y participer et voir cette déesse blanche qui avait ramené au maître son enfant aimée. Il insisterait pour qu'elle reste encore, encore un peu, mais elle devrait repartir, car, au-delà des mers, sa famille l'attendait. Pourtant, elle promettrait de revenir, car comment pourrait-elle abandonner sa petite fille ? Alors, constatant que sa décision était irrévocable, le radjah mon père ferait un signe, et trois serviteurs enturbannés s'approcheraient, portant sur des coussinets de velours trois parures étincelantes : de diamants, de rubis et de perles. Et elle pleurerait, et je pleurerais, et je serais très malheureuse, mais je me contrôlerais afin de ne pas faire de peine à mon nouveau papa, ou plutôt à mon premier papa — enfin bref, vous voyez ce que je veux dire. Et j'obtiendrais — car il ne pourrait rien me refuser — d'envoyer à Jean-Roch un bébé éléphant pour que, même sans moi, il continue à jouer à Mowgli roi de la jungle, notre jeu préféré, et que jamais, jamais il ne m'oublie...

Les choses se sont passées bien différemment. Pauvre Mamie ne devait jamais rencontrer mon père, et sans doute cela a-t-il mieux valu : ses rêves lui ont procuré un bonheur que ne lui aurait jamais donné la morne réalité.

Des rêves qui m'ont sans doute sauvé la vie. Cette pensée m'a longtemps perturbée : qu'avais-je de plus que les milliers d'autres enfants abandonnés, envoyés à l'Assistance publique où les plus faibles mouraient? Sinon le fait d'être une petite princesse?

Est-ce pour cela que l'on m'avait gardée? Qui donc aimait-on? Où étais-je, moi, dans tout cela?

Mais est-ce qu'on ne se pose pas tous la même question qui aime-t-on au juste? où suis-je, moi, dans tout cela?

Entourée et gâtée par ma nouvelle famille, j'avais très vite oublié Zeynel. Les premiers mois, il était venu me voir régulièrement, puis, un jour, il avait disparu. Pourtant, le vieil eunuque était un fidèle, il aurait donné sa vie pour la fille de Selma, sa belle princesse. Mais on ne lui demandait rien. Et le bébé rachitique, devenu une ronde petite fille, était bien trop absorbé par ses jeux pour prêter attention à ce vieux monsieur qui, à une époque lointaine, lui avait tenu lieu de père nourricier et d'amuseur. Il dut se sentir inutile, peut-être même importun. D'autant plus que les Suisses, ignorant les subtiles hiérarchies orientales, le recevaient à la cuisine comme un domestique, suprême insulte pour celui qui avait été, pendant les longues années d'exil, l'homme de confiance de la sultane, ma grand-mère, et une sorte de vieil oncle pour ma mère.

Est-il mort de misère après m'avoir sauvée ? Bien des années plus tard j'ai reçu une lettre d'un ancien fonctionnaire de police qui me disait avoir été sollicité, en 1942, au sujet d'un ancien eunuque du sultan, dépourvu de tous moyens de subsistance. Il n'avait rien pu faire. Quelques jours après, il l'avait revu, cherchant sa nourriture dans les déchets des Halles. Était-ce Lui ? Zeynel mourant de faim dans cette ville glaciale, gardant dans les yeux la vision des blancs palais sur le Bosphore, et le sourire de sa sultane bien-aimée ? Zeynel tremblant de froid par les rues grises, seul parmi des passants dont il ne parle pas la langue et qui ne le voient pas ? Zeynel saisi de vertiges, s'appuyant contre un mur...

Assez ! Qu'y puis-je, moi, à la mort de Zeynel ? Oui, elle dut être tragique, oui, il est mort seul après une vie de total dévouement, non, je n'ai pas su le retenir ni lui montrer qu'il m'était important, je ne l'ai même pas vu partir, indifférente et égoïste comme le sont tous les enfants. Après tout, je n'avais que trois ans. Et puis j'étais déjà suffisamment occupée à me faire accepter : si je n'avais pas été une gentille petite fille, si j'avais pleuré pour que Zeynel reste avec moi, peut-être nous aurait-on renvoyés tous les deux ?

Non, décidément, je n'y pouvais rien.

Je garde encore aujourd'hui l'empreinte de cette faute originelle qui fut suivie de bien d'autres lâchetés nécessaires — peut-être — à la survie d'une enfant à qui personne ne devait rien et qui ne subsista que grâce à la charité et au snobisme.

Tant que dura la guerre, tout alla pour le mieux. On s'amusait bien. Surtout lorsqu'on nous réveillait en pleine nuit, mon frère et moi, et qu'on nous descendait précipitamment à la cave, retrouver nos voisins en robes de chambre et bigoudis qui récitaient des prières et mangeaient des gâteaux. L'endroit était aménagé confortablement : tapis de haute laine et bergères, et assez de provisions pour tenir une semaine. Nous n'y sommes jamais restés, hélas, plus de quelques heures.

Et puis, un beau jour, nous promenant avec la nurse sur le « pont du Zouave [1] », nous avons croisé de grands soldats blonds qui nous ont caressé les cheveux et donné une friandise inconnue appelée « chewing-gum ». C'est ainsi que nous avons appris que Paris était libéré. A l'école où j'allais depuis peu, les religieuses ont rassemblé toutes les élèves dans la cour pour leur faire chanter l'hymne national : « *Allons enfants de la poitri-i-ine...* », ce qui m'a fort étonnée de la part de dames aussi bien élevées. Dans notre milieu, on n'avait pas de poitrine !

La vie s'écoulait, heureuse, dans ma famille que j'adorais. Jusqu'à ce jour de décembre — je m'en souviens, car je portais mon nouveau manteau en peau de bique qui me tombait jusqu'aux chevilles — où Mamie m'emmena, sans Jean-Roch, faire la tournée des magasins de jouets et me dit de choisir ce que je voulais. C'est alors que fit son entrée dans ma vie Martin, un gros ours en fourrure de lapin blanc tout doux, aux yeux de verre tendres et malins. Avec ce qui suivit, sans lui je serais morte, c'est sûr !

— Mamie, Jean-Roch, revenez ! Ne me laissez pas !

Dans le grand hall de l'école, je hurle comme un animal qu'on égorge. Elles s'y sont mises à trois, ces femmes noires, pour m'arracher à ma maman, à mon frère. Je griffe, mords, donne des coups de pied, je suffoque :

— Ne partez pas ! Non, ne me laissez pas !

1. Pont de l'Alma.

Les sanglots m'étouffent. Pourquoi, mais pourquoi est-ce qu'ils ne viennent pas à mon secours ? Pourquoi Mamie détourne-t-elle la tête, pourquoi s'enfuit-elle en entraînant Jean-Roch ?

— Je serai sage, s'il vous plaît ne me laissez pas !

Dans un effort désespéré, je réussis à m'échapper, je cours derrière eux, mais, avant que j'aie pu les rejoindre, la lourde porte s'est refermée.

Ils m'ont abandonnée.

Après, c'est comme un trou noir. Je ne me souviens de rien, si ce n'est que j'ai passé des jours à pleurer et que je ne voulais parler à personne, sauf à Martin, le seul qui ne m'ait pas trahi, le seul à m'aimer.

Je suis tombée malade. A nouveau l'eczéma m'a couverte de la tête aux pieds, comme lorsque ma première maman m'avait abandonnée pour aller au Ciel. Afin de me désinfecter, les religieuses me plongeaient chaque matin dans une lessiveuse de bleu de méthylène, après quoi elles m'emmaillotaient tout le corps dans des bandes Velpeau, ne laissant dépasser que les doigts et un visage bleu vif. Puis elles me faisaient endosser l'uniforme bleu marine réglementaire. C'est dans cet accoutrement que je débarquais en classe, accueillie bien sûr par toutes sortes de quolibets.

Cela dura des mois. Des mois de solitude obligée et, par fierté, revendiquée.

Pourtant, ces bonnes mères m'aimaient. Trop. J'étais en effet la seule pensionnaire de cet externat chic du septième arrondissement parisien et elles déversaient sur l'enfant de cinq ans dont elles avaient la garde tout leur instinct maternel frustré. J'étais gâtée plus qu'il n'est permis par ma trentaine de nouvelles mères, et en profitais outrageusement.

Il y avait mère Marie-Michaela, l'historienne, la savante, qui, parce que je refusais de manger ma viande, avait déclaré, confondant religion et nationalité : « C'est normal, cette petite est hindoue, et les hindous sont végétariens », et avait ordonné qu'à la place on me servît deux desserts. Je n'aimais pas non plus l'arithmétique ; d'après elle, c'était encore normal, les Turcs y étant réfractaires. Ravie, je décidai de rester fidèle à mes origines et devins nulle.

Il y avait aussi mère Marie-Antoinette, jeune et timide, chargée de ma toilette, et qui devenait toute rouge lorsque, passant le gant savonneux, j'emprisonnais sa main entre mes cuisses tout en riant aux éclats. Quand, plus tard, elle devint « révérende mère », c'est-à-dire supérieure, et qu'elle me tançait sévèrement pour mon indiscipline, cette scène me revenait en mémoire et je n'arrivais pas à la prendre au sérieux.

Mais celle que je préférais, c'était mère Marie-Marc, la directrice, une femme aux splendides yeux noirs et au sourire enjôleur. Nous l'adorions toutes. Même les pères d'élèves étaient sous le charme et insistaient pour accompagner leurs épouses lorsque celles-ci allaient commenter les notes de leurs filles — lesquelles notes leur étaient en réalité parfaitement indifférentes, puisqu'une fille n'était pas faite pour travailler mais pour se marier.

On chuchotait que mère Marie-Marc était entrée au couvent à la suite d'un chagrin d'amour, le cousin auquel elle était fiancée ayant péri pendant la Grande Guerre. Certaines religieuses, jalouses de l'ascendant qu'elle exerçait sur nous, lui reprochaient d'être par trop mondaine, bien qu'elle s'astreignît sincèrement à l'esprit de pauvreté. Mais, quoi qu'elle fît, elle restait une aristocrate, fière de pouvoir dire que dans son institution il n'y avait « pas de nouveaux riches, seulement des nouveaux pauvres ». Pauvreté toute relative que celle de cette noblesse un peu désargentée du quartier du Champ-de-Mars.

J'étais gâtée, mais m'ennuyais à mourir ; surtout lorsque, après quatre heures, une nuée de jolies mamans venaient rechercher leurs filles et que, dissipé le joyeux tumulte du départ, je me retrouvais seule sous la voûte au milieu des rangées de chaussons tristes.

Parfois, prise de compassion, une grande élève m'emmenait chez elle passer le dimanche, voire huit jours de vacances. Quelle fête de me retrouver dans une maison chaleureuse, avec une vraie famille, loin de la salle de classe au lit pliant où l'on m'installait le soir et qui me tenait lieu de chambre, loin de toutes mes mères en noir! Quel soulagement d'avoir l'impression d'être à nouveau une enfant comme les autres.

Ce bonheur ne durait pas. Je déployais pourtant tout mon charme, espérant que peut-être on me garderait. Mais les séjours se succédaient et, chaque fois, malgré mes pleurs, il fallait que je reparte.

Jusqu'au jour où mère Marie-Marc me retrouva, soupirant, désabusée, sur les marches de l'escalier de marbre blanc :

— On m'prend, on m'laisse, et puis on m'reprend, et puis on m'relaisse... C'est toujours pareil!

Elle décida que cette situation ne pouvait se prolonger.

Trop tard : je n'avais que six ans, mais ces expériences renouvelées m'avaient persuadée qu'on ne pouvait m'aimer longtemps. J'étais déjà profondément atteinte d'« abandonnite aiguë ».

D'autant que je recevais fort peu de nouvelles de ma famille suisse. Jean-Roch m'avait écrit une petite lettre me décrivant « les oiseaux magnifiques et les fleurs aux couleurs éclatantes » de ce Venezuela où ils étaient partis, une lettre appliquée que je devinais lui avoir été dictée. Je me fichais bien de ses oiseaux et de ses fleurs! J'aurais préféré qu'il me parle de nous, qu'il me dise que je lui manquais, qu'il allait bientôt revenir, mais je me rendais compte que, pris par sa nouvelle vie, il m'avait oubliée.

De Viviane, ma grande sœur préférée, pas un mot. Elle était partie sans même me dire au revoir.

Seule Rose-Marie m'avait adressé une vraie lettre à laquelle elle avait joint des portraits de nous tous, tirés par Harcourt, le photographe à la mode. Ces portraits faisaient ma fierté : elle était si belle, ma famille ! Je passais des heures à les regarder et à rêver.

Dans sa lettre, Rose-Marie m'expliquait que s'ils avaient été obligés de me laisser, c'est que j'allais retrouver mon « papa du Zinde ». De ce papa-là, j'avais bien reçu une lettre avec deux photos — de lui et de mon petit frère — mais, depuis lors, les mois avaient passé et je n'en avais plus entendu parler.

Les religieuses disaient que c'était mieux ainsi, car c'était un méchant homme qui avait rendu ma maman du Ciel très malheureuse. Je ne les croyais qu'à demi, me rappelant toutes les jolies choses que Mamie m'avait racontées à son sujet. Mais pourquoi n'écrivait-il plus ? Pourquoi ne venait-il pas me chercher sur son grand éléphant caparaçonné d'or ? Sans doute m'avait-il oubliée, lui aussi.

Je ne l'intéressais pas, je n'intéressais personne, je n'étais pas intéressante.

Ce n'est que beaucoup plus tard que j'appris l'étonnante accumulation de semi-vérités, de mensonges et d'intrigues — toutes pour mon bien ! — qui, à cinq ans, vinrent bouleverser le cours de mon destin.

A l'époque, une seule chose me parut étrange : c'est qu'on célébrât deux fois mon anniversaire. Ces pauvres religieuses ignoraient certainement que mes parents suisses me l'avaient déjà fêté le 14 novembre, juste avant leur départ. (Je m'en souvenais d'autant mieux que j'avais reçu un train électrique que Jean-Roch et moi avions cassé le jour même, ce qui nous avait valu une belle fessée.) Je me gardai bien de leur révéler leur erreur, et, le 15 juin, riant sous cape, j'acceptai comme un dû ma nouvelle ration de gâteaux et de cadeaux. L'année suivante, à ma grande déception, je n'eus droit qu'à un anniversaire, mais je me rattrapai avec un baptême !

Pour celui-là, il faut dire que je m'étais donné du mal... J'étais en classe de onzième et toutes mes camarades allaient faire leur première communion en robe blanche. Moi seule étais exclue : je ne pouvais pas communier, n'étant pas baptisée. L'idée de ne pas participer à cette fête, d'être reléguée dans mon coin, vêtue de mon vilain uniforme à col de celluloïd, alors qu'elles se pavaneraient dans leur jolie robe, me rongeait. J'avais beau répéter à l'envi que j'aimais le Petit Jésus plus que tout et que je désirais ardemment être baptisée, ajoutant : « Si je meurs sans l'être, je ne pourrai pas aller au Ciel », d'un ton si mélodramatique que j'en arrachais des larmes aux bonnes religieuses, celles-ci ne se décidaient pas : comment pouvaient-elles faire baptiser une enfant qui, d'un jour à l'autre, allait rejoindre sa famille musulmane à l'autre bout du monde ?

Heureusement, j'eus pour complice (volontaire ?) mère Marie-Antoinette qui, matin et soir, m'emmenait à la chapelle faire ma prière à la Vierge rose que j'affectionnais tout particulièrement. Un jour, après avoir récité consciencieusement après elle le *Je vous salue Marie*, j'eus ce mot extraordinaire : « Ma maman du Ciel, prenez-moi pour votre petit enfant ! »

« Miracle ! » s'écria mère Marie-Antoinette. « Miracle ! reprirent en chœur toutes les religieuses. Cette petite est inspirée par Dieu ! »

Modeste, je savourai ma nouvelle notoriété, me gardant bien de révéler que je n'avais fait que répéter ce que la religieuse m'avait soufflé. J'étais quelque peu déconcertée par son mensonge — péché véniel pour une grande cause, mais tout de même... — et, par respect pour sa vertu, j'en arrivai à me persuader que c'était bien le Ciel qui m'avait parlé.

Cet incident fit beaucoup avancer ma cause. J'étais à l'évidence une enfant marquée par le Seigneur. Pouvait-on me livrer au mécréant, même s'il se trouvait être mon père ?

Ce terrible cas de conscience fut résolu par l'arrivée inopinée d'un troisième père, américain et bon chrétien, qui prétendait être le vrai et donna aussitôt son accord à mon baptême. (Tout cela, je ne le sus que beaucoup plus tard. A l'époque, on me le présenta comme « un ami » de ma maman du Ciel — enfin, celle qui était partie au Ciel, vous voyez ce que je veux dire, même si moi je les ai longtemps confondues toutes les deux...) J'aimais bien l'« ami d'Amérique ». J'avais déjà un préjugé favorable, l'Amérique étant pour moi le pays du chewing-gum, cette friandise que j'avais goûtée sur le « pont du Zouave », le jour de la libération de Paris. Mais lui ne se contentait pas de m'offrir du chewing-gum, il m'emmenait dans les magasins et m'achetait tout ce que je voulais. Il me fit même cadeau d'une bague — ma première bague ! —, un anneau d'or serti d'un minuscule diamant. J'avais l'impression de posséder un trésor inestimable ; toutes les petites filles de ma classe en étaient vertes de jalousie.

Hélas, un jour, il dut repartir pour l'Amérique. Il me promit de revenir très vite ; il ne revint jamais. Les religieuses m'expliquèrent qu'il était allé rejoindre ma maman du Ciel. Je n'écoutai même pas : tout ce que je comprenais, c'est qu'il m'avait lui aussi abandonnée.

Mais j'eus tôt fait de l'oublier. Le grand jour approchait. Tout le monde était surexcité : les religieuses, parce que leur petite fille allait rentrer dans la communauté des vrais croyants ; moi, parce que j'aimais Jésus et que j'allais étrenner ma robe blanche. L'événement fut considérable : on enlevait une petite musulmane au diable ! Le cardinal de Paris, Mgr Suhard, se déplaça en personne pour venir présider aux cérémonies dans une chapelle remplie à craquer d'élèves et de parents. Toutes mes camarades de classe déguisées en anges — tuniques blanches et ailes de papier — me servaient d'escorte. On avait même acheté une cage avec une colombe nommée comme moi Zahr, symbolisant

mon âme enfin débarrassée de sa noirceur originelle. Centre de cette effervescence, les mains pieu-
sement jointes, les yeux au ciel, je triomphais.

Au cours de cette journée idyllique, il n'y eut
qu'un moment pénible, mais il me marqua à vie.
Les religieuses avaient préparé d'énormes corbeilles
de dragées que, du haut d'un balcon, j'étais censée
jeter par poignées aux élèves rassemblées dans la
cour. Malgré tous mes efforts, je n'arrivai pas à lancer les dragées assez loin, si bien que les plus
proches se partageaient tout le butin tandis qu'au
fond de la cour on poussait des appels désespérés.
De toutes mes forces, j'essayai de lancer plus loin,
j'essayai, j'essayai encore... En vain ! Je dus assister,
impuissante, au désolant spectacle de la perte de
dignité des premiers rangs où l'on se battait comme
des chiffonnières, et de l'injustice éhontée dont, vis-
à-vis des autres, à mon corps défendant, j'étais la
cause.

Sans doute est-ce de ce jour que datent mes
convictions égalitaires.

Un mois après mon baptême, je fis ma première
communion, dans la même robe blanche. Rien n'est
parfait...

Est-ce la grâce accumulée de ces sacrements successifs, ou bien le désir de me montrer à la hauteur
de l'auréole dont on m'avait coiffée ? Toujours est-il
que je devins, à six ans, une vraie grenouille de
bénitier. J'insistais pour aller chaque matin à la
« messe des grandes » sur le coup de sept heures et
m'agenouillais au premier rang, la tête dans les
mains, bien en évidence. Je devinais derrière moi
les murmures d'admiration, je savais qu'on me
citait en exemple, ce qui compensait amplement le
sacrifice de m'être levée une demi-heure plus tôt.

Quelle part, dans tout cela, de comédie et de
piété ? Je ne le savais certes pas et ne le sais pas
davantage aujourd'hui. Mais, comme tout enfant —
plus, sans doute, étant donné ma solitude —, j'avais
besoin de merveilleux pour illuminer un quotidien

grisâtre. Les histoires de Dizi Boulboum que me racontait jadis Padrino et les contes de fées de Mamie avaient été remplacés par la Vie des martyrs que mère Marie-Antoinette me lisait chaque soir. Je vibrais pour ces nouveaux héros auxquels je m'identifiais. Celle que je préférais était sainte Blandine qui, plutôt que d'abjurer sa foi, était descendue dans la fosse aux lions. Je rêvais de l'égaler un jour. En attendant, j'appelai ma première poupée Blandine et m'appliquai tour à tour à la martyriser et à la consoler.

Mais, bientôt, j'allais devenir moi aussi une héroïne, et sans avoir à endurer le moindre supplice. Un beau jour, en effet, devant l'école rassemblée, la directrice annonça aux élèves qu'il était désormais interdit de m'appeler par mon nom dans la rue : on craignait que je ne me fasse enlever. Par qui ? Je n'en avais aucune idée et n'en avais cure. Toute l'école était en ébullition, et, gonflée de ma nouvelle importance, je n'aurais pas cédé ma place pour un empire ! Pour plus de sûreté, on me fit même quitter Paris et on me cacha plusieurs semaines chez des paysans où je passai mon temps à jouer avec les chèvres et les moutons, ce que je trouvais nettement plus amusant que d'apprendre les tables de multiplication.

Qu'aurais-je pensé si j'avais su que le bandit qui voulait me kidnapper n'était autre que mon papa du Zinde dont je rêvais, désespérant qu'il vienne me chercher ? Ce papa du Zinde dont les religieuses prétendaient qu'il m'avait oubliée ?

Comment aurais-je pu deviner que la venue de l'ami d'Amérique avait tout changé ? Cela avait été comme un bienfaisant coup de tonnerre. Alors qu'elles s'apprêtaient, la mort dans l'âme, à me restituer à mon géniteur, voilà que ces bonnes mères apprenaient — ou croyaient apprendre — que la pure enfant dont elles avaient la charge n'appartenait pas au monde abhorré de l'Islam, mais à l'univers lumineux de la Chrétienté. Ce n'était plus un désir inavouable, cela leur était désormais un devoir sacré que de me garder ! Au mépris des dangers, toutes voiles au vent, elles partirent en croisade.

Ce n'était pas une mince affaire : le père officiel était prince, il avait le bras long, et le recel d'enfant était puni de plusieurs années de prison. Mais la religion a ses raisons que la raison ne connaît point. En l'espèce, elle eut gain de cause. Lorsque mon père indien, trop pris par le combat politique pour venir lui-même en France — à l'époque, l'Inde entière se battait pour son indépendance —, envoya deux femmes me chercher, les saintes mères prétendirent ignorer le lieu où je me trouvais. Finalement, l'ambassade de Grande-Bretagne dut intervenir, l'Inde n'ayant d'existence légale que comme colonie britannique, et donc moi-même que comme colonisée de Sa Très Gracieuse Majesté. Le cas de cette petite princesse qu'on s'arrachait causa à l'époque un certain remue-ménage dans les chancelleries. Une quantité impressionnante de lettres et de télégrammes furent échangés entre les gouvernements suisse, anglais, français et le représentant des Indes, chacun y allant de sa version et défendant son candidat père. Le point d'orgue, l'apothéose de cette lutte acharnée entre Islam et Chrétienté prenant pour prétexte ma petite personne fut une lettre envoyée au radjah par le gouvernement britannique. Cette missive, transmise par le canal officiel afin que nul n'en ignorât, l'informait qu'il n'était pas le père, son épouse l'ayant trompé avec un Américain, et qu'en conséquence il n'avait aucun droit sur l'enfant.

On n'entrait pas dans le détail des obscurités et invraisemblances de cette histoire. Ce fut à moi, des années plus tard, et avec quelles difficultés, d'essayer de reconstituer la vérité. Mais, à l'époque, le coup de massue eut raison de mon père. C'en était trop et pour sa sensibilité — il avait profondément aimé sa femme — et pour son honneur. Il abandonna. Après tout, je n'étais qu'une fille.

Tout à fait inconsciente de ce qui se tramait, je continuais ma vie d'enfant d'autant plus gâtée qu'on avait redouté de la perdre.

Cependant, les embarras faits autour de moi avaient passablement exaspéré mes camarades de classe. Cruelles, comme tous les enfants, elles me soumettaient à la question : « Ta maman est au Ciel, d'accord, mais ton papa, où est-il ? Pourquoi est-ce qu'il ne s'occupe pas de toi ? Il ne t'aime donc pas ? » Je ne savais que répondre. Il y avait beau temps que je ne parlais plus de l'éléphant caparaçonné d'or qui devait venir me chercher, ni de la piscine remplie de diamants. J'avais honte. Honte de n'être somme toute qu'une « pauvre orpheline ». Ces mots, décochés un jour par une élève, m'avaient blessée à vif. Jamais, jusqu'alors, je n'avais imaginé pouvoir devenir objet de pitié. Je me révoltai :

— C'est faux ! Je ne suis pas orpheline ! Mon papa...

Mes protestations confuses se perdaient dans leurs rires.

Le cœur gros, je m'isolais dans un coin de la cour, ou bien j'allais rôder du côté des grandes qui m'accueillaient avec des caresses. Sans doute guidée par le souvenir flou de ma mère, je m'attachais systématiquement aux plus jolies. J'aimais particulièrement les filles — tout en fossettes et boucles blondes — du colonel de La Rocque, un héros, disait-on. Et aussi une brune au teint mat, Marie-Françoise Ricci, que la directrice nous citait en exemple parce qu'elle refusait de porter les belles robes de Nina Ricci, sa grand-mère, pour s'en tenir modestement à l'uniforme — idée que, malgré mon admiration inconditionnelle, je trouvais pour le moins saugrenue.

Lorsque je me sentais particulièrement perdue, il m'arrivait aussi de confier mon désarroi au cahier rouge que l'on m'avait offert pour mes sept ans. Un jour qu'une élève m'avait encore traitée de cet horrible nom d'*orpheline*, pour moi la plus humiliante des injures — une orpheline, c'est une pauvre qui vit de la charité, comme Marie-Thérèse, l'auxiliaire bossue qui fait le ménage, une pauvre si pauvre qu'elle n'a même pas de parents, sans doute ceux-ci n'ont-ils pas voulu d'elle, elle est si vilaine... alors que moi... moi, c'est bien différent ! —, je pris mon cahier et, de mon écriture toute neuve, calligraphiai en grosses lettres rondes :

« Je suis princesse, fille du roi du Zinde. Je suis la petite fille la plus jolie et la plus intelligente de toute la classe. »

Je n'y croyais pas vraiment, j'étais mauvaise élève et Anne-France, avec ses blondes anglaises, était bien plus jolie que moi qui avais des cheveux tout noirs et tout raides. Mais j'avais absolument besoin de me consoler.

Par malheur, ce cahier tomba entre les mains de l'auxiliaire qui nettoyait la classe. Elle le porta à mère Marie-Marc qui me convoqua sur-le-champ. Dressée tel un juge dans sa robe noire, elle me fustigeait du regard en agitant l'objet du délit :

— Qu'est-ce que cela, Zahr ? Vous n'êtes pas une princesse, vous êtes une petite fille comme les autres ! Que je n'entende plus parler de ces bêtises ! Sortez !

De ma vie je ne crois pas avoir ressenti pareille honte.

C'était aussi la première fois que je me trouvais confrontée au double langage des adultes : n'étaient-ce pas les religieuses qui, à l'instar de ma famille suisse, m'appelaient « la petite princesse » ? Elles avaient même l'air très contentes, chaque fois qu'elles prononçaient ce mot ! Pourquoi était-ce bien pour elles et mal pour moi ?

Je n'y comprenais rien, mais la semonce me marqua profondément. Plus jamais je ne fis allusion à mes origines. Les autres non plus. La directrice, se souvenant un peu tard des principes élémentaires d'une bonne éducation, avait dû donner des ordres.

En revanche, j'essayai de toutes mes forces d'être

« une petite fille comme les autres ». J'aurais tout donné, moi, pour ne pas être le vilain canard boiteux parmi les jeunes cygnes qui glissaient dans la vie entourés de leur papa et de leur maman. Était-ce ma faute si ma maman était morte, si mon papa m'avait oubliée ? Était-ce ma faute si les autres me prenaient quelque temps, mais sans jamais me garder ?

Évidemment que c'est ta faute, me murmurait une petite voix intérieure. Si personne ne veut de toi, c'est que tu ne vaux rien !

Constatation dont, plus tard, j'allais tirer la conséquence logique : puisque tu ne vaux rien, ceux qui veulent de toi sont des imbéciles, et ceux qui ne veulent pas de toi sont des gens bien.

Après bien des recherches, mère Marie-Marc avait fini par me trouver une nouvelle famille adoptive. Il y avait Maman, qui était veuve, bonne et belge, et son frère l'abbé, immense dans sa soutane noire, le visage creusé par la sainteté, qui me parlait de Jésus et du maréchal Pétain dont le portrait trônait dans sa chambre sombre à côté du crucifix. Il y avait surtout Arlette, ma grande sœur, aux joues semées de taches de soleil, et mes deux frères, Bob et Chachou, de « fieffés garnements », disait l'abbé.

Très « fieffés », j'en étais bien d'accord : nous passions notre temps à nous bagarrer. Ulcérés par l'irruption de cette nouvelle venue qui, habituée à être le centre du monde, accaparait sans vergogne l'attention des aînés et prétendait en outre partager tous leurs jeux et imposer ses quatre volontés, ils se vengeaient en tentant — pour de rire, prétendaient-ils — de m'étouffer sous les édredons. Alertés par mes hurlements, les adultes accouraient pour me délivrer, et, tandis que les garçons étaient sévèrement réprimandés — comment pouvaient-ils abuser d'une faible enfant sans parents ? —, narquoise, la faible enfant les toisait tout en engloutissant la ration de dessert dont ils avaient été privés.

L'imagination des adolescents est fertile ; peut-être seraient-ils finalement parvenus à se débarrasser de l'insupportable intruse si je n'étais partie la première.

J'étais en effet tombée amoureuse de ma maîtresse de onzième, une grande jeune fille douce appelée Laure, chez qui j'allais passer le dimanche. Je m'étais attachée à elle comme à une nouvelle maman et lorsque, le soir, il me fallait partir, c'était chaque fois un drame : je hurlais tout au long de l'avenue Bosquet, de la rue Saint-Dominique à la rue de l'Université où résidait ma famille belge. Au point qu'à plusieurs reprises, des passants étaient intervenus en demandant pourquoi l'on martyrisait cette pauvre enfant.

Un jour, à mon vif étonnement, la directrice m'annonça que je quittais ma famille belge pour aller vivre chez ma jolie maîtresse. Je pensai que mes cris et mes pleurs avaient fini par émouvoir. J'ignorais que ce succès était dû en fait à un changement radical dans ma situation matérielle. Dessaisi de sa fille, le radjah avait cessé tout versement, et ma famille belge, désargentée, peut-être aussi vexée de mon ingratitude, ne pouvait me garder plus longtemps. En catastrophe, mère Marie-Marc avait refait le tour des familles charitables susceptibles de m'accueillir. Ce furent finalement les parents de Laure qui m'ouvrirent les bras.

CHAPITRE II

Ma troisième famille adoptive, les Peyrac, étaient des paysans du Lot-et-Garonne montés à Paris. Le père, Lucien, râblé, le teint fleuri, était une force de la nature ; c'était dû au fait, racontait-il, qu'enfant il avait mangé de la limaille de fer ! Aîné de huit enfants, il avait une mentalité de chef qui, alliée à une intelligence pratique, une joie de vivre et une faconde toute gasconne, lui avait permis d'enfoncer bien des portes. Et d'abord d'arracher de haute lutte sa promise, la timide Françoise, à une famille du village qui, parce qu'elle possédait quelques terres, ne voulait pas de ce « va-nu-pieds » pour gendre. Il leur avait montré, à ces prétentieux, ce dont il était capable ! Parti pour la capitale au début des années trente, il s'était bagarré comme un diable et était parvenu à faire fortune dans les affaires. Devenu un « monsieur », il fréquentait les grands restaurants, s'habillait chez les meilleurs faiseurs et côtoyait députés et ministres, ce qui ne l'empêchait pas de rester rigoureusement honnête. Comblé par la réussite, il éclatait parfois d'un orgueil enfantin, mais, doué d'une noblesse naturelle, jamais il ne se conduisait en nouveau riche.

Son épouse, qu'il appelait Angèle, voulant indiquer par là que pour supporter son tempérament emporté il fallait être un ange, n'était que douceur et résignation. Elle ne l'avait pas suivi dans sa fulgurante ascension, il lui en voulait un peu, mais, au fond, s'en accommodait, l'important étant qu'elle tînt la maison et élevât au mieux leurs deux filles, le Ciel l'ayant puni d'il ne savait quelle faute en lui déniant le bonheur d'avoir un héritier.

Il avait donc tout reporté sur ses filles dont il avait fait des « demoiselles », à des centaines d'années-lumière de leurs grands-parents paysans. Élevées à l'institut Merici, antre de l'aristocratie du septième arrondissement, elles rachetaient l'absence de particule par leur beauté, leur haute moralité et leurs manières exquises, toutes qualités qui, jointes à une dot consistante, leur valurent de beaux mariages.

A sept ans, je débarquai donc dans ma nouvelle famille qui occupait alors un appartement cossu de la rue Saint-Dominique, possédait une 15 CV Citroën et une bonne. J'aimais bien l'appartement meublé de fauteuils et de guéridons dorés façon Louis XV, je haïssais la Citroën réservée à la promenade du dimanche au cours de laquelle je vomissais tripes et boyaux mais que je ne pouvais manquer, car c'était « bon pour la santé », et je tenais le compte des bonnes qui se succédaient à un rythme accéléré.

Mais, par-dessus tout, j'aimais Jacqueline et Laure, mes deux nouvelles grandes sœurs. J'admirais leurs cheveux bouclés, leur taille élancée, et, même lorsqu'elles m'appelaient « crapaud » — car je détestais m'asseoir et passais le plus clair de mon temps accroupie —, je ne me fâchais pas, je méditais : à laquelle des deux voulais-je ressembler quand je serais grande ? A Laure au profil de médaille, que l'on comparait à la Sainte Vierge, ou à Jacqueline, sosie de Martine Carol, la « star scandaleuse » des années cinquante, dont, sitôt mariée, elle avait adopté les cheveux blond-blanc et les décolletés pigeonnants, au grand dam de Papa et Maman ? Mais qu'y pouvaient-ils, si cela plaisait à son « benêt de mari » ! fulminait Papa qui ne pouvait supporter son gendre, non qu'il fût insupportable, mais pour la simple raison qu'il lui avait pris sa fille préférée. *Pris* étant une façon de parler : la demande en mariage faite en frac et gants beurre-frais, selon les meilleurs usages, avait été agréée sur-le-champ.

Laure, la cadette, posait davantage de problèmes. Éperdument amoureuse du beau Xavier, « un coureur de dot », grondait Papa, « et de jupons », ajoutait Maman, elle se laissait dépérir. Elle avait pourtant deux ferventes alliées : mère Marie-Marc, dont l'incorrigible romantisme, revivant à travers les amours de ses anciennes élèves, encourageait les tourtereaux, à la grande fureur des Peyrac, et moi qui, du haut de mes huit ans, informais ma jolie maîtresse qu'étant majeure, elle n'était plus tenue d'obéir à ses méchants parents. Mais, si j'étais révoltée et prête à partir en guerre pour elle — ses pleurs, chaque nuit, me déchiraient le cœur, et je lui conseillais la fuite —, elle ne m'écoutait guère et même me grondait de tenir des propos aussi subversifs, ce qui me paraissait le comble de l'ingratitude et de l'injustice. C'était une époque où les parents étaient encore tout-puissants et où les jeunes filles étaient capables de se laisser mourir, mais pas de désobéir.

Elle ne mourut pas, elle était trop raisonnable pour cela. Deux ans plus tard, elle épousait un brillant ingénieur des Mines, parti convenable et sans histoires, elle eut trois enfants et mena une vie paisible qu'aucune passion ne vint plus troubler. Ce que, dans ces milieux, on appelait, on appelle encore le bonheur.

Son mariage me laissa esseulée, avec des parents qui avaient l'âge de grands-parents, et deux chats, ma seule distraction — à l'époque, il n'y avait pas la télévision. Je m'ennuyais ferme. Du balcon, je regardais avec envie les enfants des concierges s'amuser dans la rue. Que n'aurais-je pas donné pour partager leurs jeux ! Mais on ne me permettait de descendre que pour aller chercher une baguette chez le boulanger d'à côté, et cela, dûment gantée et chapeautée, sortir « en cheveux » et mains nues étant précisément le fait des filles de concierge et des femmes de mauvaise vie, confondues dans une même réprobation, vu que les premières, soupirait-on, avaient de grandes chances de finir comme les secondes.

J'ignorais ce qu'étaient les « femmes de mauvaise vie », mais je pensais en connaître une. Sur un balcon, en face, apparaissait parfois une énorme personne, outrageusement maquillée, les seins débordant de robes bariolées. On m'avait interdit de la regarder, mais je m'arrangeais pour l'épier sans en avoir l'air. Elle me fascinait au point qu'elle finit par prendre dans mes rêveries la place de sainte Blandine dont la vertu commençait à me lasser. Je l'imaginais en ogresse se repaissant de la chair fraîche d'enfants qu'elle attirait dans sa chambre sombre. Le cœur battant, je guettais ses apparitions sur le balcon, espérant découvrir quelque indice de sa « mauvaise vie ». Peine perdue : je n'appris jamais rien sur cette femme. C'était sans doute une banale grosse dame, mais Dieu qu'elle me fit fantasmer !

Un autre endroit excitait ma curiosité : c'était un restaurant aux fenêtres voilées de rideaux à carreaux blancs et rouges, qui s'appelait *La Fontaine de Mars*. Depuis mon balcon, je voyais les gens les plus divers s'y engouffrer et en ressortir la mine ravie, parfois même en riant aux éclats. Je rêvais d'y pénétrer. Un jour, j'osai en parler à Papa pour qui les bonnes tables étaient l'un des sujets de conversation favoris. Il me fustigea du regard : « Les jeunes filles de bonne famille ne vont pas au restaurant. » Que de choses étaient interdites aux jeunes filles de bonne famille ! Je rongeai mon frein, mais n'osai protester. Mon troisième père adoptif était un homme d'une grande bonté, mais ses colères étaient proverbiales, toute la maison en tremblait ;

même son épouse, que tout le monde appelait « la pauvre Angèle », se serait bien gardée d'émettre le moindre son. Quant à moi, chaque fois qu'il élevait la voix, j'avais si peur que j'aurais voulu mourir. J'en ai conservé les nerfs fragiles et une complète paralysie face à la violence verbale, comme si certains mots pouvaient tuer plus sûrement que les balles que, plus tard, devenue correspondante de guerre, j'ai bravées sans problème pendant des années.

Heureusement, il y avait l'école où je me déchaînais, profitant sans vergogne de mon statut privilégié. Quoi que je fasse, les religieuses ne pouvaient renvoyer l'« enfant seule au monde » dont elles avaient la responsabilité, une enfant qui « avait eu tant de malheurs et qu'il fallait comprendre ».

Ayant longuement partagé leur vie quotidienne, ladite enfant les connaissait fort bien et savait exactement quelles étaient les limites à ne pas dépasser. Tout résidait dans le respect des formes. On pouvait se montrer parfaitement insolente du moment que l'on employait un langage châtié, que l'on n'oubliait pas de faire la « petite révérence » chaque fois que l'on passait devant une religieuse, et qu'on se levait bien droite au son du claquoir, même si, derrière les pupitres, on continuait à se faire des croche-pieds.

C'était l'éducation toute d'apparences convenant aux parfaites femmes du monde que nous étions censées devenir. Les rubriques de nos carnets de notes reflétaient bien la hiérarchie des valeurs de notre microsociété : conduite, politesse, exactitude, religion, application... Les résultats purement scolaires étaient relégués au second plan.

Chaque mois, toutes les classes se rassemblaient dans la galerie des glaces pour la cérémonie des « grandes notes ». Autrefois salons de réception — notre école était un ancien hôtel particulier —, la galerie des glaces jouxtait la chapelle, elle aussi tapissée d'immenses miroirs qu'on avait recouverts d'un affreux papier à croisillons afin de nous épargner le péché de vanité. Par endroits, des ongles rageurs avaient bien essayé de gratter le papier trouble-fête, mais les religieuses le recollaient aussitôt.

Les « grandes notes » constituaient un moment de vérité : juchée sur une estrade, une religieuse lisait solennellement les résultats de chaque élève et, devant tout le monde, nous recevions notre lot d'honneurs ou de honte. Les yeux modestement baissés, nous sortions du rang dans notre uniforme fraîchement repassé, chaussettes blanches et col de celluloïd bien nettoyé, et, devant l'aréopage de religieuses assises, visage impassible mais regard acéré, nous exécutions la « grande révérence ». C'était un exercice périlleux : tenant notre jupe plissée à deux mains, nous devions plier la jambe gauche tandis que la droite traçait un demi-cercle imaginaire, puis, épaules effacées et ventre rentré, nous plongions jusqu'à terre. Parfois, émue de se sentir le point de mire de trois cents paires d'yeux sans indulgence, l'une d'entre nous perdait l'équilibre, déclenchant une tempête de rires vite étouffés mais qui lui résonneraient longtemps aux oreilles. Puis nous nous approchions de la directrice qui nous ceignait du large cordon rouge, bleu ou vert, par ordre de mérite décroissant — le cordon vert était déjà assez infamant, mais les malheureuses qui se retrouvaient sans cordon aucun étaient pendant tout le mois désignées à la risée générale comme par un bonnet d'âne.

Je me souviens d'une élève qui m'horripilait, car elle récoltait toujours le cordon rouge, et même la croix d'excellence. La directrice nous la citait en exemple, car, outre ses études, elle suivait des cours de piano au Conservatoire où elle réussissait aussi brillamment. Pour couronner le tout, Gersende de Sabran était ravissante, avec ses boucles blondes et ses grands yeux bleus. A vingt ans, elle décrocherait ce qui, dans notre milieu, constituait le super-prix d'excellence en épousant l'un des enfants de France [1]...

Pour ma part, je trouvais ces filles de famille bien peu intéressantes. Mes amies de cœur étaient des moutons noirs. Il y avait Annick, une fille de divorcés, murmurait-on. Par quel miracle était-elle entrée à l'institut Merici d'où cette catégorie était impitoyablement rejetée ? Sans doute parce que sa mère, en cette affaire « plus victime que coupable », n'avait pas commis le péché mortel de se remarier. Il y avait aussi Roselyne, méprisée par certaines parce qu'elle était fille de commerçants ; mais, comme son père tenait la librairie où se fournissait l'école, la directrice avait consenti cette exception inouïe à la règle. Annick était toujours première, Roselyne et moi toujours dernières, sauf dans nos matières de prédilection : gymnastique, récitation et rédaction. Mais nous nous retrouvions, mèches en bataille, tablier et doigts tachés d'encre, pour mener les pires chahuts et descendre à califourchon la rampe de cuivre du grand escalier afin d'échapper à mère Marie-Michaela qui voulait nous faire réciter nos déclinaisons latines, ou au professeur de piano, mademoiselle Robert, qui nous tapait sur les doigts avec une règle de fer. Les retenues pleuvaient, mais ça m'était égal : j'étais aussi bien à l'école que seule dans ma chambre sombre de la rue Saint-Dominique.

J'aimais pourtant bien mes vieux parents, mais je ne m'y attachais pas vraiment, sachant n'être là que de passage : ma famille suisse, ma vraie famille, allait revenir me chercher. Je rêvais à ces retrouvailles, j'en imaginais chaque détail : en plein cours, une religieuse viendrait, elle me ferait ôter mon tablier, arrangerait ma chevelure désordonnée, elle ne me dirait rien, mais, bien sûr, j'aurais deviné, et tandis qu'elle m'emmènerait vers le grand parloir, celui aux fauteuils de velours vert olive, je sentirais

1. Jacques d'Orléans, fils du comte de Paris.

mon cœur battre à en étouffer. La porte s'ouvrirait et ils seraient là, tous les cinq : Mamie, Padrino, Jean-Roch, Viviane et Rose-Marie. Je me précipiterais dans leurs bras et ils me serreraient fort, tellement fort, et nous serions heureux, si heureux !

Mille et une fois je m'étais répété cette scène. Un seul problème me tracassait que, malgré mes efforts, je n'arrivais pas à résoudre : qui embrasserais-je en premier ?

Je n'eus pas à choisir : ils ne revinrent jamais me chercher.

Lassé des scènes de jalousie — justifiées — de Mamie, Padrino avait divorcé et la famille avait éclaté aux quatre coins du monde : lui, nommé ambassadeur au Chili ; Viviane, mariée au Venezuela ; Rose-Marie, partie vivre sa vie en Italie ; Jean-Roch en pension à Pontoise ; et Mamie à Paris. Tour à tour, ils vinrent me rendre visite. D'abord Rose-Marie qui, pour me consoler, m'apporta un bébé crocodile empaillé et une orchidée d'or. Nous passâmes ensemble un après-midi très doux, après quoi elle disparut pendant plusieurs années. Puis, entre deux avions, surgit Padrino. J'avais dix ans, je me souviens qu'il m'offrit un livre d'images, mais surtout qu'il était très pressé : je ne le revis qu'à dix-huit ans.

Heureusement, Mamie s'était installée à Paris, elle allait me reprendre, et, chaque week-end, je verrais mon Jean-Roch que, plus tard, j'allais à coup sûr épouser.

Mamie ne me reprit pas. Elle avait trop à faire à décorer de somptueux appartements qu'elle revendait pour gagner sa vie. J'allais chez elle en visite, séduite par la magnificence des lieux, mais surtout éperdue d'admiration et d'amour pour elle. Elle était belle avec panache et je ne pouvais m'empêcher de faire la comparaison avec ma modeste maman de la rue Saint-Dominique. Tristement, je revenais à la maison où je me montrais insupportable, partagée entre ma « vraie famille », qui ne pouvait ou ne voulait me reprendre, et les vieux parents dévoués auprès desquels je me sentais de plus en plus étrangère.

Les adultes ne se rendent pas compte du mal qu'ils font aux enfants, des blessures ineffaçables que leur insouciance leur inflige et qui en feront pour la vie des mutilés du cœur. J'avais été une enfant charmeuse, je devenais une fillette difficile. Pourtant j'étais entourée, ma troisième famille adoptive faisait grand cas de moi. Jusqu'au jour où, à ma douloureuse stupeur, je fus détrônée par un vilain bébé.

Ce bébé, le premier de ma grande sœur Laure, je l'avais attendu avec impatience. Serait-ce une fille ou un garçon ? Comment le reconnaîtrais-je ? J'avais posé la question à Maman qui m'avait expliqué que l'on reconnaissait les filles à ce qu'elles avaient les poignets plus fins que les garçons. J'examinais mes poignets et me désespérais : jamais je ne saurais faire la différence !

Du jour où l'enfant naquit — c'était une fille —, mon monde s'écroula. Papa et Maman n'avaient d'yeux que pour cet affreux paquet rougeaud et braillard : c'était « la plus jolie, la plus intelligente ». Tout à coup, je n'existais plus.

J'en ai longtemps gardé une violente aversion pour les enfants, jusqu'à ce que je réalise qu'en fait, j'étouffais de jalousie : eux avaient un papa et une maman, ils avaient droit à l'amour, tandis que, pour moi, l'amour était une faveur que l'on m'accordait, mais dont on me faisait bien comprendre que j'étais redevable. On me donnait par bonté, je n'avais droit à rien.

Que de fois, à la moindre peccadille, n'ai-je pas entendu les mots d'« ingrate », « sans cœur », « monstre d'égoïsme » ! Ils ont rythmé ma jeunesse, me persuadant que j'étais effectivement un monstre de vouloir agir comme bon me semblait et non comme il plaisait à ceux qui « faisaient tant pour moi ». Telles de minuscules gouttes d'acide, ces mots ont creusé dans mon esprit un chemin par où s'est infiltrée l'hydre noire de la culpabilité. Pour les faire mentir, à l'âge adulte, que de bêtises n'ai-je pas commises !

Mon seul havre de liberté, mon paradis, c'était Trintal, le petit bourg du Lot-et-Garonne d'où Maman était originaire et où nous allions passer les vacances. Je me souviens des départs au petit matin, Maman épuisée d'avoir passé la nuit à ficeler les paquets — c'était un véritable déménagement, car nous partions pour trois mois —, Papa, surexcité, tentant d'arrimer sur la galerie de la 15 CV Citroën un échafaudage branlant de valises et de cartons et se fâchant tout rouge, car on emportait trois fois trop de choses — c'était toujours pareil —, mais toujours il y parvenait. Enfin, nous démarrions par les rues encore désertes, moi à l'avant, serrée contre Maman, la bonne derrière, coincée entre les cartons et les deux paniers à chats qui, au cours du trajet, allaient répandre des effluves auxquels Papa réagissait par des bordées de jurons, tandis que Maman se signait dans l'espoir que le Ciel les lui pardonnerait.

Le voyage — six cent cinquante kilomètres — durait une dizaine d'heures que je passais la tête à la fenêtre, car je souffrais d'un incurable mal au cœur. Rien n'y faisait, ni les images pieuses ni les sachets de sel sur l'estomac : je vomissais tout au long du trajet. J'avais pris l'habitude de le faire discrètement, Papa refusant de s'arrêter pour ne pas casser sa moyenne. Maman me soutenait le front et me passait des mouchoirs imbibés d'eau de Cologne tandis qu'à l'arrière, malgré la chaleur, la bonne était obligée de calfeutrer sa fenêtre. Il en fut ainsi jusqu'à l'apparition de la bienfaisante fée Nautamine : désormais bourrée de cachets, les pupilles dilatées, je passais le voyage dans un état de stupeur. Des pages, des livres entiers me défilaient devant les yeux : je n'imaginais pas, je voyais, ou plus exactement j'hallucinais, mais je me gardais bien d'en parler de crainte qu'on ne me supprime cette drogue magique et ne me fasse retomber en enfer.

Sitôt passé Agen, à quelques kilomètres de Trintal, je ressuscitais. Le buste tout entier sorti de la voiture, je humais l'air à pleins poumons, je saluais les champs de maïs et de tabac, les vignes et les bons vieux pruniers ; je reconnaissais toutes les fermes, j'y avais des amis, j'arrivais chez moi, j'étais la reine. Je considérais en effet Trintal comme mon fief inaliénable. J'étais « la Parisienne » et, à ce titre, exerçais un ascendant certain sur les petits paysans, même s'ils se moquaient en imitant mon accent « pointu ».

Pendant tout l'été, le village vivait à l'heure de garnements occupés à inventer les tours les plus pendables, et nous nous retrouvions souvent perchés sur une branche, attendant des heures que notre victime, postée au pied de l'arbre avec un bâton, finisse par se lasser. Chaque jour, nous partions en expédition sur nos bicyclettes que nous imaginions de fougueux destriers, et allions faire des razzias de fruits dans les prés environnants. La campagne nous appartenait et si d'aventure un paysan protestait que nous cueillions ses plus belles poires ou son chasselas le plus doré, nous le prenions de haut, le traitant d'avare, et le couchions aussitôt sur la liste de nos futures expéditions punitives.

Je me souviens de notre surprise outragée, la première fois que nous vîmes un fil de fer barbelé. Il coupait nos pistes habituelles, délimitant la propriété d'un dentiste de la ville voisine qui s'était installé là une résidence secondaire. Cette atteinte à notre liberté — sur notre territoire ! — était intolérable. Ce fut l'affrontement. Affrontement entre nous, les Indiens pour qui la jouissance de l'espace était un droit inaliénable, et ce petit Blanc qui nous refusait le passage pour la seule raison qu'il avait payé. Deux conceptions du monde inconciliables, à l'origine de bien des guerres et des génocides ! Dans un premier temps, nous fûmes vainqueurs, car le garde champêtre, alerté, faisait la sourde oreille, ne comprenant pas que l'on fasse tant d'histoires à cause d'enfants qui traversaient un pré sans rien abîmer (nous étions respectueux des cultures). En revanche, lorsque arrivèrent un beau jour les gendarmes de la ville voisine, nous fûmes bien obligés de céder. Mais le dentiste ne l'emporta pas en paradis : indigné d'avoir été l'objet d'une intervention policière, le village, comme un seul homme, lui tourna le dos, tant et si bien qu'il dut revendre sa propriété et s'en aller.

Entre ces aventures, nos baignades dans le Lot, la pêche aux écrevisses, l'exploration des grottes du coteau, préhistoriques et peuplées de chauves-souris, et les répétitions de la pièce de théâtre que nous montions chaque été pour le plus grand amusement de la population, je n'étais jamais à la maison. Maman se désolait de me voir passer mon temps à « courir », au lieu de rester dans le jardin fleuri à jouer gentiment avec mes amies, et Papa se mettait dans des colères terribles, car j'arrivais systématiquement en retard aux repas. Tremblante, je promettais de ne plus recommencer, mais c'était plus fort que moi : sitôt dehors, j'oubliais mes promesses. Bridée toute l'année, j'étais ivre de liberté, on avait beau me menacer et me punir, je n'y pouvais rien : la vie était trop passionnante, je ne voulais pas en perdre une miette.

C'est à Trintal qu'ont éclos tous mes rêves, c'est là, loin de la grisaille parisienne et de la morale étriquée de la bonne société du septième arrondissement, que j'ai appris le bonheur.

Lorsque le 1er octobre sonnait le glas de la rentrée et que je retrouvais mes camarades de classe, décrivant, tout excitées, leur été dans les stations chic du bord de mer, de la montagne, ou dans leur château, je comprenais combien mes vacances paysannes avaient été incomparablement plus belles que les leurs. Mais, lorsqu'elles m'interrogeaient, je ne savais que dire. Comment leur expliquer, quand elles me parlaient bateau, équitation, tennis, le bonheur d'être étendue dans l'herbe pendant des heures à regarder le ciel changer de couleur, à éprouver dans tout son corps le chaud frémissement de la terre, à respirer jusqu'à l'étourdissement la fraîcheur du vent, à sentir qu'on ne fait qu'un avec les arbres et les feuilles, qu'on fait partie d'un tout et que jamais, jamais on ne peut être seule?...

Les années scolaires se succédaient, j'attendais les vacances, m'arrangeant pour travailler juste ce qu'il fallait, à la veille des examens, pour passer dans la classe supérieure. On me disait paresseuse, j'étais surtout distraite. J'avais « la tête ailleurs ». Sur mes carnets, les professeurs résignés griffonnaient des appréciations ironiques : « On ne peut apercevoir la figure de Zahr pendant les cours : elle dort, rêve ou dessine. »

Effectivement, je rêvais et dessinais beaucoup. J'ai passé ma jeunesse à dessiner des visages de femmes ; les marges de mes cahiers et de mes livres en étaient couvertes : visages aux yeux immenses et à la longue chevelure bouclée, toujours les mêmes. On avait beau me punir, je continuais, poussée par je ne sais quel instinct irrépressible. Jusqu'au jour où, bien des années plus tard, je compris que c'était le visage de ma mère que je dessinais, ma mère que, par la magie du trait, j'essayais de faire revivre, imprimant son regard et son sourire sur tout ce qui m'entourait.

Pourtant je pensais rarement à elle, encore moins à mon père. Il était loin, le temps de la petite princesse, de sa mère sultane, de son papa roi du Zinde. La réprimande de mère Marie-Marc m'avait marquée au fer rouge ; je ne parlais plus jamais de mes vrais parents. Je ne mesurais pas que ce silence suscitait toutes sortes de commentaires, au point qu'un jour une élève charitable me déclara en me fixant droit dans les yeux : « Tout le monde sait bien que ta mère n'était qu'une vulgaire concubine ! » Cramoisie, j'essayai d'expliquer mais elle me coupa, hautaine : « Si ce n'est pas vrai, pourquoi est-ce que tu ne parles jamais d'elle ? »

De fait, je n'évoquais plus mon passé. Sans doute parce que la directrice m'avait fait honte, mais surtout parce que j'avais terriblement besoin d'oublier et d'être comme les autres. C'était l'instinct de survie, car, avec tous les embarras qu'on avait faits dans mon enfance autour de la « pauvre petite princesse abandonnée », j'aurais dû devenir une insupportable cabotine experte à mettre en avant ses titres et ses malheurs, une sorte de Madone des Sept Douleurs. Par chance, mon orgueil m'interdisait d'être plainte. En outre, j'avais un tempérament heureux et une intense envie de m'amuser. Et si, enfant, j'avais abondamment utilisé mon histoire pour être aimée et gâtée plus que les autres, j'avais fini par réaliser qu'« être une petite fille malheureuse » était, au bout du compte, très ennuyeux.

Mais un jour, alors que je venais d'avoir quinze ans, ce passé que je voulais oublier me rattrapa.

Je me trouvais comme d'habitude en retenue, ayant au réfectoire fait remarquer, désignant des asticots dans nos assiettes, que c'était péché de manger de la viande le vendredi, lorsque la directrice me fit appeler. Son air grave me surprit : je n'avais quand même pas commis de crime... Mais il s'agissait bien de mon insolence : coup de tonnerre dans un ciel limpide, au bout de dix ans de silence, mon père se manifestait à nouveau !

Je devais apprendre plus tard ce qui s'était passé. Après être resté quelque temps étourdi par le choc que lui avait causé la lettre officielle du gouvernement britannique l'informant que son épouse l'avait trompé, le radjah avait commencé à nourrir des doutes : cette affaire était loin d'être claire, il avait soupçonné l'alliance d'une administration anglaise trop heureuse d'humilier une famille d'opposants notoires, et de religieuses catholiques prêtes à tout pour « sauver une âme ». Il avait suffisamment assisté aux agissements des missionnaires aux Indes pour n'avoir aucune illusion sur leur détermination dès qu'il s'agissait de la plus grande gloire du « vrai Dieu ». A cette époque, en effet, avant le concile Vatican II, il n'y avait pour les chrétiens qu'un seul Dieu : le leur. A la différence d'un « barbare » comme, au XIIIᵉ siècle, Gengis Khan, qui, respectueux de toutes les religions, à ses yeux autant de voies différentes conduisant vers un même Dieu, épargnait églises et prêtres à condition que ces derniers prient pour lui...

De sa seconde épouse, Amir, radjah de Badalpour, avait trois fils, ce qui le comblait, mais, parfois, quand lui revenait le souvenir de cette fille qu'il avait en France, il bouillait de rage impuissante. Maintenant qu'il n'était plus happé par le tumulte de la politique, il avait résolu de tout faire pour la retrouver. Où était-elle ? Sa dernière trace conduisait chez les religieuses, mais il ne servait à rien de leur écrire : comme la dernière fois, elles prétendraient ne rien savoir. Il fallait faire une démarche officielle.

Amir hésitait encore : une demande officielle entraînerait une réponse officielle. Et cette réponse serait sans doute la même que celle qu'il avait reçue dix ans auparavant. Il n'était pas prêt à subir à nouveau cet affront, d'autant moins que, cette fois, ce ne serait plus quelques responsables britanniques, mais toute l'administration de New Delhi qui en ferait des gorges chaudes ! Il était payé pour savoir que la discrétion n'était pas la principale qualité de ses compatriotes, surtout lorsqu'il s'agissait de brocarder un « ci-devant ». La seule issue était une intervention de très haut niveau, court-circuitant la voie administrative classique. Et, « très haut », c'était son vieil ami le Premier ministre Jawaharlal Nehru, auquel il avait rendu suffisamment de services par le passé pour pouvoir maintenant solliciter son aide.

En effet, Nehru, ému par toute l'histoire, chargea sa sœur, madame Pandit, alors ambassadeur à Londres, de rechercher l'enfant. A la demande de la propre sœur du Premier ministre, l'ambassadeur à Paris ne pouvait que répondre avec la plus grande diligence. Et c'est ainsi qu'une affaire qui, si elle avait emprunté la voie bureaucratique normale, serait toujours pendante aujourd'hui, fut résolue dans le temps record de trois ans.

Je me retrouvai donc, en ce mois de juin 1955, devant la directrice de l'institut Merici aux cent coups, mais qui, en femme de caractère, avait décidé d'aborder le sujet de la manière la plus directe :

— Zahr, je viens d'avoir la visite de l'ambassadeur de l'Inde. Il désire vous voir. Votre père demande si vous voulez revenir en Inde.

Mon père! Sur l'instant je ne comprends pas, je n'ose pas comprendre. Et puis, d'un coup, les mots prennent un sens : mon père, mon père indien me demande! Il n'a pas oublié sa fille! Bien sûr que je veux y aller, plutôt mille fois qu'une! Bien sûr que je veux retrouver mon père, et tout de suite!

Mon bonheur est si grand, si évident que mère Marie-Marc en ressent un choc. Ainsi, elle a tout fait, tout le monde a tout fait ici depuis des années pour que je sois heureuse, bien adaptée, pour que j'oublie ma famille indienne, et, à la première évocation de mon père, l'édifice élevé avec tant d'affectueuse patience s'écroule tel un château de cartes.

— Zahr, reprend-elle d'un ton grave, vous n'êtes plus une enfant. Sachez que la vie là-bas sera très différente de ce à quoi vous êtes habituée. Vous allez perdre vos parents, vos sœurs, vos amies.

— Mais, ma mère, rendez-vous compte, je vais enfin connaître mon père, mon *vrai* père!

Je n'ajoute pas, pour éviter de la blesser : ce père dont je rêve depuis toujours, même si vous avez tout tenté pour me le faire oublier, même si vous m'avez raconté que ma mère, sur son lit de mort, avait demandé que je ne retourne jamais en Inde, même si le ciel devait s'écrouler, je veux y aller ! Je veux avoir mon père à moi, pas des parents d'emprunt, je veux mon vrai père !

En sortant du bureau, je marchais comme sur des nuages, je ne cessais de répéter « papa, papa », savourant ce mot merveilleux que, pour la première fois, j'allais pouvoir prononcer sans jouer, sans arrière-pensées, sans tristesse.

Je rentrai rue Saint-Dominique. Le hall d'entrée, les escaliers me parurent soudain étrangers ; c'était l'une des dernières fois que je les empruntais. Maman m'ouvrit la porte, je la trouvai changée : je ne voyais plus qu'une vieille dame très bonne, mais qui m'était elle aussi étrangère. Pauvre maman, pauvre papa, ils avaient raison : je n'étais qu'un monstre d'ingratitude mais, désormais, je m'en fichais, tout en moi chantait : « Mon papa, mon vrai papa, mon papa chéri, mon papa à moi ! » Mon père me demandait, il me voulait auprès de lui, je n'étais plus une enfant abandonnée, j'avais un merveilleux papa, le plus merveilleux des papas : il m'aimait ! Ah, comme je l'aimais, moi aussi... Je n'avais plus qu'une idée : partir. Tout de suite !

CHAPITRE III

Aujourd'hui, Jacqueline, ma sœur aînée, m'a invitée chez elle. Pour moi, c'est la fête, car elle est la gaieté même. Cette fois, pourtant, elle semble préoccupée, et, sitôt le repas terminé, elle m'entraîne au petit salon. Elle veut me parler « seule à seule ». Étonnée, je la regarde déplacer nerveusement les bibelots d'un meuble à l'autre. Que se passe-t-il ? Je suis loin de me douter que mère Marie-Marc, contrainte d'employer les grands moyens, l'a chargée de « tout me révéler ».

Enfin elle se lance :

— Tu sais, Zahr, ta maman était une femme extraordinaire...

Bien sûr que je le sais, pourquoi me répète-t-elle cela ?

— Elle a eu beaucoup de malheurs dans sa vie, et son mariage, un mariage arrangé, n'a pas été très heureux. La vie en Inde est difficile pour quelqu'un qui n'est pas habitué aux coutumes locales, si difficile que ta maman a décidé de quitter le pays pour venir à Paris. Elle voulait que tu vives en France.

Ainsi, on a demandé à Jacqueline de me convaincre, on veut à tout prix m'empêcher de retourner chez mon père. Mais ils peuvent me dire tout ce qu'ils veulent, cela ne servira à rien. Je veux rentrer ! Je le dirai à l'ambassadeur : ils seront bien obligés de me laisser partir.

64

— Jacky (c'est le petit nom affectueux qu'on lui donne), personne ne sait ce que voulait ma mère. Et, de toute façon, je ne suis pas elle. Je veux aller en Inde, moi, je veux retrouver mon père ! De quel droit pourrait-on m'obliger à rester ici ? Après tout, c'est l'Inde, mon pays ! Je suis à moitié indienne !

— Non.

— ???

— Zahr, il faut que tu comprennes : ta maman était malheureuse. A Paris, elle a rencontré un monsieur très bien, ils sont tombés amoureux l'un de l'autre. C'est le monsieur américain que tu as vu quand tu avais cinq ans. C'est lui, ton père.

— C'est faux ! Tu mens ! Vous mentez tous pour me faire rester ! ai-je hurlé de fureur, de terreur.

— Non, ma chérie, c'est Zeynel, ton eunuque, qui a menti lorsqu'il a affirmé que tu étais née le 14 novembre 1939. Pendant des mois, on a cherché ton acte de naissance dans toutes les mairies de France, et même en Suisse où l'on pensait que ta maman avait séjourné. Finalement, on l'a trouvé à Paris, daté du 15 juin 1940. Or, ta maman avait quitté les Indes en avril 1939. Elle n'a pu te porter quinze mois !

Quinze... Quels quinze mois ? La tête me tourne, je ne comprends rien à toutes ces dates... Et pourquoi Zeynel aurait-il menti ? Ce sont les religieuses qui ont changé mon anniversaire, je m'en souviens : après le départ de ma famille suisse, elles m'ont fêté une seconde fois mes cinq ans. Elles ont tout manigancé pour m'empêcher de rentrer en Inde ! De toute façon, ma mère...

— Jacky, c'est impossible : tu sais bien que ma mère était enceinte quand elle a quitté les Indes. Vous m'avez même expliqué qu'elle souhaitait accoucher en France parce qu'elle avait peur des coutumes de là-bas.

— Elle a probablement fait une fausse couche, et c'est après qu'elle a rencontré le docteur Kerman. Lorsqu'il revint en 1945, il montra à mère Marie-

Marc les lettres de ta maman, des lettres désespérées où elle lui disait avoir eu une petite fille de lui et se trouver seule, sans argent, dans Paris occupé. Elle l'appelait au secours. Il n'avait trouvé ses lettres qu'à la fin de la guerre, à la mort de sa femme qui les avait interceptées et cachées. Prenant le premier bateau pour la France, après bien des recherches, il apprit que Selma, ta maman, était morte, mais que toi, tu étais bien vivante, à l'institut Merici. C'est lui qui a donné l'autorisation de te baptiser. Il voulait même t'adopter, mais on lui a remontré que ce serait difficile, car ta maman, à sa mort, étant toujours mariée, ton père officiel était le radjah. Il a alors déclaré qu'il pourvoirait à ton éducation, et il est rentré en Amérique pour arranger tout cela. Hélas, à peine arrivé, il a succombé à une crise cardiaque... Vois-tu, Zahr, c'est une belle histoire : tu es le fruit d'un grand amour.

Je n'entends plus rien, je ne vois plus rien. Les larmes m'aveuglent. Cette mère qu'on me présentait comme la Sainte Vierge m'apparaît brusquement comme une créature dévoyée ! Elle a menti et a eu un amant. Mais moi, dans tout ça, qui suis-je ? Qui est mon père ? Ton père n'est pas ton père : qu'est-ce que ça veut dire ? J'ai l'impression que ma tête éclate, je vais devenir folle ! Mon père, ton père, on va le tuer, il faut le tuer pour me manger... On m'a tuée... C'est Elle qui m'a tuée... Je dois la tuer pour qu'elle ne me tue pas, pour qu'ils ne me tuent pas, eux tous qui tentent de me noyer dans un trou sans nom... Ils mentent ! Je ne me laisserai pas faire. Je serai plus forte qu'eux. Ils peuvent dire tout ce qu'ils veulent, faire tout ce qu'ils veulent, ils ne m'atteindront pas... Je ne sens rien, je ne veux plus rien sentir, je ne sentirai plus jamais rien. Je ne veux plus avoir mal. Je les déteste, je les déteste tous. Elle, surtout. Je la hais !

C'est une somnambule que, quelques jours plus tard, on emmena à l'ambassade de l'Inde. Persuadées que mon père voulait me reprendre pour me marier, les religieuses, m'avaient fait mettre jupe plissée et socquettes, alors que j'avais déjà commencé à porter des bas, de sorte que je n'aie pas l'air d'une jeune fille. Je ne réagissais pas, je laissais faire ; leurs arguments m'avaient assommée, désormais tout m'était égal. A l'ambassadeur qui me questionnait, je répondis ce qu'on m'avait dit de répondre : j'étais très heureuse en France, j'aimais mes parents adoptifs qui me traitaient comme leur fille, j'avais beaucoup d'amies, je ne manquais de rien. Non, je n'avais pas envie d'aller en Inde. Plus tard, peut-être, lorsque j'aurais terminé mes études...

L'entretien persuada le diplomate que j'étais une adolescente parfaitement intégrée et qu'à l'évidence, je n'avais nul désir de connaître ni ma famille, ni mon pays d'origine.

C'est en ce sens qu'il fit son rapport à madame Pandit, laquelle écrivit à mon père que je considérais ma famille française comme ma vraie famille, et qu'il serait cruel de m'arracher à mon milieu et à ceux que j'aimais. Elle lui conseillait, pour mon bien, de m'oublier.

Pour mon bien ! Tout le monde ne voulait que mon bien !

Et, pour mon bien, sans le vouloir, ils tuaient tout ce qui en moi vivait.

Jusqu'alors, j'avais été une fillette joyeuse et naïve dont les religieuses déploraient le manque de maturité par rapport à ses compagnes de classe qui devenaient de vraies jeunes filles. En l'espace de vingt-quatre heures — mais quelles vingt-quatre heures ! —, j'avais « mûri » et les chères mères eurent la désagréable surprise de découvrir tout à coup une adolescente amère et renfermée qui se montrait volontiers cynique.

Je devins une forte tête, acquérant par là un nouvel ascendant sur mes camarades. Je savais tout, j'étais revenue de tout. L'un des thèmes que je développais à l'envi était qu'on devrait porter le nom de sa mère, étant donné qu'on ne pouvait jamais être assuré de qui était son père. Affirmation scandaleuse qui, dans ce milieu bien-pensant, aurait dû me valoir mille fois le renvoi. Mais mère Marie-Marc avait donné des consignes : les professeurs faisaient semblant de ne rien entendre.

On était d'autant plus indulgent à mon égard que régnait à nouveau la psychose de l'enlèvement. Pendant la visite chez l'ambassadeur, un homme était entré dans le bureau, tenant un petit appareil à la main, et m'avait regardée avec attention. Les religieuses étaient persuadées qu'il m'avait photographiée, évidemment dans le but de me faire enlever ! Pendant plusieurs mois, on ne me laissa plus sortir seule ; même sur les cinq cents mètres séparant la maison de l'école, je devais être accompagnée.

Indifférente, je laissais faire. Je ne pensais qu'à une chose : qui suis-je ? où est la vérité ?

Devant moi, les adultes se disputaient, chacun s'acharnant à défendre sa thèse. Pour les religieuses et pour mes parents adoptifs français, j'étais sans aucun doute la fille de l'Américain : les lettres de ma mère et surtout mon acte de naissance en témoignaient. Pour Mamie, ma mère adoptive suisse qui avait recueilli le témoignage de Zeynel, j'étais bien la fille du radjah, née le 14 novembre 1939. Mais Selma, qui ne voulait à aucun prix retourner en Inde et craignait qu'on ne lui enlève sa fille, avait obligé l'eunuque à écrire à mon père que l'enfant était mort-né, cependant qu'elle-même avisait le docteur Kerman, bloqué aux États-Unis par la guerre, qu'elle attendait un enfant de lui. Par la suite, profitant de la panique et du désordre qui régnaient dans la capitale au lendemain de l'arrivée des Allemands, elle m'avait fait enregistrer le 15 juin 1940 sous une fausse identité. En place du nom du père, Hussain de Badalpour, elle avait fait inscrire : Hussain, et, en guise de profession, au lieu de radjah : commerçant. Enfin, comme prénom de l'enfant : Suzanne. Ainsi, Zahra Hussain de Badal-pour, née le 14 novembre 1939 d'un père radjah, était devenue, par la magie des écritures, Suzanne Husain, née le 15 juin 1940 d'un père commerçant. Avec un tel acte de naissance, le radjah avait peu de chances de retrouver son enfant !

J'eus tous les papiers en main bien plus tard, notamment la lettre de Zeynel datée du 14 novembre 1939 par laquelle il annonçait à mon père que l'enfant était mort-né. Mais aussi un étonnant télégramme de ma mère, daté de juillet 1940, donnant de bonnes nouvelles de Zeynel, d'elle-même et de... la petite fille, et réclamant de l'argent. Rien entre les deux messages. On peut imaginer la perplexité de mon pauvre père, et plus tard la mienne...

Mais, à l'époque, je ne disposais pas du moindre élément pour me retrouver dans cet imbroglio, je ne pouvais qu'assister, impuissante et horrifiée, aux discussions enflammées, chacun défendant mordicus son candidat-père sans se soucier de l'adolescente qui se trouvait là.

L'inconscience des adultes est confondante : parce que, par orgueil, j'affichais un air indifférent, ils croyaient que tout cela m'était égal. Jamais ils n'auraient imaginé que, chaque nuit, dans mon lit, pendant des heures, je sanglotais. Je pris l'habitude morbide de noircir des feuilles de papier, non plus de visages de femmes, mais de rubriques suivies de points d'interrogation :

Nom : ?
Prénoms : ?
Père : ?
Date de naissance : ?
Nationalité : ?

Ceci, bien entendu, en cachette, car personne à l'école ne devait rien soupçonner.

Et je commençai méthodiquement à me fabriquer une carapace. Je ne voulais plus souffrir, je ne voulais plus être à la merci des autres, je devais devenir forte, totalement maîtresse de moi, afin que plus rien ne m'atteigne. Pour ce, je m'inventai une technique : je m'obligeais systématiquement à faire le contraire de ce dont j'avais envie et à penser le contraire de ce qui me venait naturellement à l'esprit. Technique simple mais, à la longue, redoutable pour l'équilibre de bien plus forts que moi.

Entre-temps, la cohabitation avec ma famille adoptive devenait de plus en plus difficile. Au fond, je lui en voulais de m'avoir « enlevée » à mon père, j'avais l'impression qu'on me gardait de force. Je m'accusais de nourrir ces pensées déraisonnables et injustifiées envers ceux qui n'avaient jamais voulu que mon bonheur, mais elles persistaient.

Aujourd'hui, j'estime que j'avais raison, que l'argument qu'on employa alors pour me convaincre de rester en France était la plus grande violence que l'on puisse faire subir à une adolescente, à cet âge fragile où elle cherche des points d'appui pour se construire. Violence d'autant moins admissible que cet argument n'était qu'une hypothèse, guère plus vraisemblable ou invraisemblable qu'une autre, dans une histoire passablement embrouillée. On la retenait pour des raisons de morale et de religion, en fait de pur racisme : un père américain et catholique faisait quand même plus décent qu'un père indien et musulman !

C'était il y a quarante ans ; il en serait sans doute de même aujourd'hui. Non que la religion catholique soit restée très vivace, mais parce que les préjugés envers l'islam sont devenus encore plus forts.

Entre quinze et dix-huit ans, je me renfermai de plus en plus sur moi-même et rejetai tout ce qui avait été ma vie jusque-là. Je m'attachai surtout à extirper ce qui, en moi, pouvait ressembler à ma mère : je la savais primesautière et artiste, adorant le luxe et les jolies choses ; je la décrétai non seulement menteuse et immorale, mais égoïste et superficielle. Moi qui étais joyeuse et, au désespoir des religieuses, « fascinée par tout ce qui brille », je devins sérieuse et même austère. En dehors de l'école, je passais le plus clair de mon temps seule dans ma chambre à lire, ou bien à écrire lorsque la tension ou le désespoir menaçaient de me faire chavirer. Si je ne suis pas devenue folle, c'est grâce à ces petits cahiers où je déversais mes angoisses et, m'essayant à les analyser, parvenais à recouvrer un semblant d'équilibre.

L'atmosphère qui régnait alors rue Saint-Dominique ne contribuait pas à arranger les choses. A l'époque où je perdais mon père, mon père adoptif, lui, escroqué par un associé, perdait sa fortune. Du jour au lendemain, le train de vie changea. On renvoya la bonne, et Maman dut tout prendre en main. Mais elle était de santé fragile et s'épuisait vite ; elle finit par ne même plus s'habiller et passait la journée à vaquer aux travaux du ménage dans de vieilles robes de chambre. Je me souviens de mon humiliation lorsque, ramenant après la classe une amie à la maison, je voyais la porte s'entrouvrir sur une vieille femme décoiffée et en pantoufles, au lieu d'une jolie maman pomponnée comme en avaient mes camarades. Au lieu de compatir, je lui en voulais. Je ne supportais pas de l'entendre soupirer constamment ni de la voir plonger ses mains abîmées dans l'eau grasse des vaisselles, je n'admettais pas qu'elle se livre à ces travaux de souillon. J'étais une insupportable snob, mais comment aurais-je pu ne pas l'être ? Je n'avais encore rien vu du monde, si ce n'est l'ambassade de Suisse et la société conformiste et prétentieuse du septième arrondissement.

Pourtant, cette maman-là, je l'aimais profondément. Elle n'était ni élégante ni instruite, mais elle était la bonté même. A l'époque des « révélations », elle fut l'une des rares à comprendre ma détresse, à deviner que ma froideur n'était qu'une forme de défense, et elle me soutenait vaillamment contre son mari que mes nouvelles attitudes mettaient hors de lui. C'est grâce à elle que je ne me retrouvai pas, une fois de plus, sans famille. Ruiné, Papa affirmait en effet ne plus pouvoir se charger de moi. Elle pleurait et suppliait : « C'est notre enfant, nous ne pouvons la renvoyer. Nous nous priverons, nous ferons n'importe quoi, mais nous devons la garder ! » J'épiais ces discussions quasi quotidiennes. A travers la mince cloison qui séparait nos chambres, j'entendais tout, les arguments de Papa et les sanglots de Maman. Je me recroquevillais dans mon lit, le cœur serré de me sentir à nouveau de trop, et je me faisais le serment qu'adulte, jamais, au grand jamais je ne dépendrais de personne !

Ce qui excluait à l'évidence de tomber amoureuse ou de me marier. Mais, de toute façon, l'expérience de mon père et de ma mère, le divorce de mes parents suisses, enfin l'image du couple que m'offraient mes troisièmes parents adoptifs — la femme esclave d'un homme despotique —, m'avaient complètement dégoûtée du mariage. Je n'avais que mépris pour mes compagnes qui rêvaient robe blanche, grandes orgues, existence douillette et ribambelle d'enfants — à particule, bien entendu. Moi, j'aurais une vie libre, je ferais de grandes choses, en bien ou en mal, peu importait ! Je n'avais pas d'identité, je n'étais personne, j'avais un besoin vital de devenir quelqu'un.

L'année de mes dix-sept ans, je me fixai un programme : réussir la première partie du baccalauréat et, pendant les vacances, apprendre à embrasser les garçons. Car, dans mon nouvel univers, les hommes avaient bien sûr leur place : il fallait apprendre à les manipuler, car ils pouvaient se révéler utiles, mais, surtout, ne pas en tomber amoureuse, pour ne pas souffrir. Je passai donc mon bac avec mention et, à Trintal, embrassai un jeune paysan, expérience que je trouvai répugnante, mais dans la voie que je m'étais tracée il n'y avait pas de limites à ma capacité de sacrifice. Le garçon eut d'ailleurs la peur de sa vie, car, une fois le baiser échangé, je lui annonçai que je voulais l'épouser. C'était bien sûr faux, mais, élevée chez les religieuses, je ne pouvais concevoir d'embrasser sans avoir l'air d'aimer et donc de désirer me marier.

Je me voulais cynique, j'étais en fait d'une incommensurable innocence. Toutes mes théories sur l'amour, que je développais complaisamment devant mes camarades, ne m'avaient pas empêchée de tomber follement amoureuse d'un homme que je n'apercevais qu'à la messe et auquel je n'eus jamais l'occasion d'adresser la parole. C'était un hobereau du coin. Il était grand, blond, très beau. J'avais quinze ans lorsque, au moment de l'offertoire, il s'était retourné et m'avait regardée pour la première fois. Était-ce simple curiosité, ou petit jeu d'homme marié qui s'ennuyait ? Toujours est-il que moi qui, dans l'année, rechignais à aller à la messe dominicale, en vacances je n'en ratais plus une ; allant même aux deux lorsqu'il n'assistait pas à la première, ce qui plongeait ma mère adoptive dans des abîmes de perplexité. Je me souviens de ces instants privilégiés où, avant de s'agenouiller sur son prie-Dieu, il me fixait d'un regard que j'imaginais intense, ou lorsque, pendant le sermon, il se tournait vers la chaire, me laissant contempler à loisir son profil. S'il m'arrivait, à bicyclette, de croiser sa 203 grise — je faisais des kilomètres pour essayer de me trouver sur son chemin —, mon cœur se mettait à battre si vite que je pensais m'évanouir.

Des années plus tard, la seule vue d'une 203 grise me donnerait encore un pincement au cœur... Mais la seule chose que j'aie jamais possédée de cet homme et que je conservais précieusement entre les pages de mon missel, c'était un pétale de rose qu'un jour, sortant de l'église, il avait froissé entre ses doigts et laissé tomber.

Cet amour dura trois ans et suffit à nourrir tous mes rêves d'adolescente. Je n'avais d'yeux pour aucun autre. Les flirts dont se glorifiaient mes compagnes me semblaient aussi vulgaires que superficiels. Moi, je vivais une passion secrète et jalouse, en parler eût été l'amoindrir. Je la vivais avec violence : Dieu ne répondant pas à mes prières, je me mis à solliciter le diable. Mais ou je n'y croyais pas assez, ou je n'avais pas la manière : les étés et les messes se succédaient, et l'aimé me restait toujours aussi inaccessible. Heureusement : s'il avait fait le moindre geste vers moi, sans doute lui aurais-je découvert mille défauts. Mais ainsi il me fit cadeau d'une de mes plus belles histoires d'amour.

Dans la France de cette fin des années cinquante où tout changeait, où Sartre et Freud régnaient sur la pensée, où au cinéma, dans *Et Dieu créa la femme*, Brigitte Bardot défiait les tabous sexuels, tandis que *Bonjour tristesse*, premier roman scandaleux d'une jeune fille de dix-huit ans, Françoise Sagan, défrayait la chronique, l'institut Merici restait une enclave hyperprotégée à l'intérieur de la petite île que constituait déjà le quartier du Champ-de-Mars, et nous en étions les derniers dinosaures. C'était l'époque où l'on chantait :

> *Les jeunes filles de bonne famille*
> *ont des nattes dans le dos,*
> *elles s'appellent Pétronille,*
> *Cunégonde ou Isabeau...,*

paroles que nous fredonnions sans en percevoir l'ironie.

Nous ne savions rien du monde extérieur, les jeunes filles de bonne famille n'ayant pas la permission de lire les journaux. Nous ne savions pas non plus grand-chose de l'amour, nos rares connaissances à ce sujet nous venant des tragédies de Racine — qui, pour les religieuses, sentait le soufre, comparé au vertueux Corneille — et de magazines comme *Confidences* et *Nous Deux* que nous chipions aux bonnes et lisions en cachette. Pour plus de précisions, nous en étions réduites à chercher dans le Grand Larousse, mais encore eût-il fallu savoir à quels mots chercher, ce dont nous n'avions pas la moindre idée. Nous ignorions bien sûr comment se font les enfants et je me souviens d'avoir, à seize ans, publiquement ridiculisé une élève qui prétendait qu'ils sortaient « par le bas » alors qu'à l'évidence, vu les dimensions, ils ne pouvaient sortir que par le nombril !

Toutes ces choses étaient révélées aux jeunes filles par leur mère à la veille de leur mariage. Quel besoin de le savoir avant ? En fait, nous étions élevées comme l'avaient été nos grand-mères, ce qui, en ces années où « la société perdait toutes ses valeurs », rassurait nos parents, lesquels pensaient, en envoyant leurs filles à l'institut Merici, l'un des établissements de ce type parmi les plus réputés avec « les Oiseaux », « Lübeck » et « Sainte-Marie », leur donner des bases morales assez solides pour affronter le monde. Ou, plus exactement, pour le fuir, l'aveuglement et la surdité à tout ce qui n'était pas « de notre monde » étant les principales vertus des délicieuses jeunes femmes que nous étions censées devenir.

Moi qui, enfant, avais tant rêvé de me conformer à ce milieu policé et rassurant, moi dont l'idéal était de ressembler à ces jeunes filles en manteau en poil de chameau et collier de perles fines — le *nec plus ultra* de la distinction —, moi qui avais aspiré plus que tout à devenir « comme les autres », je rejetais dorénavant en bloc ce que j'avais adoré. De fillette pieuse, j'étais devenue une adolescente révoltée, mise systématiquement à la porte des cours de religion pour avoir osé ironiser sur les saints mystères. Encore les religieuses ignoraient-elles que, pour la confession hebdomadaire, j'avais institué avec mes camarades un système de troc : un chewing-gum contre des idées de péché plus intéressantes que les sempiternels « mensonge », « paresse » et « coquetterie » que nous débitions régulièrement au vieux père Michel à demi assoupi. Pas plus qu'elles n'auraient pu imaginer les idées de meurtre qui me venaient au cours de la messe obligatoire du vendredi : devant les nuques baissées en une soumission que je jugeais indigne, je m'imaginais en Grand Turc décollant d'un coup de cimeterre toutes ces têtes vides, ma seule préoccupation étant de deviner de quel côté le sang allait jaillir !

Je n'en pouvais plus de la morale conventionnelle et des ambitions limitées de mes compagnes. Leur tournant le dos, j'avais élu comme amie de cœur une nouvelle qui, dans ce milieu, avait la particularité d'être riche et sans titre. On chuchotait même qu'elle était vaguement américaine.

Manuela était blonde, jolie, élégante; dans son placard empli de robes, elle possédait une vingtaine de paires de chaussures et autant de foulards de soie, ce qui m'emplissait d'admiration. Mais, surtout, elle fréquentait un monde de rêve dont j'ignorais tout, hormis quelques noms relevés dans les magazines. Bouche bée, je l'écoutais raconter ses dîners avec Karim Aga Khan et Elisabeth de Yougoslavie, ou ses parties de tennis avec le champion de l'époque, Jean-Noël Grinda. Les autres élèves, jalouses, assuraient qu'elle mentait. Mais moi à qui la vie avait enseigné que les choses les plus incroyables sont souvent vraies, je la croyais. Et j'avais raison même si, parfois, elle les enjolivait quelque peu.

Notre amitié reposait sur le rejet de l'étroitesse d'esprit environnante et sur une admiration réciproque : moi, pour la vie passionnante qu'elle menait dans cette société brillante et désinvolte, si différente du milieu mesquin où j'étouffais; elle, parce que j'étais la forte tête de la classe, et que mes origines la faisaient rêver. Elle allait d'ailleurs se rendre en Inde, quelques années plus tard, et y ferait la connaissance de mon père... avant moi. En prévision des réceptions données au palais de Lucknow, elle avait emporté dans ses malles de splendides robes du soir. J'imagine le choc qu'elle dut éprouver en découvrant le délabrement de la demeure. Par délicatesse, elle ne m'en parla jamais.

Pendant ces années d'adolescence où je me débattais dans d'inextricables problèmes d'identité, sa joie de vivre m'était un ballon d'oxygène. Mais, à elle pas plus qu'aux autres, je ne confiai mon secret. Je continuais à me ronger, tentant de reconstituer un puzzle dont les pièces principales me manquaient. Au bout de trois ans d'une tension quotidienne pour contrôler tout ce qui en moi vivait et risquait donc de me faire souffrir, j'étais devenue à demi schizophrène. La cuirasse que je m'étais forgée ne protégeait plus rien. A force de me brider, j'avais aboli ou du moins endormi tous mes désirs, j'étais devenue incapable de ressentir la moindre envie ou d'avoir une opinion arrêtée sur quoi que ce fût. J'étais une coquille inentamable, mais qui ne recouvrait plus que du vide. A dix-huit ans, je ratai par deux fois l'oral du baccalauréat. Cela m'était égal, ce n'était pas moi : c'était Suzanne Husain, une étrangère, qui avait échoué. Moi, Zahr, je n'avais pas bronché lorsqu'on avait appelé cette autre fille. C'était quand on était venu me tirer par la manche que j'étais finalement allée répondre aux questions qui m'étaient adressées par ce nom que l'on me donnait pour la première fois. Mais je flottais dans un rêve, comme dédoublée, incapable de comprendre ce que je faisais là, à la place de cette Suzanne...

C'est à cette époque que je fis la connaissance de Thierry, le cousin d'une de mes camarades. C'était le héros de l'école. Aviateur, il avait sauté de son appareil en flammes et avait atterri en se brisant les deux jambes. Mère Marie-Marc nous parlait avec enthousiasme de son courage, mais je crois qu'elle était surtout fascinée par son charme et ses splendides yeux noirs. Toujours est-il que, lorsqu'il se mit à me faire la cour, j'en fus très flattée. Pensez : toutes les anciennes élèves lui couraient après et c'est moi qu'il avait choisie ! Comme c'était « un garçon bien », on nous laissa sortir ensemble, sans imaginer qu'à bord de sa petite voiture, nous flirtions outrageusement. C'était l'époque où jamais une jeune fille n'aurait pensé coucher avec un garçon — la virginité avant mariage était essentielle — mais où l'on pouvait en revanche passer des heures à s'embrasser et se caresser. Mais, lorsque Thierry commença à parler mariage, la terreur me prit. Je lui écrivis une longue lettre dans laquelle je lui expliquais que je l'aimais mais que la seule idée de convoler me déprimait horriblement, et lui demandais d'attendre quelques années. Il n'attendit pas, accepta un poste à l'étranger, et, quelques mois plus tard, se maria. Pour la forme, je versai quelques larmes, mais cela faisait déjà beau temps que j'avais décidé que je ne souffrirais jamais pour un homme. J'avais commencé à l'oublier lorsqu'on vint me le rappeler d'une façon... terrible.

C'était une douce soirée de printemps, les marronniers étaient en fleurs. Je remontais l'avenue Bosquet pour aller rejoindre mon amie Marie-Luce, la cousine de Thierry. Son fiancé m'accompagnait, je ne parviens plus à me rappeler son nom, c'était quelque chose comme « Colonie » ou « Calomnie ». Nous parlions à bâtons rompus lorsque, soudain, au détour d'une phrase :

— De toute façon, Thierry ne t'aurait jamais épousée, m'annonça-t-il.

— Et pourquoi donc ? rétorquai-je, piquée.

— Parce qu'il n'aurait jamais épousé une bâtarde !

— Qu'est-ce que tu racontes ? balbutiai-je, soudain glacée.

— Écoute, mère Marie-Marc a raconté à tout le monde que tu étais la fille de l'Américain. Si tu étais indienne, tu risquerais d'avoir des enfants noirs car cela saute des générations. Elle voulait éviter que cela ne décourage tes éventuels prétendants, aussi a-t-elle avisé tous les parents.

D'un seul coup, le sang reflue dans mes veines, la tête me tourne, j'ai l'impression que je vais tomber là, en pleine rue...

Tout le monde... Tout le monde sait! Moi qui, depuis trois ans, garde mon secret sans en parler à qui que ce soit, même dans les moments de plus noir désespoir, moi qui n'ai pu survivre à cette honte que parce que personne ne savait... Comme ils doivent bien rire, tous! Comme ils doivent se moquer de l'orgueilleuse Zahr de Badalpour... Une bâtarde, à leurs yeux je ne suis qu'une bâtarde... Jamais plus je ne pourrai les regarder en face.

Ah, mère Marie-Marc, comment avez-vous pu me faire ça? Je sais pourtant combien vous m'aimez, mais encore une fois « pour mon bien » vous m'avez assassinée! Tant que j'étais seule à savoir, je serrais les dents, je jouais la comédie, mais maintenant... maintenant?

Je ne veux plus voir personne. Je n'ai plus qu'à disparaître. Je veux m'enfouir au plus profond de cette terre, je veux mourir.

J'étais déjà à demi morte depuis trois ans que je me rongeais, mais ma souffrance importait peu, tant qu'il y avait encore cette carapace brillante. La carapace a été percée. Désormais, il n'y a plus rien. Il n'y a plus de Zahr de Badalpour. Il n'y a plus qu'une bâtarde honteuse dont la mère est une salope et dont on ne sait trop qui est le père.

Dans les semaines qui suivirent, je refusai de sortir. Je prétextai les études : je devais repasser mon baccalauréat de philosophie et m'absorber dans les dernières révisions. Mais les lignes dansaient devant mes yeux; j'avais beau rester assise toute la journée, la tête plongée dans les livres, malgré mes efforts je n'arrivais plus à comprendre ce que je lisais. Dès que me venait une pensée, la pensée contraire s'imposait à moi. Par moments, lorsqu'on me parlait, je n'arrivais même plus à saisir ce que l'on me disait. J'avais l'impression que mon esprit était en train de me fuir.

Jusqu'au jour où, me regardant dans le miroir, je crus voir une autre personne. Je restai un long moment à me parler, à grimacer, mais l'impression d'irréalité persistait. Je pris peur : étais-je en train de devenir folle ? J'en parlai à mère Marie-Marc qui, inquiète, prit sur-le-champ rendez-vous chez le psychiatre.

Le docteur Delcourt était petit, rondouillard et très catholique. C'était le praticien attitré des religieuses que leur sainteté et leur amour du bon Dieu ne prémunissaient pas contre la dépression, comme je le compris alors non sans une naïve surprise. Il réussissait généralement à les remettre sur pied, aussi mère Marie-Marc me laissa-t-elle en toute confiance à ses soins.

J'ignore s'il usait avec elles de la même méthode que celle qu'il employa avec moi. Après plusieurs séances au cours desquelles il me fit raconter tout ce que j'avais jusque-là gardé enfoui et qui m'empoisonnait, il en vint au traitement de choc. C'était au début de l'été. Je me souviens que je portais une robe-chemisier blanche avec une ceinture rouge qui m'allait bien. Il m'en fit compliment. Depuis quelque temps, il me témoignait une affection paternelle en me prenant longuement dans ses bras pour me consoler de mes malheurs. Ce jour-là, il semblait particulièrement ému. Après m'avoir embrassée sur les deux joues, il me demanda de me déshabiller complètement. J'obtempérai, un peu étonnée, mais, après tout, c'était mon médecin. Ce qui me surprit bien davantage, ce fut de le voir à son tour se mettre nu et, s'approchant de moi, tout tremblant, me serrer contre son ventre. Paralysée, je me laissai faire, car je l'aimais bien, et puis cela avait l'air de lui faire tant plaisir ! Cela dura de longues minutes durant lesquelles je contemplai son crâne chauve — j'étais nettement plus grande que lui — et méditai sur la bizarrerie des êtres. Enfin il se sépara de moi, le rouge au front, tout en bafouillant et battant sa coulpe pour son inqualifiable vilenie. Ce qui ne l'empêcha nullement de recommencer lors des séances suivantes.

Pourquoi ne lui opposai-je aucune résistance ? Sans doute parce qu'il m'avait aidée dans des circonstances très dures et qu'à le repousser, je me serais sentie une ingrate, une « sans-cœur », comme on me le reprochait si souvent. Au bout de peu de temps, cependant, je décidai que j'étais guérie et que c'était lui qui avait des problèmes. J'interrompis donc le traitement miracle pour lequel mère Marie-Marc, qui ne se doutait de rien, le remercia avec effusion.

A sa façon, le rondouillard petit psychiatre m'avait fait reprendre contact avec la réalité. Je passai mon baccalauréat sans difficulté.

Les discussions avec le docteur Delcourt m'avaient ouvert un monde inconnu qui me fascinait : l'étude des tourments de l'âme et leur traitement par la psychothérapie. Vu mes problèmes personnels, et l'autodestruction à laquelle je m'étais astreinte durant des années, je n'avais pas d'identité affirmée. En revanche, j'étais capable de tout comprendre, de tout admettre, de tout absorber ; je me mettais si naturellement à la place de l'autre que, lorsque quelqu'un me décrivait ses sentiments et ses réactions, j'avais l'impression qu'il me parlait de moi.

La folie m'attirait comme une femme splendide et mystérieuse en laquelle j'avais soif de me fondre, mais où j'hésitais à me perdre. Je la côtoyais au plus près, jouais avec elle, me laissais jouer par elle, commençais à dériver, mais, au dernier instant, me rattrapais, oscillant au bord du vide, à m'emplir l'âme de visions incomparablement plus belles que celles du monde dit de la Raison.

Je ne lisais plus que des ouvrages de psychanalyse et de psychiatrie. Mon livre de chevet était le *Dictionnaire des maladies mentales* d'Antoine Porot. J'avais aussi déniché la reproduction d'un dessin de Picasso intitulé *Le Fou*, qui figurait un homme grand, efflanqué, à demi nu, aux cheveux et à la barbe ébouriffés, aux yeux d'illuminé. Je le présentais comme étant le portrait de mon fiancé.

Finalement, je décidai d'entrer à la Sorbonne pour faire des études de psychologie, à la stupeur de mon entourage qui avait envisagé tout autrement mon avenir : étant douée pour les langues, je devais, afin de me perfectionner, partir à l'étranger, au pair, dans des familles triées sur le volet ; j'apprendrais en même temps la sténodactylo, et, au retour, on me trouverait une place de secrétaire dans une ambassade. Ce qui ne pouvait que me conduire tout droit au mariage avec un futur ambassadeur. Mais si, par le passé, indifférente, j'avais laissé mon entourage échafauder toutes sortes de projets, je ne voulais désormais plus entendre parler ni de mariage, ni d'ambassade, ni de vie mondaine ; j'avais trouvé ma vocation : j'allais m'occuper de ceux qu'on appelle « malades mentaux » parce que leur esprit se refuse à suivre la règle générale qu'on a décrétée la norme. Je voulais pénétrer leur univers, essayer de les comprendre, essayer de me comprendre, moi qui me sentais si proche d'eux.

— Nous avons fait notre devoir, nous t'avons menée jusqu'au baccalauréat. Maintenant, à toi de te débrouiller ! me dit Papa lorsqu'il eut compris que ma décision était irrévocable.

Je n'avais aucune idée de ce que signifiait « se débrouiller ». J'avais été élevée dans un cocon du siècle dernier, je ne connaissais presque rien à la vie ni au monde, je n'avais aucune notion des sommes d'argent nécessaires pour vivre, encore moins de la façon dont on pouvait les gagner. Mais cela ne m'inquiétait pas ; au contraire, cela me paraissait une gageure excitante.

— Tu peux bien sûr rester ici, ajouta Papa qui devait se sentir un peu inquiet à la perspective de me lâcher seule dans la capitale, mais il faudra alors que tu paies une pension.

J'en restai le souffle coupé : payer une pension

dans ma propre famille, comme si j'étais une étrangère ? Quelle humiliation ! Il n'en était pas question : c'eût été renier douze ans d'intimité familiale, douze ans au cours desquels je les avais considérés comme mes parents et où j'avais cru qu'ils me considéraient comme leur fille. Est-ce qu'on demande à sa fille de payer une pension pour rester à la maison ?

J'étais habituée à dissimuler mes émotions. Papa ne s'aperçut pas de mon trouble, mais je sentais Maman, à côté, qui souffrait sans oser dire un mot. Pour elle, pour moi, et aussi pour lui, pour que nos relations restent des relations familiales, je devais partir. J'expliquai en souriant que je préférais trouver une chambre près de l'université, mais que, bien sûr, je viendrais les voir tous les dimanches.

Il ne fallait surtout pas qu'il soupçonne combien il m'avait blessée.

Quelques jours plus tard, l'air dégagé, comme si je partais en vacances, je quittai définitivement ma maison et mes vieux parents. J'étais restée avec eux de sept à dix-neuf ans, seule stabilité d'une jeunesse chaotique. Je ne devais plus revenir les voir qu'en invitée.

CHAPITRE IV

Ma première année d'université, ma première
année de liberté, fut un bonheur total. Je décou-
vrais un monde à cent années-lumière de la société
conformiste dans laquelle j'avais grandi ; je ren-
contrais des gens intelligents, cultivés, et comme
moi révoltés. La seule différence, c'est qu'eux se
paraient d'un mot qui me stupéfiait : ils se disaient
révolutionnaires ! Élevée chez les sœurs, les révolutionnaires étaient à mes yeux l'espèce qui avait mis
à mort le roi Louis XVI et la reine Marie-Antoinette.
C'était déjà assez abominable d'en être, mais oser
s'en vanter ! Je n'en revenais pas.

Nous étions en 1959. La guerre d'Algérie battait
son plein. En Chine, Mao Tsé-toung lançait son
« Grand Bond en avant » pour accélérer le passage
au communisme. A Cuba, Fidel Castro triomphait.
Prenant passionnément position sur les événements
qui agitaient le monde, l'université bouillonnait, les
échauffourées se multipliaient, mettant aux prises
les étudiants de la Sorbonne, en majorité gauchistes
et tiers-mondistes, et ceux de la faculté de droit qui
portaient haut les idéaux conservateurs et étaient
résolument « Algérie française ».

Je n'avais pas la moindre notion de politique, car
dans nos milieux on n'en parlait jamais devant les
dames, encore moins devant les jeunes filles. Ma
seule expérience était d'avoir, un jour de mai 1958,

fait l'école buissonnière pour aller, place de la Nation, me mêler à la foule qui manifestait contre le général de Gaulle. Je ne savais rien sur de Gaulle, sinon ce que m'en avait dit mon deuxième père adoptif, l'abbé pétainiste, mais, comme je ne savais rien non plus sur René Coty, le président de l'époque, j'avais manifesté... en toute objectivité.

A mon arrivée en Sorbonne, ce fut une tout autre affaire. Par un étonnant coup du destin, moi qui ne savais distinguer la droite de la gauche, je tombai sur le groupuscule le plus gauchiste et le plus sophistiqué de la décennie, dont les idées auto-gestionnaires allaient être reprises dix ans plus tard par le mouvement de Mai 68. C'était une faction dissidente trotskiste qui s'appelait « Socialisme et Liberté », ce qui signifiait, comme on me l'expliqua, qu'il ne saurait y avoir de socialisme sans liberté, pas plus que de liberté sans socialisme. Je n'y comprenais goutte, mais j'écoutais en silence, réalisant qu'il y a certaines questions qu'il est préférable de ne pas poser, telles que : que veut dire « socialiste », ou « trotskiste » ? Comme j'étais toujours d'accord — et pour cause —, on me trouvait très intelligente.

En fait, j'étais arrivée dans ce groupe par amour pour mon professeur de philosophie. François Dorlin était jeune, brillant, caustique. Il avait réuni autour de lui quelques *aficionados* qui se retrouvaient après les cours dans un café proche de la Sorbonne pour discuter pendant des heures de Hegel et de *La Phénoménologie de l'Esprit*. A l'époque, ladite phénoménologie avait détrôné toutes les autres théories : pour nous, Descartes était un naïf, Kant un barbon idéaliste, et Sartre, meilleur romancier et théâtreux que penseur. Hegel, en revanche, avait le mérite d'avoir été remis sur ses pieds par Marx. Ainsi, de la philosophie, on en arrivait tout naturellement à la politique.

Un jour, Dorlin proposa à trois d'entre nous, plus intéressés ou plus au fait des choses de la politique, de les emmener à une réunion de sa cellule. Me faisant toute petite, je suivis.

Je me souviendrai toujours de cette première réunion de la cellule A de « Socialisme et Liberté ». (Il y avait aussi une cellule B, comprenant également une trentaine de militants, et souvent se tenait l'assemblée générale des cellules A et B. Mais il n'y eut jamais de cellule C, car je ne sais par quelle fatalité, dès que ses membres dépassaient la soixantaine, des controverses naissaient sur des points « essentiels » et le parti éclatait, les minoritaires formant un nouveau parti, celui-là « authentiquement » révolutionnaire.)

C'était dans une salle enfumée du *Tambour*, un café de la place de la Bastille — tradition oblige. Il y avait là une douzaine d'étudiants barbus, cheveux longs, yeux brillants et peau grise (la propreté étant considérée comme petite-bourgeoise), quelques intellectuels entre deux âges, tout aussi gris, mais, me fit-on remarquer, supérieurement intelligents, et un homme maigre au regard vif, vêtu d'un costume-cravate tranchant sur les jeans environnants. Il parlait avec autorité et, de temps à autre, d'une voix de stentor imposait silence à la rébellion qui naissait dans les rangs. A l'évidence, c'était le chef. Il y avait aussi trois ou quatre femmes habillées de sombre, au visage non maquillé mais marqué par les drames qui secouaient l'époque. L'une était jeune et très jolie : c'était la femme du chef.

Ce soir-là, on parlait de l'« aliénation ». Toute la société était aliénée. Les bourgeois, bien sûr, et les petits-bourgeois, et même les enfants par la faute d'une éducation débile, et bien entendu les femmes, les pauvres ! Mais il y avait pire : la classe ouvrière elle-même commençait d'être aliénée. Il n'y avait plus que quelques intellectuels conscients qui devaient continuer à lutter pied à pied contre l'aliénation, cette hydre qui peu à peu recouvrait le monde.

J'écoutais, interloquée, essayant de comprendre

ce que pouvait bien être cette « aliénation » dont ils parlaient. Pour moi, « aliéné » signifiait « fou », bon pour l'hôpital psychiatrique. Ils ne voulaient quand même pas dire que les femmes, les enfants, les ouvriers, la société dans son ensemble... ? Je me gardai de poser la moindre question et me promis d'aller dès le lendemain en bibliothèque consulter le Grand Larousse.

Parmi tous ces intellectuels, il y avait là deux ouvriers que le groupe avait réussi à récupérer. L'un travaillait chez Renault, l'aristocratie ! Lorsqu'il parlait, c'était saint Jean Bouche d'or, tout le monde se taisait et l'écoutait religieusement. Même le chef n'osait le contredire, car il représentait la voix de la Classe ouvrière. Je compris par la suite qu'ils étaient notre caution, un parti révolutionnaire sans ouvriers risquant d'être taxé d'« intellectualisme petit-bourgeois », et même de verser dans ce travers atroce. En revanche, je ne compris jamais ce qu'eux pouvaient nous trouver, et pourquoi, après une dure journée de travail, ils venaient perdre leur temps à des discussions extrêmement théoriques et souvent oiseuses. L'un d'eux finit d'ailleurs par nous quitter. Nous gardions l'autre précieusement, nous le bichonnions, les femmes lui faisaient discrètement du charme : il n'était pas question de le laisser partir !

De fait, il resta jusqu'en 1965, date à laquelle le groupe éclata définitivement. Je le rencontrai beaucoup plus tard, il était entré comme chercheur au CNRS en tant que spécialiste des problèmes du prolétariat. C'était un ouvrier très atypique.

Moi aussi, j'étais une militante atypique. Je n'avais jamais lu et n'avais aucune intention de lire Marx, Lénine ou Trotski, et les brillants articles que Ménéchal, le chef du groupe, écrivait pour la revue *Socialisme et Liberté* provoquaient chez moi une irrépressible envie de dormir. J'en avais un peu honte, j'en ai d'ailleurs encore honte : c'étaient des articles si intelligents ! Il semble même que, dans les années soixante, ils aient fait évoluer la pensée politique des intellectuels de gauche parisiens. Ce dont personne ne saurait sous-estimer l'importance.

Mais j'étais un autre genre d'animal. C'étaient les injustices, les humiliations, les inégalités de toutes sortes qui me révoltaient. J'y réagissais violemment, comme si elles me touchaient personnellement. Sans doute parce que, dès l'enfance, bien que supergâtée, j'avais pâti de situations injustes et mortifiantes, je ne supportais pas de voir quelqu'un humilié ou injustement traité. J'étais, sans le savoir, de la vraie graine de révolutionnaire. Or, ce que je ressentais depuis longtemps sur le plan humain, voici que je le trouvais traduit en termes politiques. La solution m'était enfin clairement montrée. Si clairement que je m'indignais lorsque, « notre » ouvrier accourant hors d'haleine nous aviser d'une manifestation en préparation et nous demander du renfort, je voyais nos responsables délibérer des heures durant sur l'opportunité politique de l'action, la justesse de la cause, et, finalement, presque toujours refuser. Peut-être au plan théorique avaient-ils raison et étais-je trop naïve. Mais ne l'étaient-ils pas davantage encore lorsqu'ils s'étonnaient de n'attirer ainsi que des intellectuels, eux dont l'ambition était de devenir l'avant-garde du prolétariat?

Là où, en revanche, ils restèrent on ne peut plus lucides, c'est qu'en dépit de leur absence de contacts avec la classe ouvrière, jamais ils ne sombrèrent dans le travers redouté de l'« intellectualisme petit-bourgeois ». Tous devinrent ou restèrent des « intellectuels grands-bourgeois », et constituent encore aujourd'hui avec leurs pareils cette spécialité bien parisienne qu'on surnomme la « gauche caviar ».

A l'époque, cet univers nouveau me fascinait et je confondais dans une même admiration la philosophie et mon professeur Dorlin, le combat politique et notre chef Ménéchal. Ce qui, pour la jeune ingénue que j'étais, pouvait ouvrir la porte aux pires sottises... Je n'étais pourtant pas complètement stupide, mais je débarquais de la Lune et ne comprenais rien aux règles du monde dans lequel j'étais tombée. Comment l'aurais-je pu ? Je ne comprenais déjà rien à moi-même, je ne savais rien, je n'étais sûre de rien, pas même de mon nom.

Quelques mois auparavant, au moment de quitter la rue Saint-Dominique, j'avais demandé à Maman l'adresse de mon père indien. Pourquoi ne l'avais-je pas fait plus tôt ? Sans doute parce que cette question, avec tous les points d'interrogation qu'elle recelait, m'était si pénible que j'essayais de ne pas y penser. De même, je ne m'étais jamais intéressée à l'Inde. Je préférais oublier.

Est-ce parce que je quittais le nid protecteur, parce que j'allais pour la première fois être libre, que je décidai d'interrompre le pénible jeu de cache-cache auquel on m'avait contrainte dès l'enfance, et de chercher à contacter celui dont, officiellement au moins, j'étais la fille et qu'au fond de moi, malgré tout ce qu'on m'avait raconté, je continuais d'appeler mon père ?

Désarçonnée par ma demande, Maman avait balbutié des explications confuses d'où il ressortait que je ne devais sous aucun prétexte écrire à cet homme qui ne m'était rien, que ma mère, sur son lit de mort, avait demandé... La fureur m'avait envahie : qu'on laisse ma mère là où elle était ! Moi, j'exigeais l'adresse de mon père, on n'avait pas le droit de me la refuser ! Si on ne me la donnait pas, j'irais à la police !

La menace était puérile, je n'y croyais pas moi-même, et Maman ne l'avait certainement pas prise au sérieux. Ce qu'elle avait perçu, en revanche, c'était ma détermination : elle comprit d'emblée que, s'ils continuaient à m'opposer toutes sortes d'obstacles, j'en arriverais vite à les considérer comme mes ennemis, et qu'en voulant à tout prix me garder proche ils allaient définitivement me perdre.

En soupirant, elle avait ouvert le dernier tiroir de l'armoire à glace qui trônait dans sa chambre, et, d'une enveloppe, elle avait extrait deux photos que je reconnus aussitôt : les clichés de mon père et de mon petit frère, ceux qui avaient mystérieusement disparu lorsque j'avais six ans. Puis elle en tira une autre enveloppe toute froissée derrière laquelle était tracée, d'une écriture haute et fine, l'adresse.

Je m'en étais saisie en tremblant. Son écriture ! Comme elle était belle, énergique, intelligente ! Quel homme extraordinaire il devait être ! J'aurais voulu embrasser ces caractères bleu pâle, mais, devant Maman, je n'osai pas. Le cœur battant, je me contentai de déchiffrer les quelques lignes qui m'ouvraient grand la porte sur un avenir que, pour la première fois de ma vie, j'allais choisir.

Sous deux sabres entrecroisés surmontés d'une tête de buffle et d'une couronne, je lus :

Radjah Amir Hussain de Badalpour
Badalpour Palace
LUCKNOW
INDIA

Enfouissant dans ma poche le précieux document, j'avais embrassé distraitement Maman et m'étais éclipsée avec mon butin tandis qu'elle me regardait partir, la mort dans l'âme.

Jusque-là, je n'avais vu que quelques éléments de mon dossier. Mais quelqu'un le possédait en entier pour avoir suivi l'affaire dès le début : c'était mon premier père adoptif, Padrino, l'ambassadeur de Suisse. Il venait de rentrer du Mexique où il avait été en poste après le Venezuela et le Chili. Je ne l'avais pas revu depuis dix ans, depuis qu'en coup de vent il était passé à l'institut Merici m'apporter un livre d'images. Je lui en voulais un peu de m'avoir oubliée, mais, lorsque je le rencontrai à nouveau en Suisse où il m'avait invitée, j'oubliai ma rancune. C'était l'homme le plus charmant et le plus charmeur qu'on puisse imaginer. Diplomate par hasard mais avec talent, il aimait surtout peindre, jouer du piano — en particulier Chopin —, composer des poèmes et courtiser les jolies femmes, lesquelles résistaient rarement à son regard bleu intense et à son allure romantique.

Mais, pour moi, il restait Padrino, mon premier papa que j'avais adoré, et cela me donnait la prééminence sur toutes les autres, à commencer par sa seconde épouse, une petite personne laide et intéressée que je regardais comme une intruse qui avait brisé « mon foyer », ce qui me valait en retour sa haine tenace. Cela amusait beaucoup Padrino qui ne l'aimait plus guère et ne s'expliquait pas comment il avait pu l'épouser, sinon dans un de ces moments de distraction dont il était coutumier et qui, cette fois, s'était révélé fatal.

Dès le matin, nous quittions la vieille maison de Cologny et allions nous promener le long du lac Léman ou sur les hauteurs bleues du Salève. Et nous parlions, nous n'arrêtions pas de parler, de nous raconter l'un à l'autre. Moi, surtout j'avais une telle soif de rattraper tout ce temps où nous avions vécu séparés ! Enfin je retrouvais un père auquel je pouvais me confier, un père qui me comprenait.

Je lui parlais de mon vrai père qui n'était peut-être pas le vrai, de mes doutes et de mon désespoir. Je n'avais nul besoin d'expliquer, il devinait et tentait de me rassurer. C'est lui qui me dispensa mes premières bribes de certitudes. En effet, les affirmations de ma première mère adoptive ne m'avaient guère convaincue — la pauvre avait tellement envie que je sois la fille du radjah ! Padrino, lui, avait bien connu le consul de Turquie qui s'était trouvé au chevet de ma mère quelques heures avant sa mort. Elle lui aurait confié avoir menti à son mari parce qu'elle ne voulait pas revenir en Inde et craignait qu'il ne lui reprît son enfant. Disait-elle enfin la vérité ? Est-ce que l'on ment lorsqu'on se sait mourir ? Ah, si j'avais pu interroger ce consul... Mais lui aussi était mort. Ils étaient tous morts, les rares témoins de cette époque. Tout comme Zeynel, le bon Zeynel qui, me portant à l'ambassade, avait le premier raconté toute l'histoire. Il avait juré sur le Coran que la petite Zahr était bien née un 14 novembre, mais qu'à l'époque on ne l'avait pas déclarée. J'avais aperçu sa lettre, tracée d'une écriture malhabile, parmi des documents apportés par Mamie à ma troisième famille adoptive, mais, le lendemain, lorsque j'avais rouvert l'enveloppe, la lettre avait disparu. Maman avait alors prétendu ne l'avoir jamais vue.

Padrino, lui, n'avait aucune thèse à défendre. Il comprenait mon désarroi et, avant de me quitter — il avait été nommé en Chine —, il me confia l'ensemble du dossier.

Désormais, j'avais tous les éléments en main : à moi de me débrouiller !

Pendant des jours et des nuits, je compulsai les liasses de lettres, télégrammes et rapports des diverses ambassades qui s'étaient occupées de « mon cas ». Je me livrai à un minutieux travail d'archiviste doublé d'un détective, comparant les dates, évaluant la psychologie et les motivations de chacun, ses raisons de dire ou de travestir la vérité, ou simplement de se tromper. J'essayais surtout de comprendre, à travers cet invraisemblable tissu de contradictions, à quel moment ma mère avait menti. Car le mensonge était flagrant. Entre ses lettres à l'Américain, ses messages et télégrammes à mon père, et mes deux dates de naissance dont elle faisait état à six mois d'intervalle, quelque part elle avait falsifié les faits. J'essayais de deviner ce qui avait bien pu l'inciter à dire ceci ou cela, je tentais d'analyser objectivement, froidement. Peine perdue ! À travers l'émotion qui me prenait à la gorge, comment aurais-je pu élaborer calmement des hypothèses et découvrir cette vérité dont j'avais l'impression que toute ma vie dépendait ? Après des heures de vaines recherches, fiévreuse, la tête comme serrée dans un étau, je refermai le dossier et m'écroulai en sanglotant, maudissant cette femme qui, en me mettant au monde, m'avait privée de toute identité. Comment vivre, comment commencer à vivre si l'on ne sait pas qui on est ?

Mais je n'étais pas d'un tempérament à me résigner. Puisque le dossier ne me fournissait aucune réponse précise, je décidai de mener moi-même mon enquête. Mon acte de naissance officiel précisait que j'étais née au 12, rue des Martyrs, dans le neuvième arrondissement. Peut-être y avait-il encore là des gens qui avaient connu ma mère et qui se souviendraient si elle avait accouché, ou non, le 15 juin 1940, au lendemain de l'entrée des Allemands dans Paris. C'est une date qu'on ne saurait oublier.

Par une belle matinée d'octobre, je me suis retrouvée devant un immeuble vétuste à la façade écaillée. Sous la voûte sombre encombrée de poubelles, une pancarte indiquant « Concierge » se balance au-dessus d'une porte vitrée. En face, une étroite cage d'escalier dont les marches jonchées de mégots et de vieux papiers n'ont à l'évidence pas connu l'encaustique depuis une éternité. Le cœur battant, je me suis arrêtée : ainsi, c'est là que ma mère a passé les derniers mois de sa vie, c'est là, peut-être, que je suis née ? En voyant le lieu sordide où Selma s'est réfugiée, ma rancune laisse place à la pitié. J'imagine sa misère, son désarroi, sa peur, seule avec Zeynel dans ce Paris occupé où, sujet britannique, elle risquait à tout moment la prison.

Des pas lourds se font entendre dans les escaliers ; une vieille femme m'observe d'un air soupçonneux :

— Vous voulez quelque chose ?

Sursautant, je la dévisage : aurait-elle connu ma

mère? Comme, impatiente, elle réitère sa question, je bafouille :

— Oui... quelqu'un qui a vécu ici en 1940... Ou plutôt je cherche des renseignements...

— Ah, moi, je ne suis venue ici qu'après la guerre. Vous feriez mieux de demander à la concierge. C'est sa mère, madame Émilie, qui tenait la loge à l'époque.

La fameuse madame Émilie! Zeynel avait raconté à ma famille suisse comment elle rançonnait ses locataires, beaucoup se cachant des Allemands, et comment Selma avait acheté son silence en lui donnant son manteau de fourrure. Par la suite, tandis que ma mère s'éteignait à l'hôpital et que Zeynel, fou de douleur, m'avait oubliée, la femme m'avait laissée trois jours sans boire ni manger. On m'avait retrouvée à demi morte.

Comment amadouer sa fille ?

Avant que j'aie eu le temps de décider d'une tactique, la porte de la loge s'ouvre sur une femme d'une trentaine d'années aux cheveux teints d'un roux éclatant :

— Vous cherchez?

Brusquement, une idée me vient :

— Bonjour, madame, je désirais voir votre mère, une grande amie de la mienne, qui lui avait même offert son manteau de fourrure.

— Ma mère est morte, laisse sèchement tomber la femme.

— Oh, j'en suis désolée, mais peut-être pourriez-vous me renseigner? Ma mère est décédée ici en 1941, quand j'étais bébé. J'ai vécu à l'étranger et je viens de rentrer à Paris. Je souhaiterais rencontrer des gens qui puissent me parler d'elle.

— Moi, je ne me souviens pas, j'avais quatre ans à l'époque. Si vous étiez venue avant, il y avait madame Darieux, qui était née dans l'immeuble et connaissait tout le monde, mais elle est morte voici deux mois.

... Deux mois! J'ai du mal à respirer. Pourquoi ai-je tant tardé?

Je dois avoir la mine décomposée car la concierge, prise de pitié, suggère :

— Vous pourriez voir monsieur Bourgois, au troisième étage droite, et madame Mercier, au quatrième. Je crois bien qu'ils étaient là pendant la guerre.

Lentement, j'ai gravi les escaliers. C'est à peine si je remarque les murs souillés, les odeurs de soupe. De toutes mes forces je me concentre pour évoquer la frêle silhouette qui, voici vingt ans, montait ces mêmes marches, de tous mes nerfs tendus je l'appelle au secours afin qu'elle m'aide à percer le secret qu'abrite ce vieil immeuble délabré.

Mais, au troisième comme au quatrième, je me heurte à des portes obstinément closes. Madame Mercier « n'ouvre pas à n'importe qui » ! Quant à monsieur Bourgois, il « n'aime pas les colporteurs et menace de lâcher son chien » ! Inutile d'insister. Seule solution : remonter avec la concierge. Dans mon porte-monnaie, il me reste un billet de cinquante francs : cela devrait suffire à la persuader.

— Je vous aide parce que nos mères étaient amies, déclare la fille de madame Émilie en empochant le billet, cependant que je la remercie pour son dévouement.

A présent que me voici accompagnée de ce personnage que tout locataire a intérêt à ménager, madame Mercier et monsieur Bourgois ne demandent qu'à me venir en aide.

— Bien sûr que je me souviens de Selma ! s'exclame la vieille dame. Elle était si jolie !

— Est-ce que vous vous souvenez de sa petite fille ? ai-je demandé, tremblante d'espoir.

— Bien sûr, elle était si mignonne : toute noire, comme sa maman !

— Mais ma mère n'était pas noire !

— Vous m'avez bien dit qu'elle était turque ?

D'un geste, monsieur Bourgois la fait taire :

— Ne l'écoutez pas. Moi, je me souviens parfaitement de cette dame. Elle avait de longs cheveux

95

dorés. J'avais quinze ans à l'époque et j'étais béat d'admiration devant elle. Quand j'ai appris sa mort, ça m'a fait tout drôle...

Mon cœur bat la chamade. Vais-je enfin savoir ?

— Et son bébé, vous vous en souvenez ?

— Je ne l'ai jamais vu, mais je peux vous dire que je l'entendais brailler !

— A partir de quelle date ?

Comme il ne semble pas comprendre, je précise :

— Est-ce qu'elle braillait... avant l'arrivée des Allemands, ou après ?

— Parce que vous croyez que c'était à cause des boches ? Dites donc, c'était une drôle de patriote !

Et tous trois se sont mis à rire, mais je sens qu'ils trouvent mes questions étranges et commencent à se méfier.

— Nous, on ne s'est installés ici qu'en octobre 1940, reprend monsieur Bourgois. Alors, pour avant, je ne peux rien vous dire. Bon, c'est pas tout ça, il faut que je rentre. Bien le bonjour !

Et il a refermé sa porte.

Quant aux deux femmes, elles m'ont jeté un dernier regard peu amène, puis sont rentrées chez elles sans répondre à mon salut.

Je me retrouvai arpentant la rue sous une pluie battante, mais je m'en apercevais à peine : je remâchais ma déception. Mon unique piste n'avait abouti à rien. Où chercher maintenant ? Car il fallait à tout prix que je trouve ; je ne concevais pas de pouvoir exister à partir de ce néant, de cette complète ignorance. Je ne pouvais me faire à l'idée qu'après tout, savoir qui sont ses parents, savoir quel est son nom, son prénom, son âge, son pays... n'était peut-être pas l'essentiel. Pour en arriver à accepter de vivre privé de tous ces signes extérieurs qui normalement nous relient aux autres, il faut avoir accompli un très long chemin. A l'époque, amputée de toute identité, j'avais l'impression qu'on m'avait coupé bras et jambes, que je ne pouvais plus rien faire, car le noyau dont, au centre de chaque être, émanent tous les choix, par référence ou par rejet, n'existait plus en moi.

C'est très facile de mépriser ce que l'on a, de rejeter ses origines si on les connaît : chacun le fait à l'adolescence. Mais si on n'a rien contre quoi se définir, rien à rejeter, rien à contester, à partir de quoi se construire ?

Souvent, je pense aux enfants trouvés qui ont encore bien moins que moi d'indices sur leur origine. Vivent-ils ou bien jouent-ils aussi la comédie de vivre, la comédie des envies, des amours et des haines, pour avoir l'air et surtout se donner le sentiment d'être comme les autres ? Certains ne se remettent jamais de ce vide intérieur ; d'autres, au contraire, en deviennent plus forts. Avoir été adoptés leur confère une autre sorte de légitimité : ils ont été choisis, ils sont aimés pour eux-mêmes.

Moi, j'avais été adoptée, mais je n'avais pas été choisie. Celle qui avait été choisie, c'était la fille du radjah. Le vrai moi, un bébé souffreteux et couvert d'eczéma, aurait dû mourir à l'Assistance publique.

De toute façon, quel droit avais-je de vivre ? Ma propre mère ne m'avait-elle pas déclarée « enfant mort-né » ? J'avais beau me révolter, travestir en sorcière cette mère si belle que j'avais adorée, au fond de moi, sa sentence me condamnait.

Ce fut un temps où je jouais beaucoup avec l'idée du suicide. Mais on se suicide rarement lorsqu'on a faim : on est beaucoup trop occupé à trouver les moyens de survivre. La plus grande chance de ma vie est certainement d'avoir été lâchée dans la nature à dix-neuf ans, sans argent et bien sûr sans métier, fraîche émoulue que j'étais d'un institut pour jeunes filles à marier. Si j'étais restée dans « mon milieu » et que l'urgence de me battre n'eût pas été si grande, sans doute me serais-je enfoncée dans la névrose pour laquelle j'avais d'indiscutables prédispositions, ou, pire, dans le mariage pour lequel je n'en avais aucune.

Dans les deux cas, c'eût été le désastre assuré.

Cela sent bon l'automne. De la rue monte la rumeur sourde et rassurante du monde qui s'agite au pied de la hautaine solitude d'une chambre de bonne. Assise à sa table, devant la fenêtre ouvrant sur les toits d'ardoise, une jeune fille mince aux cheveux bruns ramassés en un gros chignon un peu sévère mordille son crayon-bille. Par terre, une dizaine de feuilles froissées.

Ridicule, je suis ridicule, ce n'est pourtant pas si difficile d'écrire une lettre!

Pas difficile? Allez donc écrire pour la première fois, après dix-neuf ans de silence, à un père que vous ne connaissez pas...

La jeune fille se lève, exaspérée. Heureuse de se sentir exaspérée, elle s'accroche à cette vaguelette : si la colère, la vraie colère pouvait venir, peut-être l'aiderait-elle à surmonter la paralysie qui la prend chaque fois qu'elle se met à sa table pour l'écrire, cette lettre !

Elle s'arrête devant le miroir, observe son visage crispé, puis brusquement se détourne... Et voilà, elle ne peut s'en empêcher : à nouveau, elle se regarde jouer la tragédie. C'est sa façon à elle d'éviter de la vivre. Elle ne souffre pas vraiment, elle ne pleure pas vraiment, elle fait comme si... A ce jeu, au cours de ces dernières années, elle est devenue très forte. Désormais, sans même le vouloir, elle se dédouble, se regarde évoluer, s'observe dans le décor, apprécie la performance. C'est la « politique de l'édredon » — un édredon qu'elle met entre elle et la réalité.

Elle? Qui ça, elle? Et quelle réalité? Elle ne le sait pas, mais cela n'a pas d'importance. L'important c'est de se tenir à distance de soi, de jouer. Il est vital de jouer.

Bon, cette lettre : que lui dire? Ou plutôt, comment le lui dire?

Si encore je savais quelque chose de lui. Mais je ne sais rien, ou presque... J'ai beau scruter sa photo, ses yeux noirs étirés vers les tempes, ses lèvres pulpeuses surmontées d'une fine moustache, je ne peux rien en conclure, sinon qu'il est beau à la manière gominée d'un jeune premier des années trente. J'ai montré sa photo à mon amie Manuela, qui trouve que je lui ressemble : même front haut, sourcils arqués, nez busqué et fossette au menton. Elle est loin de se douter combien son commentaire m'a mis du baume au cœur. Car c'est un acte de foi que j'accomplis aujourd'hui en écrivant à cet homme dont je ne suis toujours pas sûre qu'il soit mon père...

« Paris, 16 octobre 1959.
Mon cher papa... »

Non, trop familier ! Je donne l'impression de me jeter à sa tête... Après tout, il ne me connaît pas, et avec tous les problèmes qu'on lui a faits, il n'a peut-être aucune envie de me connaître... Je dois me montrer discrète, ne pas lui faire de chantage affectif en l'appelant d'emblée cher papa. Il doit se sentir parfaitement libre de m'accepter... ou non.

Curieux, comme l'éventualité qu'il ne m'accepte pas me cause soudain un spasme à l'estomac.

Allons, courage !

« Mon cher père... »

Non, là, c'est vraiment trop froid... Il pourrait croire que je mets des distances, que je le considère comme un étranger. Quoique... Il a été élevé à l'anglaise, et les Anglais n'apprécient guère la familiarité. Mais est-ce vraiment trop familier d'appeler son père papa ?... Il faut pourtant bien qu'il comprenne que je l'aime ; sinon, pourquoi voudrait-il me rencontrer ? Pourquoi accepterait-il de raviver les blessures anciennes et de se rappeler la honte qu'on lui a naguère infligée ?

Mais comment lui expliquer mon long silence et, en même temps, à quel point il m'a manqué ? Comment lui faire comprendre qu'à quinze ans j'aie refusé *d'aller le retrouver? Il a dû m'en vouloir, peut-être même en éprouver de la peine... Il me tendait la main et je l'ai ignorée. Comme si je n'avais pas eu envie de le connaître... Pas envie de connaître mon père!... Lui avouer que j'ai cru les religieuses lorsqu'elles m'ont raconté que...? Impossible, ce serait le braquer, risquer de tout gâcher. Mais alors, comment m'expliquer sans accuser ma mère, sans admettre qu'elle a menti et eu un amant? Même s'il s'en doute, même s'il le sait, jamais il ne supportera que cela soit dit, surtout par sa fille. Seule solution: tout mettre sur le compte des religieuses, de leur volonté de me retenir et de faire de moi une bonne chrétienne, et ainsi garder ma mère aussi pure que la colombe, et sauf l'honneur de mon père... C'est injuste envers ces pauvres sœurs qui agirent avec tout leur cœur, même si leur cœur les conseilla mal, mais, après tout, qu'à l'autre bout du monde un radjah les voue aux gémonies, qu'est-ce que ça peut bien leur faire?*

Mais me croira-t-il? C'est moi, et non pas les religieuses, qui, à quinze ans, ai déclaré à l'ambassadeur de l'Inde que je ne souhaitais pas revenir chez mon père. Comment lui faire comprendre que, par la suite, j'aie changé d'avis?

D'ailleurs, pourquoi ai-je changé? Parce que, le premier choc passé, je n'ai pas cru à toute cette histoire? Mais, aujourd'hui, suis-je absolument sûre qu'elle soit fausse? Le témoignage de Padrino m'a-t-il convaincue... ou est-ce que j'ai choisi de le croire?

Dieu que je suis fatiguée! Je n'ai pas écrit la première ligne et déjà je me sens épuisée.

Après l'avoir mise plusieurs jours de côté, je parvins enfin à rédiger cette impossible lettre... et à la poster.

Deux mois plus tard, je reçus une sorte de réponse sous la forme d'un recueil d'articles consacrés aux grands problèmes de l'Inde, signés: Radjah de Badalpour. Sans un mot d'accompagnement.

Qu'est-ce que cela signifiait? Se moquait-il de moi? Était-ce sa façon de me faire comprendre que je ne l'intéressais pas, que je n'avais pas plus d'importance pour lui qu'un quelconque lecteur?

Ou bien avais-je écrit trop tard? Peut-être était-il mort et quelqu'un d'autre m'envoyait-il ses écrits?

Fébrilement, je parcourus le recueil, en quête de dates. Le dernier article remontait à 1956. Nous étions en 1959.

Comment savoir? Par l'ambassade de l'Inde?

J'étais descendue au café en bas de chez moi. La cabine téléphonique se trouvait au centre de la salle, mal isolée des conversations et des rires des clients. Contenant mon émotion, je composai le numéro de l'ambassade et, d'une voix que je voulais détachée, expliquai à mon interlocuteur que je désirais savoir si l'un de leurs ressortissants, le radjah de Badalpour, habitant Lucknow, était toujours vivant. Pouvaient-ils entreprendre une recherche?

Je me doutais que cela prendrait un certain temps : l'Inde comptait déjà à l'époque huit cents millions d'habitants et y retrouver quelqu'un, fût-ce un radjah... Aussi m'étonnai-je lorsque l'employé me demanda d'attendre un instant : il allait me donner la réponse.

Le cœur battant, je patientai. Quelqu'un se mit à frapper à la porte de la cabine. Au bout de deux minutes, mon correspondant revint :

— Il est mort.

— ... Mort? Êtes-vous sûr? balbutiai-je, incrédule.

— Puisque je vous le dis! J'ai vérifié, répondit sèchement la voix.

Je ne pouvais le croire... D'ailleurs, comment avait-il pu vérifier aussi vite? Une idée me vint :

— En quelle année est-il mort?

— En 1952, répondit l'employé avec assurance.

Je raccrochai, soulagée : le dernier article de mon père remontait à 1956. Mais aussi, quelle idiote j'étais d'avoir entrepris une telle démarche par téléphone! J'aurais dû me rendre à l'ambassade, demander à voir un responsable. Mais m'aurait-on reçue? Après tout, je n'étais qu'une étudiante pauvre et sans recommandations.

Que faire maintenant? Et d'abord, puisqu'il n'est pas mort, que signifie cet envoi? Est-ce l'os que l'on jette au chien que l'on veut éloigner? Une façon de m'indiquer qu'il ne veut pas me voir? Ou bien y avait-il avec ce paquet une lettre qui se serait perdue?

Je me forçai à opter pour la seconde hypothèse, et, malgré ma peur d'être rejetée, cette fois définitivement, j'écrivis à nouveau.

Par chance, j'étais de plus en plus occupée par l'université, les discussions de café avec mes nouveaux amis, et tous les petits boulots destinés à gagner ma vie, et il me restait peu de temps pour m'appesantir sur mes problèmes familiaux.

Au début de l'année universitaire, mère Marie-Marc, effrayée de me savoir seule dans la grandville, avait bien essayé de me garder dans son giron en m'obtenant une chambre gratuite dans un foyer pour jeunes filles de province venues travailler à Paris. Tenu par des religieuses, l'atmosphère en était étouffante et morne; dans les couloirs chichement éclairés flottait une odeur de soupe, de morale et de pauvreté. A côté, l'institut Merici faisait figure de Folies Bergères!

Je n'étais restée dans ce foyer que quelques semaines, le temps de trouver assez de travail pour pouvoir me louer une chambre de bonne, avec lavabo, où j'avais emménagé fièrement, devenant ainsi totalement indépendante.

Il faut dire qu'à cette époque d'économie florissante, on n'avait aucun mal à trouver toutes sortes de menus travaux. Entre mes cours à l'université, les gardes d'enfants de jour ou de nuit, les leçons particulières, j'étais constamment en train de courir. Mais je n'aurais pas donné ma place pour un empire.

Un jour, dans *Le Figaro,* je tombai sur une annonce qui me parut intéressante. On demandait « Jeune femme distinguée pour travail de représentation, le soir ». Je me précipitai au Prisunic pour m'acheter une paire de gants, accessoire évidemment indispensable à la distinction, et, le soir même, me présentai à l'administration du théâtre de l'Opéra, non sans avoir posté au coin de la rue une de mes amies, chargée de donner l'alarme si je ne réapparaissais pas au bout d'une heure. Les journaux étaient en effet truffés d'histoires de jeunes femmes attirées par d'alléchantes annonces, kidnappées et envoyées alimenter des lupanars exotiques.

Le bon vieux monsieur qui me reçut était loin de nourrir d'aussi noirs desseins : il cherchait simplement une vendeuse pour la revue chorégraphique du théâtre. J'étais censée être là chaque soir pour l'ouverture, puis courir à l'Opéra-Comique faire également l'ouverture qui avait lieu une demi-heure plus tard, puis revenir à l'Opéra pour les premier et deuxième entractes. Pour ce, je serais payée un franc par numéro vendu et devais donc pouvoir gagner dans les dix à quinze francs par soirée. Je calculai que cela me paierait mes repas au restaurant universitaire et acceptai sur-le-champ, ce qui parut étonner mon interlocuteur, lequel s'inquiéta : pourrais-je mener de front mes études et ce travail ? Je le rassurai. Il parut encore hésiter, me trouvant un peu jeune, puis, réfléchissant sans doute qu'il fallait aider ces pauvres étudiants méritants, il m'engagea.

Je sortis, ravie : mes gants avaient produit leur effet !

Je me souviens de la jeune fille en robe noire, debout derrière la petite table couverte de feutrine verte sur laquelle elle avait disposé ses revues et qui semblait perdue au milieu du grand foyer ruisselant de dorures de l'Opéra. Après avoir couru entre les deux théâtres, j'essuyais mes escarpins couverts de boue, disciplinais les mèches de mon chignon et m'installais au cœur de ce lieu magique. L'espace de quelques minutes, avant que n'afflue la foule, j'en étais la souveraine et, rêveusement, je déambulais parmi les fresques majestueuses et les bustes de tous ces grands artistes qui me souriaient. Mais, dès que s'ouvraient les portes et que me parvenait le premier brouhaha, j'oubliais mes splendeurs et réintégrais rapidement ma place et mon personnage de modeste vendeuse.

C'étaient surtout les vieux messieurs qui m'achetaient mes revues après s'être souciés de savoir si je serais encore là à l'issue du spectacle, ce dont je les assurais avec un sourire angélique. Bien entendu, dès le début du troisième acte, je m'étais éclipsée.

Je me fis en revanche beaucoup d'amis sur place. Ouvreurs, ouvreuses, vendeurs de programmes m'avaient prise en sympathie — je ne leur faisais pas concurrence — et je crois même qu'ils plaignaient un peu cette petite si polie qui se donnait tant de mal pour un salaire si dérisoire : le plus souvent huit à dix francs, douze à treize les jours fastes. Mais j'avais des compensations : je m'étais liée avec deux importantes personnalités, les messieurs du vestiaire central de l'orchestre. L'un d'eux, monsieur de La Folie, qui se disait de très ancienne famille aristocratique, m'introduisait discrètement en cours de spectacle dans la loge présidentielle, presque toujours vide. C'est ainsi qu'installée à cette place de choix, j'assistai, durant cette année 1960, à plus de dix *Carmen* et à une demi-douzaine de *Traviata*, de *Norma*, de *Tosca* et de *Faust*, ainsi qu'à tous les *Lac des cygnes* et toutes les *Gisèle*, bref, à tout le répertoire qui, malheureusement, à l'époque, était encore interprété de la façon la plus conventionnelle qui soit.

Un soir que, debout derrière ma table, j'attendais en vain les acheteurs, je vis se diriger vers moi une ancienne camarade de classe, très élégante, accompagnée d'un jeune homme en costume sombre et nœud papillon. Je m'apprêtais à lui dire bonsoir lorsque je la vis détourner les yeux, l'air gêné, et entraîner son cavalier de l'autre côté du foyer. Mi-surprise mi-amusée, je compris qu'elle avait honte de présenter à un éventuel fiancé quelqu'un qu'elle situait désormais dans la catégorie des domestiques. Je la revis bien des années plus tard, alors que je venais de publier mon premier livre. Elle m'ouvrit les bras, me disant combien elle m'avait toujours aimée et admirée. Je faillis lui rappeler cet incident, mais elle était avec sa fille, une adolescente que je ne me sentis pas en droit de blesser.

A l'époque, je ne fréquentais plus du tout mes anciennes amies de classe et n'en avais pas la moindre envie, tant elles me semblaient « bourgeoises », comme disaient mes camarades trotskistes. Elles appartenaient à mon ancien monde, qui me paraissait terriblement artificiel, et, dans mon dénuement, je me sentais mille fois plus heureuse qu'elles avec leur vie à œillères et leurs cavaliers insipides qui deviendraient d'ennuyeux maris.

Je ne voyais plus que Manuela, bien qu'elle me parlât une langue désormais étrangère où revenaient régulièrement les mots « bals », « sports d'hiver » et « tailleurs Chanel », qui me semblaient ridiculement dépassés à côté de mes nouveaux mots fétiches : « révolution », « aliénation », « exploitation ». Mais je continuais à l'aimer, car elle avait plus de cœur et de fantaisie que toutes les autres réunies.

Et je voyais bien sûr Isabelle, venue avec moi à l'université pour suivre des études de philosophie. Issue d'une riche famille du Nord, elle se distinguait de ses huit frères et sœurs — fastidieusement bien dans leur peau — par une intelligence au-dessus de la moyenne et un inextinguible sentiment de culpabilité qui l'a poussée toute son existence à se punir. Dans notre petit milieu sorbonnard, on l'appelait « Jeanne d'Arc », car elle avait des airs d'adolescente et resta longtemps pucelle.

Moi, on m'avait surnommée « Perdue », à cause de l'expression de mes yeux ! Heureusement, je ne l'appris que bien plus tard... Je déployais tant d'efforts pour m'adapter et me faire adopter par cette nouvelle « famille », que pour la première fois je m'étais choisie, j'avais tellement l'impression d'être enfin dans mon élément que ce surnom qui, dans sa cruelle lucidité, une fois de plus m'excluait, m'aurait dévastée.

Certains êtres passent leur vie à tenter de « faire partie », d'« appartenir ». En vain. Nulle part ils ne se sentent à leur place, sans doute parce que enfants on ne leur a pas donné de place. Je ne me sentais exister que dans le regard des autres, sous la chaleur d'un sourire, et la moindre agressivité, voire l'indifférence me poignardaient, car elles me semblaient souligner mon manque de mérites et, par là, justifier le meurtre symbolique perpétré par ma mère et l'indifférence d'un père dont je n'avais toujours aucune nouvelle.

J'avais beau me jeter dans le militantisme, toujours prête à coller des affiches et à distribuer des tracts à la sortie des usines, ou me plonger avec rage dans mes manuels de psychiatrie avec le sentiment de me reconnaître à chaque ligne, peu à peu l'impression d'irréalité me revenait. Le choc salutaire des premiers mois de liberté s'était estompé, je me détachais de plus en plus de cette Zahr qui s'agitait à côté de moi. Je réalisais bien le danger qu'il y aurait à m'en dissocier tout à fait — ce qu'on appelle couramment « perdre la tête » —, mais je ne savais comment réagir. Depuis des années, pour ne plus souffrir, je m'étais astreinte à annihiler en moi tout sentiment, toute envie et, maintenant que je voulais vivre, je comprenais que j'avais fait fausse route : en essayant de me protéger je m'étais minée à la façon dont on creuse une carrière au point que si, vue de l'extérieur, elle semble solide, de l'intérieur elle risque à tout moment de s'effondrer.

Il fallait absolument que je me reconstruise. Mais

comment? A partir de quoi? J'avais besoin d'un point d'appui, d'un ancrage dont je sois sûre. Besoin d'un caillou, un simple petit caillou à partir duquel je pourrais à nouveau édifier quelque chose. Pendant des mois, je cherchai — en vain.

Ne trouvant rien à quoi m'attacher, j'eus l'idée de rechercher une chose à détester. Ainsi, faute de positif, je pourrais me reconstruire à partir de quelque chose de négatif. Après mûre réflexion, je me rendis compte que ce que je haïssais le plus, c'était évidemment le mensonge, le bourbier de mensonges dans lequel on m'avait plongée et où je continuais à me débattre. *A contrario*, je considérais que le plus important dans la vie, c'était la recherche de la vérité.

Il me fallut de longues années avant d'arriver à me constituer une ou deux certitudes, et, à partir de là, être capable, comme les autres, d'éprouver enthousiasmes et répulsions, devenir quelqu'un de « normale »; des années pour surmonter ce que je croyais mon absence de désirs, sans réaliser que mes mille désirs étaient obscurcis par un désir essentiel, dévorant : avoir un père.

Un père dont le silence était en train de me condamner.

Pourtant, j'aurais tout fait pour qu'il m'aime. J'aurais fait n'importe quoi pour être aimée.

Pour distraire les militants de leurs lourdes responsabilités et resserrer les liens entre camarades, « Socialisme et Liberté » organisait chaque samedi une « socialisation ». Le mot me semblait receler d'extraordinaires promesses dignes des êtres d'élite que je côtoyais, et lorsque j'y fus conviée pour la première fois, je compris avec émotion que j'étais désormais admise dans le cénacle.

Aussi fus-je abasourdie lorsque je réalisai que lesdites socialisations n'étaient rien d'autre que ce que, dans mon ancien milieu, on appelait des « surprises-parties ». Il y avait de la musique et des boissons, et l'on dansait normalement — entre hommes et femmes — des rock'n'roll, cha-cha-cha, tangos, slows, mais pas de valses (jugées réactionnaires). A part cela, je ne voyais vraiment pas de différences.

Je me trompais lourdement : il s'agissait, comme on me l'expliqua, de tout autre chose. Ainsi, entre les danses, on organisait des jeux éducatifs : par exemple des mimes, mais pas n'importe lesquels, des mimes de situation que l'assistance devait décrypter. Je me souviens d'une scène particulièrement réussie : c'était un patron qui renvoyait son ouvrier, à la suite de quoi ce dernier réussissait à mettre toute l'usine en grève. Un autre jeu très populaire était les portraits par analogie : « Si c'était une fleur, qu'est-ce que ce serait ? Et si c'était un animal ? » Etc. Beaucoup plus qu'une distraction, me fit-on remarquer, il s'agissait d'une sorte de psychothérapie intragroupe qui permettait à chacun d'exprimer sa vision de l'autre et de comprendre comment celui-ci le percevait. Cela devait favoriser des relations claires, des rapports véritablements socialistes, au contraire de l'hypocrisie qui sous-tendait les relations bourgeoises. Tant mieux si, au cours de ces soirées, une certaine agressivité se faisait jour : pour évacuer les problèmes, il fallait les exprimer. On était dans la période glorieuse d'une psychanalyse tous azimuts et tous usages. Les deux piliers de la société nouvelle — ses deux jambes, comme aurait dit le président Mao — seraient le freudisme et le marxisme, ce dernier dévoyé par l'Union soviétique, mais heureusement revisité par Ménéchal que même les plus jaloux s'accordaient à reconnaître comme une « grosse tête ».

Les socialisations nous donnaient également l'occasion de nouer des liens plus intimes. Pour moi, c'était la chance inespérée de pouvoir danser avec mon professeur de philosophie au son de *Petite fleur,* l'inoubliable slow des années soixante interprété par Sidney Bechet. Mais mes rêves ne dépassaient pas l'éventualité d'un baiser que je ne reçus d'ailleurs jamais, vu que l'épouse montait une garde farouche, en contradiction totale avec les théories sur l'amour libre professées par le groupe et que j'écoutais bouche bée.

La pire faute, y expliquait-on, est l'hypocrisie : se tromper mutuellement n'a aucune importance dès lors qu'on se le raconte et qu'on en rit ensemble. Au contraire, pareille complicité fortifie les liens, et, s'ils se rompent pour une telle peccadille, c'est qu'ils sont superficiels et ne méritent pas de durer.

Une autre faute abominable consistait à éveiller le désir, puis à refuser de le satisfaire. C'est le propre des « allumeuses », pires que les prostituées qui, elles au moins, ont la franchise d'aller au bout de ce qu'elles font et sont souvent des femmes admirables, en tout cas plus admirables, affirmait-on, que les bourgeoises qui se font entretenir légalement dans le mariage.

Je n'étais pas de taille à contester ce qui était exposé avec autant d'autorité et d'unanimité. Je me taisais et continuais d'avancer dans la découverte de ce nouveau monde. Jusqu'au jour où je fus prise à partie par des jeunes gens du groupe qui décidèrent de lancer contre moi le funeste anathème : j'étais une allumeuse ! L'accusation qui, d'après notre morale révolutionnaire, était des plus graves, me bouleversa. Qu'avais-je donc fait ? Je m'étais contentée de rire et de danser ; j'adorais danser : était-ce ma faute si l'on me regardait ? Oui, c'était ma faute, j'étais coupable de faire du charme et de ne pas aller « jusqu'au bout ».

Je m'insurgeai : quel charme ? J'étais juste souriante et aimable, comme on me l'avait appris à l'institut Merici. Fallait-il être laide et acariâtre pour qu'on vous laisse tranquille ?

Je me défendis comme je pus, mais, lorsque je me retrouvai seule, je m'effondrai. J'étais coupable et, quoique je décide de faire, je serais toujours coupable. En moi, deux morales s'affrontaient : l'une qui m'avait façonnée depuis l'enfance ; l'autre, toute neuve, mais forte de l'admiration que je vouais à ceux qui la professaient.

Je passai une nuit cauchemardesque : dans le milieu où j'avais été élevée, coucher avec un homme avant le mariage était inenvisageable ; même lors de mon flirt avec Thierry, l'idée ne m'en avait jamais effleurée. Mais, dans mon nouveau milieu, celui que je m'étais choisi, ces valeurs-là n'avaient pas cours, l'important était d'être honnête. Et moi, inconsciemment, par légèreté, j'avais pu laisser croire... Désormais nos relations étaient empoisonnées, par ma faute.

Durant des heures je délibérai. Au petit matin ma décision était prise : je ne voulais à aucun prix être une allumeuse : je sacrifierais ma virginité sur l'autel de la morale révolutionnaire.

De peur de changer d'avis, je pris aussitôt le bus pour la Cité universitaire et arrivai au pavillon Deutsch de La Meurthe où habitait l'un des étudiants qui, la veille, m'avait insultée.

Résolument je frappai à sa porte. Il était à peine neuf heures du matin. Il vint m'ouvrir en boutonnant le jean qu'il venait d'enfiler. Ni lavé ni peigné, il se réveillait et n'avait pas l'air aimable, se demandant pourquoi je venais le déranger si tôt. Apparemment, il avait tout oublié de la scène de la veille. Je faillis la lui rappeler afin qu'il comprît par ma présence que si j'avais été une allumeuse, j'étais prête à réparer. Mais il bâillait et semblait à cent lieues de penser à ce genre de choses. Je n'allais quand même pas, au nom de la morale, me jeter à sa tête. Nous bûmes un café, je balbutiai quelques explications confuses sur un tract qu'il fallait rédiger, et le quittai, mi-soulagée mi-vexée de m'être mise dans une situation aussi ridicule.

Quelques semaines plus tard, une grande socialisation fut organisée pour le mariage de Ménéchal et de la jeune femme avec laquelle il vivait depuis plusieurs années. Mariage exigé par la famille de Véronique, laquelle appartenait à la haute société, et que le chef n'avait pu ou su refuser malgré son souverain dédain pour tout lien légal.

Mais, bien sûr, un mariage entre révolutionnaires n'a rien à voir avec un mariage bourgeois. Ils allaient nous le démontrer le soir même.

Tout le monde avait beaucoup ri, dansé et bu. Moi-même, j'avais abandonné ma réserve et la mine sérieuse que j'affichais depuis que les tenants de l'amour libre m'avaient traumatisée plus que n'avaient jamais pu le faire les religieuses. Au cours de la soirée, j'avais bien entendu quelques éclats de voix parmi lesquels j'avais cru reconnaître le verbe haut de Ménéchal, mais je n'y avais guère prêté attention. Tard dans la nuit, nous nous étions retrouvés à quelques-uns autour d'un piano sur lequel le marié, solitaire, égrenait une sonate de Schubert. J'ai toujours été fascinée par les hommes qui jouent du piano, sans doute parce qu'ils me rappellent Padrino. Aussi écoutai-je Ménéchal avec une ferveur qu'il dut croire destinée à sa personne, car il me regarda avec une insistance que je ne compris pas — j'étais à cent lieues d'imaginer que, le soir même de son mariage, il pût penser à une autre femme que la sienne.

Lorsque, à l'aube, chacun rentra chez soi, j'appris par les camarades que Ménéchal avait fait une scène terrible à sa nouvelle épouse, qui dansait trop tendrement avec un cousin, et l'avait même menacée de divorce. Quelques heures seulement après le mariage ? C'était pousser l'esprit révolutionnaire un peu loin et nous parut du plus cocasse. Pas un instant nous ne le prîmes au sérieux.

Nous avions tort.

Un mois plus tard, au sortir d'une réunion de cellule à laquelle Véronique n'avait pas assisté, Ménéchal offrit de me raccompagner. Il était l'un des seuls du groupe à posséder une voiture, une grosse américaine, et, lorsque les discussions se prolongeaient au-delà du dernier métro, il embarquait un certain nombre d'entre nous qu'il semait sur son chemin. Ce soir-là, au lieu de me déposer, il m'invita à prendre un verre dans un célèbre bar à jazz de la rue de Berri, le *Blue Note* : whisky, pianiste noir, lumières tamisées — le décor de l'assaut était planté. Il m'expliqua qu'il était en train de divorcer et qu'il y avait longtemps qu'il m'avait remarquée. Deux raisons qui semblaient lui paraître suffisantes pour que nous terminions la nuit ensemble. Je me défendis — mal — contre ses baisers (c'était un homme très fougueux), mais parvins à obtenir qu'il me raccompagne.

Flattée d'être courtisée par le chef que tout le monde admirait, j'acceptai néanmoins de le revoir. Ce qui me convainquit surtout, c'est qu'il disait m'aimer, et j'étais assoiffée d'amour — je m'aimais si peu moi-même.

Mais fallait-il absolument « coucher » pour avoir droit à un peu de tendresse ? Je n'en avais nulle envie, mais son désir était plus fort que mon absence de désir. Je finis par céder.

Toute ma vie je me souviendrai de ma honte lorsqu'il m'emmena, près des Champs-Élysées, dans un hôtel à l'aspect très convenable, mais dont la réceptionniste platinée demanda si c'était « pour une heure ou pour la nuit ». Cramoisie, je baissai la tête, esquivant le regard sale du valet qui, l'air lugubre, nous guida jusqu'à la chambre.

J'étais frigorifiée, mais tentai de faire bonne figure : il était trop tard pour changer d'avis. Je ne connaissais de l'amour que ce que j'avais pu en voir au cinéma, je fermai les yeux et fis appel à mes souvenirs. Les premiers mauvais moments passés, il faut croire que je ne m'en tirai pas trop mal, car il décréta que j'étais douée, compliment que j'accueillis comme si l'on m'avait décerné en classe un premier prix d'excellence.

Nous fréquentâmes cet hôtel plusieurs semaines. Je ne m'y habituais pas, j'avais toujours aussi honte et continuais à baisser la tête lorsque je passais devant la réceptionniste platinée et le valet lugubre, mais Ménéchal ne se rendait compte de rien, il débordait de bonheur et parlait mariage. Quant à moi, je me persuadais que je l'aimais et que, son divorce prononcé, nous allions effectivement convoler. Élevée comme je l'avais été, je ne pouvais excuser mon inconduite autrement que par le grand amour sanctifié par de justes noces. Aussi, lorsqu'il me demanda de venir m'installer chez lui, je quittai sans arrière-pensée ma chambre de bonne, la seule chose restant désormais à décider étant la date du mariage.

J'étais loin d'imaginer ce qui m'attendait à mon arrivée.

Lorsque, à l'heure convenue, je sonnai à la porte de Ménéchal, ce fut sa femme qui vint m'ouvrir. Le visage bouffi de larmes, elle était en train de faire ses valises.

Abasourdie, je bafouillai et m'apprêtais à tourner les talons lorsqu'elle insista pour me faire entrer, s'excusant d'être en retard. S'excuser, elle! Alors que c'était moi, je le comprenais soudain, qui venais prendre sa place. Ménéchal m'avait laissé croire qu'ils étaient séparés depuis des semaines et, dans ma naïveté, je n'avais pas pensé que si nous allions à l'hôtel, c'était qu'il y avait une bonne raison...

J'étais vraiment trop stupide! Je n'avais plus qu'une envie : demander pardon à Véronique, lui dire que je ne voulais pas lui prendre son époux, et repartir, cette fois pour de bon. Elle sentit mon désarroi et redoubla de gentillesse, refusant que je me sente coupable d'une séparation devenue inévitable et que je n'avais fait que hâter. Elle n'avait que cinq ans de plus que moi, mais infiniment plus d'expérience, et, même si elle était triste, je crois qu'au fond, elle savait que je lui rendais un fier service. Elle avait même l'air de plaindre la petite jeune fille bouleversée à qui elle laissait une place dont elle eut le bon goût de ne rien me dire.

Nous fûmes ainsi à deux doigts de jouer la scène

vaudevillesque de la volée consolant la voleuse, l'homme qui, non sans un certain sadisme, avait ménagé cette entrevue se retrouvant le dindon de la farce, les deux femmes ayant décidé de repartir ensemble. Mais, pour être capable d'une telle décision, encore faut-il justement être femme ; je n'étais qu'une gosse perdue comme tant d'autres, incapables de résister à l'adulte qui les persuade qu'aimer c'est tout accepter.

Véronique partie, arriva Alix, la fille de Ménéchal, une ravissante adolescente. A cela non plus, je n'étais pas préparée. Je savais pourtant qu'ils habitaient ensemble, mais n'avais pas imaginé qu'elle eût presque mon âge. A vingt ans, je me retrouvais dans le rôle de la belle-mère d'une fille de quatorze ans qui, depuis que son père avait abandonné sa mère, avait vu une demi-douzaine de femmes occuper tour à tour la place. Je pensais qu'elle avait dû les détester, qu'elle allait à mon tour me détester, et qu'il me faudrait déployer des trésors de psychologie pour me faire accepter. C'était moi, l'enfant. Ce qu'Alix pensa, nul ne le sut, mais toujours est-il qu'elle se montra charmante. Ce fut même elle qui m'initia, avec un sérieux d'adulte, à ma nouvelle fonction de maîtresse de maison.

Je devais très vite me sentir beaucoup plus proche d'elle que de son père. A dire vrai, je ne compris jamais comment elle nous percevait, nous, les maîtresses. Peut-être s'interdisait-elle de nous percevoir de peur que la situation ne lui devînt insupportable ; ou peut-être les idées avant-gardistes de ces intellectuels débarrassés des préjugés du commun lui avaient-elles façonné l'âme ? Pour moi, je sais que lorsque, chaque matin, avant de partir pour l'école, elle venait, comme l'exigeait son père, nous porter le petit déjeuner au lit, j'enfouissais ma tête sous les couvertures et pensais mourir de honte.

Je me souviens de cette période, qui dura près d'un an, comme de la plus malheureuse de ma vie, car jamais je ne fus en aussi totale contradiction avec moi-même. L'aune du bonheur et du malheur est différente pour chacun et l'on ne peut jamais en juger de l'extérieur. Aux yeux des autres, j'avais tout pour être heureuse : j'étais aimée d'un homme passionné et passionnant qui se voulait mon Pygmalion et m'apprenait le monde. Il me trouvait belle, alors que les critiques de mes sœurs adoptives m'avaient persuadée que j'étais vilaine et qu'en tant qu'Orientale, à trente ans je serais déjà une vieille femme. Surtout, il me répétait que je deviendrais une grande psychanalyste. Tout autant que son intelligence, me fascinait sa conviction proclamée de mes dons exceptionnels et de l'avenir glorieux qui m'attendait. Était-il sincère, ou sentait-il qu'il me tenait par ma soif inextinguible d'être rassurée ?

A travers lui, je connus tous ceux qui, dans les années soixante, incarnaient l'avant-garde. C'était une chance inouïe pour une jeune fille ignorante de tout. Mais souvent, plutôt que ces interminables soirées enfumées, avec ces gens si graves et intelligents qui avaient au moins le double de mon âge, que n'aurais-je pas donné pour pouvoir m'amuser un peu, sortir, danser ? Il n'en était pas question : j'étais destinée à révolutionner le monde de la psychiatrie tout comme Ménéchal révolutionnait le monde de la théorie politique. Je devais étudier.

Je n'étudiais pas. La vie était bien trop intéressante pour perdre son temps dans les livres. Mon sens critique, aiguisé par une enfance hors normes, se trouvait conforté par tout ce que j'entendais autour de moi. Les cours en Sorbonne me semblaient mortellement ennuyeux, parfois même scandaleusement réactionnaires; au point qu'à plusieurs reprises je quittai ostensiblement l'amphithéâtre pour bien marquer ma désapprobation. En ce début des années soixante où le monde entier était en ébullition, à la recherche de nouvelles valeurs, la vieille université restait empoussiérée, particulièrement dans le domaine des sciences humaines où l'on nous faisait disserter des heures durant sur Charcot et Pinel, Freud jugé par trop révolutionnaire n'étant pas même enseigné. Cette impasse sur l'inventeur de la psychanalyse nous scandalisait, mais nous étions peu nombreux à l'époque et nos révoltes se limitaient à des manifestations individuelles. Pourtant, elles se nourrissaient des mêmes indignations que celles qui allaient engendrer, sept ans plus tard, la révolution culturelle de Mai 68.

Nous exprimions notre désaccord en désertant les cours pour nous presser, chaque semaine, dans une salle de l'hôpital Sainte-Anne afin d'écouter Jacques Lacan, l'astre incontesté de la psychanalyse contemporaine. Cours dont nous ne saisissions que des bribes, car il s'ingéniait à se montrer hermétique, pensant peut-être, comme nombre de philosophes orientaux, que le savoir ne peut être dispensé, mais doit se mériter. Je me souviens de sa crinière blanche et du tableau noir sur lequel il semait ses formules algébrico-analytiques. Près de moi, mes camarades approuvaient en hochant la tête. Je n'arrivais pas à suivre et commençais à développer un fort complexe d'infériorité, jusqu'au jour où, me trouvant assise à côté d'une grosse dame qui, tout au long de l'exposé, grommelait : « Mais qu'est-ce qu'il veut dire ? Décidément, je n'y comprends rien ! », j'appris qu'il s'agissait de la célèbre Françoise Dolto. Ce fut alors à mon tour de me moquer de mes camarades « géniaux ».

Baignant dans ce climat exceptionnel, j'étais revenue de tout sans avoir rien connu. De même que j'avais « dépassé Trotski » sans avoir acquis la moindre notion de marxisme, je me plongeai dans la psychanalyse et l'anti-psychiatrie, survolant avec dédain la psychologie et la psychiatrie classiques. Je ne consentis même pas à me présenter aux examens, arguant que je me refusais à entrer dans un système que je combattais.

En fait, je perdais pied. La liaison avec Ménéchal

m'étouffait, mais j'étais incapable de me l'avouer. Un sentiment d'irréalité recommençait à m'envahir, je passais des journées entières sur des livres dont je ne saisissais plus le sens, et pleurais en songeant à la mort qui condamne à l'absurde toute action, toute passion, la seule issue étant, me semblait-il, de vivre peu pour peu mourir.

Je recommençai à penser au suicide, seul moyen de maîtriser la mort et d'échapper ainsi à l'inéluctable, l'intolérable inéluctable.

Mon père ne m'avait toujours pas répondu.

Chapitre V

La lettre arriva un 16 juin, bleu pâle, légère, l'air de rien... Je la tournai et la retournai, elle frémissait entre mes mains.

Enfin, je l'ouvris.

Il m'écrivait... qu'il m'attendait!

Bien sûr, je n'avais pas l'argent du voyage. Le conseil de famille — mes deux pères adoptifs, mes trois mères adoptives et mère Marie-Marc — se réunit en toute hâte. Pendant des heures, on débattit en évoquant le sort abominable qui m'attendait : j'allais être enfermée dans un harem, mariée de force en échange de quelques kilos d'or à un vieux maharadjah vicieux; si j'osais me rebeller, je serais battue, peut-être même assassinée. On connaissait bien l'Inde, son érotisme pervers, ses croyances idolâtres, et l'on me voyait acculée entre Kama-sutra et crocodiles sacrés qui ne feraient de moi qu'une bouchée.

« Et dire que nous l'avons baptisée ! » gémissait mère Marie-Marc, m'imaginant déjà martyre d'une foi que je n'avais plus.

Mon premier père adoptif, l'ambassadeur de Suisse, eut fort à faire pour rétablir le calme. Il proposa de m'offrir le voyage à l'occasion de mes vingt et un ans. Majeure, je pourrais alors avoir un recours légal contre les menées diaboliques de ma famille indienne. En soupirant, on se rangea à son avis.

Pour moi, je n'avais pas le choix : il me fallait attendre encore un an avant de connaître mon père.

Quelques semaines plus tard, je reçus un coup de téléphone qui me transporta de joie. C'était une cousine de ma mère, la princesse Nakshidil, qui, ayant reçu une lettre du radjah lui racontant mon histoire, m'invitait à venir la voir.

Je ne croyais pas à mon bonheur. Non seulement j'avais renoué avec mon père, mais j'allais enfin rencontrer ma famille maternelle ! Une famille dont j'étais fière, bien que ne la connaissant que par les commentaires désobligeants de mes livres d'histoire.

Parmi mes aïeux, les trente-six sultans qui, sept siècles durant, régnèrent sur l'Empire ottoman, un seul, en effet, trouvait grâce aux yeux de mes professeurs : Soliman le Magnifique, l'allié de François Ier contre Charles Quint. Étonnante coïncidence qui me fit très tôt douter de cette science où vos alliés sont forcément « les bons » et vos opposants « les méchants », et les crimes toujours le fait de « l'autre ». Mais, à l'étudiante gauchiste que j'étais alors, peu importaient les sultans : je vivais sur un petit nuage, j'imaginais les retrouvailles, les baisers de ma tante, son émotion, mes larmes.

Non, il ne faudrait pas que je pleure, mais pourrais-je m'en empêcher ? Pour la première fois, j'allais rencontrer ma « vraie » famille.

Le jour dit, ayant revêtu ma plus belle jupe et lissé mon chignon, j'arrivai devant un somptueux immeuble du seizième arrondissement. Le cœur battant, je sonnai. Un valet en livrée me fit entrer. Intimidée, je le suivis jusqu'au seuil d'un immense salon tout au bout duquel, parmi les satins et les ors, je distinguai deux femmes. La plus jeune se leva. Elle était d'une beauté fascinante ; d'immenses yeux noirs illuminaient son visage au teint d'ivoire et autour de son cou admirable brillaient neuf rangs de perles. Je devinai que c'était ma tante et allais me jeter dans ses bras lorsqu'elle me tendit une main parfaite :

— Bonjour, princesse.

Je restai clouée sur place. Que pouvais-je répondre, sinon :

— Bonjour, princesse.

Du fond du divan, une voix plus âgée me salua à son tour :

— Bonjour, princesse. Comment allez-vous, princesse ?

C'était sa mère, la sultane [1] Melikshah.

— Très bien, princesse, merci. Et vous, princesse ?

— Très bien, princesse. Asseyez-vous, princesse.

— Merci, princesse.

D'un mur à l'autre du salon, comme dans une volière, tournoyaient les « princesses ». Mais oui, princesse... Avec plaisir, princesse... Mais comment donc, princesse... Je vous en prie, princesse...

L'après-midi passa, longue, en ces mondanités. Du haut de mes convictions révolutionnaires toutes neuves, je ricanais en mon for intérieur de ce rituel ampoulé, mais, au fond, je me sentais désemparée, partagée entre la fierté d'être la nièce de ces femmes sublimes dont la majesté dépassait tout ce j'avais connu jusqu'alors, et la déception d'être tenue à distance. Moi qui avais rêvé de cet instant où dans les bras chaleureux de « ma famille » s'abolirait enfin toute une vie d'orpheline, je me retrouvais plus seule que jamais, avec, sur la tête, une couronne qui me semblait de carton-pâte.

Le soir même, un peu abasourdie, j'avais regagné

---

1. On appelle sultane la fille d'un sultan ou d'un fils de sultan. La fille d'une sultane est appelée hanoun sultane, ce qui correspond à princesse. L'épouse d'un sultan est appelée cadine.

mon poste dans le grand foyer de l'Opéra. Sur la table, à côté des revues, j'avais disposé quelques boîtes de chocolats sur le couvercle desquelles était peint le théâtre : le directeur du buffet m'avait demandé de les vendre pour lui. Après l'entracte, lorsque ne restaient plus dans le foyer que les gardes républicains, il vint chercher la recette.

— Je n'ai rien vendu. Vous savez, les gens qui viennent à l'Opéra ne tiennent guère à s'encombrer de chocolats...

Que n'avais-je osé dire !

— Qu'est-ce qu'une pauvre petite vendeuse comme vous peut savoir des gens qui vont à l'Opéra ? me rétorqua-t-il, en colère, et il tourna les talons, me laissant rouge d'humiliation au milieu des gardes qui, par pitié, détournaient les yeux.

Mais m'apparut aussitôt l'ironie de la situation et je me pris à rire : tout l'après-midi, j'avais été traitée en princesse ; et quelques heures plus tard, je n'étais plus qu'une pauvre petite vendeuse, ignorante des usages du monde. C'était en raccourci l'histoire de ma vie et de ses multiples contradictions, qui furent ma chance, en m'apprenant, notamment, ce que vaut le statut social.

Ma tante Nakshidil s'ennuyait. Mon histoire l'avait touchée, elle prit l'habitude de m'inviter pour se raconter à son tour. J'étais un public idéal : conquise par sa beauté et son allure impériale, je l'admirais comme un splendide objet d'art, j'avais l'impression d'assister à un spectacle grandiose qui valait toutes les séances de cinéma. Durant des après-midi entières, je l'écoutais évoquer les fastes des Indes et ses malheurs personnels. Car elle aussi avait été mariée à un radjah, quelques années avant ma mère dont, à ma grande déception, elle ne se souvenait guère, ne l'ayant rencontrée qu'une seule fois, au cours d'une réception à Bombay. Au demeurant, j'allais vite comprendre qu'il y a radjah et radjah !

Nakshidil et sa cousine Tiryal avaient épousé les

deux fils du nawab de Dargabad, le souverain le plus riche du sous-continent. L'affaire avait été conclue entre le père de Tiryal, un prince ottoman en exil en France, et le nawab, un vieillard connu pour son avarice autant que pour les fabuleux trésors amassés par ses ancêtres, sous l'œil bienveillant de l'occupant britannique dont ils avaient toujours été les plus fidèles alliés. Pour l'honneur de conclure une alliance avec la famille ottomane, le vieux nawab avait surmonté sa ladrerie et consenti à verser au prince des sommes qui lui permirent de vivre confortablement jusqu'à la fin de ses jours.

Nakshidil disait qu'elles avaient été vendues. Elle-même n'avait alors que quinze ans, et sa cousine dix-sept... « Vendues à des macaques ! » insistait-elle en me montrant la photo du mariage sur laquelle, à côté de princesses de rêve, deux petits hommes noirauds et maigrelets bombaient le torse. Je songeai à la beauté sombre de mon père. Il n'était peut-être qu'un modeste radjah dont les fastes étaient loin d'égaler les splendeurs de Dargabad, mais, à écouter Nakshidil se remémorer en frissonnant les mains d'araignée de son époux, je me disais que des trois cousines, c'était certainement ma mère qui avait eu le plus de chance.

Tiryal, mariée à l'aîné, avait eu deux fils dont le vieux nawab avait fait ses héritiers, considérant ses propres rejetons comme des incapables. Nakshidil, elle, n'avait pas eu d'enfants. Sous les mains d'araignée, elle s'était refermée, tel un délicat coquillage. Contrairement à Tiryal, femme de pouvoir, pour qui comptait par-dessus tout le fait que son fils devînt souverain, c'était une romantique. A quarante ans, elle tomba amoureuse pour la première fois. L'élu était un jeune diplomate turc, sans fortune. Elle décida de tout quitter pour le suivre. Grâce à son vieil ami et admirateur Jawaharlal Nehru, devenu Premier ministre, elle obtint du nawab le divorce et, en guise de cadeau d'adieu, une malle remplie de pierres précieuses. Installée en

France, elle menait grand train, échangeant ses diamants contre Rolls et robes de Dior. Elle était riche, elle était belle, elle était sultane et maharani, Paris la sacra reine... et son amoureux la quitta.

Je la connus deux ans plus tard. Elle sortait d'une longue dépression qui ajoutait un charme tragique à sa beauté. Elle séduisait tous ceux qui l'approchaient et en profitait pour reconstituer autour d'elle la cour qu'elle n'avait plus. Elle avait une façon inimitable de vous honorer de petits riens, en vous priant par exemple, de sa voix languissante, de bien vouloir lui apporter un verre d'eau, et moi, la révoltée, la gauchiste, qui chaque soir refaisais le monde avec mes amis trotskistes, devant tant de majesté, je fondais.

Un jour, je rencontrai chez elle le petit-fils du nawab de Dargabad, fils cadet de sa cousine Tiryal. Il était grand, un peu lourd, mais sympathique. Il me demanda la permission de m'inviter le lendemain à déjeuner. Nous passâmes une après-midi animée à discuter de l'Inde, des hôpitaux et des écoles qu'il voulait construire pour les pauvres de Dargabab, et de mon rêve de devenir médecin pour partir dans mon pays m'occuper des déshérités.

Quelques jours plus tard, Nakshidil me convoquait. Me scrutant attentivement, elle me demanda comment j'avais trouvé Halil.

— Très gentil.

— Bien. Il demande s'il peut espérer.

— Espérer quoi ? rétorquai-je, intriguée.

— Voyons, Zahr, ne faites pas l'enfant ! Espérer votre main, évidemment !

Je restai bouche bée. Puis, soudain, la colère me prit :

— Qu'est-ce que cela veut dire ? Il ne peut être amoureux, il ne me connaît pas, il ne m'a vue que deux fois ! Croit-il pouvoir m'acheter parce qu'il est riche ?

— Réfléchissez, Zahr, l'argent arrange bien des choses. Vous pourrez par exemple faire ces études de médecine auxquelles vous avez dû renoncer faute de moyens. Et puis, vous aurez une vie très agréable. Bien sûr, à vous de voir si vous préférez une cage dorée ou la liberté...

Il en fallait bien moins pour que je voie rouge. Je refusai tout net. Moins par moralité que par orgueil. Je n'avais pas un sou, mais j'étais bien trop fière pour accepter que des considérations matérielles puissent peser sur les choix essentiels de ma vie. De Gaulle n'avait pas encore prononcé sa fameuse phrase : « L'intendance suivra », mais, comme lui, je pensais : « C'est cela qu'il est juste de faire ; pour le reste, on se débrouillera ! » J'étais cependant très consciente que penser ainsi est un luxe que les trois quarts de l'humanité ne peuvent se permettre. Et c'est précisément pourquoi, malgré mon ignorance de la théorie, je me sentais profondément en accord avec mes camarades révolutionnaires : l'idée que la plupart des hommes soient obligés de vivre à l'encontre de leurs goûts, de leurs inclinations ou de leurs rêves, que la grande majorité dût perdre sa vie à la gagner, me semblait une intolérable injustice. Jamais je ne me serais battue pour qu'ils puissent s'acheter un réfrigérateur, un téléviseur ni même un bifteck chaque jour — je m'en passais bien moi et n'en étais pas malheureuse pour autant —, mais j'étais prête à tous les combats pour leur permettre de choisir leur destin.

En d'autres circonstances, Halil ne m'aurait peut-être pas déplu — nous partagions un même idéal —, mais cette façon qu'avait eue ma tante de me présenter l'« affaire » tuait dans l'œuf toute possibilité. En outre, comment avait-il osé lui parler avant de me parler ? Étais-je une enfant ? Ne devrais-je pas être consultée avant qu'on ne s'occupe d'organiser ma vie ? L'indignation me coupait le souffle. Élevée à l'occidentale, j'ignorais tout des coutumes de l'Orient et étais loin d'imaginer que, là-bas, les demandes en mariage passent toujours par les aînés et que me parler directement eût été me manquer de respect. Je soupçonnais encore moins que la rencontre avait été arrangée par correspondance entre mon père et la mère de Halil et que ce dernier était venu à Paris tout exprès pour voir la jeune fille qu'on lui destinait. Tout ce que je comprenais c'est que, sans même me consulter, parce que j'étais pauvre, on avait pensé pouvoir disposer de moi.

Nakshidil insista — sans conviction, me sembla-t-il. N'avait-elle pas fui elle-même ces palais enchantés ? Comment pouvait-elle me conseiller cette vie où elle disait avoir été si malheureuse ? Et moi, comment pouvais-je renoncer à Ménéchal, trahir le révolutionnaire pour le prince, et mon nouvel idéal pour de l'argent ?

Une chose, cependant, me fit hésiter un instant : les études de médecine. Ma tante avait su toucher mon point sensible : je rêvais de devenir une sorte de docteur Schweitzer, j'aspirais à aider ces Indiens que je ne connaissais pas mais qui étaient mes compatriotes, un peu ma famille... Je ne me rendais pas compte que cet « altruisme » était surtout un besoin vital de m'intégrer, une intense envie qu'on eût besoin de moi.

Mais ma fierté fut en définitive la plus forte. Je refusai.

La suite fut amusante. La sultane Tiryal était arrivée à Paris pour juger de sa future belle-fille. Quand Nakshidil lui fit part de ma décision, elle eut un choc et voulut connaître cette rien-du-tout qui avait osé rejeter son fils. Je fus à nouveau convoquée pour le thé.

C'était une femme immense aux yeux bleu acier surmontant un nez d'aigle. On la disait belle ; je la trouvai surtout glaciale. Elle m'accorda un bref regard, me gratifia de trois mots, puis s'absorba dans une conversation avec sa cousine, d'où il ressortait que les pull-overs de cachemire étaient devenus scandaleusement chers. Partagée entre la stupeur et une violente envie de rire, j'écoutai les plaintes de cette sultane fabuleusement riche et trouvai la force de compatir poliment à ses soucis.

Je ne la revois plus que lors des enterrements de famille. Elle ne me reconnaît pas.

Personne, parmi mes nouveaux amis, ne soupçonnait cette autre face de ma vie. Sauf Ménéchal, bien sûr, dont je compris beaucoup plus tard que cela chatouillait la vanité. Après tout, Karl Marx n'avait-il pas épousé une comtesse ? Il se sentit encore plus flatté lorsqu'il apprit que je l'avais préféré à un prince, sans comprendre que ce n'était pas lui que j'avais préféré, mais une certaine idée de moi-même. En fait, je commençais à me dégager de la fascination qu'il exerçait sur moi. Cet homme si sûr de lui me rassurait, mais, en même temps, m'écrasait. De plus en plus, à ses côtés, je me sentais étouffer.

Un jour qu'il était parti en voyage d'études, je reçus un coup de téléphone d'un camarade de « Socialisme et Liberté » qui autrefois m'avait fait la cour. Nous avions le même âge. Nous nous retrouvâmes pour la soirée. Je m'amusai, détendue et heureuse comme je ne l'avais plus été depuis longtemps. Nous terminâmes la nuit ensemble. Je n'en éprouvai aucun remords, les discours que j'entendais depuis un an ayant fini par me persuader que la fidélité était une notion petite-bourgeoise et que coucher avec un autre n'avait aucune importance du moment qu'on en parlait et qu'on en riait ensemble. J'attendis donc Ménéchal avec impatience pour tout lui raconter.

Au restaurant où il m'emmena le soir de son retour, je lui confiai mon aventure. Son explosion de rage me laissa interdite. J'essayai de me justifier :

— Mais c'est toi-même qui prétends que cela n'a aucune importance, qu'il faut au contraire en plaisanter ensemble...

— Hypocrite ! Comment oses-tu ? Jamais je n'ai dit une chose pareille !

— Mais si, rappelle-toi : aux réunions, lorsqu'on parlait du couple...

J'insistai, ne comprenant pas que les théories résistent mal aux blessures d'amour, et surtout d'amour-propre : en le trompant avec un jeune du groupe, c'était son statut de chef que j'avais mis en péril.

Nous rentrâmes à la maison. Il étouffait d'indignation et m'abreuvait d'injures tandis que je pleurais à chaudes larmes, consciente qu'il était vain d'essayer de me défendre.

Je venais de faire connaissance avec le double langage des intellectuels. Je n'étais pas près de l'oublier.

Le lendemain matin, Ménéchal avait pris sa décision : je disposais d'une heure pour faire mes bagages.

Comme une somnambule, je rassemblai mes affaires. Il me fit monter dans sa grosse voiture américaine et me déposa devant un hôtel de la rue des Saints-Pères.

Pétrifiée, ma valise à la main, je regardai la voiture s'éloigner.

Mon univers s'écroulait.

Chaque fois que je repasse devant cet hôtel de la rue des Saints-Pères, je bénis le Ciel de n'avoir pas cédé ce jour-là au désespoir grandiloquent qui me criait de me jeter par la fenêtre.

J'avais pris une chambre sous les combles, la moins chère ; du balcon, je regardais la rue par où il s'en était allé, et, dans un éblouissement, je voyais mon sang éclabousser le trottoir à l'endroit même où il m'avait quittée.

Ce n'était pas tant sur lui que je pleurais — je crois qu'au fond, j'étais plutôt soulagée —, c'était sur mes illusions, et c'était sans doute aussi sur une petite fille une fois de plus abandonnée.

Larmes et deuil durèrent quarante-huit heures. Je n'avais pas les moyens de pleurer plus longtemps, il fallait que je trouve au plus vite à me loger.

Heureusement, à vingt ans, tout est facile. C'est la grande fraternité des copains, tous fauchés, la mise en commun du peu qu'on a. Pendant quelques semaines, je transportai mon matelas chez l'un, chez l'autre, jusqu'à ce que je me découvre un nouveau palais : une chambre de bonne de deux mètres sur quatre, sans chauffage, mais avec vue sur la tour Eiffel.

On était au mois de décembre, j'avais froid, mais cela faisait longtemps que je ne m'étais sentie aussi heureuse. Le poids qui depuis des mois m'étouffait avait disparu. A nouveau je pouvais aller et venir comme je l'entendais, voir les amis que j'aimais, passer mes nuits dans les cafés du quartier Latin à discuter métaphysique ou politique et à reconstruire le monde. A nouveau j'étais libre de vivre.

J'avais déserté les cours de psychologie et décidé d'étudier seule. Je dévorais tous les livres de psychiatrie et de psychanalyse qui me tombaient sous la main. Par un ami psychiatre, j'arrivai même à obtenir un stage à la Salpêtrière, dans un service réservé aux enfants.

C'était le service des filles, des nourrissons jusqu'aux adolescentes, depuis les cas désespérés — hydrocéphales, schizophrènes catatoniques — jusqu'aux cas limites entre psychose et névrose, comme les maniaco-dépressives ou les caractérielles profondes. C'est à ces deux dernières catégories que je m'attachai. Comme je ne possédais aucun diplôme, on ne me confiait pas de tâche définie, aussi avais-je tout mon temps pour les écouter. Parmi les médecins, infirmières, éducatrices, tous débordés, j'étais la seule à pouvoir rester des journées entières près des enfants, à leur accorder toute l'attention et toute la tendresse dont j'étais capable.

Peu à peu, parfois après des heures d'un silence buté, d'attitudes hostiles, je récoltais un sourire ou une petite main sur la mienne. Alors je me sentais fondre, car je me rendais compte qu'au-delà de toute science, de toute thérapie, c'était d'amour dont ces petits êtres avaient besoin, l'amour dont ils avaient été privés dès l'enfance et qu'ils n'osaient même pas imaginer, encore moins demander. Je comprenais que si je n'avais pas eu la chance extraordinaire d'être aimée par les étrangers qui avaient remplacé mes parents, je me serais peut-être retrouvée parmi eux. Et que si l'on pouvait entourer ces enfants, leur donner beaucoup de temps et d'amour, nombre d'entre eux finiraient par guérir. A défaut, ils allaient s'enfoncer définitivement dans un autre monde.

Mais qui pouvait leur prodiguer ce temps, cet amour? Ils venaient presque tous de familles brisées, misérables, souvent alcooliques. A la maison, ils recevaient des coups. A l'hôpital, on faisait ce qui était possible : on les tenait propres, on leur faisait passer des tests, on leur administrait des médicaments.

Alors que, pour chaque enfant, il aurait fallu une maman.

Plus le temps passait, plus j'avais l'impression de les comprendre, de me trouver en symbiose avec eux, et sans doute le sentaient-ils, car, de plus en plus, ils venaient vers moi, l'étudiante dépourvue d'expérience, tout juste tolérée dans le service et dont les éducatrices pensaient qu'elle en faisait trop. En un sens, elles avaient raison. Avec ces petits êtres blessés, ou il faut tout donner, ou il faut garder une certaine distance. Sinon, ils s'attachent et risquent d'être à nouveau déchirés. Je m'en rendais confusément compte et, chaque soir, lorsque je les quittais, qu'ils s'accrochaient à moi en criant « Maman, maman! » et que je devais me dégager de force, les laissant à leur solitude, je ne pouvais m'empêcher de pleurer. Jusqu'au jour où je réalisai que c'était aussi sur moi que je pleurais, car ce que ces enfants criaient, c'était ce qu'au plus profond de moi je me retenais de crier.

Ce fut surtout Michèle qui me décida à renoncer à ce que je croyais être ma vocation.

Je n'étais là que depuis quelques jours lorsque je

vis arriver dans le service une adolescente fine et pâle, maintenue à grand-peine par deux infirmiers baraqués. Elle se tordait comme une diablesse, écumant, mordant, griffant, et serait sans doute parvenue à s'échapper si un troisième infirmier n'était intervenu pour la maîtriser. A présent, elle était là, tremblant convulsivement comme un animal pris au piège, ses grands yeux noirs exorbités fixant la seringue qu'un médecin préparait avec des gestes calmes.

Plusieurs jours on la garda sous tranquillisants, seule dans une chambre. J'allais la voir quotidiennement. Allongée sur son lit, le regard vide, elle semblait ne rien entendre, ne rien percevoir de ce qui se passait autour d'elle. Je lui parlais sans savoir si elle me comprenait, essayant de la rassurer, de lui redonner confiance. Un jour, je me hasardai à lui prendre la main; je la sentis tressaillir. C'était son premier signe de reconnaissance d'un monde qu'elle prétendait ignorer. Mais, le lendemain, elle s'était à nouveau murée dans l'indifférence.

Le médecin-chef l'avait classée parmi les maniaco-dépressives. A l'aide de calmants, on avait rapidement traité la phase « maniaque », ou d'excitation extrême, et elle se trouvait maintenant dans la phase dépressive dont les médicaments ne pouvaient la sortir qu'artificiellement, donc à titre très temporaire.

En consultant son dossier, j'avais recueilli quelques brèves informations sur ses antécédents familiaux : troisième fille d'immigrés portugais, un père alcoolique qui la battait — parce qu'il avait espéré un garçon ou parce qu'il n'était pas sûr qu'elle fût sa fille? —, une mère résignée et lointaine. Michèle avait commencé à fuguer dès l'âge de onze ans. Très vite, elle avait intégré une bande de son quartier et y était devenue la protégée d'un caïd de quinze ans. C'est lorsque celui-ci fut arrêté pour vol qu'elle fit sa première grande crise. (D'après sa mère, elle avait toujours été instable, passant sans motif apparent de l'exaltation à la dépression.) Effrayés, deux gamins de la bande l'avaient ramenée à la maison où elle n'avait pas reparu depuis plusieurs mois. Pour la faire taire, le père n'avait rien trouvé de mieux que de la battre, mais, la crise décuplant ses forces, Michèle l'avait violemment repoussé et, en tombant, il s'était cassé un bras. Alertée par les voisins, la police était intervenue, et c'est ainsi que Michèle avait débarqué dans le service. Elle n'avait pas quatorze ans.

Je restais avec elle une à deux heures chaque jour. Peu à peu, la glace fondait, elle s'habituait à moi et laissait désormais sa main dans la mienne tandis que je lui parlais. Je lui disais que la vie était belle, et qu'elle était capable de faire des choses passionnantes si elle le voulait, mais, surtout, je lui disais que je la comprenais, car j'avais été moi aussi prête à changer le monde puis, l'instant d'après, sombrant dans le plus noir désespoir, et que c'était normal, que c'était le propre des êtres comme elle, sensibles et généreux, qui sentent et vivent plus fort que les autres. Je lui répétais qu'elle n'était pas malade, que beaucoup de jeunes étaient ainsi, notamment les artistes, et qu'elle avait la chance de posséder, comme eux, cette richesse en elle.

Je n'avais pas de méthode, seulement la sincérité et l'intuition profonde de ce qu'elle pouvait éprouver, car nous avions une expérience similaire. Simplement, moi, je m'étais arrêtée à la limite où elle avait basculé.

Tout naturellement, la communication s'établit entre nous et elle commença à me parler comme si nous nous étions toujours connues et ne devions jamais nous quitter. Puis, très vite, elle devint possessive, ne supportant pas que je m'occupe d'autres enfants, comme si, à l'instar de ses sœurs, ceux-ci lui volaient l'amour maternel. Au moins n'était-elle plus indifférente, mais le plus difficile restait à faire : l'amener à accepter que la réalité puisse être frustrante, sans pour autant qu'elle la refuse et se réfugie à nouveau dans le délire ou l'apathie.

Effrayée, je commençais à comprendre que je m'étais trop engagée : encordée avec elle au bord du précipice, si je coupais le lien, je risquais de la précipiter dans le vide. Pourtant, il fallait bien le couper.

Les éducatrices m'observaient d'un air réprobateur. Elles savaient bien, elles, comme il est risqué de se placer sur le même terrain que le malade ; elles préféraient s'en tenir à une thérapie classique qui, si elle ne faisait pas de miracles, au moins n'entraînait pas de catastrophes.

Mais nous avions une idée différente de ce qu'est la catastrophe. Dans un service bien géré, c'est la crise violente au cours de laquelle un malade peut se blesser, voire attenter à ses jours. Pour moi et mes amis antipsychiatres, la crise était au contraire le moment privilégié où le malade exprimait son angoisse et se dévoilait, celui où l'on avait accès à son intimité ; la vraie « catastrophe » étant à nos yeux l'état de légume auquel la chimiothérapie le réduisait, zombie bien docile, mort vivant qui ne risquait certes plus de perturber l'ordre établi, mais ne risquait pas non plus de guérir. C'était toute la querelle entre les tenants de l'hôpital psychiatrique-prison, qui préserve la société des individus non conformes, et le nouveau courant de l'antipsychiatrie, partisan de l'hôpital de jour, centre d'accueil où le malade est considéré comme un humain à part entière. Un humain qu'on parviendra à aider pourvu que l'on comprenne les traumatismes qui l'ont poussé à fuir la société et que l'on refasse doucement avec lui le chemin qui lui permettra de croire qu'il a sa place dans un monde pas forcément hostile.

Insensiblement, j'essayai de prendre mes distances avec Michèle. Je passais moins de temps auprès d'elle, m'occupant davantage des autres enfants, en prenant désormais bien soin de n'en privilégier aucune. Michèle ne protestait plus, mais son regard triste m'étreignait le cœur, et je devais faire appel à toute ma volonté pour ne pas céder à l'envie de la prendre dans mes bras. Je m'appliquais à la raisonner, à lui expliquer qu'elle allait beaucoup mieux et pourrait bientôt retourner à une vie normale. En effet, peu après, le médecin-chef l'ayant déclarée guérie, elle quitta l'hôpital. Je l'embrassai en lui promettant que je ne l'oublierais jamais et que si elle avait un jour un problème, elle pourrait toujours faire appel à moi. Elle me fixa longuement, incrédule.

Deux mois plus tard, elle était de retour dans le service : son fragile équilibre n'avait pas résisté à la réinsertion dans une famille où les haines, les violences, les contradictions l'avaient agressée dès son arrivée. Elle n'était pas assez solide et s'était à nouveau réfugiée dans le délire.

En la voyant nous revenir, je réalisai, atterrée, que tout ce que nous tentions ne servait à rien, que nous ne faisions que du rapiéçage, l'interminable rapiéçage d'une société malade qui s'effiloche et qui, des êtres les plus sensibles, fait des malades mentaux. Je comprenais ou croyais comprendre que, dans une telle société, toute psychiatrie, toute psychothérapie est vouée à l'échec, et qu'il ne sert à rien de soigner des gens qui, rendus aux mêmes conditions pathogènes, ne peuvent que retomber dans les mêmes abîmes.

Avec le radicalisme de mes vingt ans, j'en conclus qu'il ne restait qu'une issue : changer le système. Je décidai donc d'entrer en politique. En un tourne-main, je fis le vide sur mes étagères, distribuant à qui voulait mes livres de psychologie, de psychanalyse et de psychiatrie si patiemment accumulés, et allai m'inscrire en sociologie.

Le département de sociologie, créé depuis peu, était le plus remuant de l'université. C'était là, ainsi que dans le département de philosophie, que se retrouvaient les « politiques ». Mais le saint des saints, là où avaient lieu discussions et complots, c'était « chez Romeu », dans le bureau du vieil appariteur en blouse grise, natif de Font-Romeu, qui avait perdu un bras à la guerre de 14. Ce méridional truculent et au cœur d'or était notre père à tous. Il avait vu des générations de philosophes et traitait avec la même bienveillante rudesse ses « anciens », devenus les gloires de l'époque, comme les professeurs Gandillac, Jankélévitch ou Ricœur, et ses « petiots », les Dollé, Clastre, Pividal, gloires de demain. Le cercle des intimes se retrouvait chaque jour pour faire une belote autour d'une bouteille de rouge ou, parfois, si l'on était en fonds, de cognac (le whisky, breuvage barbare, était proscrit). Au sein de cette avant-garde de la pensée, les filles étaient tout juste tolérées — on ne se demandait pas, comme jadis, si elles avaient vraiment une âme, mais, pour la plupart de ces jeunes coqs qui découvraient avec délices leur puissance intellectuelle autant que sexuelle, elles ne pouvaient être de toute façon que des êtres inférieurs. Je me souviens du dépit que ne purent dissimuler ces philosophes révolutionnaires le jour où Judith Lacan, la fille du maître, une ravissante brune aux yeux bleus, décrocha la première place à l'agrégation. « Normal, c'est une bûcheuse », fut leur commentaire méprisant. Qu'une fille fût tout simplement plus brillante qu'eux était inenvisageable.

Mon enthousiasme pour la sociologie ne dura guère. J'étais la mauvaise élève type, car je ne supportais pas de m'ennuyer. Or, à l'époque, la plupart des enseignants semblaient mettre un point d'honneur à endormir leur auditoire, le diplôme ne devant sanctionner que l'aptitude à assimiler des connaissances théoriques coupées de toute réalité. Malgré mes efforts, le débit monotone du très vieux et très célèbre maître Georges Gurvitch, ou les tableaux de statistiques de l'éminent Jean Stoetzel me faisaient bâiller à m'en décrocher la mâchoire. En revanche, je n'aurais manqué pour rien au monde les cours de l'étoile montante de la sociologie, Alain Touraine, ni les exposés d'un jeune assistant à l'allure sportive, Pierre Bourdieu, l'un des rares à savoir nous faire partager sa passion.

Mais, en ce début des années soixante, c'était surtout la politique qui nous mobilisait. Avec mes camarades de « Socialisme et Liberté », je passais des nuits à ronéotyper des tracts appelant à des manifestations contre la guerre d'Algérie, où nous nous retrouvions à deux cents ou trois cents, y compris les « situationnistes » et quelques groupuscules cousins. D'autres fois, à l'aube, postés devant l'entrée des usines Renault, nous exhortions les ouvriers à l'insoumission, jusqu'à ce que nous nous fassions chasser — et parfois casser la figure — par des « gros bras » de la CGT. Ou bien nous passions la nuit à monter la garde devant la librairie Maspero dont les « fascistes » avaient brisé la vitrine où était exposé un livre alors interdit en France : *La Question* d'Henri Alleg, premier témoignage direct sur les tortures pratiquées en Algérie par des militaires français.

Souvent éclataient des rixes avec ces mêmes « fascistes », étudiants d'extrême droite influencés par un certain Jean-Marie Le Pen, député du cinquième arrondissement. Des batailles rangées avaient lieu, avec chaînes de vélo et matraques, devant la porte de la Sorbonne ou celle de la faculté de droit, dégénérant en tabassages en règle, parfois même en bras cassés.

La vie d'étudiante était à l'époque passionnante, et entre mes activités politiques, les petits boulots et mes problèmes d'identité, il me restait peu de temps à consacrer à des études à mille lieues de mes préoccupations quotidiennes.

Un soir de décembre, alors que je descendais de ma chambre de bonne, la concierge me héla pour me remettre une lettre. C'était un mot de Hussein bey, l'ancien secrétaire du calife qui en 1924 avait choisi de le suivre en exil. Je l'avais rencontré à diverses reprises chez ma tante Nakshidil. C'était un vieux monsieur très digne, l'un de ces inconditionnels qui avaient abandonné leur pays par fidélité à notre famille. L'avait-il regretté par la suite ? En tout cas, il ne pouvait se l'avouer, et son dévouement restait inaltéré. Le calife était mort depuis longtemps et Hussein bey continuait à vivre loin de chez lui, petitement, car il n'avait guère d'argent, sa seule récompense étant d'être convié, de temps à autre, à prendre le thé chez l'une de « ses » sultanes.

Il me demandait de lui téléphoner d'urgence. Je n'avais que cinquante centimes en poche : à l'époque, c'était le prix d'une communication téléphonique ou d'un café sur le zinc. Il faisait sombre et froid, je mourais d'envie de prendre mon café avant d'aller assister au cours, mais mon éducation m'avait inculqué le sens du devoir, je ne me sentais pas le droit de m'y dérober : jetant un regard nostalgique sur les tasses fumantes et les croissants, je demandai un jeton de téléphone.

La cabine était obscure et sentait le renfermé. A tâtons, je composai le numéro, et à l'autre bout du fil retentit la voix étrangement excitée de Hussein bey :

— Princesse, il faut que vous veniez signer immédiatement. Vous êtes héritière des pétroles de Mossoul !

Je restai clouée sur place tandis que le vieux monsieur m'expliquait que le plus important gisement de pétrole d'Irak, acheté à la fin du siècle dernier par le sultan Abdul Hamid, était propriété privée de la famille ottomane. Depuis l'exil, la famille avait essayé de faire reconnaître ses droits par la British Petroleum qui exploitait le site. En vain, naturellement. Mais la situation avait changé. Depuis l'assassinat du petit roi Fayçal et l'arrivée au pouvoir de dangereux nationalistes, la compagnie craignait que les pétroles ne fussent nationalisés. Aussi souhaitait-elle acheter à notre famille non pas les terrains, qu'elle nous avait pris depuis longtemps, mais les actes de propriété, de vieux papiers que le sultan avait emportés avec lui en exil. Avec ces documents et une batterie d'avocats internationaux, la British Petroleum pensait pouvoir faire prévaloir ses droits face au nouveau gouvernement irakien.

J'écoutais, interloquée. Je n'avais plus ni faim ni froid, rassasiée et réchauffée par tous ces milliards qui me tombaient du ciel. Et c'est sur un petit nuage rose que, sans un regard pour les consommateurs attablés devant leur espresso odorant, je retraversai la salle et, le cœur en fête, d'un pas conquérant, m'engouffrai dans la tornade.

Pourtant, à y regarder de plus près, tout cela ne paraissait pas très moral et je me gardai bien d'en parler à mes camarades. D'abord, parce qu'il aurait fallu évoquer mes origines et que, dans notre cercle révolutionnaire, cela aurait fait très mauvais effet. Et surtout parce qu'il me semblait invraisemblable qu'un groupe étranger pût, par un tour de passe-passe, fût-il formellement légal, s'approprier les richesses d'un pays. Mais après tout, pensai-je, si la BP est assez naïve pour croire que nos vieux papiers pourraient l'aider à tenir tête au gouvernement de Bagdad, pourquoi pas ? Faire payer quelques centaines de millions de dollars à un gros groupe capitaliste en échange de ce que j'estimais être de la monnaie de singe, me semblait en revanche on ne peut plus moral.

C'est dans cette disposition d'esprit qu'accompagnée d'un oncle éloigné, le prince Ahmed Refiq, que je n'avais jamais vu et que je ne devais plus jamais revoir, je me rendis une semaine plus tard à l'ambassade de Grande-Bretagne où l'on me fit signer un document au bas duquel une cinquantaine de membres de la famille avaient déjà apposé leur paraphe. J'étais émue et reconnaissante qu'on eût pensé à me prévenir, moi, la pauvre étudiante, sans réaliser qu'en tant qu'unique héritière de ma grand-mère, la sultane Hatidjé, mon accord était indispensable. Je ne me rappelle plus comment je parvins à rassembler les cent cinquante francs

137

nécessaires aux frais d'enregistrement, je me souviens seulement que, jusqu'à la fin du mois, je dus me passer de repas. Mais quelle importance, n'allais-je pas être milliardaire?

L'affaire ne se fit pas. Quelques vieilles tantes, craignant qu'on ne les dépouillât de ce qu'elles ne possédaient pas, refusèrent de signer. Et, telle Perrette, je vis s'envoler vaches, cochons, pétrole et millions.

Des années plus tard, lorsqu'en 1973 les gisements furent enfin nationalisés par Bagdad, j'invitai quelques amis irakiens à sabler le champagne. Ils ne soupçonnèrent jamais l'ironie de la situation.

Cette histoire de pétrole est devenue un serpent de mer. Depuis l'exil, à chaque génération, on voit surgir un redresseur de torts qui, poussé par quelque avocat aussi éminent que véreux, brandit de vieux papiers en prétendant nous « faire rendre justice ».

Les pétroles de Mossoul me valurent néanmoins de faire la connaissance d'une autre partie de ma famille. Jusque-là, ma tante Nakshidil m'avait gardée pour elle. Hésitait-elle à me montrer, moi, l'orpheline mal habillée, et de surcroît gauchiste, ou bien ne voulait-elle pas partager ma présence admirative qui distrayait ses après-midi solitaires?

Tout ce que je sais, c'est que j'avais à Paris des cousins et des cousines de mon âge qui ignoraient eux aussi mon existence et que je ne devais rencontrer que quinze ans plus tard, alors que j'étais devenue journaliste. Il y avait notamment Fazilé, la « petite princesse triste », qui avait perdu son fiancé, le roi Fayçal d'Irak, assassiné quinze jours avant le mariage. J'avais suivi sa tragédie, abondamment commentée par *Paris-Match* et *Le Figaro*, sans réaliser qu'elle était ma cousine. De toute façon, qu'aurions-nous pu échanger à l'époque? Nous habitions deux planètes trop éloignées, et j'étais parfaitement heureuse dans mon milieu révolutionnaire.

Heureuse, car je croyais dur comme fer que nous étions en train de bâtir un monde meilleur. Autour de nous, des sociétés s'édifiaient, en Chine, à Cuba, où les hommes étaient plus libres, plus égaux, plus fraternels. Sous la poussée de ces idéaux nouveaux, le Vieux Monde, avec ses égoïsmes, ses préjugés, ses injustices, ne pouvait manquer de s'écrouler.

Comment conciliais-je mes convictions et l'admiration inconditionnelle que je portais à mes tantes ? Plus sultanes qu'elles, plus impériales, c'était impossible. Mais c'était justement pour cela que je les aimais. J'étais le sans-culotte amoureux des ci-devant. A cette différence près qu'elles étaient ma famille. Une famille dont j'avais toujours rêvé et qui se révélait être encore plus fascinante que dans mes plus beaux rêves. Pour être acceptée, et un peu aimée, je laissais momentanément la révolution à la porte de leurs salons et retrouvais les bonnes manières et les bons sentiments enseignés à l'institut Merici.

Je ne mentais pas : j'étais de ces deux mondes à la fois.

A l'horizon de nos champs pétrolifères, je rencontrai donc une autre branche de la famille. Le personnage qui m'impressionna le plus fut la mère de Fazilé, la sultane Hanzadé, une beauté si sublime qu'elle me semblait se déplacer à quelques mètres au-dessus de la terre où nous autres, pauvres mortels, pataugions. Elle était accompagnée de sa mère, la sultane Sabiha, fille préférée du dernier sultan, une charmante vieille dame qui me sourit en me disant qu'elle avait bien connu ma grand-mère, selon elle la plus intelligente de toute la famille. Comme j'aurais voulu m'entretenir plus longuement avec elle, recueillir des détails sur cette extraordinaire grand-mère, et sur ma mère qu'elle avait certainement connue aussi ! Mais, avant que j'aie pu formuler mon vœu, elle et sa fille avaient disparu sur un nuage azur et je n'eus plus jamais l'occasion de la revoir.

Lorsque, quelques années plus tard, j'appris sa mort, je me reprochai de n'avoir pas insisté pour la rencontrer à nouveau. Ce n'était certes pas par indifférence — j'étais assoiffée de tout ce qui concernait ma famille —, mais plutôt par une fierté stupide qui m'a fait rater bien des choses dans la vie. Fierté de princesse? Non. Fierté d'enfant adoptée qui ne demande rien de peur qu'on ne lui réponde : « De quel droit? »

A la même époque, je fis la connaissance d'un personnage rebondi et truculent qui me fit irrésistiblement penser au général Dourakine, figure légendaire de la Bibliothèque rose. C'était le général-prince Osman Fouad. Cousin germain de ma mère, il s'était taillé une réputation de héros en combattant les Italiens, en 1912, sur le front libyen. Malgré sa bravoure, son armée fut vaincue; de province ottomane, la Libye devint colonie italienne. Il rentra couvert de blessures et de gloire. Plus fier de ses faits d'armes que de son titre qu'il partageait, disait-il, « avec trop d'imbéciles », il exigeait qu'on ne l'appelât que « général-prince » — ou bien, entre intimes, *Tchintchinello*, surnom qui le faisait beaucoup rire en ce qu'il lui rappelait d'agréables beuveries.

A la différence d'autres membres de ma famille ottomane dont certains étaient morts dans la misère, mon oncle avait bien vécu — grâce à sa nièce Nakshidil. C'est lui, en effet, qui avait arrangé le mariage de l'adolescente avec le second fils du nawab de Dargabad. A l'origine, en effet, Nakshidil n'était pas sur les rangs, mais une autre cousine, de la lignée du calife et désignée par ce dernier. Je ne sais par quel stratagème digne d'une cour orientale l'oncle Osman Fouad était parvenu à pousser sa nièce sur le chemin du jeune prince indien, toujours est-il que, lorsque celui-ci eut vu cette beauté, il refusa tout net d'épouser son infortunée fiancée. Et c'est ainsi qu'au grand scandale du calife et de son entourage, Nakshidil avait uni son destin au fils du nawab et à ses milliards. Dont une partie, infime mais conséquente, était revenue — reconnaissance oblige — au général-prince, ce qui lui permit, sa vie durant, de mener grand train, de palace en palace, entre Cannes, Genève et Paris.

Lorsque je le connus, il avait soixante-quinze ans et l'allègre insouciance d'un enfant ou d'un sage. Bien que ses ressources se fussent quelque peu taries, Nakshidil ayant eu la sotte idée de divorcer, il continuait de s'amuser comme avant. Mais, au lieu de tenir table ouverte au *George-V* où il avait autrefois ses habitudes, il s'était déniché un petit hôtel, rue de la Gaîté, où sa bonne humeur et sa générosité lui avaient gagné la sympathie de tout le voisinage. Il invitait sans compter comédiens, artistes fauchés, demoiselles de petite vertu, quiconque lui était sympathique. A la seule condition de boire et de rire avec lui!

Loin des faux-semblants d'un monde dont il était mais qu'il n'appréciait guère, mon oncle — qui, sans la révolution kémaliste, serait devenu sultan de Turquie — vécut ainsi rue de la Gaîté la période la plus heureuse de sa vie.

Pourquoi se prit-il d'affection pour la timide jeune fille rencontrée un jour chez sa princesse de nièce? Sans doute parce qu'il avait adoré ma grand-mère, « une très grande sultane », me répétait-il lui aussi, mais également parce que cette nièce tombée du ciel, trop heureuse de se trouver un oncle et émerveillée par le monde qu'il lui faisait découvrir, était pour lui une compagne idéale. Jamais elle n'aurait pensé critiquer ses débordements, contrairement au reste de la famille dont il devinait bien la réprobation derrière les sourires acides et les lèvres pincées.

Au diable les contraintes! Le général-prince refusait de se prendre au sérieux et, plutôt que de s'apitoyer sur son destin d'exilé ou sur son trône perdu, il entendait s'amuser. « Tchintchinello! s'exclamait-il avec un ample rire en faisant tinter sa coupe de champagne contre la mienne. Vive la vie, ma nièce ! Où voulez-vous aller dîner, ce soir ? » Question de pure forme, car il m'emmenait toujours dans les mêmes endroits : *Novy*, *Shéhérazade* et *l'Étoile de Moscou*, les plus luxueux restaurants et boîtes de nuit russes de la capitale. Partout on s'empressait autour de lui, non seulement parce qu'il était un vieil habitué et distribuait des pourboires royaux, mais parce qu'on l'aimait bien : il était un peu de la famille. De sang tcherkesse par ses aïeules, des beautés qui avaient peuplé les harems des sultans, il adorait la musique tzigane et jouait du violon en virtuose. Au cours de ces soirées délirantes où, sur son ordre, le champagne coulait à flots, il n'était pas rare de le voir emprunter son instrument au premier violon et se lancer dans une *czardass* endiablée, ou bien, son regard bleu devenu soudain rêveur, égrener une sérénade avec une perfection et une sensibilité qui nous faisaient venir les larmes aux yeux.

Seule ombre à mon bonheur : les regards curieux des clients et les sourires à peine dissimulés des maîtres d'hôtel lorsque nous arrivions et que, le ventre en avant, majestueux, le général-prince me présentait d'une voix de stentor : « Ma nièce ! » Le pire fut ce chauffeur de taxi qui, un soir, nous arrêtant devant le *Novy* et voyant mon oncle s'extirper à grand-peine du véhicule, me regarda tristement, l'air de dire : pauvre petite, qu'est-ce qu'il ne faut pas faire pour gagner sa vie ! Et qui, compatissant, me lança : « Bon courage ! »

Je crus mourir de honte.

Un autre personnage, aussi maigre et pâle que son cousin était gros et rubicond, fréquentait assidûment les salons de ma tante Nakshidil : c'était le prince Orhan, petit-fils du sultan Abdul Hamid, le frère cadet de mon arrière-grand-père, le sultan Mourad. Une rancune tenace avait longtemps séparé les deux branches de la famille, Mourad ayant été déclaré fou et remplacé par son frère

Hamid qui l'avait gardé en captivité avec femmes et enfants pendant près de trente ans. Mais l'exil avait rapproché tout le monde, ou du moins en avais-je l'impression. Je me rendis compte plus tard que les choses n'étaient pas si simples et que, malgré le temps passé, certaines blessures étaient loin d'être cicatrisées.

L'oncle Orhan lui, n'avait que faire de ces histoires de famille. Il vouait aux gens une sympathie ou une antipathie instantanée et se moquait bien des titres. Après la chute de la dynastie ottomane et l'exil, il avait été chauffeur de taxi à Beyrouth, puis aide de camp du roi Zog d'Albanie avant que celui-ci ne parte à son tour en exil; il gagnait à présent sa vie en convoyant des voitures à travers l'Europe. Il se faisait appeler « monsieur Orhan » et menait une vie très simple, son plus grand plaisir étant de s'attabler dans un bistrot devant quelques whiskies qui lui tenaient lieu de repas.

Jeune homme, il avait bien connu ma mère : à Beyrouth où une partie de la famille était réfugiée, ils étaient voisins.

Un soir qù'il avait un peu bu, il m'avoua même avoir été amoureux d'elle. Je le pressai de questions : c'était le premier à se souvenir vraiment de Selma. Il me parla alors de leur jeunesse libanaise, de sa beauté, de son charme et surtout de sa joie de vivre que n'entamaient jamais les difficultés matérielles, bien qu'ils fussent fort pauvres et qu'il n'y eût pas toujours assez à manger. Il évoqua ses dons musicaux — elle jouait de sept instruments — et son extraordinaire facilité pour les langues, et il me confia qu'il n'avait pas connu un homme qui ne fût tombé amoureux d'elle. Je pensais que, dans son enthousiasme, il exagérait. Mais, par la suite, je n'ai pas rencontré une seule personne qui ne m'ait parlé de ma mère sans prendre une expression extasiée et avoir les larmes aux yeux.

Je me souviendrai toujours d'un autre de mes oncles qui tenait absolument à voir « la fille de

Selma ». A l'heure convenue, je sonnai à sa porte. Mais à peine eut-il ouvert qu'il se détourna en portant la main à son front et en criant : « Quel malheur ! Quel malheur ! » Effrayée, je pensais qu'il était peut-être en train de faire une attaque, lorsqu'il reprit : « Quel malheur ! Vous ne ressemblez pas du tout à votre mère... » Il consentit néanmoins à me faire asseoir et m'offrit une tasse de thé que je faillis renverser, tant je me sentais vilaine et empruntée auprès de l'astre scintillant dont j'avais l'audace d'être la fille.

J'ai eu souvent droit à ce genre de réactions, moins outrées mais guère plus réconfortantes, du genre : « Comment, vous ne parlez pas encore l'urdu ? Votre mère l'avait appris en deux mois. Il faut dire qu'outre sa beauté, elle était douée en tout ! » — commentaire agrémenté d'un regard de commisération pour la simplette...

Je persiste à penser qu'il n'y a rien de pire, pour une enfant, que de perdre sa mère. Mais aurais-je survécu à une mère aussi extraordinaire ?

Entre ses voyages, je voyais assez souvent l'oncle Orhan. Il m'aimait bien, pour des raisons similaires, je crois, à celles de l'oncle Osman Fouad : loin des sultanes, l'un comme l'autre, avec moi, se sentaient à l'aise. L'oncle Orhan m'invitait la plupart du temps dans un bistrot de l'avenue de Wagram où il avait ses habitudes, et, quand l'envie l'en prenait, il me parlait du passé. Sentait-il combien m'étaient précieuses ces bribes d'information sur un monde qui était le mien et dont je ne savais rien ? Je ne me lassais pas de l'écouter. Mais il avait ses humeurs... Qu'importe : j'étais prête à attendre des heures pour glaner quelques miettes. Il le savait et en profitait. Comment lui en vouloir ? Il était si seul.

Un jour, au détour d'une phrase, il me raconta qu'il avait retrouvé ma mère par hasard, pendant la guerre, sur les Champs-Élysées où elle promenait son bébé. Je sentis mon cœur s'arrêter. Savait-il ?

Détenait-il la clé du mystère qui me tourmentait depuis tant d'années ? Savait-il quand j'étais née et qui était mon père ? Il ne comprit certainement pas pourquoi j'insistai avec autant de véhémence pour déterminer quand, quand exactement, il avait rencontré ma mère.

— C'était en 1940, je crois.

— Quel âge avais-je alors ?

— Oh, vous n'étiez qu'un bébé, dans un landau.

— Un bébé de six mois, ou un bébé d'un an ?

— Un bébé, vous dis-je ! Six mois, un an, qu'en sais-je, moi ? Et quelle importance ?

Je n'osai insister davantage, je ne voulais surtout pas qu'il devine pourquoi cela m'était non pas important, mais vital.

Quelques jours plus tard, je revins à la charge. J'avais peaufiné ma question autour d'une date butoir qu'il ne pouvait avoir oubliée : le 14 juin 1940, jour de l'entrée des Allemands dans Paris. C'est le lendemain, 15 juin, que ma mère avait déclaré ma naissance. Si l'oncle Orhan m'avait vue avant cette date, c'était la preuve que ma mère avait menti ; que c'était moi, Zahr, qui étais née en novembre 1939, et non un enfant mort, comme elle l'avait prétendu ; c'était la preuve irréfutable — enfin ! — que j'étais bien la fille de mon père.

Après avoir parlé de choses et d'autres, je hasardai d'un air détaché :

— Cela devait être dur, la vie à Paris, pendant la guerre ! Êtes-vous resté là tout le temps ?

— A peu près.

— Lorsque vous nous avez rencontrées, ma mère et moi, était-ce avant ou après l'entrée des Allemands ?

— L'entrée des Allemands, en juin 1940 ? Ah non, c'était avant.

Avant !

C'était trop beau. Je n'osais y croire... Voici que, d'un mot, sans même s'en rendre compte, l'oncle Orhan mettait fin à des années de cauchemar. Distraitement, comme il aurait chassé une mouche, il renversait les murailles contre lesquelles je m'étais si longtemps meurtrie, il me faisait le cadeau extraordinaire de me rendre mon identité. En me disant que j'existais, moi, Zahr, que je n'étais pas un simulacre, un mensonge, un point d'interrogation, il me rendait le droit d'aimer ou de haïr, le droit de choisir... Il me rendait le droit de vivre.

Était-ce possible ? Cela pouvait-il être aussi simple ?

— Oncle Orhan, êtes-vous absolument sûr que c'était *avant* ?

— Ah, ma nièce, vous commencez à m'ennuyer ! Je ne suis pas gâteux, je sais ce que je dis !

Il s'énervait ; je lui pris la main et la baisai avec ferveur, comme on le fait dans la famille en signe d'amour et de respect. Il me la retira en grommelant :

— Gardez ça pour vos tantes, j'ai horreur de ces vieilleries !

Il n'est pas facile de se débarrasser d'un doute avec lequel on a grandi, qui a été la base de la personnalité qu'on s'est forgée. Autant qu'une souffrance, c'est un vieil ami, il nous a tenu compagnie si longtemps... Sans lui, je me retrouvais dépouillée des rôles divers que, depuis des années, j'endossais au gré de mes humeurs chagrines ou conquérantes. J'avais été ce caméléon qui, en chacune de ses transformations, tentait gravement de cerner sa vérité ; j'avais refusé de m'aligner sur la case départ tant que je ne connaissais pas mon numéro ; à présent je ne pouvais plus m'autoriser de ce vide pour continuer à me « promener » dans l'existence, comme me le reprochaient mes camarades, ignorants de mon passé et qui, pour mon bien — ou leur paix d'esprit ? —, tenaient à ce que je me stabilise. Désormais, la vie me sommait de vivre, de faire des choix.

Mais ce n'est pas parce qu'on ouvre sa cage que l'oiseau est capable de voler. Pour ne pas souffrir, pendant des années, je m'étais rogné les ailes ; il me fallait maintenant tout réapprendre. Et d'abord réapprendre à avoir confiance.

Quelque temps plus tard, l'oncle Orhan m'invita au *Winston-Churchill*, un nouveau pub qui venait d'ouvrir près des Champs-Élysées. Le rez-de-chaussée était banal, mais, au sous-sol, il y avait un bar extraordinaire constitué de confortables alcôves séparées d'épais rideaux de cuir fauve et discrètement éclairées de lumières tamisées. Un vrai rendez-vous d'amoureux — ou de conspirateurs.

C'était la première fois qu'il m'emmenait dans un endroit aussi luxueux ; il semblait de fort bonne humeur. Pourquoi eus-je l'idée d'en profiter pour reprendre notre dernière conversation ? Pourquoi avais-je besoin qu'il me confirme et me reconfirme ce qu'il m'avait certifié aussi catégoriquement ? Parce que c'était trop beau pour que je puisse y croire ? Ou parce que c'était trop simple pour que je veuille y croire ?

J'avais tant pris l'habitude de cette plaie ouverte qui me faisait mal tout en me gardant éveillée, que j'avais fini par préférer cette souffrance au bonheur des certitudes, lesquelles me faisaient l'effet de dangereux narcotiques, d'une sorte de mort.

L'oncle Orhan devina-t-il ce qui se passait en moi ? Eut-il l'intuition de mon ambivalence ? A mes questions, il répondit qu'en réalité il n'était plus tout à fait sûr de la date à laquelle il nous avait rencontrées, ma mère et moi, que c'était peut-être avant l'arrivée des Allemands, mais peut-être bien que c'était après...

Je respirais mal, l'alcôve aux rideaux de cuir semblait se rétrécir autour de nous, je ne voyais plus que ses yeux dans lesquels se reflétait la lumière rouge du bar. J'eus l'impression qu'il s'amusait.

Il en était à son quatrième whisky et se sentait d'humeur loquace. Il entreprit de me décrire le Beyrouth des années trente et les soirées extravagantes données par les riches familles maronites ou grecques orthodoxes — tels les Sursok qui organisaient les bals les plus élégants. En tant que princes ottomans, Selma et lui étaient souvent invités, mais cela posait toutes sortes de problèmes, car la jeune fille n'avait rien à se mettre.

— C'est d'ailleurs pour cela qu'elle est allée épouser son Indien ! Il l'a couverte de bijoux, le pauvre !

— Pourquoi, « le pauvre » ? objectai-je, choquée.

Je n'ignorais pas que ma mère avait fait un mariage arrangé, mais cela ne justifiait pas qu'on use de ce ton pour parler de mon père.

— Parce que... » Il me scruta de ses yeux vifs. « Parce que j'ai bien connu votre mère. Ce n'était pas une femme sérieuse. Il y a eu beaucoup d'hommes dans sa vie... »

Et il esquissa un fin sourire, comme pour laisser entendre qu'il avait peut-être été l'un de ces hommes-là.

Je le regardai, stupéfaite : que disait-il ? J'avais dû mal entendre. Imperturbable, il reprit :

— D'ailleurs, un jour, elle...

La bave du crapaud, du crapaud... Subitement, je me réveillai, prenant conscience de ce qu'il était en train de saccager.

— Je vous interdis ! criai-je. Comment osez-vous parler ainsi de ma mère ? Vous n'êtes qu'un sale menteur !

Je suffoquais de fureur, d'indignation, et je levai la main, prête à le frapper pour le forcer à se taire.

Il parut abasourdi. Moi qui m'étais toujours montrée si douce, si polie, j'avais soudain oublié ce respect qu'« en toutes circonstances, quoi qu'ils fassent », l'on doit aux anciens de la famille. Cette obligation, je m'y étais jusque-là conformée, trop heureuse d'avoir des devoirs de famille, émue que l'on me reconnût le droit d'avoir des devoirs, car c'était une façon de m'accepter.

Le droit d'avoir des droits, en revanche, jamais je n'y aurais pensé.

Sauf celui d'empêcher que l'on détruise ma mère !

Il essayait de la salir, elle qui ne pouvait plus se défendre ; il tentait d'abîmer son image, la seule chose que j'avais d'elle. Que pouvais-je lui opposer, moi qui ne l'avais pas connue, sinon ce que me dictaient mon intuition et mon cœur ?

Titubante, je me levai et, me frayant un chemin parmi les clients goguenards, je me retrouvai dans la rue, en larmes.

De longtemps je ne revis celui que, désormais, je refusais d'appeler « mon oncle », m'arrangeant pour éviter les lieux où j'aurais pu le rencontrer. Jusqu'au jour où quelqu'un me raconta son enfance.

Contrairement à moi, il savait qui était son père, mais ce père n'avait jamais voulu le voir. Il les avait chassés, sa mère et lui, le jour de sa naissance. Pourquoi ? On l'ignorait, cela se perdait dans le flot des intrigues et des drames du harem. Sa mère en avait-elle conçu du ressentiment contre l'enfant ? En tout cas, elle l'avait abandonné, tout bébé, aux servantes et aux eunuques. Rejeté par son père et par sa mère pour une faute qu'il ignorait, Orhan avait grandi solitaire et sans argent. Jusqu'à la mort de son père qui lui avait laissé un héritage que sa mère s'était empressée de capter au profit d'un frère qu'elle adorait et qu'elle avait fait nommer tuteur de son fils. Ledit tuteur avait dilapidé l'argent, et Orhan, bien que prince impérial et petit-fils de sultan, avait continué à grandir seul et pauvre. Au moment de l'exil, il avait quinze ans.

Est-il besoin de préciser que sa vie sentimentale avait été un échec ? Il n'avait jamais reçu d'amour, comment aurait-il su en donner ?

Bien des années plus tard, oncle Orhan et moi redevînmes amis. Il ne m'en voulait plus ; il avait compris que j'avais été aussi malheureuse que lui.

Le grand jour approche : je vais être majeure. Je vais enfin pouvoir partir en Inde rencontrer mon père! Plus question de cours à l'université ni d'examens; ce monde où, durant des années, j'ai essayé de me plonger s'éloigne de moi à toute allure.

Des journées entières, je lis et relis les lettres que, depuis deux ans, « Il » m'envoie; je scrute son portrait, essayant d'imaginer ce père qui m'attend. Dire que j'ai peur serait un euphémisme; je suis terrorisée. Si je le déçois... S'il me déçoit... Je n'ai pas le cœur d'y penser.

Si, en revanche, je trouve là-bas ce que je cherche depuis toujours, que va-t-il advenir de moi? De moi, Zahr?

Je pressens le danger de vivre à l'âge adulte ce que j'aurais dû vivre bébé : un amour total et sans défense. Pourtant, je veux, j'ai besoin de me blottir dans ses bras, de me laisser bercer, aimer, indéfiniment; j'ai besoin de rattraper tout cet amour qui m'a manqué et dont il me semble que jamais je ne pourrai me rassasier. Pour cela, je suis prête à tout abdiquer : ma sacro-sainte liberté, mes goûts, ma personnalité. Pour être aimée comme une enfant par son père, je suis prête à tout accepter.

En ce printemps de 1961, à *L'Écluse*, petit cabaret du quai Saint-Michel, Barbara chante *Il pleut sur Nantes*, un cri d'amour à l'homme de sa vie dont elle a été séparée : son père. Un cri d'amour qui me fait pleurer. Avec quelques amis, nous nous privons de tout pour pouvoir aller l'écouter une fois par semaine. Barbara n'est pas encore connue et nous avons l'impression enivrante d'avoir découvert un trésor qui nous appartient un peu. La salle est minuscule et, lorsqu'elle entre en scène, liane noire surmontée de ce visage d'oiseau de haute race, elle est si proche qu'elle semble s'adresser à chacun de nous. Mais elle reste une déesse inaccessible, ses yeux sombres traversés de lueurs d'orage pour, l'instant d'après, se voiler d'une dangereuse douceur. Nous vivons là des moments de pure extase, ses trilles nous étourdissent, les mots qu'elle nous chuchote nous bouleversent. Personne mieux qu'elle n'a su dire *le mal de vivre*, personne mieux qu'elle, *la joie de vivre*... cette chanson-phare de toute une génération qui a sans doute évité à nombre d'entre nous de « n'en pas revenir ».

Mais, en ce début de juin, il n'est plus question de nostalgie, ma vie est en train de prendre sens : je vais partir pour New Delhi. Padrino doit arriver d'un jour à l'autre avec mon billet.

Il arriva. Sans billet.

Il avait longuement réfléchi et décidé qu'il valait mieux que je ne parte pas. Mon père allait certainement chercher à me marier, comme c'était la coutume, et je n'aurais qu'à obéir. Car, même si j'étais majeure et avais la loi de mon côté, comment, au fin fond de l'Inde, pourrais-je faire respecter mes droits ? Lui-même, tout ambassadeur qu'il fût, ne pourrait me venir en aide. Il comprenait ma déception, mais je devais me montrer raisonnable : dès qu'il en aurait la possibilité, il m'emmènerait là-bas ; j'avais attendu vingt et un ans pour connaître mon père, je pouvais bien attendre encore un an ou deux.

Un ou deux ans ? Le chagrin, l'indignation m'étouffent. Ce n'est pas possible ! Padrino, est-ce que tu te rends compte de ce que tu me fais ? Qu'est-ce que je suis ? Une poupée avec laquelle tu joues, avec laquelle vous jouez tous ? Sous couvert de me protéger, vous m'avez enlevée à mon père et m'avez gardée prisonnière, vous vous êtes arrogé le droit divin de me façonner à votre image, de m'assimiler, tentant ainsi de me faire disparaître pour me transformer en miroir de votre grandeur d'âme et de la supériorité de vos valeurs.

J'ai longtemps pensé qu'au lieu de m'adopter, on aurait dû me laisser mourir.

J'entends déjà des voix indignées me traiter d'ingrate : « Qu'est-ce qu'elle raconte ? Elle n'a même pas été déracinée : elle est née en France ! »

C'est vrai. En réalité, tout le monde a été bon pour moi, on a tout fait pour que je m'acclimate, on m'a beaucoup donné... Mais peut-on dire à la fleur coupée qu'elle a de la chance de se trouver dans un beau vase ?

Je songe aux milliers d'enfants adoptés qui sont heureux.

Je songe aux dizaines de milliers d'enfants adoptés qui ne s'en remettront jamais, qui toujours garderont la blessure du premier abandon, et qui, taraudés par la question de leur origine, toujours se sentiront étrangers, toujours, quoi qu'on fasse, se sentiront de trop.

J'ai souvent pensé qu'il serait plus humain de nous tuer.

Padrino s'est pris la tête entre les mains :

— Finalement, tu ne m'aimes pas, tu ne penses qu'à ce que tu n'as pas, tu es incapable d'aimer ceux qui t'aiment et qui ont tant fait pour toi.

J'en reste interdite : est-ce anormal de vouloir connaître son père ? En même temps, je m'aperçois qu'il éprouve une vraie peine et que ses justifications concernant ma sécurité recouvrent une autre réalité : il a peur de me perdre.

— D'ailleurs, reprend-il, si ton père avait vraiment envie de te voir, il te l'aurait envoyé, lui, ce billet !

— Tu sais fort bien qu'il est ruiné, ai-je sifflé avec hargne à ce père adoptif que j'ai adoré et qui, d'une phrase, se constitue mon ennemi.

Il comprend qu'il est allé trop loin. Il vient s'asseoir à mon côté, me prend doucement dans ses bras et me caresse les cheveux. Il me dit que, puisque j'y tiens tellement, il me le donnera, ce billet ; il fera tout ce que je veux, car il m'aime et ne souhaite qu'une chose : que je l'aime aussi.

Tremblante de colère et de chagrin, je le laisse faire, cependant que la nuit tombe.

Mon départ est fixé au 9 juillet 1961. J'ai prévenu mon père et ai reçu en retour la photo d'un clergyman au visage sévère et aux cheveux de neige. Incrédule, je tourne et retourne la photo entre mes doigts. Pendant des années, j'ai rêvé sur le portrait d'un jeune premier aux yeux de velours et au sourire enjôleur. Pas un instant ne m'a effleurée l'idée qu'il ait pu vieillir, il a maintenant cinquante ans. Mais, pourquoi m'avait-il envoyé la photo de ses trente ans, celle de l'homme qu'avait aimé ma mère? Tant qu'il me savait loin, avait-il voulu préserver le rêve? Pour lui? Pour moi? Ou par amour de Selma, par fidélité à leur couple que la mort avait gardé jeune éternellement?

Le geste m'émeut, comme un signe de faiblesse chez ce père que j'ai jusque-là idéalisé. J'ai envie de rire, mais l'expression de la photo me glace. Jamais je n'ai rencontré regard aussi tragique. Alors, tout doucement, du bout du doigt, j'effleure le front haut et la ligne amère de la bouche. Je sais déjà qu'il ne me dira rien, qu'il faudra que je devine.

Chapitre premier

Cela fait une heure qu'elle attend, seule dans la moiteur lourde de ce petit matin indien, au milieu de la foule bruyante et colorée qui, tout à la joie des retrouvailles, fait résonner le grand hall d'arrivée de l'aéroport de New Delhi ; une heure qu'elle se raidit dans une indifférence affectée sous les regards qui l'examinent avec curiosité et gourmande sollicitude.

Déjà une douzaine de familles, apitoyées, sont venues lui proposer de l'aide : en Inde l'hospitalité est un devoir sacré, surtout envers les étrangers. Il n'est pas question qu'elle reste ainsi : qu'elle donne son adresse, on se fera un plaisir de l'accompagner, en faisant bien sûr un détour par la maison pour lui permettre de se rafraîchir d'une tasse de thé. Un responsable de la compagnie aérienne est intervenu, l'air important : la *mem sahib* [1] ne suivra personne ; si elle veut bien lui indiquer leur numéro de téléphone, il avisera ses amis, qui se sont peut-être trompés de vol. Puis, de quelques mots bien sentis, il a renvoyé la dizaine de porteurs faméliques qui se disputaient sa valise et l'aubaine de la conduire jusqu'au « meilleur taxi » de la file bringuebalante alignée sous le soleil.

1. La « dame du monsieur » : expression utilisée uniquement pour désigner les femmes européennes.

Elle a remercié tout le monde en disant que ce n'est pas la peine, elle attendra. Comment expliquer qu'elle n'a ni téléphone ni adresse ? Et surtout qu'elle n'a plus qu'une envie : reprendre le prochain vol pour Paris !

Elle savait que cela se passerait mal, elle en avait l'intuition, elle n'aurait jamais dû venir. Il est de toute façon trop tard pour changer la réalité qui a fait de son père et d'elle des étrangers. Tous leurs efforts ne pourront rétablir l'évidence du lien naturel entre un enfant et des parents qui l'aiment, qui l'ont aimé dès le premier jour.

Pourtant, même dans ses prévisions les plus pessimistes, jamais elle n'avait imaginé qu'Il ne serait pas là pour la recevoir. Ou peut-être ne s'était-elle pas permis de l'imaginer, car, au fond, elle le savait, tout son corps le savait — sinon, pourquoi ces phénomènes étranges qui, depuis le début de ce voyage, lui sont autant de signes que c'est folie de vouloir renverser le cours de l'histoire, de vouloir recréer la vie qu'elle aurait dû avoir ?

Dès l'aéroport d'Orly les troubles avaient commencé : alors qu'elle se hâtait vers le comptoir d'enregistrement, Zahr avait vu venir à elle un passager dont tout le côté droit manquait ! Elle allait s'apitoyer sur cette étrange infirmité quand une autre moitié d'homme s'était avancée, suivie bientôt d'une moitié de femme... Jusqu'à ce qu'enfin la logique l'eût forcée à admettre que le phénomène ne venait pas des autres mais d'elle-même, que c'était elle qui ne percevait plus que la moitié du monde qui l'entourait...

Ces troubles avaient duré trois longues heures pendant lesquelles elle s'était appliquée à se raisonner afin d'enrayer la panique qui montait en elle, consciente, de par sa pratique des malades mentaux, que son corps ne faisait là qu'exprimer une ambivalence qu'elle ne pouvait s'avouer : le désir mêlé à la terreur de voir son père.

Enfin, aussi soudainement qu'ils étaient apparus,

les troubles avaient disparu et le monde alentour avait repris ses formes rondes et rassurantes. Mais, à l'approche de New Delhi, la peur l'avait reprise. Facile d'être courageuse, de loin. Courageuse? Ce n'était pas du courage, c'était un romantisme infantile qui l'avait poussée à entreprendre ce voyage vers la mort. La mort? Elle délire : n'est-ce pas au contraire un voyage vers la vie, vers Sa vie, le voyage de retour vers Ses origines, à la rencontre de Sa naissance? Un voyage à la rencontre de l'autre Zahr de Badalpour, celle qu'elle aurait dû être si... Une autre Zahr qui, en fait, ne l'intéresse guère, avec son papa, sa maman, sa vie facile et sans histoires, et avec laquelle elle a pourtant un irrépressible besoin de se fondre, de se confondre, d'échanger son passé, son présent et son avenir. Échange sans lequel il ne saurait y avoir pour elle de renaissance.

Si elle a si peur, c'est qu'elle sent confusément qu'entre les deux il n'est pas de compromis possible : pour que l'une existe, l'autre doit disparaître.

Après quelques soubresauts, le Boeing s'était immobilisé. Tandis que les lumières se rallumaient et que les passagers s'ébrouaient, Zahr s'était recroquevillée dans son fauteuil, feignant de dormir. La panique la clouait à sa place, elle ne voulait pas, ne pouvait pas descendre. L'avion continuait sur Bombay : elle continuerait avec lui. Ensuite? Ensuite on verrait.

C'était sous-estimer le professionnalisme des hôtesses en sari vert et or, dont elle avait admiré l'allure de maharanis :

— *Miss! Miss*, nous sommes arrivés; vous descendez bien à New Delhi?

En soupirant elle avait dû s'arracher à la tiédeur de son refuge; elle se sentait épuisée, avait l'impression que ses jambes ne pouvaient plus la porter.

Sitôt sur la passerelle, l'odeur si particulière de l'Inde l'avait prise à la gorge, ce relent âcre et sucré de jasmin et d'urine mêlés; une brise chaude l'avait enveloppée tandis qu'à ses pieds des silhouettes brunes s'agitaient dans un désordre bon enfant, et brusquement elle avait eu la sensation d'être rentrée chez elle.

— Êtes-vous Zahr?

D'un bond elle s'est levée. Devant elle un homme de haute taille, aux cheveux blancs : l'homme de la photo.

— Daddy!

Il l'a prise doucement par l'épaule et a déposé un léger baiser sur son front.

— Comment allez-vous? Pas trop fatiguée du voyage? Désolé de vous avoir fait attendre, il y a eu un accident et la route était complètement bloquée. Vous ne vous êtes pas inquiétée, j'espère?

Elle le dévore des yeux, suffoquée et admirative. Depuis des mois elle s'est imaginé la grande scène des retrouvailles, les exclamations, les embrassades, les larmes, depuis des mois elle a repassé en esprit ce qu'il dirait, ce qu'elle répondrait, depuis des mois elle attend et redoute ce premier contact dont il lui semblait que le reste de sa vie allait dépendre, et voici qu'il se comporte non comme un père qui, au bout de vingt et un ans, retrouve une fille inconnue, mais avec une parfaite décontraction, comme s'il ne l'avait quittée que depuis quelques semaines. Tenaillée par une angoisse qui, à présent, lui paraît sottise de midinette, elle s'était préparée à mille questions, mille explications, mais lui, en quelques phrases banales, a neutralisé l'émotion, comme si ces vingt et un ans d'absence n'avaient pas existé. Avec les yeux d'un amour tout neuf elle s'émerveille, lui sait gré de ce calme inattendu, de ce naturel en l'occurrence si étrange, de cette aisance de grand seigneur qui leur épargne des effusions un peu ridicules, mais surtout déplacées, car, après tout, il ne s'est pas donné beaucoup de mal pour la retrouver!

— Je vous présente votre frère, Muzaffar.

Son frère? Est-ce vraiment son frère, ce jeune Indien au teint foncé que, tout à son père, elle n'a même pas remarqué? Qu'il est beau avec ses yeux noirs qui lui mangent le visage et son sourire nonchalant, tout le portrait d'Amir, son père, adolescent. C'est donc lui, le petit garçon assis tout nu sur un trône dont la photo l'avait tant fait rire autrefois?

Le jeune homme s'est approché et maladroitement l'a embrassée. Pour lui aussi ce doit être une sensation étrange que de se retrouver soudain flanqué d'une sœur aînée, qui de surcroît a l'air d'une Européenne.

Seront-ils amis?

Mais son père — leur père — ne leur laisse pas le temps de s'attarder:

— Je vous emmène prendre un petit déjeuner à l'hôtel *Ashoka;* puis nous irons voir le Premier ministre, qui nous attend.

Nehru? Pourquoi? Qu'a-t-elle à faire de Nehru?

Je suis venue ici pour vous voir, Daddy, je me fiche bien du Premier ministre! D'ailleurs ces hommes de pouvoir sont tous des pantins et des corrompus!

Mais il a l'air si content... Pour lui faire plaisir, Zahr rengaine ses convictions gauchistes et opine avec un sourire ravi.

Va pour Nehru, une fois n'est pas coutume!

La route défile dans un nuage de poussière qui recouvre d'un gris beige uniforme plantes, hommes et bêtes. Il est à peine huit heures mais la chaleur est déjà accablante. Assise à côté de son père, Zahr s'émerveille de tout, des chars à buffles remplis d'enfants et de femmes aux saris bariolés, des scooters-*rickshaws* où s'entassent des familles entières, et qui pétaradent rageusement en dégageant des bouffées de fumée noire, des bicyclettes antédiluviennes montées par de jeunes fonctionnaires imperturbables en pantalon et chemise d'un blanc immaculé, véritable miracle dans la saleté environnante ; elle s'émerveille même de ce vent de juillet qui lui brûle le visage et l'a contrainte à fermer la vitre de la voiture au risque d'étouffer. Elle aime ces hommes et ces femmes aux yeux intenses qui la regardent passer, elle se sent proche d'eux, déjà elle fait partie d'eux, elle les a si souvent rêvés ! En quelques instants elle est tombée amoureuse de sa famille, de son peuple, de son pays — inconditionnellement.

L'arrivée à l'hôtel *Ashoka* est impressionnante : tout en arches et en dômes de grès rose, on dirait un palais, et les serviteurs enturbannés qui, à cette heure matinale, s'affairent en une valse lente autour de quelques clients ont des allures de princes. Zarh songe que si en Inde les hôtels ressemblent à des palais, combien plus beaux doivent être les vrais palais, comme ceux de Badalpour ou de Lucknow où réside son père.

Son père dont elle n'arrive pas à détacher son regard : il a si fière allure dans son long *shirwani* noir, la tunique traditionnelle des musulmans de l'Inde. Et quelle calme autorité dans chacun de ses gestes ! Mais c'est surtout son visage, qui la fascine — yeux de félin et bec d'aigle surmontés d'une magnifique chevelure blanche, un visage attachant et déroutant où se devinent une sensibilité à fleur de peau en même temps qu'une implacable maîtrise de soi.

Comment ma mère a-t-elle pu le quitter ? De quel droit m'a-t-elle enlevée à lui ? Tant d'années de malheur, de chagrin, tant d'années d'amour à rattraper... Y arriverons-nous jamais ?

A grand-peine elle se retient de prendre sa main, de la baiser, elle sent qu'il n'aimerait pas ces familiarités ; mais elle a tellement envie de se blottir contre lui, de poser sa tête dans le creux de son épaule et de rester là, sans parler, à sa place enfin retrouvée...

Le tintement des tasses de porcelaine interrompt son rêve : il faut se redresser, boire son thé, puis

162

vite aller se coiffer : une limousine officielle les attend pour les emmener à la résidence de Jawaharlal Nehru.

Sous un ciel de plomb ils ont traversé la ville nouvelle avec ses larges avenues bordées de pelouses entretenues par des bataillons de petits hommes noirs affairés à couper le gazon avec de grands ciseaux. Fièrement, son père lui fait remarquer les vastes places et les immeubles modernes construits depuis l'indépendance et elle feint de partager son enthousiasme, tout en se demandant pourquoi un pays à la culture multimillénaire déploie tant d'efforts pour chercher à ressembler à l'insipide Angleterre dont il a tant fait pour se débarrasser.

Puis ils ont emprunté Raj Path, l'avenue royale qui, depuis l'India Gate, gracieux arc de triomphe, jusqu'à l'imposant palais présidentiel, déploie, sur trois kilomètres, ses bâtiments roses agrémentés de colonnes et de dômes, le quartier des ministères édifié par les Britanniques dans un style européano-moghol.

Enfin la limousine se range devant le Secrétariat gardé par des soldats enturbannés de rouge. C'est là le domaine du Premier ministre. Sur le seuil, un appariteur les attend pour les conduire vers un salon sobrement meublé, mais orné des portraits de tous les chefs d'État qui ont visité l'Inde depuis le départ des Anglais, voici quatorze ans. Tandis que Zahr, penchée sur les photos, tente de les identifier, un léger bruit la fait se retourner. Nehru est entré.

Svelte, tout de blanc vêtu, il porte une rose à la boutonnière, cette rose qu'il a choisie pour emblème et qui, depuis l'époque de la lutte pour l'indépendance, ne l'a jamais quitté. Pour faire plaisir à son père, Zahr se compose une mine respectueuse et impressionnée, tout en riant sous cape en songeant à la tête que feraient ses camarades gauchistes s'ils la voyaient. Mais, lorsque Nehru lui ouvre les bras et lui offre son regard brillant et son sourire chaleureux, elle en oublie tous ses préjugés à l'encontre de « ces tyrans qui nous gouvernent » et, comme des millions d'autres avant elle, tombe sous le charme.

Ils ont devisé pendant près d'une heure. Le Premier ministre a cette qualité rare de donner à son interlocuteur l'impression qu'il n'a rien de plus important à faire que de l'écouter. Il l'interroge sur ses études, ses goûts, ses projets, et paraît enchanté lorsqu'elle lui avoue que son rêve est de rester en Inde pour faire de l'action sociale auprès des femmes et des enfants. Contrairement à son ambassadeur à Paris qui avait sèchement rétorqué à Zahr que son pays n'avait nul besoin d'une Indienne de plus, Nehru l'encourage. Il souhaite d'ailleurs qu'elle fasse connaissance avec sa fille Indira qui parle parfaitement le français et sera, assure-t-il, ravie de la rencontrer.

Une femme entre deux âges est apparue. Vêtue d'un simple sari de coton blanc, elle arbore un visage sévère et renfrogné, à l'opposé de la lumineuse personnalité de son père. A l'évidence, elle est en service commandé et n'a rien à faire d'une gamine qui, au bout de vingt et un ans, vient retrouver son père, l'un de ces radjahs musulmans qui, autrefois, ont aidé Jawaharlal Nehru, mais qui maintenant ne lui sont plus d'aucune utilité. Visiblement, elle n'apprécie pas que le Premier ministre, avec son emploi du temps si chargé, gaspille ainsi de ses précieuses minutes. Il a décidément trop bon cœur !

La conversation tourne court. Par chance, les photographes sont arrivés, qui font diversion. Soulagée, Zahr peut prendre congé, cependant que Nehru félicite le radjah, aux anges, de l'heureuse conclusion de ce drame familial qu'il a personnellement contribué à résoudre.

Au sortir de la fraîcheur du palais gouvernemental, ils se sont retrouvés dans la fournaise, mais son père tient absolument à lui montrer la capitale, car ils repartent pour Lucknow le soir même. Elle a hâte de voir le vrai Delhi, l'ancienne cité des empereurs moghols [1], à l'écart des tracés rectilignes et impersonnels de la ville moderne ; elle veut pénétrer au cœur de cette luxuriance superbe et misérable qu'elle a entrevue à travers les films de Fritz Lang et de Jean Renoir, elle tient à s'imprégner de son nouveau pays, à le respirer jusqu'à l'étourdissement, à oublier toutes ces années passées loin de lui, elle veut se glisser en lui, se confondre avec lui jusqu'à s'y perdre, devenir lui pour qu'il devienne sien.

Alors va commencer un véritable marathon. Du pilier d'Ashoka, témoin de l'Inde bouddhiste, au Qutub Minar bâti au XIIe siècle par des sultans venus d'Afghanistan, de la tombe de Humayoum, fils de l'empereur Akbar, premier grand ensemble de l'art moghol en Inde, au Fort rouge et à la mosquée du Vendredi édifiée par le très raffiné Shah Jehan, à la même époque que le Taj Mahal, en quelques heures son père entend tout lui montrer. Et elle qui voudrait s'attarder, toucher ces pierres, prendre le temps de les sentir, de les apprivoiser afin qu'elles lui content leur histoire, la terreur et la gloire et les joies et les peines qu'elles ont abritées, la voici obligée de s'arracher à ces anciens palais, à ces mosquées, à ces tombes en ruine dont elle devine qu'ils n'attendraient qu'un peu de calme, qu'un peu d'amour pour s'ouvrir à elle et lui restituer son passé... Pourquoi donc son père est-il si pressé ? Ils auront bien le temps de revenir, Lucknow n'est après tout qu'à cinq cents kilomètres...

Enfin ils arrivent au cœur de la vieille ville. Ils ont abandonné le taxi, impraticable dans le dédale de ruelles étroites et surpeuplées, et le radjah a hélé un *rickshaw*, sorte de cyclo-pousse actionné par un homme à vélo, le moyen de transport le plus popu-

---

1. Les « grands moghols », dynastie musulmane d'origine turque, qui régna sur le nord de l'Inde entre 1556 et 1739, et se prolongea nominalement jusqu'en 1857, date à laquelle le dernier sultan fut renversé par les Anglais.

laire des cités indiennes. Elle a beau plaider qu'elle a envie de marcher, son père demeure inflexible — pas question que sa fille se mêle à cette foule ! Révulsée d'indignation, elle doit se résoudre à se laisser traîner par l'homme esclave à la chemise trempée de sueur, dont les muscles des mollets tendus par l'effort lui paraissent sur le point de se rompre. Elle ne voit rien de la ville, chaque coup de pédale lui fend le cœur — comment peut-on réduire ainsi des êtres humains à l'état de bêtes de somme ? Et, lorsque le *rickshaw* aborde une rue en côte, n'en pouvant plus, elle saute à terre, enjoignant son frère de l'imiter.

— Vous avez tort, remarque froidement son père, vos bons sentiments ne servent qu'à leur enlever le pain de la bouche.

Et, descendant à son tour, il règle l'homme abasourdi qui se demande quelle faute il a bien pu commettre pour déplaire à la demoiselle étrangère.

Par le bazar de l'or et de l'argent, à travers les allées poussiéreuses et malodorantes, scintillant de trésors accumulés, ils sont parvenus à la mosquée rouge, centre du vieux Delhi. Se frayant un passage entre les cohortes de mendiants, ils ont gravi l'escalier monumental et se sont retrouvés dans une oasis de calme et de fraîcheur. C'est la première fois que Zahr pénètre dans une mosquée. Sur le seuil elle s'est immobilisée.

Descendante du Prophète et petite-fille de calife, elle n'a pourtant connu que des églises, et pour la sceptique qu'au sortir de l'adolescence elle est devenue, Dieu et la religion se confondent avec les autels chamarrés, les vitraux précieux, les statues coloriées, dorées, parfois même couronnées, les prêtres parés comme des idoles, tout cet apparat baignant dans des flots de musique d'orgue et des nuages d'encens. Elle aime cette pompe, ces cérémonies sont pour elle d'extraordinaires spectacles, mais il lui semble exclu, s'Il existe, d'y pouvoir rencontrer Dieu.

Tandis qu'ici, dans la majesté de cet espace vide, face à ce dépouillement grandiose où rien ne distrait le regard, sinon la pureté des minarets dressés vers le ciel comme un appel, seule sur ce parvis ceint de hauts murs ouvrant sur l'azur, dialogue mystique entre Ciel et Terre que nulle voûte de pierre ne vient interrompre, ici, elle qui se proclame libre penseur, a envie de s'agenouiller, de se laisser pénétrer par ce silence, cette simplicité, cette absence au monde qui, plus que tous les sermons, cantiques et traités de théologie, lui parlent de l'Être. Celui dont elle commence à percevoir qu'on ne peut parler, ni Le représenter, ni même se L'imaginer, car Il est Tout, en deçà et au-delà de tout. Pour la première fois depuis bien longtemps elle a envie de prier. Non pas de prier Dieu, autorité omnisciente et omnipotente qui réduit à néant son ombrageuse liberté, mais d'exalter l'unité qu'elle se découvre avec le ciel, avec les pigeons qui volent de minaret en minaret, avec les pierres rouges qui l'entourent et vibrent avec elle, même si elle est incapable de les entendre. Elle a envie de se laisser longuement couler dans l'indicible, l'intangible, de se fondre dans l'unité infinie du monde.

— Allons, Zahr, il faut partir, on nous attend pour le thé.

La voix de son père la fait redescendre sur terre. Il la dévisage avec un sourire amusé :

— Vous avez l'air d'aimer les mosquées.

— Je crois... c'est la première que je vois.

— La première ?

Il la considère avec stupeur, et soudain comprend. Un rictus durcit ses traits :

— C'est vrai qu'ils avaient l'intention de faire de vous une chrétienne, qu'ils ont même osé vous baptiser de force, les criminels ! Ils sont allés jusqu'à falsifier vos papiers afin de vous enlever à moi, votre père ! Décidément, ils ne reculent devant rien pour faire des adeptes.

Elle juge inutile de le détromper, de lui expliquer

qu'outre les comédies qu'elle jouait pour qu'on la baptisât, la permission en avait été donnée par l'amant de sa mère, qui se prétendait son véritable père. Elle juge encore plus inopportun de lui révéler que ce ne sont pas les religieuses qui avaient falsifié ses papiers, mais bel et bien Selma, son épouse, afin qu'il ne puisse jamais la retrouver.

Au reste, ne le sait-il pas ? Même s'il ne connaît pas les détails de ma rocambolesque naissance, peut-il ignorer que ma mère lui a menti ? Contre toute vraisemblance il se cramponne à l'idée que si les dates et les lettres ont été falsifiées, c'est par d'autres, mais que jamais Selma, sa fragile princesse, l'épouse qu'il a éperdument aimée, n'aurait pu le tromper. Seule la guerre, puis la mort les ont séparés, mais il la garde précieusement dans son cœur.

Pour lui, pour elle, Zahr est résolument entrée dans son jeu. Avec un pincement au cœur, elle l'écoute déverser sa colère contre ces religieuses qui lui tinrent lieu de mères, et qu'elle sacrifie, victimes expiatoires, au mythe du couple parental parfait. Ce mensonge qu'ils se font l'un à l'autre leur évite de pénibles explications, d'inacceptables constatations, des douleurs inutiles. C'en est assez du malheur, Zahr est prête à tous les reniements, car en ce moment sa seule vérité, c'est qu'elle aime son père plus que tout, et qu'elle tient à le garder.

Ils ont repris la route vers la ville nouvelle, retrouvé les rues calmes bordées de blanches maisons entourées de jardinets, jusqu'à la demeure d'amis de son père, une vieille famille hindoue où l'on est avocat depuis des générations. On les accueille avec effusion, on l'embrasse, on s'extasie sur leur ressemblance : « C'est frappant, Radjah Sahib, elle a exactement vos yeux, votre front, votre nez ! » Zahr sent à côté d'elle son père se rengorger. Rien ne pourrait lui faire plus plaisir. Le pauvre, comme il a dû souffrir !

— Le thé est servi au jardin, venez, s'empresse la

maîtresse de maison, tout sourires et rondeurs dans son sari de mousseline rose.

Autour de tables basses sont disposés une douzaine de fauteuils d'osier. Zahr s'apprête à prendre place près de son père lorsqu'il l'arrête et, sur un ton de réprimande :

— Allez vous asseoir avec les femmes !

Elle le regarde abasourdie : quelle faute a-t-elle commise pour qu'il lui refuse une place à ses côtés ? Cela fait à peine quelques heures qu'ils se connaissent, quelques heures durant lesquelles elle ne l'a pas quitté d'un souffle, buvant ses paroles, ses moindres gestes, et voici qu'il la repousse ! Les larmes lui montent aux yeux, qu'elle s'efforce de retenir, et, indécise, elle reste plantée au milieu de la pelouse.

Heureusement l'hôtesse, à qui la scène n'a pas échappé, la tire de sa confusion :

— Venez, j'ai tellement envie que vous me parliez de Paris !

Et, d'un bras protecteur, elle l'entraîne « du côté des femmes ».

Par la suite, Zahr s'est souvent remémoré cette première fausse note, ombre dans un ciel radieux, premier signe de ce qui l'attendait. Mais la jeune fille qu'elle était, tout juste débarquée de France et qui ne connaissait l'Inde que par les habituels clichés, n'avait alors aucune idée du monde dans lequel elle allait plonger.

Assise avec les femmes, Zahr n'essaie même pas de comprendre ce qu'elles disent, son esprit la fuit ; inquiets, ses yeux cherchent les yeux de son père assis à quelques mètres de là avec son frère : il ne la regarde pas. Elle a soudain l'impression qu'elle n'existe pas, qu'elle est pour lui une étrangère sans importance, et non la fille qu'il vient de retrouver. Elle ne fait plus partie de son monde.

Elle ne comprend pas. Elle a certes entendu parler du *purdah* — des femmes voilées vivant dans un univers séparé de celui des hommes —, mais c'est une ancienne coutume qui n'a plus cours dans l'Inde actuelle, si ce n'est peut-être dans des régions extrêmement arriérées. Ici ils se trouvent à New Delhi, dans une famille hindoue on ne peut plus évoluée! La preuve : ils sont tous réunis au jardin, et elle a même appris que la fille de leur hôte fait ses études de médecine. Qui donc pourrait s'offusquer qu'elle s'asseye près de son père? Pourtant, elle le constate, pas une femme ne se risque du côté des hommes, pas un homme du côté des femmes; ils ne se regardent ni ne se parlent, c'est comme deux mondes séparés par une invisible muraille. Si elle a disparu de la société moderne, la coutume du *purdah* s'y perpétuerait-elle insidieusement sous la forme d'un « purdah mental »? Une sorte d'auto-censure qui, en public, en dehors des rituels de politesse, interdirait tout échange avec l'autre sexe?

Cette intuition se confirmera par la suite : après un certain nombre de bévues qu'on lui pardonnera en tant qu'« étrangère », Zahr décéla peu à peu dans la société indienne, que ce soit dans la population musulmane ou hindoue, un code de conduite à la fois rigide et profondément intériorisé, façonnant toutes les relations entre hommes et femmes, et dont le voile n'est qu'une expression et une conséquence; et elle comprendra alors que beaucoup de femmes, au lieu de le ressentir comme une contrainte, le considèrent au contraire comme un signe de respectabilité et une protection nécessaire.

Le crépuscule est tombé sur le jardin, les cigales se sont mises à chanter. Le train de Lucknow part dans une heure, il est temps de prendre congé. Toute la famille les raccompagne sur le seuil, les femmes serrent Zahr dans leurs bras avec une émotion où elle croit déceler un peu d'inquiétude, les hommes s'inclinent, les mains jointes, dans le traditionnel salut hindou, et elle prend garde de ne pas leur tendre la main, comme à son arrivée, geste qui avait déclenché des rires gênés. A l'exemple de son père, elle s'incline à son tour, la main effleurant le front, dans la gracieuse salutation musulmane ; et ils quittent cette demeure hospitalière qui restera dans son souvenir comme une oasis où elle a commencé à pénétrer l'Inde en douceur, étape salutaire à mi-chemin entre l'Europe et l'univers qu'elle est sur le point de découvrir.

Encadrée par son père et son frère, précédés d'un porteur au turban cramoisi sur lequel s'empilent en équilibre miraculeux sacs et valises, Zahr est entrée dans la gare de New Delhi. Construite par les Britanniques à la fin du siècle dernier, elle ressemble à un gigantesque caravansérail où, sous les sévères voûtes de pierre, une foule bruyante et bariolée se croise et s'agglutine, s'écrase, s'injurie ou s'embrasse, tout à l'excitation du départ, tout à la joie des retrouvailles. Au centre du vaste hall, assises ou étendues sur des couvertures déployées à même le dallage, au milieu de ballots et de paniers emplis de victuailles, des familles attendent des places hypothétiques à bord des trains bondés. Philosophes, elles passent leur temps à manger, dormir, un jour, deux jours, parfois une semaine : après tout, on n'est pas plus mal ici qu'ailleurs. Se frayant lestement un passage entre ces campements de fortune, les petits vendeurs s'égosillent à vanter leurs pois chiches, leurs kebabs ou leurs beignets d'aubergine, tandis que les marchands de thé font tinter leurs verres au cri de « Tchaï, tchaï ! », cri commun de l'Afrique du Nord jusqu'à l'extrême Asie. Dans un coin, imperturbable, un barbier assis par terre dégage à l'aide d'une lame impressionnante la mousse neigeuse qui recouvre le visage de son client, cependant qu'à côté une femme pudiquement voilée de noir découvre un sein amaigri pour allaiter son bébé qui hurle.

Ébahie, Zahr voudrait avoir mille yeux, mille oreilles pour embrasser cet extraordinaire spectacle, l'incroyable diversité de types humains : du blanc Kashmiri au noir Keralaite, du frêle Bengali à l'Assamai aux yeux bridés, tous habillés de costumes différents, depuis le gracieux sari drapé diversement selon les provinces aux jupes multicolores du Maharashtra, du *shalvar*[1] bouffant du Pendjab à l'étroit *choridar*[2] moghol porté en Uttar Pradesh, toute une foule qui s'interpelle dans des dialectes rauques ou nasillards, pour finalement en arriver à communiquer en anglais, non point la langue de l'ex-colonisateur, mais un anglais à son tour colonisé, étrange sabir indianisé, seul à faire l'unité dans cet immense sous-continent qui compte une quinzaine de langues officielles et plusieurs centaines de dialectes.

La jeune fille voudrait s'arrêter, s'immerger dans cette houle humaine, s'asseoir pour regarder, respirer, regarder encore, essayer de comprendre, car dans ce hall de gare, sur ces quelques centaines de mètres carrés, elle a l'impression que c'est toute l'Inde qui se trouve rassemblée, ou plutôt toutes « les Indes », comme on disait il y a seulement quatorze ans, avant que la république ne regroupe sous une même autorité les divers États des maharadjahs.

Profitant de ce que son père est occupé à vérifier sur quel quai ils doivent embarquer, elle a ralenti le pas, mais aussitôt les mendiants ont repéré la dame blanche, et l'assaillent des nuées de mains tendues, de regards brûlants dans des visages décharnés, regards durs d'enfants trop adultes, regards de vieillards délavés par la souffrance.

Dans l'avion, une Indienne aux doigts boudinés d'or l'avait prévenue : « Surtout, ne vous y laissez pas prendre, ce sont des professionnels, ils ont plus d'argent que vous et moi. » Zahr avait souri poliment, mais, à présent, elle a un haut-le-cœur rétrospectif : comment cette femme pouvait-elle, com-

1. Pantalon bouffant d'origine pendjabi mais porté dans tout le nord de l'Inde, notamment chez les paysannes.
2. Pantalon moulant la jambe et considéré comme plus élégant que le *shalvar*.

172

ment peuvent-ils parler ainsi, tous ceux qu'elle rencontrera par la suite et qui, entonnant le même refrain cynique, se moqueront de sa « naïveté » ? Naïve ? Les dizaines de milliers d'enfants qui meurent de faim chaque année sont-ils à compter aussi parmi les « professionnels » ? Mais nier la réalité est sans doute le seul moyen de pouvoir continuer à s'empiffrer en toute bonne conscience. Et Dieu sait si la bourgeoisie indienne s'empiffre, comme si, stimulée par le spectacle de la misère qui l'entoure, elle appréciait d'autant plus le privilège d'avoir une table bien garnie !

Zahr a distribué les quelques roupies qu'elle avait en poche. C'est le signal : surgis de partout des dizaines d'êtres faméliques accourent, s'agrippent, refusent de la lâcher malgré ses dénégations désespérées — « Je n'ai plus rien, plus rien à vous donner » —, ils ne la croient pas, ils savent bien, eux, que les sacs des *mem sahibs* blanches sont remplis de trésors, et que, de surcroît, elles ont le cœur tendre. Partagée entre la pitié et l'horreur, Zahr essaie de se dégager, en vain. L'air commence à lui manquer, la panique la saisit, elle a l'impression d'étouffer, elle va...

Soudain, des cris : comme une volée d'oiseaux ils se sont dispersés et elle se retrouve seule face à son père, le visage blême, son poing encore crispé sur une canne vengeresse :

— Ils ne vous ont pas fait de mal, au moins ? Mais quelle idée aussi de vous arrêter au milieu de cette cohue ! Vous n'êtes pas en Europe, ici les foules sont dangereuses.

Elle le dévisage, incrédule :

— Ils demandaient l'aumône... Pourquoi les avez-vous frappés ?

— Pourquoi ? Mais c'était le seul moyen de vous dégager ; si je n'étais intervenu, vous vous seriez fait écharper !

Elle a envie de crier qu'elle se serait débrouillée, qu'il n'a pas le droit de frapper des mendiants sans défense, qu'on n'est plus au temps de la féodalité! Elle se retient. Après tout, il a eu peur, il a voulu la défendre, c'est elle la fautive. Une fois de plus elle s'est comportée comme une sotte. Elle le sait bien pourtant que la charité ne peut, ne pourra jamais remédier à l'injustice. Comme pour le *rickshaw* de la vieille ville, sa réaction n'a servi qu'à faire empirer les choses. Mais, ce faisant, elle a concrètement éprouvé, pour la première fois, quel potentiel de violence recèle la misère, quelles tornades peut provoquer le désespoir. On dit que la moitié des Indiens vivent au-dessous du seuil de pauvreté : s'ils se révoltaient, aucune force ne pourrait les mater. Pourquoi donc acceptent-ils d'être écrasés?

— Ce qu'il nous faudrait ici, c'est une révolution maoïste, comme en Chine.

Zahr considère son père : se moque-t-il? Elle le savait progressiste, mais jamais, dans ses élucubrations les plus folles, elle n'aurait imaginé qu'Amir, le radjah de Badalpour, fût un zélateur du Grand Timonier!

Dans le compartiment de première classe qu'il a réservé pour qu'ils puissent voyager tranquilles, son père a entrepris de lui parler politique, son sujet favori. Et aussi celui de Zahr, comme il le découvre avec ravissement et fierté :

— Je vois que vous êtes vraiment ma fille! Vos frères, eux, ne s'intéressent qu'aux beaux-arts...

Elle surprend le regard oblique de Muzaffar. Comme il doit être jaloux, lui, le fils aîné, qui jusqu'à présent a régné sans partage sur le cœur de son père; arrivera-t-elle à ce qu'un jour il la considère comme une sœur, et non comme une intruse?

En riant, son père lui raconte que lorsqu'il entra en politique, dès son retour d'Angleterre où il avait fait ses études de droit, on le surnomma « le radjah rouge ». Député indépendant — la discipline de parti ne lui convenant guère —, il se battait pour l'abolition des privilèges de sa propre classe, prônant la distribution des terres aux paysans, et surtout l'éducation des masses, ce que refusaient obstinément ses pairs, conscients que, plus sûrement encore qu'une réforme agraire, cette dernière mesure sonnerait le glas de leur pouvoir absolu.

— En fait, nous avons tout perdu, mais le peuple n'a rien gagné. Lorsqu'en 1947 nous avons enfin réussi à nous débarrasser des Anglais et que l'Inde est devenue une république, Nehru a lancé la réforme agraire. Les petits paysans ont reçu de la terre, mais la plupart étaient trop pauvres pour payer les semences, les engrais, l'eau, sans parler d'un bœuf pour tirer la charrue, toutes choses fournies auparavant par les propriétaires. Pour ne pas mourir de faim ils ont dû revendre leur terre, à bas prix, à des paysans riches, et travailler pour eux, ou bien quitter le village pour essayer de trouver un emploi en ville où, d'année en année, ils grossissent le nombre des miséreux. Tous les espoirs qu'ils avaient mis dans une Inde indépendante et démocratique ont été bafoués, l'argent n'a fait que changer de mains, et les nouveaux riches ont bien moins de scrupules à pressurer les faibles que nous n'en avions, nous qui nous considérions comme leurs maîtres, mais aussi leurs protecteurs.

Zahr boit les paroles de son père, elle est fière de son radjah rouge. Excepté quelques expressions qui fleurent par trop l'aristocrate, il serait à sa place dans les milieux de gauche les plus avant-gardistes. Quel chemin a-t-il dû parcourir pour en arriver là, ce jeune prince dont le père, grand chasseur et grand viveur, savait tout juste lire ! Un chemin qui a déposé sur son beau visage une brume de tristesse et d'amertume. Car ce n'est pas seulement le peuple indien qui a été trahi, ce sont tous les idéalistes qui, comme lui, avaient tout sacrifié à l'édification d'une société plus juste, et qui, très vite, se sont trouvés éliminés au profit de sordides intérêts financiers.

Elle hoche la tête, elle le comprend si bien qu'elle n'a pas besoin de parler. Dans ses yeux il lit son adhésion.

— Nous nous ressemblons beaucoup, murmure-t-il avec un pâle sourire.

Elle acquiesce, bouleversée de se reconnaître en lui, tout comme il paraît se reconnaître en elle. Ses instincts, ses goûts, sa façon de penser, jusqu'à ses opinions politiques. Comment est-ce possible ? Elle a été élevée loin de lui, elle ne savait rien de lui. Comment peuvent-ils être si semblables ?

Elle, l'étudiante en sociologie, qui, conformément aux théories en vogue dans les années soixante — époque marxo-freudo-sartrienne —, jurait que l'être humain, s'il est déterminé par son hérédité dans certaines de ses caractéristiques physiques de base, est avant tout la résultante de son environnement familial, culturel et de ses expériences personnelles, voici qu'elle se trouve confrontée à cet incroyable phénomène qu'on pourrait appeler... « hérédité mentale ».

Le train progresse lentement dans la nuit, traversant de gros bourgs chichement éclairés de lampes à pétrole sur le halo desquelles se détachent des ombres. Muzaffar a installé les *beddings,* sortes de sacs de couchage avec draps que tout Indien emporte en voyage, car il ne saurait être question d'utiliser une literie ayant servi à d'autres. Après avoir embrassé sa fille sur le front, son père a fini par s'assoupir.

Étendue, les yeux grands ouverts, Zahr se laisse bercer par le grincement des ventilateurs rouillés qui brassent paresseusement l'air chaud. Elle est épuisée mais incapable de dormir, elle a l'impression que son cœur va éclater tandis qu'elle se remémore chaque détail de cette journée, la plus longue de son existence, qu'elle revit la peur, l'émotion mais surtout ce bonheur auquel elle n'arrive pas encore à croire, un bonheur si fort qu'elle se sent suffoquer. Un bonheur qu'elle a attendu vingt et un ans.

CHAPITRE II

L'aube se lève sur l'étendue monotone de la plaine indogangétique. Dans le compartiment, son père et son frère dorment encore. Rencognée près de la fenêtre, Zahr regarde défiler les champs de blé et de maïs dorés par les premiers rayons du soleil, déçue par ce paysage si peu exotique, elle qui s'était imaginé une luxuriante végétation de palmiers, de banians et autres plantes extraordinaires. N'étaient çà et là les villages de torchis aux toits de chaume, et les paysannes aux saris éclatants, qui, une cruche en équilibre sur la tête, se meuvent avec des allures de reines, on se croirait presque dans la campagne française. Elle songe à sa mère qui, voici vingt-cinq ans, comme elle à présent, découvrait ce paysage. Qu'elle devait avoir peur, la jeune fille partie seule rencontrer un époux qu'elle ne connaissait pas et s'établir dans un pays dont elle ne savait rien ! Quel courage elle avait eu, cette petite-fille de sultan qui, au lieu de gémir sur la ruine de sa famille, avait décidé de se refaire une vie, quoi qu'il pût lui en coûter ! Lentement Zahr s'est laissée couler en elle ; fermant la porte à ses griefs, elle lui a ouvert son cœur afin qu'elle s'y glisse et qu'au plus profond d'elle-même, elle tente de deviner cette Selma si extravagante et contradictoire...

Je voudrais tant vous comprendre... maman. Vous n'aviez que vingt et un ans, comme moi. Comme moi vous étiez prête à sacrifier les plaisirs d'une existence à l'occidentale — Beyrouth où vous viviez était alors « le petit Paris de l'Orient » —, prête à sacrifier une partie de votre liberté pour retrouver un nid, une appartenance, une place à vous, non pas toujours une place concédée par le bon vouloir des autres. Vous vouliez un pays, vous qui aviez perdu votre patrie, vous vouliez un peuple qui vous aime et ait besoin de vous, un peuple qui vous reconnaisse comme sienne, vous qui depuis l'exil étiez partout une étrangère. L'amour d'un homme ne pouvait vous rassurer, vous qui aviez été abandonnée par votre père... ne saurait nous rassurer, nous qui avons été abandonnées par nos pères... Vous avez choisi d'être rani, j'ai choisi la révolution... pour des raisons au fond assez similaires.

Mais, par la suite, pourquoi avez-vous fui ? Étiez-vous si malheureuse ? Vous saviez bien pourtant combien ce serait difficile. Tout comme moi-même je le sais aujourd'hui.

Parfois vous m'attendrissez, maman... parfois je vous déteste. Vous avez tout fait pour que je ne revienne jamais ici, chez moi, pour que jamais je ne connaisse mon père. Au prix de mille difficultés, j'ai dû remonter le cours de la rivière, de toutes mes rages et de tous mes sanglots j'ai affronté le destin, et voilà que j'ai rompu le sortilège, débrouillé l'écheveau qui me tenait loin de mes origines, me transformant en une autre que moi-même. A force de questions et de révoltes, j'ai fini par déchirer la trame que vos mensonges avaient si habilement tissée, malgré votre machiavélique supercherie je suis revenue, contre votre volonté j'ai retrouvé mon pays, j'ai retrouvé mon père. Et maintenant seulement je sens que je peux vivre, retrouver des racines sans lesquelles rien ne peut germer, des attaches sans lesquelles rien n'a de sens.

— Une tasse de thé ?

Zahr a sursauté. Le train entre en gare. Déjà les petits vendeurs ont escaladé les marches et, dans de jolis gobelets de terre, versent aux voyageurs le *tchaï*, ce mélange sirupeux de thé bouilli avec des quantités de lait et de sucre, qui tient lieu de repas à beaucoup d'Indiens pauvres. Tandis qu'elle sirote ce breuvage un peu écœurant mais qu'elle apprendra à apprécier, elle voit avec stupéfaction Muzaffar jeter le gobelet vide par la fenêtre et remarque qu'autour d'eux tout le monde fait de même. Pourquoi ce gâchis ? L'Inde est-elle un pays si riche qu'on puisse s'y permettre ce qu'on n'oserait jamais faire en Occident ? Devant sa mine offusquée et réprobatrice, son père se met à rire :

— Nous le faisons tous, mais, en fait, l'origine en est le système des castes : les hindous ne veulent pas risquer de boire dans la même tasse qu'un individu d'une caste inférieure, encore moins dans celle d'un intouchable, ou bien d'un musulman ou d'un chrétien, considérés eux aussi comme des intouchables. S'ils le faisaient, ils seraient souillés et devraient entreprendre un processus de purification très long et très compliqué.

— Mais je croyais que, depuis l'indépendance, les castes étaient abolies ?

— Sur le papier. En réalité, sauf dans certains milieux modernes ou intellectuels, comme chez les amis qui nous ont reçus à Delhi, les traditions restent ancrées. La fortune n'y change rien : un intouchable a beau devenir riche, il sera toujours méprisé par le brahmane, même pauvre. Et, surtout, pas question de se marier hors de sa caste ! Les très rares qui s'y risquent sont impitoyablement rejetés de leur communauté.

Alors moi, dans ce pays, je suis une intouchable ? Et vous aussi, Daddy, vous, le radjah de Badalpour ?

Autant que son sens de la justice, l'orgueil de Zahr se rebelle. Elle soupçonnera son père d'exagérer jusqu'à ce que, quelques semaines plus tard, lui soit administrée magistralement la preuve du contraire.

Pour l'heure, tout à la joie de son arrivée à Lucknow, elle n'entend pas se laisser troubler. Enfin elle va découvrir sa ville, la ville de ses ancêtres, la cité des palais et des jardins où l'on cultivait un art de vivre célèbre dans toute l'Inde. Refuge des plus grands poètes et musiciens après le sac de Delhi en 1739 par le conquérant persan Nadir Shah, Lucknow fut également, en 1857, le centre de la première révolte contre l'occupant anglais. Ce mouvement, conduit par une femme, la bégum Hazrat Mahal, épouse du souverain déposé, embrasa toutes les villes environnantes jusqu'à Delhi et aurait peut-être réussi à bouter les Britanniques hors des Indes s'il n'y avait eu, parmi eux, des princes félons pour mettre leur armée au service de l'occupant.

— Récompensés par des titres et des terres, certains sont devenus très riches. Nous, nous avons tout perdu, raconte fièrement son père. Les radjahs de Badalpour étaient connus pour ne jamais se soumettre. Pour nous punir, les Anglais nous ont presque tout confisqué, ne nous laissant qu'une soixantaine de villages, et notre honneur. Moi-même je n'ai jamais transigé sur mes principes. Durant la lutte pour l'indépendance, je fus l'un des rares princes musulmans à soutenir Nehru dans son opposition au projet d'un État pakistanais. Cela me valut la réprobation de ma communauté, certains allant même jusqu'à me qualifier de traître... Mais, sitôt le pays libéré, Nehru m'a exclu de toute responsabilité politique ; il me « gardait son amitié », mais il n'avait plus besoin de moi...

Amir esquisse une moue mi-désabusée, mi-sarcastique.

— Que voulez-vous, les chefs d'État n'aiment pas s'entourer d'hommes à la fois capables et honnêtes : ces deux traits conjugués les rendent impossibles à manipuler.

Le train a fini par s'immobiliser dans un nuage de fumée noire. Les couloirs se sont remplis de voyageurs impatients, comme si, après ce voyage de douze heures, ils n'avaient plus une seconde à perdre.

— Attendons, nous n'allons pas nous mêler à cette foule! décrète le radjah en regardant d'un air perplexe les jambes et les bras nus de sa fille.

Subitement, parmi toutes ces femmes en larges pantalons bouffants ou en saris, Zahr se sent indécente dans sa robe parisienne sans manches et découvrant le haut du genou. Remarquant le regard gêné de Muzaffar, instinctivement, malgré la chaleur, elle noue une écharpe autour de ses épaules.

Au pied du wagon, au milieu des porteurs en veste écarlate qui, dans un tumulte d'imprécations, se disputent les valises, deux hommes en *kurtah* indigo attendent. Lorsque le radjah se résout enfin à descendre et qu'ils s'inclinent devant lui, Zahr comprend que ce sont des serviteurs venus les accueillir, et, quelque peu interloquée, elle remarque leurs vêtements élimés, déchirés aux emmanchures, sur lesquels s'étalent orgueilleusement les armes de Badalpour — deux sabres entrecroisés surmontés d'une tête de buffle et d'une couronne.

Son père est-il vraiment ruiné au point de ne pouvoir leur fournir une tenue convenable? En vain essaie-t-elle d'accrocher leur regard, de leur sourire, elle voudrait leur montrer sa sympathie, mais ils baissent les yeux, semblent ne pas la voir. S'emparant des bagages, rapides, ils les précèdent cependant que son père et son frère l'encadrent résolument, lui faisant un rempart de leur corps contre la foule qui la dévisage avec avidité. Depuis que les Anglais ont quitté les Indes, il est rare de voir une femme blanche à Lucknow, capitale de province oubliée des grands circuits touristiques.

Devant la gare les attend une antique merveille, une longue voiture ivoire aux cuivres rutilants.

— Une Isota Fraschini 1935, explique fièrement son père, un modèle qui n'a été sorti qu'à trois exemplaires : un pour l'Aga Khan, un pour le prince de Galles et un pour moi. C'est la voiture qui a accueilli votre mère, ajoute-t-il à voix basse, c'est en souvenir d'elle que je l'ai gardée...

Enfoncée dans les coussins de cuir, Zahr ferme les yeux ; il lui semble retrouver la trace du parfum de Selma, un léger parfum de tubéreuse ou de lilas, un délicat parfum de fiancée...

— Est-ce que vous vous sentez mal ?

La voix de son père l'a tirée de son rêve, elle se secoue, irritée contre elle-même.

Ce n'est plus le temps de la nostalgie, c'est moi, Zahr, et non Selma, qui suis enfin ici, en Inde. Ai-je donc si peur de vivre ces instants que je veuille les vivre par personne interposée ? Vais-je laisser ma mère me ravir ma réalité, mon arrivée chez moi, dans la ville de mon père, celle de mes ancêtres, dans ma ville ?

Elle a résolument écarté les rideaux de brocart qui masquent les vitres arrière, sans doute pour protéger les passagers des rayons du soleil, mais son père intervient :

— Ne touchez pas à ces rideaux !

— Mais, Daddy, je ne vois rien !

— Désolé, c'est la coutume : il ne faut pas qu'on vous voie.

Son ton ne souffre aucune réplique. Elle le dévisage, abasourdie : qu'est-ce à dire ? Elle est dans son pays et elle n'a pas le droit de le regarder ? Elle devrait rester enfermée dans une boîte sous prétexte qu'on ne doit pas la voir ? Elle qui croyait que son père était un homme moderne, détaché de ces traditions ridicules ! Mais peut-être est-ce simplement parce qu'elle est habillée à l'européenne, ce qui apparaît ici comme une quasi-nudité.

Elle serre les dents et décide de prendre patience. Dès avant son départ, elle savait que les choses ne seraient pas faciles et avait résolu de s'y conformer. L'important, c'est qu'elle ait retrouvé son père, qu'il l'aime et qu'elle l'aime. Elle ne va quand même pas tout gâcher pour une histoire de rideaux !

Docilement elle s'est adossée contre les coussins, mais, peu à peu, sa main, retrouvant instinctivement les gestes ancestraux des femmes d'Orient, subrepticement a écarté le rideau d'un centimètre, puis de deux, juste assez pour observer sans être vue. Son père l'a-t-il remarqué ? Il ne dit mot, lui non plus ne souhaite pas la brusquer. Au contraire, il cherche à s'expliquer :

— Je sais que tous ces usages sont stupides, mais qu'y puis-je ? Je ne peux changer à moi seul des habitudes centenaires. Et puis je suis un philosophe, non un Prophète, je tiens à ma tranquillité. Pour des raisons financières, je suis obligé de vivre ici, je respecte donc la coutume, tout comme vous devrez le faire : je ne tiens pas à ce que les gens se mettent à jaser et à dire que la fille du radjah de Badalpour est une fille légère.

Une fille légère ? Parce que des yeux étrangers pourraient l'apercevoir ! Partagée entre l'indignation et le sentiment du ridicule, Zahr voudrait protester, mais il ne lui en laisse pas le temps :

— « A Rome fais comme les Romains. » C'est parfois désagréable, difficile, mais c'est la base de toute vie en société.

Étonnant comme son révolutionnaire de père se montre conformiste lorsqu'il s'agit des femmes ! Stupéfiant comme les hommes les plus progressistes peuvent se révéler réactionnaires lorsqu'il s'agit de leur propre épouse ! Elle en avait déjà fait la cuisante expérience lors de son passage chez les trotskistes, elle le constate à nouveau auprès de son radjah rouge. En fait, toute sa vie elle se heurtera à cette contradiction chez les hommes qui semblent politiquement les plus évolués. Comme si, plus ils prenaient de risques dans leur vie publique, plus ils avaient besoin d'arrières sûrs et de sécurité affective dans leur vie privée. Parce qu'elle est fondamentalement mère, seule la femme semble à même de dispenser cette sécurité à l'homme, l'homme héros, l'homme enfant — mais au prix de sa propre liberté... Une liberté que ces hommes revendiquent pour l'humanité entière, valeur universelle à laquelle ils sont capables de sacrifier leur vie, mais qui, paradoxalement, s'arrête au seuil de leur foyer.

L'Isota Fraschini se fraie lentement un chemin par les rues étroites, à travers la circulation bruyante et anarchique où se côtoient chars à buffles, petites charrettes tirées par des mulets efflanqués, bicyclettes et *rickshaws*, autobus bringuebalants et même quelques rares voitures d'un âge vénérable mais méticuleusement astiquées. Parmi ce tohu-bohu, paisibles comme des déesses que l'agitation des simples mortels ne saurait troubler, des vaches blanches déambulent, chipant une salade à l'étal d'un marchand ou décidant de faire une sieste au beau milieu de la chaussée, sourdes aux supplications des chauffeurs qui tentent de leur faire entendre raison, mais ne se risqueraient pas à les déranger. Impensable de bousculer celles qui, aux yeux des hindous, représentent des réincarnations supérieures !

Zahr s'emplit les yeux du spectacle de la ville, partagée entre admiration et consternation à la vue des bâtiments rococo d'une exquise délicatesse mais dont les murs lépreux et les façades lézardées semblent sur le point de s'écrouler. Voici donc Lucknow, l'orgueilleuse cité des rois d'Oudh, la capitale tant chantée pour sa beauté, son élégance ! Autour d'elle Zahr ne perçoit qu'abandon, misère, décrépitude.

Après avoir dépassé une place entourée d'arcades sous lesquelles s'affaire une population de barbiers, dentistes, rémouleurs, couturiers et ferronniers, petits vendeurs de thé et gros marchands trônant derrière des pyramides de légumes et de fruits, la voiture s'est arrêtée devant une haute grille renforcée de plaques de tôles grises. Un coup de klaxon impérieux : aussitôt, comme si on les avait guettés, la grille s'est ouverte, tirée par deux hommes vêtus, comme les serviteurs venus les accueillir à la gare, de *kurtahs* indigo, encore plus élimés. Au bout d'une pelouse roussie par le soleil se dresse une grande bâtisse délabrée aux balcons de laquelle pendent des hardes de toutes couleurs, tandis que, le long des murs ocre sculptés de bas-reliefs pour la plupart brisés, l'eau suinte en traînées brunâtres.

Interloquée, Zahr dévisage son père puis son frère : *Où sommes-nous ? Où est le palais ? Ce n'est pas ça, ce n'est pas possible !*

Devant sa mine consternée, le radjah ne peut retenir un sourire amer :

— Eh bien oui, voici ce qu'est devenue l'une des plus belles demeures de Lucknow... Lorsque, en 1952, les États princiers furent confisqués, je me suis retrouvé ruiné car, contrairement à beaucoup d'autres, j'avais toujours refusé d'envoyer de l'argent ou des bijoux à l'étranger. Et ce n'est pas la maigre compensation versée par le gouvernement qui pouvait nous permettre de vivre. Aussi ai-je décidé de partager le palais en appartements, et de le louer. Ce que vous voyez ici c'est l'arrière de la maison, et ce qui pend aux fenêtres, le linge des locataires que mon intendant tance régulièrement, en pure perte. Je n'ai gardé pour nous qu'une douzaine de pièces, dans l'aile gauche, complètement séparées du reste. On y accède par une ancienne porte de service. L'entrée principale, de l'autre côté du palais, a été transformée, de même que le grand hall, en un café-restaurant assez mal fréquenté. Cela fait douze ans que je suis en procès, le contrat stipulant qu'on ne peut utiliser cette demeure à des fins commerciales, mais le bistrotier a gagné tant d'argent qu'il paie grassement les juges pour que l'affaire soit constamment reportée. J'ai aussi essayé de me débarrasser des autres locataires car, avec les loyers bloqués et les dévaluations successives, louer relève désormais des bonnes œuvres. Impossible : en Inde les lois, que j'ai moi-même contribué à faire adopter, sont défavorables aux propriétaires. Je pensais qu'au moins elles profiteraient aux pauvres; hélas, elles ne bénéficient qu'aux marchands, à ces nouveaux riches, la pire engeance de toute société. Contre eux, nul n'a la moindre chance, surtout s'il fait partie de l'ancienne aristocratie, s'il est l'un de ces radjahs qu'aujourd'hui l'on accuse d'avoir « bu le sang du peuple » !

La nouvelle de leur arrivée s'est propagée comme une traînée de poudre. A peine Zahr est-elle descendue de voiture qu'une dizaine de femmes vêtues de *ghararas* multicolores, ces jupes-pantalons très amples, vêtement traditionnel des musulmanes de l'Inde, l'entourent et lui baisent les mains en s'exclamant dans une langue rauque dont elle ne perçoit que les intonations ravies et admiratives. Complètement perdue, elle interroge son père du regard : qui sont-elles ?

Il hausse les épaules :

— Je n'en ai pas la moindre idée. La maison est toujours pleine, votre belle-mère adore avoir du monde autour d'elle : amies, voisines, servantes, parentes des servantes, que sais-je ! Je ne m'occupe pas de ce qui se passe dans les appartements des femmes.

Plus au fait des réalités domestiques, son frère Muzaffar lui désigne une matrone au sourire éclatant :

— Voici Nuran, notre cuisinière, et également la femme de confiance de ma mère. Et voici sa fille Gutchako, ajoute-t-il en désignant une ravissante enfant de sept à huit ans qui la tient par la main. Elle sera à votre service.

A mon service, ce bébé ! Impulsivement, Zahr l'a prise dans ses bras et embrassée cependant que l'enfant la dévisage de ses grands yeux sérieux. Autour d'elles les femmes battent les mains de joie, elles avaient redouté l'arrivée d'une de ces étrangères distantes et sophistiquées — la radjkumari [1]

1. Fille aînée du radjah.

n'a-t-elle pas été élevée à Paris, autant dire sur la Lune ? —, et elles découvrent une jeune fille avenante qui semble les considérer comme des égales. Avec l'intuition des gens simples qui comprennent avec leur cœur, elles ont tout de suite senti que Zahr est prête à les aimer. Elles le lui rendront au centuple. Dès les premiers instants elles l'ont adoptée.

« *Tchalié rani sahib sey milié ! Djaldi* [1] *!* »

On l'a prise par la main et, dans un joyeux désordre, on l'entraîne vers la maison, vite, plus vite ! Zahr comprend qu'on l'emmène rencontrer la *rani sahib*, la seconde femme de son père. Comment celle-ci va-t-elle l'accueillir, elle, la fille de la première épouse, l'intruse resurgie d'un passé oublié ?

A Paris sa tante Nakshidil et ses familles adoptives l'avaient mise en garde : « Elle sera jalouse, c'est normal. Au bout de vingt ans tu viens perturber sa vie, sa relation avec ton père, à qui tu vas forcément rappeler ta mère ; elle va craindre pour les intérêts de ses fils, pour l'héritage auquel tu as droit toi aussi. Si tu veux te faire accepter, il faudra te montrer patiente, discrète, attentionnée. Mais ne lui fais jamais entièrement confiance : c'est humain, elle ne peut t'aimer. »

Après avoir gravi un escalier en colimaçon, elles ont tourné sur la droite — à gauche se trouvent les appartements des hommes — et ont débouché dans une cour intérieure entourée de hauts murs. Protégées du soleil par un large auvent de toile, des femmes assises sur des tapis bavardent tout en fumant le *hookah*, sorte de narguilé, ou en mâchant le *pan*, la friandise nationale à base de noix de bétel et de feuilles amères. Halée par une vingtaine de mains, Zahr se retrouve en face d'une grande femme très brune qui, avant qu'elle ne réalise ce qui lui arrive, la prend dans ses bras et la couvre de baisers :

1. « Venez rencontrer la rani sahib, vite ! »

— Comme je suis heureuse que tu sois là !

Un peu gênée, Zahr se laisse embrasser par celle qu'elle considère comme une étrangère.

— J'ai toujours rêvé d'avoir une fille, ajoute la rani. Maintenant Allah m'a exaucée !

Tout autour, les femmes approuvent bruyamment en bénissant le Très Miséricordieux et Mohammed, son Prophète. Certaines rient, d'autres pleurent ; celles qui sont venues chercher Zahr au bas des escaliers, et qui ont priorité car elles la connaissent depuis plus longtemps, racontent comment elle a pris dans ses bras la fille de la cuisinière, et toutes de s'extasier sur sa simplicité et sa gentillesse.

Zahr commence à s'énerver : est-ce que, par hasard, elles se moqueraient ? La croient-elles assez sotte pour gober leurs flagorneries ? Qu'attendaient-elles donc pour tant admirer qu'elle soit normale ? Mais elle comprendra vite qu'à leurs yeux sa normalité est précisément anormale, et que, dans « la plus grande démocratie du monde », l'égalité reste un mot creux, une notion importée qu'on utilise pour faire de beaux discours mais qui, dans cette société hiérarchisée depuis des millénaires en milliers de castes, n'arrive pas à trouver la moindre résonance dans les esprits.

— Venez vous asseoir près de moi.

Sa belle-mère lui a fait une place sur les coussins de soie. Zahr la regarde avec admiration : pour une femme indienne de sa condition, la rani est restée étonnamment svelte et se meut avec une élégance qui contraste avec la pesanteur de ses compagnes. Pas vraiment jolie, elle a un visage intéressant, mais surtout une grande dignité. Tandis que, maladroitement, la jeune fille s'installe, maudissant sa jupe droite qui remonte de façon indécente, et tente avec son écharpe de dissimuler ses genoux, la rani fait un signe. Au bout de quelques instants, deux servantes arrivent, portant *ghararas*, *kurtahs* et *rupur-tahs* [1] de soie aux délicates couleurs pastel :

— Choisissez ce que vous voulez. Rubina et Nasreen vous accompagneront dans votre chambre pour vous aider à vous habiller. Ensuite nous irons voir votre frère Mandjou, à moins que vous ne désiriez d'abord vous reposer?

Se reposer? Certainement pas! Elle a bien trop hâte de connaître toute sa famille, de découvrir son nouveau monde.

Sa chambre, comme toutes les pièces du *zenana* — les appartements des femmes, où seuls ont accès les hommes de la famille —, ouvre sur la cour intérieure. Elle n'en est séparée que par des tentures, les portes étant considérées comme des barrières superflues et même désobligeantes dans cet univers où chacune vit pour toutes, où la vie privée est une notion incompréhensible, et où la solitude semble le pire des châtiments.

C'est une haute pièce sombre dont les fenêtres donnant sur l'extérieur ont été condamnées et sont recouvertes d'un papier à croisillons — un papier étrangement semblable à celui qui aveuglait les fenêtres de la chapelle de l'institut Merici et que Zahr, enfant, déchirait pour contempler le spectacle de la rue. Celui-ci aussi a été discrètement décollé dans les coins...

Peu de meubles, excepté quatre lits accolés de façon à constituer une couche immense; le long du mur, deux coffres où ranger les affaires, une table basse pour prendre le thé, et, dans un coin, une coiffeuse surmontée d'un grand miroir. Le tout dans le style européen des années quarante, d'une banalité et d'une laideur affligeante.

Comme ils sont loin, les ors et les bois précieux, les ivoires sculptés et les nacres, les fontaines de marbre, les tapis de soie, les aiguières de vermeil et les hauts chandeliers aux larmes de cristal bruis-

1. *Rupurtah* : longue étole portée au-dessous du *kurtah*.

sant sous le vent, toutes ces merveilles que, petite, Zahr décrivait à ses camarades de classe qui l'écoutaient bouche bée! Bien sûr, elle savait son père ruiné et n'espérait pas trouver trace des éléphants caparaçonnés d'or ni des rivières de diamants de ses rêves d'enfant, mais elle ne s'attendait tout de même pas à un tel dénuement.

La visite complète qu'elle effectuera, le lendemain, de leur aile du palais lui confirmera l'étendue du désastre. Pas un seul joli meuble, pas un bibelot précieux. Hormis le salon de son père où, entre les colonnes de porphyre, trônent encore quelques majestueux portraits d'ancêtres en robes de brocart, la maison semble avoir été razziée de tout ce qui pouvait en faire la beauté.

— C'est Abadjan qui a décidé de se débarrasser de ce qu'il appelle des vieilleries, des nids à poussière, explique Muzaffar. J'étais très petit, mais je me souviens d'un grand chambardement : tout devait être remplacé, disait-il, par un ameublement moderne et fonctionnel.

— Et où sont passés les anciens meubles ?

— Il les a distribués à qui en voulait. Le reste, il l'a fait jeter dans un terrain vague derrière le palais : les gens se sont servis. Quant aux pièces les plus précieuses, ma mère avait insisté pour que l'intendant aille les vendre à un marchand, mais il en obtint si peu d'argent que mon père le lui jeta à la tête, disant qu'il n'en était pas réduit à recevoir l'aumône. Il était fou de rage contre ma mère qu'il accusait de l'avoir ridiculisé : « Je n'aurais jamais dû vous écouter! vociférait-il, des gens comme nous ne discutent pas argent! Comment voulez-vous que trente générations de princes et de guerriers puissent donner un commerçant? Il faut savoir conserver son rang et garder sa dignité, dût-on en crever! »

C'est pour ce genre de gestes qu'elle l'aime. Hélas, nul n'est parfait et son admirable père est visiblement dénué du plus élémentaire sens de l'esthétique. Est-ce en réaction contre tout ce qui risquerait de l'émouvoir, contre une sensibilité qu'il combat par un rationalisme militant, d'avant-garde dans sa jeunesse, de nos jours un peu désuet ?

Ses fils, en revanche, sont des artistes. Muzaffar, qui montrera à Zahr quelques jolies aquarelles, et surtout le second, Mandjou, qui, l'an passé, lui a envoyé un ravissant portrait d'elle exécuté d'après photo. Son père lui écrivait que, des trois frères, Mandjou était le plus beau et le plus doué. Elle a hâte de le rencontrer.

Sur les conseils de Nasreen et de Rubina qui prennent fort au sérieux leur mission de transformer le gentil oiseau déplumé en princesse de rêve, Zahr a choisi un ensemble de soie pervenche et elles lui indiquent comment draper le *rupurtah* afin de dissimuler modestement sa poitrine. Entre-temps, la petite Gutchako est arrivée, apportant une guirlande de jasmin qu'elles tissent en savantes torsades dans son chignon. Enfin, satisfaites du résultat, elles lui permettent de s'approcher du miroir.

Celui qui dit que l'habit ne fait pas le moine ne comprend rien aux femmes. Non seulement Zahr paraît autre, mais elle se sent une autre. En endossant la robe de son pays, la robe portée depuis des siècles par ses aïeules, elle a soudain l'impression de se retrouver, la sensation que l'image que lui renvoie le miroir correspond à une image intérieure d'elle-même, qu'elle reflète sa vraie personnalité, et que, jusqu'à présent, elle avait habité des vêtements étrangers. Elle qui n'a jamais beaucoup aimé son apparence, qui ne s'est jamais trouvée tout à fait à l'aise dans sa peau, pour la première fois se sent naturelle, en harmonie avec elle-même. Sa démarche, tous ses gestes se sont faits à la fois plus gracieux, moins brusqués, déliés. L'ampleur des vêtements permet une liberté du corps et des attitudes, une noblesse que n'autorisent pas les robes ni les pantalons serrés à l'occidentale. Elle se reconnaît et elle se plaît.

Dans la cour, les femmes l'accueillent avec des exclamations de joie : sa transformation a aboli les barrières ; désormais elle est vraiment l'une des leurs. Sans même s'en rendre compte, elles commencent à lui tenir de longs discours, oubliant qu'elle ne peut les comprendre.

En revanche, la satisfaction de son père — « Habillée ainsi vous êtes vraiment ma fille ! » — lui laisse un arrière-goût de cendre. Est-ce à dire qu'il en doutait encore ?

Pourtant chacun s'accorde à reconnaître que nous nous ressemblons étonnamment. Jusqu'à cette fossette au menton... Mais la ressemblance peut-elle tenir lieu de preuve ? Les enfants adoptés ne ressemblent-ils pas souvent à leurs parents nourriciers ?

Elle a l'impression que son esprit se brouille, elle ne sait plus où elle en est...

Ah, ma mère, dans quelle inextricable confusion nous avez-vous mis ! Ce doute qui nous a torturés tant d'années est devenu une vieille habitude dont on ne peut plus se défaire, même si tout nous indique que nous n'avons aucune raison de le conserver, qu'il ne sert plus qu'à nous faire souffrir. Nous n'y pouvons rien, il a imprégné notre vie, il fait désormais partie de nous. C'est comme si, pendant vingt ans, nous nous étions demandé si telle ou telle chose est grise ou blanche, et qu'on nous dise soudain qu'elle est immaculée. Même si les plus hautes autorités, les plus éminents savants nous l'affirmaient, même s'ils nous fournissaient la formule chimique prouvant sa blancheur, nous garderions toujours un léger malaise, tant l'incertitude s'est ancrée non seulement dans notre esprit, mais au plus profond de notre être.

Son père ne s'est pas rendu compte de son trouble.

— Maintenant que vous êtes prête, allons voir votre second frère. Je vous préviens qu'il est un peu malade, c'est pourquoi vous ne l'avez pas encore rencontré. Mais il va être si heureux de vous voir : avant sa maladie, il ne cessait de parler de sa sœur à tout le monde !

De l'autre côté de la cour, dans une chambre voisine de la sienne, sur un lit de bois blanc est recroquevillée une silhouette squelettique vêtue d'un pyjama souillé.

Son père s'est penché sur le corps immobile au visage caché dans des mains décharnées, et Zahr découvre avec stupeur que c'est là le frère « un peu malade » dont il lui a parlé.

— Mandjou, voici votre sœur. Elle est venue de France pour vous voir. Ne voulez-vous pas lui dire bonjour ?

Il ne bouge pas. Rigide, comme statufié, il semble n'avoir rien entendu.

— Les médecins ne comprennent pas ce qu'il a, explique Amir. Les problèmes sont apparus voici huit mois. Il a commencé à pleurer parce que ses résultats en classe étaient moins brillants que d'habitude : au lieu d'être premier, il était troisième. Nous n'arrivions pas à le consoler, il ne voulait plus rien manger. Nous avons alors appelé un docteur qui a diagnostiqué une anémie d'adolescent — il a juste quinze ans — et lui a prescrit un remède à base de poudre de poisson séché. D'après sa mère, c'est ce qui a achevé de le démolir, lui occasionnant de terribles maux d'estomac. Il refusait totalement de s'alimenter et, pendant des semaines, il a fallu le nourrir de force au moyen d'injections de sérum et de vitamines. Maintenant il va mieux, il mange un peu, mais refuse obstinément de parler. Depuis six mois, pas un mot ! Le *hakim* [1] qui le traite actuellement par des herbes, la méthode indienne traditionnelle, pense que cette poudre de poisson l'a empoisonné et a pu bloquer certains centres nerveux.

Zahr écoute avec ahurissement ces histoires de poisson et de poison... Comment son père, un homme instruit, intelligent, peut-il ajouter foi à de telles sornettes ? Sans doute parce que la réalité est

---

1. Praticien de médecine indigène, ayurvédique.

trop dure à affronter, qu'il ne veut pas, qu'il ne peut pas admettre que son fils bien-aimé ait basculé dans le monde inaccessible de la psychose.

Au cours de son stage à l'hôpital de la Salpêtrière, Zahr en a rencontré, de ces adolescents barricadés dans leur malheur, s'excluant volontairement, lui semblait-il, d'une société qu'ils étaient incapables de supporter. La différence avec les autres adolescents en crise lui paraissait résider dans leur sensibilité exacerbée, et par conséquent dans le degré de leurs souffrances et de leurs peurs. Celles-ci étaient si intolérables qu'ils tentaient d'y échapper en annihilant tout ce qui en eux vivait et pouvait donc leur faire mal, en se réfugiant dans cet état de quasi-mort, de vie morte qu'on appelle schizophrénie. Zahr les comprenait d'autant mieux qu'elle aussi, à l'âge de quinze ans, avait tenté d'échapper au malheur en réprimant toute émotion, en se renfermant dans une carapace d'indifférence. Au bout de quelque temps, elle s'en était sortie. Sans doute était-elle plus forte ou moins blessée qu'eux...

Son père s'est assis près de Mandjou et lui caresse les épaules :

— Votre sœur est venue exprès pour vous. Ne voulez-vous pas la voir ?

Lentement la longue silhouette se déplie, si fragile qu'on a l'impression qu'elle va se briser, et Zahr découvre un visage livide mangé par des yeux fiévreux qui la scrutent.

Secondé par un serviteur, Amir a aidé Mandjou à se mettre debout et le pousse vers la jeune fille :

— Embrassez votre sœur.

Maîtrisant une certaine appréhension, Zahr s'approche, mais l'adolescent aussitôt se raidit, son regard devient vitreux, comme s'il ne la voyait plus, et subitement il se met à s'accroupir puis à se relever, s'accroupir et se relever encore, en une suite de mouvements rapides et saccadés qu'il ne peut pas contrôler. Figée d'horreur, Zahr contemple ce pauvre corps désarticulé : *est-il possible que ce soit mon frère... ?*

Elle essaie de susciter en elle un élan de sympathie, de compassion, mais, à son grand désarroi, elle n'éprouve que répulsion. Pourtant, à la Salpêtrière, à Paris, elle avait un contact naturel avec les malades mentaux, elle avait l'impression de les comprendre, elle les aimait! Pourquoi ici, en présence de son frère, n'éprouve-t-elle qu'une envie : fuir? Est-ce parce que justement il lui est trop proche, qu'elle ne peut adopter la distance commode du soignant vis-à-vis du malade? Est-ce parce qu'ils sont de la même chair et que dans sa folie elle a peur de se reconnaître?

— N'insistons pas pour aujourd'hui, lâche Amir, c'est l'émotion. Quand il se sera familiarisé avec vous, il n'y aura plus de problèmes.

Plus de problèmes...? L'optimisme paternel laisse la jeune fille atterrée.

— L'avez-vous montré à un psychiatre?

— Non, sa mère refuse désormais tout médecin, elle est persuadée que ce sont eux qui l'ont rendu malade. Elle n'accepte que le vieil *hakim* qui vient lui rendre visite une ou deux fois par semaine.

— Daddy, j'ai vu des cas similaires en France, il faut absolument prendre l'avis d'un psychiatre.

Zahr ne précise pas qu'elle a peu d'espoir que cela serve à quelque chose. Nulle part au monde on ne sait vraiment soigner la schizophrénie. La seule possibilité de progrès, si la détérioration n'est pas trop profonde, réside dans la combinaison de médicaments et de séances de psychothérapie. Mais, outre que le traitement dure des années pour un résultat souvent minime, où trouver un bon psychothérapeute dans ce coin perdu de l'Inde?

Mandjou s'est calmé. A nouveau on l'étend sur son lit, il se laisse faire, indifférent, comme résigné. Son regard fixe le vide. Et, peu à peu, Zahr sent fondre sa répulsion. Face à la détresse, à la totale solitude de l'adolescent, elle comprend qu'elle ne l'abandonnera pas, qu'elle ne peut abandonner son frère au néant dans lequel il est en train de sombrer.

Son frère... que voici quelques instants elle ne connaissait pas et dont, déjà, elle se sent responsable. Parce qu'il est son frère par le sang ou bien à cause d'une souffrance à laquelle elle s'identifie ? Comme Michèle, la jeune maniaco-dépressive de la Salpêtrière était devenue sa petite sœur ; comme lui sont proches les inadaptés, les moutons à cinq pattes, et lui restent étrangers tous ceux qui confortablement campent sur leurs certitudes.

Qu'est-ce qu'un frère qu'on découvre à vingt ans ? Son père, c'est différent : elle en a tant rêvé qu'il avait tout naturellement en elle une place qui l'attendait, quel qu'il pût être. Tandis que ces frères avec lesquels elle ne partage aucun souvenir, aucune référence commune, que peut-elle ressentir envers eux ? Eux qu'elle n'a jamais imaginés, jamais désirés, eux qui lui sont donnés... en plus.

Zahr n'a eu qu'un frère dans sa vie, le fils de ses premiers parents adoptifs, Jean-Roch, le complice de toutes ses sottises, le compagnon de ses bonheurs d'enfant, son alter ego dans un univers où les adultes n'avaient pas de place, Jean-Roch auquel la liait la force indestructible des passions enfantines, mais qu'à l'âge de cinq ans on lui arracha, la laissant encore plus orpheline.

En revanche, ces demi-frères indiens qu'elle retrouve tout à coup, qu'est-ce qui peut l'attacher à eux, sinon le besoin effréné d'avoir une famille ?

Ma famille, *mes* frères... ces mots roulent sous sa langue comme une gourmandise étrange ; elle entrevoit le délice de liens stables et indiscutables, avec leur cortège de droits et de devoirs naturels et incontestables. Jusqu'à présent, elle n'a connu que des liens d'emprunt qui à tout instant pouvaient être rompus, la plongeant dans le vide, elle n'a joui que de droits hasardeux et instables concédés par des charités ambiguës. Elle a bien connu, en revanche, le devoir de perpétuelle gratitude pour l'amour à éclipses de ses familles adoptives successives ainsi que pour la générosité humiliante de tous ceux qui, par pitié, l'emmenaient de temps à autre en vacances.

Désormais tout est différent, elle a retrouvé son cocon, le soleil s'est levé, elle a l'impression d'être en train de naître.

Assise à la longue table de la salle à manger, à la droite de son père et face à son frère Muzaffar, la jeune fille savoure le sentiment étrange d'être chez elle, enfin rentrée à la maison. Elle éprouve la certitude d'une erreur réparée, en accord avec l'ordre naturel des choses.

Sa belle-mère n'est pas là. Elle préfère, explique le radjah, prendre les repas dans ses appartements avec ses amies. Zahr découvrira qu'en fait, la rani déteste chaises et tables hautes, des façons d'*Ingrese*, et qu'elle n'est à son aise qu'assise sur des coussins ou des divans bas. Mais elle découvrira surtout qu'à l'exception des parentes ou des domestiques, les femmes qui tout au long de la journée tiennent compagnie à sa belle-mère ne peuvent paraître devant le radjah que voilées, ce qui rend plutôt malaisés les repas en commun.

Deux jeunes garçons servent à table, ce sont les fils de Djelal, le chauffeur.

— Une famille attachée depuis des générations à la nôtre, commente son père. De même que la famille de Nuran, notre cuisinière. Ils nous sont totalement dévoués, mais, en retour, ils attendent tout de nous, car ils se considèrent comme de la famille. Nous leur devons aide et protection à chaque étape de leur vie, que ce soit pour doter une fille, payer l'apprentissage d'un fils, et bien sûr leur assurer une vieillesse paisible. Vous avez dû remarquer le nombre de vieux serviteurs, ils n'ont plus aucune activité mais ce sont nos enfants : ils continuent à vivre dans cette maison, ils n'en connaissent pas d'autre. C'est leur maison.

Zahr essaie d'accrocher le regard des jeunes gens, de leur sourire pour leur exprimer sa sympathie, les remercier de leurs services, leur montrer qu'elle les considère comme des égaux, mais, effrayés, ils baissent les yeux et les gardent obstinément rivés au sol. Elle insiste, s'irritant de cette barrière qu'ils persistent à dresser, de leur volonté de rester à ce qu'ils croient être leur place. Elle a toujours rejeté cette distance, ce regard aveugle qu'il est de bon ton de porter sur ceux qui vous servent, comme s'ils n'étaient que des passe-plats et non des êtres humains dotés de sentiments, de susceptibilité, de fierté. A Paris, dans ces dîners chics où les domestiques ne sont que des mains gantées, en aucun cas des visages, au risque de « faire province », elle leur souriait et les remerciait. Et ici, dans cette maison où, selon son père, ils sont les enfants de la famille, elle devrait les ignorer? A moins que ce ne soit parce qu'elle est une femme, et qu'ici une femme n'a pas le droit de regarder un homme, encore moins de lui sourire? Tout comme eux-mêmes n'ont pas le droit de regarder une femme, surtout quand c'est la fille du maître?

Parce qu'en Orient tout regard est chargé de désir?

A cette pensée, Zahr a sursauté, indignée : *Ce n'est quand même pas parce que je leur souris qu'ils peuvent croire... Et pourquoi pas? Pourquoi ne pourraient-ils pas le croire? Simplement parce que tu es la maîtresse et eux les serviteurs? Tu voudrais qu'ils apprécient ta belle âme, mais tu ne supporterais pas qu'ils s'imaginent... Voilà bien la morgue patricienne sous les prétentions égalitaristes! Enfin de compte, ton attitude est pire que celle des femmes orientales qui vivent séparées du monde des hommes parce qu'elles savent que c'est le monde du désir. Elles au moins leur en reconnaissent le droit, tandis que tu le leur dénies, tu t'en offusques, comme si leur condition de serviteurs devait du même coup en faire des eunuques!*

C'est exactement l'attitude que Zahr critique chez les Occidentales qui, se promenant en short dans les villes du tiers monde, s'indignent que les hommes viennent les frôler. Comment sauraient-ils, eux dont les femmes sont voilées, que ces créatures à demi nues qui les regardent dans les yeux ne cherchent pas l'aventure ? Peut-être même estimeraient-ils grossier de ne pas manifester leur appréciation ?

Tout à coup lui reviennent en mémoire ses mésaventures parisiennes du temps de la guerre d'Algérie. Pour leur témoigner qu'elle soutenait leur cause, elle souriait à tous les Nord-Africains croisés dans le métro, ce qui lui valut tant de malentendus que, la mort dans l'âme, et pestant de n'être pas une vieille dame, elle avait dû se résigner à arborer un visage de pierre. Elle en avait voulu à ces hommes de n'être pas que des militants, comme elle en veut à présent à ces serviteurs d'être de chair.

Cet après-midi, Zahr doit se rendre avec son père au collège de la Martinière afin de faire la connaissance de son troisième frère, qui y est pensionnaire. La Martinière est le collège chic de Lucknow, l'ancien palais de Claude Martin, un aventurier français qui, au XVIIIe siècle, s'était mis au service des rois d'Oudh [1]. Au début de ce siècle, le palais a été transformé en école et, depuis, des générations d'aristocrates et de grands bourgeois y font leurs classes.

C'est là qu'a été élevé Amir, le jeune radjah de Badalpour. Mais, à l'âge de quatorze ans, on l'avait envoyé en Angleterre pour le soustraire à son oncle qui, en vue de faire main basse sur l'État, avait tenté de l'empoisonner.

Pauvre Daddy, orphelin et dès l'enfance en butte aux jalousies et aux trahisons... A observer vos yeux parfois si tristes, le pli amer de vos lèvres, j'ai le cœur

---

1. Royaume du centre-nord de l'Inde jusqu'à l'Indépendance. Il contenait les différentes principautés de la région. La fusion de l'État de Oudh et de l'État d'Agra donna en 1947 le plus grand État de l'Inde : l'Uttar Pradesh.

qui se serre; j'imagine le petit garçon cherchant parmi les suivantes sa mère disparue mais qui retient ses sanglots parce qu'il est un homme et qu'il est un prince. Je vois l'adolescent solitaire au milieu des courtisans mielleux dont il sait que, pour quelques pièces d'or, ils changeront de camp. On vous sent si blessé et en même temps si sensible au moindre geste d'affection, si assoiffé d'amour et si incapable de le montrer... Ma mère, la seule femme que vous ayez aimée, vous a abandonné, et votre seconde épouse n'est à l'évidence que la mère de vos fils... Vous avez l'air si seul, Daddy, si tragiquement seul. Mais je suis là maintenant, je vais vous aimer, vous dispenser toute la tendresse dont vous avez manqué, toute la tendresse qui m'étouffe et que, jusqu'à ce jour, je n'avais pas trouvé à donner...

Dans un grand parc traversé par la rivière Gomti s'élève un énorme palais rococo, hérissé de statues grecques, de frises hindoues, de coupoles byzantines, de tours crénelées néo-gothiques, le tout dans une confusion si stupéfiante, un désordre si bon enfant qu'il en devient touchant dans son innocent désir de plaire et son ignorance des règles de ce qu'on appelle communément le « bon goût ».

Au garde-à-vous devant le drapeau orange, blanc et vert, couleurs de la République indienne, deux à trois cents garçons sont rassemblés, vêtus, malgré la chaleur, de pantalons et de blazers bleu marine. Aux sons d'une cornemuse, ils ont entonné l'hymne de l'école dans lequel Zahr pense reconnaître... un air ancien du pays de Galles. Elle croit rêver ! L'Inde ne s'est quand même pas débarrassée des Britanniques pour continuer d'élever ses élites au son des hymnes de l'ex-colonisateur ?

— Et pourquoi pas ? lui rétorque son père. Cette école a été fondée par les Anglais. Tous les directeurs qui s'y sont succédé jusqu'à ce jour sont des Anglais qui transmettent à nos enfants les valeurs de travail et de discipline. Ce n'est pas parce que nous les avons chassés que nous ne devons pas reconnaître leurs qualités.

Sans doute, mais à ce point... Imaginerait-on les enfants de l'Algérie nouvellement indépendante commencer la journée d'école en entonnant des chansons françaises? On peut arguer qu'en Inde la lutte a été moins sanglante, mais ce n'est pas la vraie raison. La raison en serait plutôt ce syncrétisme propre aux Indiens pour lesquels rien n'est contradictoire, sinon superficiellement, car, dès que l'on creuse, on trouve l'Unité. Philosophie peut-être inhérente à l'immensité de ce pays qui vingt fois fut conquis, par les Aryens, les Grecs, les Arabes, les Moghols, les Britanniques... et qui, chaque fois, par sa douce et envahissante inertie, absorba l'élément étranger et en fit sa richesse.

Comme pour confirmer ce principe de non-contradiction, sitôt après l'hymne britannique s'élève l'hymne national indien. Et avec la même ferveur qu'ils ont mise à célébrer la rigueur et la rationalité, valeurs suprêmes d'un monde qu'ils ne peuvent pas même imaginer, les enfants aux yeux de gazelle chantent la douceur de l'Inde mère, la déesse patrie dispensatrice de tous les bienfaits.

Au son grave de la cloche les élèves se sont dispersés dans un joyeux désordre, et Zahr voit accourir vers elle un adolescent dégingandé, Nadim, son plus jeune frère. Timidement il lui sourit et ils s'embrassent avec maladresse cependant qu'à quelques mètres de là, les camarades de Nadim observent avec curiosité la « sœur française » dont, depuis des mois, ce vantard ne cesse de leur parler et dont ils étaient persuadés qu'elle n'était qu'une de ses innombrables galéjades. Il lui racontera plus tard à quel point ils ont été impressionnés par sa « beauté ». La beauté est en Inde confondue avec la blancheur de la peau — préjugé lié au fait que les conquérants venus de l'Ouest, des Aryens aux Britanniques, furent toujours des Blancs, et que la blancheur en vint par conséquent à être assimilée à l'élite, à ce qui est rare et donc admirable. D'où une autodépréciation de l'immense majorité, foncée de peau — une sorte d'autoracisme.

Nadim doit rejoindre sa classe, cependant que Zahr et son père sont invités à prendre le thé chez le proviseur.

Le petit salon, cretonnes fleuries et napperons de dentelle, constitue, dans cette Inde poussiéreuse et écrasée de soleil, un frais coin d'Angleterre. Sous le portrait de Sa Très Gracieuse Majesté, la reine Élisabeth II, trône le maître des lieux, un monsieur rubicond, entouré de dames maigres aux lèvres pincées et à la pâleur distinguée, son épouse et quelques professeurs. Pendant toute l'heure que durera la visite, tandis que le radjah et le proviseur seront engagés dans une discussion animée, ces dames n'adresseront pas une seule fois la parole à la jeune fille — elles ne la voient pas. N'est-elle pas la fille d'un indigène? De cette race subalterne avec laquelle elles sont bien obligées de frayer, mais qu'elles n'entendent pas qu'on leur impose en dehors des heures de travail? Le proviseur a vraiment de ces idées : le père est radjah? La belle affaire! Qu'est-ce qu'un radjah à côté de nous autres, Anglais?

Zahr les entend, elle entend chacune de leurs pensées, et soudain lui revient en mémoire la remarque que lui fit une élève lorsque, à quinze ans, elle était allée passer un mois dans une école londonienne pour perfectionner son anglais. Elles étaient une trentaine en classe, personne ne lui parlait, hormis deux jeunes Irlandaises, tout aussi perdues qu'elle. Quand, un beau matin, une élève s'étonna :

— Tiens, vous venez d'arriver?

Cela faisait déjà une semaine que Zahr était là...

L'élève ne la croyait d'ailleurs pas indienne, mais simplement française. Ce qui ne faisait pas grande différence, la tare étant de n'être pas anglaise. C'était la première fois que Zahr était snobée ainsi, elle en fut ulcérée mais pas vraiment blessée; car, s'il est vrai que Français et Anglais ne s'aiment guère, ils sont avant tout des cousins rivaux, ce qui implique une certaine égalité.

Mais, ici, Zahr est indienne, et méprisée du seul fait de ses origines. Pour la première fois de sa vie elle se trouve confrontée au racisme.

Devant ces moues hautaines et ces yeux froids, elle a l'impression d'être gauche et sotte, petite, quasi noiraude, et l'envahit l'évidence qu'elle ne peut, qu'elle ne pourra jamais, quoi qu'elle fasse, se faire accepter de ces femmes. Mais qu'elle ne peut non plus les rejeter, car elle n'existe pas et, par conséquent, tout ce qu'elle pourrait faire, dire, ressentir, n'a pas la moindre importance. Pour elles, Zahr n'est pas tout à fait un être humain. Elles en sont si tranquillement persuadées qu'elles n'ont nul besoin de parler : le message bombarde la jeune fille avec une force meurtrière et s'inscrit en elle, en cet endroit fragile où tout être sensible, et sensé, doute de lui-même.

Pour ne pas perdre pied et contrer ce dédain qui la submerge, Zahr bat à son tour le rappel de ses fantômes, de la violence et de la morgue de ses ancêtres radjahs et sultans que, gauchiste convaincue, elle croyait pourtant avoir enterrés, et c'est avec délices qu'elle ordonne de pendre par les pieds les dames Smith et Brown, minables petites bourgeoises anglaises, cependant que le Grand Eunuque boute le feu pour les faire griller...

Mais, peu à peu, sa fureur laisse place à l'accablement. Car si elle, Zahr, a la chance d'avoir des fantômes pour lui venir en aide, et surtout la chance d'avoir été élevée comme un être humain égal à n'importe quel autre, qu'en est-il de ceux qu'on a persuadés dès l'enfance, et depuis des générations, de leur infériorité à cause de leur couleur de peau, de leur culture ou de leur religion, qui ont intériorisé ce sentiment d'infériorité et se retrouvent sans défense face à la violence destructrice du racisme ? Ont-ils d'autre choix que de devenir esclaves, courtisans, délinquants ou terroristes ?

— Le proviseur est un homme cultivé, nous avons eu une conversation extrêmement intéressante, déclare Amir d'un air ravi tandis qu'ils s'en retournent vers la voiture. Et vous, comment avez-vous trouvé ces dames ?

— Exécrables.

Le radjah hausse les sourcils mais, devant l'air renfrogné de sa fille, juge inutile de demander des explications. Et elle se tait, ulcérée, non tant du dédain de ces femmes, qui lui prouve une fois de plus ce que vaut la reconnaissance sociale, que de la joie de son père : ne réalise-t-il pas que ces gens le méprisent ? Quel qu'il soit, quoi qu'il fasse, il ne sera jamais pour eux qu'un indigène, un sous-homme.

Ce qu'elle n'a pas compris, ce qu'elle ne comprendra que plus tard, c'est que son père se fiche éperdument de l'estime ou du mépris de qui que ce soit. Contrairement à elle, qui ne vit que si elle se sait aimée, qui ne se sent exister que dans le regard de l'autre, Amir, lui, n'a besoin de personne. Et ce, moins par orgueil que par stoïcisme : « Faites ce que vous jugez devoir faire, lui dira-t-il un jour, de toute façon, vous serez encensée par les uns et critiquée par les autres. N'y prêtez pas attention, car cela a fort peu à voir avec vous : en réalité, vous n'êtes alors qu'un prétexte à l'expression des humeurs, des besoins ou des contradictions de votre entourage. »

Ce soir-là, dans sa chambre, alors que Zahr se tourne et se retourne sur son quadruple lit et que défilent devant ses yeux les images de cette extraordinaire journée, sa première journée dans *sa* maison, avec *sa* famille, un énorme lézard est apparu sur le mur écaillé et la considère d'un air menaçant. Très vite il est rejoint par deux autres reptiles vert-de-gris qui dardent vers elle leur langue acérée. Figée d'horreur, elle se retient de crier, elle qui à Paris hurle à la vue d'une araignée. En cas de vrai danger, elle sait que cela ne sert à rien. Et puis, qui lui viendrait en aide ? Dans la chambre voisine il n'y a que Mandjou, son frère fou, et bien plus que des lézards géants elle a peur de le voir faire irruption dans sa chambre, en pleine nuit.

Recroquevillée sous le drap, Zahr suit les évolutions de ces bestioles qui semblent tout droit sorties d'un monde préhistorique. Tantôt pierres immobiles, tantôt vif-argent passant et repassant derrière les tableaux et les tentures déchirées, ou courant sur le plafond au-dessus de sa tête, ils paraissent dangereusement imprévisibles. Elle essaie de se raisonner : probablement ont-ils encore plus peur qu'elle ; dès qu'elle bouge, ils s'enfuient. La solution ? Ne pas s'endormir, autrement ils risqueraient de s'approcher et... à la seule idée que ces bêtes répugnantes puissent lui frôler le visage, courir sur son corps, elle frissonne d'horreur. Elle va monter la garde toute la nuit, demain elle verra comment s'en débarrasser.

Rassurée par cette décision, Zahr se laisse gagner par la torpeur et, peu à peu, finit par s'assoupir. Cependant que Mandjou, nu sous une gigantesque peau de lézard, exécute la danse du scalp devant la reine Élisabeth qui, la couronne de travers, imperturbable, boit son thé.

Chapitre III

Pendant huit jours, ces dames du Tout-Lucknow se succèderont pour voir le phénomène qui met toute la ville en émoi : la fille enfin retrouvée du radjah de Badalpour. Pendant huit jours Zahr recevra, souriante et modeste, vêtue de *ghararas* de soie pastel, couleurs qui mettent en valeur son teint de rose. Trônant du matin au soir sur un divan transporté dans le patio, eu égard à ses habitudes d'Européenne aux genous raides, elle sert le thé, des centaines de tasses de thé, en parfaite jeune fille de la maison. Et chacune de s'exclamer sur sa gentillesse, ses manières exquises, et de l'embrasser, la palper, lui soulever le menton en s'extasiant sur sa beauté — c'est tout juste si on ne lui fait pas ouvrir la bouche pour examiner ses dents.

Ah, tu as l'air maligne !
Tandis qu'autour de Zahr les conversations vont bon train dans cette langue rauque et nasillarde à laquelle elle n'entend goutte, se contentant de sourire et de répondre par des *jihan*, façon polie de dire « oui » en urdu, la Zahr parisienne se tient les côtes :
Jihan ! Hi-han ! Non mais, regarde à quoi tu en es réduite ! Tu n'as pas honte de jouer cette comédie ?
— *Ce n'est pas une comédie. Je suis bien ici, je*

206

suis chez moi, on m'aime. Est-ce que ça ne vaut pas quelques concessions ?

— Quelques concessions ? Mais tu as tout renié ! Toi qui n'acceptais aucune contrainte, qui sortais tes griffes dès qu'on osait te donner un conseil, toi dont la seule loi était ta sacro-sainte indépendance, te voici devenue la parfaite jeune fille orientale, docile, soumise, et bien évidemment vierge. Ah, s'ils savaient...

— Ils n'ont pas besoin de savoir. A quoi servirait-il de les choquer ? Ils seraient malheureux, ils ne pourraient pas comprendre et croiraient que je suis une hypocrite. Mais je ne mens pas : je suis autant cette Zahr que l'autre, peut-être plus... En France, j'avais toujours l'impression d'être différente, de ne pas me trouver tout à fait à ma place. Ici, j'éprouve un sentiment d'appartenance, d'harmonie avec ce qui m'entoure, de paix. Je ne me pose plus de questions.

— Plus de questions ? Quelle horreur ! Tu dors ou tu es morte ?

— Je t'en prie, laisse-moi tranquille. Pour le moment j'ai simplement envie d'être un peu heureuse, de me laisser aller pour la première fois dans les bras d'un père, de me laisser cajoler, aimer. Je sais bien que le paradis ne peut durer, mais j'ai bien le droit d'en profiter un peu !

La semaine s'est ainsi déroulée en festivités irritantes et fascinantes. L'impression désagréable d'être en vitrine s'est vite effacée, et, insensiblement, Zahr a ressenti une chaleur, comme un courant subtil, une sorte d'osmose qui se mettait en place, un phénomène d'appropriation mutuelle. Autour d'elle les femmes se familiarisent, s'apprivoisent, et Zahr, qui à Paris est l'impatience même, se laisse aller, s'immerge dans ce monde à la fois nouveau et familier, comprenant intuitivement qu'il lui faut lâcher prise, et voguer avec le temps.

Un temps qui a changé d'allure. Ici c'est un perpétuel présent, aux dimensions de l'infini. Car il n'y a rien à faire. Le temps de l'Inde n'est pas le temps de

France : il ne s'essouffle pas, il ne court pas après lui-même, il ne se déchire pas en mille morceaux. Il est calme, immobile, serein, maître de lui-même. Et ce n'est que par ce « temps perdu », ou plutôt ce « temps donné », ce temps de sourires, de conversations sans importance, de petits riens, c'est à travers ce temps-là, et seulement par lui, qu'en Orient une relation peut se construire. Ce n'est qu'en vivant au même rythme, dans la même dimension, qu'on peut se rencontrer ; ce n'est qu'ainsi qu'on peut échanger ; ce n'est qu'en acceptant qu'on est accepté. Et elle s'étonne que ce lui soit si facile, comme si elle avait toujours connu ce monde, comme s'il avait été enfoui en elle, n'attendant qu'une occasion de se révéler. D'où sa prétendue « docilité ». Ce n'est pas qu'elle plie, c'est simplement qu'elle reconnaît une partie d'elle-même jusque-là ignorée.

— Il nous faut à présent aller rendre visite aux « grandes ranis », a déclaré rani Shanaz qui s'est pris pour elle d'une affection que Zahr ne parvient pas à s'expliquer.

Les « grandes ranis » ne se déplacent jamais, soit du fait de leur âge, soit en raison d'un sentiment d'importance proportionnel à la superficie de leur ancien État. Dans tout Lucknow, il y a seulement trois ranis que sa belle-mère consent à visiter : sa tante, la rani de Kalpour dont l'époux fut un homme politique de premier plan, ami de Jinnah, le fondateur du Pakistan ; la rani de Nampour qui fut, confie-t-elle à Zahr, la meilleure amie de Selma ; enfin la rani de Jehanabad, autrefois le plus grand État d'Uttar Pradesh [1], qui, dans son palais encore magnifique, perpétue tant bien que mal le style de vie d'antan.

Vu son âge vénérable, l'Isota Fraschini est réservée aux visites officielles du radjah ; aussi les

1. Le plus grand État de la République indienne, dont Lucknow est la capitale.

domestiques sont-ils allés quérir un *rickshaw* à la resplendissante capote rouge et or sous laquelle leurs maîtresses seront protégées des regards indiscrets. Derrière elles, un *rickshaw* plus modeste abrite les suivantes censées accompagner toute dame de qualité, tandis qu'ouvrant la route à bicyclette, pédale majestueusement le vieux Mir Khan, *kurtah* au vent, toque noire enfoncée jusqu'aux sourcils.

Secrétaire, messager, homme à tout faire du radjah, Mir Khan descend en droite ligne du dernier roi d'Oudh qui régnait sur un pays grand comme la moitié de la France et fut détrôné par les Anglais, voici un siècle, sous prétexte qu'il menait une vie de luxe et de débauche et était incapable de gouverner. Prétexte couramment utilisé par la Couronne britannique pour s'annexer les États princiers encore indépendants et s'emparer de leurs richesses. La famille de Mir Khan s'était trouvée réduite à la misère, mais, depuis des générations, elle conservait la même morgue méprisante vis-à-vis des « brigands » qui l'avaient dépouillée : pas question d'apprendre la langue de l'ennemi, encore moins de le servir en devenant l'un des innombrables fonctionnaires du Raj. C'est ainsi qu'aujourd'hui les fils de Mir Khan gagnent leur vie en brodant des saris pour cinq roupies par jour, à peine de quoi ne pas mourir de faim. Quant à ses filles, elles vieillissent à la maison, leur père n'ayant pas de quoi les doter. Mais, en dépit de ses malheurs, le vieillard garde la tête haute, tout le monde le respecte et envie le radjah de Badalpour d'avoir un factotum d'aussi illustre lignée.

En ce bel équipage, Zahr et sa belle-mère s'en sont allées à travers les rues encombrées, manquant plusieurs fois de verser en tentant d'éviter vaches ou enfants qui, à tout instant, leur coupent la route.

Cramponnée à son siège, la jeune fille calcule ses chances de s'en sortir si elle devait sauter à bas du véhicule, empêtrée qu'elle est dans son ample *gha-*

rara et son long *rupurtah*. A côté d'elle, la rani, sitôt tourné le coin du palais, a soulevé le voile du *burkah* qui la dissimule tout entière et, soupirant de plaisir, offre son visage à la lumière. Contrairement à la plupart des femmes de sa génération, rani Shanaz a l'esprit frondeur et a toujours rechigné à porter la longue cagoule noire traditionnelle des musulmanes du sous-continent. Jeune fille, elle avait souhaité épouser le radjah de Badalpour parce qu'elle croyait que, n'ayant pas obligé sa première épouse à se voiler, il ne l'y contraindrait pas non plus. Sans comprendre que le départ de Selma avait au contraire renforcé Amir dans la conviction que si l'on accorde trop de liberté aux femmes, elles en abusent, et qu'il était décidé à voiler sa seconde épouse plutôt deux fois qu'une! Pauvre rani Shanaz! depuis l'arrivée de sa belle-fille, elle a tenté de l'enrôler comme alliée dans cette lutte perdue d'avance. Zahr a bien essayé de plaider sa cause, sans grand enthousiasme : outre qu'elle se soucie peu de s'opposer à son père, elle sait que ce serait en vain. La rani le sait aussi, mais ce qu'elle veut, c'est une occasion de chercher querelle à son époux, seule vengeance des femmes forcées de se soumettre.

Les *rickshaws* ont atteint le palais de Kalpour. Devant la porte, deux gardes somnolent. Zahr s'apprête à mettre pied à terre lorsque sa belle-mère la retient :

— Attendez que les femmes viennent nous chercher. Ici aucun homme ne doit nous voir, pas même les domestiques. Ma tante est très pieuse et se fait un devoir d'imposer chez elle le *purdah* le plus strict de tout Lucknow.

Elles attendent donc à l'intérieur du *rickshaw*, transformé en étuve sous le soleil brûlant, que les gardes, prévenus par Mir Khan, aient lancé l'appel, que derrière les rideaux les servantes aient reçu le message et que, de cour en cour à travers le palais, il ait été répercuté jusqu'aux dames de compagnie, seules habilitées à déranger la maîtresse des lieux. Enfin, au bout d'une demi-heure, elles entendent derrière le lourd portail des voix de femmes; les gardes s'éclipsent et une demi-douzaine de servantes, brandissant une sorte de dais, viennent les délivrer de la fournaise où elles sont sur le point de se trouver mal. Protégées des regards par les pans de toile, elles pourront alors pénétrer dans la sombre fraîcheur du palais. Une demi-heure de torture infligée à ses invitées! Zahr trouve la plaisanterie saumâtre et ne cache pas son exaspération, mais sa belle-mère la fait taire :

— Vous n'y comprenez rien, c'est au contraire une façon de nous honorer : nous sommes censées être si précieuses que pas un homme ne doit nous apercevoir. C'est encore plus vrai pour vous qui n'êtes pas mariée : vous êtes un trésor qu'aucun regard masculin ne doit déflorer. La rani vous témoigne ainsi le plus grand respect. Agir autrement constituerait une insulte envers le radjah votre père et toute notre maison.

La rani de Kalpour vient de terminer ses prières. Assise sur le drap blanc qui recouvre les tapis de soie, et entourée de quelques suivantes silencieuses, elle accueille ses visiteuses. Contrairement au tourbillon incessant du palais de Badalpour, ici tout respire le calme, presque l'austérité. La vieille dame ne parle pas l'anglais, aussi s'enquiert-elle de la jeune fille auprès de sa belle-mère, tout en l'examinant d'un air sévère, comme si elle trouvait à redire à son attitude, à son allure. Pourtant, avant d'entrer, Zahr s'est couvert la tête en signe de respect et, depuis lors, elle se tient assise patiemment dans son coin. Devrait-elle aussi garder les yeux baissés, comme les autres femmes autour d'elle? Elle estime qu'elle en fait déjà bien assez! Si la rani de Kalpour la juge effrontée, tant pis pour elle!

Mais, lorsqu'au détour d'une phrase, elle entend prononcer le nom de sa mère, accompagné d'un froncement de sourcils désapprobateur, tout s'éclaire : si la vieille dame ne l'aime pas, c'est tout simplement parce qu'elle est la fille de Selma, une rebelle qui ne respectait pas les traditions et qui l'a d'ailleurs payé de sa vie.

Devant ce parangon de moralité et de bigoterie, Zahr, qui en a tant voulu à sa mère d'avoir quitté son père et de l'avoir laissée dans le vide, soudain comprend mieux sa révolte et, oubliant ses griefs personnels, impulsivement prend le parti de la jeune femme qui osa donner un coup de pied dans la fourmilière, cette Selma bien trop belle et bien trop libre pour accepter d'être enterrée sous les jalousies et les préjugés d'une petite société de province.

— Elle était comme une fleur perdue dans le désert...

Ses beaux yeux verts embués de nostalgie, la rani de Nampour évoque Selma.

— C'était ma meilleure amie, nous nous disions tout, elle savait que je la comprenais. Comme elle, j'étais un peu d'ailleurs...

La rani de Nampour est en effet anglaise par sa mère, ce que les autres ranis ne lui ont jamais tout à fait pardonné. En Inde il est mal vu d'être de sang mêlé; Zahr l'apprendra à ses dépens.

Dans le salon tendu de brocarts, entre deux tigres et un léopard mités, souvenirs des glorieux *shikars* [1] d'autrefois, la rani l'a reçue à bras ouverts :

— La fille de Selma, enfin ! Cela fait si longtemps que je t'attendais !

Discrètement, rani Shanaz s'est éclipsée, prétextant des courses à faire. Muzaffar viendra rechercher sa sœur.

Tout l'après-midi elles ont parlé, ou plus exactement la jeune fille s'est racontée, car la rani veut tout connaître de sa vie, savoir qui l'a élevée, et pourquoi elle n'est pas revenue plus tôt. Mais,

1. Parties de chasse.

lorsqu'à son tour Zahr essaie d'apprendre comment vécut sa mère et pourquoi elle quitta les Indes, lorsque, sans poser de questions directes, elle tente de comprendre la relation de Selma et d'Amir, elle se heurte à un silence gêné, comme si la rani s'en voulait de lui en avoir déjà trop dit, comme si, contre toute évidence, il fallait préserver la fiction du couple parental parfait.

Pour tout butin Zahr s'en ira avec, dans le cœur, cette phrase qui, à mesure qu'elle s'initiera aux arcanes de la société de Lucknow, résonnera de façon de plus en plus sinistre :

« Elle était comme une fleur perdue dans le désert... »

Son père, lui, n'aime pas parler de sa mère. Bien que sa chambre soit tapissée de portraits de Selma en robe du soir, en sari, à cheval — alors que la seconde épouse n'a droit qu'à la traditionnelle photo de mariage sur un coin de la cheminée —, Amir prétend avoir tout oublié. Ce qu'aimait Selma, ce qui l'intéressait, ce qui l'irritait, ce qui la passionnait... à toutes ces questions il répond, le regard perdu dans un songe douloureux, qu'il ne se souvient pas. Zahr n'insiste pas ; elle sait qu'elle lui fait mal et que s'il a oublié, c'est parce qu'il lui est trop pénible de se souvenir.

Le flot des visites s'est tari et il fait trop chaud pour sortir, à moins d'avoir quelque chose à faire, ce qui dans la haute société lucknowi est chose rare. Les journées se passent, lentes et vides. Zahr rêve à sa mère. Elle l'imagine dans ce palais où elle arriva jeune fille, le cœur empli d'espoir, et où elle vécut, jeune mariée amoureuse de son bel époux. Amoureuse ? Certainement ! Amir était si séduisant, si épris d'elle, il est impossible qu'elle ne l'ait pas aimé. Par la suite, que s'est-il passé ? Pourquoi au bout de deux ans à peine Selma est-elle partie ? Parce qu'elle s'ennuyait ? Parce que Lucknow n'est pas Beyrouth et qu'elle ne pouvait ni danser, ni sortir, ni s'amuser ? Elle n'était quand même pas si futile... Pourtant, la seule remarque qu'ait laissé échapper Amir à son sujet, c'est qu'elle ressemblait à « un petit oiseau » : gaie, légère, irresponsable. Zahr lui en a voulu de cette description lapidaire, sonnant comme une condamnation. Et cependant, n'est-ce pas ainsi qu'elle-même l'a jugée ? Irresponsable, superficielle et égoïste, cette mère dont les mensonges l'ont marquée à vie.

Mais, malgré tout, au-delà de tout, elle restait merveilleuse : belle, chaleureuse, étourdissante de charme et de joie de vivre. On ne pouvait que l'aimer, cette Selma qu'elle n'a pas connue, cette mère qu'elle déteste et qu'elle adore.

Pendant des années, Zahr s'est construite contre elle, faisant tout pour se démarquer de celle qui les avait trahis, son père et elle. Elle s'était voulue sérieuse, prête à endosser les malheurs du monde et à se battre contre toutes les injustices. Elle répétait à qui voulait l'entendre que sa mère était une femme « artificielle ». Jusqu'à ce jour — plus tard, bien plus tard — où son deuxième psychanalyste (elle en aura trois, presque autant que de pères) l'interrompra :

— Qu'est-ce que cela veut dire pour vous, artificielle ?

— Artificielle ? Ça tombe sous le sens : artificielle veut dire...

Et, soudain, remontant de très loin, sa voix d'enfant murmurera :

— Ma mère était un feu d'artifice.

Et elle éclatera en sanglots, ayant en cet instant, après bien des errances et des révoltes, retrouvé cette mère extraordinaire qui, pour son bébé, fut avant tout un éclatant, un fascinant feu d'artifice.

Mais, à vingt et un ans, lors de ce premier séjour en Inde, Zahr ne s'est pas encore réconcilée avec Selma. Comment pourrait-elle lui pardonner de lui avoir volé toutes ces années avec son père, de l'avoir déclarée morte sous prétexte qu'elle voulait être libre et que son enfant soit libre ?

Libre ? Le joli mot ! L'ennui c'est qu'on le confond avec tant de choses, notamment avec le vide dont justement sa mère lui fit cadeau en guise de liberté. La liberté sans liens est un fardeau mortel, Zahr le sait bien, elle que rien n'accroche, que rien n'enracine ; qui, telle la sœur de Sisyphe, a passé sa vie à tenter de s'attacher, mais qui, terre trop meuble, sans un arbre ni même un arbuste autour duquel faire corps, se rassembler, a toujours tout laissé échapper.

Pourtant, dans cette ville inconnue, dans cette société quasi médiévale, Zahr éprouve l'impression bizarre de se rencontrer, d'être en accord, en paix avec un moi qu'elle découvre pour la première fois. Comme si elle avait toujours fait partie de ce monde et que ses vingt et un ans passés à l'étranger n'avaient été qu'une malencontreuse erreur.

A l'étranger ? L'étranger, cette France où je suis née, où j'ai passé toute ma vie, où j'ai été aimée ? Cette France dont la langue est ma langue, comment me serait-elle devenue tout à coup étrangère ? Pourquoi ai-je l'impression si nette qu'elle s'éloigne de moi ? Serait-ce parce que, aussi bonne soit-elle, la mère nourricière ne pourra jamais l'emporter sur la vraie mère ? Parce que l'enfant, s'il aime la première, sait instinctivement qu'il est d'ailleurs et se tournera vers celle qui ne l'a peut-être jamais regardé, mais dont il lui suffit qu'elle soit sa mère... Sans rien savoir d'elle, il l'aime, il veut se reconnaître en elle, et, par-dessus tout, il veut qu'elle le reconnaisse. Il en voudra même à sa mère nourricière qu'il accusera de l'avoir éloigné de sa vraie mère, et, oubliant ses bienfaits, il parera l'autre, l'inconnue, de toutes les vertus. Jusqu'à ce qu'enfin, ayant appris la vie, il comprenne que peu importe la mère, peu importe le pays, tous et toutes sont à la fois merveilleux et insupportables. L'important est qu'ils soient à nous. Les familles, comme les pays d'adoption, si extraordinaires soient-ils, ne seront jamais nos familles, ne seront jamais nos pays : il y aura toujours entre eux et nous la distance de la gratitude ou de l'ingratitude.

Il faut avoir eu sa mère, il faut avoir eu sa terre pour être capable un jour de s'en détacher — et de vivre.

On ne peut rejeter ce qu'on n'a pas connu.

Depuis deux jours il pleut, les rues se sont transformées en fleuves de boue. Impossible de sortir. Zahr s'est réfugiée dans sa chambre pour échapper au bavardage incessant des femmes. Son père l'y a rejointe, portant un grand carton :

— Voici des photos que Selma avait apportées de Beyrouth, ainsi que quelques clichés de l'Inde. J'ai pensé que cela pourrait vous intéresser.

... Pourrait m'intéresser ! Zahr lui arrache presque le carton des mains.

— Daddy ! Pourquoi ne pas me les avoir montrées plus tôt ?

— Je les avais oubliées. Vous savez, moi, les vieilles photos...

Je sais, vous préférez ne pas vous souvenir... Il faudra que je comprenne seule, il faudra qu'à travers ces photos, les quelques confidences, et peut-être plus encore les silences, je reconstitue pièce après pièce le puzzle étrange dont je suis issue...

Elle a tiré les tentures et étalé les clichés sur le tapis. Il y en a des centaines, d'anciennes photos sépia et de plus nouvelles, noir et blanc, à bordure dentelée. Beaucoup de portraits de jeunes filles dédicacés : « A ma Selma chérie », « A ma belle princesse ». A en juger par la quantité et la tendresse des petits mots griffonnés, sa mère était extrêmement populaire. Sur certaines photos on la voit, adolescente mince et romantique, tenant une amie par la taille ou par le cou. Elle est habillée, à la mode des années trente, de jupes descendant jusqu'à mi-mollet et de chapeaux cloches enfoncés jusqu'aux sourcils, qui n'arrivent pas à l'enlaidir. Au contraire, ses yeux de chat en ressortent d'autant mieux, des yeux profonds, énigmatiques, dans lesquels Zahr a la sensation de se perdre... Non, quoi qu'en dise son père, ces yeux ne sont pas ceux d'un gentil petit oiseau ; ils semblent au contraire abriter des mondes multiples et inquiétants.

Sur d'autres photos, en pantalon et casquette, cigarette aux lèvres, la jeune fille a l'allure du parfait gavroche. Ailleurs, décolleté profond et accroche-cœurs, c'est une gitane dansant un flamenco endiablé. Ici, la débutante au visage de madone et aux épaules virginales émergeant d'un bouillonné de tulle blanc. Là, en pyjama rayé, grimée en clown, c'est une équilibriste juchée sur les épaules d'un gros jeune homme, son frère. Dans la plupart de ces scènes éclate la personnalité d'une Selma exubérante, débordant d'humour et de joie de vivre ; sur d'autres, en revanche, on se heurte à une silhouette glacée, le mince visage refermé sur lui-même, bouche amère, regard angoissé.

Au fond du carton, dans une grande enveloppe marquée INDIA, Zahr va découvrir des photos de sa mère en sari. C'est à peine si elle reconnaît dans cette princesse hautaine la Selma vif-argent des clichés libanais. Plus de gaieté, plus même de tragédie. Une à une, elle scrute les images, tentant de percer le masque d'indifférence, les yeux vides de cette femme superbe dont le sourire autrefois éclatant semble désormais aussi figé que celui d'un mannequin de cire. Qu'a-t-il pu se passer pour que, sur ce visage, la mort ait à ce point remplacé la vie ? Parmi les photos, deux lettres d'une écriture haute et fine, l'écriture de sa mère. Instinctivement, Zahr les a baisées.

Les lettres sont adressées à Amir, bouleversantes de résignation et de banalité :

> « Mon cher Amir,
> Ne vous inquiétez pas, je vous promets que je ne suis pas sortie. Je suis restée tous ces jours au palais. La rani de Dalabad est venue prendre le thé avec sa fille. Il fait chaud.
> Pouvez-vous me rapporter de la dentelle d'Alençon de couleur beige ? Il m'en faudrait

six mètres. La rani de Nampour m'a dit qu'on en trouve à Bombay, chez Whiteboard. N'oubliez pas, s'il vous plaît, j'en ai absolument besoin.

Je voudrais aussi un sari de mousseline bleu nuit, attention, pas bleu marine, ni surtout bleu roi, et en mousseline française, évidemment. A Lucknow il n'y a rien. J'ai fait venir toutes les marchandes au palais puisque vous m'avez défendu d'aller au bazar : elles ne m'ont apporté que des horreurs.

Comme vous me l'avez demandé, je n'ai pas vu madame Lindsey. Lorsqu'elle est venue me rendre visite, j'ai fait dire que j'étais malade. Dommage, car je l'aimais bien et soupçonne que sa mauvaise réputation n'est due qu'aux méchantes langues. Mais je ne veux pas vous contrarier pour si peu. D'autant que tout cela m'est bien égal... »

Et ainsi de suite...

Ces lettres entre les mains, Zahr est restée un long moment immobile, effondrée. Voici donc ce que les Indes ont fait de la jeune fille enthousiaste et idéaliste...

Pauvre maman, à quoi en étiez-vous réduite ! Mais aussi, pourquoi n'avoir pas réagi ? Vous étiez forte, vous auriez dû refuser d'obéir, de vous conformer à ces interdits ridicules, refuser de devenir une poupée à qui l'on ne permet de s'occuper que de dentelles. Tant de gens avaient besoin de vous, ne pouviez-vous prendre soin des pauvres, organiser l'éducation des femmes et des enfants de Badalpour, comme vous vous étiez promis de le faire ?

Vous auriez dû, vous auriez pu... Le pouvait-elle ?

Quand moi-même, vingt-deux ans plus tard, dans une Inde soi-disant moderne, moi l'étudiante gauchiste qui n'en faisait qu'à sa tête, je me soumets aux traditions et, depuis mon arrivée, accepte de vivre quasiment cloîtrée... Bien sûr, je me persuade que c'est juste le temps de m'adapter, de me faire accepter et, à partir de là, de m'organiser une vie active sans provoquer le scandale et la levée de boucliers qui s'ensuivrait immanquablement. Mais n'est-ce pas aussi ce qu'elle a dû se dire, la jeune épousée plongée dans un monde étranger et qui dépendait du bon vouloir de son mari encore bien plus que je ne dépends de mon père? Un père qui me ménage des aires de liberté, peut-être dans la crainte que je ne reparte...

Mais Selma, où pouvait-elle aller? La maison de sa mère lui était fermée, la sultane n'aurait pas admis que sa fille désertât le foyer conjugal. Que pouvait-elle faire, sinon se conformer en attendant l'occasion de pousser une porte, d'entrebâiller une fenêtre?...

Mais si l'occasion se fait trop attendre — et, dans cette ville hors du temps, Zahr a l'intuition qu'elle peut se faire attendre indéfiniment —, on se rétrécit, on désapprend de respirer, on s'empêche de penser, car cela ne sert qu'à se replonger dans un désespoir inutile, on n'ose même plus se regarder dans la glace de peur de se faire honte, jour après jour on se délite, on perd ses forces, on meurt à petit feu.

Sur les photos de la rani lointaine, dans ses lettres d'oiseau triste, Zahr a reconnu cette mort insidieuse.

Durant deux longues années, Selma a dû espérer et se battre. Puis sans doute a-t-elle compris qu'il n'y avait aucun moyen d'échapper à la lente noyade. Sinon la fuite.

Mais moi je suis différente! Et ce pays est le mien! Je suis sûre que j'y arriverai.

Le radjah fait tout ce qu'il peut, dans la limite des convenances, pour distraire sa fille. Il l'emmène voir ses vieux amis, des intellectuels hindous, musulmans ou chrétiens avec lesquels, pendant des heures, ils discutent politique, histoire, philosophie. Lucknow a toujours été un lieu d'échange entre cultures, autrefois on s'invitait même aux diverses fêtes religieuses. L'indépendance, en suscitant l'exode de la bourgeoisie intellectuelle musulmane vers le Pakistan, la montée des classes d'argent et l'afflux des paysans pauvres vers les villes, a quelque peu changé cette atmosphère de tolérance. Mais les anciens Lucknowi comme Amir et ses amis se font un point d'honneur de la perpétuer en combattant solidairement, par la plume et par le verbe, tous les racismes et fanatismes qui, en ce début des années soixante, reprennent pied dans cette Inde aux mille races et aux mille religions.

Zahr ne se lasse pas d'écouter son père, s'étonnant de l'étendue de ses connaissances et de ses idées politiques si peu conventionnelles. En revanche, elle ne le suit pas toujours : il se pique en effet de tout passer au filtre de la Raison et a fondé la branche locale de l'Union rationaliste internationale. Ce qui semble à sa fille bien dépassé à une époque où, en Occident, la jeune génération s'intéresse plutôt aux mysticismes, notamment orientaux, qu'Amir qualifie de fatras obscurantiste.

Chaque mois, l'Union rationaliste se réunit au palais, et, contre toute attente, le radjah a convié sa fille à participer aux débats. Il n'y a pourtant là que des hommes, et d'habitude, dès qu'un visiteur mâle arrive au palais, Zahr doit disparaître dans sa chambre. Mais, aujourd'hui, les invités sont tous des frères rationalistes, autant dire de purs esprits.

La réunion commence par un cantique célébrant les vertus de la Raison dans un monde ravagé par l'ignorance et les passions. A voir cette vingtaine de messieurs d'âge respectable, debout, une feuille à la main, chanter faux, mais avec un sérieux et une conviction de vieux boy-scouts, ces rimes d'une autre époque, Zahr hésite entre l'attendrissement et le fou rire. Impertubable, Amir joue le maître de cérémonie.

Le thème à l'ordre du jour est une pensée de Spinoza : « Il ne s'agit pas de juger, il s'agit de comprendre. » Chacun a préparé son intervention, d'une durée de trois minutes, qu'il lira avec application ou déclamera, selon son talent. Ce doit être une argumentation circonstanciée dont la parfaite rationalité — cela va de soi — sera discutée de manière implacable par les autres participants, durant trois minutes également. C'est le radjah qui a fixé ce déroulement quasi militaire des opérations : vingt fois six minutes égalant cent vingt minutes, soit deux heures, et la réunion commençant à seize heures, après la sieste, il est « raisonnable » qu'elle se termine pour le thé, vers dix-huit heures.

Un thé extrêmement frugal : une tasse de liquide ambré et quelques gâteaux secs, servis cérémonieusement par les domestiques en livrée. Toujours le même menu. Amir professe que l'important, ce sont les nourritures de l'esprit, et feint de ne pas remarquer les soupirs dépités de certains qui, malgré l'habitude, espèrent toujours mieux de la table d'un radjah. Zahr le soupçonne même de s'amuser avec un humour un brin sadique de la déception que ces nouveaux croisés de la Raison n'oseraient jamais avouer : ne sont-ils pas bien au-dessus de ces contingences ?

C'est peut-être également une façon de faire des économies sans pour autant paraître pingre. Car son pauvre père a fort à faire pour maintenir une maison qui, tel un bateau ivre secoué d'ultimes soubresauts, semble sur le point de sombrer. A certaines indiscrétions, elle a compris que les « bons » du gouvernement, délivrés en guise de compensation pour la confiscation des terres, sont épuisés. Comment contrôler les dépenses ? Sa belle-mère a bien du mal à se restreindre, et, autant par générosité que pour perpétuer l'illusion d'une cour princière, elle continue à entretenir au palais amies et parentes pauvres. Ce que son époux ne songe aucunement à lui reprocher, lui-même ne sachant refuser lorsque, chaque jour, on vient lui demander de l'aide. N'est-il pas le radjah ?

— Pendant des siècles, mes ancêtres ont donné à qui venait les solliciter. Les gens savent que la situation a changé, mais ils n'arrivent pas à comprendre que nous sommes vraiment ruinés. Pour eux, un radjah reste un radjah, il se doit d'être généreux. Si je leur disais que je ne peux plus les aider, ils ne me croiraient pas. Alors je continue à donner autant qu'il m'est possible. Mais si je ne gagne pas mes procès, je crains que nous n'allions à la catastrophe.

Ses procès... Depuis des années, il a engagé de multiples actions contre le gouvernement qui lui aurait confisqué illégalement certaines propriétés. S'estimant dans son droit, il est convaincu de devoir gagner et refuse farouchement tout accommodement. Aussi ses affaires continuent-elles de traîner.

Elles traîneront jusqu'à sa mort. Mais au moins lui auront-elles été une distraction dans le vide d'une existence privée de responsabilités, lui qui avait été éduqué pour assumer celle de tout un peuple.

Jusqu'à la fin, Amir aura plaidé lui-même ses dossiers et passé une bonne partie de son temps à aider ceux, nombreux, qui venaient lui demander conseil. Il disait en riant : « En Inde les procès constituent un sport national. » Mais jamais personne n'osa lui proposer d'honoraires : on aurait craint de l'insulter.

Un jour que Zahr lui demande pourquoi, ayant décroché dans sa jeunesse le diplôme, il n'exerce pas officiellement la profession d'avocat, après tout fort honorable, il a un sourire désabusé :

— En Europe j'aurais pu le faire. Ici, il n'en est pas question.

— Pour quelle raison ?

— Je vous emmènerai demain au tribunal, vous comprendrez.

Le palais de justice de Lucknow est un bâtiment de pierre aux colonnes majestueuses, bâti à l'époque de la domination britannique. De loin, ce temple du Droit en impose, mais, sitôt franchies les grilles qui l'isolent de la rue, on se trouve plongé dans le plus incroyable capharnaüm.

Sur les pelouses brûlées est installé une sorte de camp de toile, labyrinthe aux allées poussiéreuses bordées de centaines de tentes sous lesquelles, par une chaleur suffocante, officient, assis devant une table branlante surchargée de dossiers, de petits hommes transpirant dans leur veste noire élimée et leur jabot empesé. Accroupis à l'entrée, à même le sol, d'autres petits hommes font crépiter à vive allure d'antédiluviennes machines à écrire. Dans les allées se presse une foule bigarrée, hommes et femmes de tous âges, un papier ou un simple numéro à la main, qui interrogent, supplient, courent en tous sens tels des volatiles affolés, se bousculent, s'injurient, protestent, pour finalement s'écrouler, épuisés, en attendant que le Ciel leur vienne en aide. Les plus chanceux, ou ceux qui ont versé le plus gros bakchich, arriveront, eux, jusqu'au saint des saints, une de ces minuscules tentes où trône le « maître » en qui ils placent tout leur espoir. Mais ils ne seront pas pour autant au bout de leurs peines. Entassés sur l'unique banc de ce cabinet de fortune, déjà une demi-douzaine de clients attendent patiemment que le maître ait terminé ses innombrables conversations téléphoniques, ou bien qu'un client important — de ceux qui ne font pas la queue et qui, sans rien demander, leur passent devant — ait fini d'exposer son cas, où l'évocation de millions de roupies les laisse béats d'admiration et persuadés qu'un avocat qui traite d'affaires aussi considérables vaut bien la peine qu'on l'attende toute une journée.

— Ce n'est pas tout, dit Amir. Venez !

Et il entraîne Zahr à l'intérieur du palais de justice.

Dans l'immense hall de marbre blanc qui conduit aux salles d'audience, assis sur les banquettes de moleskine courant le long des murs, des dizaines d'hommes en veston noir sont occupés à discuter et à boire le thé. A peine aperçoivent-ils les nouveaux arrivants qu'ils les entourent, tel un essaim de guêpes bruissant autour d'un pot de confiture :

— Sahib, je suis le plus expérimenté ! Cent roupies et je vous gagne votre procès !

— Ne l'écoutez pas ! Moi je vous le fais pour quatre-vingts !

— Sahib, ce sont tous des voleurs : croyez-moi, pour soixante-dix roupies, vous serez défendu mieux que personne !

De quelques coups de canne bien sentis, Amir les fait reculer :

— N'avez-vous pas honte ? Vous vous comportez comme des marchands à la foire aux bestiaux ! Vous déshonorez la profession !

— C'est facile pour vous de parler, Radjah Sahib, s'interpose un vieil avocat qui a reconnu le prince. Vous avez tout ce qu'il vous faut. Nous, il faut bien que nous vivions !

Des murmures d'approbation accueillent sa remarque et, autour d'eux, Zahr voit les regards se durcir. Mais il en faudrait davantage pour faire reculer son père ; il a été élevé à commander les foules, ce ne sont pas quelques avocaillons qui vont lui faire peur :

— Et vous pensez que c'est ainsi que vous allez attirer les clients ? Si vous vous mettiez d'accord pour montrer un peu plus de dignité, croyez-moi, les gens vous feraient davantage confiance. Mais je crains que vous ne sachiez même pas ce que le mot dignité veut dire !

Puis, se tournant vers sa fille :

— Venez, nous n'avons rien à faire ici.

Et ils sortent, laissant les hommes noirs pétrifiés de fureur impuissante.

Zahr en veut à son père : quel besoin avait-il de les humilier ? A peine a-t-elle formulé sa question qu'il éclate :

— Est-ce pour en arriver là que nous nous sommes battus ? Est-ce pour que notre peuple tombe aussi bas que nous avons lutté pour l'indépendance? Jamais, sous les Anglais, un homme de loi ou un quelconque fonctionnaire d'État ne se serait comporté de la sorte!

— Mais, Daddy, sous les Anglais un homme du peuple n'aurait de toute façon jamais pu devenir avocat. Il faut du temps pour apprendre à se comporter.

Elle n'insiste pas, elle le sent trop ulcéré, et surtout meurtri par ce qu'il considère comme une faillite des espoirs qu'il avait placés dans l'Inde nouvelle. Chaque fois qu'il est forcé de constater que le pouvoir a simplement changé de mains, que la servilité courbe les échines plus encore qu'autrefois et que la corruption est omniprésente, il a le sentiment d'avoir été floué et, amer, il se dit que sa vie n'a servi à rien.

Pourtant, il ne se découragera jamais, et, jusqu'à sa mort il continuera à se battre.

— Non que je sois plus vertueux qu'un autre, sourit-il, mais je suis plus orgueilleux; je ne supporterais pas de me mépriser.

Pourtant, à la maison, cet homme autoritaire et parfois irascible abandonne tout pouvoir de décision à son épouse. Comme dans la plupart des foyers musulmans, et comme dans la majorité des foyers méditerranéens traditionnels où l'autorité de la « mamma » demeure incontestée.

Ainsi s'établit un équilibre des pouvoirs : à l'extérieur l'homme est le maître absolu, il contrôle (ou croit contrôler) les moindres faits et gestes de sa femme et de ses filles; à l'intérieur les rôles s'inversent : l'épouse toute-puissante régit le ménage, les dépenses, les domestiques, l'éducation des enfants — pour les filles jusqu'au mariage, dont elle décide —, pour les garçons, seulement jusqu'à l'âge de sept ans, âge auquel ils sont repris en main par le père. Trop tard : leur caractère est déjà formé, ou plutôt déformé, le petit garçon étant devenu, dans la culture musulmane comme dans la culture méditerranéenne, un roitelet capricieux et adulé, qu'adulte il restera envers et contre tout.

Ainsi le radjah laisse-t-il champ libre à son épouse. Il estime vain et indigne de lui de discuter avec une femme, et, surtout, il n'entend pas être perturbé par les problèmes domestiques. Il préfère donc lui abandonner les décisions pour tout ce qui concerne le quotidien — cela l'occupe — tandis que lui-même se retire dans la quiétude de ses appartements, avec ses livres et ses amis.

Il faudra que Zahr insiste, qu'elle mette tout le poids de son affection dans la balance, il faudra qu'elle réveille chez son père un fort sentiment de culpabilité pour que celui-ci accepte, bravant les foudres de la rani, de faire enfin venir un psychiatre pour examiner Mandjou.

Le docteur Shivaji a étudié en Angleterre et, à ce titre, est considéré comme une sommité. Gravement, il ausculte l'adolescent qui, terrorisé, jette autour de lui des regards suppliants et interrogateurs. Zahr lui sourit : ne crains rien, petit frère, je ne permettrai pas qu'on te fasse du mal... Elle a l'impression qu'elle, la nouvelle venue qui le connaît à peine, elle qui est sa sœur du bout des lèvres, du bout du cœur, est en fait responsable de lui ; car, parmi tous ceux qui l'entourent, c'est à elle qu'il s'en est remis, en elle qu'il a confiance.

Le psychiatre a diagnostiqué une schizophrénie et, comme Zahr le redoutait, prescrit des électro-chocs, cette thérapie barbare importée d'Occident. Les décharges électriques envoyées dans le corps du patient sont parfois si violentes qu'elles provoquent des fractures, et la terreur de nouvelles séances réussit — provisoirement — à tirer le malade de sa prostration. Ce qui, de l'avis des psychiatres, marque un progrès notable.

Zahr s'insurge : elle présente, on ne soumettra pas son frère à ce supplice moyenâgeux ! N'existe-t-il pas de méthodes plus humaines ?

Le psychiatre aimerait bien remettre à sa place

cette jeune présomptueuse qui se permet de le contredire, mais il n'ose : n'est-elle pas la fille du radjah, et blanche de surcroît ? N'a-t-elle donc pas raison, par définition ? Il ne se sent pas de taille à lutter. Voyant que son père hésite, Zahr exploite sans scrupule son avantage et, prétendant à un savoir qu'elle ne possède pas, affirme qu'aux États-Unis on a complètement renoncé à cette méthode.

A sa grande surprise, elle voit l'homme de science opiner, se ranger à son avis, et revenir sur la thérapie qu'il prescrivait quelques minutes auparavant. Elle a honte pour lui, honte pour elle d'une victoire si facile, et elle se dit qu'un pays dans lequel les experts plient si aisément devant les signes extérieurs du pouvoir est vraiment mal parti. C'est cela, le cancer de la colonisation qui, bien après l'indépendance, continue à ronger les peuples : la soumission n'est plus exigée — on est en démocratie ! — mais elle se perpétue, car, chez la grande majorité, elle est devenue une seconde nature, et aussi parce que la liberté est un cadeau particulièrement difficile à assumer.

Chaque week-end, Nadim quitte son collège de la Martinière et revient à la maison où il passe le plus clair de son temps avec Mandjou. La maladie de ce frère qui lui est le plus proche, qui était son confident et son conseiller, a décidé de sa vocation : il sera médecin, il le guérira.

Lorsque, pendant des heures, Zahr le voit parler à Mandjou, le serrer dans ses bras, l'embrasser, essayer de capter son attention, de le faire sourire, quand elle le voit prendre par la main cet être famélique, le faire marcher, le laver, le coiffer, lui donner à manger sans prendre garde aux déjections ou aux crachats, le tout avec une patience et une bonne humeur inlassables, elle sent qu'instinctivement il a compris que le seul moyen d'aider son frère est de lui prodiguer tout l'amour possible. Et que toutes les drogues, tous les électrochocs ne sont que des palliatifs, parfois efficaces pour soigner les symptômes, mais jamais la cause de désordres mentaux qui lui semblent de plus en plus une forme d'évasion d'un monde sans amour.

Elle a décidé que, pendant la semaine, c'est elle qui prendra le relais. Elle s'y forcera, même si la folie de son frère la trouble. Car elle n'est pas loin de lui donner raison. Mandjou a fermé toutes les portes, il refuse les lâchetés nécessaires pour s'accommoder d'un monde malade où sont glorifiées les valeurs de travail et d'honnêteté alors que règnent sans partage la violence et le mensonge institutionnalisés. On peut appeler cela démission, on peut se rassurer de mille façons, mais elle, Zahr, sait bien que ce refus définitif de vivre en société exige un courage qu'elle n'a pas. Plus inconsciente — ou plus optimiste ? — elle veut croire qu'il est possible de changer le monde.

Chaque après-midi, c'est devenu un rituel, Zahr s'assoit auprès du lit de Mandjou et tente d'établir le contact. Elle lui murmure que l'avenir est plein de promesses, qu'il peut être heureux s'il accepte de sortir du trou noir où il s'est laissé glisser parce qu'il ne se sentait pas à la hauteur de ses exigences, ou bien pas assez aimé.

— Moi je t'aime, mon petit frère, j'ai confiance en toi. Je t'aiderai, jamais je ne te laisserai tomber.

Il l'observe de ses yeux tristes. Par moments, elle a la certitude qu'il comprend ; à d'autres elle sent que son esprit s'évade : il ne veut plus l'écouter, ce qu'elle attend de lui est trop dur, il n'en a plus la force.

— Tu peux guérir, Mandjou, persiste-t-elle à lui répéter. Tu es fort, bien plus que tu ne l'imagines. Tu n'as aucune raison d'avoir peur, tout le monde t'aime ici, tout le monde t'admire. De ses trois fils, Daddy dit que c'est toi le plus doué. Je crois que c'est toi qu'il préfère ; il est si fier de toi. Il a raison : j'ai vu tes peintures, elles sont magnifiques. J'aimerais tant que tu peignes à nouveau. Si je t'apportais des toiles et des couleurs, tu peindrais pour moi, n'est-ce pas ?

Il regarde longuement sa nouvelle sœur, comme partagé entre l'espoir et le doute. Peut-il lui faire confiance ? Elle vient d'apparaître, elle peut disparaître à tout moment.

En ce qui concerne l'amour, ceux qu'on appelle « déments » sont bien plus lucides que les gens « normaux ». Aux aguets, ils perçoivent la moindre vibration, la moindre réticence. Mandjou lit dans le cœur de Zahr comme elle-même croit lire dans son esprit.

D'un air las il se détourne, lui laissant entendre qu'elle en fait trop, qu'il ne la croit pas.

Sur le moment, Zahr lui en veut de lui prêter moins de dévouement qu'elle ne s'en suppose, mais, après réflexion, elle doit reconnaître qu'il a raison. Certes, elle comprend sa détresse, elle devine ce qui se passe en lui et peut-être pourrait l'aider, mais est-elle prête à lui consacrer une partie de sa vie ?

Pourquoi le ferais-je ? Parce qu'il est mon frère ? Parce qu'ici chacun semble considérer que c'est mon rôle de sœur aînée ?

Elle a beau s'appliquer à l'aimer, vouloir le secourir, lorsqu'elle prend dans ses bras cet être secoué de tics dont on lui dit qu'il est son frère, malgré sa pitié, elle ne peut se défendre d'une certaine appréhension. Et, la nuit, lorsqu'elle cherche le sommeil dans sa chambre qui jouxte celle de Mandjou, ou quand, n'en pouvant plus de chaleur, elle se réfugie dans la salle de bains pour s'assoupir dans une baignoire d'eau froide, parfois elle sursaute, croyant voir se profiler son ombre dégingandée. Elle sait pourtant qu'un domestique le surveille, mais elle a entendu les servantes raconter que, souvent, celui-ci s'endort, laissant l'adolescent déambuler à sa guise à travers le palais et se faufiler silencieusement dans les chambres des femmes pour les regarder sommeiller.

Un après-midi que Zahr tente une fois de plus de retenir l'attention de son frère en lui parlant de ce qu'il pourra faire plus tard, lorsqu'il sera guéri, le regard de l'adolescent s'éclaire, un sourire se dessine sur ses lèvres, il tend une main vers elle. Heureuse de cette victoire — c'est la première fois qu'il lui sourit et semble acquiescer à ce qu'elle dit —, elle lui sourit à son tour, quand, soudain, la main décharnée agrippe sa poitrine et une bouche baveuse tente de trouver la sienne.

D'un bond elle s'est dégagée. L'air hébété, Mandjou a détourné la tête et il est retombé dans son apathie.

Tremblante, elle a réajusté son corsage. Que lui dire ? Il ne comprend pas ce qu'il fait... Ou, au contraire, le comprend-il trop bien ? Aurait-il cherché à la faire taire, à mettre un terme à des moments qui troublent la morne indifférence dans laquelle il se réfugie ? Ou bien n'est-ce là qu'une pulsion toute naturelle ? Après tout, il a quinze ans et on l'a déjà surpris agressant des servantes...

Mais moi, je suis sa sœur !

Sa sœur... comme si ces interdits sociaux persistaient encore chez ceux qui se sont exclus d'une normalité dictée par la société. Aux yeux de Mandjou je suis d'abord une femme. Et sa réaction est peut-être plus saine que la mienne, qui par une construction de l'esprit et un tour de passe-passe abolissant nos vies antérieures, débarque un beau jour dans sa vie et entend qu'il me considère comme sa sœur...

Zahr a beau se raisonner, elle ne peut se défaire d'un profond malaise. Depuis son arrivée en Inde, elle se complaît dans la douceur du cocon familial, elle est l'enfant aimante et aimée qui se laisse bercer. Le geste de son frère l'a fait brusquement émerger de son rêve. Refusant de jouer le jeu de ses fantasmes, le « fou » lui tend le miroir de la réalité et fait vaciller le fragile équilibre qu'elle croyait avoir trouvé.

CHAPITRE IV

Rani Shanaz ne tient aucunement rigueur à Zahr d'avoir, contre son gré, fait venir un psychiatre. Au contraire : celui-ci s'étant révélé inefficace, elle s'estime victorieuse. N'ayant nullement renoncé à enrôler la jeune fille dans la mini-guérilla qu'elle mène quotidiennement contre son époux, elle cherche toutes les occasions de lui faire plaisir. Presque chaque jour elle l'emmène faire des courses ou savourer des gâteaux chez *Kwality*, le meilleur salon de thé de la ville, situé dans Hazratganj, le « quartier moderne » construit au XIXe siècle par les Anglais. Là, installée confortablement sur la banquette de moleskine, sans se préoccuper le moins du monde des hommes qui la dévisagent, rani Shanaz, voile relevé, yeux rieurs et bouche gourmande, commande, une assiettée après l'autre, de délicieuses pâtisseries à la crème qu'elle engloutit avec entrain, insistant pour que Zahr suive son exemple. A l'évidence, ce sont moins les gâteaux qu'elle dévore que ces moments de liberté dérobés ; elle jubile d'enfreindre enfin les règles abhorrées qui lui interdisent de paraître en public.

Si le radjah les voyait ! Zahr n'ose imaginer sa fureur. Et si quelqu'un lui rapportait qu'on a vu sa femme et sa fille... Mais sa belle-mère n'a pas l'air de s'en inquiéter.

— Qui donc pourrait me reconnaître ? Personne

n'a jamais vu mon visage, hormis d'autres femmes en *purdah* qui, elles, n'oseraient jamais se risquer dans un salon de thé !

En fait, Zahr devine que rani Shanaz ne serait pas fâchée que son époux apprenne son « inconduite » : quelle belle vengeance pour ces années de réclusion forcée ! De toute façon, que pourrait-il faire ? Si Amir n'est pas assez moderne pour lui permettre de se dévoiler, il l'est trop pour vouloir la répudier. D'ailleurs, est-ce qu'on répudie la mère de ses trois fils ? Bien sûr, s'il s'agissait de filles...

Ainsi, une ou deux fois par semaine, rani Shanaz, prenant prétexte de la présence de sa belle-fille, s'amuse à défier la société et surtout son mari. Et Zahr, tout d'abord partagée entre sa loyauté envers son père et ses convictions féministes, a fini par accepter en riant cette complicité.

Les autres jours, elles vont faire des courses au bazar. Là, assise pendant des heures dans une échoppe, la rani fait déployer brocarts et mousselines, cependant que le marchand empressé leur offre force Coca-Cola, Fanta, cafés et thés. Puis, la plupart du temps, elles s'en vont sans rien acheter, à la grande confusion de Zahr. Pourtant ici personne ne paraît s'en formaliser : le client est roi, et le seul fait que la rani et la radjkumari blanche, comme on l'appelle, se soient attardées dans son magasin est pour le propriétaire non seulement un motif de fierté mais une précieuse publicité. Certains jours d'ailleurs, lorsque l'humeur l'en prend, la rani peut se montrer une cliente prodigue et acheter en une seule fois de quoi vêtir de neuf toute la maisonnée, tandis que, perplexe, Zahr la regarde sortir de dessous son *burkah* des liasses de roupies. D'où vient tout cet argent ?

Elle apprendra par la suite qu'au fil des années, sa belle-mère a vendu tout ce qui restait encore au palais, avait quelque valeur, quelques pièces d'argenterie, des ivoires sculptés et des vases précieux. Son père, lui, vit dans un autre monde et ne s'aperçoit de rien. Ou bien feint-il de ne rien voir, de crainte de devoir entrer en conflit avec une épouse à laquelle il ne peut plus donner les moyens de tenir son rang ? De toute façon il attache si peu d'importance aux objets...

Un autre problème intrigue la jeune fille : *Comment, si nous sommes ruinés, pouvons-nous garder une douzaine de domestiques qui, excepté Nuran, une maîtresse femme qui fait tourner la maison, se montrent aussi dévoués qu'inefficaces ?*

Jusqu'au jour où elle apprendra, scandalisée, que lesdits domestiques ne sont pas payés !

— Ce sont les enfants de la maison, lui explique la rani, pourquoi seraient-ils payés ? Nous leur donnons tout le nécessaire.

— Mais ils ont besoin d'un peu d'argent, tout de même !

— Ne t'inquiète pas, ils s'en font sur les courses. Personne ici ne vérifie les comptes, ils savent qu'ils peuvent se servir au passage dans la mesure où ils n'exagèrent pas.

Ainsi, plutôt que de donner ce qui est dû, on fait la charité et on encourage les menus larcins, façon de garder l'autre dans un état de sujétion et de pouvoir le décréter coupable quand on le veut...

— Cela ne coûterait pas plus cher de leur accorder un salaire ; au moins, ils conserveraient leur dignité ! proteste Zahr.

— Leur dignité ? Connais-tu des employés qui aient autant de dignité que Nuran ou notre chauffeur Djelal ? Ce sont des seigneurs ! Dans le quartier, tout le monde les respecte, et à la maison ils ne se privent pas de dire ce qu'ils pensent au radjah sahib ou à moi-même, voire de tancer tes frères s'ils se conduisent mal. Crois-moi, ils ne comprendraient pas que nous leur versions un salaire, ils croiraient que nous voulons mettre des distances, les rabaisser, alors qu'ils se considèrent comme étant de la famille, qu'ils partagent nos joies et nos peines comme nous partageons les leurs. Non, je t'assure, le modèle occidental est trop impersonnel pour nos gens. Ici, nous vivons en communauté ; ils ne sont peut-être pas riches, mais ils se savent aimés, respectés, et ils sont sûrs que, quoi qu'il arrive, nous prendrons soin d'eux jusqu'à leur mort. Pour eux, l'indépendance est synonyme de solitude, ils n'en veulent pas.

Zahr comprendra mieux ce que rani Shanaz veut dire lorsque, quelques jours plus tard, Nuran, telle une vieille tante gardienne des convenances, prendra sur elle de lui rappeler son rang.

Pendant qu'au bazar sa belle-mère essaie des dizaines de paires de sandales sans parvenir à se décider, Zahr a acheté à l'échoppe voisine, et pour un prix minime, de ravissants bracelets d'argent. Ravie de son emplette, elle les lui a fait admirer et n'a pas saisi pourquoi la rani s'est mise à rire. C'est de retour à la maison qu'elle comprend sa bévue. Les yeux écarquillés, Nuran considère les bracelets et se lance dans un discours indigné d'où il ressort que Zahr déshonore sa famille et toute la maisonnée. Puis, d'un geste ferme, elle lui empoigne le bras avec l'intention évidente de les lui ôter tandis que, stupéfaite de son audace, la jeune fille essaie de se défendre. Mais Nuran insiste : elle vivante, jamais elle ne laissera la radjkumari porter de l'argent, ce vil métal tout juste bon pour les paysannes pauvres.

— Moi-même, je ne m'abaisserais pas à cela, clame-t-elle devant les autres domestiques attirés par le bruit. Comment rani Bitia le pourrait-elle ?

« Rani Bitia », c'est le surnom respectueux et affectueux qu'elle a donné à Zahr, Bitia signifiant « la jeune fille de la maison ». Or la jeune fille de la maison, surtout si elle est fille de radjah, ne saurait déroger sans que la honte en retombe sur tous.

Ayant finalement confisqué les bracelets, Nuran s'est tournée vers rani Shanaz avec laquelle elle a entamé une discussion animée.

Quelques jours plus tard, sa belle-mère annonce à Zahr qu'elle va l'emmener au bazar de l'or afin de choisir des bijoux « dignes d'elle ». Zahr se retient de rétorquer que sa dignité ne dépend en rien de bijoux dont elle n'a que faire ; elle ne veut pas décevoir Nuran et les autres domestiques dont la fierté consiste à servir une princesse. Et, pour eux comme pour les enfants, une princesse se doit d'être parée.

Docilement, Zahr a suivi sa belle-mère dans la partie noble du bazar, à travers les allées étincelantes d'or et de pierres précieuses. Là sont rassemblés les trésors de Lucknow, à l'intérieur de minuscules boutiques qui se jouxtent, comme si la place manquait pour contenir pareille profusion de richesses. Exposé dans les vitrines, il y a le tout-venant, offert aux regards concupiscents des femmes en *burkah* noir ou en sari, pour lesquelles l'or reste la seule valeur sûre contre les multiples aléas de la vie conjugale. Mais lorsqu'on pénètre dans le sanctuaire, et qu'après vous avoir fait asseoir sur des banquettes recouvertes d'un drap immaculé et vous avoir servi un thé parfumé, le marchand s'enquiert de vos désirs, alors seulement on comprend que l'on se trouve dans la caverne d'Ali Baba.

Tirant un imposant trousseau de clés de dessous son *kurtah*, le maître ouvre cérémonieusement les nombreuses serrures d'un vaste coffre-fort. L'air gourmand, il en sort un à un de grands écrins de velours rouge ou bleu qu'il pose avec précaution sur le comptoir. Il ménage ses effets ; la mise en scène qui précède la révélation de ses merveilles fait partie de son plaisir et de celui de ses clientes. Autour de lui, ses employés se sont rassemblés, moins pour protéger les joyaux de quelque vol, inimaginable dans ce quartier où tout le monde se connaît, que pour prendre part à la fête : ce n'est pas tous les jours, en effet, qu'on a des hôtes de marque pour qui s'entrouvre le saint des saints. Chacun retient son souffle. Alors le marchand, tel un génial chef d'orchestre, va dérouler devant les yeux émerveillés son envoûtante symphonie de diamants bleus et de saphirs profonds, de rubis couleur sang, de perles roses et d'émeraudes de ce vert profond particulier aux mers du Sud. Taillées en poires ou en marquises, en demi-lunes, en nez-de-veau ou en cabochons, serties dans l'or ou le platine finement ciselé, les pierres sont présentées en parures. Un bijou est ici rarement vendu seul, il fait partie d'un ensemble qui ira orner la femme élue, de la tête aux pieds : longues boucles d'oreilles, large collier couvrant le décolleté, bracelets, bagues et souvent diadème, bracelets de chevilles et bagues d'orteils.

Éblouie, Zahr est incapable de se décider. Jamais de sa vie elle n'aurait rêvé posséder de tels joyaux. A Paris, elle en avait bien admiré de semblables sur ses tantes Nakshidil et Tiryal, mais sans la moindre convoitise : l'idée ne l'effleurait même pas qu'elle aussi pût prétendre à de telles merveilles.

La rani a décrété qu'il lui fallait au moins trois parures, assorties aux couleurs de ses plus élégantes *ghararas*. Après la mousson, en effet, la période des réceptions et des mariages va commencer, et Zahr doit faire son entrée dans le monde. La jeune fille est loin de se douter que sa famille est en train de poser ses filets et que les somptueux cadeaux dont on la couvre sont destinés à appâter le riche mari qu'on a bien l'intention de lui trouver.

Après maintes hésitations, son choix s'arrête sur une parure de rubis entrelacés de perles fines, puis sur une autre d'émeraudes parsemée de diamants taillés en rose, enfin sur une plus modeste, très « jeune fille », composée de perles et de turquoises en forme de petit poisson stylisé — ce poisson qui orne les frontons des palais de Lucknow et symbolise la chance. Puis, pour tous les jours, elle choisit deux bracelets d'or délicatement ciselés, malgré la désapprobation de sa belle-mère qui, en femme avisée, lui conseille des ornements d'un poids plus conséquent.

Pendant un mois vont se succéder les réceptions où on l'emmènera, parée comme une idole, raidie dans de lourdes *gharâras* à traîne et embarrassée de tous ces joyaux dont, de la tête aux pieds, pas un ne doit manquer. A se contempler dans le miroir tandis que les servantes s'affairent autour d'elle, Zahr se trouve parfaitement ridicule. Elle a bien essayé, les premiers temps, d'alléger cette profusion en retirant subrepticement ici une bague, là un bracelet. Mais sa belle-mère veille. Un jour que Zahr a réussi à ne garder ses bracelets que sur un seul bras, la rani a fait un tel esclandre, protestant que montrer un bras sans ornements est « révolutionnaire », qu'elle a dû s'incliner, mi-furieuse mi-hilare de constater ce qu'à Lucknow on considère comme une révolution !

La plupart des réceptions sont données à l'occasion de mariages qu'on se hâte de célébrer durant la période qui sépare la fin de la mousson du deuil de Moharram. Dans un mois, en effet, les musulmans chiites du monde entier vont pleurer la mort de Hussain, petit-fils du Prophète, tué voici treize siècles avec toute sa famille lors de la bataille de Kerbela [1] qui l'opposa au calife usurpateur.

En attendant, les festivités nuptiales se multiplient. Chaque après-midi, Djelal, gonflé d'importance au volant de l'Isota Fraschini rutilante, conduit ses maîtres, le radjah, la rani, le radjkumar et la radjkumari, à l'une ou l'autre réception. A la porte ils se séparent : rani Shanaz et Zahr sont introduites dans les appartements des femmes, le radjah et Muzaffar dans l'aile réservée aux hommes.

Débarrassées de leur noir *burkah*, les jeunes filles apparaissent, scintillant de mille feux dans leur *gharara* et leur *rupurtah* brodés d'or, cheveux, décolleté et bras garnis de pierres précieuses. Les mariages constituent en effet une occasion unique de rencontres, l'événement mondain par excellence pour ces femmes qui, en dehors de leur participation aux

1. Ville d'Irak.

cérémonies de deuil de Moharram, passent toute l'année cloîtrées à la maison. Pendant les trois jours de festivités, les futures belles-mères auront tout loisir d'examiner d'un œil acéré la jeune fille qui pourrait aspirer à l'honneur d'épouser leur fils. Elle doit être belle, d'une famille et d'une fortune assorties aux leurs, mais surtout elle doit être modeste et docile : il n'y a pire calamité dans un foyer qu'une épouse volontaire qui pourrait se révéler une bru rebelle.

A cette aune, Zahr a peu de chances d'être sélectionnée par ces matrones qui, à la seule évocation de Paris, entrevoient des abîmes de stupre. Mais, n'ayant aucune idée qu'on l'a « mise sur le marché » et que rani Shanaz déploie tous ses efforts pour la présenter sous son meilleur jour et rassurer d'éventuelles belles-mères, elle s'amuse sans arrière-pensées.

Parmi toutes les jeunes beautés qui l'entourent, l'embrassent, la prennent par la taille et lui posent mille questions dans un anglais approximatif, elle tente de deviner qui est la fiancée. Ce devrait être la plus belle, mais elles ont toutes l'air de princesses des Mille et Une Nuits ; c'est à qui exhibera la plus somptueuse *gharara* et les bijoux les plus précieux. Des joyaux qui appartiennent à leur mère, laquelle les a reçus de la sienne, qui elle-même les a reçus de sa propre mère, et ainsi depuis des générations. En Inde, en effet, les bijoux n'appartiennent pas à une femme, mais à une lignée de femmes qui les transmettent à l'occasion des mariages. Car ces ornements ne conviennent pas à une femme dont la fille atteint l'âge des noces : ce n'est plus à elle d'attirer les regards ; la dignité lui enjoint d'abandonner couleurs vives et bijoux voyants, d'oublier sa féminité et de se préparer à entrer gracieusement dans la vieillesse, même si, la plupart du temps, elle a moins de quarante ans.

Aux questions de Zahr, les jeunes filles ont éclaté de rire. La fiancée n'est évidemment pas ici. Elle est cachée, en compagnie de ses amies intimes, au fond de la maison où, depuis deux jours, on la prépare, l'épilant, la massant, l'enduisant de crèmes, d'huiles parfumées et d'onguents aux qualités rares, préparés selon une tradition millénaire exclusivement à l'intention des jeunes mariées. Fragile chrysalide au dernier stade de sa mutation, elle n'apparaîtra dans toute sa splendeur que le lendemain, lorsque, devant toutes les femmes assemblées, on la conduira enfin à son époux.

— Et toi, qui est ton mari ? demande une adolescente aux yeux vifs.

— Je n'ai pas de mari.

Devant l'air étonné de ses nouvelles compagnes, Zahr se sent obligée de préciser :

— Je n'ai que vingt et un ans.

Sur les visages, l'étonnement a fait place à la consternation, on se regarde avec gêne : pas mariée à vingt et un ans... !

— Mais comment ta mère ne t'a-t-elle pas trouvé de mari ? Tu es si belle, si blanche !

Leur pitié est si manifeste que Zahr commence à se sentir vexée. Comment leur expliquer qu'en Europe, le but principal de la vie n'est pas de trouver un époux ? Leur dire qu'elle n'a aucune envie de se marier, qu'elle apprécie bien trop sa liberté ? Elles ne la croiront pas et prendront ses déclarations pour une mauvaise excuse.

Mais l'une des jeunes filles a fait taire les autres en leur glissant quelques mots en urdu. Zahr devine qu'elle leur révèle que sa mère étant morte, personne ne s'est chargé de lui chercher un mari. Compatissantes, ses compagnes l'entourent à nouveau, lui témoignent leur affection par des baisers, s'efforcent de la réconforter :

— Ne t'en fais pas, ta belle-mère est gentille, elle va te choisir un bon époux. Après tout, il n'est pas trop tard, tu es encore jeune !

Zahr réprime une grimace. Mais voici que, justement, rani Shanaz l'appelle pour la présenter à quelques amies. La conversation est limitée, car ces dernières ne parlent que quelques mots d'anglais. Et puis, qu'auraient-elles à se dire ? Pour la énième fois, Zahr va témoigner de son bonheur d'avoir retrouvé son père, de sa chance d'avoir une belle-mère aussi aimante, de sa joie d'être enfin dans son pays.

Compte-t-elle s'y installer ? Certainement, si elle peut trouver quelque chose à faire, comme par exemple s'occuper des pauvres.

Les sourcils se sont froncés, des rires ont fusé : qu'elle est drôle !

Rani Shanaz intervient précipitamment :

— Il faut d'abord vous marier et faire de beaux enfants. Par la suite, lorsqu'ils seront élevés et à leur tour mariés, vous pourrez, si le cœur vous en dit, et si votre mari le permet, vous consacrer aux bonnes œuvres.

Si votre mari le permet... Zahr en frémit d'indignation : qu'on ose seulement lui interdire la seule chose qui, hormi le fait d'avoir retrouvé son père, lui semble justifier sa présence dans ce pays ! Elle baisse les yeux pour cacher sa révolte ; ce n'est ni le moment ni le lieu d'en discuter, mais elle ne restera certainement pas en Inde pour y mener l'existence vide et futile de ces grosses bégums qui ne songent qu'à produire d'autres grosses bégums, qui à leur tour... Grands dieux, quand donc l'Inde fera-t-elle sa révolution ? Il lui semble évident que de grands bouleversements se préparent, mais la haute société de Lucknow lui paraît tout aussi inconsciente qu'une certaine aristocratie française à la veille de 1789. Seul son père, qui appelle de ses vœux une révolution de type maoïste, fait preuve de clair-voyance. Lorsque celle-ci éclatera, elle et son radjah rouge se battront aux côtés des opprimés.

Elle sourit à cette perspective et les ranis qui l'observent hochent la tête, satisfaites : la petite est docile, la France ne l'a pas complètement gâtée, peut-être après tout fera-t-elle une bonne épouse...

Rani Shanaz respire : elle connaît l'esprit indépendant de sa belle-fille et a craint un instant qu'elle ne se rebelle et ne ruine d'un mot tout l'édifice que, depuis des semaines, elle s'évertue à échafauder. Elle l'a en effet présentée à ses amies comme la bru idéale, délicat condensé des traditions musulmanes et de la culture occidentale, l'épouse parfaite pour tout jeune homme désireux de réussir au sein de la société indienne moderne. De peur qu'une remarque inappropriée ne vienne gâcher cette image, d'un geste elle lui signifie de rejoindre ses compagnes.

Mais Zahr est fatiguée de ces conversations et du flot de questions — toujours les mêmes — dont on l'assaille comme si elle était un animal étrange. Ce qu'elle est pour ces adolescentes dont le cercle familial, les réceptions entre femmes et le bazar de Lucknow constituent tout l'horizon. Irritée contre les autres — et contre elle-même, car elle se sent injuste de réagir ainsi à tant de gentillesse —, elle s'est discrètement faufilée hors des pièces de réception et erre à travers les couloirs de l'immense demeure, en quête d'un peu de solitude.

Une porte est entrouverte sur une chambre éclairée d'une lumière tamisée. D'un rapide coup d'œil, Zahr s'assure qu'il n'y a personne : elle va enfin pouvoir se reposer à l'écart de la foule bruyante des invités. Mais à peine s'est-elle installée dans un profond fauteuil que, tout près d'elle, elle croit entendre des gémissements. Se relevant silencieusement, elle a écarté une épaisse tenture... elle n'a pas rêvé : recroquevillée sur un lit, une adolescente, vêtue d'une longue robe safran, ses cheveux noirs épandus en désordre sur ses épaules, pleure désespérément. Émue, Zahr s'est approchée et caresse la chevelure soyeuse, ce qui a pour effet de faire redoubler les larmes. Pourquoi la pauvre enfant est-elle confinée dans cette chambre, bannie de la fête ? Elle a dû commettre une faute grave pour être ainsi traitée en pestiférée... Zahr se demande comment aborder le sujet de la façon la plus discrète, lorsque, entre deux sanglots, une petite voix hoquette :

— J'ai peur, j'ai tellement peur... !

Bouleversée, elle serre l'adolescente dans ses bras.

— Il ne faut pas avoir peur, raconte-moi, qu'est-ce qui t'effraie ainsi ?

— Lui...

Et, se cachant le visage dans les mains, la jeune fille se met à sangloter de plus belle.

Lui ? Un soupçon traverse l'esprit de Zahr : cette enfant terrorisée, abandonnée seule dans cette chambre sombre, ne serait-elle pas l'heureuse fiancée en l'honneur de qui, juste au-dessus, dans les salons d'apparat, tout le monde festoie ?

— Comment t'appelles-tu ?

— Leila.

C'est bien elle... Elle que, là-haut, toutes les jeunes filles envient. Son fiancé est, dit-on, l'un des plus beaux partis de la ville. Il a obtenu son diplôme d'ingénieur aux États-Unis et vient de rentrer pour épouser celle que sa mère lui a choisie. Les cérémonies terminées, ils iront s'installer à New Delhi où il a décroché une situation au sein d'une grosse compagnie américaine. Bien sûr, pour Leila, cela représente un complet changement de vie.

— N'aie pas peur, New Delhi est une ville très agréable ; et puis c'est près de Lucknow, tu pourras revenir souvent.

L'adolescente secoue la tête et, pour la première fois, lève sur Zahr ses yeux noyés de larmes.

— Ce n'est pas New Delhi qui m'effraie, c'est lui : je ne sais même pas à quoi il ressemble !

— Tu veux dire que tu ne l'as jamais vu ?

— Sa famille l'aurait peut-être permis, mais la mienne est très traditionnelle ; je n'ai même pas pu voir sa photo...

Zahr sent la colère l'envahir : cette gamine est vraiment trop sotte ! Accepter d'épouser un parfait inconnu ! Si encore, comme en Europe, elle pouvait divorcer, mais, ici, le mariage c'est pour la vie. A moins, bien sûr, que l'homme, seigneur et maître absolu, n'en décide autrement.

Elle a pris Leila par les épaules et, plongeant ses yeux dans les siens, tente de lui insuffler sa force.

— En ce moment c'est ta vie qui est en jeu : tu dois exiger de voir ton fiancé ; sinon, déclare que tu refuses de te marier. Tes parents seront bien obligés de céder.

Elle baisse la tête.

— C'est trop tard, tout le monde est arrivé pour la fête. Je ne peux faire cela, ce serait déshonorer ma famille, elle ne me le pardonnerait jamais.

— Tu préfères être malheureuse toute ta vie ?

L'adolescente s'est dégagée. Du regard elle défie l'étrangère :

— Mes parents m'aiment, ils savent ce qui est bon pour moi. Je leur fais confiance, je suis sûre qu'ils ont choisi pour le mieux !

Exaspérée, Zahr hausse les épaules.

— Parfait ! Alors laisse-moi te souhaiter une vie paisible et une dizaine de beaux garçons !

— *Inch Allah*, répond Leila qui a retrouvé son sourire et ne soupçonne pas une seconde ce que les mots de Zahr recèlent d'ironie.

D'ironie ou de fureur impuissante ?

Mais de quoi se mêle-t-elle ? Qu'a-t-elle à faire de ce mariage ? De tous ces mariages qui se déroulent de la même façon depuis des siècles sans que cela engendre plus de drames qu'ailleurs ? Pourquoi est-elle à ce point bouleversée ? Serait-ce parce que...

A la place de Leila, Zahr a la vision d'une jeune fille aux boucles rousses et aux yeux d'émeraude, perdue au milieu d'étrangers qu'elle ne comprend pas, une jeune fille qui a quitté son pays et la mère qu'elle adore pour venir épouser un homme qu'elle n'a jamais vu... Elle n'a pas d'autre issue. Fièrement, elle relève son petit visage livide et serre les dents : elle ne pleurera pas. Parce qu'elle est princesse et parce qu'elle est Selma.

Ah, maman, comme vous deviez avoir peur... Mais vous seriez morte plutôt que de reculer : vous aviez choisi et étiez prête à endurer les conséquences de votre choix. Vous les avez supportées jusqu'à ce que j'apparaisse. Alors vous avez décidé de soustraire votre fille à des coutumes d'un autre âge, que vous considériez comme un esclavage, et vous m'avez enlevée à mon pays et à mon père.

Et moi, dès que j'ai eu atteint l'âge adulte, je suis revenue à ce monde dont vous vouliez me préserver

Pardonnez-moi, maman. Mais c'est à chacun de nous de tracer son chemin...

C'est dans une sorte de rêve que Zahr assistera à la suite des cérémonies : l'arrivée du *maulvi* [1] dans la chambre de la fiancée où, derrière la tenture tenue par les femmes de la famille, il lui demande si elle consent à épouser cet homme dont elle ne sait rien, la frayeur de l'adolescente qui s'est remise à pleurer, et l'angoisse de Zahr qui se mord les lèvres pour ne pas crier : « Arrêtez ! Vous n'avez pas le droit ! Voyez comme elle tremble... Vous qui dites l'aimer, n'aurez-vous pas pitié ? »

Mais, pour les parentes et amies qui se pressent dans la chambre, quoi de plus normal que les pleurs d'une fiancée : ne va-t-elle pas quitter pour la première fois sa famille et s'engager dans une vie nouvelle ? Si elle semblait heureuse, cela dénoterait une regrettable sécheresse de cœur, pire : un scandaleux manque de pudeur, car une fiancée ne doit en aucun cas montrer sa joie : il faut que chacun comprenne — en particulier sa belle-famille — qu'elle est une perle précieuse qui se laisse ravir à son corps défendant, et que le jeune homme qui a la chance de l'obtenir devra s'en montrer éternellement reconnaissant.

Vous, petite maman, personne ne s'inquiétait ni ne se réjouissait de votre pâleur, de vos tremblements.

1. Le mollah.

La sultane, malade, avait dû rester à Beyrouth, vous étiez seule au milieu d'inconnus, sans une amie pour vous tenir la main. Mais il n'était pas question de revenir en arrière. Pourtant, lorsque le maulvi est entré et que soudain vous avez compris qu'il vous fallait dire « Oui », avant même d'avoir vu celui auprès duquel vous engagiez votre existence, la panique a dû vous submerger. A la cour ottomane, les princesses avaient l'occasion de voir leur fiancé et même souvent de s'entretenir au moins une fois avec lui; vous aviez cru qu'ici il en serait de même. Qu'est-ce qui vous prouvait que le portrait envoyé et les lettres si sensibles étaient bien de votre futur époux? Comment être sûre qu'il ne s'agissait pas de faux, et qu'il n'était pas en réalité bossu, scrofuleux, idiot?

Mais le maulvi s'est approché et toutes les femmes vous ont entourée. Vous ne pouviez plus fuir, vous étiez prise au piège.

L'image me vient d'une jeune femme suppliant qu'on lui laisse encore un peu de temps, mais le cercle des matrones se resserre, menaçant, elle essaie de crier « Non, je ne veux pas! », mais les mots s'étranglent dans sa gorge. Qui voudrait les entendre? Le maulvi prononce les formules rituelles et l'assemblée, soulagée, se congratule et se presse pour féliciter... la nouvelle rani de Badalpour.

Par bonheur, le portrait n'était pas un faux : la beauté de mon père faisait tourner toutes les têtes. En outre, il était intelligent et idéaliste. Peut-être était-il un petit radjah, mais il était un grand seigneur.

Le lendemain, conformément à la coutume millénaire, le mari, accompagné de ses frères et de ses cousins, a tenté de forcer la porte du *zenana* pour s'emparer de sa promise. Les femmes ont vaillamment défendu l'entrée en frappant les jeunes gens avec des fleurs. Puis, au milieu des rires, on a installé le nouveau marié sous un dais et on est allé chercher son épouse.

A l'enthousiasme a succédé un silence embarrassé : du coin de l'œil, les femmes examinent le jeune homme et, la main devant la bouche, chuchotent. Pas étonnant que les parents aient refusé à Leila de voir sa photo : il ressemble à un djinn, efflanqué, l'œil globuleux, les dents gâtées. Zahr en a le cœur serré : quel choc elle va avoir, la petite Leila, lorsque, selon l'usage, elle découvrira le visage de son époux dans le miroir placé entre eux deux, sous le dais de velours où, pour la première fois, ils seront réunis. Bien sûr, on prétend qu'il est gentil et fera un bon mari. Que peut-on dire d'autre ? Avouer qu'on a vendu cette enfant au plus offrant ?

Zahr a brusquement envie de s'en aller. Elle ne veut plus participer à cette comédie du bonheur, aux festivités indécentes qui accompagnent ce marché. Elle ne peut plus supporter les larmes de Leila, prostrée comme une poupée de chiffon dans la *gharara* rouge et or qui l'étouffe, et forcée d'écouter pendant des heures les félicitations hypocrites.

Simuler un malaise ? Cela ne servira qu'à susciter l'affolement et toutes sortes de questions ; on serait même capable d'appeler un docteur ! Rentrer à la maison sans rien dire ? Impossible, et d'abord comment ? Aucune servante n'accepterait d'aller quérir un *rickshaw* et de la laisser partir seule ; encore moins risquerait-elle sa réputation en s'aventurant du côté des chauffeurs pour prévenir Djelal. Comme tout est compliqué ici, dès qu'on s'écarte du groupe ! Une chose aussi banale que de rentrer seule chez soi, même en plein jour, se révèle une entreprise quasi impossible. Et si, par chance, Zahr y parvenait, elle imagine déjà les reproches de son père sur « sa conduite inacceptable qui met en péril l'honneur de la famille » !

Son pauvre père... Il a vécu tant de drames, elle n'a pas le droit de lui rendre les choses encore plus difficiles. Si elle choisit de rester en Inde, elle doit faire un effort.

Des efforts, elle en fait. Elle est même prête à en consentir d'autres, mais jusqu'où ? Jusqu'où, sans abdiquer sa personnalité, ses convictions, tout ce qui fait qu'elle est Zahr et non pas Leila, qu'elle n'envisage pas sa vie comme une plage tranquille, mais comme un combat contre l'injustice et l'hypocrisie ?

On peut se moquer, la traiter de rêveuse, lui dire qu'en vieillissant elle comprendra. Elle espère bien mourir avant de comprendre les innombrables raisons d'accepter et de se taire.

La saison mondaine se clôt par un grand cocktail chez le gouverneur. Tout ce qui compte à Lucknow et dans les villes environnantes y est convié. C'est l'occasion pour le radjah de Badalpour de présenter officiellement sa fille à la bonne société.

Au bout d'un parc aux pelouses taillées à l'anglaise et ombragées de chênes séculaires, se dresse une orgueilleuse demeure blanche agrémentée d'arcades et de vastes terrasses, dans le plus pur style colonial. C'était, il y a encore quatorze ans, la résidence du gouverneur britannique de l'Uttar Pradesh, l'autorité ultime au-dessus de tous les radjahs, maharadjahs et nawabs, et qui n'avait de comptes à rendre qu'au vice-roi et à la Couronne d'Angleterre.

Le radjah a tenu à ce que sa fille ne porte pas de *gharara*, mais un sari afin d'honorer leur hôte qui est hindou. Lui-même, avec son *shirwani* de soie noire, arbore la coiffe blanche dite « à la Nehru », signe de ralliement des membres du Congrès, le parti qui mena l'Inde à l'indépendance et qui tenta ensuite de la gouverner.

Lentement ils ont gravi les escaliers entre une haie de gardes enturbannés aux visages de bronze. Avec un pincement au cœur, Amir se rappelait l'époque heureuse où il gravissait ces mêmes escaliers avec Selma. Et, lorsqu'ils sont arrivés au seuil du salon d'apparat illuminé d'énormes candélabres de cristal, que l'aboyeur a annoncé : « Le radjah et la radjkumari de Badalpour », et que tous les regards se sont tournés vers eux, il a eu l'impression que le temps s'était aboli et qu'il se retrouvait vingt-trois années auparavant, dans les splendeurs du Raj décadent, accompagné de sa sultane.

Se redressant fièrement, il s'est avancé vers le gouverneur, un petit homme replet qui, pour montrer sa connaissance des mœurs européennes, a tendu à Zahr sa main grassouillette, accompagnant son geste d'un sonore : « *Welcome, madam !* »

Le radjah a froncé le sourcil : le gouverneur entend-il l'insulter en saluant sa fille comme une étrangère, ou est-ce simple balourdise ? Décidément, il ne se fera jamais aux manières de cette nouvelle classe de fonctionnaires.

Rapidement, il entraîne Zahr vers un groupe d'amis aperçu de l'autre côté du salon, mais, tandis qu'ils se fraient un passage à travers la foule des invités, il intercepte les regards appréciateurs posés sur la silhouette de la jeune fille, et, de rage, il serre les poings : jamais il n'aurait dû lui permettre de porter ce sari de mousseline qui révèle ses formes de façon indécente. Mais elle dit n'aimer que ces tissus légers et souples... tout comme sa mère. C'est fou ce qu'elle ressemble à Selma...

Enfin ils ont rejoint ses amis, des anciens de la Martinière, qui les accueillent chaleureusement. Là, à l'abri des paroles maladroites et des regards inquisiteurs de gens qu'au fond il méprise, Amir se dit que, pour longtemps encore, la démocratie restera un bel idéal, mais une triste réalité. Peu à peu, cependant, il se détend et sourit aux compliments que les dames lui font sur sa fille. Compte-t-il bientôt la marier ?

A la grande surprise de Zahr qui pensait que son père lui en voulait un peu, le radjah entreprend de raconter comment elle a refusé les plus beaux partis : « Figurez-vous qu'elle a même repoussé la demande en mariage du petit-fils du nawab de Dargabad ! » Et tout le monde de se récrier et de considérer la jeune fille avec étonnement et respect.

Tandis que son père se rengorge, Zahr comprend

que ce refus lui est un honneur insigne. Symboliquement, il le place au-dessus des maharadjahs les plus éminents. Plus concrètement, c'est pour le radjah un atout de taille, un joyau sans prix à mettre dans la corbeille d'une fille peu dotée : quel jeune homme en effet ne se sentirait flatté de réussir là où le petit-fils du nawab a échoué ?

Mais, pour l'heure, Zahr n'a nulle intention de se marier et Amir, outre qu'il la connaît assez pour savoir qu'il serait inutile d'insister, n'a lui-même pas la moindre envie de perdre sa fille bien-aimée.

Lorsque, le lendemain, la rani de Nampour, chez qui Zahr passe l'après-midi, s'enquiert du déroulement de la réception et que la jeune fille évoque l'irritation de son père devant les regards curieux qui la dévisageaient, elle éclate de rire :

— Cher Amir, il ne changera jamais ! Encore heureux que le bal du gouverneur ne soit plus qu'un cocktail !

— Pourquoi donc ?

— Mais parce qu'on vous aurait invitée à danser !

Et, après un moment d'hésitation :

— Avec votre mère, cela faillit provoquer un drame : non seulement elle avait accepté de danser, mais en plus avec un Anglais ! On a frôlé l'incident diplomatique. Il faut dire qu'Amir était jaloux comme un tigre et que Selma faisait du charme comme elle respirait, sans réaliser que, dans notre société pudibonde, cela risquait d'être mal interprété.

Zahr réprime un sourire : ainsi sa mère et elle se sont heurtées aux mêmes problèmes, et quand ses amis trotskistes lui reprochaient d'être une « allumeuse », ils faisaient preuve d'inhibitions similaires à celles de la petite société lucknowi, l'une des plus conservatrices au monde !

Inquiète d'en avoir trop dit, la rani de Nampour s'empresse de mettre un terme à la conversation :

— Allez donc jouer au jardin, Aysha vous y attend.

Jouer!... A chaque fois Zahr sursaute : elle n'arrivera jamais à se faire à l'infantilisation systématique qui est ici le lot des filles non mariées.

Aysha est la nièce de la rani, elle habite le Pakistan et sa tante l'a fait venir, car elle a en vue pour elle un jeune homme issu d'une des meilleures familles de la ville. Ravissante, avec ses longs cheveux auburn et ses yeux noisette pétillants de gaieté, Aysha a tout de suite plu à Zahr. Elle aussi vient d'une grande cité, Karachi, et a l'habitude d'une liberté — relative — qui lui rend pénible la vie recluse de Lucknow.

— On meurt d'ennui ici, jamais je ne m'y habituerai ! Je me demande comment vous, qui arrivez de Paris, pouvez supporter ce trou perdu !

Zahr sourit. Avec Aysha elle retrouve la vitalité, l'insolence, la révolte qui étaient siennes, mais que, depuis trois mois, elle s'emploie à endormir. Pour combien de temps encore ? Elle refuse de se poser une question qui la placerait devant des choix qu'elle ne veut pas envisager. Pour l'heure, elle se contente de mener la vie oisive et sans histoires d'une jeune aristocrate dans cette cité orientale où le temps s'est arrêté, et c'est avec une surprise ironique qu'elle s'observe passer ses après-midi à parler de tout et de rien, ou à « jouer » avec Aysha et deux autres de ses cousines à des parties de cache-cache et de colin-maillard...

Un jour que Muzaffar, en vacances de l'université, est venu chercher sa sœur, la vieille *ayah* [1], par une incroyable inadvertance, l'a introduit dans le jardin. Les deux cousines se sont figées comme si le diable leur était apparu, cependant qu'Aysha, très à l'aise, entame la conversation avec le jeune homme qui la dévore des yeux. Ravie, après cette longue réclusion, de pouvoir à nouveau exercer son pouvoir, elle redouble de charme. Mais, dès le lendemain, la rani de Nampour, mise au courant par les

1. La nourrice.

domestiques, a donné des ordres stricts pour que Muzaffar attende désormais Zahr dans le petit salon et ne rencontre plus Aysha.

C'est ainsi qu'elle devint « la messagère ».

A la demande de son frère tombé, comme dans les romans, amoureux dès le premier coup d'œil, elle transmet à Aysha des lettres qu'auparavant il l'adjure de lire, éventuellement de corriger, et elle lui rapporte les petits mots qu'Aysha lui écrit en cachette. Le soir, assis dans la chambre de sa sœur, il lui confie ses angoisses : si Aysha se marie, il n'y survivra pas. Mais lui-même n'ayant pas terminé ses études, comment pourrait-il espérer l'épouser? Confrontée à une situation pour laquelle ses références, côté quartier Latin, ne l'aident guère, Zahr essaie de l'encourager et sonde Aysha sur ses intentions. Cette dernière se déclare décidée à ne pas se marier avec le jeune homme qu'on lui destine et qu'elle n'a, bien sûr, jamais rencontré.

Lorsque Zahr a rapporté la bonne nouvelle à son frère, elle l'a trouvé pensif. Peu à peu, ses lettres s'espacent, jusqu'au jour où il déclare qu'il n'épousera jamais Aysha, car ce n'est manifestement pas une fille sérieuse.

— Pas sérieuse? Qu'est-ce qui vous permet de porter un tel jugement?

— Croyez-vous qu'une jeune fille sérieuse aurait accepté de répondre à mes lettres?

Zahr en reste suffoquée.

Elle le sera encore davantage lorsque, le lendemain, il viendra la trouver pour la prier, en tant que sœur aînée, de lui choisir l'épouse idéale. Il s'en remet entièrement à son jugement.

— Vous voulez dire que vous ne désirez même pas la rencontrer avant?

— Non, je préfère un mariage arrangé.

Abasourdie, Zahr considère son frère : beau, des yeux langoureux, des lèvres sensuelles, il est l'image du romantisme. Et il veut...?

— Enfin, réfléchissez! Vous ne pouvez lier votre

sort à une femme que vous ne connaissez pas. Daddy lui-même n'exigerait jamais cela de vous! Vous avez dix-neuf ans : l'amour n'a-t-il donc pour vous aucune importance?

— Mais je serai amoureux... de la femme que vous m'aurez choisie! Chez nous, l'amour vient après le mariage, lequel est toujours décidé par les aînés. Cela évite les coups de passion, les aveuglements, les erreurs funestes comme celle que j'ai failli commettre avec Aysha — je me suis rendu compte à temps qu'elle n'était pas du tout une femme pour moi.

Zahr écoute atterrée ce jeune homme si raisonnable : comment peut-on être à ce point traditionaliste à son âge?

Elle comprendra plus tard que, pour les Orientaux, un mariage d'amour est une incongruité, voire une contradiction dans les termes. Réalistes, ils constatent que les deux choses relèvent de domaines totalement différents : le mariage est un contrat légal établi entre deux familles, deux fortunes, deux positions, et qui forme la base de la structure sociale, laquelle ne saurait dépendre d'une émotion aussi volatile et incontrôlable que l'amour. De son côté, l'amour est un sentiment beaucoup trop beau et romanesque pour être dépendant de liens matériels; il n'existe que libre de toute obligation, il est le principe même de la vie, un perpétuel renouveau. Le mariage d'amour, invention récente de l'Occident, signifierait en réalité cette chose absurde : un contrat d'amour! Ce serait vouloir à la fois l'amour et la sécurité : exigence contradictoire, l'un étant perpétuelle innovation, l'autre étant basée sur la répétition. Peut-on imaginer un contrat fixant la quantité et la qualité d'amour que chacun devra donner à l'autre?

En fait, c'est moins par manque de romantisme que par une idée ultra-romantique de l'amour que les Orientaux se refusent à mêler ce sentiment divin aux contraintes triviales du quotidien, et le réservent à leur jardin secret.

Mais, tandis qu'un homme pourra vivre ses passions hors mariage sans jamais permettre qu'elles affectent sa vie familiale, la femme, elle, n'aura que le droit de rêver... ou de lire des romans. Car, en Orient, bien plus que l'homme, c'est elle le pivot de la famille, et le moindre faux pas de sa part jetterait à bas tout l'édifice.

— On m'a volé mes bijoux !

Haletante, Zahr a fait irruption dans la cour où rani Shanaz fume le *hookah* en compagnie de quelques dames venues lui rendre visite. Depuis une heure elle a retourné ses tiroirs, vidé ses coffres, fouillé ses placards. En vain : les écrins de velours ont disparu. Ne reste plus que la petite boîte rouge contenant ses bracelets d'or de tous les jours.

— Ne vous inquiétez pas, je les ai fait mettre de côté, l'a rassurée sa belle-mère.

Mais, lorsque les visiteuses sont parties, elle explique à la jeune fille stupéfaite que les magnifiques parures dont on lui a fait cadeau ont été rendues au bijoutier, le radjah n'ayant pas les moyens de les payer.

A travers ses explications embarrassées, Zahr devine qu'en réalité ces joyaux n'ont jamais été pour elle, qu'on les a juste empruntés, le temps de la saison mondaine, de façon à ce qu'elle puisse tenir son rang et rassurer d'éventuelles belles-mères sur l'état des finances familiales.

Avec un brin de nostalgie, elle se fait une raison. Après tout, elle n'a jamais été intéressée par les bijoux. Pourtant, ceux-là... Les pierres n'en étaient pas bien grosses, mais le travail, d'une grande finesse. Plus que la richesse, ces joyaux évoquaient le raffinement de l'Orient ; on eût dit des poèmes, ils la faisaient rêver... Elle s'y était attachée comme s'ils avaient été doués d'une personnalité. Parce qu'ils étaient ses premiers vrais bijoux, ou parce qu'ils étaient des cadeaux de son père, mille petits signes brillants de son amour ?

— Votre père a tenu à ce qu'on vous laisse les

bracelets d'or que vous aimiez, ainsi que la petite bague de rubis qu'il vous avait lui-même choisie, précise rani Shanaz qui s'attendait à des larmes et que le silence de la jeune fille met mal à l'aise.

Ainsi, il a fait effort pour sauvegarder ce à quoi elle tenait le plus! Tout à coup le reste n'a plus d'importance. Zahr s'est retournée vers la rani avec un grand sourire :

— Ce n'est pas grave; comme vous le savez, je ne suis pas une passionnée de bijoux... Je suis très heureuse ainsi.

Rani Shanaz respire, bien qu'elle n'en croie pas un mot : la pauvre petite essaie de masquer sa déception. Peut-être devrait-elle lui donner un de ses colliers? Elle en a tant. Non, impossible : elle doit les garder pour les futures épouses de ses fils. Après tout, c'était à Selma de lui laisser ses parures! Si, parce qu'elle a voulu vivre sa vie, elle a tout dilapidé et est morte dans la misère, ce n'est pas de sa faute.

Après la saison des réceptions vient la saison de l'expiation. Pendant un mois, les musulmans chiites du monde entier vont pleurer le martyre de l'imam Hussain. Lucknow est l'un des hauts lieux de cette célébration. La plupart de ses musulmans, en tout cas son aristocratie, appartiennent à la minorité chiite, tout comme la dynastie d'origine iranienne qui, pendant deux siècles, régna sur la province d'Oudh.

Remisés belles robes, fards et bijoux : durant un mois, les femmes vont s'habiller de noir, couleur de deuil chez les chiites, à l'opposé du deuil en blanc pratiqué par les sunnites. Chaque palais rouvre son *imambara*, un grand hall richement décoré, construit exclusivement pour abriter les cérémonies de Moharram et pour y conserver, d'une année sur l'autre, les *tazzias* de cire colorée ou de papier d'or et d'argent, répliques miniaturisées de la tombe de Hussain à Kerbela. Le reste de l'année, *l'imambara*, généralement le plus bel espace de la demeure et le mieux entretenu, restera fermé, car c'est un endroit sacré. Un peu comme, dans un château, une chapelle privée qui ne serait ouverte qu'un mois par an.

Chaque soir, dans les *imambaras* des multiples palais de Lucknow, seront célébrés les *majlis*, cérémonies de lamentations auxquelles est convié tout le voisinage et où la piété des participants est mesurée à l'abondance de leurs pleurs.

Zahr accompagne sa belle-mère à ces rituels durant lesquels est psalmodié pendant des heures le récit du martyre de Hussain. Les récitantes sont des professionnelles, expertes à susciter l'émotion, à faire monter peu à peu la douleur jusqu'au point ultime où elle arrache le cœur et où, incapables de se contenir plus longtemps, les femmes, le visage inondé de larmes, commencent à se frapper à grands coups la poitrine tout en criant leur désespoir sur un rythme incantatoire de plus en plus rapide : « Imam Hussain ! Imam Hussain ! Imam... » — parfois jusqu'à l'évanouissement.

Pure hystérie, pense Zahr en son for intérieur tout en promenant sur l'assistance un regard qu'elle veut sarcastique. Mais, bien qu'elle crispe de plus en plus fort poings et lèvres, peu à peu elle perçoit en elle comme un tremblement, et, en dépit de ses appels désespérés à la raison, à sa vive surprise et à son immense honte, n'arrivant plus à contrôler son émotion, voici qu'elle éclate en sanglots. Une fois la digue rompue, elle n'essaiera plus de les contenir ; elle se sent bien, en accord avec le monde qui l'entoure ; elle se laisse emporter par la vague chaude et réconfortante de la douleur partagée, elle n'a plus envie de lutter.

Autour d'elle, les femmes l'observent et, discrètement, se félicitent : cette petite est une vraie chiite.

Mais qu'est-ce qui m'a pris ?
Zahr ne décolère pas. Elle qui se croit si forte a-t-elle été victime d'un phénomène d'hypnose collec-

tive ? Ou est-il possible, comme l'a suggéré la rani de Nampour, fervente adepte de Jung, qu'à travers son inconscient ait résonné l'héritage millénaire des chiites ?

Lui reviennent en mémoire les cérémonies du Vendredi saint à Séville, auxquelles elle avait assisté lorsqu'elle avait seize ans. Elle se rappelle les cris, les pleurs, les évanouissements, et surtout son horreur au spectacle du grand défilé des flagellants.

Ces flagellants, elle va les retrouver dans les rues de Lucknow quelques jours plus tard, le jour de l'Ashura, anniversaire de la mort de Hussain dont toute la famille a déjà péri et qui, malgré son héroïsme, va finalement succomber sous les coups de ses innombrables ennemis. Ce jour-là, la douleur des fidèles atteint son paroxysme : l'Imam en qui le peuple mettait tout son espoir a été tué par l'armée de Yazid ; le Sauveur en qui le peuple plaçait tout son espoir a été crucifié par les soldats de Ponce Pilate... Armés de fouets terminés par des crochets ou des lames effilées, les pénitents avancent au milieu de la foule tétanisée. En souvenir des souffrances de leur Guide mort il y a mille ans, en souvenir de leur Seigneur mort il y a deux mille ans, ils se frappent à tour de bras. Le sang jaillit, ils chancellent et se frappent à nouveau, jusqu'à ce que certains s'écroulent et qu'accourent les brancardiers.

A Lucknow en ce jour d'Ashura, à Séville le Vendredi saint...

Chapitre V

— Nous arrivons à Badalpour !

Écrasée de chaleur et de poussière, le dos et la nuque meurtris par les cahots de sept heures d'une route tout en creux et en bosses, Zahr émerge de la léthargie où elle s'était laissée sombrer. Tandis que la vieille Ambassador ralentit, elle aperçoit sur sa droite les rails envahis de hautes herbes et les écriteaux rouillés de ce qui dut être jadis une gare. En se penchant, elle parvient à déchiffrer BA.. LPOUR.

Le cœur battant, elle s'est rivée à la fenêtre : cette fois-ci elle est vraiment chez elle !

— C'est mon père, votre grand-père, qui a fait construire cette gare en 1912, explique fièrement Amir. C'était un homme très entreprenant, il savait à peine lire mais il voulait faire de Badalpour un centre de commerce de la canne à sucre. Cette gare, la seule de la région, devait permettre d'écouler la production de nos paysans et celle des États voisins. Cela avait bien démarré. Mais, après sa mort en 1916 dans un accident demeuré inexpliqué, plus personne ne s'en est occupé. Je n'avais que six ans ; quelques années plus tard, mon oncle ayant tenté de m'empoisonner pour s'emparer de l'État, on m'envoya terminer mon éducation en Angleterre. Ce n'est qu'en rentrant, en 1936, que, reprenant tout en main, j'ai fait remettre cette gare en service. Pendant quinze ans, elle a contribué à la prospérité des paysans qui pouvaient ainsi vendre directement leur récolte sans passer par de ruineux intermédiaires. Jusqu'en 1952. Avec l'abolition des États princiers, la gare est devenue propriété nationale, et a été alors complètement délaissée.

Dans un geste d'impuissance, il hausse les épaules :

— Encore une conséquence d'une réforme agraire bâclée. Les petits paysans n'ont pas les moyens d'écouler leurs récoltes, ils sont obligés de les céder à bas prix aux paysans riches qui, eux, ont pu acheter des camions.

Zahr n'écoute plus. La voiture avance péniblement car la route est très défoncée, mais elle ne s'en aperçoit pas. Les yeux écarquillés, elle contemple les champs de blé et de maïs, et les vertes étendues de canne à sucre qui bruissent sous le vent. Son cœur bat à grands coups dans sa poitrine : elle est chez elle ! Toutes ces terres à perte de vue, ces forêts épaisses qui n'en finissent pas, ce joli cours d'eau boueux, ces champs où s'activent les femmes, et ces villages aux toits de chaume où courent des ribambelles d'enfants à demi nus, *tout cela c'est Badalpour, c'est chez moi !*...

Elle a ouvert grand la vitre pour aspirer l'air, pour sentir le vent sur son visage, *son* air, *son* vent. Même la poussière est devenue *sa* poussière. Elle voudrait pouvoir arrêter la voiture et descendre baiser cette terre, *sa* terre.

Des larmes d'émotion l'aveuglent ; comme dans un brouillard elle dépasse des carrioles surchargées de familles, elle a envie de leur faire signe, de leur crier : « Me voici, je suis revenue au pays, je suis revenue vers vous, nous sommes les mêmes, je vous aime ! »

— Quand nous arriverons chez nous, il vous faudra refermer la vitre et remettre votre voile, a dit son père.

Chez nous ?

Brusquement, Zahr réalise que tous ces kilomètres qu'ils viennent de parcourir, tous ces villages, cela n'est plus « chez elle », que ces vieillards, ces femmes, ces enfants qu'elle voudrait prendre dans ses bras ne sont plus les paysans de Badalpour, mais, depuis dix ans, des citoyens de la République indienne ; et que son père n'est plus leur « radjah père », qu'elle n'a plus le droit de se considérer comme leur sœur.

Pourtant, au plus profond d'elle-même, elle a l'impression qu'ils sont toujours sa famille. Des liens qui, à travers heurs et malheurs, ont perduré pendant des siècles, dix ans peuvent-ils les effacer ? Avec ses ancêtres, leurs ancêtres ont fait Badalpour, ils en sont au même titre la chair, le sang, la glaise et le génie. Tous ensemble ils ont construit ce lieu dont elle a si souvent rêvé : Badalpour, berceau de sa famille. Ce berceau qui lui a tant manqué...

— Cette fois, nous sommes chez nous.

A gauche de la route s'élève une imposante arche de pierre au fronton de laquelle on distingue le nom de Badalpour gravé en anglais, en urdu et en hindi.

— La population de l'État est mi-hindoue, mi-musulmane, explique son père. Quant à l'anglais, c'est la langue la plus répandue dans le pays depuis déjà deux siècles. Pour ne pas heurter inutilement les susceptibilités, nous avons toujours utilisé les trois idiomes.

La voiture s'est engagée sous l'arche, mais à peine l'a-t-elle franchie que, dans un effroyable grincement de freins, elle s'immobilise : devant elle, une énorme fondrière barre toute la largeur de la route. On met pied à terre. Muzaffar va s'étendre à l'ombre d'un arbre, arborant l'air suprêmement indifférent de celui que ne sauraient concerner ces contingences matérielles. Facile, dans la mesure où on s'en occupe pour lui ! pense Zahr ironiquement tout en rejoignant son père pour mesurer l'étendue du désastre.

— Il n'y a aucune possibilité de faire passer la

voiture, constate le radjah, sauf à confectionner avec des troncs un pont d'environ trois mètres.

— Y a-t-il loin d'ici au palais? Nous pourrions peut-être y aller à pied, suggère-t-elle.

— Sept kilomètres, rétorque son père d'un ton narquois. Si vous aviez l'intention de vous lancer dans ce marathon, je vous le déconseille : une radj-kumari de Badalpour ne court pas la campagne comme la dernière des paysannes. Nous resterons ici jusqu'à ce qu'on vienne nous dépanner. En attendant, vous feriez mieux de suivre l'exemple de Muzaffar et d'aller vous mettre à l'ombre.

C'est la fin de l'après-midi et le soleil est moins ardent. Ils ont quitté Lucknow depuis presque huit heures. Huit heures d'un trajet épuisant pour parcourir... deux cents kilomètres! Zahr n'a plus qu'une envie : une douche froide et un lit, mais elle soupçonne que, pour sauvegarder leur dignité, son père risque de leur faire passer la nuit à bord de la voiture.

— Radjah sahib! Vous ici!

Sous le choc, le vieil homme a failli tomber de sa bicyclette. Tremblant d'émotion, il s'est précipité et, sous les yeux suffoqués de Zahr, s'est agenouillé devant le radjah pour lui baiser les pieds cependant que, paternel, celui-ci le relève et le serre dans ses bras.

— Comment vas-tu, *Bapuji*[1]? Tu as l'air d'un jeune homme sur ta monture!

Aux anges, le vieillard se confond en bénédictions tandis que les deux hommes se dirigent vers la fondrière. A travers les mimiques catastrophées puis résolues de Bapu, Zahr croit comprendre qu'il a trouvé la solution pour les tirer de ce mauvais pas. Que le radjah aille se reposer : avec le chauffeur Djelal il se charge de tout.

1. Cher Bapu.

Et il s'est posté au coin de la route.

C'est l'heure où, après une longue journée de travail, les paysans rentrent des champs. Bapu va les arrêter et, sans admettre la moindre discussion, les enrôler dans l'opération de sauvetage de la voiture du maître. Les hommes mûrs ne se font pas prier : ils connaissent personnellement le radjah, et le fait qu'ils ne dépendent plus de lui ne change rien au respect qu'ils lui vouent. Les jeunes, en revanche, rechignent : leur femme a préparé le repas, ils doivent se hâter. Mais ils ne peuvent résister longtemps aux remontrances indignées de Bapu : sans le radjah sahib, ils ne seraient pas là ! Ne savent-ils donc pas ce que le maître a fait pour leurs familles ?

Enfin une vingtaine d'hommes sont rassemblés et une sorte de pont humain va se mettre en place. Des paysans se tiennent sur les deux versants de la fondrière tandis qu'au fond, d'autres servent de relais ; ainsi, de mains en mains, avec force ahans, la voiture passe d'un côté à l'autre.

Le radjah applaudit la performance et distribue çà et là quelques billets que les paysans portent à leurs lèvres et à leur front en signe de remerciements. Le plus gros billet étant bien sûr pour Bapu qui commence par refuser en protestant de son dévouement ; il n'acceptera que lorsque le radjah, haussant la voix, lui en aura donné l'ordre, conformément au code des bonnes manières entre maître et surbordonné, rite établi depuis des temps immémoriaux et auquel aucun homme conscient de sa dignité ne songerait à se dérober.

Un quart d'heure plus tard, la voiture arrive en vue du village. Contournant la petite mosquée blanche, elle passe devant les maisons de torchis. Sur le seuil, des femmes, leur bébé dans les bras, sont sorties pour tenter d'apercevoir les nouveaux arrivants, tandis que des gamins courent dans la poussière soulevée par le véhicule en poussant des cris de joie.

Enfin Zahr aperçoit le palais, blanc lui aussi, le

sommet orné d'une profusion d'arabesques et de sculptures baroques dont les ors fanés scintillent dans les lueurs du crépuscule.

Mais c'est seulement après que les lourdes grilles de fer forgé seront ouvertes par les domestiques en *longui*, et qu'ils auront pénétré dans le parc qu'elle se rendra compte qu'il n'y a pas un, mais cinq palais, séparés les uns des autres par des pelouses jaunies et des fontaines aux vasques ébréchées et aux jets d'eau taris de ce qui dut être autrefois un superbe jardin moghol. Le palais principal, tout recouvert de stuc ouvragé, est celui du radjah ; les autres, plus petits, sont les palais des quatre épouses, lui explique son père, soulignant en riant qu'il est le premier à ne pas respecter la tradition.

Le régisseur et sa famille se sont précipités pour les accueillir. Amjad est un cousin éloigné, d'une branche pauvre de la famille ; le radjah l'a placé là car il sait pouvoir lui faire confiance. Il s'incline pour baiser la main d'Amir qui, faisant mine de l'en empêcher, le prend dans ses bras, et, se tourne vers Zahr :

— Voici Amjad bhai [1], notre frère Amjad, et son épouse Sarvar bégum. Et voici leur fille aînée, Narguiss, qui parle un peu l'anglais et s'occupera de vous, ajoute-t-il en poussant en avant une mince adolescente rouge de confusion.

Zahr n'a pas l'habitude d'intimider qui que ce soit. Mais, en cet instant, fille du radjah revenue dans le fief de ses ancêtres, un sentiment inédit d'importance la chatouille agréablement. Cependant qu'une petite voix lui chuchote : *Attention ! tu commences à trouver naturel non seulement d'avoir des gens à ton service, mais de les impressionner. Comme si tu étais d'une essence supérieure ! Méfie-toi des gens qui t'admirent, sinon la vanité aura vite raison de ta lucidité, et, sans t'en rendre compte, tu deviendras l'une de ces bégums repues et satisfaites de l'ordre du monde.*

1. Bhai : frère, signifie aussi proche.

De loin les palais avaient belle allure, mais, en s'approchant, Zahr en constate l'irrémédiable dégradation. Seule tient encore debout la demeure principale, surmontée de dômes délavés ceints d'une frise de céramiques vert et or, par endroits brisée, figurant des cornes d'abondance et toutes sortes d'animaux mythiques supposés défendre les lieux contre le mauvais œil. Des quatre côtés l'entourent des terrasses bordées de colonnades finement sculptées d'où, par temps clair, l'on peut apercevoir les premiers contreforts de l'Himalaya. Toutes les pièces ouvrent sur ces terrasses ou sur des cours intérieures par de hautes arches festonnées typiques du style précieux qu'affectionnaient les nawabs d'Oudh en cette fin du XVIIIe siècle où l'aïeul d'Amir fit ériger le palais actuel, à la place de la forteresse multicentenaire qui — imprudence ou acte criminel — avait brûlé.

Quant aux palais des ranis, des petites merveilles de délicatesse, ils sont en train de rendre l'âme. Les portes et les fenêtres de bois rare ont été pillées, probablement pour servir de combustible aux paysans lors des froides soirées d'hiver. L'une des demeures n'a même plus de charpente ; ses murs, envahis par la végétation, penchent dangereusement et ses balcons finement ouvragés se balancent dans le vide. Un autre, aux planchers arrachés et recouverts de foin et de bouses, a visiblement servi d'étable. Un peu partout manquent des pierres. En cherchant bien, on pourrait les retrouver à la base des maisons d'agriculteurs alentour qui, devenus prospères, dédaignent les traditionnelles habitations de torchis.

Nostalgique, Zahr déambule parmi les vestiges : ces palais ravagés lui semblent crier au secours, supplier qu'on les sauve avant l'agonie. Ils avaient pourtant bien servi leurs maîtres : élégants et parés, ils abritèrent les plus belles fêtes, les plus somptueux mariages et d'innombrables nuits d'amour ; tour à tour ils virent naître les futurs souverains de

Badalpour, ils cachèrent aussi bien des larmes, étouffèrent bien des drames, discrètement, loyalement. Maintenant que le temps de la grandeur est passé, ils n'attendent plus ni fastes ni honneurs, mais ils n'ont pas mérité pareille déchéance : tels de vieux serviteurs fidèles, ils ont le droit de s'éteindre dans la dignité.

Comment a-t-on pu en arriver à un tel désastre en l'espace de dix ans? se demande-t-elle atterrée. Les moussons, bien sûr : le stuc friable n'y résiste guère. Et aussi le pillage, l'utilisation des palais comme abris pour le bétail.

Pourquoi son père a-t-il laissé faire?

— Lorsque nous sommes arrivés, voici quatre ans, tout était à l'abandon, explique Narguiss comme si elle avait deviné ses pensées. Heureusement, nous avons pu sauvegarder le grand palais.

— Mon père ne s'en occupait-il pas?

— Depuis la confiscation de l'État, le radjah sahib a cessé de venir. Il nous a accompagnés ici, voici quatre ans, pour nous présenter aux anciens du village; depuis, c'est la première fois qu'il nous rend visite, et cela grâce à vous. Seule la rani vient, chaque automne, pour percevoir les fermages des quelque cinquante hectares que le radjah sahib a eu le droit de conserver.

Évidemment, vous ne pouviez que vous retirer, pauvre Daddy. Vous n'étiez plus chez vous, vous vous sentiez de trop. Pourtant, parmi ces paysans, beaucoup vous aimaient, vous auriez pu revenir... Mais revenir pour quoi? Vous n'aviez plus rien à faire ici. On n'avait plus besoin de vous pour arbitrer les conflits, régler les problèmes comme pendant vingt ans vous l'aviez fait, comme vous vous y étiez préparé toute votre jeunesse. Désormais, on n'a plus besoin de radjah père, la République et ses fonctionnaires ont pris le relais. Vous avez préféré vous retirer, plutôt que de vous heurter à la morgue de ces bureaucrates qui vous toisent du haut de leur minuscule pouvoir, et surtout fuir ces nouveaux riches qui, se faisant vertu de leur fortune, estiment avoir droit à votre compagnie.

Le lendemain matin, dès l'aube, les vieilles femmes du village sont arrivées au palais par petits groupes afin de voir la fille de la rani blanche, cette rani qui les a quittées, mais dont elles se souviennent toujours comme d'une déesse venue d'un monde de beauté et de bonté. Assises sur la terrasse aux pieds de Zahr et de Narguiss qui traduit, elles évoquent l'extraordinaire princesse aux cheveux dorés qui venait les visiter dans leur pauvre maison, s'inquiétait de leurs problèmes, essayait de les aider, et surtout savait leur montrer qu'elle les aimait.

— Au début, je n'y croyais guère, se souvient la vieille Mahila. Comment une rani sahib pouvait-elle s'intéresser à une intouchable comme moi ? Je pensais qu'elle se moquait, et plus elle me montrait d'affection, plus je lui en voulais et tentais de me cacher. Et puis, quand le mal noir [1] a frappé le village et que, pendant des semaines, elle est restée avec le docteur Rajiv à nous soigner, alors j'ai compris que c'était vrai, que nous autres, pauvres misérables, elle nous aimait. Et j'ai pleuré d'avoir été si ingrate et stupide, et en même temps je riais, moi qui n'avais jamais ri que pour me moquer, je riais de bonheur et de fierté, pour la première fois je me sentais heureuse d'exister !

Autour de Mahila, les femmes approuvent en essuyant furtivement une larme, et chacune de se rappeler et de raconter, les yeux brillants, les paroles et les gestes de la rani blanche dont le souvenir continue à leur tenir chaud au cœur.

Personne comme ces paysannes n'a su lui parler ainsi de sa mère, n'a su, comme elles, faire revivre sa personnalité enthousiaste et généreuse. Zahr a envie de les prendre dans ses bras pour les remer-

1. La peste.

cier. Instinctivement, elle a saisi la main de Mahila et lui fait signe de s'asseoir sur le divan à côté d'elle, ainsi qu'à deux aïeules aux cheveux de neige, accroupies par terre. Depuis qu'elle est en Inde, elle n'a pu s'habituer à voir toutes ces femmes à ses pieds. Mais les paysannes refusent énergiquement. Zahr insiste, elle tente de tirer à elle Mahila qui secoue la tête en résistant de plus belle :

— *Nehi! Radjah sahib...* finit-elle par articuler en jetant autour d'elle des regards affolés.

Alors seulement Zahr réalise qu'en tentant de les persuader qu'elles ont les mêmes droits qu'elle, en voulant les contraindre à l'égalité, elle ne fait que les terroriser. S'asseoir sur un divan du palais à côté de la radjkumari? Pour une telle outrecuidance, elles n'osent imaginer la réaction du radjah sahib! Du temps du grand radjah, son père, à supposer que l'une d'entre elles eût été assez folle pour prendre place à côté de sa maîtresse, de sa vie elle n'aurait pu s'asseoir à nouveau!

Une fois de plus Zahr s'est laissé entraîner par des idées qui, ici, n'ont pas cours. Et elle se dit que sa mère, élevée en princesse et imprégnée de son statut était mieux comprise et acceptée par ces paysannes qu'elle-même qui s'obstine à vouloir les traiter en égales. Et, soupirant, elle se résigne à demeurer dans son rôle de fille de radjah.

Tandis que les femmes bavardent, soulagées que la radjkumari ait renoncé à ses étranges idées, Zahr s'est levée et, pensive, arpente la terrasse. En bas, sous la véranda, son père et son frère reçoivent des paysans venus leur rendre hommage et les entretenir de leurs difficultés quotidiennes. Car si leur radjah n'a plus le pouvoir d'autrefois, ils lui gardent leur confiance : il peut les aider contre une administration qui les écrase et à laquelle ils ne comprennent rien. Zahr aurait souhaité assister à ces discussions, mais son père n'a rien voulu entendre :

— La place de ma fille n'est pas dans des réunions d'hommes. Vous devez vous faire respecter.

Elle a été forcée d'obtempérer, mais elle n'arrivera jamais à admettre l'idée absurde qu'une femme n'est respectable que si elle est invisible! Ce n'est pas un concept spécifiquement musulman puisque, dans les milieux hindous traditionnels, de même qu'autrefois en Chine ou au Japon, les femmes étaient cachées, comme on cache un objet précieux. Les hommes orientaux en auraient-ils si peur qu'ils doivent leur interdire toute vie publique? Soupçonneraient-ils qu'elles soient au fond plus fortes qu'eux?

Du haut de la terrasse, Zahr embrasse son domaine : au loin, dans le village aux toits de chaume, bruissant d'activité, les paysannes sont occupées à écraser le grain entre de lourdes meules de pierre, ou à malaxer des bouses de vache dont elles font des galettes qu'elles plaquent sur les murs des maisons. Séchées au soleil, celles-ci leur serviront de combustible pour cuisiner.

Entre le village et le parc ceint de hauts murs, Zahr aperçoit l'étang où sa mère aimait ramer, à présent envahi par les algues et les nénuphars ; à côté, un terrain broussailleux qui fut le tennis ; derrière, jouxtant un long hangar de brique — le quartier des serviteurs — s'élèvent de hautes stalles à demi détruites qui abritaient les éléphants, et d'autres plus petites, destinées aux pur-sang arabes dont son père était grand amateur. Selma et lui partaient chaque matin, à la fraîche, pour de longues chevauchées à travers la campagne.

— Elle pouvait donc sortir? s'était étonnée Zahr.

— Ici les règles sont différentes. Un paysan n'aurait jamais osé lever les yeux sur sa rani. Tandis qu'en ville, on peut s'attendre à tout.

Bien que péremptoire, la réponse n'était guère convaincante. Amir devait avoir bien du mal à tenir son exubérante épouse dans un strict *purdah*. Si, à Lucknow, elle acceptait de se conformer à la règle — après tout, qu'y avait-il à faire dans cette ville provinciale ? —, à Badalpour, l'État dont elle était souveraine, elle n'entendait pas vivre en recluse. D'autant qu'ici, qui aurait osé la critiquer ? Certainement pas les paysans pour qui la rani blanche venait d'un monde supérieur échappant à toute règle humaine.

Amir s'était laissé convaincre, il voulait sa jeune femme heureuse, et, tandis qu'à Lucknow elle s'étiolait, à Badalpour elle reprenait vie et semblait l'image même du bonheur.

Selma... Depuis qu'elle est arrivée ici, Zahr a l'impression étrange que l'ombre de sa mère l'accompagne, elle se sent comme habitée par un être lumineux, insaisissable, mais bien plus réel que les gens qui l'entourent. Comme si Selma profitait de la présence de sa fille pour se glisser en elle et revenir sur ces lieux qu'elle avait tant aimés.

Dans une sorte de rêve, Zahr a descendu les escaliers de pierre et, traversant le jardin moghol, s'est dirigée, face au grand palais, vers une étendue de hautes herbes entourée d'une jolie grille de fer forgé, comme s'il s'agissait d'un espace précieux à protéger et non d'un simple jardin en friche qu'égaient des boutons-d'or. Longuement elle a flâné, caressant chaque fleur, doucement, pour ne pas les froisser, juste pour leur dire qu'elle les reconnaît, qu'elles font partie du même monde. Puis elle s'est étendue sur le sol chaud, et s'est laissé envahir par les vibrations montant de la terre, de cet univers obscur en perpétuel mouvement, des profondeurs cachées d'où germe la vie.

— Zahr !

Elle a rouvert les yeux. Penché au-dessus d'elle, son père la regarde avec une expression étrange. Vite, elle se redresse avec le sentiment d'être prise en faute, mais il se contente de murmurer d'une voix à peine audible :

— Ainsi, vous aussi vous aimez ce jardin... C'était l'endroit favori de votre mère...

Zahr s'est relevée et époussette les brindilles incrustées dans sa *gharara*. Sa mère ici, sa mère là, tout le monde ne fait que lui parler de sa mère! Et elle, elle n'existe pas? Si son père se met lui aussi à ne plus voir en elle que le reflet de Selma!

Inconscient de l'orage qu'il a déclenché, Amir poursuit :

— J'ai même nommé cet endroit d'après elle.

Et, guidant sa fille vers l'entrée du jardin, il lui indique l'inscription gravée sur l'arche de marbre : *Sultan Bagh*, le Jardin de la Sultane.

Le jardin de la sultane... morte à vingt-neuf ans.

Zahr se mord les lèvres. Comment peut-elle jalouser la frêle jeune femme disparue alors qu'elle commençait à peine à vivre?...

— J'ai décidé de donner une fête en votre honneur pour tous les paysans de Badalpour, lui annonce son père. Je veux qu'ils fassent connaissance avec leur nouvelle radjkumari!

— Une fête pour les paysans? Quelle bonne idée! Combien seront-ils?

— Le village en compte environ trois mille, y compris les enfants. J'imagine qu'il en viendra bien deux mille, ils meurent d'envie de vous voir. Nous leur offrirons du thé et les traditionnelles friandises de la région au miel et à la pâte d'amande que j'ai commandées au restaurant du village.

Dire qu'il y a un instant elle se plaignait de n'être pas aimée... Elle voudrait lui sauter au cou, mais il n'apprécierait guère ce genre de démonstration. Elle en sourit intérieurement tandis qu'ils reviennent vers le palais.

Convoqués pour trois heures par le tambour qui, la veille, a fait plusieurs fois le tour du village, la plupart des paysans sont arrivés dès midi. Assis dans le parc, ils attendent patiemment qu'apparaissent leurs hôtes : les hommes d'un côté, les femmes de l'autre, les enfants courant partout, certains en haillons, d'autres tout fiers et empruntés dans leurs habits de fête.

En retrait, devant un grand feu, le cuisinier fait bouillir dans d'énormes bassines de cuivre un mélange épais de thé, de lait et de sucre, tandis que ses aides disposent sur de larges feuilles de bananier les friandises qu'ils ont passé la nuit à préparer. Cela représente des milliers de *gulab djamans* et de *burfis,* pensez : pour tout le village ! Les adultes en prendront bien deux ou trois ; quant aux enfants, ils sont insatiables. En prévision des petits resquilleurs, le radjah a d'ailleurs prévu un service d'ordre, une dizaine de jeunes gens du village qui, postés sous l'arche principale du jardin moghol, organiseront la distribution. Mais, en dépit de ces sages précautions, le service sera vite débordé et certains seront servis trois fois tandis que d'autres pleureront de n'avoir rien reçu.

Lorsqu'enfin Zahr est descendue dans sa jolie *gharara* de soie verte, les femmes l'ont entourée ; chacune veut la toucher, lui parler. Elles ne demandent rien, elles ont simplement envie de la regarder et de capter son regard, juste pour le bonheur d'exister aux yeux de cette jeune fille si blanche et si belle. Certaines s'enhardissent à dire leur nom, le nom de leurs enfants, et à lui poser des questions auxquelles Zahr ne peut répondre que par des sourires. Alors elles se rengorgent et rient de plaisir : la radjkumari leur a souri, la radjkumari les aime !

Une surprise attend la jeune fille : son père a fait venir l'orchestre du village. Il est composé de quatre hommes : le joueur de *tabla* [1], le joueur de *sarod* [2], le flûtiste et, plus important que tous les autres, le chanteur. Tandis que l'on avance trois fauteuils — pour le radjah, pour la radjkumari et pour le radjkumar —, la foule soudain silencieuse se masse sur la pelouse. Même les enfants ont arrêté leurs jeux et attendent, fascinés.

1. Instrument de percussion composé de deux petits tambours verticaux.
2. Sorte de luth à quatre cordes.

Dans le jardin moghol, une mélopée rauque s'est élevée ; rythmée en sourdine par le *tabla*, elle s'étire longuement, puis, reprise par la flûte et le *sarod*, comme une fleur arrivée à maturité elle s'épanouit en une pluie de pétales colorés. Sans effort, la voix passe de la douceur à la violence, elle dit l'amour et la guerre, et les champs ensoleillés que moissonnent les jeunes filles aux longs cheveux de jais, et les princesses esseulées qui rêvent dans leur palais.

Sur ces derniers mots, le chanteur s'est arrêté, et, relevant la tête, il a planté ses yeux dans ceux de Zahr. Stupéfaite, celle-ci détourne son regard : *Comment ose-t-il ? Que se passerait-il si mon père le voyait ? Ne craint-il pas que je le lui dise ?* Mais elle est forcée d'admettre que, depuis qu'il a commencé à chanter, c'est elle qui n'a cessé de le dévisager, s'émerveillant de ses yeux verts dans ce visage sombre et de la finesse de ses traits. Sans doute a-t-il perçu son intérêt : quoi d'étonnant à ce qu'il s'arroge à son tour le droit de la regarder ? Elle préfère ne pas imaginer ce qu'il doit penser d'elle... Pourvu que les autres n'aient rien remarqué ! Se redressant, elle a pris l'attitude digne et indifférente qui sied à une radjkumari, mais elle a envie d'en savoir plus ; sur un ton détaché, elle questionne Narguiss, assise à ses pieds :

— Il chante vraiment très bien : est-ce un professionnel ?

La jeune fille éclate de rire.

— Mais non, Bitia, ce n'est qu'un paysan, il cultive la terre, comme les autres !

Tout au long du concert, leurs yeux vont se chercher pour se détourner aussitôt. Jeu fort risqué, ce qui en fait le charme... Heureusement, le radjah est à mille lieues d'imaginer que sa fille puisse poser son regard sur l'un de ces paysans qu'il apprécie, à condition toutefois qu'ils restent à leur place. Séduite par le chant, Zahr se laisse emporter dans son rêve : elle s'imagine vivant une folle histoire d'amour... Un amour clandestin? Impossible, dans ces campagnes tout se sait. Pourquoi pas... un mariage? Elle qui désire vivre en Inde se verrait bien installée dans ce joli village de Badalpour, prenant soin des femmes et des enfants. Plus de barrières entre elle et les habitants, puisqu'elle aurait épousé l'un des leurs. Elle sourit en songeant au scandale qu'une telle « mésalliance » provoquerait dans la bonne société lucknowi, tout en se disant qu'elle délire... Ce musicien si beau est peut-être une brute ; dans ces campagnes, les femmes ne sont que des servantes, des fabriques à enfants, et ces maisons de torchis, charmantes vues de loin, doivent être, lorsqu'on y pénètre, nauséabondes et envahies de vermine. Mais elle écarte la voix ennuyeuse de la raison, elle a envie de continuer à rêver. Est-elle une « dépravée », comme dirait son père, d'imaginer des « amours ancillaires » ? N'est-ce pas plutôt les autres qui restent prisonniers de leurs préjugés ? Avec tendresse elle se rappelle son premier flirt, un petit paysan du Lot-et-Garonne aux cheveux noirs tout bouclés. Serait-il donc contre nature de ne pas s'intéresser aux jeunes gens de son milieu, à l'air hautain et avantageux ?

Pourquoi n'épouserait-elle pas ce paysan ? Mais peut-être est-il déjà marié... On se marie jeune dans les campagnes ; l'amour est le seul plaisir des pauvres, le seul où ils soient à égalité avec les riches, qui d'ailleurs trouvent cela immoral, protestant qu'ils font trop d'enfants. Est-ce le trop d'enfants ou le trop de plaisir que les riches reprochent surtout aux pauvres ?

A la dérobée, Zahr observe son chanteur, les fines petites rides autour de ses yeux... Il a bien trente ans, il a certainement une épouse. Elle pourrait donc être... la seconde ? Elle a envie de rire ; cette idée qui, à Paris, l'aurait fait hurler, dans le contexte de cette Inde où depuis trois mois elle se trouve immergée, ne lui semble, après tout, pas inacceptable...

L'évocation concrète de la vie au village finit par la tirer de son rêve. Elle s'étonne d'avoir pu fantasmer de la sorte. Simplement à cause d'une paire de beaux yeux verts ?

Ne serait-ce pas plutôt une réaction à son enfermement ? Trois mois, durant lesquels ses seules fréquentations masculines ont été les vieillards chenus de l'Union rationaliste paternelle ! N'est-ce pas le fait de cloîtrer les femmes qui leur donne une telle fringale de liberté, un tel besoin de briser les barrières, qui les rend « intenables », comme disent ici les hommes ? Et non, ainsi qu'ils l'affirment pour justifier ce cruel emprisonnement, le fait que les femmes seraient « par essence » des êtres déraisonnables ?

Si, après seulement trois mois de vie recluse, elle, Zahr, a pu rêver de devenir l'épouse, et même la seconde épouse d'un paysan qu'elle n'a fait qu'entrevoir, n'est-ce pas la preuve que, pour une femme privée de liberté, n'importe quel fruit défendu devient si irrésistible qu'elle est capable de toutes les folies pour le cueillir ? Tandis que si le fruit est là, à portée de main, elle ne lui accordera sans doute même pas un regard...

L'orchestre a fini de jouer et Zahr s'aperçoit qu'on a oublié de servir du thé aux musiciens. Après leur récital, ils doivent mourir de soif. Elle fait signe à l'un des serveurs ; au bout de quelques minutes, il revient, secouant la tête d'un air désolé :

— Il n'y a plus un seul gobelet.

On en a pourtant fait livrer deux mille de ces gobelets de terre que l'on brise après avoir bu. Qu'à cela ne tienne ! Zahr s'est levée et, pénétrant dans les cuisines du palais, demande à Sarvar bégum de servir du thé aux musiciens dans des tasses de porcelaine. Mais Sarvar bégum refuse tout net : pas question que ces paysans utilisent la vaisselle de la maison ! Malgré l'insistance de Zahr, elle ne veut pas en démordre, soutenue en cela par les autres domestiques qui, d'imaginer que des paysans pourraient boire dans les tasses de leur maître, en considèrent leur propre dignité comme bafouée. Il faudra que Zahr se mette en colère et les menace des pires châtiments pour que, en maugréant, Sarvar bégum consente à sortir les objets litigieux et qu'un domestique accepte, en traînant les pieds, de les porter jusqu'à l'orchestre, cependant que Zahr se rassoit, ulcérée mais satisfaite d'avoir remporté cette bataille contre d'inadmissibles préjugés.

Le chanteur remercie avec un grand sourire, mais... il ne peut boire de thé : il souffre de diabète. Zahr se désole ; c'est vrai qu'en Inde, avec les kilos de sucre et de lait qu'on ajoute dans le thé... Le second musicien refuse à son tour : lui aussi a du diabète. Le troisième musicien ne peut boire non plus : il est diabétique également. Le quatrième, lui, a pris la tasse et a bu.

Tandis que le radjah s'esclaffe : « Décidément, dans ce village, le diabète est contagieux ! », Zahr observe, silencieuse. Et soudain elle comprend : les trois premiers sont hindous, ils arborent sur le front le signe de Vishnou ; le quatrième est musulman. La stupeur la cloue sur place : ainsi ces paysans considèrent qu'ils se souilleraient en buvant dans les tasses de leur radjah !

Parce que nous sommes musulmans, nous sommes pour eux impurs !

Elle ne sait ce qui, en elle, l'emporte, de l'indignation ou du rire face à l'ironie de la situation : elle a dû se battre avec les domestiques qui refusaient de voir les tasses des maîtres souillées par des paysans, et ceux-ci dédaignent de boire dans ces mêmes tasses, souillées selon eux par des maîtres intouchables...

Le lendemain matin, Ram Puri, le chef du village, est venu remercier le radjah au nom des siens, et il a apporté pour la radjkumari un plat de douceurs au lait de bufflesse, préparées par sa jeune épouse.

De haute taille, le ventre avantageux, Ram Puri est un homme heureux. Il possède quinze acres de bonne terre, ce qui fait de lui l'un des plus riches propriétaires des environs; sa femme lui a donné deux fils, et, en tant que chef du *panchayat* [1], il jouit d'une autorité que personne ne peut lui contester.

Profitant de ce que son père s'est absenté un moment, Zahr entreprend de le questionner sur la vie du village, et d'abord sur ce fameux *panchayat*, censé prendre toutes les décisions d'intérêt commun. Fier d'étaler son savoir, Ram Puri explique à la jeune fille que tous les villages de l'Inde sont contrôlés par ces conseils élus par les paysans et renouvelés tous les cinq ans. En général y sont désignés les anciens car, ayant le plus d'expérience, ils sont considérés comme les plus sages; mais il y a des exceptions, et, de toute façon, chacun est censé exprimer librement son point de vue.

Zahr n'en croit pas ses oreilles : ainsi, dans ces villages où tout semble si archaïque, règne une authentique démocratie, une sorte d'autogestion inconnue des pays développés, cette autogestion à propos de laquelle, à Paris, son groupe dissident trotskiste ne cessait de disserter et qu'il présentait comme la panacée à tous les maux de la société. Ce modèle idéal de gouvernement local fonctionnerait ici, à Badalpour, chez elle! Si elle le pouvait, elle embrasserait le porteur d'une aussi extraordinaire nouvelle. Réprimant avec peine son enthousiasme, elle se contente de le féliciter :

— Bravo, Ram Puri! Vous êtes donc l'homme le plus respecté du village. Avez-vous été élu par l'ensemble des paysans ou par les membres du *panchayat* ?

— Ni par les uns ni par les autres.

— Comment cela ?

— C'est le radjah sahib qui m'a élu.

Devant la mine interdite de Zahr, il explique comme une évidence :

1. Conseil de village.

— C'est normal : le radjah sahib est si savant, il sait ce qui est le mieux pour nous.

Et, respectueusement, Ram Puri a pris congé de la radjkumari qui, le souffle coupé, le regarde partir, cependant que s'envolent en fumée ses si jolies utopies.

— Aimeriez-vous voir l'école du village ? a proposé son père en rentrant dans le salon où Zahr remâche sa déconvenue. Le directeur vient de me faire savoir que les élèves ont préparé une chanson à votre intention et qu'ils vous attendent impatiemment.

L'école est un petit bâtiment de brique entouré d'une cour cimentée ombragée de hauts banians. C'est dans cette cour, assis à même le sol, que les élèves reçoivent leur enseignement ; la petite maison, meublée de quelques étagères et de trois ou quatre tables et chaises, est réservée aux instituteurs afin qu'ils rangent livres et fournitures et puissent tranquillement prendre le thé, tandis qu'au-dehors les écoliers tirent une langue appliquée sur leurs devoirs.

A l'arrivée de Zahr, c'est le branle-bas de combat : sur un signe de leurs maîtres, les enfants ont laissé choir ardoises et cahiers et, dans un joyeux tumulte, se sont mis en rang par classes, les plus petits devant, non sans cris et pincements. Trois minutes et quelques coups de baguette plus tard, dans le calme enfin rétabli, des petites voix nasillardes s'élèvent. Sur un air populaire, elles chantent la belle dame venue d'« Angleterre » (le peuple indien appelle anglais tout ce qui est étranger), une belle dame venue visiter les enfants de Badalpour qui l'aiment et veulent qu'elle reste au village pour toujours.

Zahr a du mal à cacher son émotion : si cela pouvait être vrai ! si, comme ces enfants, les adultes aussi la considéraient comme des leurs, avec quelle joie abandonnerait-elle sa vie parisienne et toutes ces libertés qui lui apportent si peu, en comparaison de la sereine plénitude que lui donnerait l'amour des siens !

Après avoir installé le radjah et sa fille sur les meilleures chaises, le directeur a frappé dans ses mains et, un à un, les écoliers sont venus présenter leurs cahiers. Depuis les tout-petits, âgés d'à peine quatre ans, jusqu'aux plus grands, de dix à douze ans, ils sont répartis en cinq classes — le cycle de l'école primaire obligatoire pour tous depuis l'indépendance. Mais, alors que les petites classes sont surchargées — une quarantaine d'élèves —, plus on avance, plus elles se clairsèment, au point que les deux dernières ne comptent guère plus qu'une dizaine d'élèves, en majorité des garçons. En effet, dès qu'un enfant atteint sept à huit ans, il devient une force de travail appréciable pour les travaux des champs. Quant aux fillettes, elles aident leur mère à la maison et sont de surcroît responsables d'une ribambelle de petits frères et sœurs. De toute façon, être instruites ne les aidera guère à trouver un mari, bien au contraire : les hommes n'apprécient pas qu'une femme sache lire et écrire, cela lui donne des idées d'indépendance !

— Bien sûr, elles ne sont pas nombreuses, admet son père, mais le fait que certaines familles envoient leurs filles à l'école est déjà un progrès remarquable. Et de plus, dans une école mixte ! Imaginez l'évolution des mentalités en seulement quinze ans ! Votre mère serait si heureuse de voir cela, elle qui m'avait tant supplié de créer une école pour les filles.

— Vous aviez refusé ?

— Non, ce sont les hommes du village qui ont refusé. Nous nous sommes heurtés à une véritable levée de boucliers. Ils ont commencé par dire que l'« étrangère » — votre mère — voulait pervertir leurs filles, et que moi, leur radjah, oubliant toutes les valeurs ancestrales, je me laissais mener par le bout du nez par cette « ingrese ». J'ai dû renoncer à l'école, il en allait de mon autorité sur les paysans.

Cela a été un coup très dur pour Selma. Elle, si enthousiaste, débordant de projets pour améliorer le sort des femmes de Badalpour, a compris qu'à part la charité, elle ne pouvait rien faire qui fasse bouger tant soit peu cette société figée. Je crois que c'est à partir de cet échec qu'elle a commencé à se replier sur elle-même et à se détacher de l'Inde.

A se détacher de l'Inde... Mais de vous, à partir de quand, et pourquoi s'est-elle détachée aussi de vous ?

De retour au palais, profitant de ce que son père semble en veine de confidences, Zahr a essayé de le faire parler davantage de Selma. Mais à nouveau il s'est refermé sur lui-même et à toutes ses questions il répond qu'il ne se souvient pas. Alors, ulcérée, elle oublie le respect que toute fille orientale doit à son père et lui pose cette question suprêmement insolente :

— Mais enfin, l'aimiez-vous ?

Elle s'attend à ce qu'il la remette à sa place ; il se contente de la regarder d'un air las :

— Pour moi, l'amour est une maladie. J'admirais votre mère et je la respectais, et je pense qu'elle en faisait de même à mon égard.

Zahr est alors envahie d'une grande tristesse.

Pauvre maman, vous si passionnée, si assoiffée d'amour, comme vous avez dû vous sentir seule... Et vous, mon Daddy qui vous défendiez de l'amour, parce qu'il faisait trop peur à l'orphelin solitaire qu'au fond vous étiez resté, vous n'avez même pas eu droit au respect : aux yeux du monde entier, elle vous a trompé.

Toute sa vie, Zahr se remémorera avec une ironie macabre le marché de dupes passé entre son père et sa mère. Alors que rien ne les empêchait de se rencontrer avant leur mariage, ils n'en avaient pas éprouvé le besoin. Les choses étaient claires : Selma, princesse pauvre, épousait le radjah pour son argent ; quant à Amir, il épousait Selma pour l'honneur inouï de s'allier à la prestigieuse famille impériale ottomane. Deux ans plus tard, Selma mourait dans la misère, et Amir voyait son honneur traîné publiquement dans la boue.

Zahr en tirera sa morale de base : jouer franc, ne pas essayer de piper les dés. Car, lorsqu'on ne fait pas les choses pour elles-mêmes, elles finissent immanquablement par se retourner contre vous.

Morale simpliste, diront certains ? Elle n'en a cure, la vie lui a appris que les complications sont à la portée de tous, mais qu'en revanche, il n'est rien de plus difficile à atteindre que la simplicité.

Est-ce le souvenir de Selma, ou bien la nostalgie des jours heureux où, jeune souverain moderne et entreprenant, il essayait de faire évoluer Badalpour, d'apporter le maximum de bien-être à ses paysans, alors qu'aujourd'hui il a le sentiment de ne plus servir à rien ? Amir se renferme de plus en plus sur lui-même. Il s'est fait installer un fauteuil sur une terrasse du premier étage et là, tournant le dos au village, devant les champs qui s'étendent à perte de vue, il passe ses journées, silencieux, à fumer le *hookah*. Il a même délaissé ses livres et le travail de recherche pour lequel il se passionne depuis sa jeunesse, inventant toutes sortes d'outils destinés à faciliter la vie quotidienne. C'est à peine s'il semble s'apercevoir de la présence de Zahr lorsque, inquiète, celle-ci vient s'asseoir à ses côtés et lui demande s'il n'a besoin de rien. Il fait effort pour lui sourire, mais elle comprend qu'elle le dérange, qu'il n'a qu'une envie : rester seul avec son passé.

Elle devine combien il a dû prendre sur lui-même pour l'emmener à Badalpour et donner cette fête en son honneur, alors que depuis tant d'années il essaie d'oublier. En revenant ici, il a rouvert la porte à trop de souvenirs d'une époque où sa vie avait un sens, où il n'était pas ce laissé-pour-compte au bord d'une route où les autres continuent d'avancer.

Trois jours passent. Amir ne descend même plus prendre ses repas. Un domestique monte de temps à autre lui apporter du thé et quelques biscuits. Le matin, Zahr le retrouve endormi sur son fauteuil ; il ne s'est même pas couché. Elle ne sait plus que faire. Muzaffar, philosophe, la rassure à sa manière :

— C'était pareil il y a quatre ans, lors de notre dernière visite. Il est venu pour vous, mais il ne supporte plus Badalpour.

Et il l'a regardée comme si c'était elle la coupable.

L'arrivée du messager d'un radjah voisin, les conviant à dîner, force Amir à sortir de sa léthargie. Ex-souverain d'un petit État hindou, le radjah de Palal est l'un de ses plus vieux amis : refuser serait l'offenser. Zahr a-t-elle envie d'y aller ? Bien sûr qu'elle en a envie ! Elle saisirait n'importe quelle occasion pour distraire son père de sa mélancolie. En outre, cela promet d'être amusant : le radjah a, paraît-il, une jeune femme très moderne, et ils passent la moitié de l'année à Poona, la capitale du cinéma, l'Hollywood de l'Inde.

Dans la voiture qui les conduit tous les trois vers Palal, Amir explique à Zahr que le radjah et lui ont fait leurs études ensemble en Angleterre.

— Nous sommes restés très liés, c'est presque un frère pour moi. D'ailleurs, vous l'appellerez « mon oncle ».

La soirée s'est déroulée comme un enchantement. Le radjah de Palal a fait venir des musiciens qui ont joué tout au long d'un dîner, délicieux et accompagné... de vin ! C'est la première fois que Zahr en boit depuis qu'elle est en Inde, mais, « pour ma nièce parisienne », a dit son oncle, « c'est la moindre des choses » ! Dans cette ambiance chaleureuse, Amir se détend, les deux hommes évoquent en riant leur frasques londoniennes et Zahr se découvre avec étonnement un père qui, autrefois, fut farceur et boute-en-train.

Tandis qu'ils se remémorent leur intrépide jeunesse, la rani entraîne la jeune fille dans sa chambre, et, parmi ses saris déployés, la presse de choisir. Comme devant toutes ces soies magnifiques Zahr n'arrive pas à se décider, elle indique une arachnéenne mousseline bleu nuit toute rebrodée d'argent :

— Avec votre teint clair, ceci devrait vous aller à merveille.

Et, toute contente de son cadeau, elle serre sa nouvelle amie dans ses bras et la ramène au salon.

Le radjah de Palal n'entend pas demeurer en reste :

— Moi aussi j'ai un présent pour vous, ma nièce ; j'espère qu'il vous plaira.

Il a fait un signe et deux serviteurs sont entrés, portant cérémonieusement une splendide peau de léopard.

— Pour moi ?

Zahr n'en croit pas ses yeux : cette fourrure somptueuse lui évoque les Indes de ses rêves d'enfant, les Indes des maharadjahs qui partaient à la chasse sur leurs éléphants caparaçonnés d'or, les Indes brillantes et fastueuses que, pour un soir, le radjah de Palal tente de faire revivre pour elle. Balbutiant d'émotion, elle remercie son oncle pour ce cadeau encore plus précieux pour elle qu'il ne l'imagine.

Mais il se fait tard, la route est longue, il va falloir se séparer. Le radjah et la rani raccompagnent leurs invités sous la véranda éclairée par une dizaine de serviteurs portant des torches. Zahr embrasse la jeune femme, puis se tourne vers son oncle :

— Je vous suis tellement reconnaissante... Vous m'avez offert une soirée extraordinaire.

— Ce n'est rien, ma nièce, je suis heureux qu'elle vous ait plu.

Et, spontanément, il l'embrasse sur la joue, et tout naturellement elle répond au baiser de cet oncle gâteau.

Ils n'ont pas fait dix pas vers la voiture que son père explose ; les traits convulsés par la fureur, il suffoque :

— Vous n'avez donc aucune pudeur? Comment avez-vous osé commettre un acte sexuel en public?

Elle se fige, le regarde les yeux écarquillés : quel acte sexuel? Est-il devenu fou?

— Enfin, Daddy, je n'ai rien...

— Je vous l'ai pourtant répété cent fois : ici, un homme et une femme ne doivent avoir aucun contact physique en public! Vous l'avez embrassé devant tous ces serviteurs ignorants : pour eux, c'est comme si vous aviez forniqué sous leurs yeux. Ils vont aller raconter partout que la fille du radjah de Badalpour est une traînée! Jamais je ne remettrai les pieds dans cette maison! Jamais je ne reviendrai dans cette région! Vous m'avez déshonoré!

— Mais vous me disiez de le considérer comme un oncle, j'ai cru...

— Taisez-vous! Lui aussi, évidemment, est responsable, il avait trop bu! Quant à moi, j'en suis resté paralysé, incapable de faire un geste, sinon je l'aurais provoqué en duel : ou je l'aurais tué, ou il m'aurait tué!

Pendant tout le trajet du retour, Amir, muré dans sa fureur, ne desserre pas les dents, tandis que Muzaffar observe sa sœur avec un sourire narquois. Recroquevillée sur elle-même, Zahr a l'impression qu'une tonne de glace lui écrase le cœur. Comment son père peut-il être aussi injuste? Elle n'a fait qu'effleurer la joue de son oncle, et pour cela il l'accuse de... Une vision l'assaille : une femme couchée à même le sol, qu'un homme possède tandis qu'autour d'eux la foule regarde en ricanant. Elle en frissonne d'horreur : voilà le crime qu'il lui reproche, alléguant que les gens d'ici ne savent pas faire la différence...

Arrivé au palais, Amir, blême, monte dans sa chambre sans la regarder, imité par Muzaffar qui feint d'ignorer sa sœur. Zahr le suit des yeux, indignée : comment ce blanc-bec peut-il se permettre de la juger? Malgré la violence des propos paternels, ou peut-être à cause de leur outrance, elle refuse la culpabilité et la honte ; elle se sent simplement épuisée. Et lorsque, étendue sur son lit, les yeux grands ouverts, elle sent couler sur ses joues des larmes, ce n'est pas de regret pour sa prétendue faute, c'est d'incompréhension et de détresse.

Le lendemain matin, son père semble avoir oublié l'incident. Il n'y fera plus allusion, mais Zahr finira par savoir qu'il a rompu toutes relations avec son vieil ami, lequel ne dut jamais comprendre, après tout le mal qu'il s'était donné, ce qu'Amir pouvait bien lui reprocher.

De son côté, Zahr se désintéressera complètement de la malencontreuse peau de léopard, qu'elle oubliera quelques mois plus tard à l'occasion de ses multiples pérégrinations.

Il est temps de rentrer à Lucknow. Sur l'insistance de sa fille, le radjah a en effet pris rendez-vous pour Mandjou avec un psychothérapeute renommé. Celui-ci habite Bénarès, à trois cents kilomètres, ce qui représente une bonne nuit de train.

— Puis-je rester à Badalpour pendant que vous ferez ce voyage ? a demandé Zahr. Je suis si heureuse ici. Et puis Muzaffar... — elle a failli dire « me surveillera », mais, craignant qu'après le drame de la veille, son père n'apprécie pas son ironie, elle se reprend et, tout en lui décochant un sourire enjôleur —, Muzaffar me tiendra compagnie.

Le radjah hésite. Mais cela semble lui faire tellement plaisir... Et puis, il se dit que la veille, emporté par la colère, il a peut-être exagéré, il craint qu'elle ne lui en veuille.

— Je suis trop faible avec vous, mais enfin, restez, puisque vous y tenez. Je viendrai vous rechercher dans trois jours.

Et, après avoir prodigué mille recommandations à Sarvar bégum et à Narguiss, censée suivre Zahr comme son ombre, il s'en est allé.

Le village de Badalpour n'est qu'à cinq cents

mètres du palais. A peine son père est-il parti que Zahr décide d'aller le visiter, malgré l'opposition de Muzaffar qui objecte que ce n'est pas la place d'une radjkumari. Agacée, elle le fait taire : de quel droit se permet-il de lui dicter sa conduite ? Elle est sa sœur aînée, il lui doit le respect. Il la regarde interdit et rentre en maugréant dans sa chambre, tandis que Zahr, riant sous cape, se félicite d'avoir su retourner à son avantage les sacro-saints principes de la hiérarchie orientale.

Accompagnée de Narguiss, ravie de la promenade, elle s'est dirigée vers le village de torchis que, de sa terrasse, elle contemple depuis des jours avec envie, telle une captive regardant la ville qui bruisse d'animation au pied de sa prison.

Les enfants qui jouent à demi nus dans les chemins de terre les aperçoivent les premiers et, criant d'excitation, courent chez eux prévenir leur mère. De cour en cour les femmes s'interpellent pour se transmettre la nouvelle, en quelques minutes tout le village est au courant de cet événement extraordinaire. Jamais l'actuelle rani ne s'aventure hors du palais ; la rani blanche, c'était autre chose ! Et voici que sa fille vient, elle aussi, leur rendre visite.

Debout sur le seuil de leur maison, des grappes d'enfants accrochés à leur sari, elles la regardent passer ; certaines lui font signe d'entrer, d'autres s'enhardissent à la prendre par le bras pour l'entraîner chez elles. Zahr ne peut accepter toutes les invitations ; comment refuser sans les blesser ? Heureusement, Narguiss, avec une autorité étonnante chez une si jeune fille, déclare qu'aujourd'hui la radjkumari veut voir le village, mais que demain elle reviendra et que si les paysannes souhaitent la recevoir, elles n'ont qu'à s'organiser entre elles : la radjkumari visitera un foyer de chacune des communautés.

A la grande surprise de Zahr qui s'attendait à des protestations devant une mesure si autoritaire, les femmes acquiescent à cette décision qu'elles jugent sage. Les plus en vue commencent à discuter du choix des heureuses hôtesses, tandis que les autres, sachant n'avoir aucune chance, décident d'escorter les jeunes filles dans leur promenade.

A première vue, le village semble construit de façon anarchique. A partir d'une artère poussiéreuse partent de multiples sentes et venelles qui se croisent et s'entrecroisent entre des maisons entourées de hauts murs ; çà et là, une mare où pataugent d'imposants buffles noirs à côté de vaches blanches d'une affligeante maigreur, et quelques terrains broussailleux où picorent des poules.

En réalité, rien n'est plus strictement organisé qu'un village indien, chaque communauté ayant son « quartier », un ensemble de maisons regroupées selon les castes. Au centre du village, les demeures les plus spacieuses appartiennent aux brahmanes ; à côté, le quartier des castes intermédiaires ; plus éloigné et nettement plus pauvre, le quartier musulman dont les habitations ne sont parfois que des masures délabrées.

Depuis l'indépendance, en effet, la communauté musulmane s'est encore appauvrie par rapport à l'époque de la colonisation britannique où, perdant le pouvoir politique, elle perdait aussi son pouvoir économique. Avec le départ des Anglais en 1948, les musulmans auraient dû, comme les hindous, retrouver un statut de citoyens à part entière. En fait, malgré les lois, leur situation n'a cessé de décliner dramatiquement. Tandis que les hindous, 80 % de la population, occupent l'énorme majorité des postes d'influence et, comme toute communauté, ont une propension naturelle à coopter les leurs, les musulmans se trouvent relégués à des places mineures, quand ils ont la chance d'en occuper une.

— Ici, un paysan musulman a le plus grand mal à obtenir un crédit bancaire afin d'acheter des engrais, renouveler ses outils de travail, ou simplement faire la « soudure » d'une moisson à l'autre, explique Narguiss. Le directeur de la banque est hindou; alors, forcément, il donne la priorité à ses coreligionnaires. Si bien que nos familles sont obligées d'emprunter auprès de l'usurier du village, à des taux si extravagants qu'elles n'arrivent jamais à rembourser et sombrent souvent dans la misère.

Zahr est inquiète pour les siens, mais elle veut se montrer optimiste :

— Du temps du pouvoir moghol, c'étaient nous, les musulmans, qui tenions le haut du pavé. A présent, les hindous prennent leur revanche. Demain, qui sait, peut-être notre communauté aujourd'hui si calomniée, si injustement traitée, retrouvera-t-elle la force de se faire respecter et d'imposer sa place dans le monde?

Tout au bout du village, à l'écart des autres, se trouve le quartier des intouchables. On le distingue du quartier musulman à son aspect encore plus misérable — les maisons ne sont souvent que des huttes de branchages —, mais surtout aux quelques cochons qui cherchent leur pitance parmi les tas d'ordures. Animal répugnant tant aux yeux des hindous que des musulmans, le porc est une ressource précieuse pour ces parias de la société que Gandhi appelait *harijans*, « enfants de Dieu », et qu'il traitait avec humanité. Toutefois, jamais le saint homme n'imagina de condamner le système des castes, base d'une religion régie par les puissants brahmanes, garante de la stabilité d'une société où chacun doit rester à sa place. Faute de quoi il se réincarnera interminablement sous les formes les plus abjectes...

Passant outre aux protestations de Narguiss, Zahr s'est arrêtée. De loin, la vieille Mahila l'a reconnue et, à grands cris, hèle ses voisines. Timidement d'abord, femmes et enfants se sont approchés, puis, voyant que Zahr leur sourit, ils se sont enhardis et l'ont entourée. On a posé sur le sol une natte de paille pour qu'elle s'y asseye et on lui a amené les bébés comme si l'ombre projetée sur eux par la radjkumari blanche devait les protéger de tous les maux présents et à venir. Mais on ne lui a pas offert à boire ni à manger — la conscience de leur impureté est si enracinée que jamais nul n'oserait. Récemment encore les brahmanes jetaient leur nourriture si elle avait été « polluée » par l'ombre d'un intouchable. Ils se comportaient de même vis-à-vis des musulmans.

Les jours suivants, Zahr passera tout son temps au village. Pendant des heures, elle restera assise en compagnie des femmes qui lui parlent de leurs problèmes, le regard plein d'espoir, comme si d'un mot la jeune fille avait le pouvoir de les résoudre. C'est l'interminable et immuable histoire de la pauvreté et de son cortège de catastrophes : les enfants qui meurent de dysenterie car le puits s'est tari et il n'y a plus d'eau potable — le médecin le plus proche est en ville, à trente kilomètres, et de toute façon on n'a pas d'argent pour le payer ; la mousson précoce qui dévaste les récoltes et la faim qui sévit pendant tout l'hiver ; les filles qu'on n'a pas les moyens de doter ; l'homme qui bat son épouse et menace de la répudier parce qu'elle ne lui donne pas de fils — où peut-elle se réfugier ? Sa famille la rejette, car elle leur est sujet de honte : la répudiation c'est la mort assurée.

Devant ces drames quotidiens, sourires et bonnes paroles sont presque autant d'insultes. Zahr n'a rien à donner, si ce n'est ses bracelets d'or, une goutte d'eau dans l'océan et que l'usurier, par crainte des foudres du radjah, refusera de prendre. Ah, si au moins elle était médecin ou infirmière !

Surmontant son découragement, elle décide de leur transmettre le peu qu'elle sait : les règles élémentaires d'hygiène. Pendant trois jours, aidée de Narguiss, elle va leur montrer comment nettoyer les plaies avec un chiffon propre, comment faire bouillir l'eau avant de la donner aux bébés. Elle essaie aussi de les persuader que les puces et les poux propagent les maladies, et qu'il faut laver les enfants régulièrement. Mais, là, elle se heurtera aux sourires polis des mères, et Narguiss lui expliquera qu'il est inutile d'insister : les paysannes sont convaincues qu'un enfant qui attire l'attention par sa propreté ou sa beauté attire aussi le mauvais œil, et qu'il est condamné.

Plusieurs jours ont passé, le radjah n'est toujours pas revenu. Zahr ne s'en plaint pas, elle a encore beaucoup à faire, mais Muzaffar commence à s'inquiéter.

Lorsque, un matin, ils voient arriver la voiture conduite par un Djelal qui a perdu sa légendaire impassibilité :

— Que le radjkumar et la radjkumari fassent vite leurs bagages, il faut rentrer immédiatement : il est arrivé malheur à Mandjou.

— Malheur ? Est-il blessé ? Est-il...

— Non, il n'est pas blessé. Non, il n'est pas mort. C'est pire.

Ils auront beau l'accabler de questions, pendant tout le trajet de retour Djelal leur opposera un silence obstiné : le radjah sahib lui a ordonné de ne rien dire.

CHAPITRE VI

Le palais de Lucknow est plongé dans le silence. La cour des femmes, haut lieu de la demeure, toujours bruissant de bavardages et de rires, est désertée ; les domestiques rasent les murs, l'air catastrophé. Aux questions de Zahr et de son frère, ils répondent avec une retenue inhabituelle : non, la rani sahib n'est pas sortie, elle est dans sa chambre mais a interdit qu'on la dérange. Le radjah sahib, lui, est dans son bureau, il les attend.

Ils ont trouvé leur père effondré dans un fauteuil, et Zahr a tout à coup l'impression de voir un très vieux monsieur. Il ne se retourne pas, il dit simplement :

— Mandjou est en prison.

Abasourdis, ils se sont assis près de lui, cent questions aux lèvres, mais, sans leur laisser le temps de les formuler, il poursuit sans les regarder :

— Il a jeté un enfant par la fenêtre du train.

— Que s'est-il passé ? s'écrie Zahr, atterrée.

— Ce qui s'est passé...

D'une voix brisée il raconte :

— Nous avions pris le train de nuit qui devait arriver à Bénarès au petit matin, juste à temps pour notre rendez-vous avec le psychothérapeute. Nous étions en première classe, et Batcham, le domestique attaché à Mandjou, en troisième, car je ne pensais pas avoir besoin de lui pour un trajet de

289

quelques heures durant lequel nous allions dormir. Dans le compartiment, il y avait également une femme et un petit garçon d'environ trois ans. Mandjou s'est assoupi presque immédiatement, moi aussi. Quand, en pleine nuit, j'ai été tiré de mon sommeil par les cris stridents de la femme : l'enfant n'était plus là. Elle hurlait en désignant Mandjou qui, paraît-il, l'avait réveillée et, en riant, lui avait montré la fenêtre ouverte. J'ai aussitôt actionné le signal d'alarme, le train s'est arrêté, et les voyageurs ont envahi le compartiment. La femme accusait Mandjou qui continuait de rire ; alors ils ont voulu se précipiter sur lui pour le lyncher. Si je n'avais pas sorti mon revolver — en voyage, il ne me quitte jamais — et crié : « Je tire sur le premier qui s'avance ! Ne voyez-vous pas que c'est un pauvre fou ? », ils l'auraient mis en pièces.

Entre-temps, des gens étaient partis à la recherche de l'enfant, ou plutôt de son cadavre, et figurez-vous qu'ils l'ont retrouvé vivant, avec juste quelques écorchures ! Un miracle ! Il était tombé dans un buisson à un moment où le train avait beaucoup ralenti à cause de travaux sur la voie. J'ai remercié le Ciel comme je crois ne l'avoir jamais fait de ma vie : si l'enfant avait été tué, je n'aurais pas pu sauver votre frère.

Sur ces entrefaites, la police est arrivée, on lui a mis les menottes, ce qu'il a eu l'air de trouver très amusant, et on nous a emmenés au commissariat de la ville la plus proche. Là, j'ai tout essayé, mais je n'ai pas pu convaincre les policiers de me laisser ramener Mandjou à la maison : d'après la loi, il y avait eu tentative d'homicide, il devait donc être emprisonné. La seule chose que j'aie obtenue, c'est de faire incarcérer Batcham avec lui dans la même cellule.

Zahr ouvre des yeux incrédules :

— Quoi ? Vous avez fait mettre ce pauvre Batcham en prison ?

— Il faut bien que quelqu'un s'occupe de votre

frère! D'ailleurs, Batcham n'a émis aucune objection, c'est un garçon très dévoué.

Zahr se tait, partagée entre l'ahurissement et le fou rire. Voilà bien les contradictions de la jeune République indienne, oscillant entre ses nouveaux principes démocratiques et ses ancestrales habitudes féodales : elle est capable de mettre un prince en prison, mais en compagnie du domestique censé le servir !

— Et combien de temps doit-il rester enfermé ?

— Je me suis entendu avec mes collègues avocats. Vu l'état de Mandjou, ils font diligence et le procès aura lieu dans deux jours. Mais je crains qu'on ne nous laisse le choix qu'entre la prison et l'asile.

De fait, comme l'a prévu Amir, le juge statue que le détenu est dangereux et qu'il ne peut donc être laissé en liberté. Mais, puisqu'il n'a plus tous ses esprits, sa place est à l'asile.

— La prison aurait été moins horrible... soupire Zahr en apprenant le verdict.

Tandis que son père s'agite pour obtenir les permis nécessaires afin de rendre visite à Mandjou, elle se torture l'esprit pour deviner ce qui a pu pousser son frère, d'ordinaire pacifique, à s'en prendre à cet enfant. Une idée l'a effleurée, qu'elle a d'abord écartée... Pourtant, quelle autre explication, si ce n'est d'admettre qu'en jetant par la fenêtre ce petit garçon, c'est lui-même, l'enfant heureux à l'avenir plein de promesses, que l'adolescent désespéré a voulu jeter ? Cherchant, ce faisant, à se couper définitivement d'un monde pour lequel il ne se sent pas fait et où l'on veut à tout prix le réintégrer.

Zahr comprend le geste de son frère et se sent en partie responsable. Elle et Nadim ont tant insisté pour le ramener dans cet univers dont il ne veut plus, ils ont refusé de l'entendre. Désormais, ils sont tous obligés d'admettre qu'il ne les rejoindra plus.

L'asile est situé dans une ville industrielle à quelque cent kilomètres de Lucknow. Ils y sont allés le surlendemain, sitôt obtenu un permis de visite, toujours parcimonieusement accordé. En effet, une famille qui confie l'un de ses membres à ces établissements très particuliers est censée s'en décharger totalement sur les autorités médicales, et, la plupart du temps, elle ne revient plus. La direction de l'asile juge que ce serait inutile et même néfaste pour les deux parties, et la famille est soulagée qu'on lui permette d'oublier. Car, nul ne croit à une guérison possible. En revanche, on sait, de part et d'autre, qu'il y a des choses qu'il vaut mieux ne pas voir.

Le hall d'accueil décoré de quelques plantes vertes s'ouvre sur le siège de l'administration, véritable centre de l'hôpital : une quinzaine de bureaux avenants, séparés de l'unité thérapeutique par une porte blindée, doublée d'une haute grille de fer forgé. Sur un signal codé du gardien qui les accompagne, on entend les clés grincer dans les serrures, et deux hommes à l'allure de boxeurs ouvrent les portes. Méfiants, ils examinent les visiteurs, tournant et retournant le permis dûment visé, remis par leur collègue resté de l'autre côté de la clôture.

— Ils ne savent pas lire, souffle Amir à sa fille, mais prenons patience, car si nous disons quoi que ce soit, ils vont se braquer et nous en aurons pour une heure.

Tandis que les gardiens discutent entre eux, Zahr et son père examinent le centre thérapeutique : quatre cabinets de consultation et deux salles de soins donnant sur une petite cour intérieure grillagée sur trois mètres de hauteur — les malades ne risquent pas de s'échapper. Mais, bizarrement, il n'y a pas de malades, seulement trois hommes en blouse blanche assis dans un bureau en train de deviser autour d'une tasse de thé. Au bout d'un long moment, l'un d'eux se lève et s'en vient vers les nouveaux venus.

— Bonjour, je suis le docteur Nanda. Que se passe-t-il ?

— Je suis le radjah de Badalpour, dit Amir d'un ton hautain. Je viens voir mon fils interné chez vous depuis deux jours, et ces imbéciles n'ont pas l'air de vouloir me laisser passer.

— C'est que nous avons rarement des visites, s'excuse le docteur en se saisissant du permis. Je vais vous accompagner. Et qui est la dame avec vous ?

— C'est ma fille.

— Votre... ? Ah bon !

Le docteur semble dubitatif :

— Parce que, voyez-vous, les étrangers n'ont pas le droit de rentrer ici.

Comme le radjah le fixe d'un œil courroucé, il se reprend :

— Très bien, allons-y. Je vous préviens qu'il ne faut pas vous attendre à un hôtel cinq étoiles !

Au bout de la cour, une autre porte blindée, d'autres serrures, une nouvelle grille de fer forgé et, derrière, quatre robustes matrones en saris d'un coton qui dut être blanc il y a fort longtemps.

— Le quartier des femmes, annonce le docteur. Celui des hommes est juste après.

Une odeur pestilentielle les prend à la gorge. Instinctivement, Zahr rabat son *rupurtah* sur son nez tandis qu'ils pénètrent dans une étroite cour entourée d'un double grillage. De part et d'autre se trouvent les bâtiments des femmes d'où monte une sourde rumeur. A peine ont-ils fait quelques pas que se déchaînent hurlements et rires assourdissants. Effrayés, ils s'immobilisent, mais le docteur Nanda les rassure :

— Elles vous souhaitent la bienvenue, elles ont rarement l'occasion de voir des étrangers au service. Mais dépêchons-nous, ce n'est pas la peine de les exciter.

Sous les cris et les quolibets, ils traversent la cour et se heurtent à une troisième porte blindée. De nouveau grincent d'innombrables serrures. Derrière une grille de fer hérissée de pointes et de crochets, six cerbères en blouse grisâtre, bras croisés, les examinent avec suspicion. Après avoir lorgné le laissez-passer et écouté les explications du médecin, ils déclarent que « l'homme peut entrer, mais pas la femme ».

— C'est bien ce que je craignais, commente le docteur Nanda en rapportant la décision au radjah. Les femmes sont interdites dans le quartier des hommes.

— Mais je dois absolument voir mon frère, je suis moi-même psychothérapeute, proteste Zahr.

Le docteur n'aurait garde de mettre en doute la parole de cette étrange Indienne : la réaction du radjah, tout à l'heure, lui a suffi. Mais, psychothérapeute ou pas, elle est une femme, et cela suffit pour l'empêcher d'entrer.

— Et si je m'habillais en homme ? Les gardiens peuvent bien me prêter un uniforme, et je dissimulerai mes cheveux sous le calot, suggère-t-elle.

— Ils n'accepteront jamais, ils ont trop peur.

— Je pense que c'est au contraire une très bonne idée, l'interrompt le radjah. Laissez-moi leur parler.

Et, devant sa fille étonnée de le voir approuver cette initiative risquée, il sort de sa poche quelques gros billets et s'avance vers la grille.

Cinq minutes plus tard, Zahr enfile un uniforme deux fois trop grand pour elle, le plus petit qu'ils aient pu trouver.

— Merci, Daddy, murmure-t-elle tandis qu'ils pénètrent dans la troisième cour grillagée.

— Ne me remerciez pas, j'ai absolument besoin de vous, je ne connais rien au milieu psychiatrique et serais incapable de décider seul de ce qui est mieux pour Mandjou. D'ailleurs, il n'y a aucun danger, j'ai mon fidèle serviteur avec moi, ajoute-t-il en tapotant la poche intérieure de sa veste.

Zahr réalise, stupéfaite, qu'ils ont traversé avec une arme à feu toutes les grilles et toutes les portes blindées, et que s'il leur en prenait la fantaisie, ils pourraient d'un coup libérer tous les fous à travers la ville. Quelle bacchanale cela ferait, digne des fantasmes d'un Hieronymus Bosch !

La voix du docteur Nanda la fait revenir à la réalité :

— Vous êtes arrivés, je vous laisse.

— Comment ? Vous ne venez pas avec nous ?

— Les salles sont le domaine des infirmiers et des gardiens. Ils nous amènent un malade s'il présente un problème qu'ils ne peuvent résoudre, auquel cas nous l'examinons et, si nécessaire, changeons le traitement. Mais, en général, ils s'en tirent très bien tout seuls et n'aiment pas qu'on s'immisce dans leur domaine.

— Quand donc voyez-vous les malades ? s'enquiert Zahr qui n'en croit pas ses oreilles et commence à comprendre pourquoi le centre thérapeutique était vide.

— Eh bien, quand ils nous arrivent, justement pour les examiner et prescrire le traitement à leur administrer.

— Et après ?

— Après, comme je vous l'ai dit, lorsqu'il y a un problème.

— Je vois. Et y a-t-il parfois des malades qui guérissent et sortent d'ici ?

— Il y en a qui guérissent — confirme le docteur sans percevoir l'ironie de son interlocutrice — mais j'en ai rarement vus sortir : leurs familles n'en veulent plus, cet asile est devenu leur dernier refuge.

L'architecte ne s'est pas encombré de problèmes de cloisons ou de fenêtres : le bâtiment des hommes est composé d'une unique salle, immense, éclairée de lucarnes grillagées situées tout en haut de murs badigeonnés de brun. A chacune des deux extrémités, une dizaine de latrines et un point d'eau.

Encadrés de deux gardiens munis de *lathis*, longs bâtons semblables à ceux dont se servent les policiers pour réprimer les manifestations, Amir et Zahr ont pénétré dans la salle. Dès le premier pas, l'odeur d'excréments humains les suffoque, mais ils l'oublient aussitôt tant le spectacle qu'ils découvrent dépasse tout ce qu'ils ont pu imaginer. Devant leurs yeux effarés, des centaines d'hommes en haillons — quatre cent trente et un, précisera l'un des gardiens — se croisent et s'entrecroisent dans une sorte de ballet monotone et sans fin, rythmé d'interminables discours, de plaintes, de ricanements, de cris étouffés. Certains, recroquevillés sur des paillasses crevées, ou à même le sol de terre battue, pleurent à petits sanglots; d'autres semblent comme statufiés, leur visage qu'aucune émotion n'anime est baigné de larmes; d'autres encore, un sourire béat aux lèvres, paraissent fixer un au-delà paradisiaque dont rien, ni les coups de pied, ni les corps qui, trébuchant, viennent s'affaler sur eux, ne saurait les distraire.

Encadrés par les gardiens, Amir et Zahr progressent lentement, attentifs à ne pas heurter ces semi-cadavres et à esquiver les mains qui tentent de les agripper, lorsqu'un hurlement les cloue soudain sur place, suivi bientôt d'autres hurlements. Mandjou? Glacés d'effroi, ils se regardent et, bousculant tous ceux qui les entourent, se précipitent vers l'endroit d'où viennent ces cris. Dans la semi-pénombre, ils parviennent à distinguer... Ce n'est pas Mandjou! Avec un mélange de soulagement et d'horreur, ils découvrent, attaché au mur par d'épaisses sangles de cuir passant dans des anneaux d'acier, un homme qui se tord en tous sens pour tenter de se libérer. Les yeux exorbités, les veines du cou gonflées à se rompre, il hurle son angoisse comme un animal pris au piège; de sa main restée libre, il cherche à saisir ceux qui passent à proximité, mais il ne rencontre que le vide; alors, dans un ultime accès de désespoir, il a porté la main à sa gorge et de ses longs doigts maigres il se met à serrer, serrer...

— Faites quelque chose, crie Zahr aux gardiens, il va se tuer!

— Pas de danger! il nous fait la même comédie chaque jour; il finit toujours par se calmer.

A bout de forces, l'homme s'est laissé glisser le long du mur qui le tient captif. Dans le silence qui s'est rétabli, on l'entend sangloter, des sanglots encore plus déchirants que ses hurlements, des gémissements de grand fauve qui se sait perdu.

A côté de lui, Zahr distingue d'autres hommes enchaînés, le visage face au mur, prostrés. Ils savent qu'il n'y a rien à faire, qu'ils peuvent toujours crier, supplier, ils resteront là aussi longtemps que leurs bourreaux en auront décidé ainsi. Ce qui ne les empêche pas, parfois, de brusquement se redresser et se mettre à hurler leur souffrance et leur révolte.

— Pourquoi est-ce que vous les attachez? Ne pouvez-vous pas leur administrer des calmants comme dans n'importe quel établissement civilisé? demande Zahr, tremblante d'indignation.

— Des calmants? Il en faudrait des tonnes, cela reviendrait trop cher. En plus, c'est mauvais pour la santé! rétorque l'infirmier d'un air docte. Oh, je sais que chez vous, en Angleterre, on ne jure que par les produits chimiques, mais les attacher, ça fait en définitive moins de dégâts. Et puis, ça sert d'exemple aux autres : aux demi-fous qui conservent assez de jugeote pour comprendre que, s'ils font leur petite crise, ils n'y couperont pas. Croyez-moi, le meilleur des calmants, c'est la peur.

Accablée, Zahr se tait : à quoi bon discuter? Une fois de plus, elle voudrait réformer la société alors qu'elle ne dispose pas du moindre fétu de paille pour la faire bouger. Qu'elle s'occupe donc de son frère, qu'au moins elle le sorte de cet enfer. Les autres... elle ne peut rien pour eux. Son cœur peut bien se briser, cela ne leur sera d'aucun secours.

Est-ce à dire qu'il faut se blinder, extirper de soi une pitié « inutile », comme le lui serinent ceux qui n'ont pitié que d'eux-mêmes? Pourquoi donc a-t-elle l'impression d'être lâche, de n'avoir pas le droit d'abandonner à leur sort ces malheureux?

Pourquoi se sent-elle toujours responsable? Est-ce son éducation religieuse? Trop simple: ses ex-camarades de classe n'ont pas ces problèmes, c'est elle qui ne peut s'empêcher de vouloir prendre sur elle tous les malheurs de l'humanité, et qui, de n'y pouvoir rien changer, se désespère et s'accuse. Parfois, elle est capable de faire bouger un petit caillou, mais à quoi cela sert-il quand l'avalanche emporte le reste? Elle aura au moins remué ce petit caillou, lui réplique-t-on. Est-ce orgueil que de ne pas s'en contenter? *Se contenter*... encore une expression qu'elle n'a jamais pu supporter. Eh bien non, elle ne s'en contente pas: ce qu'elle fait n'est jamais assez. Sa troisième mère adoptive ne disait-elle pas qu'elle était « insatiable »? Critique dans la bouche de cette raisonnable bourgeoise, pour elle un compliment. Car elle hait d'une haine farouche tout ce qui est content de soi, rassasié.

Pourtant, elle ne se fait guère d'illusions sur sa grandeur d'âme: elle sait parfaitement qu'en donnant aux autres, c'est d'abord à soi que l'on donne. On donne avant tout pour être reconnu, pour être aimé... Et, pour cela, elle est prête à tous les sacrifices, à tous les héroïsmes. Jamais elle n'en fera assez pour justifier son existence.

A travers le flot mouvant de cris, de plaintes, de ricanements, Zahr et son père progressent lentement, cherchant des yeux Mandjou. Arriveront-ils à le retrouver dans cette foule? L'infirmier les rassure:

— S'il est arrivé il y a deux jours, nous allons pouvoir le repérer facilement: les nouveaux se tiennent en général au fond de la salle, le long du mur. Vous comprenez, explique-t-il, bonhomme, il leur faut quelques jours pour s'habituer et commencer à se faire des camarades.

C'est Zahr qui, la première, a reconnu la silhouette accroupie, recroquevillée sur elle-même, la tête entre les genoux, protégée par ses longs bras maigres.

— Mandjou!

Pas un tressaillement, pas un son. Dort-il ? Au fur et à mesure qu'ils s'approchent, ils s'aperçoivent que tout son corps est agité de tremblements et que s'en dégage une odeur nauséabonde.

— Ah, c'est celui-là ! s'exclame l'infirmier. Ça fait deux jours qu'il est comme ça. Il refuse de bouger. J'ai essayé de l'emmener prendre sa soupe : rien à faire. Il ne veut même pas aller aux latrines, il fait sous lui. Il va falloir que ce soir on l'y emmène de force.

Amir et Zahr se sont agenouillés à côté de l'adolescent, ils lui caressent les épaules et lui parlent doucement, mais lui ne semble pas se rendre compte de leur présence : la tête entre les genoux, il continue de trembler. L'entourant de ses bras, son père entreprend alors de lui passer la main dans les cheveux, délicatement, du bout des doigts, comme s'il craignait de le briser. Mandjou ne bronche toujours pas.

— Laissez-nous seuls avec lui, souffle Zahr aux gardiens.

— Impossible ! Imaginez si...

Deux billets sortis de la poche du radjah ont raison de leurs scrupules.

A peine se sont-ils éloignés que du pauvre corps roulé en boule s'échappe un gémissement. Lentement, avec d'infinies précautions, l'adolescent a relevé la tête. Les yeux hallucinés de terreur, il jette autour de lui des regards furtifs, son tremblement s'est encore accentué. Il ne semble pas les reconnaître.

— Mandjou, regarde-moi, c'est moi, ton père. Je suis venu avec ta sœur. Il ne faut plus avoir peur, nous allons te protéger.

Amir n'ose en dire plus. Lui promettre de l'arracher à cet enfer ? Pour le remettre en prison ? D'un air suppliant, il interroge sa fille : que faire, que dire ? La vérité, il faut dire la vérité : le malade devine toujours quand on lui ment.

Tendrement, elle le serre dans ses bras :

— Nous allons te sortir d'ici, mon petit frère chéri. Cela va prendre un peu de temps, mais tu dois avoir confiance : nous t'aimons, nous ne t'abandonnerons pas.

Il la regarde enfin, mais sur son visage elle lit tant d'amertume, tant de reproches...

— Mandjou ! Tu n'as quand même pas cru que c'est nous qui avons voulu t'enfermer ici ?

Et, comme il continue de la fixer d'un air de doute :

— C'est le juge qui nous y a obligés, après... l'accident dans le train. Malgré les supplications de Daddy, il a refusé que nous te reprenions à la maison. Mais nous allons tout faire... très bientôt, tu seras de nouveau avec nous !

Un pauvre sourire est apparu sur les lèvres de l'adolescent, il regarde tour à tour son père, puis sa sœur : ils ne l'ont pas trahi, ils l'aiment, ils sont venus le tirer de cet abominable cauchemar dans lequel il a cru se noyer. Tendant les bras vers eux, il essaie de se redresser sur ses jambes vacillantes, il veut partir avec eux, tout de suite.

Seigneur, comment lui expliquer ? Il va encore croire que nous lui mentons, que nous l'abandonnons...

Longuement ils tenteront de lui faire comprendre qu'ils ne peuvent l'emmener, mais qu'ils lui promettent, qu'ils lui jurent... Il ne les regarde plus, il ne les croit plus.

Et lorsque, l'heure du départ ayant sonné, la mort dans l'âme, ils voudront l'embrasser, Mandjou détournera la tête.

Le radjah a remué ciel et terre, du gouverneur de la province aux plus hautes autorités médicales qu'il a persuadées que sa fille, « psychothérapeute confirmée venant de France », saurait parfaitement s'occuper de son frère.

Pour mieux les convaincre, il a distribué çà et là quelques cadeaux, tout en agitant la menace voilée d'un article sur les conditions de vie des aliénés, à paraître dans le principal journal local, *The Pioneer*, fondé il y a plus d'un siècle par le célèbre écrivain anglais Rudyard Kipling. En dernier recours, il est bien décidé à solliciter l'intervention de Nehru. Il n'aura pas à aller jusque-là : à coups de menaces et de bakchichs, quinze jours plus tard Mandjou sera de retour à la maison.

Les premiers temps sont difficiles. Se méfiant désormais de tous ceux qui l'entourent, l'adolescent est de plus en plus irritable, souvent violent. Pris d'accès de rage imprévisibles, il a même un jour poursuivi un domestique avec un couteau. Au terme d'une brève investigation, on découvrira que le domestique, un nouveau venu, persuadé que « le fou » ne se rendait compte de rien, avait pris l'habitude de lui subtiliser les meilleurs morceaux de viande, ne laissant dans l'assiette de Mandjou que des déchets. Une autre fois, le jeune homme a frappé un visiteur qui, pensant bien faire, lui adressait la parole en petit nègre, comme à un demeuré.

— En fait, il n'est violent qu'avec ceux qui le maltraitent ou qui lui paraissent se moquer de lui —, fait remarquer Zahr à son père qui s'inquiète et se demande parfois s'il n'a pas eu tort de le faire sortir de l'hôpital. Sa sensibilité exacerbée lui fait deviner la moindre réticence, réagir à la plus petite trace d'agressivité ou d'hypocrisie. Ce n'est pas une raison pour l'enfermer ! Les gens n'ont qu'à bien se comporter.

Sans en dire mot à sa fille, le radjah a néanmoins décidé de prendre quelques précautions.

Une nuit que Zahr ne parvient pas à trouver le sommeil, elle a l'impression d'entendre des gémissements. Dressée sur son lit, elle écoute : on dirait un enfant qui pleure. Il n'y a pourtant pas d'enfant dans la maison, cela vient-il de l'extérieur ? Elle se recouche, mais les gémissements reprennent de plus belle, accompagnés de coups sonores, comme si l'on tapait sur du métal. Cela semble venir du rez-de-chaussée, à gauche de sa chambre. Elle décide d'aller voir ce qu'il en est. Enfilant sa robe de chambre, sur la pointe des pieds de peur de réveiller un domestique qui crierait au scandale de voir la radjkumari dehors à cette heure, elle sort dans la cour intérieure.

La lune éclaire le palais, prolongeant en ombres bleutées kiosques délicats et balustres sculptés, irisant les arches dentelées et les dômes de marbre. Saisie par la beauté sereine de ce palais délabré que la nuit pare d'une nouvelle jeunesse, Zahr s'est immobilisée; elle inspire profondément, s'imprégnant de ce calme, de la caresse du vent, de l'entêtante odeur du jasmin. Elle se sent faire partie de cette nuit, partie du ciel étoilé, de cette splendeur qui l'entoure et la pénètre... Pour la première fois depuis la tragédie de Mandjou, elle se trouve en paix avec elle-même, heureuse.

Les gémissements ont repris, il doit y avoir quelqu'un de malade. Le cœur battant, elle descend en hâte les escaliers. Sera-t-il possible de trouver un médecin à cette heure ? Elle n'ose penser à la colère de son père s'il la voyait errer en pleine nuit, à demi vêtue, à la recherche d'un homme qui pleure. Car il s'agit d'un homme, le timbre de la voix ne laisse aucun doute. Avec précaution, elle avance en direction du bruit; les coups métalliques ont repris, réguliers, funèbres comme un glas. Au détour d'un pilier, elle aperçoit, éclairées par la lune, deux mains cramponnées à des barreaux de fer. Un prisonnier! On garde dans ce palais un prisonnier?... De sombres histoires d'oubliettes lui reviennent à l'esprit, elle frissonne, éprouve une irrésistible envie de s'enfuir, mais, malgré elle, continue d'avancer...

Il est là. De ses grands yeux angoissés il la fixe, il a cessé de gémir, cessé de taper sur les barreaux de fer, il pleure à petits sanglots d'enfant... Et, tandis qu'à travers les barreaux elle lui caresse le visage, elle réalise qu'inconsciemment elle savait; dès le début, sans vouloir se l'avouer, elle avait deviné que c'était lui, son petit frère, qui appelait à l'aide.

— Comment peut-on le torturer ainsi ? Ce n'était pas la peine de le faire sortir de l'hôpital pour en arriver là !

Debout dans la chambre de son père, Zahr se dresse telle la statue de la Justice. Elle a attendu jusqu'à l'aube pour le réveiller, mais maintenant, bien qu'elle se soit promis d'être diplomate, l'indignation l'emporte, et ce « on » qu'elle emploie par un reste de politesse n'est qu'un subterfuge qui ne trompe personne : c'est son père qu'elle accuse, personne d'autre que lui n'aurait pu donner l'ordre d'enfermer Mandjou.

Elle s'attend à une réaction violente : le radjah ne peut accepter d'être critiqué aussi vertement par sa fille qui, dans la tradition orientale, lui doit respect et stricte obéissance, quoi qu'il fasse. Elle a même envisagé que, dans sa colère, il puisse la chasser : si elle n'est pas contente, elle peut partir ! Que ferait-elle alors ? Le prendre au mot ?... Impensable. L'affrontement de leurs orgueils ne saurait briser l'amour qu'ils nourrissent l'un pour l'autre. Mais, parce qu'elle l'aime, doit-elle se taire ? Tout accepter ? En ce qui la concerne, elle peut accepter beaucoup... Mais elle n'a pas le droit de se taire devant le mal fait aux autres, surtout à ceux qui, comme Mandjou, sont incapables de se défendre.

Les yeux perdus, son père se tait, le visage empreint d'une expression si douloureuse que Zahr s'est arrêtée, honteuse. Est-elle dépourvue de toute sensibilité pour s'acharner sur un homme déjà si profondément blessé ? Elle a envie de lui demander pardon, mais sa fierté l'en empêche, elle se contente de murmurer : « Daddy ! », puis, comme il ne paraît pas l'entendre, elle reprend plus fort :

— Je suis désolée, Daddy...

Il l'a considérée d'un air las et a murmuré :

— Peut-être avez-vous raison. Mais que faut-il faire ? Je ne sais plus que faire...

Il n'avait pas voulu inquiéter Zahr mais, depuis le retour de l'hôpital, il y a eu bien d'autres incidents que ceux dont elle a été témoin : pendant la nuit, Mandjou a plusieurs fois tenté d'abuser de jeunes femmes.

— J'ai essayé divers gardiens, je leur ai promis de l'argent, je les ai menacés. En vain : une nuit ou l'autre, ils finissent par s'endormir, et Mandjou, qui a feint le sommeil en attendant, se trouve libre de se promener à travers le palais et de s'introduire dans les chambres. Un de ces jours, il va finir par violer une femme ou par la frapper si elle résiste. Je ne vois plus qu'une solution : le marier.

— Le marier ?

Zahr a la vision atroce d'une pauvre fille livrée pour la vie à ce fou, une malheureuse vendue par une famille démunie, trop contente de pouvoir la marier, fût-ce à un détraqué.

— C'est horrible ! On n'a pas le droit de faire ça !

— Vous refusez qu'on l'enferme, vous refusez qu'on le marie. Alors, que préconisez-vous ? demande froidement son père.

— Je ne sais pas, balbutie-t-elle, effondrée, mais pas ça, c'est impossible, c'est inhumain... On ne peut pas infliger cela à une femme !

Les nuits suivantes, on a reconduit Mandjou dans son cachot.

— C'est ça ou l'attacher à son lit, a dit Amir, et je ne crois vraiment pas que ce soit une meilleure solution.

Zahr a bien proposé, sans conviction, de le veiller, mais son père a refusé catégoriquement :

— S'il veut sortir, croyez-vous pouvoir lui tenir tête ?

Par pudeur il n'a pas évoqué d'autre risque, mais ils se sont compris. Elle n'a pas insisté.

Elle n'est plus redescendue au rez-de-chaussée, elle essaie de ne pas penser, de chasser de son esprit l'image qui l'obsède : ce visage douloureux derrière les barreaux de fer, ces yeux angoissés, ces mains qui se tendent, suppliant ceux qui prétendent l'aimer de cesser de le torturer... Elle n'y arrive pas. Elle a beau se dire qu'elle n'y peut rien, elle se sent coupable; elle n'en dort plus. Parfois, elle tente de se persuader qu'après tout, ce n'est pas si terrible, qu'en dépit des barreaux ce n'est pas un cachot, mais une chambre plutôt confortable à laquelle il finira bien par s'habituer... pour aussitôt maudire sa lâcheté : à force de se mentir, on peut tout justifier; à force de se dire qu'on n'y peut rien changer, on accepte assez facilement le malheur des autres; on se flatte même d'avoir une belle âme puisqu'on ressent malgré tout de la peine. Cette hypocrisie l'a toujours révoltée, et voilà qu'elle s'y adonne, elle aussi, pour recouvrer son petit confort mental!

Où est la solution? Elle sait que son père comprend mal son hostilité à un mariage qui, d'après les psychiatres, constituerait « le meilleur calmant ». Étrangement, elle qui ne le connaît que depuis trois mois, tient entre ses mains le sort de son frère. Le radjah ne décidera rien sans son accord; il veut croire que, sur ce point précis, elle en sait plus long que lui, et surtout cela le décharge d'une responsabilité qu'il se sent incapable d'assumer seul. Elle est heureuse de pouvoir l'épauler, même si le crédit qu'il lui accorde la surprend : c'est si peu dans son caractère de ne pas trancher. Mais, devant la maladie de son fils, il a perdu toutes références et se sent désemparé. Peut-être même se juge-t-il coupable d'avoir trop exigé d'un adolescent trop sensible qui, pour être aimé autant que Muzaffar, son frère aîné, devait en accomplir dix fois plus... et un beau jour a craqué.

Mais quel père, quelle mère ne se sentirait coupable face à l'inexorable miroir que lui renvoie la folie de son enfant?

Il attend sa décision. A-t-elle le droit, pour respecter une morale qui ici ne semble pas avoir cours, a-t-elle le droit, pour se garder les mains propres, de dénier cette ultime chance à son frère?

L'autre terme de l'alternative, ce sont bien sûr les drogues, la « camisole chimique », comme on les appelle. Plus besoin de chaînes ni de barreaux, le malade devient doux comme un agneau, il ne réagit plus, il ne sent plus, on l'a réduit à l'état de zombie. Sans doute trouvera-t-on un jour des drogues à l'action plus fine, mais, pour l'heure, en ce début des années soixante, on ne sait qu'assommer chimiquement et détériorer parfois irrémédiablement des fonctions mentales qui pourraient peut-être encore être sauvées.

Elle doit choisir. Même si elle a le sentiment que c'est injuste, que ce n'est pas à elle d'endosser une telle responsabilité. Est-elle revenue ici pour condamner? Elle qui a tout fait pour retrouver sa famille, peut-elle s'en désolidariser et trahir la confiance naïve que lui porte son frère? Ses scrupules d'Occidentale l'autorisent-ils à jouer les anges exterminateurs?

Ses scrupules d'Occidentale... Non, cette fois, elle ne tombera pas dans le piège : aucune religion, aucun système politique, aucune morale ne permet de livrer une femme à un malade mental. Elle frissonne en évoquant la légende crétoise des vierges offertes au Minotaure. Non que son pauvre frère ait quoi que ce soit à voir avec le monstre... Mais un tel mariage lui semble relever du sacrifice humain, un sacrifice dont la victime n'aurait pas la chance de périr en quelques minutes ou quelques heures, mais devrait endurer le cauchemar toute sa vie.

Comment son père, dont elle admire tant l'humanisme, peut-il envisager pareille solution? L'amour paternel l'aveugle-t-il à ce point? Ou est-ce parce qu'en Orient, comme ce fut si longtemps le cas en Occident, la femme n'existe que pour servir le mâle?

Depuis deux millénaires, l'Inde célèbre le mythe de Sita, la femme du dieu Rama, qui lave les pieds de son époux et les essuie de sa longue chevelure, puis étend son sari pour qu'il marche dessus. Elle est la femme parfaite, toute de dévouement, de renoncement ; elle ne vit que par son époux. Et lorsque ce dernier meurt, il est évident qu'elle ne peut lui survivre et que son plus grand bonheur sera de s'immoler sur le même bûcher que le sien. Hors ce sacrifice ultime, interdit par le gouvernement, la vie de Sita est encore donnée en exemple à toutes les jeunes filles, à toutes les femmes hindoues, qui, dès le plus jeune âge, intériorisent cette morale de la soumission et du sacrifice à un mari que religion et mythes les poussent à considérer comme le maître absolu. Cet idéal véhiculé par une partie de la presse et de la littérature, du cinéma et de la télévision, n'a fait que renforcer les autres communautés — chrétienne comme musulmane — dans leur conviction déjà bien établie que l'épanouissement de la femme résidait dans le service de l'homme. Dans cette perspective, il n'est pas monstrueux mais tout à fait normal de marier une jeune fille à un malade mental.

Mais inacceptable pour qui croit à l'égalité des êtres humains !

Ce principe, Zahr n'y renoncera pas ; il l'a guidée à travers ses interrogations, ses errances, et aujourd'hui il lui fait rejeter la suprématie d'une famille à laquelle elle est pourtant prête à tout sacrifier. Tout, sauf son sens de la justice.

Après avoir longuement débattu entre ses deux fidélités, elle finira par dire non au mariage de Mandjou, non au désir profond de son père. En disant ce « non », elle aura l'impression d'émerger du cocon où, depuis son arrivée, elle est restée blottie, et de renouer avec une Zahr qu'elle était en passe d'oublier.

Mais lorsque, par la suite, elle verra Mandjou, pacifié par les drogues, errer à travers le palais, le visage las, les yeux vides, et qu'elle sentira posé sur elle le regard triste de son père, elle ne pourra s'empêcher de se demander si c'est une innocente qu'elle a refusé de sacrifier, ou si ce n'est pas avant tout l'orgueilleuse idée qu'elle se fait d'elle-même.

CHAPITRE VII

Les événements des dernières semaines ont eu raison de l'équilibre nerveux de rani Shanaz. Elle n'a pas supporté l'internement de son fils, moins encore l'agressivité que, depuis son retour, il lui manifeste dès qu'elle cherche à le prendre dans ses bras. Lui en veut-il à elle encore plus qu'aux autres, elle, sa mère qui n'a pas su le protéger ?

Elle s'est alitée et, jour après jour, sombre un peu plus dans la mélancolie malgré les bavardages des femmes qui tentent de la distraire, la présence attentive de son mari, de son fils Nadim, de sa belle-fille, et la visite quotidienne du vieil *hakim*, médecin de la famille depuis cinquante ans.

La première fois que Zahr a assisté à une consultation, elle n'a d'abord rien compris à ce qui se passait. Le *hakim* à peine annoncé, les femmes avaient quitté la chambre en hâte, cependant que deux servantes allaient chercher une épaisse tenture et, la tenant à bout de bras, se postaient à chaque extrémité du lit de la rani. Un vieillard au ventre majestueux avait alors fait son apparition, suivi de son aide, un jeune garçon ployant sous un panier d'osier rempli de fioles de toutes les couleurs. S'asseyant devant la tenture qui dissimulait le lit, le *hakim* avait posé quelques questions à la malade qu'il ne pouvait voir, puis, passant ses mains sous le rideau, il l'avait auscultée un court instant, à l'aveuglette et à travers plusieurs épaisseurs d'étoffes, la rani s'étant évidemment habillée de pied en cap en prévision de la visite. Après cet examen, l'homme de science avait émis un diagnostic tout à fait encourageant : ce n'était qu'un échauffement du sang dû à une perturbation des fluides ascendants consécutive à des émotions trop violentes. Que la rani sahib veuille bien observer un jeûne strict et boire quotidiennement le contenu de deux fioles bleues et d'une rose, il n'y paraîtrait plus d'ici une semaine.

Mais, malgré les dizaines de fioles qu'elle ingurgite docilement, la rani dépérit de jour en jour.

— Et si on la montrait à un vrai médecin ? suggère Zahr.

— Vous voulez dire un médecin à l'anglaise ? sourit son père. Elle refusera. Aucune de nos femmes n'accepte de se montrer, encore moins de se dénuder, même partiellement, devant un autre homme que son mari.

— En ce cas, elle risque de mourir, insiste Zahr, dissimulant à grand-peine son exaspération.

Elle se souvient de la lutte de sa belle-mère pour ne pas porter le voile, de leurs promenades au cours desquelles, le coin de la maison à peine dépassé, elle ôtait son *burkah*, de leurs goûters pantagruéliques dans le meilleur salon de thé de la ville... Elle sait bien, elle, que rani Shanaz n'est pas si confite en traditions, mais elle ne peut rien dire sans la trahir. Que faire ? Aller lui demander directement si elle veut consulter un « médecin ingrese » ? Si elle acquiesce, le radjah ne pourra refuser.

La rani n'a pas accepté, elle prétend n'avoir aucune confiance dans la « médecine de l'ennemi ».

— Et une femme médecin ? propose Zahr, s'étonnant de n'y avoir pas songé plus tôt, conditionnée qu'elle est depuis trois mois par un univers où, hors de la maison, tout est contrôlé par les hommes.

Non : sa belle-mère a encore moins confiance dans les femmes médecins ; d'ailleurs, elle ne voit pas pourquoi elle infligerait un tel désaveu à son vieil *hakim*.

A bout d'arguments, Zahr se tait. Elle comprend qu'il n'y a rien à faire, et que si rani Shanaz a eu parfois des velléités d'émancipation, dans les moments graves la tradition reste la plus forte. Pour une hypothétique guérison — car « c'est Dieu seul qui décide » —, elle ne va pas contrevenir aux règles qu'elle a acceptées toute sa vie et, au terme d'un parcours sans faute, risquer de ternir l'image de « grande rani » qu'elle entend bien laisser dans les esprits.

L'atmosphère de la maison s'alourdit de jour en jour. Ni la rani ni Mandjou ne sortent plus de leur chambre. La foule animée des visiteuses s'est tarie et les domestiques désœuvrés errent comme des âmes en peine. Même Muzaffar n'est plus là, il a dû rentrer à l'université. Dans sa solitude, Zahr se prend à le regretter : bien des choses les opposent — éducation comme caractère — mais, malgré ses vantardises et ses idées conservatrices, étranges chez un si jeune homme, son frère cadet a un charme naïf qui l'attendrit. Quant à son amie Aysha, la nièce de la rani de Nampour, ses projets de mariage ont échoué : la famille du fiancé l'a trouvée trop « moderne », ce qui, à Lucknow, équivaut à dévergondée, et elle est retournée chez ses parents au Pakistan.

Pour échapper à l'inaction qui lui pèse de plus en plus, Zahr s'est plongée dans la lecture. En furetant dans un débarras, elle a découvert une malle remplie de livres qui ont appartenu à sa mère. Il y a là quelques romans de Paul Bourget qui firent les délices de la bonne société des années trente, mais aussi des œuvres au vitriol de François Mauriac et des poèmes de Virginia Woolf. Mais il y a surtout, écornées par de nombreuses lectures, les œuvres de mystiques hindous et musulmans. Deux petits livres en particulier attirent son attention ; soigneusement reliés, ils sont annotés et soulignés de part en part : ce sont le *Bhagavad-gita*, livre saint de l'hindouisme écrit au début de notre ère, et le *Traité de l'Unité* d'Ibn Arabi, un mystique musulman du XIIe siècle.

Zahr ne saurait dire pourquoi, mais elle a la conviction que ces livres ne sont pas restés là par hasard, qu'ils sont un message que sa mère lui adresse par-delà la mort. Avec avidité elle s'est plongée dans les textes sacrés que, jadis, Selma a dû lire et relire et, d'après ses commentaires en marge, longuement méditer. Elle ne quitte plus sa chambre, une sorte de frénésie de lecture s'est emparée d'elle, les phrases résonnent comme un écho de ce qu'elle sait depuis toujours, mais que l'agitation quotidienne s'acharne à brouiller, souvent à effacer. Elle sent que ces textes l'entraînent au cœur de la Réalité, une Réalité exigeante qu'elle essaie de fuir par tous les moyens — plaisirs ou devoirs, tous en définitive aussi futiles —, une Réalité qu'elle redoute car, pour l'appréhender, il faut se débarrasser des certitudes sur lesquelles on s'est construit, et des flatteuses vanités qui nous caressent l'âme : il faut accepter d'être nu.

« L'homme qui voit le Moi en tous les êtres, et tous les êtres dans le Moi, qui s'appuie sur l'unité et M'aime en tous les rêves, de quelque façon qu'il vive et agisse, il vit et agit toujours en Moi.

... Les sages yogin qui s'y efforcent voient en eux-mêmes le Seigneur. »

Bhagavad-gita

« Prétendre qu'une chose existe par elle-même signifie croire qu'elle s'est créée elle-même, qu'elle ne doit pas son existence à Allah, ce qui est absurde puisqu'Il est l'Infini.

Car ce que tu crois autre qu'Allah n'est pas autre qu'Allah, mais tu ne le sais pas. Lorsque tu prendras connaissance de ce qu'est ton âme, tu seras débarrassé de ton dualisme, et tu sauras que tu n'es autre qu'Allah. Le Prophète a dit : Celui qui se connaît lui-même connaît son Seigneur.

> ... Tu sauras alors que tu ne t'anéantiras pas,
> que tu n'as jamais cessé d'exister. »
>
> Ibn Arabi, *Traité de l'Unité*

Avec étonnement, Zahr retrouve dans ces textes mystiques la même intuition qui l'avait frappée deux ans plus tôt à Paris, alors qu'elle se débattait dans ses contradictions et en venait de plus en plus à penser à la mort. Toutes les issues lui semblaient bouchées, elle étouffait d'angoisse. Mais, comme souvent, lorsqu'on atteint le fond du désespoir, vient la rémission, le miracle qui brusquement redonne goût à la vie. La lumineuse évidence de l'Unité avait fondu sur elle avec une force irrésistible, emportant ses doutes. Soudain, elle comprenait que les contradictions ne sont que superficielles, qu'au lieu de s'en détourner et d'essayer de les éviter — rien de plus dangereux, car elles nous rattrapent encore plus cruellement —, il suffit d'avoir le courage de les affronter, de les analyser au-delà des apparences, pour les voir s'estomper et pour ramener à l'Unité ce qui nous semblait jusque-là irréconciliable.

D'autres contradictions surviendront, c'est la matière même de la vie, mais, chaque fois, au lieu de se laisser submerger, déséquilibrer par les pôles contraires de l'ouragan, il faudra creuser pour comprendre, atteindre la Réalité au-delà des voiles qui la travestissent, et, avec l'Unité, recouvrer la paix. Une paix qui ne durera pas longtemps, mais nous avons désormais l'outil pour faire face. Les contradictions ne sont plus un mur contre lequel nous nous cassons la tête, mais une étape sur la voie de la réalisation, un défi qui nous oblige à aller plus loin, et, ce faisant, à nous approfondir encore, à nous rapprocher peu à peu de l'Un.

Cette Unité fondamentale de l'homme et de l'univers pourrait sembler relever d'une imagination délirante ou du simple bavardage si notre époque n'avait la chance extraordinaire que certains de ses plus grands scientifiques en soient arrivés à la même idée. Selon eux, le monde serait fait d'une seule et même énergie qui, avec le temps, s'est différenciée en matière. Hypothèse qu'ils ne peuvent pas encore prouver, mais à laquelle toutes leurs observations conduisent. En cela ils rejoignent une pensée métaphysique vieille de plusieurs milliers d'années.

On imagine volontiers qu'à l'instar des ermites à la recherche de la vérité, cette intuition puisse vous échoir dans le silence d'un désert, au sommet d'une montagne, ou tout au moins au cours d'une promenade solitaire à travers la campagne. Pour ce qui est de Zahr, son « eurêka », qu'elle retrouve pareillement décrit et commenté dans les livres des mystiques hindous et musulmans, était venu l'illuminer... dans le métro !

Elle avait eu une vision de la vie comme un immense entonnoir rempli de sable dans lequel il faut creuser de plus en plus profondément, synthèse après synthèse, vérité après vérité, jusqu'à arriver, si l'on vit assez longtemps et si l'on a suffisamment de courage et de clairvoyance, à l'avant-dernier grain de sable au-delà duquel il n'y a plus dualité, mais fusion dans l'Unité. Fusion que certains voient comme la fin, d'autres comme le passage vers une réalité différente, et peut-être bien plus passionnante.

Zahr aimerait discuter de tout cela avec son père. Elle sait que, comme elle, il est réfractaire aux religions, à leurs dogmes étroits et à leurs rites qui, au lieu de rassembler les hommes, les séparent et souvent les dressent les uns contre les autres. Mais il ne s'agit pas ici de croyances particulières, il s'agit au contraire de ce qui relie les hommes entre eux et avec l'Infini dont ils participent.

Le président de l'Union rationaliste ne l'entend pas de cette oreille. Pour lui, religion et mystique sont à mettre dans le même panier, l'un n'étant que le prolongement de l'autre. Et, malgré l'insistance de sa fille, il refuse énergiquement de prendre en compte « ces divagations qui ont déjà fait trop de mal à l'humanité ».

— Même si le soufi ou le yogi ont une largeur de vues sans comparaison possible avec celle d'un *maulvi* ou d'un curé ordinaire, ce que je conteste totalement c'est l'idée même de rechercher des explications et des solutions en dehors du monde dans lequel nous vivons. C'est une façon de fuir les problèmes, alors que c'est ici, sur cette Terre, que nous devons nous battre pour instaurer un monde meilleur.

— Qui parle de fuir le monde ? Au contraire. Les grands mystiques n'ont-ils pas souvent compté parmi les plus grands politiques, que ce soit Jésus-Christ ou Mohammed, tous deux à l'origine d'immenses bouleversements, ou plus récemment Gandhi, et tant d'autres ?

Dans le feu de la discussion, Zahr s'est levée. Habitée par sa conviction, elle veut à tout prix la communiquer à son père.

— Encore une fois, insiste-t-elle, je ne vous parle pas des religions qui prétendent « relier » certains hommes entre eux pour mieux les séparer des « autres ». Elles ont dégradé l'intuition mystique, la figeant en une multiplicité de règles et de recettes qui permettent, par le bâton et la carotte — l'Enfer et le Ciel —, de discipliner les sociétés. Je vous parle d'une ouverture de l'esprit qui, en nous faisant percevoir l'Unité à la base de tout ce qui existe, nous conduit à la rechercher dans ce monde apparemment contradictoire.

— La politique est déjà assez compliquée. S'il fallait en plus y mêler la mystique, où irions-nous !

— Cela clarifierait les choses. Si nos hommes politiques avaient conscience de cette Unité, s'ils étaient capables de se voir en l'autre, peut-être éviteraient-ils d'épuiser leur énergie à se combattre et l'emploieraient-ils à chercher ce qui les rapproche. Bien des crises nous seraient alors épargnées. A moins, bien sûr, que leur but ne soit pas la paix mais la guerre, une victoire personnelle à courte vue et toujours à court terme.

Amir considère sa fille avec une expression mi-narquoise mi-attendrie :

— Vous êtes aussi idéaliste que je l'étais à votre âge. Mais, pour moi, c'était le rationalisme qui devait nous sauver. Peut-être l'une et l'autre idée se valent-elles... Ce qui compte, c'est moins l'idéal que la capacité et la chance de pouvoir le mener à bien. Si le monde est un tel chaos, ce n'est pas qu'il suive le « mauvais chemin » — je pense qu'il n'y en a ni de mauvais ni de bon —, c'est qu'il suit mille chemins contradictoires et que, dans la confusion, ce sont toujours les plus habiles manipulateurs qui prennent la direction des opérations. Cette confusion, ils l'entretiennent à dessein, car seul l'aveuglement des peuples maintient ces crapules au pouvoir.

— Jusqu'à ce que la situation devienne intenable, et alors c'est le grand coup de balai, la révolution !

— C'était... car, pour se révolter, encore faut-il espérer. Or il y a de moins en moins d'espoir. Les révélations sur le régime stalinien ont été un choc terrible pour ceux qui pensaient que là était la solution ; et j'ai bien peur que la Chine, même si je veux y croire encore...

Amir a une moue désabusée.

— L'habileté des dirigeants actuels, voyez-vous, consiste à persuader les peuples qu'il n'y a rien à faire, que les problèmes sont dus à la conjoncture internationale, aux intempéries, etc., et que quiconque accédera au pouvoir ne fera pas mieux qu'eux. Ce que les différents partis ou régimes qui se succèdent s'empressent effectivement de démontrer. C'est ainsi qu'on domestique les peuples : en leur ôtant toute espérance d'un avenir meilleur et en les convainquant, par le spectacle bien orchestré de la misère, qu'ils sont aussi heureux qu'il est possible de l'être. Après tout, n'ont-ils pas du pain et des jeux... télévisés ?

Il s'est levé et a pris affectueusement Zahr par les épaules :

— Ne m'écoutez pas, je suis sans doute trop vieux, trop fatigué. En fait, l'important c'est de croire. On dit que les idées changent le monde, que la foi soulève les montagnes. Ce ne sont pas des formules creuses : on a vu des petits groupes d'hommes résolus venir à bout de régimes réputés inébranlables. Mais ce n'est pas parce que l'idée qui les anime est plus ou moins juste qu'une autre. Une idée n'est ni juste ni fausse ; elle est simplement en accord ou non avec les attentes d'un certain nombre de gens à une époque donnée. C'est son efficacité seule qui la fait qualifier de « juste », ce qui signifie en réalité qu'elle « s'ajuste » aux besoins du moment.

— Comment peut-on se battre pour des idées auxquelles on ne croit qu'à demi ? s'insurge Zahr.

— Mais il faut pleinement y croire... tout en restant conscient de leur relativité.

— C'est contradictoire !

— Non, mais c'est difficile, je vous l'accorde. Cela exige un certain recul par rapport à soi-même. Il n'y a que les imbéciles et les paresseux pour croire en un absolu dans un monde où tout n'est que changement, et qui, lorsque ce prétendu absolu s'effrite, se laissent aller au découragement, au scepticisme, voire au cynisme. Rien n'est plus bête ni plus lâche qu'un tel comportement. L'homme lucide, lui, se bat pour un idéal qu'il sait limité et temporaire. Il n'y a pas d'autre choix : nous ne sommes pas Dieu.

Zahr ne répond pas. Elle trouve le stoïcisme de son père admirable, mais le soupçonne d'être le résultat d'une vie de déceptions et de malheurs. Elle est sûre qu'il y a d'autres voies.

N'est-ce pas à vingt ans, dans sa jeunesse, qu'on est le plus lucide, ouvert à toutes les possibilités, pas encore abîmé par la vie ? Elle se souvient comment, adolescente, elle rêvait d'arrêter le temps, terrifiée de devoir bientôt intégrer le monde des adultes où elle savait qu'elle serait inexorablement rabotée, mise en forme, et que, peu à peu, sans le vouloir, presque sans s'en apercevoir, elle perdrait sa folie, ses enthousiasmes extravagants et ses noirs désespoirs, son dédain des compromis, son esprit de révolte.

La soudaine présence d'un serviteur à ses côtés l'a fait sursauter. Jamais elle ne s'habituera à leurs façons silencieuses de se glisser partout, de surgir derrière une tenture lorsqu'on les attend le moins. Elle a constamment l'impression d'être épiée. Oh, pas méchamment, plutôt par désœuvrement et parce que, malgré les semaines qui passent, la « nouvelle radjkumari » leur reste un perpétuel sujet d'étonnement, de curiosité et d'orgueil.

Portant respectueusement la main à son front, le serviteur s'est incliné :

— La rani de Jehanabad est venue prendre des nouvelles de rani Sahib et elle demande à voir Bitia.

— Allez ma fille, dit Amir, la rani est une personne de qualité, je suis sûr qu'elle vous plaira.

... Jehanabad, autrefois l'État princier le plus riche de toute la région, dont le radjah donnait des fêtes éblouissantes réunissant la fine fleur de l'aristocratie indienne et de l'administration britannique... Zahr en a souvent entendu parler par sa belle-mère. N'ayant pu survivre à la confiscation de son État et à l'abolition des privilèges intervenue en dépit des promesses faites par Nehru, le radjah avait laissé une veuve, la très belle rani de Jehanabad, et deux fils.

Zahr a croisé la rani au cocktail du gouverneur : contrairement aux femmes de sa condition, elle n'observe pas un strict *purdah*, ce qui lui vaut les critiques envieuses des autres. Elle n'en a cure : mariée à quinze ans à un homme de trente ans son aîné, elle estime avoir gagné le droit à un peu d'indépendance. Une indépendance qui se réduit d'ailleurs à ne pas porter le *burkah*, hormis pour les cérémonies religieuses, et à assister à la plupart des réceptions officielles, ce qui lui permet d'entretenir des relations utiles avec les nouveaux pouvoirs. Car, malgré les confiscations, la rani possède encore des biens, dont son palais de Lucknow, le seul dans la ville à avoir gardé quelque chose de sa splendeur d'autrefois. Mais la famille de son mari le lui conteste — après tout, elle n'est que la seconde épouse. Alors, pour conserver à ses fils leur fortune, la rani se bat, ne négligeant aucun appui et honorant de sa présence et de son sourire des gens qu'elle aurait jadis ignorés. Ce que, du fond de leurs palais en ruine, les « vrais aristocrates », confits dans leur orgueilleuse pauvreté, lui reprochent : « Est-ce qu'on se commet avec des gens pareils ? Que fait-elle de sa dignité ? » — et certains de rappeler perfidement que, si elle a naguère épousé le plus grand radjah d'Oudh, elle-même n'est nullement d'origine princière, ce qui explique tout !

Ce genre de commentaires indignent Amir. Il rabroue quiconque se les permet devant lui et proclame bien haut que la finesse et la distinction naturelle de la rani valent bien la noblesse héréditaire de toutes ces grosses bégums qui passent leur temps à cancaner en se gavant de *pan*. Aussi ne fera-t-il aucune difficulté pour autoriser Zahr à se rendre le lendemain après-midi au palais de Jehanabad. La rani a précisé qu'elle garderait la jeune fille à dîner et la ferait raccompagner.

Édifié à la fin du XVIIIe siècle, le palais de Jehanabad est une étonnante juxtaposition d'élégance moghole, avec ses dômes et ses terrasses flanquées de pavillons ouverts sur le ciel, et de baroque italien ornant à profusion les façades de balustrades et de guirlandes de fleurs qui entourent le poisson royal, symbole de Lucknow. Si pour un puriste cet amalgame peut sembler étrange, l'intérieur du palais, synthèse de la vieille Europe et du raffinement oriental, est en revanche d'un goût parfait. L'élégant mobilier Empire et Directoire se marie à merveille avec les délicates soies indiennes, les hauts paravents de laque chinoise, les coffres sculptés du Cachemire, les tapis persans et les précieuses miniatures mogholes. Ici, un vase bleu de Sèvres voisine avec une superbe coupe en cristal de Bohême; là, sous la peinture impressionniste d'un paysage enneigé, une élégante lampe Gallé diffuse une lueur ambrée. Le radjah, aussi grand voyageur qu'amateur d'art, aimait à rapporter de ses nombreux périples de quoi imprimer à sa demeure cette touche raffinée d'une Europe qu'il admirait, et il avait relégué dans les caves le lourd mobilier de bois doré qu'affectionnaient ses ancêtres, n'en gardant que quelques pièces de premier choix.

Vêtus d'impeccables tuniques grenat et gantés de blanc, des serviteurs s'empressent silencieusement autour de Zahr. Après l'avoir débarrassée de son châle, ils la guident à travers une enfilade de salons somptueux jusqu'au boudoir où l'attend la maîtresse des lieux.

— Approchez, mon enfant, et laissez-moi vous présenter mes fils.

Interloquée, Zahr se trouve face à deux beaux garçons qui la regardent en souriant. Elle n'aurait jamais pensé que la rani pourrait... Et, lorsqu'ils lui tendent la main, geste qu'il lui semble avoir désappris depuis des siècles, elle a l'impression d'enfreindre toutes les règles et bénit le Ciel que son père ne soit pas là.

Ils ont commencé à bavarder. L'aîné, Suleyman, est un ami de Muzaffar avec lequel il a fait ses classes à la Martinière; actuellement, il est à l'université de Delhi mais, l'an prochain, compte poursuivre ses études de droit à Oxford. Son frère et lui connaissent Paris où ils ont passé des vacances et dont ils évoquent avec enthousiasme restaurants et boîtes de nuit.

Zahr a l'impression d'être transportée dans un autre monde. Ce n'est pas tant le luxe des lieux, en total contraste avec le délabrement du palais de

Badalpour, qui l'étonne, ce sont les relations naturelles, sans contrainte, que ces garçons entretiennent avec elle, comme si elle était une camarade et non cet être mythique et caché qu'est la femme dans l'Inde traditionnelle. Jamais elle n'aurait cru qu'à Lucknow une telle liberté fût possible ! Et lorsque, après le thé, la rani lui proposera d'aller visiter le palais avec ses fils, et, si elle en a envie, de jouer au ping-pong dans le pavillon aménagé à cet effet, et que nulle servante ne les suivra pour lui servir de chaperon, elle en sera totalement décontenancée. Il lui faudra un long moment pour surmonter sa gêne de se retrouver seule avec les deux jeunes gens.

Heureusement, ses compagnons sont à mille lieues d'imaginer qu'une Parisienne, de surcroît étudiante en Sorbonne — ce qui, pour eux, représente le comble de la liberté, sinon de la permissivité —, puisse avoir de ces timidités ; leur décontraction et leur gentillesse ont tôt fait de la rendre à elle-même. Elle passe l'après-midi à rire, à plaisanter, à parler de tout et de rien, comme autrefois, dans un autre univers. Elle se sent revivre.

Le dîner, servi dans une somptueuse vaisselle d'argent — dont elle apprendra bien plus tard qu'elle a été vendue par sa belle-mère, désireuse de préserver un temps son train de vie et sa passion des colifichets —, est des plus animés. La rani semble plutôt la sœur aînée que la mère de ces deux grands garçons ; il règne entre eux une complicité joyeuse que Zahr sait ne jamais pouvoir atteindre avec son père. Non qu'elle le regrette : elle l'admire trop pour le vouloir autre qu'il n'est ; simplement, cela lui rendrait la vie plus facile !

Les deux frères l'ont raccompagnée en voiture à travers la ville endormie, éclairée çà et là par quelques réverbères qui projettent une lueur dorée sur les chaussées désertes. Assise à l'avant, à côté de Suleyman, Zahr admire son profil racé, ses mains fines, et elle se remémore le prince charmant dont elle rêvait, enfant.

Les voici arrivés. Les garçons descendent de voiture pour l'escorter jusqu'à la porte du palais, mais celle-ci est grande ouverte : debout en haut des marches se tient le radjah ; ses yeux lancent des éclairs :

— Comment osez-vous rentrer si tard ! Montez immédiatement !

Et, dévisageant les jeunes gens d'un air furibond, il leur claque la porte au nez.

— Mais, Daddy, il n'est que onze heures, proteste Zahr, outrée qu'on traite ainsi ses hôtes.

— Taisez-vous ! Voulez-vous me faire mourir de honte ? Rentrer seule la nuit avec des hommes ! Avez-vous juré de me déshonorer ?

— Mais c'est la rani...

— La rani ! Dire que je lui ai fait confiance ! Pourquoi n'a-t-elle pas envoyé ses femmes avec vous ?

Il fulmine, presque aussi furieux que cet autre jour, à Badalpour, où elle avait embrassé *son oncle*, et pourtant, ce soir, personne ne les a vus, il n'y avait pas âme qui vive dans les rues. Elle a l'impression que ce n'est pas seulement la peur du déshonneur qui l'a mis dans cet état ; ulcéré par son air joyeux et l'éclat de son regard, c'est bel et bien une scène de jalousie qu'il est en train de lui faire. Il souffre que d'autres la rendent heureuse, qu'elle se plaise avec ces gamins davantage qu'avec lui. Il est si seul, son monde tourne désormais autour d'elle, et il s'est habitué à ce que son monde à elle tourne pareillement autour de lui.

Tout cela, elle le lit sur son visage ; il est incapable de lui dissimuler ses émotions. Elle voudrait le rassurer, lui dire qu'elle l'aime, qu'il compte mille fois plus pour elle que ces garçons ; que, s'il le désire, elle ne les verra plus, car ils ne sont rien pour elle. Tandis que lui... *Oh, Daddy, ne savez-vous pas que vous avez la première place dans mon cœur ? Comment pouvez-vous en douter ! Vous êtes mon père, ne comprenez-vous pas ce que cela signifie pour moi ?*

Comme s'il voulait se faire pardonner sa colère,

Amir a résolu de distraire lui-même sa fille. Il craint qu'elle ne se lasse de sa vie monotone et ne décide un jour de rentrer à Paris — éventualité qu'il ne peut envisager sans frémir. Il a donc décidé d'organiser pour elle un *moushaïra*, récital de poésies déclamées ou, comme à Lucknow, chantées et accompagnées d'un petit orchestre.

Autrefois, ces *moushaïras*, plaisirs de princes, réunissaient, dans les palais des nawabs et des radjahs, jusqu'à vingt ou trente poètes devant un parterre choisi d'invités, tous mâles évidemment ; chacun rivalisait de subtilité et d'élégance en une sorte de joute qui se poursuivait jusqu'à l'aube.

Cela fait bien longtemps que le palais n'avait abrité pareille fête. La rani étant toujours sous le choc du drame vécu par Mandjou, Nuran a pris la direction des opérations En maîtresse femme, elle a mobilisé serviteurs et enfants pour tenter de rendre à la maison un peu de son lustre d'antan. A grande eau on lave les sols de marbre, on récure, on époussette, on fait briller lustres et miroirs, on astique les meubles jusqu'à les user, cependant que dans les cuisines on s'affaire à préparer des pyramides de kebabs variés, de halvas, de *gulab djamans* et de *burfis*. Enfin, lorsque tout resplendit de propreté, Nuran, telle une magicienne, sort d'une cachette insoupçonnée de chatoyants brocarts dont elle recouvre les vilains divans de velours brun, et trois lourds chandeliers d'argent qu'elle dispose amoureusement dans le grand salon aux colonnes de porphyre.

Tout est prêt pour le *moushaïra*.

Les dernières lueurs du crépuscule embrasent la façade du palais lorsque les musiciens pénètrent dans le grand salon où les attendent le radjah et sa fille. Zahr a revêtu pour la circonstance une *gharara* de soie mordorée qui s'harmonise avec ses yeux couleur de miel. Après s'être inclinés jusqu'à terre, évitant de poser leurs regards sur la femme qui se trouve là, en infraction à toutes les règles, ils s'installent en silence sur le drap immaculé qui recouvre le tapis de soie, et, lentement, minutieusement, s'emploient à accorder leurs instruments. Des instruments nouveaux pour Zahr. Il y a là le *tampura*, caisse de résonance ronde montée sur un très long manche, qui, lui explique Amir, donne simplement la tonalité de base, le climat sonore. Il y a aussi le *sarangui*, vielle à archet qui accompagne subtilement le chant. Et un minuscule harmonium qui, posé à même le sol, se joue d'une main. Enfin le *tabla*, qui marque la cadence. Mais c'est la voix qui, en Inde, est l'instrument fondamental, précise Amir ; les instruments à cordes ou à vent lui sont subordonnés et censés lui servir simplement d'écrin.

Une fois les musiciens installés, les poètes font leur entrée, vêtus du *choridar* moghol et du *kurtah* blanc finement brodé. Ils sont trois, ce soir, à rivaliser de talent devant un public aussi choisi que restreint, puisqu'il ne compte que le radjah et sa fille. Zahr s'en étonne : elle sait que les *moushaïras* sont des événements d'importance qui réunissent des dizaines, parfois des centaines d'invités autour du *ghazal*, ou conversation avec l'aimé, forme de poème des premiers temps de l'Islam, développé jusqu'à la perfection en Inde, particulièrement à Lucknow où, mis en musique, il a atteint un ultime degré de raffinement. Elle pensait que son père aurait convié ses amis, faisant pour l'occasion une entorse à la règle du *purdah*. Mais, pour Amir, l'honneur ne tolère pas le moindre manquement : s'il a organisé ce *moushaïra* pour distraire sa fille bien-aimée, il entend bien aussi que la rumeur de sa folle extravagance, de sa générosité inouïe se propage à travers la ville afin que chacun s'interroge sur sa fortune, que l'on croyait dissipée, et admire la rigueur avec laquelle il protège la vertu de sa fille. Une vertu que nul ne doit pouvoir mettre en doute car, pour cette perle d'entre les perles, il ambitionne les plus beaux partis de l'Inde. Mais plus tard, le plus tard possible : il redoute tant le moment de se séparer d'elle...

Dans le silence de la nuit, le *ghazal* s'est élevé. Pur comme le chant d'une source, il murmure et longuement s'étire avant de retomber en cascades cristallines et lentement s'enrouler, distiller son nectar au plus profond de l'âme qu'il berce d'un rêve voluptueux où s'abolit le temps ; soudain, dans un glissando frémissant, il se brise net, puis, dans le silence suspendu, reprend, discrètement soutenu par le rythme du *tabla* et la plainte du *sarangui*, pour s'épanouir en un vibrato qui vous laisse pantelant, débordant d'un trop-plein de souffrance et de bonheur mêlés.

L'un après l'autre, les poèmes se succèdent dans cette langue urdu que Zahr ne comprend pas mais dont la chaude sensualité l'envoûte, l'entraînant vers cet infini où se confondent joies et peines, amant et aimée, créature et créateur.

Des exclamations étouffées la font retomber sur terre. Derrière les portières de brocart qui séparent le salon des autres pièces, elle perçoit chuchotements, froissements d'étoffes et soupirs extasiés, et elle devine que, dissimulées aux musiciens, les femmes de la maison se pressent, avides de profiter de ce divertissement exceptionnel, et que sa belle-mère est également là, dans la moiteur et l'inconfort, tandis qu'elle-même trône sur le divan aux côtés de son père. Pauvre rani Shanaz qui, toute sa vie, a rêvé de liberté et a cru un moment que Zhar pourrait l'aider. Mais le radjah est resté inflexible. Tandis que pour sa fille... il fait vraiment tout son possible pour lui rendre supportable cette vie de cloîtrée. Elle s'est tournée vers lui dans un instinctif mouvement de gratitude ; percevant son regard, il la contemple à son tour, baignée par la douce lueur des bougies, les mains posées sur sa longue *gharara* brodée d'or.

— Vous avez les mains de Selma, murmure-t-il, ému.

Perplexe, Zahr regarde ses mains comme si brusquement elles lui étaient devenues étrangères, ne lui appartenaient plus. Quelle sensation étrange que d'avoir les mains d'une autre, fût-ce de sa mère... Mais son père se trompe, ses mains ont beau ressembler à celles de Selma, elles sont forcément différentes, très différentes — ce sont ses mains à elle, Zahr ! Depuis sa naissance, elles ont vécu leur vie — sa vie —, jour après jour elles ont façonné, ont été façonnées par elle, par ses actions et son inaction, par tout ce qu'elle est. Que son front ou son nez soient ceux de son père, comme on le lui dit souvent, c'est autre chose : la forme du visage n'a guère de prise sur le monde, tandis que les mains incarnent le passage à l'acte, la puissance, la faculté de faire et de défaire. Dès lors que ses mains ne sont plus à soi, on n'existe plus, on est dépossédé de soi-même.

Amir a dû percevoir le raidissement de sa fille, il se hâte d'ajouter :

— Selma avait de très belles mains.

Zahr, elle, n'aime pas ses mains, elles sont à la fois fines et puissantes, mais d'une puissance qui n'est qu'apparente. Elle se souvient de l'été de ses quinze ans, peu de temps après que sa sœur adoptive lui eut révélé le « secret de sa naissance ». Il faisait chaud, elle était terriblement lasse, et elle avait senti la force se retirer peu à peu de ses doigts, elle ne pouvait plus rien agripper, plus rien serrer. Les années avaient passé, mais jamais plus ses mains n'avaient recouvré leur force d'antan, peut-être parce qu'elles n'avaient rien à retenir...

Perdue dans ses pensées, Zahr n'entend plus le *ghazal* ; elle observe ses mains comme si elle les voyait pour la première fois, partagée entre l'irritation et l'attendrissement devant ce mystère qui fait que, après vingt ans, les mains de Selma revivent à travers les siennes.

Le poète le plus âgé s'est levé, il tient quelques feuillets que, respectueusement, il présente au radjah. Souriant, ce dernier incline la tête. Alors l'homme, se tournant vers Zahr, dans son anglais hésitant explique :

— Ceci est un très beau poème composé par le radjah sahib. Nous allons le chanter pour vous.

Zahr s'étonne : poète ? Lui, le rationaliste pur et dur qui proclame que l'art est une activité mineure et inutile, au mieux une agréable distraction pour oisifs ?

— Dans ma jeunesse j'étais très romantique, avoue Amir. Je suffoquais au sein de cette société étriquée et formaliste et, pour m'en échapper, je composais des poèmes. Je passais des nuits entières à écrire, c'était ma joie, mon coin de paradis. Par la suite, il m'est apparu qu'au lieu de fuir la société, il fallait essayer de la changer ; alors je me suis lancé dans la politique et j'ai abandonné la poésie.

— Avez-vous jamais regretté votre choix ?

— A quoi bon les regrets ? Je vous ai déjà dit qu'il n'y a pas de bon ni de mauvais choix. L'important, c'est de s'y tenir.

Zahr n'insiste pas. Elle observe son père à nouveau absorbé dans le rythme harmonieux du *ghazal*, son beau visage triste rejeté en arrière, les yeux mi-clos. Elle revoit l'enfant qui se réfugiait dans ses rêves, l'adolescent généreux cerné de mensonges et trahi par ses proches, elle comprend qu'il a été forcé de faire taire sa sensibilité, de se refermer sur lui-même pour se conduire en adulte impassible et raisonnable, sans arriver pour autant à brider totalement son tempérament passionné.

Nostalgique gémit le *sarangui* : il enveloppe Zahr de sa plainte délicate et elle s'abandonne à la langueur qui berce son corps et envahit son esprit d'une brume légère. Elle se sent bien, sa vie à Paris lui apparaît de plus en plus lointaine...

Ici, elle est vraiment chez elle.

Est-ce une nouvelle existence qui commence, ou n'est-ce qu'un entracte de douceur ?

Elle ne veut pas y penser.

Chapitre VIII

— Je dois me rendre à Calcutta pour faire enregistrer mes dernières inventions. Aimeriez-vous
venir avec moi ?

Aller à Calcutta ? Zahr a sauté de joie. Elle meurt
d'envie de connaître cette mégalopole, centre intellectuel et artistique de l'Inde, d'approcher ce Bengale dont les films de Satyajit Ray l'ont tant fait
rêver. Et de quitter Lucknow ! Depuis son retour de
Badalpour, elle y étouffe. Est-ce la moiteur de cette
fin de mousson qui transforme les rues en fleuves
de boue ? Le contraste avec la pureté des petits
matins au village, avec la liberté et la simplicité des
relations qui se sont tissées entre les paysannes et
elle ? Ou bien la tragédie de Mandjou et la maladie
de sa belle-mère qui ont assombri l'atmosphère de
la maison ? Ou n'est-ce pas surtout la monotonie du
quotidien qui, après les premières semaines de
découverte émerveillée, commence à lui peser ? Elle
s'ennuie. Elle a épuisé toutes les possibilités de
visites aux musées ou aux *imambaras*, et maintenant que sa belle-mère est alitée, sa seule distraction à part la lecture demeure la promenade du
soir, à la fraîche, en compagnie de son père. Le
reste du temps, elle ronge son frein dans sa
chambre, arpente la cour de long en large pour se
donner l'illusion de faire de l'exercice ; ou bien elle
monte sur la terrasse : là, loin de l'encombrante sol-

licitude des tantes, des cousines ou des servantes, elle respire mieux. Elle contemple avec avidité la ville grouillante d'animation avec ses artisans, ses colporteurs, ses marchés où des femmes assises à même le sol devant de larges paniers de fruits et de légumes vantent leur marchandise, elle est fascinée par les ribambelles d'enfants à la tignasse ébouriffée et aux yeux graves, tout ce peuple auquel elle appartient et qu'elle brûle de connaître.

Et elle doit rester enfermée, à regarder la vie qui passe! Elle n'a le droit de sortir que — dûment chaperonnée par ses suivantes qui la tancent chaque fois que glisse son voile — pour aller au bazar faire des courses, encore des courses, toujours des courses! Elle n'en peut plus de frustration. Elle qui s'imaginait pouvoir être utile dans ce pays où il y a tant à faire, la voici confinée dans une société où il n'est pas question qu'une femme, eût-elle fait de brillantes études, puisse exercer un métier. Quand elle a parlé à son père de travail volontaire dans quelque orphelinat ou hôpital, il l'a regardée, amusé :

— Vous avez, comme moi, besoin de vous dépenser pour les autres, mais je vous l'ai déjà dit : ici, les filles ne sortent pas. D'ailleurs, quel besoin avez-vous de sortir? Vous pouvez aider en restant à la maison. Voyez votre belle-mère : elle coud des vêtements pour le trousseau de jeunes filles pauvres, et fait préparer des repas qui, chaque vendredi, sont apportés par Djelal à la mosquée voisine et distribués aux nécessiteux.

— Justement, Daddy, j'aimerais accompagner Djelal.

— Pour quoi faire? Servir les repas? Vous n'y pensez pas! Ce serait très mal vu et, de plus, vous les gêneriez. Ces gens ne sont pas des mendiants. Ils n'aiment pas donner leur misère en spectacle.

Zahr n'a plus jamais abordé le sujet, elle sait que ce n'est pas la peine; la pesanteur sociale est telle que son père ne peut rien pour elle. Et lui reviennent ses remarques : « Je suis obligé de vivre ici, je suis respecté ; je ne veux pas qu'on dise que ma fille est une dévergondée », ou bien : « A Paris, vous faites ce que vous voulez ; ici, vous faites ce que je veux », phrases qui la choquent mais sur lesquelles elle refuse de s'appesantir, bien qu'une petite voix sournoise lui souffle : « Ce n'est pas toi qui lui importes, c'est son honneur. Si, à Paris, tu faisais le trottoir, il s'en ficherait du moment qu'à Lucknow personne ne le saurait ! » Mais elle repousse vite ces pensées : après tout, son pauvre père a le droit de vouloir conserver la seule chose qui lui reste, son honneur. Et puisque dans ce pays l'honneur des hommes passe par la vertu de leurs femmes c'est à elle de se conformer aux coutumes.

Pourtant, elle avait rêvé d'être une sorte de Florence Nightingale, d'organiser des unités de premiers soins pour les pauvres des villes et des campagnes, ainsi qu'un enseignement des rudiments de l'hygiène. Un jour elle y arrivera. Il suffit de se montrer patiente, elle ne peut tout obtenir à la fois. L'essentiel c'est qu'elle ait retrouvé son père. Ils auraient pu ne pas se comprendre, rester des étrangers malgré leur bonne volonté. Or, contre toute attente, ils se sont reconnus : ils ont les mêmes préoccupations, les mêmes enthousiasmes, les mêmes exigences. Il l'aime, il est fier d'elle ; elle l'aime et elle l'admire. Chaque jour elle le découvre un peu plus ; chaque jour, à ses côtés, elle prend davantage racine, elle se fortifie de sa tendresse, s'épanouit à sa chaleur comme une plante qui a retrouvé le soleil et l'eau.

La perspective de ce voyage à Calcutta a sorti Zahr de la léthargie qui était imperceptiblement en train de l'envahir, d'autant plus dangereuse qu'elle ne parvient pas à y distinguer la part de patience nécessaire et la part de démission.

Son père l'a emmenée dans son bureau pour lui montrer les inventions qu'il souhaite faire enregistrer : des aménagements destinés aux pauvres d'un pays pauvre, précise-t-il. Il y a là un rafraîchisseur d'air, basé sur un simple système hydraulique et non sur l'électricité, de sorte qu'on peut l'utiliser dans les villages dont les trois quarts s'éclairent encore à la lampe à gaz. Il y a aussi un four qui, par un système de récupération de sa propre chaleur, consomme dix fois moins d'énergie qu'un four habituel.

Zahr feint l'enthousiasme, mais elle doute que ces inventions puissent trouver preneur : les pauvres, en Inde, n'ont pas de four ; quant au rafraîchisseur d'air, c'est un luxe qu'elle imagine mal dans les taudis surpeuplés où le problème est moins la chaleur — l'été, on dort sur le trottoir — que le plat de riz quotidien. Quant à la petite bourgeoisie, le peu qu'elle en a entrevu l'a persuadée qu'elle n'aspire qu'à ressembler à la grande, et qu'elle croirait déchoir en s'équipant d'un matériel artisanal, selon elle primitif. En fait, les seuls intéressés pourraient être quelques intellectuels comme son père, lequel, au fond, se soucie fort peu de l'aspect commercial. L'important, pour lui, est d'inventer et d'attacher son nom à ses inventions ; ce qui compte, pour ce souverain déchu, pour ce politique qui formait mille projets en vue de l'édification d'une Inde nouvelle et que les aléas de l'Histoire ont relégué au fond de son palais en ruine, pour cet idéaliste qui rêvait d'aider ses semblables, c'est de se sentir encore utile.

C'est aussi pourquoi il ne renonce pas, il ne renoncera jamais à écrire dans les journaux pour dénoncer les méfaits de telle ou telle mesure ou recommander des solutions à tel ou tel problème. Il sait que sa voix n'est qu'une goutte d'eau dans un océan d'hypocrisies et d'égoïsmes, il en a tant vu qu'il ne nourrit plus d'illusions, mais, jusqu'à sa mort, l'idée qu'il se fait de la dignité de l'homme lui interdira de capituler.

Et lorsque plus tard Zahr se sentira désespérée par sa propre impuissance dans un monde où les réalités sont travesties par des médias aux mains des pouvoirs en place, un monde où l'injustice triomphe en brandissant le glaive du bon droit, et où les victimes sont traitées de criminels ou de bourreaux dès qu'elles se rebellent, elle repensera à son père, à ses yeux qui avaient tout vu, au pli de ses lèvres, serrées dans une inébranlable détermination...

Calcutta, foule grouillante et noire, regards de braise qui la dévisagent et devant lesquels Zahr baisse la tête, intimidée...

Intimidée comme une jeune vierge... C'est un peu fort ! Trois mois de vie protégée, de quasi-purdah, et me voici devenue aussi craintive que si j'avais été élevée dans le zenana, *aussi embarrassée par les regards des hommes que si, voilée depuis l'enfance, je me retrouvais soudain exposée sans défense à leur concupiscence ! Comme si je n'avais jamais rencontré d'hommes, moi, la féministe, l'étudiante pour qui l'amour libre relevait de l'évidence... Qu'est-ce qui m'arrive ? Me suis-je laissé envahir en si peu de temps par les valeurs de mon entourage au point d'avoir oublié tout ce que j'étais auparavant ? Le désir de plaire à mon père, d'être aimée par ma famille a-t-il été si fort que je me sois coulée dans la personnalité attendue au point d'en avoir oublié la mienne ? L'amour désiré et reçu serait-il un lavage de cerveau plus puissant que toutes les violences ?*

Arrivés au petit matin, ils ont déposé leurs affaires loin du quartier des palaces, dans un hôtel de seconde catégorie où le radjah semble avoir ses habitudes. On leur a donné une « suite », composée de deux vastes chambres chichement meublées, séparées par une tenture usée, et d'une salle de bains à la tuyauterie rouillée, le tout donnant sur une sombre cour intérieure. Zahr a eu un pincement au cœur en mesurant à quoi son père en était réduit. A Lucknow, il s'efforce de sauvegarder les apparences, mais ici, où personne ne le connaît, il n'a plus besoin de jouer la comédie ; par le choix de cet hôtel à peine décent, il avoue en silence la réalité de sa situation.

Le bureau des brevets est situé dans la vieille ville, non loin de l'hôtel, dans un immeuble délabré. C'est là que se trouvent accumulés pêle-mêle les trésors de l'ingéniosité humaine, toutes les inventions petites ou grandes, superflues ou fondamentales, censées transformer ou du moins améliorer la vie. Mais le fonctionnaire qui les reçoit dans son bureau crasseux n'a pas l'air de se rendre compte de la noblesse de sa tâche, il ne semble pas comprendre qu'il est le gardien du Temple du Savoir et que, dans ces dossiers qui débordent des étagères, ou qui s'accumulent en piles branlantes à même le sol, dorment peut-être les secrets du bonheur de l'humanité. D'un geste las, il a tendu les papiers nécessaires, des formulaires à remplir et qui feront foi, qu'on rangera dans de beaux dossiers neufs pleins d'ardeur et d'espoir, mais qui, au fil des ans, vont s'effriter dans la poussière et les moisissures, attendant, comme ces milliers de vieux dossiers tristes, le miracle d'une main qui vienne un jour se tendre pour les feuilleter, et, par ce simple geste, les consoler d'un trop long oubli. Quant à être choisis pour s'incarner, quant à prendre forme, il y a beau temps qu'ils n'y songent plus, ayant compris, comme Zahr finit par le deviner, que cet immeuble décrépi au fond d'une ruelle, ce prétendu Temple du Savoir n'est en fait qu'une nécropole, et ses dossiers les tombeaux de l'intelligence et du génie.

En quittant ce bureau sinistre, ils ont arpenté les rues de la ville, son père ayant décidé de la lui faire visiter en vingt-quatre heures, comme il l'avait déjà fait pour Delhi, quelques mois auparavant. En ce début d'octobre règne une chaleur pesante. Zahr voudrait s'arrêter lorsque, au détour d'une avenue, elle aperçoit un spectacle étrange : une femme dévale des escaliers en tenant en laisse un homme à quatre pattes qui a beaucoup de mal à la suivre. Interdite, Zahr regarde de plus près et finit par se rendre compte que ce n'est pas un homme que la femme tient en laisse, mais bel et bien un chien. Pourtant, sa première vision a été si claire, elle s'est imposée avec une telle force que la jeune fille en reste profondément troublée. Elle hésite à s'en ouvrir à son père, elle sent qu'il y a là quelque chose d'indécent qu'il vaudrait mieux taire, qu'en parlant elle prend un risque, même si elle est incapable d'imaginer lequel. Mais une impulsion plus forte qu'elle la pousse à le faire.

Amir s'est contenté de hausser les sourcils en murmurant « Bizarre ! », sans plus de commentaire. Mais, lorsqu'ils feront enfin halte dans un restaurant de poisson — il est déjà six heures du soir et ils n'ont rien pris depuis le petit déjeuner —, évoquant l'hallucination dont elle lui fait part, il orientera tout naturellement la conversation sur les relations entre hommes et femmes. Et elle comprend soudain pourquoi son instinct lui disait de se taire... Car, bien évidemment, il s'est mis une fois de plus à louer la sagesse avec laquelle elle s'est préservée.

Avant de quitter Paris, Padrino, son père adoptif, lui avait longuement fait la leçon, jamais elle ne devait avouer n'être plus vierge, sous peine de se trouver irrémédiablement rejetée. Elle avait suivi ses conseils, mais depuis quelque temps elle en a assez de ce mensonge. Il ne lui suffit pas d'être aimée, elle veut être aimée pour ce qu'elle est. D'ailleurs, elle est convaincue que son père a des doutes.

N'y tenant plus, elle se lance :

— Eh bien, disons que j'ai...

Silence. On n'entend plus que le bruit des fourchettes. Chacun s'affaire sur le contenu de son assiette. C'est fou ce que ce poisson est truffé d'arêtes...

Amir appelle le garçon et lui commande un whisky. Ici, contrairement à Lucknow, l'alcool n'est pas prohibé. C'est la première fois que Zahr voit boire son père. Elle a l'impression d'avoir commis une énorme bêtise.

Amir continue à boire ; il ne la regarde pas.

Il faut absolument qu'elle se justifie, qu'il comprenne que ce n'était pas juste pour « coucher », que c'était sérieux, qu'elle était amoureuse, qu'elle allait se marier.

Elle entreprend alors de lui parler de Ménéchal, de lui expliquer qu'ils ont vécu ensemble, comme un vrai couple, pendant près d'un an.

Son père est devenu livide :

— Voulez-vous dire que tout le monde était au courant ?

Brusquement, elle comprend son erreur, mais il est trop tard pour revenir en arrière. Qu'elle ait « fauté », il aurait pu encore l'admettre ; mais qu'elle n'ait pas eu la décence de le cacher, qu'elle se soit exhibée, elle, la fille du radjah de Badalpour ! Elle a commis l'outrage ultime : elle a sali son honneur.

La fin du dîner est tendue ; puis, peu à peu, Amir semble se décrisper. Sans doute mesure-t-il combien Paris est loin, que, là-bas, sa fille n'est qu'une parmi des millions et que la nouvelle de son inconduite a bien peu de chances d'atteindre jamais Lucknow.

Ils ont recommencé à parler de choses et d'autres, comme si de rien n'était. Elle respire : l'alerte a été chaude.

Lentement, ils ont repris le chemin de l'hôtel. Sous le ciel flamboyant, Calcutta est un immense théâtre d'ombres. Les immeubles lépreux ont retrouvé leur majesté tranquille, le vacarme s'est estompé, la nuit recouvre la misère d'un chatoyant mystère.

— Zahr !

Sa voix a retenti, calme, dans la pénombre.

Derrière la tenture, barrière ténue séparant les deux chambres, elle s'apprête à se coucher. La journée l'a épuisée, elle se sent nerveuse ; elle n'a aucune envie de prolonger cette soirée. Et puis, elle déteste ne pas avoir de chambre vraiment à elle ! Bien sûr, c'est une question d'économie, mais cette promiscuité la met mal à l'aise. Sans doute parce qu'elle n'en a pas l'habitude : c'est la première fois qu'elle se retrouve seule avec son père. A Delhi et à Badalpour, il y avait Muzaffar ; quant à Lucknow, la maison est un tel caravansérail qu'il est impossible d'y trouver un instant d'intimité.

— Zahr !

— Oui, Daddy ?

Elle a passé sa robe de chambre et s'est approchée. Vêtu d'un *kurtah-pyjama* immaculé, Amir est étendu sur son lit. A travers les fenêtres aux rideaux mal ajustés, les lumières de la rue dessinent des ombres mouvantes sur son visage.

— Venez vous étendre un moment à côté de moi.

Sa voix est affectueuse et Zahr a honte de son instinctif mouvement de recul. Elle sait pourtant combien son père a du mal à exprimer sa tendresse, lui dont l'enfance fut encore plus solitaire que la sienne.

Surmontant son malaise, elle s'installe près de lui, à quelques centimètres. Gentiment, il glisse son bras autour de ses épaules et ils restent ainsi immobiles, sans dire un mot.

Il a dû s'assoupir, sa respiration régulière se mêle au lent grincement des pales du ventilateur. Doucement, elle essaie de se relever, mais il resserre son étreinte, se rapproche, et soudain elle sent... contre son ventre...

Un cri muet d'horreur lui déchire la poitrine ; en elle le monde s'est figé. Elle se dégage, silencieuse, tandis qu'il se retourne de l'autre côté du lit, feignant de dormir. Les larmes coulent en torrents sur le visage de Zahr. Elle sait, d'une certitude de plomb, que tout est fini.

Le corps glacé, l'esprit vide, elle regagne sa chambre. A tâtons elle se dirige vers la fenêtre donnant sur la cour intérieure et, penchée dans le vide, au-dessus du trou sombre d'où refluent des odeurs de pourriture, elle contemple sa mort. Finir ici le voyage... ? Elle vacille au-dessus du gouffre, les pleurs l'aveuglent. Comment a-t-il pu faire cela ?

Toute sa vie elle a rêvé d'un père, elle l'avait enfin retrouvé, elle était heureuse... Il a tout détruit.

Il aurait pu commettre n'importe quel crime, sombrer dans l'ivrognerie, être un assassin ; elle l'aurait malgré tout aimé, il aurait toujours été son père.

Mais ça !...

C'est la seule chose qui pouvait briser leur relation, la seule qui puisse rompre le lien unique, privilégié, existant entre une fille et son père.

Elle n'a plus envie de vivre.

Montant de la rue, des klaxons stridents la réveillent. Que fait-elle, recroquevillée sur le plancher ? Soudain, la mémoire lui revient et, avec elle, la sensation de vivre un cauchemar. Le poing dans la bouche, elle se retient de hurler Elle n'a plus envie de pleurer, la colère la submerge, elle le hait !

Ce n'est pas le désir physique qu'elle lui reproche — elle peut comprendre qu'il soit difficile pour un homme de se retrouver soudain affublé d'une fille de vingt et un ans —, c'est son égoïsme, le monstrueux égoïsme qui l'a empêché de penser que, par ce geste, il la rejetait comme sa fille, qu'il l'arrachait du terreau paternel au moment délicat où elle était en train d'y prendre racine.

Que vais-je faire maintenant ? Qu'allons-nous faire ? Va-t-il oser me regarder en face ?

— Aimeriez-vous visiter le musée ? Ensuite, nous pourrions aller voir la maison de Tagore, puis pousser jusqu'au temple de la déesse Kali, au bord de la rivière. Nous avons le temps : le train pour Bénarès ne part qu'à vingt-deux heures. J'ai pensé que cela vous intéresserait de voir la ville sainte des hindous, elle est sur le chemin de Lucknow, c'est l'occasion ou jamais de s'y arrêter. Nous prendrons ensuite le train de nuit pour rentrer.

Détendu, il bavarde à la table du petit déjeuner comme si rien ne s'était passé, et elle, méduse, s'entend acquiescer.

Ils ont pris des pousse-pousse, ils ont visité, ils ont marché. Elle le suit comme une somnambule, prenant soin de ne pas le frôler. Comment peut-il avoir l'air si à l'aise? Il se moque d'elle! Elle ne supporte plus cette comédie, il faut qu'elle lui parle. Mais que lui dire? Comment le lui dire? Elle ne peut pas lui reprocher d'avoir essayé de... il a simplement...

Elle suffoque, elle a envie de vomir.

— Qu'est-ce qui vous arrive? Vous êtes toute pâle, s'inquiète son père en lui prenant la main.

Elle se dégage avec rudesse.

— Ce n'est rien, laissez-moi!

Et, de dégoût, elle essuie sa main à son *rupurtah*.

Un instant, ils s'affrontent du regard, puis il lui sourit d'un air indulgent comme on sourit à un enfant qui fait un caprice.

Quelle hypocrisie! Elle sait maintenant que, si elle parle, il prétendra qu'il dormait, qu'elle imagine des choses abominables, et c'est elle qui se retrouvera coupable : une fille dénaturée, une malade...

Dans sa tête, une petite voix commence même à murmurer : *Es-tu absolument sûre? Peut-être dormait-il vraiment? Ce genre de chose peut arriver, paraît-il, pendant le sommeil... Hier soir, j'aurais mis ma main au feu qu'il ne dormait pas! Aujourd'hui, je ne sais plus...*

Après avoir traversé le centre de la ville, ils se sont assis à la terrasse d'un café dominant le Gange. Les pluies ont troublé les eaux du fleuve qui charrient une boue noirâtre. Silencieusement, ils sirotent un Coca-Cola tiède. Sans regarder Zahr, comme s'il développait une quelconque théorie philosophique, Amir s'éclaircit la voix avant d'énoncer :

— Freud dit que la relation la plus étroite qui soit

au monde est la relation entre un père et sa fille, que ce sont les êtres les mieux faits pour s'aimer...

Elle sursaute, stupéfaite : comment ose-t-il revenir sur ce qui s'est passé et essayer de surcroît de le justifier en prenant Freud à témoin ! Est-il totalement cynique ou incroyablement naïf ?

— En psychanalyse..., cherche-t-il à poursuivre.

— Je me fiche bien de Freud ! éclate-t-elle. Cela n'a rien à voir !

Mais lui, de façon rationnelle et précise — en l'occurrence tout à fait surréaliste —, s'évertue à la convaincre. Il ne comprend pas, ne veut pas comprendre les frontières artificielles qu'elle oppose à cet amour ; des frontières posées par des lois arbitraires édictées par la société pour des raisons strictement matérielles. Lui, un esprit libre, débarrassé des préjugés du commun, ne peut croire que sa fille, si cultivée, si intelligente, en soit restée à des idées aussi étroitement petites-bourgeoises !

Mais moi, je n'en veux pas, de cette liberté-là ! Depuis toujours, je vogue dans un espace sans références ; j'ai besoin de lois, de liens, de limites pour me sentir exister. Je veux avoir un père comme les autres ! Je me moque de vos élucubrations, je hais la raison lorsqu'elle s'emploie à vouloir me démontrer qu'il n'y a pas de différences entre un homme et un père. Je hais la pensée intéressée qui abat toutes les barrières, je refuse d'admettre ses pourquoi et ses comment, je préfère être sotte, idiote, aveugle. Ceux qui prétendent qu'il n'est rien au-dessus de l'intelligence et de la raison n'ont jamais souffert. Si l'intelligence mène à l'annihilation, faut-il la préférer à l'instinct de survie ? On aura beau vouloir me démontrer que j'ai tort, c'est d'après des critères que je ne reconnais pas. Mon seul critère, c'est mon besoin d'avoir un père. Au-delà de tout jugement moral, je sais que lui céder reviendrait à me suicider. Refuser, c'est peut-être le perdre, mais c'est la seule façon de le garder comme père.

Lui, du même ton calme, détaché, comme s'il

constatait un phénomène sur lequel il n'a aucune prise, insiste :

— Je suis plus proche de vous que je ne l'ai jamais été d'aucune femme. Bien sûr, j'ai été très amoureux de votre mère, mais nous avions peu en commun; nos idées, nos intérêts étaient différents; nous ne nous comprenions guère, nous nous sommes rendus malheureux. Quant à votre belle-mère, elle m'a donné trois fils, je la respecte, mais nous n'avons jamais rien eu à nous dire. J'ai passé toutes ces années dans une totale solitude; je ne pouvais me confier à des étrangers, et mes proches m'étaient encore davantage étrangers. Lorsque vous êtes arrivée, j'ai eu l'impression de revivre. Entre nous, il y a tout de suite eu un échange, nous nous sommes reconnus. Vous et moi sommes de la même trempe, nous partageons les mêmes enthousiasmes, les mêmes aspirations, nous nous comprenons sans avoir besoin de nous parler. Vous êtes ma chair et mon sang... Vous êtes la première femme que j'aime...

— Daddy — elle a la gorge si serrée qu'elle arrive à peine à articuler —, Daddy, je ne veux pas de cet amour-là... Vous êtes mon père ! Je n'ai pas besoin d'un homme, j'ai besoin d'un père !

— Vous ne comprenez pas : je vous aime à la fois comme ma fille et je vous aime en tant que femme. Que peut-il y avoir de plus complet, de plus beau ?

— Mais, Daddy, je ne veux pas ! C'est impossible !

— Pourquoi, impossible ?... Après tout, vous n'êtes plus vierge !

Ils sont allés à Bénarès. Elle n'a pas vu Bénarès.

De sa mémoire remontent seulement quelques images effilochées de femmes descendant à demi nues les marches de la fontaine sacrée dont l'eau fertilise, et de *sadhus* [1] aux yeux fous brandissant le trident de Shiva, la destructrice.

1. Ascètes hindous qui parcourent les routes à la recherche de l'illumination.

En revanche, elle se souvient fort bien du voyage de retour. Comme à l'accoutumée, son père a loué le compartiment entier. Rencognée près de la fenêtre, Zahr s'absorbe dans la contemplation du paysage. Depuis leur conversation de la veille, elle évite de parler. Que pourrait-il y avoir à ajouter? Plus jamais, pendant trente années, plus jamais jusqu'à ce qu'elle le revoie sur son lit de mort, ils ne reviendront sur ce qui fut dit ce jour-là.

Elle a refusé de dîner. A toutes les questions de son père, elle répond par monosyllabes, prétextant qu'elle ne se sent pas bien. D'ailleurs c'est vrai, elle a mal partout, l'impression qu'on l'a rouée de coups.

Il s'inquiète, l'air malheureux : quelle duplicité !

Elle appréhende la nuit, seule dans cet espace étroit avec lui.

L'ombre envahit le compartiment. Réfugiée sur la couchette supérieure, elle ressasse sa peine et s'enfonce dans la spirale du malheur et de la peur. Plus tard seulement, elle comprendra que jamais son père ne l'aurait forcée. Il l'aimait et voulait la convaincre de l'aimer. Mais elle, par instinct de survie, s'accroche à sa peur, une peur physique qu'elle peut au moins cerner ; inconsciemment, elle l'amplifie pour échapper au vide terrifiant qui l'habite, pour se retenir au bord de l'abîme où elle sent son esprit près de basculer.

— Nooonnn !

La tête plate d'une vipère a frôlé son visage. Zahr se redresse en hurlant et se retrouve face au visage de son père frôlant le sien. Elle frissonne d'horreur, remarquant pour la première fois combien son vaste front et ses yeux étirés évoquent la tête d'un reptile.

Que fait-il là ? Essayait-il encore de l'embrasser ?

Il sourit :

— J'espère que vous avez bien dormi. On nous a porté le petit déjeuner. Voulez-vous descendre ?

Assise à l'autre bout de la banquette, Zahr fait semblant de lire. Le train avance lentement à travers la campagne ; il fait une chaleur torride. Pour provoquer un courant d'air, son père a ouvert la porte du compartiment et s'est installé debout sur le marchepied, lui tournant le dos.

Insensiblement, une idée monstrueuse s'empare de l'esprit de la jeune fille, une idée qui s'impose avec une force terrible, qui lui vrille le crâne, une idée dont elle n'arrive pas à se débarrasser : et si je le poussais dans le vide ? Si je le tuais ? Rien ne serait plus facile, on croirait à un accident... Personne ne pourrait imaginer que sa fille bien-aimée ait pu vouloir sa mort.

Des heures durant, elle a tourné et retourné le scénario dans sa tête. Elle a l'impression de délirer. Devant la silhouette nonchalante penchée au-dessus du vide, devant ce dos qui la nargue, le désir de vengeance la taraude. Renforcé par la rage face à la souveraine insouciance qu'il affiche vis-à-vis du danger. Car elle est sûre qu'il devine, il ne peut pas ne pas sentir la violence qu'il a déclenchée en elle. Et il la provoque, il prend le risque, il la croit incapable d'aller jusqu'au bout de sa haine.

Cependant, elle, le corps brûlant, la tête serrée dans un étau, répète un à un les gestes de l'acte justicier qu'elle s'apprête à commettre : lentement, silencieusement, elle s'approche et de toutes ses forces le pousse dans le vide. Il vacille, trébuche, tente de se raccrocher au balustre de cuivre. Il la regarde... Oh, ses yeux !... Yeux de douleur, yeux de tristesse, yeux d'acceptation... Soudain il cesse de se débattre et se laisse glisser, comme s'il se résignait au verdict, comme s'il consentait à sa mort... Puisque c'est cela que veut Zahr, et puisqu'il l'aime. Il a toujours su, au plus profond de lui-même, que c'était là son destin. Qu'un jour, de très loin, viendrait une fille qu'il aimerait plus qu'il n'avait jamais aimé, et qu'elle le tuerait. Il n'y peut rien. C'est l'incontournable fatalité.

Des heures durant, Zahr s'acharne sur son père. Des heures durant, elle le tue. Ce sont des choses qu'on n'oublie pas.

Quand, finalement, le train arrive en gare de Lucknow, elle tremble de fièvre, épuisée, incapable de bouger. Il faudra que le chauffeur aide le radjah à la porter jusqu'à la voiture.

Le *hakim* diagnostique une jaunisse. Malgré sa faiblesse, Zahr ne peut s'empêcher de sourire : elle ne pensait pas que l'expression française « en faire une jaunisse » pût se traduire aussi exactement dans les faits !

Elle bénit la maladie qui lui permet de s'enfermer dans la solitude. Pendant des jours, elle reste couchée, la tête obstinément tournée vers le mur, refusant de boire et de manger, refusant toute médication, refusant de parler. Inquiet, son père pénètre dans la chambre plusieurs fois par jour ; elle fait semblant de dormir. Désemparé, il s'assied à son chevet, s'enquiert de ses besoins ; elle ne l'entend pas.

Elle se réfugie de plus en plus profondément dans la maladie qui au moins la protège des assiduités d'Amir et lui donne le droit, en simulant la fièvre, de le repousser lorsqu'il cherche à lui prendre le poignet ou qu'il se penche sur elle pour l'embrasser. Elle ne veut plus lui parler, elle ne veut plus le voir, elle ne veut voir personne. Elle veut mourir.

De jour en jour, elle s'éloigne du monde. Elle a la sensation de flotter, la tête dans un nuage de coton. Elle ne perçoit plus rien, elle est bien. Sur le mur vert pâle dansent les anges de ses rêves d'enfant.

Et puis, un matin, dans sa semi-torpeur, elle comprend qu'elle s'est engagée sur un chemin sans retour, que, d'ici peu, elle ne pourra plus rien contrôler ni décider, qu'elle est vraiment en train de se laisser mourir.

Mourir ici ? Seule en Inde, loin de mes amis, de

tous ceux qui m'ont aimée? Disparaître, ensevelie sous le mensonge, les faux-semblants, sans que jamais personne ne sache ce qui m'est arrivé?

Dans un sursaut de révolte, elle se redresse. Non, elle ne va pas mourir dans ce trou lugubre. Ils ne l'auront pas, elle veut vivre!

Au prix d'infinis efforts, elle s'extirpe de son lit. S'appuyant au dossier d'une chaise, elle essaie de se mettre debout. Un voile noir l'aveugle...

Lorsqu'elle revient à elle, le vieil *hakim* est assis à son chevet :

— Buvez, cela vous redonnera des forces, ordonne-t-il en approchant de ses lèvres un verre rempli d'une potion violette.

Docile, elle s'exécute. Elle est prête à avaler le contenu de toutes les fioles multicolores qui garnissent les grands paniers posés à même le sol. Elle ne veut plus mourir. Ensuite? Ensuite, on verra; elle n'a pas la force d'y penser.

Face à certains maux, la médecine ayurvédique accomplit des miracles : au bout d'une semaine, ayant vidé quelques douzaines de fioles et absorbé quelques kilos de gingembre confit — souverain pour le foie —, Zahr se porte déjà mieux. Mais elle sent que, pour guérir vraiment, elle doit quitter Lucknow, fuir la grisaille oppressante de cette maison et les innombrables contraintes qu'elle a acceptées jusqu'à présent pour plaire à son père. Avant leur départ pour... — même le mot de Calcutta lui fait mal... —, avant leur voyage, rani Shanaz avait suggéré d'aller passer le mois d'octobre à Naïnital, une station de montagne sur les contreforts de l'Himalaya, où la famille possède une maison. Elle l'avait fait rêver en évoquant la beauté des sites, l'air cristallin, les promenades en bateau sur le lac, les randonnées à cheval, la liberté! Son père, même s'il les accompagne, ne pourra rester : il a tant de procès en cours, il ne peut jamais quitter Lucknow bien longtemps. Loin de lui, Zahr pourra respirer, essayer d'y voir clair.

— Je veux partir pour Naïnital lui annonce-t-elle un matin sur un ton qui ne souffre pas de réplique — celui qu'on emploie à l'adresse d'un coupable qu'on pourrait bien dénoncer.

— Pas maintenant, vous êtes trop faible! proteste-t-il.

— Si, maintenant! Je ne supporte plus d'être ici.

Il fronce les sourcils et sort sans mot dire.

Le lendemain, il l'informe qu'il a retenu deux billets :

— Rani Shanaz se sent actuellement trop mal pour voyager; elle nous rejoindra plus tard avec Mandjou et les domestiques.

Zahr se sent prise au piège. Seuls tous les deux! Mais il est trop tard pour changer d'avis. Et puis, sans doute se fait-elle des idées : il a compris... Il a l'air si perdu que, par moments, il lui fait pitié. Et puis, sa maladie la protège, il n'osera pas insister...

CHAPITRE IX

Naïnital le « lac en forme d'œil », est un grand village dont les maisons s'éparpillent sur des collines entourant un lac azur juché à quelque quinze cents mètres d'altitude. Du temps de l'Empire britannique, c'était l'une des stations les plus élégantes de l'Inde. L'été, tous ceux qui pouvaient se le permettre fuyaient l'enfer brûlant des plaines, le gouvernement s'installait à Simla et la bonne société se regroupait sur quelques sites choisis pour leur beauté, la douceur de leur climat, leur éloignement de tout ce qui pouvait rappeler l'Inde — hormis quelques radjahs joueurs de golf et de polo accompagnés de leurs ranis dans de somptueux saris, et, bien entendu, les indispensables serviteurs enturbannés. N'était ce côté exotique, charmant, on aurait pu se croire en Angleterre !

Amir a montré à sa fille une photo de lui et de Selma à cheval devant un grand bungalow de bois dont les élégants balustres courent tout autour de la façade. La jeune femme sourit en penchant la tête de côté — un mouvement qui, paraît-il, lui était habituel et dont Zahr a hérité. Lui, se tient droit et fier. Beaux, merveilleusement assortis, ils semblent l'image même du bonheur. C'était pourtant en automne 1938, six mois avant qu'elle ne quitte définitivement les Indes.

Depuis l'indépendance, en 1947, le départ des

Anglais et l'abolition des États princiers, Naïnital s'est démocratisée et est envahie tout l'été de *brown-sahibs*, expression désignant ces bourgeois indiens qui font tout pour ressembler à des Britanniques. Mais, dès que vient l'automne, la station retrouve sa nonchalance et son charme d'antan. On y croise les habitués d'une époque révolue, ceux qui, il y a vingt ans, en faisaient les beaux jours, aristocrates aujourd'hui désargentés, hauts fonctionnaires à la retraite, et même quelques vieux majors nostalgiques du Raj [1] qui jamais n'ont pu se résoudre à réintégrer la froide Albion.

En cette saison, la plupart des hôtels et des restaurants sont clos ; ne restent que quelques clubs, parmi lesquels le plus ancien et le plus exclusif, le yacht-club, impitoyablement fermé aux nouveaux riches, et dont les membres continuent à se coopter selon les critères du passé. C'est là que le radjah de Badalpour a ses habitudes.

Ils sont arrivés en fin d'après-midi par le car confortable qui dessert la station deux fois par jour. Mais, pour atteindre la maison, située comme toutes les anciennes propriétés sur les hauteurs — contrairement aux hôtels et restaurants, bâtis au bord du lac —, il est impossible de prendre un taxi : les sentiers sont trop étroits et surtout trop abrupts. On emprunte donc le moyen de transport local, le même depuis des siècles : le *dandi*, sorte de couche moelleuse équipée de bras de bois et portée par quatre hommes vigoureux. Depuis quatre mois que Zahr vit en Inde, elle se sent toujours aussi mal à l'aise dans le *rickshaw* tiré par un homme à bicyclette, et encore plus dans le pousse-pousse des villes pauvres comme Calcutta ou Bénarès, tiré par un homme à pied. Mais cette litière de rois fainéants, c'en est trop ! Une fois de plus, pourtant, elle

1. Signifie l'État, le pouvoir et dans le contexte de l'époque, l'Empire britannique des Indes.

fait taire ses réticences : avec tous les bagages, dont les trois paniers de fioles constituant son traitement, c'est la seule façon d'accéder à la maison. Et puis, comme le répète son père, ses scrupules ne servent qu'à ôter le pain de la bouche à ceux qui n'ont pas d'autre moyen de vivre. Elle a donc fini par accepter, tout en refusant de s'habituer. Jamais elle ne se laissera aller au confort d'une « raisonnable » indifférence.

L'ascension lui semble insupportablement longue, même si les porteurs avancent rapidement, ajustant leur pas aux accidents du terrain afin que le passager ne ressente aucune secousse et qu'il ait au contraire l'impression d'être bercé. Plus on prend de l'altitude, plus la vue sur le lac et les collines environnantes est impressionnante, mais Zahr la remarque à peine ; elle ne voit que l'échine nue des hommes qui se crispe et, lorsque le sentier devient plus raide, elle se penche maladroitement pour leur faciliter la tâche.

Enfin ils arrivent. Au milieu d'un jardin aux herbes hautes parsemées de fleurs sauvages se découpe, comme abandonnée, une silhouette sombre : la maison de la photo. Avec ses multiples terrasses et ses balcons finement sculptés, ce dut être une demeure de rêve. Elle n'a certes rien perdu de son élégance, mais, avec ses pilastres cassés, ses volets arrachés çà et là, elle ressemble à présent à une vieille dame fatiguée.

Les porteurs se sont agenouillés pour permettre aux voyageurs de descendre et un vieux gardien a surgi, une lampe à pétrole à la main, pour s'emparer des bagages. Zahr comprend d'où vient cette impression de tristesse : il n'y a pas d'électricité.

— Elle fonctionne au mieux un jour sur trois, explique son père. Les hôtels et restaurants du centre-ville sont équipés de générateurs.

Une fois dans la grande maison, il lui a désigné sa chambre, face à la sienne ; toutes deux ouvrent sur une vaste véranda. Accoudée au balcon, la jeune fille regarde les dernières lueurs du soleil embraser la vallée ; le lac est devenu d'or, on n'entend plus au loin que le coassement des grenouilles ; l'air est limpide à pleurer. Après les miasmes de Lucknow, elle se sent revivre.

— Nous allons dîner au yacht-club, décrète le radjah. Vous devriez porter un sari ; la *gharara* musulmane est trop formelle pour ici.

Trop formelle ou trop vieux jeu ? Zahr pressent qu'à Naïnital les règles sont différentes. Rani Shanaz a parlé de « liberté », mais que peut-elle bien entendre par ce mot, elle qui n'en jouit d'aucune ?

Zahr a mis son sari de mousseline rose brodé de minuscules sequins d'argent, elle a particulièrement soigné les torsades de son chignon et étiré ses yeux d'un trait de khôl. Le miroir en pied lui renvoie l'image d'une silhouette épanouie, poitrine et hanches soulignées par le drapé, la taille nue sous le voile arachnéen. Et elle qui a appris à porter le sari dès son arrivée en Inde, pour la première fois se trouve indécente. De quelque façon qu'elle essaie d'arranger le drapé, elle ne parvient pas à dissimuler ses formes. Que se passe-t-il ? Son corps aurait-il changé en l'espace de quelques semaines ? Ou n'est-ce pas plutôt son propre regard qui a changé depuis qu'il a surpris le regard de son père ?

Malgré la tiédeur de la nuit, elle jette sur ses épaules un châle de laine fine, et à Amir qui s'en étonne elle répond qu'elle a froid.

Le yacht-club, bois d'acajou, cuivres rutilants, profonds fauteuils de cuir, est l'épitomé du confort et du bon goût britannique. En cette arrière-saison, lorsque les arbres commencent à se parer d'or et que, loin du tumulte de l'été, on peut tranquillement savourer la douceur du soir, comme chaque année les vieux habitués s'y retrouvent. Il y a là le radjah R.D. Singh et Meg, sa ravissante épouse australienne, tous deux golfeurs émérites, la vieille rani de Mishanpour, qui ne sort jamais sans ses émeraudes — sa pierre porte-bonheur —, accompagnée de son fils le radjkumar, célibataire endurci pour des raisons que l'on tait, et aussi le colonel O'Gorman, d'ancienne famille irlandaise, né aux Indes et bien décidé à y mourir. Il y a surtout Doti, le radjah de Kalabagh, qui a épousé une sœur du roi du Népal ; c'est l'un des plus vieux amis d'Amir, un parfait gentleman, courtois, cultivé et possédant un sens de l'humour tout britannique. Dès ce premier soir, il s'institue le chevalier servant de Zahr.

— Amir est mon frère, vous êtes donc ma nièce. Vous m'appellerez *oncle*..., lui déclare-t-il d'emblée.

Oncle... Voilà qui rappelle à Zahr de cuisants souvenirs : la peau de léopard, la fureur de son père...

Mais Amir semble ici un autre homme, enjoué, détendu, comme si, parmi ces amis de longue date, il retrouvait un peu de sa jeunesse. Il n'a plus à se composer un personnage pour se protéger des indiscrets, plus à se défier des arrière-pensées des flatteurs, plus besoin de se défendre de la foule des solliciteurs qui, à Lucknow, ne lui laissent pas de répit. Ici les relations sont simples, chacun sait qui est qui, nul n'a rien à prouver. Parmi les « gens de son monde » — expression qui a toujours scandalisé Zahr, mais dont elle commence à comprendre ce qu'elle signifie pour lui —, dans ce contexte à la fois profondément indien et cosmopolite où, en définitive, les valeurs se rejoignent, son père se retrouve en harmonie avec lui-même.

Dans l'élégante salle à manger, sur les nappes blanches damassées, argenterie et cristaux brillent de tous leurs feux comme dans les meilleures maisons de la vieille Europe. Doti a insisté pour qu'Amir et sa fille viennent dîner à sa table. Le repas est très gai ; les deux amis évoquent leurs souvenirs d'un passé qui ressemble à un conte de fées : les grands *shikars* où les princes montés à dos d'éléphant se réunissaient pour chasser le tigre, et, le soir en pleine jungle, dans le campement éclairé aux flambeaux, le somptueux dîner servi sur des tapis de soie par des boys parfaitement stylés. Et les matches de polo où s'affrontaient, cette fois à armes égales, Indiens et Anglais. Et les grands bals au palais du gouverneur, où chacun rivalisait de morgue et de superbe. Et les merveilleuses soirées dansantes, ici même, à Naïnital qui ne se terminaient jamais avant l'aube quand, réunis sur la terrasse, tous regardaient le soleil émerger lentement du lac.

— C'est ici que j'ai connu votre mère, se souvient Doti en se tournant vers Zahr. J'étais devant elle comme un petit garçon éperdu d'admiration ; elle était d'une beauté fascinante... Il rit : « D'ailleurs, Amir aussi était magnifique, vous savez ! En fait, nous étions tous jaloux : ils formaient de très loin le plus beau couple de Naïnital ! Mais ce qui séduisait le plus chez la princesse, c'était son étourdissante gaieté : elle n'avait pas son pareil pour organiser des pique-niques dans les endroits les plus inattendus, des chasses au trésor à cheval, des bals masqués. Elle adorait s'amuser et elle dansait... divinement !

Ma mère dansait... en Inde ? Alors qu'à Lucknow elle était enfermée dans un purdah *encore plus strict que ce que j'ai à subir aujourd'hui !*

Zahr commence à entrevoir que Naïnital et les diverses stations de montagne fréquentées par les Anglais et les Indiens de culture anglaise étaient — et sont toujours — des microcosmes où tout ce qui est impensable ailleurs est on ne peut mieux accepté. Parce qu'ici, n'est-ce pas, rien de désagréable ne pourrait advenir : on est entre gens « éduqués » — expression souvent employée en Inde et qui, chaque fois, la fait sursauter, comme si l'éducation, la civilisation ne pouvaient être qu'occidentales, et que les peuples des autres régions du monde n'étaient que des semi-sauvages avec qui on ne saurait frayer.

Des gens comme le radjah de Badalpour et ses amis ne nourrissent quant à eux aucun complexe car, dès l'enfance, ils ont baigné dans une double culture qui leur permet de critiquer et relativiser l'une et l'autre, et donc de ne pas se crisper sur une seule vérité. Mais leur scepticisme leur ôte souvent tout désir de se battre. Comme le répète Amir : « Je suis un philosophe, non un Prophète... »

Pourtant il s'est battu : pour l'indépendance de son pays, pour la réforme agraire. Et il continue à se battre, à travers ses articles de journaux, pour plus de tolérance et de justice. Mais ce qu'il appelle « justice » n'est peut-être pas ce que les nouvelles générations du « tiers monde », en révolte contre l'« ordre mondial », désignent par ce mot.

Plongée dans ses pensées, Zahr n'a pas vu oncle Doti se lever. Ce n'est que lorsqu'il s'incline devant elle et qu'elle entend l'orchestre entamer une valse qu'elle réalise qu'il l'invite à danser. Hésitante, elle jette un coup d'œil à son père, lequel acquiesce en souriant. Décidément, Naïnital est le monde à l'envers : alors qu'à Lucknow aucun regard masculin ne doit l'effleurer, ici on permet à un homme de la tenir dans ses bras !

Zahr se sent intimidée comme une jeune fille à son premier bal ; il lui semble qu'il y a des siècles qu'elle n'a pas dansé. Et puis ce sari... Elle a l'impression qu'il la dénude plus que ne le ferait aucune robe. Heureusement, Doti, encore plus pudique qu'elle, valse à l'ancienne, en la tenant à distance respectueuse ; pas un instant leurs corps ne s'effleurent.

— Et vous, Amir, dit-il en regagnant la table, vous n'invitez pas votre charmante fille ? Je sais que vous ne dansez plus depuis que Selma... mais, justement, avec Zahr vous devriez recommencer !

Elle détourne les yeux ; elle éprouve de la répulsion à la seule idée que son père puisse la prendre dans ses bras. L'a-t-il deviné ?

— Zahr a été malade, elle est encore faible ; il faut qu'elle aille se reposer.

— Parfait, mais je compte sur elle demain matin. Nous allons faire de la voile et je lui ai demandé d'être mon *skipper*.

— Mais, mon oncle, je ne sais pas naviguer !

— Justement, ma nièce, je vous apprendrai.

Devant le club, les *dandis* attendent. Sous un ciel semé de nuées d'étoiles, ils sont remontés, bercés par le lent balancement des porteurs. A chaque détour du chemin, le lac apparaît, scintillant sous la lune, tel un grand miroir d'argent ; les sentiers embaument la fleur de jasmin, la nuit résonne du chant des grillons. Confortablement étendue, Zahr essaie de ne pas penser aux hommes qui peinent — après tout, ils sont quatre et je ne suis pas si lourde ! —, elle s'abandonne à la beauté de cette nuit et à la douceur de l'air qui l'enveloppe. Elle s'imagine en princesse du temps jadis, réincarnation de quelque lointaine aïeule, fille d'un khan moghol visitant ses domaines ou bien sultane yéménite revenant du bain, ou encore Ottomane à la peau laiteuse et aux yeux sombres, mollement alanguie sur sa couche tandis que le monde défile à ses pieds.

Une légère secousse la tire de son rêve. Ils sont arrivés.

— Comment vous sentez-vous ? lui demande son père tandis que, précédés par le gardien tenant la lanterne, ils se dirigent vers leurs chambres.

— Fatiguée. Je vais dormir. Bonne nuit, Daddy.

L'air épuisé, elle rentre chez elle, sans l'embrasser.

La lampe à pétrole projette des ombres dansantes sur les murs. Rapidement, elle se déshabille et se réfugie dans son lit, mais elle n'arrive pas à trouver le sommeil : sous la véranda, elle entend son père faire les cent pas. Elle a bien tiré les tentures et poussé les portes vitrées de sa chambre, mais, quand elle a essayé de mettre le loquet, celui-ci a grincé si fort qu'elle s'est arrêtée, effrayée : *Je ne dois pas attirer son attention ; il ne faut pas qu'il pense une seconde que j'ai peur, cela risquerait de le mettre en colère... Pire : de lui faire de la peine... Il a l'air si malheureux ; sans doute se repent-il... Depuis*

Calcutta, il n'a pas eu un seul geste ambigu. C'est moi qui délire de ne plus penser qu'à cela, d'imaginer qu'il a convaincu la rani de ne pas venir afin de se retrouver en tête-à-tête avec moi. Je savais bien, pourtant, qu'elle était encore souffrante...

Sous la véranda, les pas ont cessé ; Amir est rentré dans sa chambre, mais Zahr sent qu'il ne dort pas. C'est la première fois depuis Calcutta qu'elle est seule avec lui.

Longtemps elle attend ainsi dans le noir, n'osant s'assoupir, partagée entre la peur, le remords d'avoir peur, et la lancinante tristesse, l'amère souffrance de devoir avoir peur de son père...

Enfin, lorsqu'elle a la certitude qu'il s'est endormi, elle se lève sur la pointe des pieds et, avec des précautions de cambrioleur, s'en va tirer le loquet. Ce n'est qu'ainsi qu'elle pourra trouver le sommeil.

— Pourquoi donc condamnez-vous votre porte ? demande le lendemain matin Amir d'un ton légèrement irrité.

— La maison est si sombre, je ne me sentais pas rassurée...

— Sottises ! Et si vous étiez malade ? Vous êtes encore faible. Imaginez que vous vous trouviez mal : personne ne pourrait entrer vous porter secours. Je vous en prie : dorénavant, veuillez laisser votre porte ouverte.

Zahr acquiesce, confuse.

Il a raison, je devrais avoir honte de continuer à me faire des idées. Je suis sûre qu'il regrette son moment de faiblesse. Et moi, au lieu d'essayer d'oublier, de pardonner, je ressasse, me pose en victime. Je suis en train d'abîmer toute notre relation. Ça suffit : cette histoire est du passé ; je veux lui faire confiance, être à nouveau sa fille.

La matinée s'est déroulée comme un enchantement. Doti n'avait pas prévenu Zahr qu'ils participaient à des régates et sa maladresse de débutante les fait arriver bons derniers. Devant la confusion de sa coéquipière, il déclare, l'air ravi, qu'il n'a jamais navigué en aussi agréable compagnie.

Amir aussi semble d'excellente humeur ; il a invité à déjeuner Doti et les Singh et ils échafaudent mille projets pour les jours à venir. Meg a convié tout le monde à un bal qu'elle donne dans trois semaines à Delhi et, à la grande surprise de Zahr, son père accepte de s'y rendre. Doti prend alors un air vexé en lui faisant remarquer qu'il n'est jamais venu le voir à Katmandou. Amir promet en riant qu'ils viendront avant l'hiver. Zahr n'en revient pas : on lui a changé son père ! Lui, d'habitude si sérieux, au point d'en paraître sévère, semble n'avoir plus qu'une envie : la distraire. Car elle sait bien qu'il déteste les mondanités et que c'est seulement pour elle qu'il accepte. Pour la première fois depuis quinze jours, elle lui sourit et il a l'air si heureux qu'elle en est bouleversée.

Après le déjeuner, alors que tout le monde se retire pour la sieste, elle lui propose d'aller voir les chevaux. Elle sait que c'est l'une des rares passions qui lui restent. Quant à elle, dès l'adolescence, elle rêvait de folles cavalcades. Descendante de tribus nomades, turques et arabes, qui conquirent à cheval la moitié du monde, sentait-elle là une façon, même dérisoire, de se raccrocher à son identité perdue ? Mais sa famille française avait refusé, ne voyant dans l'équitation qu'un caprice de riches.

Sur un petit terrain situé à l'entrée du village, une vingtaine de chevaux sont rassemblés dans des écuries de fortune à l'ombre de toits de chaume. Les grooms, de jeunes paysans du coin vêtus de larges *shalvars*, attendent le client en fumant des *bidis* [1].

— Nous voulons juste voir les chevaux et en choisir un pour ma fille, dit le radjah. Nous viendrons monter dans quelques jours.

1. Cigarettes locales très bon marché.

— Comment cela, dans quelques jours? Pourquoi pas maintenant, Daddy?

— Parce que vous n'êtes pas encore en état et qu'il n'est pas question que vous vous fatiguiez.

— Je vous assure que je me sens parfaitement bien. Nous irons lentement... Oh, Daddy, s'il vous plaît, j'en ai envie depuis si longtemps. Maintenant que nous sommes là, s'il vous plaît, juste un petit tour...

Elle supplie tant et si bien qu'il finit par accepter.

Il lui choisit un petit cheval bai à l'air docile et ils partent sur les sentiers de montagne, suivis par les grooms qui courent derrière eux.

— Ils ont l'habitude, explique Amir devant la mine stupéfaite de sa fille. Ils sont responsables des chevaux aussi bien que des cavaliers; jamais ils ne les laissent seuls.

— Mais, lorsqu'on galope...?

— Dans ces montagnes, on ne peut galoper sur de longues distances. Ils arrivent toujours à nous rejoindre...

Au risque d'une crise cardiaque? songe Zahr. Mais elle oublie vite les garçons qui s'essoufflent derrière elle, trop occupée à se tenir droite sur sa monture, à tenter de la maîtriser. Peu à peu, elle sent que le cheval l'accepte, qu'elle commence à faire corps avec lui, et, sans plus écouter ni son père ni les grooms qui se sont mis à crier, les voici qui partent au galop sur l'étroit sentier bordant le précipice, ivres de vent, de vitesse et de liberté.

Enfin le cheval épuisé s'est arrêté et Amir ne tarde pas à les rejoindre, livide :

— Êtes-vous folle? Avez-vous regardé sur votre droite?

Elle reste le souffle coupé à la vue de l'abîme vertigineux qu'en totale inconscience elle vient de longer. Heureusement que son cheval, dressé à sillonner ces montagnes, n'a nul besoin d'être guidé!

Ils ont poursuivi leur promenade au pas, piquant parfois un petit trot. Zahr suit les conseils de son père qui patiemment la reprend, heureuse d'apprendre avec lui, comme depuis l'enfance elle aurait dû le faire.

Bientôt ils atteignent une étroite plate-forme. Autour d'eux se dressent, grandioses et farouches, les sommets neigeux de l'Himalaya, immensité glaciale balayée par les vents, secret royaume des dieux devant lequel l'homme se sent un grain de poussière. Le soleil du soir a commencé à dorer les cimes. Zahr s'abîme dans la contemplation. De toutes ses fibres, elle se sent faire partie de cette majesté calme. Elle est en paix avec elle-même, heureuse.

La voix de son père à ses côtés la tire de son rêve.

— J'espère que, maintenant, vous êtes contente de moi ?

Elle tressaille, soudain sur ses gardes.

— Bien sûr que je suis contente d'être ici ! répond-elle, esquivant la question qu'elle craint de comprendre.

— J'ai tout fait pour vous faire plaisir ?

— Oui...

— Alors, je compte bien que vous ferez désormais tout pour me faire plaisir.

Autour de Zahr, le ciel est devenu noir, son sang s'est figé, une lassitude mortelle l'a envahie. On dirait qu'un poison s'est infiltré dans chacun de ses membres, la tête lui tourne, elle a l'impression qu'elle va glisser à bas de son cheval, comme une masse d'où la vie s'est retirée.

Elle ne sait pas comment elle a pu rentrer...

Elle ne se souvient pas davantage des jours qui ont suivi. Sauf qu'elle avait peur dans cette maison obscure. Elle ne sait même plus si elle s'est enfermée dans sa chambre. Son père, s'il avait voulu, aurait pu de toute façon l'en empêcher. Elle se rappelle seulement qu'à plusieurs reprises, alors qu'elle passait à sa portée, il a tenté de la prendre dans ses bras et de l'embrasser, et qu'à chaque fois elle s'est dégagée. Il a l'air peiné, mais elle n'ose plus lui témoigner la moindre marque d'affection, de peur qu'il ne récidive... La mort dans l'âme, elle se voit contrainte de traiter comme un étranger ce père qu'elle a tant besoin d'aimer. Il n'insiste pas, il ne veut pas la forcer.

Le jour, souriante somnambule, Zahr suit les parties de golf ou de croquet, participe à toutes les promenades, tous les pique-niques, et le soir danse avec les amis de son père. Mais, elle ne ressent plus qu'un grand vide, et dans ce vide ne cessent de résonner ces mots terribles : « Je vous ai fait plaisir ; alors, je compte bien que vous ferez désormais tout pour me faire plaisir. » Des mots qui ne laissent aucune place au doute, qui ne lui permettent plus d'excuser son père et de continuer à l'aimer.

Pourtant, au début, elle a essayé, se demandant si elle n'avait pas mal interprété l'expression : *to please me*, laquelle peut aussi bien signifier « me faire plaisir » que « me plaire ». « Je compte que vous ferez tout pour me plaire » ne sous-entend pas forcément... Pendant des heures, elle a tourné et retourné ces mots dans sa tête, essayant de leur trouver un sens anodin. Peut-être son père voulait-il simplement lui demander de se conformer aux règles, d'être moins indépendante ? Pourtant, le lendemain matin, alors qu'à son appel elle est venue lui dire bonjour et qu'elle l'a embrassé sur la joue, il a cherché sa bouche et elle a dû le repousser. Puis il a fait comme si rien ne s'était passé, mais elle ne peut plus continuer à s'aveugler.

Elle passe de la fureur au désespoir, de l'incompréhension à la haine, alors qu'elle avait continué à l'aimer, malgré tout, jusqu'à cette phrase abominable par laquelle il ne lui parle plus de son amour, mais de son plaisir.

S'il s'était montré moins direct, plus habile, s'il m'avait insensiblement enveloppée de sa tendresse et persuadée peu à peu que le véritable amour ne se divise pas, que les barrières sociales n'ont rien à voir avec celles de l'âme, s'il m'avait joué le jeu du malheur et de la solitude, aurais-je fini par céder ?...

Cette phrase a constitué le choc salutaire qui l'a réveillée de la fascination et de la dangereuse compassion qu'elle éprouvait à l'égard de son père. Elle lui permet de s'indigner et de le détester sans se sentir coupable.

Le détester? Certes... Cependant, même au plus fort de sa haine, elle l'aime encore, et souffre de le voir souffrir. Mais elle doit réprimer ses élans de tendresse de peur qu'il ne reprenne espoir; elle doit s'astreindre à l'indifférence bien qu'elle le voie sombrer dans une tristesse sans fond.

Les jours passent. La rani et Mandjou tardent à arriver. Zahr a l'impression de vivre un mauvais rêve. Si au moins elle pouvait partager ce secret qui l'étouffe, si elle avait quelqu'un à qui parler, à qui demander conseil... Mais elle n'ignore pas que c'est impossible; que, même si les choses viennent à empirer, elle restera seule à faire face. Parfois, cependant, sa rage redoublant, elle imagine qu'elle raconte tout à son oncle, le gentil radjah de Kalabagh, que son père est déshonoré, que... Mais le rêve tourne court... Elle sait fort bien que Doti ne l'entendrait même pas, il ne serait pas question pour lui de l'entendre... Et, si elle insistait, il la regarderait avec son aimable sourire et lâcherait : « Vous êtes fatiguée, ma chère enfant, il faut vous reposer. »

Même si l'on est conscient qu'elle dit la vérité, même si elle insiste, répète qu'elle n'en peut plus, qu'elle va finir par se suicider, même si elle passe à l'acte, on trouvera toujours le moyen d'expliquer son geste. Dans ces sociétés policées, l'important est qu'il n'y ait pas de scandale.

Par chance, l'arrivée au sein du petit groupe de deux nouvelles recrues vient distraire Zahr de ses sombres pensées. Ce sont le nawab de Gorpour et son fils, un garçon de son âge qui étudie aux États-Unis et revient chaque année en Inde pour les vacances. D'emblée, tous deux ont sympathisé. Pour complaire à son père, Saïd fait son droit, mais il s'intéresse plutôt, comme elle, à la psychologie. A l'université de Los Angeles, il suit les cours de Heinz Kohut, un psychanalyste renommé jusque dans les cénacles parisiens les plus fermés. Pendant des heures, ils dissertent et discutent ; Zahr retrouve les curiosités et passions qu'elle a mises en veilleuse depuis des mois, et elle a l'impression de revivre. Demain, ils iront monter à cheval ensemble.

Lorsqu'elle fait part de ce projet à son père, il prend l'air contrarié :

— Vous ne partirez pas seule avec ce jeune homme. C'est peut-être l'usage en France, mais ici ça ne se fait pas !

— Mais, Daddy...

— Il n'y a pas de mais. Je vous accompagnerai.

Le lendemain, alors que tous trois se dirigent vers les écuries, Amir trébuche sur une pierre et se tord la cheville.

— Qu'à cela ne tienne ! Je vous suivrai en *dandi*, décrète-t-il. Nous n'aurons qu'à faire la promenade au pas.

Les voilà donc partis, Saïd et Zahr précédant le radjah qui, dans sa litière, semble de fort méchante humeur. Au début, ils veillent à cheminer sagement au pas, puis ils commencent à trotter ; enfin, n'y tenant plus, ils se lancent dans un galop effréné, sans tenir compte des cris furieux d'Amir qui, peu à peu, se perdent dans le lointain.

Enivrés de soleil et de vent, ils galopent sur les sentiers escarpés. Saïd est un cavalier confirmé et n'imagine pas qu'en le suivant, Zahr prend des risques. Qu'importe, elle n'a qu'une envie : mettre le plus de distance possible entre son père et elle ! Comme une collégienne en liberté qui se venge d'un professeur injuste, elle se rit du tour qu'ils sont en train de lui jouer. Il doit être ivre de rage. Tant pis pour lui, il ne l'a pas volé !

Au détour d'un chemin, ils font halte. Leurs chevaux se sont rapprochés. Cachés par un bosquet, les deux jeunes gens s'embrassent longuement. Et, dans la ferveur de ce baiser, elle sait que ce n'est pas tant Saïd qu'elle embrasse, mais sa liberté, son insouciance et sa jeunesse retrouvées.

Son père ne tarde pas à les rejoindre. A son air soupçonneux, Zahr comprend qu'il se doute de ce qui s'est passé. Mais il ne fait aucun commentaire. Il doit se sentir dans la position ridicule de la duègne dont les pupilles se sont joués, voire du vieux mari trompé par sa jeune épouse. Pendant tout le reste de la promenade, il se mure dans un silence réprobateur.

Le soir, au club, à mille lieues d'imaginer la tempête qu'il a déclenchée, Saïd demande au radjah s'il peut inviter sa fille à danser. Celui-ci, malgré sa mauvaise humeur, ne peut refuser. Doti, le cavalier habituel de Zahr, s'exclame en plaisantant que, « la mort dans l'âme », il accepte de s'effacer : après tout, il est normal que les jeunes aillent avec les jeunes !

A cet instant, elle capte le regard de son père, si triste qu'il lui fait de la peine. Et, tout le temps qu'ils danseront, elle continuera à sentir son regard posé sur elle : il est malheureux, mais qu'y peut-elle ? Elle ne danse pas avec Saïd pour le narguer, encore moins pour le blesser, elle danse pour respirer, pour se réveiller du cauchemar dans lequel elle s'enlisait, elle danse pour se sentir à nouveau vivre...

— Vous vous êtes conduite comme une gourgandine ! fulmine Amir lorsqu'ils sont rentrés à la maison. Vous vous moquez de ma réputation, de mon honneur. Puisque vous ne savez pas vous tenir, je suis obligé d'en tirer les conséquences : nous repartons demain pour Lucknow.

Elle soutient son regard sans mot dire.

Lorsqu'elle était arrivée en Inde, Zahr ne savait pas combien de temps au juste elle allait rester. Cela dépendait de ce qu'elle allait y trouver. Mais, très vite, elle s'était sentie chez elle et avait compris qu'elle était là pour longtemps, sans doute pour toujours. Et, sans même qu'ils en parlent, cette certitude s'était tout naturellement établie entre son père et elle.

Aujourd'hui, elle sait qu'elle doit partir, mais lui ne le sait pas encore.

Comment le lui dire ? Je ne veux pas qu'il sache que je pars à cause de lui ; je ne veux pas qu'il comprenne que c'est par sa faute qu'il me perd. Cela lui briserait le cœur. Sa maladresse, son égoïsme n'ôtent rien au fait qu'il m'aime plus que tout au monde. En oubliant que moi, plus que tout au monde j'ai besoin d'un père ! C'est pour le garder comme père que je suis obligée de le quitter.

Zahr a décidé d'invoquer le prétexte d'un examen à passer en France. Son père, qui attache tant d'importance aux études et qui est si fier des quelques diplômes de sa fille, approuvera son départ. Mais il lui faudrait une lettre de la Sorbonne, qui la rappelle d'urgence à Paris sous peine de perdre le bénéfice de toutes ses années d'études... La chose peut paraître invraisemblable, mais, aux yeux des gens éduqués à l'anglaise, les mœurs françaises sont si bizarres qu'ils sont prêts à croire n'importe quoi.

En cachette, Zahr va écrire un mot à son amie Isabelle, la priant de contacter leur professeur, François Dorlin, afin qu'il expédie au plus vite une missive officielle de l'université. Mais poster ce mot n'est pas une mince affaire. Rani Shanaz est toujours souffrante, Muzaffar est à l'université, Zahr ne peut plus sortir qu'en compagnie de son père. Lui confier la lettre ? Impossible. Il se doute de quelque chose et depuis quelque temps il la surveille...

Un après-midi, profitant de ce que le radjah fait la sieste, elle quitte la maison par l'escalier arrière, celui des domestiques, et se faufile jusqu'au bureau de poste, à quelque deux cents mètres. Il y a là une queue impressionnante, par chance l'employé fait passer la dame blanche devant tout le monde. En hâte elle s'en revient. A peine a-t-elle franchi le seuil de la première cour intérieure qu'elle se heurte à son père qui l'interpelle d'une voix courroucée :

— Où étiez-vous ? Je vous ai interdit de sortir seule !

— Mais, Daddy, je suis juste allée à la poste...

— Vous n'auriez pas pu confier votre lettre à Djelal ? Quel besoin avez-vous d'aller vous mêler à ces gens !

Ses yeux lancent des éclairs, sa colère est totalement disproportionnée avec l'incident. Sans doute la soupçonne-t-il d'avoir écrit à Saïd...

Deux semaines passent. Zahr se montre un ange de docilité, elle ne sort pas, passe son temps dans la cour des femmes en compagnie de sa belle-mère et de ses amies, elle lit, sert le thé ; c'est tout juste si elle ne s'est pas mise à broder. Tout le monde s'émerveille de la façon dont elle s'est adaptée à la vie de Lucknow.

Sauf son père.

De temps à autre, Zahr sent sur elle son regard perplexe. Il n'a rien à lui reprocher, bien au contraire. Depuis qu'elle a décidé de le quitter, elle est redevenue la fille charmante et souriante qu'elle était autrefois, avant Calcutta... Mais elle s'arrange pour ne jamais se retrouver seule avec lui. Lui-même n'essaie pas non plus. Il sait qu'il y a désormais entre eux deux une distance qu'il ne peut combler. Mais, parfois, lorsqu'il croit que personne ne l'observe, son visage revêt une expression si douloureuse que Zahr a soudain envie de renoncer à tout et de rester avec lui pour lui donner un peu de bonheur. Et il faut alors qu'elle se secoue, qu'elle se force à oublier le père qu'elle a adoré, pour ne plus se souvenir que des moments noirs de leur histoire ; il faut qu'elle batte le rappel de toutes ses raisons de le détester pour que se raffermisse sa résolution de partir...

... et peut-être de vous tuer... Car, avec moi, vous aviez retrouvé goût à la vie, vous aviez renoué avec le

bonheur. Je sais que mon départ va vous briser le cœur. Mais je n'y peux rien, Daddy, c'est vous qui me forcez à partir... Je vous en veux terriblement et, en même temps, je ne puis oublier combien je vous ai aimé.

Peut-être un jour accepterez-vous de n'être que mon père,

Peut-être ce jour-là pourrai-je vous pardonner,

Peut-être un jour, mon Daddy...

Un beau matin est arrivée la lettre de France à en-tête de la Sorbonne, agrémentée de toutes sortes de tampons. Dorlin n'avait pas lésiné ! L'air catastrophé, Zahr a expliqué à son père qu'on lui demandait de revenir avant le 30 octobre afin de passer son dernier diplôme, faute de quoi elle perdrait son travail de plusieurs années.

A-t-il été dupe ? En tout cas, il a paru la croire et a déclaré que, de nos jours, les diplômes étaient choses trop importantes pour être pris à la légère, même par des femmes, et que sa fille devait absolument répondre à la convocation de l'université.

C'est ainsi que, la semaine suivante, Zahr quittait Lucknow et son père.

Elle laissait dans le flou la date de son retour, mais chacun présuma qu'elle rentrerait au bout de quelques mois.

Sauf son père, qui ne lui posa aucune question.

Elle ne devait revenir que vingt ans plus tard.

III

Chapitre premier

En ce 15 août 1992, parents et amis sont rassemblés au palais de Badalpour afin de célébrer le quarantième jour de la mort du radjah, célébration solennelle pour un ultime adieu à celui dont l'âme, encore proche, va désormais se détacher de tous ses liens terrestres et rejoindre définitivement l'au-delà.

Dans le grand salon, les femmes vêtues de noir récitent les *nohas* [1] en se frappant la poitrine. Dans la même lancinante psalmodie, elles pleurent le martyre de l'Imam Hussain, petit-fils du Prophète, et la mort d'Amir, comme le veut depuis treize siècles la coutume selon laquelle à l'occasion de la disparition d'un être cher, chacun se remémore et revit la disparition, ô combien cruelle, de l'Imam.

Entourées par les femmes dont les gémissements s'enflent en une poignante mélopée, se tiennent la sœur et la fille du défunt.

Zahr est arrivée le matin même de Gaza où elle faisait un reportage sur les camps palestiniens pour le compte de l'hebdomadaire dans lequel elle écrit depuis quinze ans. En un tournemain, elle a troqué son jean pour la traditionnelle *gharara*, et l'esprit fonceur de la correspondante de guerre pour la patiente docilité que se doit d'observer la femme

---

1. Poèmes exprimant la douleur du deuil.

musulmane traditionnelle. Conduite de caméléon ? Celle-ci ne lui pose aucun problème. Elle n'a pas l'impression de mentir, bien qu'elle ait conscience du scandale que son mode de vie provoquerait si sa famille venait à en soupçonner ne fût-ce qu'une partie ; et conscience également de l'incrédulité horrifiée de ses amis français s'ils la voyaient se conformer avec autant de facilité — et de bonheur — aux us et coutumes, pour eux totalement rétrogrades, de la société de Lucknow.

Dans chacun de ces deux mondes elle trouve sa part de vérité, et elle n'a l'intention de rejeter ni l'un ni l'autre. En France où elle vit, toute sa formation la fait se sentir chez elle. A Lucknow, elle a l'impression de plonger dans un bain d'amour et de renouer avec de très anciennes mémoires qui font corps avec elle bien plus profondément qu'elle ne peut ou ne veut le comprendre.

Après bien des hésitations, bien des péripéties, elle a choisi de rester en France. Choisi ? Quelle prétention... Peut-on choisir entre son cœur et son esprit ? Si son père ne l'avait pas forcée à s'enfuir, où serait-elle aujourd'hui ? Quelle vie mènerait-elle ? Quelle femme serait-elle devenue ?

Les *nohas* ont repris, suivant un rythme saccadé. Autour de Zahr, les femmes se frappent la poitrine de plus en plus fort afin que se traduise en souffrance physique leur détresse d'avoir perdu Hussain, d'avoir perdu Amir. Souffrance bienvenue qui distrait de celle de l'âme. Et, comme il y a des années, lors de sa première visite en Inde, Zahr, malgré tous ses efforts, ne peut résister, elle se laisse peu à peu emporter par cette puissante et rauque mélopée dans la sombre jouissance du malheur.

Tandis qu'elle sanglote dans les bras de sa tante, émue par tant de détresse, et que, sous le regard appréciateur des autres femmes, elles forment un attendrissant tableau de piété filiale, elle ne cesse de s'étonner de l'insondable duplicité de l'âme, de l'inextricable labyrinthe des sentiments. Elle a beau essayer de voir clair en elle, elle ne sait trop si elle pleure parce que son père est mort, ou parce qu'elle veut plaire à celles qui l'entourent. A moins que, simplement, elle ne pleure les si jolis 15 août de son enfance lorsque, pour célébrer la fête de la Vierge, elle gravissait, joyeuse, le chemin de l'église, contemplant d'un œil gourmand les buissons chargés de mûres ensoleillées qu'elle se promettait de dévorer en redescendant, après avoir communié...

Tante Zahra lui a passé son mouchoir en lui chuchotant qu'il ne faut pas pleurer, que les vrais musulmans acceptent la mort avec sérénité car ils savent que telle est la volonté de Dieu.

Soumis à la volonté de Dieu : c'est le sens même du mot *musulman*. Sans doute est-ce ce qui les fait traiter de fatalistes par un Occident qui ne croit plus qu'en l'homme. Zahr se remémore avec émotion les interminables discussions qu'elle avait à ce sujet avec son père, et l'intérêt avec lequel il suivait ses reportages au Moyen-Orient, lui qui ne pouvait plus voyager.

Son père qu'elle avait retrouvé en 1982 après vingt ans d'absence entrecoupés seulement de quelques lettres convenues. Elle avait fait sa vie en France, ils étaient devenus des étrangers l'un pour l'autre.

Des étrangers... si seulement! Mais la rage et l'amertume qui la saisissaient chaque fois qu'elle pensait à lui la forçaient à reconnaître que, quoi qu'elle fît, malgré les aventures professionnelles ou sentimentales dans lesquelles elle se jetait avec passion, et des bonheurs divers, elle n'arrivait pas à l'oublier, ni même à le neutraliser, à le remiser dans une petite boîte bien étanche d'où il ne pourrait plus ressortir pour venir s'immiscer dans son existence.

Trois psychanalystes ne l'avaient pas débarrassée de cette colère qui, au demeurant, ne l'empêchait pas de vivre, mais, à son insu, perturbaient ses relations avec les hommes. Elle était devenue incapable de leur faire confiance. Mais elle se persuadait que ce n'était pas très important; un peu comme le renard se convainc que les raisins sont trop verts...

Et puis, un jour, voici une dizaine d'années, son père lui était revenu en plein cœur. C'était au cours de la projection d'un film, *Le Salon de musique* de Satyajit Ray. Dans le personnage dramatique de ce radjah solitaire dans son palais en ruine, entouré d'une poignée de serviteurs en haillons, elle avait cru reconnaître Amir. Et, tout à coup, elle s'était rendu compte que son père vieillissait, qu'il pouvait bientôt mourir. Si elle ne le revoyait pas, elle risquait d'avoir des remords. De cela elle ne voulait pas : sa vie était déjà assez compliquée !

C'est donc pour des raisons tout à fait égoïstes qu'elle lui avait écrit afin de lui annoncer qu'elle allait venir passer quelques semaines auprès de lui.

Mais, plus le moment de le revoir approchait, plus elle mesurait que, par-delà sa crainte des remords, par-delà le beau geste qu'elle allait accomplir en lui revenant, ce qu'elle voulait, c'était une explication. Elle n'allait pas lui permettre de partir ainsi — c'est trop facile de s'esquiver sans payer les pots cassés, en faisant même semblant d'ignorer qu'on les a cassés ! Elle voulait lui demander des comptes, elle n'en pouvait plus de ce non-dit, de ce silence qu'elle s'était imposé autrefois, mue par une grandeur d'âme qui, aujourd'hui, lui semblait suspecte. Elle avait besoin de lui cracher sa révolte, tout le mal qu'il lui avait fait, elle voulait le confondre, lui arracher son masque de noble dignité, l'obliger à parler, à demander pardon, à reconnaître son crime : il faut qu'un crime soit reconnu pour pouvoir être oublié.

Pourquoi avait-elle attendu vingt années ? Croyait-elle vraiment que le temps allait, comme on dit, tout effacer ? Le temps n'efface rien par lui-même. On ne peut l'oublier qu'en le regardant droit dans les yeux, ce fantôme qui nous obsède et nous broie le cœur ; qu'en le prenant à bras-le-corps, malgré la peur, en le décortiquant lentement, sans plaisir ni fureur, jusqu'à ce qu'après des mois, voire des années, vidé de sa force, privé de sa superbe, il s'écroule et, loque agonisante, nous livre son secret : il n'existait que par notre désir. Mais il nous a habité si longtemps, ce fantôme haï et chéri, il nous est si intimement lié qu'en nous arrachant à lui, nous risquons de nous arracher à nous-mêmes et de nous dissoudre dans l'un ou l'autre néant. Aussi préfère-t-on temporiser : on s'étourdit, on se persuade qu'on a grandi et qu'on ne va tout de même pas ressasser éternellement ses histoires d'enfant. Et on se lance dans la vie.

Et, pendant ce temps-là, dans l'obscurité patiente, la plaie se creuse jusqu'à ce qu'un beau jour on se retrouve au bord de son propre abîme.

Lorsqu'elle avait quitté l'Inde à l'automne 1961, Zahr s'était lancée à corps perdu dans le militantisme politique. Les problèmes des autres lui faisaient oublier les siens. Elle avait aussi essayé de tomber amoureuse.

Elle l'avait rencontré peu après son retour : châtain, des yeux verts dans un visage pâle en lame de couteau, Bruno avait trente-cinq ans, mais, tout autant qu'elle, il flottait dans la vie. Non pas, comme elle, par manque de points de repère, mais, au contraire, par excès de règles et d'interdits. Élevé par une nurse allemande qui, pour le punir, le faisait marcher des heures, un morceau de savon dans la bouche, sans se laisser apitoyer par ses hoquets ni ses pleurs, il n'avait jamais cru avoir droit au bonheur. Il continuait d'habiter, chez une mère despotique, un vaste et sombre appartement où, à la nuit tombée, Zahr et lui se faufilaient sur la pointe des pieds jusqu'à sa chambre. Fragile et romantique, il ne l'écrasait ni de son savoir, ni de son cynisme ; il l'adorait comme un chevalier sa princesse, et elle, s'émerveillant d'être ainsi choyée, se convainquait qu'elle l'aimait. Ce fut un hiver très doux.

Jusqu'à une certaine nuit.

Étendus sur le grand lit, ils s'embrassaient et, la prenant dans ses bras, il s'apprêtait à lui faire l'amour, lorsque, tout d'un coup, elle s'était retrouvée dans la chambre d'hôtel de Calcutta au côté de son père. Elle l'avait repoussé avec horreur; une violente douleur lui durcissait le ventre... Il avait passé le reste de la nuit à lui porter des bouillottes et à la regarder pleurer sans comprendre.

Par la suite, ils avaient bien essayé de se retrouver, mais, à chaque fois, la douleur la reprenait, elle ne supportait plus qu'il la touche.

Ils continuaient pourtant à se voir, mais Bruno s'assombrissait de jour de jour et, en dépit de ses protestations, pensait qu'elle ne l'aimait plus, que peut-être même il la dégoûtait.

Que pouvait-elle lui répondre? Pour rien au monde elle ne lui aurait avoué; elle n'aurait pas supporté qu'il la plaignît. Surtout, elle aurait eu l'impression de se salir en évoquant le geste de son père. D'ailleurs, elle ne voulait en parler à personne, comme si taire la chose pouvait l'effacer, faire en sorte qu'elle n'ait jamais eu lieu.

Avec Bruno, le premier homme à la rendre heureuse, elle avait cru pouvoir oublier. Et voici que, sans prévenir, cela resurgissait et, telle une vague sournoise, détruisait le délicat château de sable.

Bruno ne perdait cependant pas espoir, il patientait, accourant dès qu'elle l'appelait, disparaissant quand il devinait que son attente muette l'exaspérait.

L'été, elle était partie en vacances, le laissant seul dans l'étouffant Paris du mois d'août. Elle ne lui avait écrit qu'au bout d'un mois pour le prier, sans trop y croire, de venir la chercher à la gare. Il était venu, elle en avait été à la fois contente et irritée. Le trouvant amaigri, les traits tirés, elle avait commenté que cela lui allait bien, ce à quoi il avait souri d'un air triste, cet air qu'elle ne supportait plus. Qu'avait-il fait pendant ces vacances ? Il avait lu, notamment *Gilles* de Drieu la Rochelle ; il lui en avait d'ailleurs recopié des passages. Elle avait parcouru rapidement les feuillets qu'il lui avait remis — quelle idée de recopier un livre ! —, avait vaguement perçu qu'il y était question d'un suicide, s'était demandé si, par hasard... mais, comme il arborait à présent un visage joyeux et détendu, elle n'y avait plus pensé.

Elle avait d'autres chagrins en tête : son frère Jean-Roch se mariait ; son Jean-Roch adoré auquel, à cinq ans, on l'avait arrachée, mais dont elle avait gardé l'image au cœur comme un trésor que nul ne pourrait lui ravir ; son Jean-Roch qu'enfant, puis, plus tard, adolescente, elle était persuadée d'un jour épouser.

Mais, lorsque Mamie était revenue du Venezuela, elle avait mis Jean-Roch en pension, et, quand il rentrait en fin de semaine, Zahr n'était presque jamais invitée. Elle s'en était étonnée. Était-ce son imagination ? Elle aurait juré qu'autrefois sa mère adoptive rêvait de les marier. Maintenant que le mirage des Indes et de ses fabuleux maharadjahs s'était évanoui, et qu'elle n'était plus qu'une orpheline sans le sou, Mamie avait-elle d'autres ambitions pour son fils ? Zahr avait l'impression qu'elle faisait tout pour les empêcher de se revoir et de retomber amoureux l'un de l'autre. Lorsque, finalement, ils s'étaient retrouvés, ils avaient évolué si longtemps dans des mondes si différents qu'ils n'avaient plus grand-chose à se dire.

Pourtant Zahr aimait toujours Jean-Roch d'un amour d'enfant, un amour indéracinable, et son mariage lui brisait le cœur. Ce qui la rendait d'autant moins compatissante à la souffrance de Bruno : il était malheureux ? Il n'était pas le seul !

Avant de partir pour la Suisse où avait lieu le mariage, elle avait pourtant consenti, comme on accorde une aumône, à prendre le thé avec lui. Ils se retrouvèrent à l'hôtel *George-V;* c'était son anniversaire, elle l'avait oublié, mais il considérait ces quelques heures qu'elle lui accordait comme le plus beau des cadeaux. A nouveau il reprenait espoir. Par honnêteté, elle s'était sentie obligée de lui expliquer que c'était fini, vraiment fini. Et elle l'avait quitté en l'embrassant sur la joue, soulagée qu'il ne lui fasse pas de reproches.

Lorsqu'elle était rentrée, une semaine plus tard, il était mort.

On l'avait trouvé dans son lit : un arrêt du cœur, disait-on. Bouleversée, elle avait téléphoné chez lui : sa mère allait trop mal pour lui parler. Elle était revenue dans l'appartement sombre ; le frère de Bruno l'y avait reçue avec une amabilité glaciale, la regardant à peine ; elle avait eu l'impression qu'il la haïssait.

Plusieurs jours durant, elle avait erré ; les pages de *Gilles* lui revenaient en mémoire, mais non, elle ne voulait pas y croire... Jusqu'à ce qu'elle se décide enfin à aller interroger une ancienne amie de Bruno. Celle-ci avait hésité à parler, puis, devant son insistance, avait rompu le pacte du silence : oui, Bruno s'était suicidé, mais il avait laissé une lettre demandant qu'on ne le dise pas à Zahr. Il ne voulait pas qu'elle se sente coupable.

Pendant un mois, des amis l'avaient hébergée, se relayant pour ne jamais la laisser seule de peur qu'elle ne commette à son tour une « bêtise ». Elle ne cessait de répéter qu'il l'attendait, qu'elle lui avait promis de le suivre. Elle lui avait dit assez légèrement, elle s'en souvenait à présent — c'était après sa lecture de *Gilles* —, que, pas plus que lui, elle n'avait de raisons de vivre, et que, s'il mettait fin à ses jours, elle se suiciderait elle aussi. Il l'avait regardée longuement, essayant de comprendre si c'était là une preuve d'amour ou une boutade. Ce n'était ni l'un ni l'autre ; simplement, elle ne tenait pas fort à la vie. C'était peut-être ce qui les rapprochait le plus.

Un soir qu'elle semblait aller mieux, ses amis la laissèrent seule quelques heures. Elle en profita pour vider une bouteille de cognac, elle qui ne buvait jamais, et sombra dans un coma éthylique. Le Samu l'en sortit de justesse.

Elle avait été si malade qu'après ce simulacre de suicide elle se sentit plus légère, comme si elle avait payé. C'était le printemps, le boulevard Saint-Germain était noyé de soleil, et, en regardant les enfants courir derrière les pigeons, elle avait soudain été envahie par le bonheur de vivre.

Mais le visage de Bruno lui revenait souvent, et s'imposait alors l'idée qu'à travers elle, c'était son père, Amir, le véritable responsable de sa mort. De cela aussi elle entendait lui demander des comptes...

Elle avait besoin de le voir pour vider son cœur, lui dire tout le mal qu'il avait fait par égoïsme : les nuits de cauchemars et de larmes, et la blessure qui, en dépit des années, ne cicatrisait pas, mais, au contraire, s'approfondissait avec le temps. Elle mesurait de mieux en mieux tout ce qu'il avait saccagé en elle. Parfois, le ressentiment la prenait à la gorge, elle en étouffait de fureur : il fallait qu'elle se venge, qu'elle lui fasse payer, et elle imaginait d'aller en Inde pour le tuer. Ou, mieux, pour faire éclater le scandale, le traîner sur la place publique, le déshonorer à tout jamais.

Longtemps elle avait remis ce voyage. Elle avait peur de sa violence autant que de celle de son père. Elle le croyait capable de la faire disparaître lorsqu'il comprendrait qu'elle allait parler ; en Inde, rien n'est plus facile. Elle avait même prévenu ses amis : s'ils restaient plus de trois semaines sans nouvelles, il faudrait qu'ils la fassent rechercher.

Enfin elle était partie avec, au cœur, le pressentiment que des choses terribles allaient se passer...

Elle avait retrouvé un homme âgé et triste.

Son épouse, rani Shanaz, était morte depuis

quinze ans. Muzaffar était marié pour la seconde fois et vivait à Bombay. Nadim, le plus jeune fils, était parti avec sa femme et son bébé pour exercer la médecine en Angleterre. Amir était resté seul avec quelques vieux domestiques et Mandjou, son fils malade, dont il s'occupait avec des attentions touchantes. Il parut profondément heureux de la voir, comme si le soleil était revenu dans ce vieux palais encore plus sombre et délabré que dans son souvenir. Il l'embrassa presque timidement.

Les jours avaient passé, ils n'avaient parlé de rien, elle avait l'impression qu'il avait oublié. Devant ce vieillard solitaire qui avait tout perdu, elle se sentait prise de pitié; elle aurait été cruelle de l'écraser sous les accusations. Elle n'avait plus qu'une envie : lui prodiguer un peu de bonheur, lui dispenser la tendresse que, pendant si longtemps, elle avait dû refréner. Et elle comprenait que la haine que, vingt ans durant, elle croyait avoir accumulée n'était qu'un immense amour frustré.

Un jour, pourtant, au cours d'une conversation, il avait laissé tomber d'un air indifférent :

— Vous souvenez-vous de notre voyage à Calcutta?

Elle avait sursauté et l'avait foudroyé d'un regard noir :

— Croyez-vous que je puisse jamais l'oublier?

Il avait détourné la tête et changé de conversation.

Quel aplomb! Comment osait-il? Elle n'en revenait pas! Une fois de plus, elle s'était demandé si c'était de sa part cynisme ou inconscience. Puis, elle en avait conclu qu'il l'avait testée pour savoir, que pendant toutes ces années lui-même avait dû se poser la question. Désormais, il n'avait plus de doute sur la cause de son départ.

A cet instant, ils auraient pu se parler. Mais il avait l'air si désemparé qu'elle n'avait plus eu le cœur de revenir sur le passé. Il avait été suffisamment puni en la perdant. D'autant qu'il savait à présent que c'était par sa faute, qu'il était le seul responsable de sa solitude.

Maintenant qu'elle n'avait plus peur de l'aimer, Zahr s'en donnait à cœur joie et entourait son père de mille attentions qu'il accueillait avec un étonnement ému. Au cours des années qui suivirent, elle instaura un rituel pour son anniversaire, qu'on ne lui avait pas souhaité depuis l'enfance, en organisant une fête chaleureuse où toute la famille, des nièces aux arrière-petits-cousins, ainsi que tous ses amis, étaient conviés. Elle s'arrangeait ainsi pour revenir chaque 13 janvier. Il l'attendait avec impatience : avec elle, il se sentait revivre.

Au début, elle ne s'en était pas rendu compte, mais le 13 janvier, jour de la naissance de son père, était également le jour de la disparition de sa mère, morte toute jeune à Paris dans la misère. Zahr, qui ne croyait guère aux coïncidences, vit là un signe et se demanda s'ils avaient le droit de fêter un tel jour ; elle en avait même voulu à son père d'être né le jour où sa mère était morte, jusqu'à ce que, écartant cette idée absurde, elle décide que l'important était de donner du bonheur aux vivants. Cependant, au milieu des réjouissances et des rires, elle ne pouvait s'empêcher d'évoquer l'humble tombe recouverte d'herbes folles où reposait Selma, seule, là-bas en France, dans l'immense étendue de broussailles qu'est le cimetière musulman de Bobigny.

Mais les moments les plus merveilleux étaient les visites à Badalpour. Maintenant qu'elle gagnait sa vie, elle avait commencé à distribuer des bourses aux enfants de l'école, plus exactement aux petites filles que leurs parents avaient tendance à garder à la maison pour vaquer aux soins du ménage. Ces bourses étaient accordées, selon le mérite, aux trois meilleures élèves de chaque classe, et non aux plus démunies. Elle en avait longuement discuté avec son père, qui l'avait persuadée qu'un choix obéissant à de purs critères économiques susciterait contestations et ressentiments sans fin du côté des parents, amenant ainsi au village plus de mal que de bien.

Elle se remémore leurs visites annuelles à l'école, l'examen scrupuleux des cahiers, les commentaires du directeur et des maîtres — que le radjah écoutait poliment sans en tenir le moindre compte, sachant trop ce qu'ils cachaient d'intérêts et d'intrigues —, l'attente anxieuse des enfants, le choix enfin, accueilli par des rires et des pleurs. Ces pleurs la bouleversaient à tel point qu'elle en vint vite à attribuer des bourses à toutes les élèves sans exception. Si ce n'était plus une prime au mérite, c'était en tout cas le meilleur moyen d'inciter les parents à envoyer leurs filles à l'école...

La remise des bourses se déroulait en grande pompe dans le parc du palais, devant les familles réunies. Après que tout le monde se fut régalé de thé et de friandises, le directeur de l'école, juché sur une estrade de fortune, annonçait les résultats tandis qu'au milieu des applaudissements, les fillettes, habillées de propre, s'avançaient, rougissantes, pour chercher leur enveloppe.

Zahr se rappelle l'émotion de son père lorsque, la première fois, à la fin de la cérémonie, le chef du village lança un « Hourra pour notre radjah ! », repris par tous, suivi d'un « Hourra pour notre radj-kumari ! ». Amir se trouvait soudain ramené des années en arrière, jeune prince aimé et respecté de ses paysans. Après trois décennies au cours desquelles les relations avaient été distendues, les loyautés effacées, voici qu'à nouveau, comme autrefois, ils l'acclamaient. Jamais, dans ses rêves les plus fous, il n'aurait cru un pareil retour possible, et cette joie qui compensait tant d'amertumes, il la devait à sa fille. Il ne savait pas dire merci, elle aurait d'ailleurs été choquée qu'il le lui dise, mais il l'avait regardée longuement, avec un tel bonheur au fond des yeux qu'elle avait eu du mal à retenir ses larmes.

Entre eux le ciel était au beau fixe, les orages

oubliés. Pourtant, pendant des années encore, chaque fois qu'ils iraient séjourner à Badalpour ou dans leur maison de Naïnital, elle s'arrangerait pour se faire accompagner d'une cousine. Et lui feindrait de ne pas s'en apercevoir.

Souvent, Amir parlait de sa mort et de ce qu'il comptait laisser à ses enfants. Muzaffar, l'aîné, hériterait bien sûr de Badalpour et des terres attenantes, ainsi que du palais de Lucknow. Nadim, d'une maison à Lucknow et d'une autre à Sitapour. Pour ce qui est de Mandjou, son père avait mis à son nom une belle demeure dont les loyers suffiraient à subvenir à ses besoins. Quant à la maison de Naïnital, elle serait partagée entre les trois fils.

Zahr écoutait, approuvait, tout en s'étonnant : pas une seconde ne semblait l'effleurer l'idée qu'il avait aussi une fille. Non qu'elle convoitât quoi que ce fût de ses propriétés ; elle s'était toujours débrouillée seule, exerçait un métier et n'avait besoin de rien. En outre, sa vie se déroulait en France. Mais elle était blessée de se trouver ainsi tenue en dehors de la famille. Ce n'était pourtant pas une question de coutumes : en terres d'Islam, la fille hérite d'une part égale à la moitié de celle du garçon (règle édictée à une époque où, les femmes ne travaillant pas à l'extérieur, leurs dépenses quotidiennes étaient prises en charge par les hommes). Ce n'était pas non plus que son père ne l'aimât pas : elle savait parfaitement bien qu'il l'aimait au moins autant que ses fils. Alors ? Était-ce que, sans se l'avouer, tout au fond de lui-même, il doutait encore qu'elle fût sa fille ?

Mais regardez-moi, Daddy : ne suis-je pas votre portrait tout craché ? Vous en êtes même si fier que vous avez exposé dans votre chambre la photo de nos deux profils, que l'on dirait calqués l'un sur l'autre !

Elle avait beau se le répéter, l'attitude incompréhensible de son père ranimait en elle des fantômes qu'elle avait crus enterrés.

Un jour qu'il évoquait complaisamment ses projets, elle ne put y tenir :

— Tout pour vos fils ? Et votre fille, elle n'existe pas ?

Il l'avait regardée, interloqué, et, après une brève hésitation :

— Je suis désolé, mais le radjah de Badalpour, mon grand-père, a laissé un testament selon lequel les femmes de la famille n'ont pas le droit d'hériter. Je ne peux m'élever contre ses dernières volontés.

Était-ce une excuse, ou disait-il la vérité ? Et, même si c'était vrai, comment pouvait-il, lui, un homme rationnel et progressiste, se conformer aux directives d'un vieil aïeul mysogine, sinon parce que cela l'arrangeait ?

A nouveau la question lancinante. A nouveau le sentiment d'être rejetée. Car c'était cela le test, et non les paroles affectueuses dont il la couvrait. Certes, il appréciait sa présence, elle le distrayait de sa solitude, mais son prétendu amour n'était en réalité qu'égoïsme. Elle avait cru, pauvre innocente, être enfin acceptée ; elle avait imaginé que, dans le fond de son cœur, il la considérait désormais vraiment comme sa fille. Mensonges que tout cela ! Elle en avait maintenant la preuve, une preuve dont elle se serait bien passée mais que la logique la forçait à regarder en face.

Longtemps ils n'étaient plus revenus sur le sujet. Elle avait honte de l'aborder : il aurait pu la croire intéressée alors que ce qu'elle désirait, c'était simplement un signe tangible de reconnaissance. Elle se fichait bien des propriétés ! Tout ce qu'elle voulait, c'étaient quelques arpents de terre à Badalpour, dans le berceau familial, un peu de terre qui serait son lien concret avec son père, avec ses aïeux, avec son pays. Un peu de terre où ancrer ses racines, conforter une identité encore chancelante. Un morceau de terre juste assez grand pour qu'elle y tienne debout, pour que, lorsqu'elle serait là-bas, en France, elle ne soit plus ce fétu ballotté de droite et de gauche, incapable de s'accrocher à rien. Pour qu'elle ait la certitude vitale de n'être plus partout une étrangère, mais qu'il existait un lieu dans le monde auquel, de par ses origines, une histoire ancestrale, elle appartenait de plein droit sans que personne pût jamais le lui contester.

Elle avait essayé d'expliquer cela à son père, en vain :

— Vos frères vous aiment. Dans leur maison, vous serez toujours chez vous.

Ne voyait-il pas que c'était justement cela qu'elle voulait éviter ? vivre chez les autres ! Toute son enfance, toute sa jeunesse elle avait vécu chez les autres, dépendant de leur bon vouloir, de leur amour pour elle. Pendant dix-huit années, jusqu'à ce qu'elle quitte sa troisième famille adoptive, elle avait été obligée de se soumettre pour qu'on veuille bien la garder. Plus jamais elle ne subirait cette humiliante docilité. Elle ne passerait plus sa vie à multiplier les concessions pour être acceptée.

Finalement, son père avait semblé comprendre et un jour, à Paris, elle avait reçu une lettre de lui. Sur papier officiel timbré de toutes parts, il concédait à sa fille, pour quatre-vingt-dix-neuf ans et contre versement symbolique d'une roupie, la location du premier étage, l'étage noble du palais de Badalpour. Elle avait cru s'en étrangler de rage : une location ! Est-ce qu'on loue à son enfant ? C'était bien la preuve qu'il la considérait comme une étrangère ! Elle lui avait renvoyé l'acte déchiré en menus morceaux, accompagné d'une lettre de cinglants reproches : elle voulait à Badalpour un coin à elle, fût-ce une cabane, un lieu qu'elle pourrait transmettre à ses enfants, à ses petits-enfants, pour qu'ils n'oublient jamais leur lien avec l'Inde, pour qu'eux au moins sachent avec certitude d'où ils venaient.

Et elle était tombée très malade.

Pourtant, chaque 13 janvier, elle était de retour pour l'anniversaire de son père, et, chaque fois, ils allaient passer quelques jours à Badalpour afin d'organiser la fête et de distribuer les bourses aux petites élèves. C'était devenu un rituel qui leur procurait à tous deux tant de bonheur qu'elle n'aurait jamais songé à l'interrompre. Tant pis s'il estimait qu'une fille ne doit rien recevoir de son père ; il avait ses idées et était trop âgé pour en changer. Elle ne voulait plus en parler, elle ne voulait même plus y penser.

Mais voici qu'un jour, à la veille d'un de ces 13 janvier, il l'avait appelée au salon. Ses yeux brillaient d'excitation. A ses côtés se tenait un cousin avocat, tout sourire.

— Ma fille, j'ai voulu, pour mon anniversaire, vous faire un cadeau, avait-il annoncé, ajoutant comme un enfant qui se réjouit à l'avance du plaisir qu'il va faire : Les papiers sont prêts, je n'ai pu attendre jusqu'à demain.

Et, comme elle le regardait étonnée :

— J'ai décidé de vous donner *Sultan Bagh*, le Jardin de la Sultane, qu'aimait tant votre mère.

Le Jardin de la Sultane, ce joli enclos d'herbes sauvages, juste devant le grand palais ? C'était un endroit merveilleux, mais ce qui était bien plus merveilleux, c'est que son père l'aimait, qu'il avait surmonté ses préjugés et les volontés de ses aïeux pour lui faire don de ce petit enclos au centre de la propriété ! Tous les doutes de Zahr, toutes ses souffrances s'évanouissaient. Elle se sentait soudain forte, d'une force invincible, comme si, de cette terre de Badalpour, un sang nouveau passait dans ses veines — le sang et l'esprit de ses ancêtres qui, comme son père, l'accueillaient enfin parmi eux.

De cette reconnaissance, une autre Zahr allait naître.

La cérémonie de deuil est terminée. Dans la cour intérieure tendue de toile grège — protection indispensable contre les cruelles ardeurs du soleil d'août —, on a disposé divans, poufs et tapis. Les femmes se sont assises autour de Zahr et de sa tante, cependant que les hommes, installés dans le grand salon, tiennent compagnie à Muzaffar. Avec force soupirs, on évoque le défunt, sa générosité, sa grandeur d'âme, et le vide qu'il laisse, puis, après le laps de temps imposé par la décence, les conversations s'animent. On est avide de nouvelles fraîches du Pakistan où vit tante Zahra, ce pays frère où chacune a des parents depuis la partition de 1947 qui a déchiré les familles. On veut aussi savoir ce qui se passe à Paris et si Zahr compte y rester, ou bien si elle va revenir à Lucknow pour s'occuper de son frère Mandjou. A toutes ces femmes il semblerait normal qu'elle rentre, elle aurait même dû le faire depuis longtemps : la place d'une fille non mariée n'est-elle pas auprès de son père ?

— Il vous aimait tellement, il était si triste de ne pas vous voir plus souvent. Personne pour prendre soin de lui... Les domestiques, ce n'est pas comme la famille... Mais, bien sûr, la vie en Europe doit être tellement plus intéressante que notre existence routinière...

Sous le reproche voilé de sourires indulgents, Zahr se tait. Que peut-elle répondre ? Elle sait bien qu'on n'a pas compris son départ ; certaines la taxent d'égoïsme ; d'autres l'excusent : élevée à l'occidentale, comment pouvait-elle s'adapter à notre société ?

Si elles savaient comme elle était prête à sacrifier sa liberté pour rester, à tout abandonner pour retrouver un père, un pays ! Elles ne le sauront jamais. Depuis trente ans, elle supporte le blâme sans mot dire.

Silhouette dégingandée flottant dans une veste sombre, Mandjou erre d'un groupe à l'autre. Il a l'air si perdu que Zahr en a la gorge serrée : qui va s'occuper de lui maintenant ? L'emmener en France pour le faire soigner ? Trop tard. Et puis, il y serait malheureux, on ne peut l'arracher à son milieu. D'autant qu'au fil des années, il s'est adapté à sa maladie, elle est devenue pour lui une vieille habitude ; vivant avec son père qui l'entourait d'une infinie patience, il avait trouvé une sorte de sérénité. Que va-t-il advenir de lui ? La troisième épouse de Muzaffar, une petite personne au menton volontaire, ne veut pas s'en charger. Pourquoi le ferait-elle ? Le couple a décidé que Mandjou vivrait à Badalpour, l'air y est meilleur qu'à Lucknow : ils engageront un serviteur pour s'occuper de lui, et les allées et venues des paysans le distrairont. Autant dire qu'on l'abandonne. C'est ce que redoutait son père.

Quand Zahr le voit aujourd'hui si seul, à la merci d'un aîné dont elle connaît l'égoïsme, et qu'elle l'imagine confié à des gens frustes, qui peut-être seront bons mais peut-être en feront leur souffre-douleur, elle se dit pour la énième fois qu'en s'opposant à son mariage, c'est elle qui est responsable de son malheur actuel. Alors ? Rester ici pour lui, comme le suggèrent ces femmes ? Pas un instant elle n'y songe sérieusement : elle a autre chose à faire de sa vie. Quoi ? En tout cas, mieux à faire que de sacrifier son existence à un malade qu'elle connaît à peine, même si, par le hasard de la naissance, il se trouve être son demi-frère !

La brutalité de sa réaction lui fait honte ; elle sait qu'elle est de mauvaise foi, qu'elle se défend contre une dangereuse compassion. Car elle l'a aimé, cet être fragile, elle l'a aimé moins parce qu'il est son frère que parce qu'il était malheureux et avait besoin d'elle.

Bien sûr, lorsqu'elle l'avait connu, elle s'était efforcée d'éprouver à son endroit des sentiments fraternels, de même qu'à l'égard de Nadim et de Muzaffar, si illusoires que puissent être ce genre de sentiments quand on se rencontre à vingt ans et qu'on ne passe que quelques semaines ensemble. Mais elle avait tant besoin, à l'époque, de se trouver une famille qu'elle avait adopté pêle-mêle, avec une reconnaissance émue, frères, cousins, arrière-petits-cousins, oncles et tantes. Elle avait choisi de les aimer.

Pour son père seul elle n'avait pas choisi : le lien qui les unissait avait la force de l'évidence. Maintenant que le voici parti, elle découvre que les autres n'ont été sa famille qu'à travers lui, qu'ils n'étaient que des comparses qui lui permettaient de revivre l'enfance qu'elle aurait dû vivre et de tenter de recréer sa propre histoire pour se trouver enfin une place incontestable, incontestée.

Elle a fait un long chemin avant de comprendre qu'elle se fourvoyait. Mais, ce chemin, il fallait qu'elle le parcoure ; que, pas à pas, non sans révoltes ni souffrances, elle en vienne à se convaincre qu'elle ne pouvait pas modifier son passé et que ce monde qu'elle avait tant voulu retrouver ne serait jamais tout à fait le sien.

Qu'aucun monde ne sera jamais tout à fait le sien.

Elle s'occupera de Mandjou, bien sûr, avant de repartir. Elle s'arrangera avec Muzaffar pour qu'il soit entouré, choyé. Elle fera tout son possible.

Un bruissement d'excitation parcourt l'assemblée et tire Zahr de ses réflexions. D'une femme à l'autre, la nouvelle se propage : Subashini arrive, Subashini est là !

Subashini est la seconde épouse de Muzaffar, dont elle a eu un fils. Ils ont vécu dix ans ensemble, mais il n'a jamais vraiment accepté ses activités politiques. Seule femme député du Parti communiste marxiste indien — critique impitoyable de l'Union soviétique —, elle est constamment sur la brèche à s'occuper des pauvres des bidonvilles ou à organiser grèves, manifestations, meetings, alors que son mari aurait voulu que, comme toute femme indienne, elle reste à la maison. Ils ont fini par vivre chacun de leur côté. Remarié depuis quelques mois, il n'a aucune envie de divorcer, car, à sa façon, il tient à elle. Mais ils ne se sont pas revus. Quant aux deux femmes, elles ne se sont jamais rencontrées.

Subashini est entrée en coup de vent, suivie de sa mère, et c'est soudain comme si la vie venait balayer pleurs et deuil. Sans accorder un regard à sa rivale, elle se dirige vers Zahr, de l'autre côté du patio. Telle une nuée de moineaux, les femmes l'ont entourée, même celles qui, jusque-là, faisaient leur cour à la nouvelle maîtresse des lieux, laquelle se retrouve subitement seule dans son coin. Certes, ce n'est pas charitable, mais comment résister au charme de la seconde épouse qui a toujours des histoires passionnantes à raconter?

Aujourd'hui, cependant, Subashini est là pour se recueillir sur la dépouille de son beau-père. Le radjah et la révolutionnaire étaient de grands amis et, si Amir ne la soutenait jamais ouvertement contre son fils, dans son for intérieur il lui donnait raison. « Il est mon meilleur copain », disait-elle, ce qui stupéfiait Zahr qui ne se serait jamais permis pareille familiarité.

Devant la centaine de paires d'yeux qui les scrutent, Muzaffar s'est approché et salue gauchement son épouse. Il lui est reconnaissant d'être venue, manifestant ainsi en public non seulement son attachement à la famille, mais aussi son acceptation de leur nouvelle situation. Il avait craint qu'avec son caractère entier elle ne fasse un scandale.

Gracieusement, elle incline la tête et lui sourit. Puis, se tournant vers tante Zahra :

— Pouvez-vous venir un instant avec moi, ma tante? Et vous aussi, mère, et vous, Muzaffar...

Ils disparaissent dans le petit salon.

Cinq minutes plus tard, elle revient, rayonnante :

— C'est fait : j'ai divorcé!

Et, devant l'assistance abasourdie, elle explique posément :

— Nous nous sommes mariés chez moi, au Kerala, selon les coutumes traditionnelles. J'ai donc divorcé selon les mêmes coutumes. Là-bas, quand une femme ne veut plus de son mari, elle prend ses chaussures et les pointe vers la sortie : il comprend alors qu'il doit partir.

Et, comme tout le monde éclate de rire, pensant

que c'est encore une de ses innombrables plaisanteries, elle insiste :

— Nous avons divorcé dans les règles, devant ma
mère et sa tante qui ont servi de témoins. Le seul
point qui diffère, c'est qu'au Kerala le mari habite
chez sa femme ; lorsque celle-ci pointe ses chaussures vers la sortie, il doit quitter sa maison à elle.
Ici, évidemment, la maison est à Muzaffar, mais la
symbolique reste la même.

— Et qu'a-t-il dit ? s'enquiert Zahr, incrédule.

— Rien, il en est resté coi. Mais il a très bien
compris.

— Enfin, Subashini, un divorce n'est pas si
simple, il y a une foule de détails matériels à
régler...

— Non, car je ne réclame rien. Je refuse seulement d'être une parmi plusieurs épouses.

Scandalisées, mais plus encore admiratives, les
femmes échangent des coups d'œil réjouis : enfin
quelqu'un qui les venge des humiliations et restric-
tions quotidiennes que leur font subir leurs maris !
Avec curiosité, certaines demandent si, au Kerala,
société autrefois matriarcale, ce genre de divorce
est encore courant.

— Non, reconnaît à regret Subashini, c'est une
coutume qui se perd ; les femmes n'ont plus l'indépendance financière nécessaire...

— C'est comme chez les musulmans, intervient
Zahr. La femme a le droit de divorcer, tout comme
l'homme, mais, pour des raisons matérielles, elle ne
le peut pas.

Des protestations indignées accueillent sa
remarque. Tout le monde s'est mis à parler à la fois.
Elle ne s'attendait pas à une telle levée de boucliers.
Il faut, pour calmer l'assistance, que tante Zahra,
dont les cheveux blancs impressionnent et dont la
piété ne saurait être mise en doute, intervienne à
son tour :

— Le drame est que, dans le monde islamique, la
plupart d'entre nous ignorons nos droits. Bien sûr

qu'une musulmane peut demander le divorce! Et pour toutes sortes de raisons : par exemple, si son mari ne l'entretient pas convenablement, ou s'il veut prendre contre son gré une autre femme, ou même s'il ne remplit pas ses devoirs conjugaux. Mais il faut que ce soit stipulé dans le contrat de mariage, et la pression sociale est telle que bien peu osent le faire. L'absence de droits, comme toutes les sottises que l'on colporte aujourd'hui sur la religion musulmane, n'a rien à voir avec l'Islam, mais avec nos sociétés et la façon dont au cours des siècles nous les avons laissées se dégrader.

De l'après-midi on n'a pas revu Muzaffar. Peu soucieux d'affronter les regards narquois ou compatissants des femmes, il se confine dans le grand salon où il reçoit ses amis et les amis de son père, venus lui présenter leurs condoléances.

Zahr les connaît tous. Ces dernières années, le radjah, ayant abandonné tout espoir de la marier, avait relâché les strictes règles du *purdah*, et, lorsqu'il recevait des visites, il l'invitait souvent à tenir le rôle de maîtresse de maison. Elle souhaite les revoir, les entendre parler de son père, évoquer avec eux les jours heureux où ils étaient tous réunis.

Lorsque, accompagnée de tante Zahra, elle pénètre dans le salon, Muzaffar fronce les sourcils : en ce jour solennel, il s'attendait à ce que la tradition soit respectée. Elle feint de ne pas comprendre ; elle a trop envie de s'entretenir d'Amir avec ceux qui, hors la famille, l'ont connu et apprécié.

Tous sont venus, pauvres et riches, hindous, musulmans et chrétiens et, à la sincérité de leur peine, Zahr comprend combien non seulement ils respectaient son père, mais comme ils l'aimaient. Sous un abord sévère, Amir cachait une immense bonté, jamais il ne refusait son aide, que ce fût en prodiguant ses conseils, en faisant intervenir ses relations ou en accordant une assistance matérielle. Il ne ménageait ni son temps ni son argent, et si, depuis des années, il menait une vie de spartiate, se privant de tout ce qui n'était pas le strict nécessaire, jamais il n'avait cessé d'aider les plus démunis.

Mais, par-delà l'homme, c'est au radjah de Badalpour qu'on est venu rendre hommage. C'est au passé extraordinaire qu'il incarnait et qui avec lui disparaît irrémédiablement, car à Lucknow tous les autres princes de sa génération sont morts. Des grands anciens, il était le dernier à avoir traversé le siècle et son histoire tourmentée, il avait vécu les fastes de l'époque du Raj, le luxe éblouissant des réceptions dans les palais de Kaisarbagh où se côtoyaient *shirvanis* de brocart et « vestes rouges [1] », et participé aux somptueux *darbars* [2] donnés par le gouverneur anglais, au cours desquels celui-ci décorait les loyaux serviteurs de Sa Majesté, cependant que dans tout le pays s'amplifiait le mouvement pour l'indépendance. Il avait été témoin des sentiments d'admiration mêlée de haine qu'éprouvait l'aristocratie envers l'occupant, il avait assisté à toutes les péripéties locales de la lutte, ainsi qu'aux intrigues et aux combats entre les princes : les tenants de Nehru, ceux de Jinnah [3], et ceux qui préféraient encore la domination britannique aux aléas d'une Inde démocratique.

Avec Amir s'écroule un pan de l'Histoire, mais surtout disparaît le dernier témoin du Lucknow d'autrefois, de cette ville où hindous et musulmans se fréquentaient, s'appréciaient, collaboraient dans tous les domaines des arts et de la pensée, jusqu'à élaborer cette extraordinaire synthèse culturelle hindo-musulmane qu'on appela la « civilisation d'or et d'argent », qui, pendant deux siècles, fut à travers l'Inde le vivant symbole du raffinement et de la tolérance.

---

1. Militaires anglais.
2. Réceptions officielles.
3. Mohamed Ali Jinnah, fondateur du Pakistan.

— Avez-vous remarqué cet hypocrite de Daoud Khan ? Il vient soi-disant pour les condoléances, alors qu'il n'a d'yeux que pour l'héritage !

Les invités partis, Muzaffar donne libre cours à son indignation.

— Il n'avait pas mis les pieds ici depuis deux ans, reprend-il. Mon père refusait avec raison de le voir.

Zahr ne relève pas cette façon de dire « mon père », elle en a l'habitude. Dans sa famille turque, on évoque également devant elle « mon oncle », « mon arrière-grand-père », sans songer un seul instant que ce sont aussi les siens. Et lorsque d'aventure il lui arrive de le faire remarquer, on la regarde d'un air décontenancé : « Mais enfin, ta famille, c'est celle de ton père ! » Aucune méchanceté dans ce rejet — même s'il est facile de comprendre ce qu'il représente pour une orpheline —, juste de l'inconscience, ou peut-être un sens incomparablement aigu des hiérarchies : n'étant descendante *que* par sa mère, Zahr n'appartient pas vraiment à « La Famille ».

Comme si le sang d'une mère ne valait pas celui d'un père, comme si chaque être n'était pas, à parts égales, la résultante de deux lignées !

A longues enjambées, Muzaffar arpente le salon. Ce n'est pas le moment de l'irriter davantage, mais plutôt de saisir l'occasion de régler la question des droits des petites, les filles de Nadim, les petites-filles de Daoud Khan. A la mort de leur père, voici deux ans, lorsqu'Amina, sa veuve, avait réclamé les maisons qui étaient au nom de son mari et reve-naient désormais aux enfants, le radjah n'avait rien voulu savoir. Si Amina n'avait plus de quoi vivre, elle n'avait qu'à venir avec ses filles habiter chez lui, à Lucknow. Daoud Khan avait eu beau plaider que les enfants, nées en Angleterre, y faisaient leurs études, et qu'il serait dommage de les faire rentrer avant qu'elles aient achevé leur éducation : « Comme vous voudrez, avait répondu le radjah ; mais elles n'hériteront pas. » Et il avait avancé une clause du droit musulman stipulant que si le chef de famille meurt, l'héritage revient à son père, ou, si celui-ci est décédé, au frère aîné. Clause obscure et très controversée qui se justifiait peut-être partielle-ment autrefois, lorsque les femmes ne pouvaient vivre seules et, devenues veuves, retournaient dans leur belle-famille qui subvenait à leurs besoins et à ceux des enfants. Clause souvent utilisée aujourd-'hui pour justifier de scandaleuses captations d'héritages.

Zahr n'avait jamais compris pourquoi son père avait agi ainsi, lui qui, en toutes circonstances, défendait les plus faibles. La seule explication était qu'il en voulait terriblement à Amina. La douleur le rendant injuste, il la tenait pour responsable de la mort de son fils : elle aurait dû le prévenir de sa dépression, il aurait su le raisonner, le dissuader de mettre fin à ses jours. Personne n'avait eu la cruauté de lui dire que c'était précisément parce que, après « sa bêtise », il n'avait pas eu le courage d'affronter la colère paternelle que son fils s'était tué.

Ce fils, qu'il avait toujours considéré comme le moins doué, cachait sous sa constante bonne humeur et ses plaisanteries de gosse une sensibilité d'écorché vif. Tout le monde s'y était laissé prendre, Zahr la première. Elle s'étonnait même que ce grand gamin naïf pût être médecin, et, de l'avis général, un excellent praticien. De tous ses proches, c'était bien le dernier dont elle aurait imaginé qu'il en viendrait à se suicider.

Elle se souvient de cette matinée de novembre où elle avait appris sa mort, là-bas, dans la froide et grise Liverpool.

Elle était partie au plus vite : Amina et les enfants avaient besoin d'elle. A Liverpool, elle avait retrouvé Muzaffar. Leur père, prostré dans sa douleur, n'avait pas fait le voyage. A la morgue, quand elle avait vu le visage bleu de son frère, elle s'était dit que c'était mieux ainsi.

Amina se murait dans le silence et il avait presque fallu lui faire violence pour, bribe après bribe, lui arracher la vérité.

Comme chaque matin, Nadim s'était rendu à son cabinet, il avait examiné ses patients, puis, vers midi, avait congédié secrétaire et infirmière, déclarant qu'il restait pour mettre un peu d'ordre dans ses papiers. A deux heures, il n'était pas rentré. Saisie d'un pressentiment, Amina était partie le chercher, mais la porte de son bureau était fermée de l'intérieur. Elle avait appelé la police qui avait enfoncé la porte et trouvé Nadim affalé sur sa table, la tête serrée dans un sac en plastique, mort asphyxié. Il n'avait laissé qu'un mot où il demandait à sa famille de lui pardonner. L'examen médical avait révélé qu'il avait absorbé une forte dose de barbituriques pour — avait précisé le médecin légiste — ne pas être tenté de se débattre lorsqu'il se sentirait étouffer.

Horrifiés, Zahr et Muzaffar essayaient de comprendre : comment leur petit frère, qui était la joie de vivre, avait-il pu en arriver là ?

A leurs questions, Amina se contentait de répondre entre deux sanglots :

— C'était pour les pauvres de Badalpour, il voulait leur venir en aide...

Et, peu à peu, ils avaient reconstitué la navrante histoire.

Nadim avait pris l'habitude de rédiger de fausses ordonnances pour, à chacun de ses retours annuels en Inde, rapporter une valise bourrée de médicaments qu'il distribuait aux paysans pauvres de Badalpour. Il n'y voyait pas grand mal : l'Angleterre était riche alors que, chez lui, on mourait faute de pouvoir se payer les remèdes nécessaires. Avait-il été dénoncé ? Un matin, la police était venue l'arrêter. Devant ses enfants, on lui avait passé les menottes et on l'avait conduit au poste où on l'avait gardé à vue durant quarante-huit heures. C'était un homme brisé qui en était ressorti. Il n'avait pas raconté les détails de sa détention, mais Amina avait compris qu'outre les menaces et les coups, il avait été en butte au racisme le plus abject. Son image de lui-même et du monde en avait été bouleversée ; il avait eu l'impression de n'être plus rien et avait décidé de se supprimer. Amina avait tenté de le convaincre que, même s'il ne pouvait plus exercer, comme l'en avait persuadé la police, même s'il était déshonoré — les journaux locaux s'étaient emparés de l'affaire en la noircissant —, ils avaient toujours la possibilité de s'en retourner en Inde. Non, impossible : que dirait-il à son père ? Il avait passé sa vie à essayer de lui prouver qu'il était aussi capable que ses frères ; il n'aurait pas la force de supporter son mépris. Pourtant, devant les pleurs de son épouse, il avait promis de trouver une solution.

Quinze jours après, il se tuait.

Pauvre enfant mal aimé... Élevé entre des domestiques qui encourageaient ses frasques et un père aux principes rigides qui l'écrasait de sa supériorité, il avait pris l'habitude de louvoyer pour pouvoir respirer, considérant comme de bonnes plaisanteries ses défis à l'autorité, sans comprendre qu'il y a certaines limites qu'il est dangereux d'outrepasser. Son inconscience avait fait trois orphelines qu'il fallait désormais protéger.

A l'époque, devant le refus du radjah de leur

reconnaître leur part, Zahr avait conseillé à Amina de ne pas insister. Qu'elle prenne patience, on ne pouvait pas contrer son père, mais, plus tard, Muzaffar, elle en était sûre, ne demanderait qu'à leur restituer leur dû. La moue sceptique de sa belle-sœur l'avait agacée et elle avait clos la discussion en déclarant qu'elle se portait garante de son frère, qu'il avait certes ses défauts, mais qu'il était incapable de spolier ses nièces qu'il adorait.

Aujourd'hui, puisque Muzaffar vient d'évoquer la question, c'est l'occasion ou jamais de la régler.

— Justement, à propos de l'héritage des petites...

Son frère sursaute :

— Quel héritage ?

— Mais les deux maisons, voyons, que Daddy avait mises au nom de Nadim...

Il lui jette un regard noir.

— Mon père avait décidé de ne pas les leur donner. Je respecterai ses volontés.

— Vous plaisantez ! proteste Zahr, stupéfaite. Vous savez bien que Daddy s'était entêté parce qu'il en voulait à Amina et qu'il ne supportait pas sa famille. Mais ces maisons appartiennent aux enfants. Leur mère souhaite les faire rénover et les louer ; elles ont besoin de cet argent pour vivre. A leur majorité, elles décideront de ce qu'elles veulent en faire.

— Il n'en est pas question ! Elles n'auront rien ! Elles n'ont droit à rien !

Le visage devenu cramoisi, il se met à hurler en tapant sur la table. Jamais Zahr ne l'a vu dans un état pareil, lui toujours si calme et si doux. C'est comme s'il avait soudain endossé la personnalité de son père aux colères légendaires ; comme si, Amir disparu, et lui étant désormais le radjah, il n'entendait pas qu'on se permette de contester ses décisions.

Elle le regarde, elle n'en croit pas ses yeux : est-ce là le véritable Muzaffar qui, tant que leur père vivait, n'osait exprimer sa violence ? ou serait-ce la tension de ces derniers temps qui lui fait perdre la tête ?

Doucement, comme on parlerait à un malade, elle essaie de le ramener à la raison :

— Enfin, Muzaffar, vous savez fort bien que ces maisons appartiennent aux enfants. Personne n'a le droit de se les approprier.

— Le droit ? Parlons-en, du droit ! Elles n'ont légalement aucun droit. Les propriétés de la famille sont régies par la loi des radjahs, et, d'après ces lois, c'est l'aîné qui hérite.

La loi des radjahs ? Dans l'Inde de 1992 ? Elle croit rêver !

— Vous plaisantez, je présume : comment les lois des radjahs pourraient-elles avoir cours dans la République indienne qui, depuis quarante-cinq ans, a aboli tous les privilèges de l'aristocratie, y compris ses titres ?

Muzaffar marque une seconde d'hésitation, mais se reprend aussitôt :

— Mon arrière-grand-père a laissé un testament interdisant que les femmes de la famille héritent.

— En effet, j'en ai entendu parler. Mais croyez-vous vraiment qu'un papier laissé il y a cent ans par un vieux féodal analphabète ait encore une quelconque valeur dans l'Inde moderne ? Devant les tribunaux, cela ne tiendrait pas une seconde !

— Vous vous trompez. A Lucknow, ne vous en déplaise, nous respectons les traditions et les volontés de nos aïeux. Ce papier, comme vous dites, a conservé toute sa valeur. Mais, puisque vous insistez, je vais vous donner une autre raison à laquelle vous ne pourrez rien objecter. Car c'est la loi musulmane qui, en Inde, régit toujours notre communauté, à savoir la bagatelle de cent vingt millions de personnes : l'héritage d'orphelins, filles ou garçons, revient au père ou au frère du défunt ; c'est écrit en toutes lettres dans la *Sharia*, notre code juridique.

— Mais pas dans le Coran ! Et vous savez comme moi que la *Sharia* est une interprétation faite bien après la mort du Prophète. D'ailleurs, cette clause contredit totalement le Coran qui, à plusieurs reprises, jette l'anathème sur celui qui spolie les orphelins.

— Ah bon! Si vous croyez interpréter la loi mieux que ne l'ont fait nos légistes..., ricane Muzaffar. Mais soyons sérieux : je ne veux pas mettre mes nièces sur la paille, je souhaite simplement qu'elles reviennent en Inde. Je tiens à ce qu'elles soient élevées dans notre religion, selon nos traditions. Je m'occuperai d'elles et leur trouverai de bons maris. Après tout, elles portent le nom de Badalpour, elles appartiennent à notre famille. A l'étranger, privées d'autorité paternelle, qui sait comment elles vont tourner? C'était le constant souci de mon père : cent fois il a demandé à Amina de rentrer, mais elle ne voulait rien entendre.

Zahr se mord les lèvres pour ne pas rétorquer que, vu la situation, Amina a eu bien raison. Pourtant, à la mort de Nadim, elle-même avait insisté pour que sa belle-sœur revînt en Inde : la vie y serait pour elle plus facile, les enfants entourées... Elle n'avait pas très confiance, en effet, dans la capacité de la jeune femme, passée de la tutelle de son père à celle de son mari, à tenir ses filles lorsque celles-ci deviendraient adolescentes. Liverpool est une ville au taux de criminalité élevé et au racisme violent, n'importe quoi pouvait leur arriver...

Heureusement qu'Amina ne l'a pas écoutée! Entre les hypothétiques dangers de la liberté et la vie à Lucknow sous l'autorité d'un frère dont elle découvre avec stupeur le véritable caractère, il n'y a pas à hésiter. Comment a-t-elle pu se montrer aussi aveugle, sinon, encore et toujours, par ce besoin enfantin d'aduler une famille si tard retrouvée?

Mais, dans l'intérêt des enfants, elle se doit d'être diplomate :

— J'en parlerai à Amina, peut-être décidera-t-elle de rentrer. Mais que ses filles résident en Angleterre ou en Inde ne change rien à la question de leur héritage.

C'est le moment que tante Zahra choisit pour intervenir :

— Muzaffar a raison, que ce soit en vertu du testament de notre aïeul, que j'ai lu, ou en vertu du droit musulman. Quand nous avons perdu nos parents, c'est mon frère qui s'est chargé de moi. Je n'ai rien reçu des propriétés de Badalpour et n'ai jamais songé à réclamer quoi que ce soit. Voyez-vous, nos mœurs ne sont pas celles de l'Occident, les parents subviennent aux besoins de leur fille jusqu'au mariage et la dotent au mieux. Ensuite, c'est à son époux de s'occuper d'elle.

Jamais Zahr ne se serait attendue à pareille trahison de la part de sa tante qu'elle considère comme un modèle d'intégrité. Elle était sûre que, dans sa bataille en faveur des petites, celle-ci serait au contraire sa meilleure alliée. Ce n'est pas une de ces bégums qui ne savent rien de la vie, elle a toujours travaillé parmi les pauvres, elle connaît la triste condition des femmes, obligées de tout accepter, faute d'avoir les moyens matériels de refuser. Même si, légalement, Muzaffar a raison, au regard de la simple morale, sa position est inique : il dépouille des orphelines, les filles de son propre frère ! Comment tante Zahra peut-elle le soutenir ? Est-elle à ce point aveuglée par son affection pour Muzaffar, le vivant portrait d'Amir, ce frère qu'elle adorait par-dessus tout ? Maintenant que celui-ci n'est plus, elle reporte toute sa passion sur son fils aux dépens de l'objectivité et de la justice, et au détriment d'enfants sans défense...

Muzaffar a recouvré son calme et son sourire enjôleur. D'un geste affectueux, il presse la main de sa sœur :

— N'ayez crainte, je n'ai aucune intention de spolier mes nièces. Si je me suis emporté, c'est que je suis épuisé ; ces dernières semaines ont été terribles. Et la mort de mon père a constitué un tel choc que je suis actuellement incapable de réfléchir aux questions matérielles. Mais je vous promets que les enfants auront leur part. Accordez-moi simplement trois ou quatre mois pour me retrouver.

Sous le ton affectueux, le reproche peiné : comment peut-elle parler de ces choses-là, si tôt après la mort de leur père ?

Il a raison, elle se le reproche aussi, mais elle n'avait pas le choix : elle repart dans quelques jours en France et a promis à Amina de régler le problème.

Un peu honteuse d'avoir mal jugé ce frère qu'elle a toujours secrètement préféré, elle lui sourit :

— Bien sûr, reposez-vous. Nous avons le temps d'en reparler.

Et, sous l'œil approbateur de tante Zahra, ils se sont embrassés.

Le lendemain, Amjad bhai [1] et sa famille se présentent pour prendre congé. Venu assister à la cérémonie, le cousin régisseur doit maintenant rentrer à Badalpour. Cela fait trente ans qu'aidé de ses fils, il s'occupe de la propriété. Amir s'y rendait rarement et lui faisait totalement confiance.

— Dites-moi, Amjad bhai, comment vont mes manguiers ? s'enquiert Zahr. Vont-ils bientôt donner des fruits ?

Ces manguiers, c'est son père qui lui avait conseillé de les planter, et, bien qu'elle ait pensé conserver à son petit jardin son aspect sauvage, elle s'était rendue à ses raisons : outre leurs fruits succulents, ces arbres magnifiques donneraient de l'ombre, avantage appréciable dans cette plaine desséchée neuf mois sur douze par un soleil implacable.

Elle se rappelle avec émotion le jour où ils les avaient plantés. Le jardinier avait préparé le terrain, et son père et elle avaient placé les fragiles arbustes, assez loin les uns des autres pour qu'ils

1. Bhai : frère, terme employé pour les proches.

s'épanouissent à leur aise. Ils avaient ri de leur maladresse : c'était la première fois qu'Amir enfouissait ses mains aristocratiques dans la terre, et elle n'avait pas non plus grande expérience en la matière. Au bout d'une heure, ils étaient épuisés et avaient laissé le jardinier continuer. Mais elle n'oublierait jamais leur bonheur, cet après-midi-là : ce jardin était devenu leur œuvre commune, il les rapprochait plus qu'aucune parole, plus qu'aucune démonstration d'amour n'aurait pu le faire. Par ces gestes accomplis aux côtés de son père, elle s'enracinait pour toujours dans la terre de Badalpour.

Par la suite, chaque fois qu'il lui écrivait, il lui donnait des nouvelles : les manguiers poussaient bien, il avait ordonné de mettre de l'engrais et de réparer le puits pour les arroser régulièrement. Et lui qui ne se déplaçait presque plus, avait fait deux fois le voyage de Badalpour afin d'inspecter les travaux. Quand elle viendrait, l'hiver suivant, ils pourraient discuter d'autres aménagements, par exemple d'un petit kiosque où prendre le thé. Il en avait déjà esquissé les plans et était impatient de voir s'ils lui plairaient.

Elle n'est pas revenue à temps.

Mais les manguiers qu'elle a plantés avec lui vont bientôt donner leurs premiers fruits.

Zahr recommande à Amjad bhai de les arroser abondamment. C'est son plus jeune fils qui va s'en charger. Il faudra aussi qu'il désherbe et remette de l'engrais. Ils discutent ainsi un moment, puis elle sort de son sac quelques centaines de roupies pour les frais, car elle ne reviendra pas avant plusieurs mois.

Après leur départ, Muzaffar remarque sèchement :

— Amjad bhai est mon employé, vous n'avez pas à lui donner d'argent.

— Mais, Muzaffar, c'est pour le travail effectué dans mon jardin. Ce n'est pas à vous de payer ! réplique-t-elle, étonnée.

— Badalpour relève désormais de ma responsabilité, il n'est pas question que chacun y donne des ordres. D'ailleurs, j'ai besoin d'eau pour le parc et j'ai l'intention de faire creuser un petit canal à partir du puits.

— Creuser un canal... dans mon jardin ?

— Vous me refuseriez l'accès à l'eau, par hasard ?

— Voyons, vous savez bien que non. Mais cela va tout abîmer !

— Nous verrons. De toute façon, il faudra arracher ces manguiers, ils gâchent la vue que l'on a depuis la terrasse du palais. Je voudrais planter autre chose.

— Arracher mes manguiers ? s'écrie Zahr, tremblante d'indignation. Vous n'y pensez pas ! Et pour y planter quoi ? C'est mon jardin, c'est à moi de décider ce que je veux en faire !

Il la considère d'un air narquois :

— *Votre jardin ?* Je ne vous connaissais pas ce sens de la propriété !

Et, après s'être étiré :

— Bien, je vais me coucher, car je pars demain dès l'aube pour Delhi. Je vous reverrai dans trois jours.

Toute la nuit, Zahr s'est tournée et retournée dans son lit sans parvenir à trouver le sommeil. Arracher les manguiers qu'elle a plantés avec son père ? Ces manguiers qui scellaient leur complicité et dont ils avaient pris si grand soin ? C'est comme si on voulait l'arracher, elle, de la terre de Badalpour, comme si on voulait l'arracher à elle-même... Jamais elle ne le permettra !

Mais qu'a voulu dire Muzaffar par sa dernière phrase sibylline sur son sens de la propriété ? Son père lui a donné ce terrain, son frère ne peut le lui reprendre... Il a simplement bluffé, pour l'intimider. Pourtant, elle a beau se raisonner, elle a le pressentiment qu'un danger les menace, elle et son jardin.

Gutchako n'est pas venue lui porter son thé comme elle le fait chaque matin en profitant de l'occasion pour s'attarder dans la chambre et lui faire des confidences. Gutchako, qu'elle a connue enfant, puis qui est devenue une ravissante jeune fille, a maintenant trente-six ans et commence à se flétrir. Son mari, un officier de police chrétien, l'a répudiée au bout de deux ans de mariage parce qu'elle était stérile. Officiellement, la répudiation, tare de la société musulmane, n'existe ni chez les chrétiens ni chez les hindous. Mais lorsque, du jour au lendemain, on renvoie son épouse sans passer devant un quelconque magistrat, et bien sûr sans lui accorder la moindre pension, comment faut-il appeler cela ? C'est pratique courante chez les pauvres où la femme ne dispose d'aucun recours, et, bien souvent, ne pouvant réintégrer sa famille pour qui elle est devenue un objet de honte, ne peut plus survivre qu'en se prostituant.

Gutchako est revenue chez le radjah sahib ; c'est sa maison, elle y est née, ainsi que son frère Batcham et Nuran leur mère. Ils font partie de la famille. A la mort de la rani, Nuran avait pris la responsabilité de l'intendance, le radjah refusant d'être importuné par ce genre de problèmes. Pendant des années, elle avait ainsi régné avec autorité sur une douzaine de domestiques, mais, les derniers temps, elle avait vieilli et tout allait à vau-l'eau, si bien qu'Amir avait prévu de confier la bonne marche du palais à Gutchako et de laisser Nuran y finir paisiblement ses jours.

Toujours pas de thé. Zahr s'est levée et elle est sortie dans la cour intérieure : personne. Étonnée, elle se dirige vers l'arrière-cour qui sert à la fois de cuisine et de lieu de repos pour les domestiques. Ils sont tous là, entourant Nuran et Gutchako qui sanglotent bruyamment. Est-il arrivé un nouveau malheur ?

A sa vue, les serviteurs se lèvent, mais les deux femmes, écroulées sur le lit de corde, redoublent de sanglots.

— Que se passe-t-il, Nuran ? s'enquiert Zahr, inquiète.

Pour toute réponse, la vieille femme gémit encore plus fort et, faisant mine de s'arracher les cheveux, hoquette.

— Jamais le radjah sahib n'aurait permis une chose pareille !

— Quelle chose ?

— Ils veulent me mettre à la porte ; ils me renvoient de cette maison où ma famille a servi depuis des générations. Où puis-je aller, maintenant que je suis vieille ? Personne ne voudra de moi, je vais mourir dans la rue, comme un chien !

Et elle se met à hurler en se frappant la poitrine, tandis que Gutchako, les yeux gonflés de larmes, essaie de la calmer.

— Mais, Nuran, tu te fais des idées. Personne n'a l'intention de te renvoyer !

— Si, *elle*, cette Pendjabi ! Elle a un porte-monnaie à la place du cœur ! Elle a persuadé votre frère que je ne servais plus à rien et qu'il ne fallait pas me garder.

Malgré la gravité de la situation, Zahr se retient de rire devant le dédain affiché par Nuran envers sa belle-sœur. Pour les gens de Lucknow, si fiers de leur culture, les Pendjabis, communauté d'affaires influente, sont en effet considérés comme des nouveaux riches dépourvus de manières. Le mépris de la vieille servante envers sa nouvelle maîtresse constitue une revanche sur la hiérarchie sociale établie qui la réjouit fort.

Elle prend la main de Nuran :

— Ne t'en fais pas. Il était entendu avec mon père que tu resterais avec nous, quoi qu'il arrive. Tu n'as pas besoin de travailler.

— Je sais bien, mais elle dit qu'elle ne veut plus me voir, que je suis sale, que la maison est sale, qu'elle refuse d'habiter ici si je reste.

Pour être sale, elle l'est ! Longtemps Zahr a essayé de lui offrir des *gharâras* neuves, mais elle les revend aussitôt et garde ses vieux vêtements déchirés et rarement lavés. Elle prétend qu'elle a passé l'âge de plaire. Quant à la maison... Elle se souvient de ses efforts, lors de sa première visite en Inde, pour lui apprendre à nettoyer sa salle de bains. Malgré toute sa bonne volonté, Nuran n'y arrivait pas : elle ne voyait pas la saleté. Et Zahr avait fini par comprendre que faire la différence entre le sale et le propre n'est pas instinctif, ainsi qu'elle l'avait toujours cru, mais dépend comme le reste de l'éducation. Et, malgré la douzaine de domestiques, elle avait dû se résigner à faire son ménage elle-même.

Elle peut comprendre l'irritation de sa belle-sœur qui n'a pas, comme eux, de raisons de chérir Nuran. Toute sa vie, celle-ci s'est dévouée à la famille, passant ses nuits auprès de la rani malade, et, plus tard, auprès de son père. Ce qui ne l'empêchait nullement de leur tenir tête : forte en gueule, elle était la seule à oser dire son fait au radjah, ce qui le mettait hors de lui, avant qu'il ne décide d'en rire. Nuran a toujours été le pilier de la maison, Zahr ne peut imaginer cette demeure sans elle.

— Ne crains rien, Nuran, je parlerai à Muzaffar. Il t'aime, lui aussi, et fera entendre raison à sa femme.

En réalité, elle n'en est pas si sûre. Elle croyait connaître son frère, mais, depuis la scène d'hier, elle a des doutes. La seule chose qui la rassure est son souci du qu'en-dira-t-on. L'aristocratie de Lucknow a ses règles : Muzaffar ne peut se permettre de renvoyer la vieille servante sans que son image n'en soit définitivement ternie.

L'après-midi s'étire, embuée par la chaleur humide. Étendue sur un divan, Zahr offre son front au faible brassement des pales du ventilateur. Un domestique a arrosé à grande eau le sol de marbre et les lourds stores tressés de paille et d'herbes odorantes, ce qui donne à la pièce un semblant de fraîcheur. A côté d'elle, Mandjou feuillette de vieilles revues de mode et y découpe des images de femmes. La maison est silencieuse, c'est l'heure de la sieste, miraculeux moment de calme qu'après les émotions de ces derniers jours elle savoure avec volupté. Elle aime ce vieux palais dont, à l'instar de tout Lucknow, les restes délabrés lui parlent d'un passé glorieux et raffiné ; les yeux mi-clos, elle se laisse envahir par la nostalgie. Combien de temps encore la splendeur pouilleuse de cette cité de nawabs échappera-t-elle au tourisme de masse, au commerce humiliant de ses charmes, à la destruction de son âme réduite à deux paragraphes dans un guide pour voyageurs pressés ? Égoïstement, Zahr voudrait que rien ne change et qu'éternellement se prolonge le crépuscule qui, de ses lambeaux dorés, enveloppe la ville, tel un royal linceul.

Tout à l'heure, Nuran l'a emmenée voir les améliorations que Muzaffar a effectuées dans les appartements de son père où il s'est installé avec son épouse. Zahr n'a pas reconnu le sombre bureau encombré de piles de livres où Amir et elle discutaient durant des heures, ni la chambre aux murs recouverts de planisphères, de cartes du ciel, du texte de la Déclaration des Droits de l'homme ainsi que des maximes des plus grands moralistes, le tout dans un désordre on ne peut moins artistique. Les pièces sont maintenant toutes blanches, égayées de rideaux et de coussins de couleur. Sur la cheminée trône la photo de rani Shanaz aux côtés de son mari, et celle de ses trois frères. Les photos de Selma ont disparu. Comme a disparu du salon son grand portrait. Zahr se dit qu'après tout c'est normal — sa mère n'était rien pour Muzaffar —, mais elle ne peut se défaire de l'impression qu'à peine Amir décédé, son fils s'est empressé d'expulser la rivale, d'abolir jusqu'à son souvenir. S'il avait gardé ne fût-ce qu'un petit cliché dans un coin, elle n'aurait pas eu ce sentiment de rejet haineux, de violence faite à une femme que son père n'avait jamais cessé d'aimer ; elle n'aurait pas éprouvé cette impression d'un meurtre symbolique.

Le sourire de Selma a été effacé de la maison qui fut la sienne, et il le sera bientôt de la mémoire de ceux qui l'ont ici connue. Avec la disparition d'Amir, la voici définitivement chassée de l'Inde.

Et Zahr a la pénible intuition qu'un jour, peut-être proche, elle aussi sera une étrangère dans la maison de son père.

— Puis-je entrer ?

La voix derrière la tenture la fait sursauter. Elle rajuste en hâte son *rupurtah* et se lève pour accueillir le jeune homme qui pénètre timidement dans le salon. C'est Sélim, le radjkumar de Shahpour, un camarade de classe de Muzaffar, devenu le meilleur ami de Zahr. Bien qu'il soit marié et père de deux enfants, il a gardé l'allure et les manières d'un adolescent. Retenu hors de Lucknow par des affaires familiales, il n'a pas pu assister à la cérémonie et vient maintenant passer un moment avec la fille d'Amir.

— Excusez-moi de débarquer ainsi, mais j'ai essayé de vous téléphoner toute la matinée, en vain.

— Je devais être dans ma chambre et les domestiques n'osent pas toucher au combiné. Mon père le leur avait interdit, car ils oubliaient systématiquement les messages et ne pensaient jamais à raccrocher. Est-ce par respect qu'ils continuent à lui obéir par-delà la tombe... ?

Ils se mettent à rire, heureux de se retrouver. Sélim vit à l'autre bout de la cité, dans l'arrière de son vieux palais autrefois réservé aux serviteurs, les parties nobles ayant été vendues à un gros marchand du bazar. Mais il a aménagé avec goût ces quelques pièces autour d'une vaste terrasse fleurie de jacarandas et de bougainvilliers où se promènent, majestueux, des pigeons. Zahr s'y rendait souvent, en fin d'après-midi, pour contempler le coucher du soleil sur la ville, parfois accompagnée de son père qui lui aussi aimait la sérénité de cet endroit d'où l'on jouissait d'un des plus beaux points de vue sur Lucknow.

A maintes reprises, Sélim a aidé Zahr de ses conseils : trop impulsive, trop passionnée, il a le don de l'apaiser. Aujourd'hui plus que jamais, elle a besoin d'y voir clair : elle lui relate par le menu ses conversations avec son frère, le problème de ses nièces, celui de son jardin, et comment ils ont finalement décidé de régler tout cela l'hiver prochain, quand elle reviendra.

— Cet hiver ? Mais c'est dans six mois !

— Oui, et alors ?

— Alors il sera trop tard : légalement, vous n'avez que trois mois pour faire valoir vos droits et ceux de vos nièces. Muzaffar ne peut l'ignorer !

— Vous voulez dire que sa fatigue, sa dépression ne seraient que des prétextes ?

Elle paraît soudain si désemparée que Sélim est pris de pitié :

— Il n'y a peut-être pas pensé... Mais vous devez vite aller voir un avocat pour faire reconnaître les droits de vos nièces et les vôtres.

— Oh moi, je ne veux rien, j'ai mon jardin...

— Vous avez tort. D'ailleurs, ce jardin, il faudrait vous assurer que votre frère ne peut vous le reprendre, comme il semble en avoir envie. Et même si vous ne voulez rien d'autre, il faut vous occuper dès maintenant des affaires de vos nièces.

— Mais je ne peux pas agir derrière le dos de Muzaffar ! Et puis, tout cela me semble tellement indécent : mon père est mort il y a à peine plus d'un mois...

Elle est au bord des larmes. Elle se sent coupable : une fille dénaturée, une harpie qui dispute les dépouilles à peine refroidies de son père... Sélim doit la persuader qu'elle n'a pas le droit de renoncer, que c'est précisément en jouant sur ce genre de scrupules que, par toute l'Inde, les hommes ont pris l'habitude de spolier les femmes, mais qu'elle, avec son éducation d'Occidentale, n'aurait aucune excuse à laisser faire.

— Mon éducation d'Occidentale n'a rien à voir

là-dedans. Évidemment, je suis capable de me battre! Mais, Sélim, je viens de perdre mon père, je ne veux pas aussi perdre mon frère...

— Vous ne le perdrez pas, s'il est honnête!

A bout d'arguments, elle se tait. Sélim a raison. Elle a remarqué tout à l'heure, dans le bureau, le papier à lettres imprimé aux armes de Badalpour et les cartes de visite au nom du nouveau radjah, et elle a eu l'impression d'un sacrilège. Pour montrer une telle hâte à occuper la place de son père, Muzaffar est assurément moins bouleversé qu'il ne veut le laisser croire. Zahr n'a plus envie de s'attendrir; la colère l'a reprise. Si son frère a vraiment essayé de la tromper, elle le combattra sans pitié; jamais elle ne le laissera s'emparer des biens des enfants!

Dans la soirée, ses cousines sont venues la voir, accompagnées de Habib, le cousin avocat, celui qui, justement, voici trois ans, a établi les papiers relatifs à la donation du jardin. Il y a aussi Mister Dutt, le meilleur ami de son père, un hindou de haute caste dont Amir appréciait la rare intégrité. Ils forment autour de Zahr un cercle chaleureux. Sans arrière-pensées, ils lui donnent leur affection, comme s'ils tenaient à compenser le souvenir d'une enfance orpheline qu'ils imaginent bien plus malheureuse qu'elle ne l'a été. Quoi de plus terrible, en effet, dans un pays où la famille constitue la valeur suprême, que de grandir séparé des siens? Aujourd'hui, ils s'inquiètent : pourquoi ne reste-t-elle pas parmi eux à Lucknow? Elle y serait protégée, choyée, elle n'aurait pas à se fatiguer à gagner sa vie; son frère l'aime et pourvoira à ses besoins, ainsi que le veut la coutume en Inde pour une sœur non mariée. Comme elle se tait, Mister Dutt intervient :

— Je sais, vous avez l'habitude d'être indépendante et vous aimez votre métier. Mais restez ici au moins quelques semaines pour vous reposer; vous avez une mine épouvantable... Et puis, vous pourriez aller à Badalpour vous occuper de votre jardin et peut-être y faire ériger le petit pavillon auquel rêvait Amir. Il m'en avait montré les plans, il se faisait une joie de le construire avec vous.

— Je ne pense pas que Muzaffar serait d'accord, murmure Zahr en faisant effort pour contenir son émotion. Il prétend déjà que les manguiers le gênent et qu'il veut y faire creuser un petit canal.

— Mais il n'en a pas le droit ! s'exclament les cousines horrifiées.

Nuran, qui s'est jointe à la conversation, déclare, vindicative :

— Il fera ce qu'il voudra ; il est le maître, maintenant !

Habib a gardé le silence. Inquiet, Mister Dutt se tourne vers lui :

— Habib bhai, Muzaffar peut-il contester la propriété du jardin ?

Le cousin avocat n'a guère envie de se prononcer. Il ne tient pas à se mettre mal avec Muzaffar dont les relations peuvent l'aider comme, toute sa vie, l'a aidé le radjah. Mais, devant l'insistance de Mister Dutt, il finit par admettre qu'il vaudrait mieux que Zahr se rende à Badalpour afin de vérifier sur le cadastre que tout a été fait dans les règles.

— Dans les règles ? se récrie-t-elle. Mais j'ai le titre de propriété !

— Bien sûr, réplique-t-il, l'air gêné. Mais, maintenant que le radjah sahib est décédé, les choses peuvent changer. Surtout, ne dites pas à Muzaffar que c'est moi qui vous ai conseillé d'y aller...

Mister Dutt est devenu grave. Il sait ce que cette donation représentait pour Zahr et son père, et il ne peut admettre que les volontés de son vieil ami soient trahies maintenant qu'Amir n'est plus là pour les faire respecter. Il est de son devoir d'aider sa fille.

— Ne vous tracassez pas, mon enfant, nous partirons demain matin afin de tirer cette affaire au clair. La route sera longue, car ma voiture est encore plus fatiguée que moi. Mais j'ai un excellent chauffeur, avec l'aide de Dieu nous arriverons à bon port !

Zahr le remercie avec émotion. Elle sait combien le vieillard est de santé fragile, il voyage rarement et ce long trajet sur des routes ravinées sera pour lui une épreuve. Mais elle accepte son offre, car il est le seul ici qui puisse l'aider sans avoir à craindre les foudres du nouveau radjah de Badalpour.

Chapitre III

Le soleil est déjà bas dans le ciel quand Zahr et Mister Dutt atteignent enfin Badalpour. Partis au petit matin, ils ont mis une dizaine d'heures pour parcourir les deux cents kilomètres de routes crevassées par les pluies de mousson, trajet d'autant plus long que le chauffeur, refusant de brusquer l'antique véhicule, a tenu à s'arrêter fréquemment pour le laisser reposer.

Leur arrivée provoque une véritable commotion : on ne les attendait pas et, installés dans la grande salle à manger, le régisseur et sa famille sont en train de dîner. Honteux d'être surpris dans les appartements des maîtres, ils s'évertuent à expliquer que leur logement du rez-de-chaussée ayant été inondé, ils été obligés de se réfugier au premier. Zahr feint de les croire : après tout, peu lui importe, c'est dorénavant à Muzaffar de se débrouiller, et elle a l'impression qu'il ne se montrera pas tendre...

Tandis que Sarvar bégum et ses filles s'affairent à préparer les chambres et que Mister Dutt, affalé dans un large fauteuil de rotin, se repose sur la terrasse, elle se dirige, enveloppée d'un *rupurtah* sombre, vers le petit cimetière à l'ombre de la mosquée. Les enfants du village l'y rejoignent aussitôt, cependant que, sorties sur le pas de leur porte, les femmes lui font des petits signes d'amitié. C'est la première fois qu'elle revient à Badalpour depuis l'enterrement de son père, il y a un mois et demi, et leur affection lui fait chaud au cœur.

Mais, au seuil du cimetière, elle demande aux enfants de l'attendre : pour cette première visite à Amir, elle entend être seule.

La mousson a brisé le rosier qu'elle avait planté sur la tombe ; il faudra qu'elle y mette des bougainvilliers, vaillants sous le soleil autant que sous la tempête. S'agenouillant, elle a entrepris de débarrasser le rectangle de terre des feuilles et brindilles qui le recouvrent, puis elle est restée là, vide de toute pensée, apaisée. La lueur du crépuscule fait chatoyer les feuilles des grands eucalyptus ; dans les buissons de lauriers-roses, les oiseaux se sont tus.

Soudain, à quelques mètres, s'élève, vibrant, le chant du muezzin ; c'est l'heure de la prière. Dans le soleil couchant, la mince silhouette se détache, entourée de quelques ombres qui se prosternent, silencieuses. Lentement, le chant monte vers le ciel, s'enroule autour du minaret, longuement s'étire comme pour atteindre la première étoile. *Lâ ilâha illa' Llâh :* « Il n'y a de dieu que Dieu. » Instinctivement, les mots lui sont venus aux lèvres, non pas une prière mais un remerciement pour toute cette beauté, cette harmonie qui l'enveloppe et l'envahit d'une sérénité qu'elle ne trouve qu'ici, chez elle, à Badalpour.

Le lendemain matin, accompagnée d'Amjad bhai, Zahr va se rendre compte de l'état de son jardin. Les manguiers ont bien poussé, hormis une dizaine qui se sont desséchés et qu'ils conviennent de remplacer. Zahr a pris avec elle le plan du pavillon dessiné par son père : de fines colonnes de bois sculpté surmontées d'une coupole, à la manière des anciens pavillons moghols. Ils cherchent l'endroit le plus approprié pour le construire. Car elle le construira. Dans la lumière limpide de cette matinée, tout semble simple, évident... Elle a été vraiment trop sotte de s'alarmer d'un mouvement d'humeur de son frère. Elle doute même qu'il soit nécessaire d'aller faire des recherches au cadastre, mais elle ne voudrait pas vexer Mister Dutt qui se sent investi de la mission de la protéger.

Ils partiront donc pour Lakhimpour, la ville la plus proche, où se tient l'administration du district.

Après avoir tourné pendant près d'une heure en suivant les informations contradictoires que leur fournissent aimablement les passants, ils ont fini par trouver, au sortir de la ville, les bureaux du cadastre. « Bureaux » est un bien grand mot : sur un terrain vague recouvert de toits de tôle ondulée, des employés assis derrière de petites tables de fer reçoivent les solliciteurs. L'un d'eux explique à Mister Dutt que l'acte de propriété, rédigé en urdu — langue des musulmans de l'Inde, et l'une des quinze reconnues —, doit être traduit en hindi, la langue officielle, avant qu'on puisse l'examiner. Mais qu'il ne s'inquiète pas : pour deux cents roupies, le travail peut être effectué sur-le-champ. Et il fait signe à un homme accroupi par terre devant une machine à écrire antédiluvienne.

Pendant près de deux heures, Zahr et Mister Dutt ont attendu, assis sur les marches de ciment, dans une chaleur étouffante. A côté d'eux, des hommes et des femmes qui n'ont pas les moyens de verser un bakchich — Zahr ne tardera pas à découvrir qu'on leur a fait payer dix fois le prix — prennent leur mal en patience, espérant qu'un employé consentira, entre deux tasses de thé, à se pencher sur leur cas.

La traduction terminée, leur ange gardien déclare, le sourcil froncé, que cette affaire, en définitive, n'est pas de son ressort et qu'ils doivent consulter le directeur. Il leur indique un cabanon en béton à l'autre bout du terrain. Mais il est déjà midi, le directeur est parti déjeuner. Qu'ils veuillent bien attendre : il sera de retour dans une heure.

C'en est trop ! Zahr se met en colère. Elle sait par expérience qu'avec ces bureaucrates, il faut parler haut et fort pour être considéré, et que c'est encore plus vrai lorsqu'on est étrangère. Qu'on leur permette au moins d'attendre au frais : ils ne vont tout de même pas laisser ce vieux monsieur se consumer sous le soleil! Quant à elle, elle est sur le point de s'évanouir...

Après quelque hésitation, on les fait entrer. La pièce est minuscule : un bureau et quatre chaises y tiennent à peine ; mais, luxe suprême, il y a un ventilateur! Un employé compatissant leur apporte même du thé.

Au bout de deux heures, un homme replet fait son apparition. Il jette un coup d'œil sur l'acte de propriété, s'étonne qu'on l'ait fait traduire, ce qui était parfaitement inutile, prétend-il, avant de leur annoncer qu'ils se sont trompés de bureaux : Badalpour ne relève pas de sa circonscription, mais de Gola, la ville voisine.

Lorsqu'ils atteignent Gola, il est déjà trois heures. Une touffeur encore alourdie de relents âcres et sucrés ensommeille le gros bourg, centre d'une petite industrie de transformation de canne à sucre. Les rues de terre battue sont désertes ; personne à qui demander son chemin. En désespoir de cause, ils finissent par réveiller un *rickshaw* qui fait la sieste, recroquevillé sur les coussins bariolés de son véhicule. Après s'être fait prier, il consent, pour vingt roupies — son revenu d'une journée —, à les guider jusqu'au bureau du cadastre.

Lentement, la voiture suit le *rickshaw* en se frayant avec peine un chemin par des rues de plus en plus étroites, jusqu'à une sorte de hangar entouré d'une pelouse étique, jonchée de bouses de vache. Le *rickshaw* s'arrête et leur fait signe qu'ils sont parvenus à destination.

— Je savais bien qu'il n'avait rien compris! soupire Zahr, excédée, et, avec l'aide de Mister Dutt, elle explique que ce n'est pas une ferme qu'ils cherchent, mais le service du cadastre. Le cadastre!

L'homme insiste : c'est bien là! Et il tend la main pour recevoir ses vingt roupies que Mister Dutt refuse catégoriquement de lui verser avant d'avoir vérifié dans quel endroit invraisemblable il les a fourvoyés.

Marchant précautionneusement pour éviter les bouses, ils accèdent au hangar où, étendus à même le sol, trois hommes en *longui* sommeillent, pieds nus parmi les papiers jetés en vrac sur une table basse. En les entendant arriver, l'un des hommes a entrouvert un œil, s'est redressé sur un coude, en soupirant a opéré un rétablissement et s'est retrouvé assis en tailleur derrière sa table, arborant l'air digne et courroucé de quelqu'un qu'on a dérangé au beau milieu d'une besogne importante.

Après s'être fait confirmer qu'ils se trouvent bien dans le bureau du cadastre de la circonscription de Gola, Mister Dutt entreprend de présenter au directeur la fille du défunt radjah de Badalpour et d'expliquer poliment qu'ils souhaiteraient examiner le dossier concernant le domaine.

Tandis que le directeur, flanqué de ses employés qui continuent à ronfler, écoute tout en se grattant les pieds, Zahr regarde autour d'elle, éberluée. Elle a vu bien des choses en Inde, mais jamais elle n'aurait imaginé que les archives des milliers de propriétés constituant le district de Gola aient pu ainsi échouer dans un endroit pareil. D'ailleurs, ces archives, où sont-elles ? Elle ne voit ni armoires ni fichiers. Seulement, derrière les trois hommes, des étagères croulant sous des balluchons de tissu à carreaux rouges et bleus, semblables à ceux dans lesquels, en France, les paysannes entassaient autrefois leur linge. Se pourrait-il qu'il s'agisse là des archives ? Si oui, leur cas est désespéré : il va falloir des jours et des jours pour retrouver le dossier, si on le retrouve...

Calmement, le directeur s'est retourné et, avisant un ballot placé sur l'étagère du haut, d'une bourrade réveille un de ses employés et lui intime l'ordre de le lui apporter. Sous les yeux ahuris de ses visiteurs, en deux minutes il en sort le dossier. Mais il a beau le compulser, nulle part il ne trouve trace de la dotation faite par le radjah à sa fille.

— C'est le lot 16, précise Zahr, et elle lui tend l'acte de propriété bardé de timbres et de signatures.

Il l'examine avec attention pour déclarer finalement que, s'il a bien été établi à Lucknow, il n'a pas été enregistré ici, à Gola, et qu'en l'état il n'est donc pas valide.

— Impossible! proteste Zahr cependant que, diplomate, Mister Dutt explique qu'ils sont venus justement pour vérifier et, si nécessaire, compléter les papiers.

Le directeur leur jette un regard en biais :

— Rien de plus facile, mais, avant de procéder à l'enregistrement, je dois absolument avoir une lettre de Muzaffar sahib me précisant son accord.

— Mais le radjah sahib avait déjà tout signé en faveur de sa fille, proteste Mister Dutt. En quoi une signature de son fils est-elle nécessaire?

— Je n'y peux rien, c'est la loi. Le radjah sahib a dû oublier qu'il fallait passer par le cadastre de Gola, mais je suis sûr que votre frère s'empressera de réparer cet oubli, ajoute-t-il en gratifiant Zahr d'un sourire où il lui semble lire de l'ironie.

— C'est évident, répond-elle en lui retournant son sourire. Nous vous ferons parvenir la lettre au plus vite. Merci de votre aide, directeur sahib.

Et, affectant un air désinvolte, elle prend congé, suivie de Mister Dutt qui bougonne entre ses dents.

Pendant le trajet du retour, gênés par la présence du chauffeur, ils sont restés silencieux, chacun plongé dans ses pensées, mais, dès qu'ils se retrouvent seuls dans le salon de Badalpour, Mister Dutt donne libre cours à son étonnement :

— Je ne comprends pas comment Amir, un juriste aussi compétent, a pu commettre une pareille erreur! soupire-t-il en s'épongeant le front.

Une erreur? Zahr aimerait tant être assurée qu'il s'agit bien d'une erreur... Depuis tout à l'heure, elle ne cesse de se demander s'il est possible que son père l'ait trompée... Aurait-il, pour consolider leur affection, fait semblant de lui accorder ce morceau de terre sans avoir l'intention de le lui donner vraiment ? Elle revoit son visage radieux lorsqu'il lui avait annoncé qu'il lui faisait cadeau de *Sultan Bagh*. Non, à ce moment-là il ne lui mentait pas, elle en est certaine ! Mais, par la suite, se serait-il reproché d'avoir distrait ne serait-ce qu'une parcelle du patrimoine censé revenir traditionnellement au fils aîné ? Muzaffar a eu tout loisir de le persuader. Zahr se rappelle comme il était furieux de voir lui échapper ces quelque six cents mètres carrés de terrain, et, par là, la maîtrise absolue de Badalpour. Elle peut facilement imaginer ses arguments : « Comment cette sœur quasi française et qui refuse de vivre en Inde pourrait-elle ressentir un véritable attachement pour la terre de nos ancêtres ? Ce jardin n'est pour elle qu'un caprice, elle est capable de le vendre un jour, ou bien, n'ayant pas d'enfant, de le léguer à un étranger. Imaginez le désastre : un étranger propriétaire de ce terrain situé en plein cœur du domaine. Ce serait la fin de Badalpour ! »

Zahr avait pourtant assuré à son père qu'elle léguerait le jardin à Mourad, le fils aîné de Muzaffar. A-t-il craint qu'elle ne change d'avis et serait-il revenu sur sa décision sans oser le lui dire ? Elle se refuse à croire que, durant toutes ces années, il lui ait joué la comédie, que tous les projets faits ensemble, la plantation de manguiers, le pavillon dessiné à son intention, n'aient été que simulacres ! Et cependant...

A l'idée de cette possible tromperie, tout son corps se contracte, elle a l'impression d'étouffer. Titubante, elle se lève et sort dans la cour. Là, appuyée contre le mur, elle essaie de retrouver son souffle. Respirant à petits coups, elle tente de lutter contre l'angoisse, de se raisonner : sans doute son père a-t-il tout simplement oublié, ou bien il a pensé que ce papier n'était pas essentiel. Il se faisait vieux... Pourtant, jusqu'à la fin, il avait gardé son entière lucidité. Peut-être avait-il chargé Muzaffar, qui se rendait régulièrement à Badalpour, de procéder à l'enregistrement ? Ce que ce dernier s'était évidemment abstenu de faire. Et son père n'aurait pas vérifié ? Pour qui l'a connu, voilà qui semble incroyable. A moins que le cousin avocat n'ait aidé Muzaffar ? Il savait bien, lui, que l'acte n'était pas complet ; sinon, pourquoi aurait-il conseillé à Zahr d'aller voir sur place ?

Peu à peu, l'étau qui l'étouffait se desserre. Comment peut-elle se mettre dans des états pareils et imaginer que son père l'ait trahie ? Elle sait combien il l'aimait ; depuis dix ans qu'ils s'étaient retrouvés, ils avaient appris à se connaître et s'étaient donné l'un à l'autre tant de tendresse qu'insensiblement les blessures du passé s'étaient cicatrisées. Mais elle avait parfois du mal à le comprendre. Il était un tel tissu de contradictions qu'elle se disait qu'avec lui tout était possible.

Possible même que... Non, à cela elle ne veut pas penser.

Avec application, Zahr se force à inspirer calmement, profondément, lorsque, d'un coup, une douleur montant du bras gauche lui vrille l'épaule, envahit sa poitrine. Effrayée, elle se recroqueville sur elle-même et attend, se retenant de respirer, évitant tout mouvement qui puisse aviver la souffrance. Est-elle en train de faire un infarctus ? Va-t-elle mourir ici d'une déchirure du cœur ? Elle s'est toujours émerveillée du savoir sous-jacent à certaines expressions populaires, souvent confirmé des siècles plus tard par la science, comme, justement, ce *déchirer le cœur*. Ou serait-ce que certains symboles imprègnent si profondément notre esprit qu'ils finissent par pénétrer aussi notre corps ?

Les minutes passent, interminables. Aux aguets, Zahr suit le trajet de la douleur qui, comme une vague, commence à refluer. Avec mille précautions, elle se risque à bouger la main, puis, très lentement, le bras, l'épaule, jusqu'à oser enfin gonfler ses poumons et les remplir avec délices, comme elle a cru ne plus jamais pouvoir le faire.

Que lui est-il arrivé? Est-ce la seule pensée que son père ait été repris par le doute? Et si cela était, peut-elle lui en vouloir? Elle sait par expérience que c'est un poison dont on n'arrive jamais à se débarrasser.

Aujourd'hui que chacun s'accorde à reconnaître qu'elle est « tout le portrait de son père », elle garde ce léger doute qui fait désormais partie d'elle. Au point que, parfois, elle se demande même qui était sa mère : peut-être n'est-elle pas la fille de Selma, peut-être l'eunuque a-t-il menti, peut-être n'est-elle après tout la fille de personne?...

Elle essaie de se persuader que cela compte peu : n'est-elle pas avant tout un être humain? Ce doute qui a failli la détruire, elle est parvenue à en faire une force, à le transformer en soif inextinguible de comprendre, en rage de découvrir la réalité à travers les faux-semblants. Au fond, n'a-t-elle pas de la chance?

Pensive, Zahr s'est dirigée vers le petit jardin. De la terre fraîchement arrosée monte une délicate odeur d'œillets sauvages. Les larges feuilles des manguiers brillent sous la lune et les grillons emplissent l'air de leur rauque stridulation. Elle s'est agenouillée et a pris dans sa main une poignée de terre, elle en respire la chaude humidité, la roule entre ses doigts, y pose doucement ses lèvres. *Sultan Bagh*, c'est l'union de Selma et d'Amir, c'est ce qui reste de leur amour; elle et cette terre se ressemblent, elles ont été pétries des mêmes émotions, elles s'appartiennent l'une à l'autre, elle n'acceptera pas qu'on la lui arrache. Elle qui ne s'est jamais battue pour retenir quoi que ce soit, choses ou gens, car enfant elle avait appris que, malgré ses pleurs, on lui enlevait tous ceux qu'elle aimait; elle qui ne s'attachait à rien, habituée à n'avoir droit à rien, elle veut ce bout de terre, elle le veut de toutes les fibres de son être.

Pour la première fois, avec toute la force des frustrations anciennes, elle veut son droit.

Or elle sait que Muzaffar ne signera pas.

Elle se rappelle sa réaction lorsque son père, voici sept ans, lui avait fait cadeau de *Sultan Bagh*. Sur le moment, son frère s'était contenté de sourire, comme s'il participait à la bonne humeur ambiante, mais, lorsqu'ils s'étaient retrouvés seuls, il avait sifflé :

— Vous n'avez pas le droit de posséder de propriété en Inde.

— Et pourquoi donc ? s'était-elle récriée, étonnée d'une animosité à laquelle elle était loin de s'attendre.

— Parce que vous êtes une ennemie de la nation !

— Moi ? Vous délirez !

— Pas le moins du monde. Vous avez pris la nationalité pakistanaise. Donc vous êtes une ennemie de l'Inde, et les Pakistanais ne sont pas autorisés à posséder des biens en Inde.

C'était donc ça...

— Eh bien, je vais vous décevoir, je n'ai finalement pas pris la nationalité pakistanaise !

Il l'avait considérée d'un œil soupçonneux, puis il était sorti sans un mot.

Des années auparavant, à l'époque où elle n'avait pas encore renoué avec son père, Zahr avait en effet pensé s'installer au Pakistan, puisqu'elle ne pouvait plus envisager de vivre à Lucknow. Elle avait de la famille à Karachi : sa tante Zahra, qui ne demandait qu'à l'accueillir, et une multitude de cousins et d'amis qui lui ouvraient les bras. En outre, la société pakistanaise des années soixante était incomparablement plus moderne et libre que la société musulmane indienne. Zahr pourrait s'y consacrer à un travail social, se rendre utile, se sentir enfin nécessaire.

L'expérience de l'Inde l'avait laissée exsangue. Elle n'avait désormais plus de père et avait de plus en plus de mal à accorder sa confiance à qui que ce soit. Elle avait besoin d'un pays auquel elle puisse s'attacher, s'identifier, appartenir; un pays qui, à la différence d'une famille, ne peut à tout moment vous faire défaut. Pour recouvrer sa force, il lui fallait se retrouver des racines. Ce ne pouvait plus être en Inde, et en France...

Pourtant elle l'aimait, cette France où elle était née et avait vécu la plus grande partie de sa vie. Elle y était comme chez elle, mais elle n'était pas chez elle. C'était son pays d'adoption, il avait été bon pour elle, et, ainsi qu'à ses familles adoptives, elle lui vouait de la reconnaissance, mais, comme dans ces mêmes familles, elle avait l'impression de n'y être pas de plein droit. Elle n'ignorait pas que si, à l'instar d'une Française « de souche », elle se mêlait de critiquer, de contester, elle risquait d'être immédiatement traitée d'« étrangère qui devrait être bien contente qu'on l'accueille chez nous » ! Elle n'aurait pas dû tenir compte de ce genre de réactions — tant de « nouveaux Français » s'étaient ménagé une place enviable dans le pays —, mais elle qui, dans l'enfance, s'était si souvent vu reprocher son ingratitude, qui avait si longtemps été à la merci du bon vouloir des gens, était devenue une écorchée vive, vulnérable au moindre rejet, incapable de se battre pour s'imposer si elle ne se sentait pas désirée.

Il y avait encore autre chose de plus profond, qu'elle mettrait des années à pardonner, qu'elle ne pardonnerait sans doute jamais tout à fait, bien qu'elle eût fini par se dire que c'était peut-être mieux ainsi, mais elle ne le saurait jamais; tout ce qu'elle savait, c'était la somme de souffrances que cela avait représenté, et l'envie de mourir qu'elle avait traînée pendant tant d'années...

On l'avait soustraite à sa vraie famille, on l'avait gardée de force en France.

Et ce, par toute une série de mensonges.

Quand, plus tard, elle comprit qu'on l'avait retenue loin de sa famille et de son pays sans aucune preuve, elle avait été envahie d'une immense amertume et c'est elle qui, d'un coup, avait tout rejeté : les religieuses et les familles adoptives, toute cette société bien-pensante, et jusqu'à la France qui lui apparaissait soudain comme une prison dorée.

Il lui faudrait pas mal d'années et d'illusions perdues pour que s'apaisent son ressentiment, l'impression qu'on l'avait fourvoyée dans un monde étranger et qu'on lui avait volé la vie qui aurait dû être la sienne. Il lui faudrait pas mal de larmes avant de pouvoir se faire à l'idée que « les siens » ne sont pas nécessairement la famille ni le pays dont elle avait tant rêvé, mais ceux avec qui elle se trouve en communauté d'esprit, de quelque horizon qu'ils viennent.

Mais, à l'époque, en ce milieu des années soixante, Zahr avait un besoin vital de s'ancrer à des origines, et, à défaut de l'Inde, elle avait jeté son dévolu sur le Pakistan.

On lui avait fait comprendre que, pour être tout à fait acceptée, il valait mieux qu'elle prenne la nationalité pakistanaise à laquelle, par sa famille, elle avait droit. Pour cela, il lui fallait renoncer à la nationalité britannique qu'elle possédait de naissance, ayant vu le jour à l'époque où l'Inde était encore possession de la Couronne. Renoncer à ce privilège la gênait d'autant moins qu'elle avait des raisons personnelles aussi bien qu'historiques de ne pas aimer les Anglais, l'Angleterre étant à l'origine de la destruction du pays de sa mère, l'Empire ottoman, et de celui de ses ancêtres paternels, des princes indiens qui s'étaient rebellés contre l'occupant.

Née en France, elle avait également, depuis sa majorité, la nationalité française. Mais, à celle-ci, il n'était pas question de renoncer. Autant elle n'aimait pas l'Angleterre, autant, malgré ses réticences, elle se sentait attachée à la France.

Elle s'était donc rendue à l'ambassade du Pakistan, où elle connaissait le premier conseiller, et lui avait exprimé son désir de devenir pakistanaise.

Étonné et ravi, le diplomate avait aussitôt envoyé quérir un formulaire afin qu'elle fasse sa demande officielle. En attendant, ils avaient discuté, bu tasse de thé sur tasse de thé, l'employé ne revenant toujours pas. Enfin, au bout d'une bonne heure, il était réapparu en tenant entre ses mains un papier sale et froissé qu'il avait probablement déniché sous des piles de documents oubliés. Et Zahr avait soupçonné que, depuis des années, peut-être même depuis 1947, date de la création du Pakistan, elle devait être la première en France à faire une pareille demande. Sans se laisser ébranler par cette idée, elle avait consciencieusement rempli le formulaire, remercié le conseiller, puis, d'un pas ferme, s'était dirigée vers la rue du Faubourg-Saint-Honoré où se dressait, majestueuse, l'ambassade de Grande-Bretagne.

Elle y connaissait un haut fonctionnaire, une dame fort distinguée qui travaillait là depuis trente ans et avait suivi toute son odyssée. Chaque fois que Zahr allait faire renouveler son passeport, Mrs Brown l'accueillait avec bienveillance, l'interrogeant sur ses études, ses projets d'avenir.

Cette fois, il ne s'agissait pas de renouveler son passeport, il s'agissait de le rendre.

Quand, sans s'embarrasser de préambules, Zahr lui eut annoncé qu'elle avait l'intention de prendre la nationalité pakistanaise et qu'elle venait lui remettre son passeport britannique, Mrs Brown crut d'abord à un malentendu, puis, la jeune fille insistant, elle se laissa tomber dans son fauteuil et la regarda comme si elle était devenue folle :

— Vous n'êtes pas sérieuse, mon petit ! Réfléchissez une seconde : personne n'a jamais rendu un passeport anglais ! Et qui, au monde, voudrait devenir pakistanais ? Les gens de ce pays se feraient couper la main pour avoir le privilège d'obtenir la nationalité britannique !

— C'est tout réfléchi, avait répliqué Zahr, ulcérée par tant de suffisance. J'ai décidé de devenir pakistanaise et je viens vous rendre mon passeport.

Pendant un long moment, Mrs Brown avait essayé de la convaincre. Elle connaissait la jeune fille depuis l'enfance. Responsable de son dossier, elle avait suivi les démêlés entre les religieuses et le radjah de Badalpour, l'énorme courrier échangé entre les gouvernements indien, britannique, suisse et français au sujet de cette épineuse affaire. Et voilà que cette petite sotte réduisait à néant tous les efforts qu'on avait déployés pour elle, et osait rejeter cette nationalité que l'univers entier leur enviait !

Outre l'ingratitude dont elle témoignait, Mrs Brown ressentait cette démarche comme une injure — pire : un blasphème contre une valeur sacrée.

D'un trait rageur, elle avait barré au crayon rouge la première page du passeport, y avait apposé le tampon « Annulé », et elle avait tourné le dos à Zahr sans même lui dire au revoir. A ses yeux, elle n'existait plus.

Par la suite, chaque fois que Zahr avait raconté cette histoire à des Anglais, elle avait lu sur leur visage la même expression de stupeur outragée. Jusqu'à ses collègues journalistes qui s'en étouffaient de rire, ne pouvant imaginer que l'on préférât à leur précieux passeport une paperasse d'un pays du tiers monde où végétait une sous-humanité. Pour eux, c'était de l'humour porté à son ultime degré.

Finalement Zahr n'avait jamais pris la nationalité pakistanaise. On l'avait prévenue qu'elle risquait d'y perdre du même coup sa nationalité française, et cela, elle ne pouvait l'envisager. Si ses rêves la portaient vers l'Orient de ses origines, une part d'elle-même appartenait sans conteste à la France. Dans quelle proportion au juste, elle l'ignorait. Tout ce qu'elle savait, c'est qu'elle faisait partie des deux mondes et que renoncer au pays de son enfance constituerait une mutilation aussi profonde que de renoncer à ses racines. Elle qui souffrait d'un manque d'identité comprenait peu à peu qu'elle en avait de multiples, souvent contradictoires, mais que le sens de son existence consistait peut-être précisément à tenter de concilier ces mondes qui s'affrontaient en elle.

— Où aviez-vous disparu? Je m'inquiétais! s'exclame Mister Dutt en voyant réapparaître Zahr. Cela fait plus d'une heure que vous êtes sortie!

— Pardonnez-moi, mon oncle, je ne me sentais pas bien, j'avais besoin de respirer.

Il s'est radouci; une ombre de compassion est passée dans son regard:

— Ne craignez rien. Pour votre jardin, j'en parlerai moi-même à Muzaffar. C'est un fils respectueux des volontés de son père, il ne pourra refuser d'apposer la signature manquante. En revanche, pour vos nièces, je vous conseille d'aller consulter un avocat et d'en profiter pour faire établir ce qui vous revient.

— Je vous ai déjà dit que je ne voulais rien d'autre, proteste-t-elle. Après tout, il ne s'agit pas d'une grosse fortune: quelques terres, des palais en ruine, quelques maisons en bien mauvais état... J'ai tant fait pour retrouver une famille, je ne veux pas me fâcher avec mon frère pour des raisons matérielles.

Zahr n'a jamais rien reçu de ses prestigieuses familles, ni des sultans ottomans, ni des radjahs indiens, et elle a fini par en tirer une certaine fierté. Elle aime à souligner avec ironie que de la fabuleuse fortune de ses ancêtres elle n'a pas hérité un mouchoir. Ce n'est pas seulement que, d'un côté comme de l'autre, les révolutions aient amené la ruine: plusieurs membres de sa famille turque avaient pu récupérer des bribes ou avaient entamé des procédures à cet effet. Mais lorsque Zahr, seule héritière de sa grand-mère, la sultane Hatidjé, fille aînée du sultan Mourad, s'était enquise de ses droits, on lui avait expliqué d'un air embarrassé que la sultane n'avait rien laissé. Elle n'avait pas insisté, comprenant qu'elle était arrivée trop tard et que le partage s'était fait sans elle.

Même de sa mère elle ne possède rien. Pas un objet qu'elle puisse chérir, sur lequel elle puisse rêver à cette femme extraordinaire dont elle ne conserve aucun souvenir.

Il y a bien eu cette sombre histoire de mallette retrouvée après sa mort dans le misérable meublé de la rue des Martyrs où, avec son bébé et Zeynel, Selma avait passé ses derniers mois. Quand Zahr était petite et que sa mère adoptive suisse évoquait cette mallette, l'enfant imaginait de somptueux joyaux. En fait, ses bijoux, Selma les avait vendus pour subsister, mais, jusqu'au tout dernier moment, elle n'avait pu se défaire de quelques souvenirs de famille : des pièces d'or frappées à l'effigie du sultan Mourad, une montre de gousset en platine gravée à ses armes, un portrait du sultan dans un médaillon entouré de petits diamants. Lorsque, en 1945, le père adoptif de Zahr avait été nommé ambassadeur de Suisse au Venezuela, il avait confié la mallette au consulat de Grande-Bretagne afin qu'à sa majorité on la remît à la jeune fille. Mais la mallette avait disparu : le consulat prétendait l'avoir renvoyée au radjah qui jurait ne l'avoir jamais reçue. L'un des deux mentait-il? Ou bien la mallette s'était-elle « égarée » en route?

Un jour que Zahr en parlait à sa tante maternelle, la princesse Nakshidil, celle-ci lui avait désigné une jolie miniature représentant leur arrière-grand-père :

— Quand je disparaîtrai, elle sera pour toi. Car, hormis ton cousin Osman qui vit en Angleterre, tu seras la seule descendante du sultan Mourad V.

Quelque temps après la mort de Nakshidil, alors qu'Edward, son second mari américain, mettait de l'ordre dans ses affaires, Zahr lui avait timidement rappelé la promesse de sa tante. Il était entré dans une formidable colère : comment avait-elle l'audace de réclamer quoi que ce soit?

— Mais, Ed, elle m'en a fait don devant toi, avait-elle protesté. Je ne te demande même pas le magnifique collier indien qu'elle m'a aussi légué en ta présence, mais ce portrait-là n'a pas grande valeur, sinon sentimentale. Il s'agit de mon arrière-grand-père, cela n'a rien à voir avec toi !

Il était tellement hors de lui qu'elle crut qu'il allait la frapper. Ils ne s'étaient plus jamais revus.

Quelques mois plus tard, un ami journaliste l'avait avisée qu'on mettait en vente à l'hôtel Drouot des souvenirs de famille ayant appartenu à la princesse Nakshidil, et, parmi ceux-ci, le fameux portrait. Peut-être voudrait-elle le racheter ? Malgré son amertume de devoir racheter une chose qu'on lui avait volée, elle avait acquiescé. Mais elle n'était jamais allée à Drouot et ignorait tout du déroulement des ventes aux enchères. Gentiment, son ami journaliste s'était offert à l'accompagner.

La salle était remplie à craquer, notamment d'antiquaires chargés par leurs clients turcs d'acquérir tout ce qui avait trait à l'Empire otto-man. Depuis quelques années, en effet, l'Empire tant décrié avait recouvré une certaine popularité et les nouveaux riches d'Istanbul recherchaient des objets dont ils pourraient dire négligemment : « Je le tiens de mon arrière-grand-père, le pacha X... ou le vizir Y... »

Zahr se rappellerait toute sa vie cet après-midi à Drouot. Hormis « son portrait », il y avait là une douzaine d'autres souvenirs ottomans ayant appartenu à sa tante, mais ceux-là, malgré sa tristesse de les voir disperser, elle préférait ne pas les regarder, car elle savait qu'ils atteindraient des prix inabordables. En revanche, le petit portrait du sultan Mourad, dans son cadre de cuivre, mis à prix à quinze mille francs, ne pouvait se vendre à plus de trente mille francs, estimait-elle. Tel était en tout cas le prix que son ami, qui enchérissait pour elle, avait mission de ne pas dépasser. Elle n'avait pas de quoi aller au-delà.

Dans la salle surchauffée, les enchères montaient. Très vite, le portrait de Mourad dépassa le plafond qu'elle s'était fixé. Jusqu'à quarante mille francs elle essaya encore de suivre, mais les enchères se succédaient à une allure vertigineuse. Quelqu'un, derrière elle, finit par l'enlever à quatre-vingt-cinq mille francs. Elle ne voulut pas se retourner pour voir qui le lui avait ravi pour la seconde fois. Raidie sur son siège, elle faisait appel à toute sa dignité pour ne pas pleurer.

Quelques mois plus tard, l'épisode du sari vint lui confirmer que les vestiges de son passé familial étaient destinés à lui échapper et qu'elle ne devait pas s'y attacher. Seuls ses souvenirs et ses rêves ne pouvaient lui être arrachés.

Autant pour le portrait du sultan, la cupidité qui avait poussé le mari de sa tante était manifeste, autant pour le sari, elle ne comprit jamais l'attitude de sa cousine Nayar, n'y voyant, de quelque façon qu'elle retournât le problème, que de la méchanceté pure, défaut finalement plutôt rare et par là fascinant, du moins si l'on est capable de le considérer d'un point de vue philosophique... ce qui n'était pas le cas de Zahr !

Le sari en question, de dentelle noire bordée d'or, avait appartenu à Selma. Maintes fois, sur un portrait que conservait son père, Zahr avait admiré l'élégante silhouette drapée dans le sombre écrin qui faisait ressortir sa blondeur et sa fragilité. Un jour qu'elle se trouvait au Pakistan chez sa tante, Nayar, fille d'un premier mariage de son mari, avait laissé tomber :

— Je dois avoir quelque part le sari de dentelle noire de votre mère. Peut-être vous le donnerai-je un jour, si vous vous mariez.

— Le sari de ma mère !

Zahr l'avait regardée, le souffle coupé.

— Mais comment... ?

Tante Zahra avait alors expliqué qu'à la mort de Selma, Amir lui avait remis ses plus beaux saris, et qu'à son tour elle les avait offerts à ses deux belles-filles. Cela faisait maintenant quarante ans, les saris n'existaient plus depuis longtemps, sauf celui-là, semblait-il, qui avait miraculeusement résisté.

Le sari de sa mère... L'étoffe qui avait touché, enveloppé, caressé le corps de sa mère et qui, par-delà les années, conservait son empreinte, son odeur, sa chaleur. Peu lui importait qu'il eût ensuite été porté par d'autres, au plus intime de ses fibres il gardait la présence de la première femme qu'il eût effleurée, au plus secret de lui-même il retenait un peu de son charme et de sa joie de vivre, de ses rêves, de ses enthousiasmes, de ses larmes aussi.

Ce sari, Zahr le voulait avec une passion sauvage. Elle voulait le respirer, s'y lover, le couvrir de baisers ; elle voulait, nue, s'en revêtir, et, par son contact, retrouver la douceur de la peau de sa jolie maman, cette douceur enfouie au plus profond de la mémoire d'un bébé d'un an.

Elle le désirait d'autant plus que, depuis deux ans, elle avait entrepris de retrouver cette mère qu'elle n'avait pas connue, retraçant par l'écriture chacun de ses pas, imaginant ses pensées, ses sentiments, essayant de la comprendre à travers des indices souvent contradictoires, et surtout se fondant en elle au point de ne parfois plus savoir si c'était Selma ou elle, Zahr, qu'elle décrivait. Ce sari l'aiderait à retrouver sa mère. Elle se voyait écrivant, assise à son bureau, enveloppée de l'étoffe soyeuse, pénétrée de l'aura de Selma. Elle croyait aux réminiscences que portent les objets et qu'ils nous transmettent si, par l'amour, nous savons nous en laisser imprégner.

Si incroyable que cela paraisse, tout ce qui avait appartenu à Selma avait disparu. Il ne restait que ce vêtement.

Elle le voulait. Elle ne pouvait pas attendre. Il était à elle.

Mais Nayar était partie sans en reparler.

— Comment ose-t-elle le garder ? s'était indignée

Zahr. Ne comprend-elle pas combien ce sari m'est précieux ?

Puis elle avait ajouté, méprisante :

— Si c'est une question d'argent, qu'elle me dise son prix !

Tante Zahra était intervenue auprès de sa belle-fille, en vain. L'une après l'autre, les cousines avaient tenté de convaincre Nayar qu'elle ne pouvait garder le seul souvenir que la jeune fille eût de sa mère; elle avait refusé : ce sari lui appartenait.

Pour Zahr, c'était un peu comme si on lui enlevait à nouveau sa mère. Elle en avait éprouvé une telle rage qu'elle aurait pu tuer Nayar. Tout comme aujourd'hui, pour ces quelques arpents de terre, elle pourrait tuer son frère.

Elle pense au demeurant que c'est juste : c'est pour ces choses-là qu'on tue. On tue qui vous arrache votre identité, votre terre, votre pays. Elle vibre avec tous ceux qui, de par le monde, se battent pour récupérer la terre dont on les a chassés, pour retrouver la maison de leur enfance et du bonheur piétiné, retrouver la patrie dont on les a expulsés de force, les laissant sur la grève, ballottés par les vents, pareils à des branches coupées qui se vident de leur sève.

Par cette douce soirée d'août, Zahr se jure qu'elle ne se laissera jamais chasser de Badalpour. S'il faut se battre, elle se battra.

Une bataille à mort.

Car, autour de ce petit jardin, c'est sa vie qui se joue.

Chapitre IV

Muzaffar n'est pas rentré de Delhi. C'est la première fois que Zahr se retrouve seule dans la vieille demeure, désertée même par les domestiques qui ne l'attendaient pas sitôt. Désœuvrée, elle erre à travers les pièces silencieuses. Une sensation d'étrangeté lui serre le cœur, qu'elle n'arrive pas à maîtriser. A chaque instant elle tressaille, croyant entendre le pas de son père, apercevoir sa haute silhouette derrière une porte vitrée. Cela fait pourtant presque deux mois qu'il est mort, mais l'enterrement, les cérémonies de deuil et, plus encore, la tristesse et les pleurs l'ont gardé présent. Une présence idéale, faite de ses seules qualités, de leurs moments de bonheur partagé, exempte d'aspérités et dans laquelle elle peut se lover sans appréhension ni réticence.

Mais aujourd'hui, dans la morosité de ce palais abandonné, ce que son esprit refusait d'accepter, son corps l'en convainc ; le vide qui se creuse dans sa poitrine et l'oppresse, lui crie son absence, la contraint à reconnaître l'évidence inadmissible, intolérable : Amir, le beau radjah de Badalpour, dont le visage douloureux reflétait les tragédies et les passions du siècle, Amir qui fut son père de façon si ambivalente et pourtant si profonde, est parti pour toujours.

Toujours — ce mot qu'on utilise si légèrement,

car nos « toujours » durent rarement longtemps, c'est la première fois que Zahr en ressent la dimension inhumaine, la glaçante, l'inconcevable éternité. *Toujours, Jamais* — deux enfers jumeaux imaginés par quel dieu sadique?

Le bruissement d'une *gharara* la fait sursauter. Nuran est là, qui l'examine d'un œil inquisiteur :

— Alors, ce jardin?

— Tout est réglé, s'empresse-t-elle de la rassurer, peu soucieuse que son problème fasse le tour du quartier.

Mais Nuran n'est pas femme à se laisser si facilement berner :

— A la mine que vous faites, ça m'étonnerait! Vous devriez demander l'avis de la rani de Talpour; elle aussi a eu des démêlés avec ses frères. Elle a appelé hier pour vous inviter. Peut-être pourrait-elle vous aider?

Zahr en doute. Mumtaz a passé sa vie confinée entre son père et son mari; comment saurait-elle la conseiller? Mais elle a envie de la voir. Pendant les cérémonies de deuil, elles n'ont guère eu le loisir de se parler et Zahr éprouve pour la jeune femme une tendresse particulière. Porteuse de la délicate culture du Lucknow d'autrefois, mais aussi de la poignante nostalgie d'un monde qui se meurt, Mumtaz l'émeut comme une fleur jetée sur un tas d'immondices.

Car, d'année en année, la situation partout se dégrade. Par-delà les admirables mausolées et les palais qui se lézardent et se désagrègent irrémédiablement, ce sont les liens séculaires entre communautés qui, sous les coups de boutoir des extrémistes, commencent à s'effriter dangereusement.

En cette fin d'été 1992, toute l'Inde est agitée de rumeurs : les intégristes hindous vont-ils arriver à détruire l'ancienne mosquée de Babur, à Ayodhya [1], pour construire à la place un temple à la gloire

1. Ville sainte du centre de l'Inde.

de Rama, l'une des incarnations du dieu Vishnou? Le parlement des *sadhus*, religieux hindous, organisé par une extrême droite musclée, a appelé les foules de croyants à se rendre à Ayodhya le 6 décembre pour reprendre l'action militante qui, ces derniers temps, était quelque peu retombée. Accalmie précaire : on murmure en effet que, dans des camps, des milliers de jeunes s'entraînent non seulement au combat, comme ils le font depuis des années, mais aux techniques de démolition les plus efficaces et les plus rapides, en prévision du « Grand Jour ».

Là encore, une histoire d'appartenance, d'identité Les mouvements hindouistes clament qu'au XVIᵉ siècle, l'envahisseur musulman a rasé le temple bâti sur le lieu de naissance de leur dieu Rama. Mensonges ! rétorquent les musulmans, faisant remarquer qu'il existe en Inde plusieurs prétendus lieux de naissance de Rama ; cette allégation, ajoutent-ils, n'est qu'un prétexte pour détruire l'une de nos plus vénérables mosquées et, par la suite, détruire les autres et toute notre culture, et finalement nous effacer comme ils s'acharnent à le faire, depuis l'indépendance, en 1948.

Les intégristes hindous ont en effet publié une longue liste de mosquées à « reconquérir », et leurs « historiens » prétendent que même le Taj Mahal, joyau de l'art musulman moghol, est un monument hindou. Leur but proclamé est d'instaurer dans ce pays aux multiples religions et cultures le « règne de Rama », d'en faire ainsi un État purement hindou où les cent vingt millions de musulmans et les quinze millions de chrétiens devront « revenir à la maison », c'est-à-dire se convertir. S'ils refusent, ce sera « la valise ou le cercueil ». Ces mouvements qui cachent leur vraie nature sous la rassurante appellation de « culturels » sont en réalité de redoutables instruments de propagande qui préparent les consciences à accepter le crime. Il faut en effet empoisonner les esprits, persuader que l'autre n'est pas un être humain, mais une créature néfaste qu'on doit annihiler : ainsi a-t-on toujours légitimé les pires massacres.

C'est autour de la croisade pour Ayodhya que ces mouvements, bras armé du principal parti de droite, le BJP [1], ont rassemblé les foules contre la minorité musulmane, tenue pour responsable de tous les maux du pays. En soufflant sur les braises du fanatisme, le BJP est passé en moins de six ans de deux députés à cent dix-neuf (sur cinq cent quarante) et, de groupuscule, est devenu la principale formation d'opposition.

Au prix de milliers de cadavres, certes. Mais quelle importance ? Neuf sur dix sont des musulmans. Quant aux victimes hindoues, elles servent à attiser la colère des foules et donc à recueillir encore plus de voix.

Chaque fois qu'elle revient en Inde, Zahr trouve la situation plus tendue, ses amis musulmans plus anxieux. Contrairement à de nombreuses villes et bourgades du nord de l'Inde, il n'y a pas eu de drames à Lucknow, mais chacun se demande combien de temps encore la cité saura se préserver de la vague extrémiste qui déferle sur le pays.

« Le XXIe siècle sera religieux ou ne sera pas. » Zahr s'est souvent demandé si la fameuse phrase d'André Malraux ne devrait pas être retournée en : « Le XXIe siècle sera religieux *et* ne sera pas. » Les fondamentalismes et autres sectarismes en auront raison.

Le palais de Talpour est situé de l'autre côté des jardins de Kaisarbagh, à quelques centaines de mètres de là. Mais Nuran, gardienne des traditions d'autant plus farouche que c'est désormais sa seule façon d'honorer le radjah, s'oppose formellement à

---

1. Parti de l'extrême droite nationaliste qui arrivera au pouvoir en 1998.

ce que Zahr sorte seule, « comme une n'importe qui » ! Gutchako lui tiendra lieu de dame de compagnie.

Devant le porche du palais, sur la pelouse desséchée, les enfants des domestiques jouent au cricket avec une balle de tennis et des planchettes grossièrement taillées. A peine ont-ils aperçu Zahr qu'ils délaissent leur jeu pour venir la saluer, et surprise, elle reconnaît, à leur pâleur et à leurs manières exquises, les petits princes de Talpour. Sont-ils vraiment pauvres au point de ne pouvoir se payer des battes de cricket ? Elle connaît les difficultés du couple, qui survit des maigres revenus des terres que le gouvernement ne lui a pas confisquées. Imran, le mari de Mumtaz, avait pourtant eu sa chance : ayant obtenu une bourse de l'Union soviétique, il y avait fait de brillantes études d'ingénieur et s'était vu proposer un poste élevé. Mais le vieux radjah avait exigé qu'il rentre. Dans ces familles-là, on obéit à son père, même si l'on a trente ans et que sa vie risque de s'en trouver brisée. Depuis lors, Imran végète, parvenant tout juste à réunir l'argent nécessaire pour nourrir sa famille et envoyer ses fils dans des écoles privées où on leur dispense une éducation aussi parfaite que surannée.

A voir ces enfants trop sensibles élevés selon des principes d'une autre époque, en fonction d'un monde à jamais disparu, Zahr est prise de pitié. Parviendront-ils à survivre dans la société indienne moderne ? La compétition y est farouche, car les places sont rares ; la morale n'existe pas, hormis dans les discours, tous les moyens sont bons pour arriver. Comment ces garçons incapables d'agressivité, encore moins de flagornerie ou de compromission, pourront-ils se débrouiller ? Dès le premier round, ils seront à terre.

Elle a un jour essayé d'en parler à Mumtaz, de bousculer, très délicatement, le rêve sur lequel s'est repliée cette petite société musulmane mais, devant le regard affligé de la jeune femme, elle a aussitôt fait machine arrière, comprenant qu'insister serait inutilement cruel. Ils se savaient condamnés, mais ils savaient tout autant qu'il n'y avait rien à faire. Lucides, ils voyaient leur univers s'écrouler, mais ils n'étaient pas disposés à renier les valeurs qu'on leur avait inculquées, les idéaux pour lesquels, génération après génération, leurs ancêtres avaient vécu et s'étaient battus. D'ailleurs, l'auraient-ils voulu qu'ils n'étaient pas capables de rivaliser : leur sens de l'honneur leur interdisait d'employer certaines armes et, pour eux, l'honneur importait plus que la vie.

Importait plus que la vie de leurs enfants ? Zahr n'avait pas posé la question : elle connaissait la réponse. Fallait-il faire de leurs enfants des monstres pour qu'ils soient adaptés, pour qu'ils réussissent dans un pays où les valeurs sont foulées aux pieds, le seul critère restant l'argent, un pays où, pour quelques milliers de roupies, quelques centaines de francs, on en vient à brûler des femmes et à mutiler des enfants ?

Le pays de la non-violence...

Zahr s'est toujours étonnée de cette réputation principalement liée à Gandhi et à sa campagne de résistance contre l'occupant anglais. Auparavant, comme tous les pays du monde, l'Inde avait connu la guerre et les violences, qu'il s'agisse des invasions aryennes qui avaient décimé les populations locales dravidiennes, de l'éviction progressive des bouddhistes par les brahmanes, à la suite de l'assassinat du dernier empereur Maurya, des conflits interminables entre royaumes hindous, enfin des affrontements entre hindous et musulmans, les seuls à être évoqués aujourd'hui, pour d'évidentes raisons politiques. Plus récemment, la partition du pays, en 1947, fit des millions de morts. Gandhi lui-même fut assassiné par un brahmane pour avoir voulu protéger les musulmans restés en Inde. Après un répit dû à l'attitude résolument laïque de Nehru, les violences reprirent contre les minorités, surtout musulmane et sikh.

Mais le plus surprenant c'est la violence au sein même de la communauté hindoue, qui, elle, n'a jamais cessé : les journaux relatent quotidiennement les meurtres et les viols perpétrés contre des intouchables qui ont osé entrer prier dans un temple, puiser de l'eau d'un puits appartenant à une caste supérieure, ou simplement insister pour qu'on leur paie leur salaire. Afin d'échapper à ce système des castes, des millions d'intouchables se sont, au cours des siècles, convertis à l'islam, au christianisme ou au bouddhisme. Ces conversions se perpétuent encore aujourd'hui et fournissent des arguments aux intégristes qui hurlent à l'étouffement de la communauté hindoue, en omettant de signaler qu'elle représente la bagatelle de 80 % de la population.

— J'ai peur, Zahr ; nous avons tous peur. Nous n'osons plus parler, nous n'osons plus bouger de crainte de nous faire remarquer, et lorsque nous devons voyager, nous nous dissimulons sous des noms hindous, car des femmes ont été violentées pour la seule raison qu'elles étaient musulmanes. Quelle honte ! Devoir dissimuler son nom dans son propre pays, conseiller à ses enfants de ne pas relever les propos insultants, baisser la tête... Mais jusqu'où doit-on, jusqu'où peut-on accepter d'être humilié, de se renier de la sorte ?

Jamais Zahr n'a vu Mumtaz aussi abattue, elle habituellement si sereine, si maîtresse d'elle-même. Dans le grand salon où la lumière filtre difficilement à travers les fenêtres tendues de brocarts jaunis, elle a du mal à reconnaître la petite silhouette amaigrie, raidie sur un coin du divan, et qui se retient de pleurer.

— Mais enfin, Mumtaz, la situation n'est pas si désespérée..., hasarde-t-elle pour tenter de la rassurer. Après tout, depuis un an, il n'y a pas eu d'incident majeur...

— Pas d'incident majeur ?

Mumtaz sursaute et la regarde d'un air de reproche.

— N'avez-vous pas lu les journaux, aujourd'hui ?

— Non...

— Il y a eu un nouveau pogrome du côté de Sitamarhi : une centaine de morts, des villages musulmans incendiés par une foule déchaînée, des femmes dénudées et jetées dans les brasiers avec leurs enfants, aux cris de « Vive Rama ! », la terreur pendant deux jours et deux nuits.

— Mais pourquoi ? Que s'était-il passé ?

— Une procession, des insultes, que sais-je ? Tout est prétexte, dans cette atmosphère chauffée à blanc par les extrémistes qui déclarent que seuls les hindous sont de bons Indiens, que les autres ne sont que des traîtres qui menacent l'unité et l'existence même de l'Inde. Comme si, en France, on disait que seuls les chrétiens sont de bons Français et que musulmans et juifs doivent s'en aller !

Une servante apporte le thé et un lourd plateau chargé de pâtisseries françaises : éclairs, mille-feuilles, tartes aux fruits dont Mumtaz tient à remplir l'assiette de Zahr. Silencieux, les enfants dévorent du regard ces gâteaux dont ils n'ont jamais mangé, car ils proviennent de la pâtisserie la plus chic et la plus chère de la ville. Zahr sait combien cette luxueuse collation a dû grever le budget de la famille, qui devra probablement se contenter de *chapatis* et de *dal* [1] pendant plusieurs jours. Mais protester serait insulter la légendaire hospitalité lucknowi et, plus grave encore, mettre en doute l'opulence de ses hôtes. Elle mange donc un gâteau pour faire plaisir à son amie, refuse le second pour ne pas trop frustrer les enfants qui suivent des yeux chacun de ses gestes, et, à leur grand soulagement, renvoie enfin le plateau presque intact à l'office.

— Puis-je vous déranger ?

Derrière la tenture se profile une mince silhouette

1. Galettes de farine de blé et purée de lentilles.

vêtue du traditionnel *shirvani* noir. C'est Imran, le mari de Mumtaz, un camarade de classe de Muzaffar et une vieille connaissance de Zahr qui apprécie son sens politique aigu et son humour.

Mais, aujourd'hui, Imran n'a pas envie de plaisanter. Il revient d'une réunion du Comité de défense de la mosquée de Babur où l'on n'a parlé que du récent massacre de Sitamarhi. On a de nouveau posé la question de la création de « comités de défense musulmans ».

— Cette fois encore, la police n'est pas intervenue ; pire : elle a contribué à répandre la rumeur que des musulmans s'étaient emparés d'une fillette et l'avaient écartelée. Des foules en furie ont convergé vers des villages musulmans qu'ils ont mis à feu et à sang deux jours durant.

— Mais n'y a-t-il pas au moins des policiers musulmans pour s'interposer ?

— Ils ne sont même pas 2 %, et jamais à des postes de responsabilité. Depuis l'indépendance, nous demandons que la proportion de 12 à 13 %, correspondant à celle de notre population, soit respectée. Rien à faire. La police est une force presque entièrement acquise aux idées fondamentalistes hindoues. Par temps de crise, elle ne protège plus les minorités, mais laisse faire, quand elle ne prend pas une part active aux viols et aux massacres.

— Et que fait le gouvernement ?

— Rien, sinon muter quelques subalternes. Malgré l'horreur suscitée par ces actions dans une partie de l'opinion, il sort de plus en plus de sa traditionnelle neutralité. Par crainte des retombées électorales... Il sait que la majorité silencieuse est solidaire, non pas des violences elles-mêmes, mais des valeurs qui les engendrent : le mythe d'une Inde hindoue débarrassée des musulmans et des chrétiens, considérés comme étrangers du seul fait de leur confession. Depuis 1986, début de la campagne d'Ayodhya, on ne compte plus les massacres, que ce soit à Meerut, Moradabad, Aligarh, Delhi, Ahmedabad, Bhagalpur, Hyderabad, Bombay... Nous ne savons plus à quels saints nous vouer. Nous armer? Nous sommes si minoritaires, ce serait donner prétexte à tous les déchaînements et nous condamner encore plus sûrement. Mais pouvons-nous nous laisser égorger sans essayer de nous défendre?

— La meilleure défense serait que l'on parle de nous, intervient Mumtaz. Le gouvernement est soucieux de son image internationale. C'est peut-être la seule chose qui lui ferait prendre des mesures efficaces contre les extrémistes.

Les yeux pleins d'espoir, elle se tourne vers Zahr :

— Vous qui êtes journaliste, je vous en prie, écrivez, racontez ce qui se passe ici! Seul un fort mouvement d'opinion peut encore nous sauver...

Zahr hoche la tête. Écrire... S'ils savaient comme elle se sent impuissante à combattre l'image, prévalant aujourd'hui, du musulman au poignard entre les dents; s'ils savaient comme il est difficile de faire admettre que certains groupes fanatisés n'ont rien à voir avec l'immense majorité de ceux pour qui tolérance et miséricorde restent les premiers commandements du Coran.

Ce n'est pourtant pas faute d'avoir essayé...

En 1989, après les massacres de Bhagalpur, elle avait réussi, avec l'aide d'amis hindous, à pénétrer le RSS [1], l'une des principales organisations extrémistes. Elle s'était fait imprimer des cartes de visite au nom de Chantal Dupont, car on l'avait prévenue que, même en tant que journaliste française, son nom musulman lui fermerait toutes les portes.

Pendant plusieurs jours, elle avait interviewé des responsables qui lui avaient expliqué que « le laïcisme vide l'Inde de son élan vital... Nous voulons un État hindou, un président hindou, un Premier ministre hindou, un parlement hindou et, bien sûr, des lois hindoues! Si ça ne plaît pas aux autres, ils n'ont qu'à s'en aller! ».

1. Principale organisation de l'Hindouisme militant depuis 1950.

Et elle avait visité l'une des deux mille cinq cents écoles chargées de former huit cent mille jeunes à travers tout le pays. « Elles sont financées par nous, avait précisé l'un des directeurs, afin que le gouvernement ne puisse imposer, comme ailleurs, une éducation laïque. Quant à nos membres adultes, ils sont environ six cent mille, répartis en vingt mille « branches » disséminées sur tout le territoire. Chacun doit passer quotidiennement une heure dans sa branche. C'est une façon de dispenser une formation continue, mais surtout d'entretenir discipline et ferveur. »

Une formation idéologique, mais aussi militaire, comme Zahr avait pu le constater en voyant quelques centaines d'adolescents en short kaki s'entraîner au combat. Au coup de sifflet, ils s'étaient regroupés en formations carrées et, au garde-à-vous, avaient écouté leur chef donner ses directives pour l'action du lendemain. Il s'agissait d'empêcher la sortie du film *Tamas* qui, pour la première fois, s'attachait à démontrer que les musulmans n'étaient pas les seuls responsables de la partition de l'Inde en 1947, mais que les hindous y avaient eu leur part. Un film d'autant plus scandaleux que son réalisateur était un hindou !

Enfin, sous le drapeau safran, couleur de la religion hindoue, censé remplacer un jour le drapeau national, « souillé » par le vert musulman et le blanc des autres religions de l'Inde, le bras raidi dans un salut qui n'était pas sans rappeler de sinistres souvenirs, cette saine jeunesse avait entonné avec ferveur l'hymne à l'Inde, mère sacrée, dont ils juraient de préserver la pureté.

Ce reportage, accompagné de photos, constituait une première, du moins en France, et Zahr s'était empressée de le faire parvenir à l'hebdomadaire qui l'avait envoyée en Inde. On l'avait refusé. Motif : « Les hindous sont pacifistes, c'est bien connu ; il n'y a d'intégrisme que musulman. » Elle avait eu beau expliquer, préciser des faits, des chiffres ; une fois de plus, elle avait dû admettre avec amertume que, quelque preuve que l'on pût apporter, les préjugés restaient plus forts que la réalité. Depuis l'avènement à Téhéran de l'ayatollah Khomeyni [1], l'Islam était redevenu la bête noire de l'Occident. La chute du mur de Berlin n'avait rien arrangé : le communisme vaincu, l'ennemi était désormais cette marée d'un milliard d'adeptes de l'Islam, considérés moins comme des êtres humains que comme des bêtes dangereuses, des fanatiques.

L'image du musulman est devenue si désastreuse que Zahr elle-même, pourtant une privilégiée évoluant dans des milieux cultivés et ouverts, s'est souvent trouvée en butte à des exclamations étonnées : « Vous, une musulmane ? Pas possible ! » On aurait cru qu'elle avait le sida... Alors qu'auparavant elle n'y pensait pratiquement jamais, désormais elle s'affirme musulmane, semblable à ceux qu'elle voit partout dénigrés, souvent maltraités. En Inde comme en France, elle le fait par solidarité avec les siens.

Les siens... ? Jusqu'à quel point se sent-elle musulmane, elle qui fut élevée en chrétienne et n'a découvert l'Islam qu'à vingt et un ans ? Et surtout, qu'est-ce que cela signifie ? Toutes les religions ne sont-elles pas aussi valables, chemins différents pour atteindre la même réalité ? Sous des formes diverses, adaptées à leur région et à leur époque, leurs prophètes n'ont-ils pas tous prêché la même morale de justice, de probité et de charité ?

Peu à peu, elle a réalisé que « les siens » ne sont pas tant les musulmans que les pauvres parmi les musulmans, les réfugiés, les humiliés. Les nouvelles bourgeoisies d'argent lui sont totalement étrangères et elle ne connaît rien de pire que certains gouvernements qui se proclament musulmans mais ont en fait hérité des tares conjuguées des anciennes dictatures et des régimes coloniaux. Si, au départ, elle

---

1. En 1979.

s'est affirmée musulmane pour mieux revendiquer des origines qu'on avait tenté de lui dénier, elle affiche maintenant cette identité par un sens de l'honneur qui incite à se battre du côté des plus faibles. Si demain c'étaient les juifs que l'on persécutait, elle serait capable de s'affirmer juive. Pour elle, il est peu de phrases aussi belles, par ce qu'elle exprime d'ouverture à l'autre, que celle clamée par les étudiants en mai 1968 : « Nous sommes tous des juifs allemands ! »

Mais refuser de hurler avec les loups pour se ranger dans le camp de ceux qu'on écrase, est-ce que cela sert encore à quelque chose ? Souvent, Zahr se désespère. Elle a l'impression d'être une mouche qui sans arrêt tournoie et se heurte aux parois d'un bocal sans parvenir à en trouver l'issue. Parce qu'il n'y en a pas, ou parce qu'elle n'est pas en mesure de la voir ? A moins qu'elle ne veuille pas la trouver, car cela exigerait des sacrifices qu'elle n'est pas prête à consentir ? Mais quel sacrifice ? Celui d'une vie confortable et médiocre, dénuée de sens, une vie pour rien, qui ressemble à la mort ? Serait-ce là un bien grand sacrifice ?

Sans doute, puisque cette vie, elle a fini par l'accepter, à l'instar de ceux qui l'entourent. Mais alors que beaucoup s'en accommodent, elle en a honte. Une honte qu'elle n'arrive pas à oublier dans les menues joies de l'existence auxquelles, en dépit de ses efforts, elle ne trouve aucun goût. Peut-être, parce qu'elles ne se rattachent à rien qui lui importe, mais flottent sans rime ni raison au-dessus du vide qui se creuse en elle, de plus en plus profond au fur et à mesure que les années passent et qu'elle ne parvient toujours pas à trouver sa place...

— Finalement, qu'avez-vous décidé ?

La voix claire de Mumtaz interrompt opportunément la méditation dans laquelle Zahr est en train de s'égarer, comme chaque fois que cela va mal.

— Décidé ?

Émergeant du brouillard, elle réalise que ses amis

l'interrogent simplement sur ses projets pour les semaines à venir, et elle se souvient qu'elle avait l'intention de leur demander conseil à propos de son jardin. Mais cela lui apparaît soudain si dérisoire au regard des drames qui l'entourent, ceux des musulmans menacés de perdre non pas un jardin, mais leur pays, qu'elle hésite à en parler. Pourtant ce jardin est un peu son pays, il est ce qui lui permet d'envisager l'avenir, campée sur ses deux pieds.

Imran et Mumtaz l'écoutent gravement leur exposer la situation. A leur mine, elle comprend qu'ils n'ont guère d'espoir, mais qu'ils tergiversent, craignant de lui faire de la peine.

— Dites-moi franchement ce que vous en pensez. J'ai besoin de savoir.

— Contre Muzaffar, vous avez peu de chances de gagner, lâche prudemment Imran. Vous êtes une femme et ici, les femmes, qu'elles soient hindoues, chrétiennes ou musulmanes, parviennent rarement à faire reconnaître leurs droits. En outre, vous ne résidez pas en Inde, et vous parlez mal la langue : comment voulez-vous lutter contre un frère qui connaît tout le monde, et surtout les façons détournées de traiter les affaires. Car dans ce pays, le plus rapide chemin d'un point à un autre n'est jamais la ligne droite. Vous allez vous épuiser, gaspiller votre temps et beaucoup d'argent pour rien. Même Mumtaz a perdu ses procès contre ses frères. Bien que je fusse à côté d'elle pour l'aider. Alors que j'ai bien peur que vous ne vous retrouviez seule. Muzaffar est une personnalité connue, nul ne voudra prendre votre parti contre lui.

— Il n'y a donc pas de justice dans ce pays ? proteste Zahr, révoltée par ce tableau qui lui semble exagérément noirci.

— Si, parfois... Mais celui qui sait graisser la patte peut gagner un procès ou du moins le faire traîner toute la vie. Les fonctionnaires sont ici payés une misère, comment éviter une corruption généralisée ? Ils sont bien forcés d'avoir d'autres sources de revenu pour survivre !

— Laissez tomber ce jardin, Zahr, suggère Mumtaz de sa voix douce ; et sachez que vous êtes ici chez vous. Il y a aussi vos cousines qui vous aiment et ne demandent qu'à vous accueillir...

Zahr secoue la tête. Mumtaz ne comprend pas, personne ne peut comprendre qu'elle soit prête à tant sacrifier pour ce bout de terre.

Elle se sent épuisée, elle a envie de rentrer. Affectueusement, Mumtaz la serre dans ses bras, et, avec son mari, la raccompagne jusque sous le porche du palais. Imran se sent coupable d'avoir déçu son amie venue chez eux en quête d'encouragement. Aussi essaie-t-il maladroitement de la réconforter :

— Vous devriez quand même essayer. Peut-être aurez-vous de la chance ? Le problème est surtout que vous êtes une femme. Et, de surcroît, à demi indienne...

« A demi indienne »... Non, *qu'*à demi indienne, de la même façon qu'elle n'est turque *que* par sa mère...

Accompagnée de Gutchako, Zahr marche sous le soleil. Elle se souvient du drame du mariage de la fille d'Amélie qui, elle aussi, n'était *qu'*à demi, et de la réaction de son frère Muzaffar.

Amélie est une Française de bonne famille qui a épousé voici trente ans un séduisant radjah. Ils vivent dans la société moderne de New Delhi où elle est bien acceptée, car elle a adopté toutes les coutumes de l'Inde, porte le sari à ravir et parle l'hindi. Elle se sent parfaitement intégrée dans ce pays devenu le sien. Elle a une fille, Geeti, une beauté qui ressemble à son père. Elle est heureuse. Jusqu'au jour où Geeti s'éprend du fils d'un autre radjah et où les deux jeunes gens décident de s'épouser. Pour la famille du garçon, il n'en est pas question, même si les deux familles sont de noblesse et de fortune équivalentes. Car Geeti, étant de mère française, n'est *qu'*à demi indienne, ce qui, pour les hindous de haute caste, équivaut quasiment à bâtarde, les non-hindous étant rangés à peine au-dessus des intouchables. Les jeunes gens ont dû fuir aux Philippines pour se marier, et ils y vivent heureux, loin des préjugés.

Mais, pour Amélie, cette histoire a sonné le glas de son roman d'amour avec l'Inde. Elle qui s'était crue acceptée, aimée, a compris qu'elle était juste tolérée. Tout ce pour quoi elle a vécu s'écroule. Elle sait maintenant que, pendant trente ans, elle s'est trompée et qu'on l'a trompée. La désillusion est trop cruelle, elle a sombré dans une profonde dépression...

Scandalisée par cette histoire, Zahr l'avait racontée à Muzaffar; à sa stupeur, il avait conclu qu'il n'y avait là rien que de très normal.

— Normal qu'elle soit considérée comme une bâtarde parce qu'elle n'est qu'à demi indienne?

— En Inde, on n'aime pas les sang-mêlé.

— Alors, moi dont la mère était une princesse ottomane, je serais aussi considérée comme une bâtarde?

Il avait souri sans répondre. Sans le vouloir, elle venait de lui tendre la perche; il se vengeait d'elle qui lui avait pris une part de l'affection de son père, et de Selma, la brillante première épouse après laquelle sa propre mère avait fait pâle figure. Haussant les épaules, elle lui avait tourné le dos et n'y avait plus repensé.

Mais voici qu'aujourd'hui, ses amis eux-mêmes lui expliquent qu'évidemment, *n'étant qu'*à demi indienne... Que faire? Ah, si seulement la rani de Nampour était encore là pour la conseiller, elle, la meilleure amie de Selma — et elle aussi sang-mêlé puisque sa mère était anglaise... Mais la rani est morte depuis deux ans. Morte de chagrin après que son fils adoré l'eut mise à la porte du palais pour s'y installer.

Zahr était allée lui rendre visite dans la petite maison de gardien où il l'avait reléguée. Bien que la vieille dame eût tenté de la convaincre qu'à son âge elle était bien plus heureuse dans ce nouveau logis que dans sa trop vaste demeure, son douloureux sourire et sa voix mal assurée démentaient ses paroles. Dans ce cadre, son allure majestueuse détonnait, tel un candélabre d'argent sur une toile cirée; elle le sentait et en était humiliée. Mais, par-dessus tout, l'attitude de son fils lui brisait le cœur, elle n'avait plus envie de vivre. Lorsque, au moment de la quitter, elle avait serré avec émotion contre sa poitrine la fille de Selma, Zahr avait pressenti qu'elles ne se reverraient plus.

Suivie de Gutchako, Zahr arpente les jardins de Kaisarbagh où, il y a un an encore, elle se promenait chaque soir avec son père à l'heure où le couchant noie dans un flamboiement pourpre et rose les délicats mausolées du nawab Saadat Ali Khan et de son épouse bien-aimée. Près du bassin les grenouilles chantent la fin du jour, les bruits de la ville se sont estompés, un vent léger s'est levé. Zahr resterait bien là, assise à l'ombre des mausolées, à s'imprégner du charme du Lucknow d'autrefois que les ombres font revivre. Mais Gutchako s'inquiète : il faut rentrer, non qu'il soit dangereux de s'attarder, mais ce n'est pas convenable, que dirait-on si on les reconnaissait? Elle fait tant et si bien que Zahr, excédée, finit par obtempérer, mais, avant de regagner le palais, elles iront voir *auntie* Nishou, une vieille amie de tante Zahra.

La bégum Nishat Rehman est une personnalité crainte et respectée. Pour les uns une virago, pour les autres une valeureuse guerrière en lutte permanente contre les injustices. Sa haute silhouette drapée d'un simple sari de coton est familière à toute la ville.

— Vous avez raison, il faut vous battre! » tonnet-elle après que Zahr lui a exposé la situation des enfants et la sienne, et, de sa voix éraillée par ses deux paquets de cigarettes quotidiens, elle ajoute : « Comptez sur moi, je vous aiderai. Je parlerai à Muzaffar, il sera bien obligé de m'écouter. Mais, d'abord, il faut que la situation soit claire : je vous emmène tout de suite chez mon avocat, c'est le meilleur de la ville. »

Et, sans laisser à Zahr le temps de réagir, elle l'embarque dans sa Volkswagen bringuebalante, et, à grands coups de klaxon, d'accélérateur et de frein, se fraie un passage dans la cohue des conducteurs de *rickshaws*, de scooters et de bicyclettes qui s'écartent, terrorisés, certains lui lançant des insultes qui la laissent de marbre.

A Lucknow, comme dans le reste de l'Inde, les avocats commencent à consulter dans la soirée. Le matin, ils sont au palais ; l'après-midi, la chaleur est trop écrasante pour qu'on puisse faire autre chose que la sieste. Dédaignant la salle d'attente bondée et ignorant le secrétaire qui, dès son arrivée, s'est mis quasiment au garde-à-vous, auntie Nishou a poussé la porte :

— Delvi sahib, pouvons-nous entrer ?

Interrogation de pure forme càr, avant même que l'avocat ait pu répondre, elle a déjà pénétré dans le bureau sous l'œil agacé du client en train d'exposer son affaire.

— Ne vous gênez pas pour nous, minaude-t-elle de sa voix rauque, tandis que Me Delvi la fait asseoir en la priant de lui accorder cinq minutes.

Éberluée, Zahr constate une fois de plus qu'en Inde, les personnes âgées peuvent presque tout se permettre. Quand, au surplus, on a la personnalité d'auntie Nishou, on se permet tout. Consciente de sa réputation, la vieille dame en use et en abuse, mais pour les autres, jamais pour elle. Ce qui fait que si certains ne l'aiment pas, tous la respectent.

Tandis qu'elles attendent, Zahr récapitule les événements de ces derniers jours, et force lui est de constater qu'alors que les amis de son âge lui conseillent de renoncer, persuadés qu'il n'y a rien à faire, c'est l'ancienne génération — Mister Dutt, auntie Nishou — qui l'aide et refuse de baisser les bras. Pour eux, comme naguère pour son père, si la cause est juste, il faut se battre, quelles que soient les difficultés à affronter. D'où leur viennent cette énergie et ce courage dans un monde qui semble ne plus sécréter que de jeunes vieux, résignés ou cyniques ?

Ayant expédié son client, Mᵉ Delvi s'est tourné, lisse et souriant, vers ces dames. Tandis qu'auntie Nishou fait les présentations, Zahr examine le large front d'intellectuel, le teint clair et les mains soignées qui dénotent l'hindou de haute caste. Un remarquable expert en droit musulman, lui a assuré la vieille dame, ajoutant qu'à Lucknow, ville multiculturelle, un avocat qui se respecte met un point d'honneur à plaider pour des clients de toutes les communautés.

Zahr entreprend d'exposer le problème de ses nièces : est-il vrai que la loi musulmane... ? Mᵉ Delvi l'arrête aussitôt d'un sourire :

— La loi est faite pour être interprétée. Si elle était claire, nous serions au chômage !

Puis, d'un ton plus sérieux :

— Vous autres musulmanes avez de la chance, par comparaison avec les femmes chrétiennes et hindoues : vous avez toujours eu droit à l'héritage. Bien sûr, votre part n'est que la moitié de celle de votre frère, mais les chrétiennes du Kerala [1], par exemple, n'ont droit qu'au quart. Quant aux hindoues, elles n'avaient droit à rien jusqu'à ce qu'ait été promulguée la nouvelle loi de 1956. Ce fut une véritable révolution dans notre société patriarcale, et elle fut si contestée que le gouvernement se trouva contraint d'y ajouter une clause : le père a le droit d'avantager ou de déshériter qui il veut. Clause qui a, de fait, annulé la loi : les statistiques montrent que les pères déshéritent presque toujours leurs filles, la dot étant censée remplacer l'héritage. Mais, comme la dot va à la belle-famille,

1. Région du sud de l'Inde où les chrétiens sont nombreux.

448

la jeune femme se retrouve en général démunie et totalement dépendante de son mari, ce qui l'oblige à accepter n'importe quoi, notamment la bigamie.

— La bigamie? Mais cela n'existe que chez les musulmans!

— Absolument pas! Jusqu'à ce qu'en 1955 la polygamie et le mariage des enfants soient interdits, les hindous pouvaient avoir autant de femmes qu'ils le désiraient. Aujourd'hui, pour des raisons économiques, la polygamie a disparu chez les musulmans aussi bien que chez les hindous, mais il existe toujours un certain pourcentage de bigamie. La première épouse tolère cette situation plutôt que d'être jetée à la rue. Sans argent, sans éducation, comment pourrait-elle faire respecter la loi? Seules les femmes riches sont en mesure d'exiger un divorce légal.

Pensant avoir réconforté Zahr en lui démontrant que toutes les communautés sont aussi mal loties, Me Delvi consent à se pencher sur le cas des fillettes. Il dit avoir bon espoir, mais il ne faut pas être pressé : cela peut prendre des années.

— Et de votre côté? interroge-t-il en se calant dans son fauteuil. Aucun problème?

— Si, un problème de jardin.

Elle a sorti son acte de propriété et commence à le lui expliquer, mais il a tôt fait de l'interrompre :

— Ce jardin est un détail. Qu'en est-il du reste? Le radjah sahib avait des biens ; vous devriez hériter d'une part assez importante.

— Je ne voudrais pas me brouiller avec mon frère. Seul ce jardin...

L'avocat la considère d'un air goguenard :

— Au fond, vous êtes plus indienne que vous n'en avez l'air. On préfère se laisser déposséder plutôt que de se fâcher avec sa famille... Enfin, à vous de choisir. Mais, même pour ce jardin, j'ai besoin de prouver votre filiation. Pour cela, vos papiers français sont insuffisants, il faut que vous les fassiez traduire et viser par le consulat de France à New

Delhi. Après quoi j'établirai vos droits dans l'ensemble de la succession et, si vous ne voulez n'en réclamer qu'une petite part, en l'occurrence un jardin, eh bien, nous nous en tiendrons là!

Le ton est aimable, bien que légèrement excédé, et, au clin d'œil qu'elle le voit échanger avec son secrétaire, Zahr comprend que Me Delvi ne la considère plus comme une cliente sérieuse. Aussi, de crainte qu'il ne laisse tout tomber, son jardin et ses nièces, elle insiste pour lui verser une provision substantielle.

Ils se sont quittés mécontents l'un de l'autre. Les hommes de loi œuvrent dans le réel et, pour eux, celui-ci s'évalue en chiffres; ils n'ont rien à faire des sensibilités et des symboles. C'est peut-être pourquoi les histoires d'héritage sont si compliquées. Alors qu'ils travaillent et raisonnent dans le registre du rationnel, leurs clients, eux, sont le plus souvent animés par la passion, le besoin d'être reconnus, préférés par-delà la mort à ceux qui, dans la vie, leur disputaient l'amour de parents qu'ils voulaient tout à eux. La bataille pour l'héritage est le dernier acte de cette guerre familiale souvent inexprimée. Le dernier, donc le plus important. Ceux qui d'ordinaire se montrent les plus généreux sont alors capables de se bagarrer comme des chiffonniers pour des choses sans valeur et pourtant inestimables, car elles constituent autant de liens avec leur enfance, la chaleur parentale, tout ce qui les a façonnés. Les perdre, c'est un peu se perdre soi-même.

Il y a des années, en France, Zahr s'était heurtée à un problème similaire lorsqu'elle avait entrepris de récupérer ses nom et prénom. Elle avait mis longtemps à s'y décider : affronter ce déni d'identité lui était trop pénible. D'autant qu'il lui fallait, pour ce faire, replonger dans le cauchemar des mensonges de sa mère et de la kyrielle de témoignages contradictoires à propos de sa naissance, revivre la honte et le désespoir qui avaient gâché sa jeunesse et qu'elle avait tout fait pour oublier. Il lui fallait en outre lever le voile devant un étranger, l'admettre dans cette intimité qu'elle avait toujours gardée secrète, soutenir son regard curieux ou apitoyé, et, pour s'en défendre, jouer le détachement de l'adulte alors qu'en elle l'enfant continuait à pleurer.

Aussi avait-elle remis d'année en année le moment d'affronter sa double identité. Après tout, ceux qui l'avaient connue toute jeune l'appelaient Zahr de Badalpour, le nom qui avait été le sien jusqu'à ses dix-sept ans. Jusqu'à ce matin fatidique de l'épreuve du baccalauréat où elle s'était retrouvée affublée d'un étrange état civil : Suzanne Husain. Heureusement, elle n'avait jamais eu à s'appeler Suzanne — prénom pour lequel elle s'était prise d'une aversion farouche —, ses cartes d'étudiante ayant été établies d'après ses papiers anglais qui, eux — par quelle miraculeuse incohérence ? —, mentionnaient le prénom de Zahr. Il n'empêche : chaque fois qu'elle devait effectuer une démarche administrative, elle se retrouvait désignée par les nom et prénom de cette inconnue qui avait pris sa place. Et une rage impuissante la submergeait. Mais, plus que la rage ou l'amertume, la rancœur vis-à-vis d'une mère qui avait si légèrement rejeté Zahr de Badalpour dans le panier des enfants mort-nés pour la remplacer par cette Suzanne. Cette Suzanne qui, non contente d'avoir évincé Zahr bébé, réapparaissait à chaque détour de sa vie, lui sautant dessus à pieds joints, et qui, en l'écrasant de son identité de papier, la plongeait à nouveau dans l'inexistence.

Qui saura jamais comment nous vient un beau matin la force d'affronter ce qu'on fuit depuis des années ? Zahr avait presque trente ans quand elle entreprit les démarches, consciente que, pour se retrouver vraiment, il lui fallait d'abord récupérer son nom et se débarrasser de ce double qui prétendait occuper sa place. Alors seulement elle pourrait être à nouveau elle-même, ou du moins essayer, car de ce genre d'aventure on ne sort pas indemne.

Son nom de famille lui fut restitué en quelques mois avec une facilité qui la stupéfia. Il avait suffi d'établir l'état civil de son père; le sien en découlait par une logique qui lui parut tenir du miracle, elle pour qui rien de ce qui touchait à l'identité n'avait jamais coulé de source. Elle ne l'eut pas plus tôt récupéré qu'elle l'abandonna, comme si, maintenant qu'on lui avait reconnu son patronyme originel, rassurée d'être bien elle-même, elle pouvait se passer de cette étiquette, si élégante fût-elle, pour se forger sa propre appellation. Orgueil? Certes. Rejet du père?... Mais, par-dessus tout, cette insécurité qui depuis l'enfance la poussait à ne dépendre de rien ni de personne. Pas même de son nom.

Sans doute n'y avait-elle pas réfléchi en ces termes et crut-elle prendre sa décision pour des motifs parfaitement rationnels : elle débutait dans le journalisme et il lui semblait qu'un nom « à tire-bouchon » n'était pas de mise dans un hebdomadaire de gauche. Quelle innocence! Toujours est-il qu'elle prit un pseudonyme, pratique courante dans la profession, et choisit le nom, très banal, de son arrière-grand-père, sultan l'espace de quelques mois et qui, détrôné par son frère, avait passé le reste de son existence en prison. C'était une façon, pensait-elle, de le faire vivre un peu.

Pour ce qui est de son prénom, le récupérer fut une tout autre affaire. Pourtant, elle y tenait par-dessus tout, car ce prénom était à elle, il n'était qu'elle. Il s'agissait d'un prénom unique : en fait il n'existait pas, il résultait d'une faute d'orthographe. L'employé qui l'avait inscrit dans son état civil anglais avait oublié un « a », le vrai prénom étant Zahra, comme celui de sa tante paternelle.

L'avocat qui avait fait diligence pour que lui fût restitué son nom déclara forfait pour le prénom. A l'époque, l'état civil français refusant les prénoms étrangers, toute procédure en ce sens était vouée à l'échec. Puisque tout le monde l'appelait Zahr, quelle importance que « Suzanne » figurât sur ses papiers ? Il semblait considérer qu'il s'agissait là d'un caprice, sans comprendre que le prénom qui nous désigne dès la naissance et à chaque instant de la vie en vient à être *nous* bien plus intimement que le nom que nous partageons avec toute une famille et qui, lui, est avant tout signe d'appartenance. Elle avait cherché à le convaincre d'au moins essayer. En vain. Elle avait dû se résigner à ne récupérer que la moitié de son identité.

Elle en gardait un sentiment de profonde injustice. Pourquoi fallait-il qu'elle passe sa vie à tenter de recouvrer ce que chacun possède naturellement dès le berceau : un père, un pays, un nom, un prénom ? Pourquoi lui fallait-il dépenser des trésors d'énergie à rassembler les éléments qui permettent simplement de se poster sur la case départ, alors que les autres étaient dans la course depuis longtemps ? Pourquoi tout lui était-il si difficile ?

Le temps avait passé, elle avait bien essayé de consulter un autre juriste ; celui-ci l'avait également découragée.

Jusqu'au jour où, au hasard d'une conversation, elle apprit que les enfants de religion chrétienne ne pouvaient pas hériter de parents musulmans, pas plus que les enfants musulmans de parents chrétiens. L'argent ! Enfin, elle tenait son argument !

Allant revoir son avocat, elle lui avait expliqué qu'elle attendait un héritage du côté de sa mère, un legs énorme — les sultans ottomans, pensez donc ! C'est tout juste si elle n'avait pas évoqué le trésor de Topkapi. Or, avec son prénom chrétien, elle ne pouvait y prétendre. Il fallait donc de toute urgence — cette fois, pour des raisons « valables » — lui restituer son prénom musulman. Pour appuyer ses dires, elle avait apporté une lettre du recteur de la mosquée de Paris confirmant ce point de la loi islamique. A lui aussi, elle avait menti sans scrupules, car il ne se profilait pas le moindre héritage à l'horizon. Mais qu'y pouvait-elle si tout le monde ne prenait au sérieux que l'argent ?

C'est ainsi qu'en l'espace de quelques semaines fut réglé un problème qu'on lui avait présenté comme strictement insoluble. Parce qu'il valait prétendument des millions, on lui rendit son prénom.

Elle avait trente-trois ans. Cela faisait dix-huit ans qu'elle se battait pour récupérer son identité. Bribe par bribe, elle y était parvenue. Maintenant que cette quête touchait à son terme, elle se sentait enfin le droit de vivre.

La véritable aventure pouvait commencer.

Il fait nuit noire lorsque auntie Nishou et sa protégée sortent de chez l'avocat. Zahr est inquiète : elle doit rentrer en France, reprendre son travail de journaliste, et elle craint qu'en son absence Me Delvi ne néglige une affaire pour lui de peu d'importance.

— Je passerai le voir régulièrement et vous tiendrai au courant, la rassure auntie Nishou. Envoyez les papiers de Delhi et, d'ici quelques mois, j'espère pouvoir vous télégraphier de bonnes nouvelles.

Devant la porte du palais, Nuran les attend :

— Où étiez-vous donc ? Muzaffar sahib est rentré, il est en train de téléphoner partout pour vous trouver, il a même appelé la police, craignant que vous n'ayez eu un accident.

— Mais enfin, Nuran, il n'est que neuf heures ! proteste Zahr tout en cherchant quelle excuse elle va bien pouvoir invoquer. Mais elle se reprend aussitôt : une excuse ? Va-t-elle se laisser infantiliser ? Décidément, l'atmosphère de Lucknow ne lui vaut rien, il est temps qu'elle rentre en France.

Muzaffar a dû percevoir son humeur belliqueuse et sentir que ce qu'elle acceptait de son père, elle ne le tolérerait pas d'un frère. Malgré son irritation, il s'abstient de la questionner.

La soirée se passe, paisible. Muzaffar disserte longuement sur la série télévisée qu'il est en train de préparer et interroge Zahr sur ses reportages, s'inquiétant des dangers inhérents au métier de correspondante de guerre. Mais, derrière les propos affectueux échangés de part et d'autre, ils s'observent. Et lorsqu'elle annonce son départ le lendemain pour New Delhi, sous les exclamations désolées de son frère, elle devine un soupir de soulagement.

Après Lucknow, le centre de New Delhi semble un havre de propreté et de paix. Le long des larges avenues se dressent les maisons patriciennes aux blanches colonnes du plus pur style colonial, entourées de jardins dont le gazon d'un vert éclatant et les massifs de roses font l'orgueil de leurs propriétaires. Chaque jour, des armées de jardiniers y déversent des milliers de mètres cubes de cette eau si précieuse dont les quartiers pauvres, non loin, manquent cruellement. On se croirait encore dans les Indes anglaises, si ce n'est que les heureux habitants de ces petits paradis sont désormais des *brown sahibs,* des gentlemen à peau foncée appartenant à cette espèce étonnante, ni occidentale ni vraiment indienne, qui, depuis l'indépendance, dirige et possède le pays.

Sitôt descendue du train, Zahr hèle l'un des innombrables taxis jaune et noir dont le compteur se révèle toujours en panne pour les étrangers, et elle se fait conduire jusqu'au quartier des ambassades.

Devant la grille du consulat de France, une file d'hommes et de femmes attend patiemment sous le soleil que s'ouvre le saint des saints pour faire la demande d'un visa toujours ardemment convoité mais de plus en plus rarement obtenu.

La peau blanche de Zahr est un sésame tout-puissant. Avant même qu'elle n'ait sorti son passe-port, le garde indien a ordonné rudement à ses compatriotes de « laisser passer la dame », puis, tout sourire, l'a introduite dans une salle d'attente climatisée et confortablement meublée de divans de cuir fauve.

Sur une table sont disposés les derniers journaux français. Zahr s'y plonge avec avidité. Voici à peine un mois qu'elle a quitté Paris, mais il lui semble que cela fait des années, tant Lucknow appartient à un autre monde. C'est d'ailleurs pour cela qu'elle l'aime : la vie lente, le charme désuet, le langage fleuri, la délicatesse de manières et de sentiments... alliée à l'incapacité d'agir, toute la nostalgie d'une société qui se meurt et le sait.

Elle s'est parfois reproché de voir la cité avec des yeux d'artiste qu'envoûtent la décadence et la majestueuse agonie de la splendeur, elle s'en est voulue d'espérer que jamais des usines ne viennent troubler le calme de ses ruines — égoïsme d'esthète qui ne fait que passer ? — jusqu'à ce qu'elle s'aper-çoive que ses amis, même les plus démunis, comme elle ne voudraient à aucun prix que ne change leur ville, mère épuisée mais encore séduisante dont ils sont les gardiens amoureux. De jour, mais surtout de nuit, lorsque la lune recouvre d'écailles d'argent les façades lépreuses et ressuscite de son halo les jardins et les palais, ils se ressourcent à sa chance-lante beauté, y puisent leur sérénité, leur fierté, confortant une mémoire menacée de toutes parts.

Ils vivent l'un par l'autre au rythme du passé, car ils savent que l'avenir les a oubliés et que, bientôt, tout doucement, ils s'éteindront ensemble. Luck-now a de Venise la séduction morbide, on ne peut la quitter, il faut la fuir de crainte qu'elle ne vous engloutisse.

Dans le cadre rassurant du consulat de France, Zahr a l'impression d'avoir rêvé ces dernières semaines. A bord du train, elle a troqué son ample *gharara* et son *rupurtah* pour un pantalon de toile et un chemisier, et elle s'est soudain sentie plus active, plus sûre d'elle. Sous le regard des hommes elle n'a plus baissé les yeux. Elle n'est plus la docile radj-kumari de Badalpour, attentive à respecter les traditions ancestrales, elle est une journaliste française à l'indépendance ombrageuse qui ne se laisse pas entraver par les conventions. Depuis longtemps elle ne se demande plus quelle est la vraie Zahr. Après bien des errances, elle a compris combien sont artificielles les frontières que nous traçons à la vie, et combien dangereuses les catégories où, pour nous rassurer, nous nous enfermons et tentons d'enfermer les autres.

Une pimpante secrétaire la conduit le long de couloirs feutrés jusqu'au bureau spacieux où l'attend madame le consul. L'accueil est amical ; les diplomates, qui autrefois se défiaient de tout contact avec les journalistes, se sont enfin faits à l'idée que l'échange d'informations puisse être utile. Après avoir discuté quelques minutes des complexités de l'âme indienne en prenant une tasse de thé, Zahr sort son dossier. D'un coup d'œil, madame le consul en prend connaissance et, devant sa visiteuse abasourdie par une telle efficacité — elle qui s'attendait aux habituelles lenteurs de la bureaucratie, encore amplifiées par la torpeur de l'Inde —, déclare que tout sera prêt sous quarante-huit heures. Décidément, on est bien sur une autre planète ! Mais plus que la planète Occident qui, comme les autres, a ses ratés, ne serait-ce pas plutôt la planète internationale, parfaitement huilée, des privilégiés ?

Il est déjà une heure, Zahr doit se hâter : son amie Amélie l'attend pour l'emmener déjeuner au golf club, l'un des restaurants les plus élégants de New Delhi où, autour de tables damassées garnies de cristaux et de porcelaine anglaise, se retrouve la *jet society* de la capitale. Zahr s'est toujours sentie mal à l'aise dans ces lieux où, pour un simple repas, on en vient à dépenser ce qui suffirait à nourrir une famille pendant un mois. Mais que faire ? Avaler un sandwich et distribuer l'argent aux mendiants agglutinés devant la porte, et mettre ainsi au chômage la centaine d'employés, réduire leur propre famille à la misère ? Parfois, elle pense à son père qui prétendait que seul le modèle maoïste pourrait résoudre les problèmes du sous-continent. Peut-être se trompait-il, mais au moins refusait-il de s'habituer — on s'habitue si facilement à la misère des autres. Et elle se dit que cette résistance mentale, si dérisoire qu'elle paraisse, n'est pas vaine, car ce n'est que du refus de se résigner que peut un jour jaillir l'étincelle du changement.

Arrivée chez Amélie, Zahr va sonner longtemps avant qu'on ne lui ouvre. Le majordome enturbanné qui finalement l'accueille a perdu son flegme habituel. De son discours embrouillé, elle parvient à déduire qu'un malheur est arrivé à Amrita, la fille de la vieille *ayah*. Madame est à l'hôpital. Si elle veut l'y rejoindre, Ahmad, le chauffeur, la conduira.

L'hôpital de Safdar Jang, à l'autre bout de la ville, est une énorme bâtisse grise, désertée à cette heure du déjeuner par les médecins et les infirmiers. Parcourant des couloirs envahis par les familles des malades qui, assises à même le sol, de jour comme de nuit attendent que Dieu, à défaut du docteur sahib, leur vienne en aide, Ahmad guide Zahr jusqu'au pavillon des grands brûlés, isolé au bout de l'hôpital. Dans une immense salle commune, des femmes gémissent, étendues sur des lits de fer. La plupart sont jeunes, parfois même adolescentes, pour autant qu'on puisse en juger à travers les pansements et les boursouflures. Dans un coin, penchée au-dessus d'un lit, une femme aux cheveux blancs hurle en se frappant la poitrine ; Zahr presse le pas, elle a reconnu l'*ayah* qu'Amélie tient dans ses bras et tente de calmer tandis que, gisant sur le lit, une pauvre chose enroulée de bandelettes émet de faibles râles. La gaze ne laisse entrevoir que les yeux terrifiés et le trou noir de la bouche. Zahr s'approche plus près, elle a l'impression qu'Amrita veut parler, mais son souffle est de plus en plus faible. Enfin les lèvres craquelées parviennent à articuler :

— Ké... ozène...

— Kérosène ? Un accident ? s'écrie Zahr.

Pour toute réponse, le regard d'Amrita se voile et une mousse rosâtre monte à ses lèvres.

Le jeune médecin qu'Amélie a fini par trouver ne peut que confirmer la mort :

— Elle n'avait aucune chance de s'en tirer, elle était brûlée à 90 %. Son sari de nylon lui était entré dans la peau, elle s'asphyxiait. Nous n'avons pu que lui administrer de la morphine pour la soulager un peu.

Et, haussant les épaules, il soupire :

— C'est un miracle lorsque nous parvenons à les sauver. Mais peut-être serait-il plus humain de les laisser mourir...

— Pourquoi donc ? On peut leur faire des greffes ! proteste Zahr.

Il lui jette un regard hostile :

— Pour qu'on recommence à les brûler ? Ne me dites pas que vous croyez à la fable des accidents ! Excepté quatre ou cinq cas, il n'y a dans cette salle que des jeunes mariées. Pourquoi est-ce que dans toute l'Inde ce sont des jeunes femmes qui brûlent ? Sept cents l'an dernier pour la seule ville de Delhi, des milliers dans tout le pays ! N'avez-vous jamais entendu parler des *meurtres pour dot* ?

Et il tourne les talons, l'air excédé.

Si, bien sûr, Zahr a entendu parler de cette plaie de la société hindoue contemporaine : ces jeunes femmes brûlées vives par leur mari et leur belle-famille parce que la dot n'a pas été entièrement payée ou parce qu'on ne peut plus soutirer davantage d'argent aux parents. Mais c'est la première fois qu'elle se trouve directement confrontée à ce drame, et tout en elle se refuse à y croire.

Amrita... Elle l'a connue enfant, sœur de lait de

Geeti, la fille d'Amélie, puis fillette éveillée qu'elle avait obtenu qu'on envoie à l'école. Devenue une belle jeune fille, elle travaillait comme secrétaire, promotion inespérée aux yeux de parents qui ne savaient ni lire ni écrire. Aussi avaient-ils décidé de bien la marier, même si, pour la doter, il leur fallait s'endetter jusqu'à la fin de leurs jours. Zahr n'avait pu rester pour le mariage, mais elle avait assisté aux préparatifs. Elle se rappelait la fierté de l'*ayah* et l'émotion d'Amrita : son futur mari était second clerc de notaire. Selon la coutume, elle ne l'avait rencontré qu'une fois, devant toute la famille réunie, mais, au premier coup d'œil, il lui avait plu : il avait l'air si bon, si calme ; en rougissant, elle avait confié à Zahr qu'elle en était déjà amoureuse...

Neelam ayah ne quitte plus sa chambre, elle ne cesse de pleurer et s'accuse de la mort de sa fille : quand celle-ci est venue lui demander de l'aide, elle l'a renvoyée chez son mari.

— Comment aurais-je pu deviner ? Chez nous, les jeunes femmes sont souvent rudoyées par leur belle-famille, mais, pour ne pas déplaire à leur mari, elles doivent accepter. Toute jeune mariée garde en mémoire la phrase rituelle prononcée par ses parents lorsqu'elle les quitte : « Aujourd'hui, nous t'envoyons chez ton époux dans ton palanquin de mariée. Que seul ton cadavre ressorte de sa maison ! » Si une fille revient, c'est la honte : les voisins pensent qu'elle n'a pas su plaire ou qu'elle est une épouse rebelle, et le discrédit rejaillit sur ses sœurs qui ne trouveront pas à se marier.

« Nous avions pourtant payé tout ce qui était convenu : cinquante mille roupies, plus les meubles, les instruments de cuisine, et des cadeaux pour la belle-famille. Pour nous c'était énorme : mon mari ne gagne que quinze cents roupies [1] par

---

1. Cinq roupies = 1 franc. 1 500 roupies représentent un pouvoir d'achat d'environ 5 000 F.

mois. Mais ils n'étaient pas satisfaits : au bout de trois mois, ils ont commencé à la battre et nous l'ont renvoyée pour réclamer un réfrigérateur, un téléviseur et un scooter. Nous avons dit que, le mois suivant, nous apporterions le téléviseur, mais que nous ne pouvions rien donner de plus, car nous avions deux autres filles à marier. Amrita pleurait, elle ne voulait pas rentrer; elle disait qu'ils avaient menacé de la tuer si elle ne rapportait pas ce qu'ils exigeaient. Son père a dû la raccompagner de force, il a parlé au mari et, en sus du téléviseur, lui a promis trois mille roupies et l'a assuré que pour le reste, il ferait tout son possible. Entre-temps notre fils est tombé malade et nous avons dû payer le médecin. Nous leur avons alors fait parvenir un message, les priant de bien vouloir nous excuser, que pour l'heure nous n'avions pas d'argent, mais que nous leur porterions le téléviseur et trois mille roupies le mois suivant. Nous n'avons pas reçu de réponse et nous avons pensé qu'ils patientaient.

« Une semaine plus tard, une voisine nous a appelés pour nous prévenir que notre fille avait eu un accident en s'approchant trop du réchaud à kérosène et qu'on l'avait transportée à l'hôpital. La belle-famille ne s'est même pas manifestée. Il paraît que la mère est déjà en train de chercher pour son fils une nouvelle épouse qui, bien sûr, lui apportera une nouvelle dot !

— Il n'est pas possible d'accepter cela, Neelam ayah. Vous devez porter plainte !

— Nous l'avons fait. Mon mari est allé au poste de police le jour même, mais on a refusé d'enregistrer sa déposition. Il faut apporter la preuve que ce n'est pas un accident. Or, quelles preuves avons-nous ?

— Mais tout ce que vous venez de me raconter !

— Le mari prétendra que c'est faux et, dans notre société, la police prend toujours le parti de l'homme.

Assise sur le tapis à côté de sa mère, Devi, la sœur

cadette d'Amrita, suit gravement la conversation. Elle a dix-huit ans, l'âge de se marier, mais après un tel drame, osera-t-elle jamais en prendre le risque ?

Aux questions de Zahr, la jeune fille répond sans hésiter :

— Amrita n'a pas eu de chance, mais ce n'est pas une raison pour que je reste vieille fille. En Inde, il n'y a rien de pire. Savez-vous qu'on y appelle les femmes mariées les « bienheureuses », tandis que les répudiées, divorcées, veuves ou célibataires sont désignées comme les « maudites » ?

Zahr a décidé de ne pas laisser tomber l'affaire.

Lorsqu'elle a téléphoné à son journal pour raconter l'histoire d'Amrita et des milliers d'Amrita à travers toute l'Inde, elle a eu droit à une réaction enthousiaste de son rédacteur en chef :

— Formidable sujet ! Fais-nous un reportage détaillé, tu as carte blanche. Je vois déjà le titre : « Les torches vivantes de l'Inde »... Avoue que c'est quand même plus excitant que tes histoires de musulmans !

Elle n'a pas jugé bon de relever. D'un point de vue commercial, il a raison : actuellement, les sujets « vendeurs » sont les femmes — et aussi les musulmans, mais les musulmans égorgeurs, pas les musulmans victimes !

Ce matin, elle a rendez-vous avec le commissaire de police responsable des districts nord de Delhi.

Sanglée dans un impeccable uniforme kaki, Kiran Bedi est une ravissante brune de trente-huit ans qui, du haut de son mètre cinquante-cinq, dirige d'une main de fer ses trois mille hommes. Ancienne championne de tennis et major de la faculté de sciences politiques, elle est la première femme à occuper un poste aussi important dans cette corporation réputée misogyne. Contrairement à ses collègues, elle a inscrit sur sa liste de priorités la question des femmes brûlées, et, devant la mise en cause de ses hommes, elle s'insurge :

— Nous sommes toujours prévenus trop tard : le plus souvent, la femme est déjà morte ou bien elle a trop peur pour parler. Faute de preuves, comment arrêter la famille ? En réalité, tout cela est moins un problème de police qu'un problème de société : tant que se perpétuera le système de la dot, source de revenus faciles pour la belle-famille, il y aura des femmes brûlées. Et tant que les femmes ne seront pas éduquées de façon à pouvoir, en cas de menace, quitter leur foyer et gagner leur vie, elles continueront à être des victimes.

Kiran Bedi a eu la chance d'avoir des parents hors du commun :

— Nous étions quatre filles, pas de garçon. Au lieu de se désespérer, mon père a décidé de faire de nous des femmes indépendantes. Nous nous sommes mariées, sans dot, avec l'homme que nous avions choisi. Un vrai scandale !

Zahr lui raconte la mort d'Amrita et, sur son insistance, Kiran Bedi enverra deux policiers interroger la belle-famille et enquêter auprès des voisins. Mais elle a peu d'espoir, ces derniers ont trop peur de parler.

Et, rajustant sa casquette, madame le commissaire, suivie d'une dizaine d'hommes, s'en est allée superviser une opération de police à l'autre bout de la ville.

Pour une Kiran Bedi, combien de millions de pierres en Inde ?

Quelque temps auparavant, Zahr s'était rendue chez l'épouse de son blanchisseur qui venait de mettre au monde un garçon. Entourée telle une reine par la famille, la jeune femme resplendissait de joie :

— La déesse Lakshmi [1] m'a enfin exaucée en m'envoyant un enfant. Jusqu'à présent, je n'accouchais que de pierres...

1. Déesse de la richesse.

De pierres? Zahr l'avait regardée, interdite. Jamais elle n'avait entendu proférer une chose pareille. Voulait-elle parler de fœtus desséchés?

— Et chaque fois que j'accouchais à nouveau d'une pierre, mon mari parlait de me renvoyer, et moi je passais mon temps à pleurer...

Elle avait continué ainsi jusqu'à ce que Zahr réalise que ce qu'elle appelait des pierres, c'étaient les filles qu'elle avait mises au monde. Quatre pierres, dont deux étaient déjà mortes faute de soins, tout comme chaque année mouraient à travers le pays des centaines de milliers d'autres petites filles.

L'Inde dispute à la Chine le record de la plus basse proportion de femmes par rapport aux hommes [1]. Déficit principalement imputable à la forte mortalité des fillettes, négligées au profit des garçons, mais aussi, depuis quelque temps, aux progrès de la science.

C'est à Kanpour, ville industrielle où Subashini, son ex-belle-sœur, dirige une organisation de femmes, que Zahr a découvert comment les techniques médicales les plus avancées en viennent à servir le pire obscurantisme.

— Il vaut quand même mieux payer 500 roupies maintenant que 50 000 plus tard, lui a un jour déclaré une femme qui venait de se faire avorter.

Et, voyant que Zahr ne comprenait pas, elle précisa :

— 500 roupies pour faire *passer* une fille, 50 000 pour la marier...

— Mais comment sais-tu que ce sera une fille?

— En faisant procéder à une amniocentèse, évidemment! Les cliniques proposent un forfait intéressant : 500 roupies, avortement compris.

Elle avait l'air supérieur et satisfait de quelqu'un qui file un bon « tuyau » à une innocente et ne doutait pas une seconde du bien-fondé de sa décision.

---

1. Des statistiques récentes indiquent 1 060 femmes pour mille hommes en Angleterre, 1 037 au Japon —, en Inde, il n'est que de 930 pour mille.

Depuis quelques années, une multitude de cliniques privées se sont créées dans toute l'Inde et y prospèrent. Leur principale, sinon unique activité, est l'amniocentèse, examen destiné à déceler une anomalie du fœtus mais utilisé ici pour en déterminer le sexe. Des femmes de tous milieux y ont recours, hormis les pauvres qui n'en ont pas les moyens. Les organisations féminines ont poussé un cri d'alarme, quelques cliniques ont été fermées, mais d'autres continuent d'ouvrir. Tant que durera ce système de dots extravagantes qui, pour peu qu'on ait plusieurs filles, endette à vie tant de familles hindoues, le marché de l'amniocentèse et de l'avortement sélectif des fœtus femelles est assuré d'un bel avenir.

Après l'intérêt suscité par son reportage sur les femmes brûlées, le journal a demandé à Zahr de rester un mois de plus et lui a commandé une série d'articles. Elle a accepté avec enthousiasme. Outre que le sujet la passionne, cela va lui permettre de relancer Me Delvi à propos de son jardin et de l'héritage de ses nièces. Par l'intermédiaire d'auntie Nishou, elle lui a fait parvenir ses papiers d'identité visés par le consulat de France, et il a promis de faire diligence. Mais, plutôt que de revenir dans la maison de Lucknow où désormais elle se sent de trop, elle a préféré aller s'installer à Kanpour, chez Subashini. Là, c'est du matin au soir un défilé ininterrompu de malheureuses venues demander de l'aide. Des histoires tragiques, toujours les mêmes : de viols, de femmes battues ou jetées à la rue sans un sou et qui, pour survivre, finissent par se prostituer, de veuves traitées en pestiférées et auxquelles on interdit même de voir leurs enfants, car elles sont réputées porter malheur...

Zahr passera plusieurs semaines à les écouter, et elle constatera une fois de plus que les grands principes et les analyses généralement admises n'ont pas grand-chose à voir avec la réalité. Ainsi l'éducation des filles, présentée comme la panacée, se retourne souvent contre elles : elles ont encore plus de difficulté à trouver un mari. Car un homme indien ne veut surtout pas d'une femme indépendante, encore moins d'une femme qui travaille : il passerait pour incapable de l'entretenir.

Quant à la réclusion des femmes, ou *purdah*, et au port du voile, ils remontent à l'Inde ancienne, bien avant les invasions musulmanes. Les lois de Manu, traditionnel code moral hindou, qui pèsent toujours sur les esprits, ordonnent : « De jour comme de nuit les femmes doivent être maintenues en état de dépendance par les hommes de la famille. » Cette réclusion, prescrite par les brahmanes en vue de préserver la pureté des femmes et l'honneur des hommes, n'était obligatoire que dans les hautes castes, les autres femmes, notamment les paysannes, devant travailler. Mais voile et *purdah* étant signes de statut social élevé, de plus en plus d'hommes voulurent y soumettre leurs femmes. Aujourd'hui les élites se sont émancipées, et ce sont la petite bourgeoisie, les commerçants et les paysans enrichis qui, pour prouver leur aisance et leur respectabilité, tendent à garder les femmes à la maison, tels des objets précieux. Statut accepté et même revendiqué par la plupart d'entre elles qui considèrent les Occidentales avec pitié : « Vos maris ne doivent pas beaucoup vous aimer pour vous permettre autant de liberté ! »

Toutefois, on plaint surtout celles qui, comme Zahr, ne sont pas mariées :

— Tu n'es pourtant pas si laide, pourquoi personne n'a-t-il voulu de toi ? s'apitoie Padmini que son mari bat tous les jours et qui, à vingt-six ans, après huit accouchements, a le corps déformé et le visage creusé d'une petite vieille, mais n'échangerait pour rien au monde sa place avec Zahr.

Enceinte pour la neuvième fois, elle ne veut pas non plus entendre parler de contraception, et son amie Rana, une musulmane déjà pourvue de cinq enfants, s'y refuse également.

« La religion, le poids des préjugés... », soupirent les experts, négligeant le fait que l'islam n'a jamais interdit la contraception. En discutant avec Padmini, Rana et quelques autres, Zahr comprend que leur refus ne découle ni de croyances religieuses, ni même de préjugés, mais d'une appréciation très concrète de la réalité. Le salaire du chef de famille est si bas, lorsqu'il a la chance d'exercer un emploi, que la mise au travail des enfants dès l'âge de cinq ou six ans est le seul moyen de survivre. Les employeurs préfèrent d'ailleurs souvent les enfants aux adultes car, pour les travaux réclamant moins de force physique que d'attention et d'habileté, ils sont plus efficaces et plus dociles... Sans compter qu'on les paie moins. C'est grâce à ces millions d'enfants dont les petites mains font merveille que l'Occident peut acquérir à si bon marché les trésors de l'artisanat oriental, des tapis aux cuivres et aux broderies, bois incrustés de nacre, marbres ajourés et pierres précieuses délicatement taillées.

Zahr en a visité, de ces ateliers sombres où, pour quelques roupies, des créatures chétives s'usent les doigts et les yeux à travailler dix, parfois douze heures par jour. Jamais elle ne pourra oublier le visage recouvert de poussière d'émeraude d'un petit tailleur de huit ans qui lui souriait entre deux quintes de toux. Les poumons percés par des milliards de particules, il n'avait plus que quelques mois à vivre.

Alors, parents inconscients, criminels? Ou criminels, les États qui profitent du travail de dizaines de millions d'enfants? Travail générateur de précieuses devises, mais qui, de surcroît, pallie la carence de ces mêmes États dans le domaine de la sécurité sociale, de l'assurance chômage, des retraites. Tant que les enfants resteront l'unique recours des parents en cas de maladie ou de perte d'emploi, le gouvernement aura beau promouvoir le planning familial, les femmes continueront à faire des enfants, beaucoup d'enfants.

Zahr pourrait écrire des volumes sur ces problèmes, mais les malheurs des autres n'intéressent qu'à petites doses ; trop de misère finit par lasser le lecteur. Au demeurant, même s'il compatit, que peut-il faire ? A quoi sert-il de dénoncer ce sur quoi on n'a aucune prise ? Et elle, en quoi aide-t-elle ces malheureux qui lui font confiance ? Elle ne fait que vendre leurs souffrances imprimées sur papier glacé — à sa façon, elle aussi profite d'eux...

Elle a longtemps cru qu'en écrivant, on fait parfois bouger les choses. Elle le croit de moins en moins. Le perpétuel flot d'informations et d'images lui semble au contraire néfaste : il émousse les sensibilités : il faut de plus en plus d'horreurs pour émouvoir. D'ailleurs, à quoi sert-il d'émouvoir ? L'émotion qui ne peut trouver d'issue dans l'action est un poison pour l'âme ; ceux qui souffrent ont besoin de notre aide, pas de notre culpabilité ni de nos larmes.

Elle a bien essayé d'écrire dans des journaux indiens, pensant que là, au moins, elle serait plus efficace ; mais, bien vite, ses articles n'ont plus trouvé preneur et elle a compris que d'une « étrangère » on n'admet pas la critique.

Car, quoi qu'elle fasse, elle sera toujours considérée comme à moitié étrangère ; ce qui est la position la plus invivable. En effet de l'étrangère on ne lui reconnaît pas la liberté : n'est-elle pas à demi indienne ? Et de l'Indienne on ne lui reconnaît pas le droit de contester ni de se battre, car après tout, elle n'est qu'une étrangère !

A vingt et un ans, après avoir quitté son père, Zahr avait senti que ce dont elle avait besoin par-dessus tout, ce n'était pas d'une famille mais d'un pays. Sans un pays où s'enraciner, sans un peuple avec lequel se sentir des liens aussi profonds qu'impalpables, sans la reconnaissance instinctive de ce que l'on voit pour la première fois, sans le sentiment d'appartenir, d'occuper une place indiscutée, sans pouvoir se construire en construisant, elle était incapable de vivre.

Cela avait été un long chemin jalonné d'espoirs et d'enthousiasmes, de projets inachevés, de déconvenues, d'échecs puis à nouveau d'espoirs, car comment aurait-elle pu échouer, elle qui était prête à sacrifier ses goûts, ses habitudes, tout ce qui avait été sa vie auparavant ? Elle ne demandait pas grand-chose : elle voulait simplement être reconnue, réintégrer de plein droit ce pays qui était le sien et auquel on l'avait arrachée.

Elle demandait beaucoup trop. Malgré tous ses efforts et son acharnement, elle ne pouvait réécrire l'histoire.

Pendant vingt ans elle traîna son rêve, vingt ans pendant lesquels elle refusa d'accepter qu'on ne l'acceptait pas.

Jusqu'au jour où puces et punaises la contraignirent à reconnaître l'évidence.

C'était en Égypte où elle était partie travailler comme correspondante de divers journaux et stations de radio. En cet automne de 1981, Sadate venait d'être assassiné par des islamistes et tous les yeux étaient braqués sur ce pays où se jouait, pensait-on, l'avenir des relations entre le monde arabe et Israël.

Mais, pour Zahr, l'Égypte n'était qu'une étape sur le chemin de l'Inde ou du Pakistan. Après douze ans de journalisme, elle n'avait toujours pas renoncé à l'idée d'aller s'installer dans l'un de ces deux pays, qu'elle considérait l'un et l'autre comme sa patrie, pour travailler parmi les femmes et les enfants des bidonvilles et des villages. Elle avait besoin qu'on ait besoin d'elle.

Ses premières expériences en Inde et au Pakistan n'avaient guère été concluantes. Le travail social, pour elle première étape d'un travail politique, était la chasse gardée des dames de la bonne société qui, se méfiant de son enthousiasme, la persuadèrent qu'elle était trop différente pour être acceptée. Ce qu'elle crut. Cela n'avait-il pas été l'histoire de sa vie ? Elle pouvait se battre sur tous les terrains, sauf sur celui-là. Elle était repartie la mort dans l'âme, pour découvrir bien plus tard qu'elle avait eu tort de les croire : les pauvres ne font pas de ces mesquines discriminations, ils acceptent ceux qui les aident et, surtout, aiment qui les aime.

Comme tant d'orphelins, n'aurait-elle pas pu à son tour combler le vide autour d'elle en fondant simplement sa famille ? Marquée par trop d'abandons successifs, elle n'arrivait à se fier à personne. Convaincue qu'on ne pouvait vraiment l'aimer, à ceux qui s'y risquaient elle demandait tant de preuves qu'elle finissait par décourager les meilleures volontés. Si, malgré tout, l'un ou l'autre s'obstinait, la terreur d'être prise au piège, d'être à nouveau dépendante — et peut-être à nouveau abandonnée — lui faisait perdre la tête, et, avec une parfaite mauvaise foi, elle écrasait l'impudent d'un mépris et d'une haine dont il avait bien du mal à se remettre. Puis, avec une inconséquence qui laissait ses proches interdits, elle se plaignait de ce que personne ne l'aime assez pour la garder. Sauf justement les déshérités, ceux qui n'avaient rien et auxquels elle était prête à tout donner en échange d'un amour qui ne menace pas sa liberté.

Parviendrait-elle à travailler parmi eux, ou n'était-ce là qu'un vieux rêve ? Il était plus que temps d'en décider. Et l'Égypte, qui avait tellement de points communs avec le sous-continent indien, lui parut le terrain idéal pour tester sa capacité d'adaptation et de résistance avant d'abandonner le journalisme, ses habitudes d'Occidentale — et de plonger.

Elle était arrivée au Caire avec les vents d'automne qui, pendant deux semaines, avaient soulevé des tonnes de poussière au-dessus de la ville, une poussière agressive qui s'introduisait sous les paupières, remplissait la bouche, bloquait nez et poumons, vous étouffant et provoquant d'interminables quintes de toux. Respirer devenait un combat de chaque instant et, outre l'angoisse de se sentir constamment sur le point de suffoquer, Zahr se laissait gagner par l'affolement à l'idée d'être obligée de quitter le terrain, à peine arrivée. Heureusement, les vents s'étaient calmés et les odeurs d'urine et de pourriture avaient repris possession de la ville, s'immisçant à travers les fenêtres closes, montant des cours intérieures où s'accumulaient et fermentaient des années de détritus, et se glissant sous les portes par les cages d'escalier qui servaient de dépotoirs, les ascenseurs ayant quant à eux cessé de fonctionner depuis des lustres. Elle avait fini par s'habituer à l'incommensurable saleté de la ville, heureusement compensée par sa vitalité et par l'humour à toute épreuve de ses habitants. La seule chose à laquelle elle ne put jamais tout à fait s'adapter, c'était de voir le gardien de son immeuble, lorsque la nature l'en pressait, relever d'un ample geste sa *gallabieh* et, majestueusement, pisser dans les escaliers.

Mais, si exotique que soit le Caire, elle reste une grande métropole où l'étranger trouve facilement ses repères. Zahr voulait connaître l'Égypte traditionnelle, celle des villages. Ce que voyant, Youssouf, son professeur d'arabe, lui proposa de l'emmener passer quelques jours dans sa famille qui vivait à trois cents kilomètres de la capitale.

Prévenu par télégramme, le village attendait la Française avec curiosité. On l'emmena en procession bruyante à travers les ruelles de terre battue, bordées de maisons de torchis ; les enfants au crâne rasé se disputaient pour être plus près d'elle, tandis que leurs mères, vêtues de robes colorées, lui souriaient du pas de leur porte. Tout au long du trajet, Zahr fut intriguée par une impression de déjà-vu, elle qui ne connaissait pourtant pas la campagne égyptienne ; jusqu'à ce qu'elle se rende compte que ce village de la vallée du Nil ressemblait comme un frère à Badalpour et à tous les villages du nord de l'Inde.

La mère de Youssouf, une forte femme, la pressa avec émotion sur sa poitrine comme si elle retrouvait une fille, tandis que les frères, sœurs, cousins et cousines défilaient pour lui serrer vigoureusement les mains, ainsi qu'ils avaient entendu dire qu'on le faisait en Europe. Puis tout le monde s'assit à même le sol autour d'un repas de fête. Dans une grande bassine émaillée remplie de semoule flottaient, entre carottes et pois chiches, quelques morceaux de mouton bien gras dont on se servait à l'aide de larges galettes de sarrasin. Ils riaient de la maladresse de Zahr et quelqu'un, dans le coin sombre qui servait de cuisine, lui dénicha une cuiller. Elle s'extasia bien haut sur le goût de la viande, tout en observant avec inquiétude les énormes cafards qui couraient sur le sol et le long des murs, jusqu'au plafond. Enfin, chacun étant rassasié, on alluma le narguilé que les hommes se passèrent de bouche en bouche, insistant pour qu'elle laisse son paquet de cigarettes et se joigne à eux.

La nuit était tombée depuis longtemps lorsque Youssouf, remarquant sa fatigue, s'offrit à lui montrer la chambre qu'elle devait partager avec la mère. A la lueur d'une chandelle, elle distingua deux grands lits recouverts de hardes douteuses d'où s'élevait une âcre odeur de transpiration. Elle s'y étendit tout habillée et plaça son pyjama sous sa tête, une manche rabattue sur le nez pour filtrer les effluves qui lui soulevaient le cœur. Tout en se reprochant sa délicatesse — si elle voulait travailler dans les villages, il allait bien falloir s'endurcir —, elle finit par s'endormir.

Une sensation bizarre la réveilla : le long de ses bras et de ses jambes, sur son ventre et sa poitrine, jusque dans ses cheveux, tout un petit peuple grouillait et festoyait. Se dressant sur son lit, comme folle, elle se mit à se gratter jusqu'au sang. Son corps entier la brûlait. A côté d'elle, la mère émettait des ronflements sonores. Rallumant la chandelle, Zahr découvrit avec horreur des centaines de petites bêtes noires, des puces et des punaises auxquelles elle entreprit de livrer bataille. Mais plus elle en écrasait, plus nombreuses elles surgissaient de sous les guenilles, pour revenir inlassablement à la charge. Elle se défendit pendant des heures, semant la déroute sur le précarré du lit, mais, dès qu'elle croyait pouvoir crier victoire, d'autres régiments accouraient en rangs serrés. Enfin, peu avant l'aube, l'ennemi battit en retraite ; épuisée, elle sombra dans un lourd sommeil.

Le lendemain matin, elle constata que tout son corps était couvert de cloques, sauf son visage, par miracle épargné. Les démangeaisons étaient insupportables, comme si chaque morsure distillait du poison. Il lui fallut faire appel à tout son courage pour ne pas trop se gratter devant ses hôtes, de crainte de les vexer.

Pendant la journée, les femmes l'emmenèrent dans la palmeraie assister à la fécondation des grands arbres dont la luxuriante chevelure flottait au vent. Encordés aux troncs, à dix mètres au-dessus du vide, des hommes se déplaçaient avec une extraordinaire agilité pour, du palmier mâle au palmier femelle, transporter la précieuse semence qui, quelques mois plus tard, produirait les lourds régimes de dattes. Puis le groupe continua en direction du canal et là, s'assit pour regarder les enfants s'ébattre dans l'eau en poussant des cris de joie, sans que personne ne parût se soucier de la bilharziose, ce minuscule ver familier des eaux du Nil qui ronge les reins et tue des milliers d'Égyptiens chaque année. Enfin, comme le soleil commençait à baisser, elles rentrèrent au village en traversant les champs de blé et de luzerne dont le vert tendre contrastait avec les dunes ocre du désert à quelques centaines de mètres de là. Et les femmes s'exclamèrent en voyant de minuscules taches noires se déplacer sur le visage et les mains de Zahr : cette fois, c'étaient les pucerons des champs qui l'attaquaient. Tout en se tapant sur les joues pour les chasser, elle s'étonna d'être la seule à jouir de ce douteux privilège. «Vous et les bébés, lui expliquèrent ses compagnes en riant. Parce que vous avez la peau si fine!» Une qualité dont Zahr, contemplant avec envie leur solide épiderme brun, se serait bien passée. Les démangeaisons la reprenaient par accès. S'enfonçant les ongles dans les paumes, elle continuait de faire bonne figure. Elle n'allait quand même pas se laisser vaincre par la vermine!

De retour à la maison, elle trouva la mère de Youssouf en grande conversation avec sa sœur, et, à leur façon de se taire à son approche, Zahr eut l'impression qu'on parlait d'elle.

— Comment trouvez-vous notre village? s'enquit la mère.

— Il me plaît beaucoup, répondit-elle avec enthousiasme.

Elle était sincère: la beauté sereine des paysages, le calme rompu seulement par le braiment de l'âne ou une blanche envolée d'aigrettes, la simplicité souriante des paysans, tout l'enchantait. S'il n'y avait eu ces maudites puces...

— Alors, restez avec nous, nous avons un mari pour vous, déclara la mère en souriant malicieusement.

Zahr sourit en retour. En Orient, on vous parle toujours mariage, c'est une façon aimable d'exprimer que l'on vous apprécie.

Mais il ne s'agissait pas d'une plaisanterie. Parmi les jeunes gens qui discutaient devant la porte, on lui montra son prétendant, un beau garçon aux yeux clairs qui possédait une propriété d'une douzaine de *feddans* [1], ce qui, dans ce pays, confine à la richesse.

— Il a étudié à la ville et est revenu pour cultiver ses terres, car son père est mort et il est fils unique.

1. *Feddan*: 4 200 mètres carrés, moins qu'un demi-hectare.

Il parle un peu l'anglais et ne veut pas épouser une paysanne illettrée. Hier, quand il vous a vue, il vous a tout de suite remarquée : vous n'avez pas l'air supérieur des citadines et vous paraissez aimer la campagne. Alors il s'est dit que peut-être...

— Je suis très flattée, bafouilla Zahr, mais nous ne nous connaissons pas...

— Oh, vous avez tout le temps de faire connaissance. Combien de jours comptez-vous rester au village ?

Zahr se mordit les lèvres, les démangeaisons l'avaient reprise. Allons, tiens-toi, une fille à marier ne se gratte pas devant son prétendant ! Mais, même pour le plus séduisant garçon du monde, elle ne passerait pas une autre nuit livrée en pâture aux puces et aux punaises. Comment pourrait-elle y passer son existence ? Tant pis pour les beaux yeux du jeune paysan, et tant pis si elle décevait la famille !

— Je dois, hélas, prendre le train de nuit. J'ai demain des rendez-vous importants au Caire ; mais je reviendrai dès que possible...

On se désola, mais on fit semblant de la croire. Elle s'en voulait : partir si vite était faire injure à leur hospitalité, mais pouvait-elle leur avouer ce qui la poussait à fuir ?

Arrivée au Caire, elle eut une forte poussée de fièvre. Au lieu de se calmer, les démangeaisons avaient augmenté, et maintenant qu'elle le pouvait, elle se grattait à cœur joie. Très vite, elle fut couverte de plaies qui s'infectèrent malgré les onguents prescrits par le pharmacien, et elle aboutit à l'hôpital où on dut lui faire une série de piqûres. Il lui fallut plus d'un mois pour guérir.

C'était l'effondrement du rêve qu'elle portait en elle depuis tant d'années : comment pouvait-elle prétendre travailler pour les pauvres si elle n'était pas capable de vivre parmi eux ? Elle se reprochait d'avoir tellement tardé : à vingt ans, elle aurait été plus vaillante, aurait supporté la saleté, la chaleur, la nourriture insuffisante. Maintenant, elle était trop habituée au confort. Elle avait beau vouloir résister, son corps la trahissait. Elle avait honte.

— Cessez donc de vous culpabiliser! Il faut être né ici pour supporter ces conditions de vie, lui déclara un vieil ami jésuite auquel elle confiait son désarroi. Nos missionnaires doivent avoir leur maison, bénéficier d'une hygiène minimale et d'une nourriture adéquate, sinon ils tombent malades, et il y a parfois des morts.

Zahr le regarda, incrédule : ainsi, même soutenus par la foi, ils n'y arrivaient pas? Cette foi qui soulève les montagnes ne pouvait donc rien contre les puces et les punaises?

Elle l'avait quitté songeuse. Désormais, les choses étaient claires : elle ne pouvait agir directement, elle agirait donc par l'écriture, même si elle en connaissait les limites. Elle continuerait à dénoncer les injustices, en se faisant le porte-parole de ceux qui n'ont ni la force ni les moyens de se faire entendre. De tout temps, cela avait été le rôle des journalistes, même si certains l'oubliaient aujourd'hui pour se faire sans vergogne les hérauts des puissants et répercuter *ad nauseam* leurs fausses promesses et leurs petites phrases insipides.

Au-delà de ce combat, écrire restait pour Zahr le seul moyen d'exister. A la jonction de deux mondes, elle avait un besoin profond, essentiel, de faire comprendre le monde de ses origines à son monde d'adoption. Car ils étaient tous les deux siens, et leur incompréhension, leur déchirement mutuels lui étaient autant de déchirements intérieurs. Tenter de les faire communiquer, établir des passerelles était pour elle le seul moyen de se réconcilier avec elle-même.

Des années auparavant elle avait débuté dans le journalisme en fanfare, semant bien malgré elle la panique dans les services secrets pakistanais. C'était en 1965, elle allait passer l'été dans sa famille à Karachi. La veille de son départ, elle avait rencontré chez des amis le directeur de l'Agence France-Presse auquel elle avait confié son envie de devenir reporter. Il lui avait donné le nom du correspondant de l'agence à Karachi : elle pourrait travailler à l'essai avec lui. Cela ne portait pas à conséquence : il ne se passait jamais rien d'important dans ce pays.

Le correspondant, un aimable vieux monsieur, n'avait pas bien compris ce qu'il était censé faire de cette néophyte mais, pensant complaire à son directeur, il lui obtint une carte de presse. C'est ainsi qu'à son extrême surprise, Zahr se trouva officiellement bombardée journaliste.

Elle se trouvait dans le nord du pays, chez la fille cadette du président Ayub Khan, quand tomba la nouvelle : l'Inde avait attaqué le Pakistan. Un village près de la frontière avait été bombardé : c'était la guerre. Et l'occasion, pour Zahr, de faire ses preuves. Sur l'heure elle se baptisa « correspondante de guerre » : il lui fallait rejoindre la capitale au plus vite. On la renvoya vers Rawalpindi à bord d'une voiture présidentielle — la seule disponible — qui fila, fanion au vent, saluée tout au long du trajet par policiers et militaires au garde-à-vous. C'est dans cet équipage qu'elle rejoignit le centre de presse, première de tous les correspondants étrangers, ceux-ci ne devant débarquer de tous les coins du monde que vingt-quatre heures plus tard. Elle tenait son *scoop*.

Passant outre aux réticences des fonctionnaires qui parlaient de danger, elle exigea d'être immédiatement conduite sur les lieux du bombardement. Plus que sa carte de presse, la voiture présidentielle impressionnait : malgré son jeune âge, ce devait être une journaliste éminente. Après quelques hésitations, on mit une jeep à sa disposition, et, accompagnée d'un guide et de deux gardes du corps, elle partit sur-le-champ.

Au bout d'une demi-journée de route par une chaleur accablante, ils atteignirent le village situé en plein désert. Armée d'un Kodak rudimentaire, elle photographia sous tous les angles les quelques ruines et les trois tombes fraîchement creusées. Elle était un peu déçue car, pour illustrer « la guerre barbare déclenchée par l'Inde », ainsi que titraient les journaux pakistanais, cela ne faisait pas très sérieux. La demi-douzaine de blessés soignés dans un hôpital de fortune étaient plus convaincants, de même que les familles qui pleuraient en racontant leur frayeur lorsque, au petit matin, elles avaient été réveillées par des bombes. Elle les interrogea longuement, remplissant de notes son petit carnet, puis, sous l'œil perplexe du guide, essaya de les réconforter. Mais il fallait rentrer, car la nuit tombait et ses compagnons, craignant une nouvelle attaque, refusaient de s'attarder. De retour à Rawalpindi, Zahr mit à la poste son *scoop* — un court article et un rouleau de pellicule — pour un hebdomadaire parisien où elle comptait un ami, sans réfléchir que son envoi n'arriverait que quinze jours plus tard. Cela n'avait de toute façon aucune importance car son article, le premier d'une longue carrière, était illisible, et la pellicule complètement voilée.

Le lendemain affluèrent du monde entier les vrais correspondants de guerre : larges d'épaules et forts en gueule, bardés de caméras et de micros, impressionnants. Ils se connaissaient tous pour avoir bourlingué à travers la planète, couvrant tous les grands conflits des dernières années, mais aucun ne connaissait Zahr, et pour cause.

Les doutes des fonctionnaires de presse pakistanais se muèrent en certitudes lorsqu'arriva de Paris l'envoyé de l'Agence France-Presse qui, lui non plus, n'avait jamais entendu parler de sa consœur. Les services de renseignements, alertés, mirent aussitôt leurs agents sur l'affaire.

Sans s'imaginer le moins du monde les soupçons dont elle faisait l'objet, Zahr, seule femme parmi ces hommes extraordinaires, faisait la belle, et, bouche bée, les écoutait raconter leurs hauts faits devant des whiskies bien tassés. Ils n'avaient pour le moment rien de mieux à faire : les Pakistanais leur refusaient l'accès à la ligne de front tant qu'on n'aurait pas organisé leur sécurité.

Passant d'un groupe à l'autre, Zahr surprit une conversation en français : c'était une équipe de télévision qui complotait en vue de fausser compagnie à ses anges gardiens et de partir en taxi dès l'aube pour rejoindre le front. Elle s'approcha :

— Puis-je venir avec vous ?

Le reporter la dévisagea, puis, haussant les épaules :

— Pourquoi pas ? S'ils nous prennent, avec une femme on risque moins de se faire fusiller !

Le lendemain, lorsqu'ils atteignirent Sialkott, la ville venait d'être bombardée et les habitants, terrorisés, s'enfuyaient devant l'armée indienne qui se rapprochait. Pendant des heures, ils filmèrent une ville morte parsemée de ruines et de cadavres, et interviewèrent quelques traînards. En fin de journée, harassés, ils repérèrent la dernière échoppe où l'on vendait encore des *chapatis* et du thé, mais le patron refusa de les servir et, autour d'eux, la foule commença à gronder qu'ils étaient des espions. Un homme les tira de justesse de ce mauvais pas : c'était un fabricant de crosses de hockey qui offrit de les abriter dans son usine. C'est ainsi qu'ils se retrouvèrent dans cette ville dévastée, survolée par des chasseurs et des bombardiers, au milieu d'un décor de milliers de crosses de hockey superbement laquées en prévision d'autres combats, pathétiques symboles d'un monde qui s'écroulait.

Le lendemain matin, alors qu'elle prenait sa douche dans un cabanon de tôle situé au centre du terrain vague où se dressait l'usine, Zahr entendit revenir les bombardiers et un souffle puissant fit soudain trembler les tôles. Tout près, un obus venait de tomber. Elle eut un moment de panique, puis réfléchit que sortir était aussi dangereux que de rester, et elle continua tranquillement à se doucher. Lorsque, dix minutes plus tard, elle rejoignit ses compagnons et qu'ils la regardèrent, estomaqués — « Toi, alors, tu n'as pas peur ! » —, elle eut l'impression qu'on la décorait de la Légion d'honneur.

Les avions s'étant éloignés, ils quittèrent l'usine en se dissimulant dans les champs de maïs qui s'étendaient sur des kilomètres à la ronde. Courbés en deux, ils progressaient vers ce que Michel H., le reporter, pensait être la ligne de front ; il fallait s'en approcher assez pour filmer, mais pas trop, pour éviter d'être repérés. Ils n'allèrent pas loin : des voix rauques leur hurlèrent de s'arrêter et ils se retrouvèrent entourés de soldats pointant sur eux leurs armes. Il s'agissait d'un détachement de l'armée pakistanaise. Après leur avoir confisqué leurs films, on les embarqua à bord d'un camion et on les ramena manu militari à leur hôtel où ils apprirent que l'expédition vers le front était prévue pour le lendemain matin, à cinq heures.

Mais, pendant ces deux jours, les services secrets avaient fait leur travail : ils avaient découvert que Zahr était une dangereuse espionne ! Elle se dissimulait sous la nationalité française, mais son père était indien et elle avait déjà commencé à infiltrer l'armée, ayant noué habilement des relations avec un certain nombre de jeunes officiers, et même d'officiers supérieurs — en fait, des amis de sa famille. La nouvelle de son départ clandestin avait semé l'inquiétude dans les hautes sphères et l'on avait dépêché d'urgence son signalement, accompagné d'une photo, à tous les postes frontières, avec ordre absolu d'éviter le moindre contact avec elle.

Le lendemain matin, alors qu'elle s'apprêtait à monter dans l'autobus avec ses collègues, un petit homme au visage chafouin demanda à voir sa carte de presse qu'il fourra aussitôt dans sa poche, l'informant qu'on la lui confisquait et qu'elle ne pouvait plus se joindre aux autres. Elle crut à une erreur, mais ni la diplomatie ni les menaces ne purent convaincre ce fonctionnaire buté dont elle apprendrait plus tard qu'il était le chef des services de renseignements de l'armée. Le bus allait partir sans elle...

C'est alors qu'elle se souvint de Zulficar Ali Bhutto. Le jeune ministre des Affaires étrangères avait fait ses études à Oxford avec le frère de son amie Manuela, qui lui avait recommandé d'aller le voir de sa part. Il allait certainement pouvoir l'aider. Sans hésiter, en ce troisième jour de la guerre, Zahr se retrouva à cinq heures du matin tambourinant à la porte de la résidence des Bhutto, bousculant le majordome qui voulait l'empêcher d'entrer et faisant un tel tapage que la bégum Bhutto sortit de sa chambre pour s'enquérir de ce qui se passait. A travers les explications embrouillées de cette jeune fille bien excitée, elle finit par comprendre et, compatissante, lui sourit :

— Entrez, mon enfant. Mon mari va tout arranger.

C'est ainsi que Zahr rencontra pour la première fois, dans son lit, le jeune ministre qui deviendrait le plus célèbre Premier ministre du Pakistan.

En ces minutes dramatiques où l'armée indienne déferlait sur son pays, Bhutto prit le temps de l'écouter et téléphona immédiatement au bureau de presse. En vain : les services secrets tenaient une proie de choix et refusaient de la lâcher. Mais son intervention, conjuguée à celle de la famille de Zahr qui, affolée, mettait à contribution toutes ses relations, évita en tout cas la prison et un déplaisant interrogatoire à l'apprentie journaliste, laquelle était devenue en l'espace de quelques jours la Mata Hari de la guerre indo-pakistanaise. Une étiquette dont elle mit des années à se débarrasser.

Suspendue de toute activité journalistique, elle passa le reste de la guerre dans les hôpitaux, auprès de la bégum Bhutto, à s'essayer au métier d'infirmière, pansant et piquant d'une main tremblante les blessés résignés, sous la surveillance discrète mais continue des services de renseignements.

Le virus du journalisme ne la quitta pas pour autant, et, après avoir travaillé dans divers domaines, elle parvint, quelques années plus tard, à s'introduire comme documentaliste dans l'un des plus grands hebdomadaires parisiens. Mais, dans l'aristocratie de la presse, les fourmis de la documentation ont peu de chances de s'élever jusqu'aux cimes où planent les aigles du reportage. L'occasion propice lui fut donnée en 1971 par une nouvelle guerre indo-pakistanaise, celle du Bangladesh. Se proclamant spécialiste du Pakistan, elle parvint à se faire confier le dossier et, tandis que le correspondant vedette couvrait les événements sur place, de Paris elle s'employa à rédiger les analyses politiques.

La guerre finie, on voulut lui faire reprendre son activité antérieure. Elle refusa — n'avait-elle pas fait ses preuves ? — et se mit en devoir d'inonder la rédaction en chef d'articles qu'on ne lisait pas. Au bout de plusieurs mois, son obstination finit par avoir raison des préjugés, on lui permit d'écrire, et, peu à peu, on lui reconnut sa place dans le cercle fermé des grands reporters.

Ce matin est arrivée chez Subashini une lettre de Liverpool. Ce sont certainement les actes de naissance des enfants, que Zahr doit transmettre à Me Delvi pour qu'il puisse entamer la procédure. Mais, dans l'enveloppe, il n'y a qu'un mot très bref d'Amina :

30 novembre 1992

« Chère Zahr,
S'il vous plaît, ne m'en veuillez pas, mais j'abandonne. Mon père vient de faire une crise cardiaque à la suite d'une entrevue très vio-

483

lente avec votre frère qui l'a insulté et mis à la porte. Il l'a même menacé, s'il continuait d'exiger l'héritage des petites, de se venger ! Jamais mon pauvre père n'avait été traité de la sorte. Chez nous, on respecte les personnes âgées. Il n'a pas supporté le choc. Et moi, je ne me sens pas le droit de l'exposer ainsi. J'ai donc accepté ce que propose Muzaffar : contre une maison à Lucknow, je renonce à toute revendication sur le reste — les palais, terres et forêts de Badalpour et la propriété de Naïnital.

« Merci de ce que vous avez essayé de faire, mais la lutte est trop inégale. Je vous embrasse. »

Elle a abandonné... Quelle sottise, alors qu'avec de la patience on aurait pu gagner !

Zahr se laisse tomber dans un fauteuil, découragée. Elle a l'impression d'une triple trahison : envers les fillettes, envers leur père mort, et envers elle qui se retrouve désormais seule face à Muzaffar. Elle en veut à Amina de cette démission et en même temps, elle la comprend : ces batailles autour d'un héritage — combats de vautours se disputant les restes d'un cadavre — sont répugnantes. Si ce n'était pour ses nièces, jamais elle n'aurait engagé la lutte. Elle réprouve le principe qui institue dès le départ une injustifiable inégalité entre les êtres. Si elle a voulu se battre, c'est que, sans le soutien d'un père, les enfants ont besoin de cet argent jusqu'à l'âge où elles pourront se débrouiller seules. Comme elle, Zahr, l'a fait — et elle ne s'en porte pas plus mal. Au contraire, elle en tire une fierté et un sentiment de force plus précieux que n'importe quel héritage.

Maintenant qu'elle n'a plus à lutter pour les petites, elle a envie, elle aussi, de tout laisser tomber, de quitter l'Inde, d'oublier ces liens qu'elle a essayé de tisser, et qui commencent à lui peser. Son jardin est-il après tout si important ? Parfois, il lui semble essentiel : il est le lien avec son père, avec son pays, le lieu où s'enfoncent ses racines, et elle s'imagine allant jusqu'à tuer son frère pour le conserver — et tant pis si elle encourt des années de prison, car elle a l'impression que ce jardin est toute sa vie. D'autres fois, elle se rebelle contre ses propres exigences, comment peut-elle gâcher son énergie à se battre pour ce bout de terre ? Elle a mieux à faire : elle doit vivre dans la réalité, elle doit...

Mais elle n'y parvient pas. Cette réalité lui paraît si ténue, si inconsistante, confrontée aux vagues d'un passé qui la submergent et l'arrachent au présent chaque fois qu'elle croit s'y être arrimée.

Longtemps elle a oscillé au bord de l'abîme, jusqu'à ce que le journalisme se révèle à la fois une vocation et une thérapie. Plus un reportage est épuisant, plus il est dangereux, plus elle est heureuse : il n'y a plus alors ni passé ni avenir, plus de questions lancinantes et insolubles, il n'y a plus de Zahr — elle est enfin libre de vivre.

Demain, elle prendra le train pour Ayodhya où des dizaines de milliers de militants hindous affluent depuis plusieurs jours. Officiellement, ils viennent prier, mais on murmure qu'en fait ils viennent pour détruire la mosquée de Babur et élever à la place les fondations du temple de Rama. Inquiet, le gouvernement de New Delhi a envoyé des unités des forces spéciales. Il craint les affrontements car, depuis quelques années, Ayodhya est devenue, tant pour les hindous que pour les musulmans, le symbole de leur identité. Et, pour elle, ils sont prêts à tuer et à se faire tuer.

C'est insensé... Aussi insensé que son combat pour son petit jardin ?

Chapitre VI

En cette aube blafarde du dimanche 6 décembre 1992, la foule se presse autour d'une vieille mosquée entourée de plusieurs rangées de barbelés et gardée par quelques centaines de policiers armés de longs bâtons. Une masse hétéroclite de dizaines de milliers d'hommes et de femmes de tous âges, paysans, étudiants, petits commerçants, venus des villes et des villages de l'Inde entière à l'appel de leurs leaders politiques et religieux. On distingue les *swamis* [1] vêtus de la robe orange des renonçants et les *sadhus* à demi nus, le visage peint du signe de Çiva, le destructeur, tenant à la main le trident, symbole de sa puissance ; ainsi que des milliers de jeunes gens au front ceint du bandeau safran, des militants de l'extrême droite hindoue. Depuis trois jours ils sont rassemblés pour la cérémonie du *kar Seva* [2] qui donnera le coup d'envoi à la construction du temple dédié au dieu Rama, un somptueux édifice dont le centre doit s'élever juste à la place de la mosquée de Babur.

Mais, depuis hier soir, la révolte gronde. La direction du mouvement qui, jusqu'au dernier instant, a parlementé avec New Delhi, a finalement

1. Prêtres hindous.
2. Littéralement : rendre service. Ici le service au dieu Rama.

annoncé que le *kar Seva* sera symbolique — limité à des chants rituels et à des prières destinées à consacrer l'endroit —, mais que la construction proprement dite est remise à plus tard. L'incrédulité qui a accueilli cette scandaleuse nouvelle a vite fait place à la colère : on connaît depuis longtemps la position du gouvernement, renforcée par le verdict de la Cour suprême, mais jamais on n'aurait imaginé que les leaders du mouvement puissent obtempérer. La frustration et la rage se lisent sur les visages fatigués. Les militants ont passé la nuit à discuter. Au nom de l'unité, certains conseillent de se ranger à l'avis des chefs ; mais la plupart des jeunes ne veulent rien entendre.

Arrivée la veille, Zahr s'est mêlée à un groupe de journalistes hindous où, en tant que Française, chacun la croit chrétienne. Elle n'a détrompé personne. Non qu'elle se défie de ses collègues, mais, dans cette atmosphère de tension, invoquant sa sécurité et la leur, ils auraient pu refuser qu'elle les accompagne. Elle doit être ici la seule journaliste musulmane et elle a pris la précaution de se munir de ses vieilles cartes de visite au nom de Chantal Dupont, en priant le Ciel que personne ne s'avise de lui réclamer sa carte professionnelle.

Mais les militants ont autre chose à faire qu'à vérifier l'identité des correspondants étrangers. De plus en plus nerveux, ils attendent l'arrivée de leurs dirigeants. Des dirigeants qui les ont trompés : le président du parti, L.K. Advani, ne leur promettait-il pas, lors d'un meeting à Bénarès, voici trois jours, que « le *kar Seva* se ferait avec des pioches et des briques » ? Et voici qu'il cède à ce gouvernement laïque, à ce pouvoir impie ! Çà et là, des slogans fusent : « Si le sang hindou ne bout, ce n'est pas du sang, c'est de l'eau ! », et certains menacent : « Depuis des années que nous attendons, c'est aujourd'hui ou jamais ! Gare à nos chefs s'ils tentent de nous empêcher d'agir ! Ils nous ont fait venir à plus de deux cent mille de tous les coins du pays, ce n'est tout de même pas pour ânonner des hymnes ! » Un garçon de quinze ans exhibe fièrement sa poitrine nue sur laquelle est inscrit : *Tiger Sri Rama,* en pointillés noirs et rouges — des brûlures de cigarette. Il interpelle Zahr :

— Photographie-moi ! Je suis le tigre de Rama ! Je suis venu pour détruire la mosquée. Si la police me tire dessus, mon cadavre sera sacré, car il porte le nom du Dieu.

— Tu es venu pour détruire la mosquée ou pour construire le temple ? s'enquiert Zahr.

— C'est du pareil au même ! Cette mosquée est une tache qui souille le lieu saint où est né Sri Rama. Cette fois, nous ne repartirons pas sans l'avoir abattue !

Il est approuvé bruyamment par la douzaine de jeunes qui l'entourent, cependant qu'un groupe de *skinheads,* dont le crâne rasé conserve quelques touffes dessinant le nom de Rama, fend la foule en criant « Plus de discours ! De l'action ! », au milieu des pèlerins qui continuent à scander les prières rythmées par le son aigu des clochettes des temples alentour.

Un peu en retrait sous de grands eucalyptus sont installées des cuisines de fortune : sur des nattes de bambou, à l'aide d'énormes louches on sert des montagnes de riz et de purée de lentilles, sous la surveillance d'un *swami* dont la taille colossale en impose et suffit à faire respecter l'ordre.

— Peu importe que la construction du temple commence aujourd'hui ou demain ! explique-t-il aux pèlerins qui hochent la tête, à demi convaincus. Notre véritable but, c'est d'instaurer en Inde le royaume de Rama et d'en chasser tous les infidèles.

La tension monte encore. Il est dix heures. Les dirigeants du parti vont arriver ; on va enfin savoir ce qui a vraiment été décidé. Si la construction est remise à plus tard, il faudra qu'ils rendent des comptes.

A dix heures et quart apparaît L. K. Advani, tout

habillé de blanc, suivi de Joshi, le vice-président du parti, et d'une armée de *sadhus* et de *swamis*. Au lieu de se diriger vers le site où doit se dérouler le *kar Seva*, ils se sont réunis sous un dais, à quelque deux cents mètres de là, comme s'ils voulaient éviter de dangereux mouvements de foule aux alentours de la mosquée. Ils vont s'adresser aux fidèles et leur expliquer pourquoi, en ce dimanche 6 décembre, la cérémonie doit demeurer symbolique.

Entre-temps, du côté de la mosquée, de petits groupes de militants qui se désignent fièrement comme les *kar sevak*, les « serviteurs de Rama », cherchent à forcer le cordon de policiers qui gardent l'entrée principale du sanctuaire. Ils poussent, encouragés par la foule qui couvre de reproches et d'injures le service d'ordre. Enfin, un grand garçon maigre parvient à se faufiler ; en quelques secondes, une dizaine d'autres lui emboîtent le pas. En trois endroits, les barricades cèdent et, aux cris de : « Nous bâtirons le temple ici même ! », les *kar sevak* pénètrent sur le terre-plein de la mosquée, poursuivis par les policiers. En l'espace de quelques minutes, ils sont une centaine à avoir franchi les barrières, aidés par la foule qui lance sur les policiers des volées de pierres, cependant qu'à cent mètres de là les prêtres en robe safran continuent, imperturbables, à préparer les offrandes de riz, de farine, de miel et de fleurs pour la célébration religieuse qui doit consacrer l'entrée du futur temple.

— Cela devait arriver ! commente un journaliste à côté de Zahr. Que peuvent faire quelques centaines d'hommes contre ce raz-de-marée.

De tous côtés, en effet, ceux-ci ont débordé les forces de l'ordre qui n'essaient même plus de les contenir, et qui, les bras ballants, les regardent passer. Un adolescent escalade le grillage qui protège le sanctuaire. Tel un acrobate, il grimpe et finit par atteindre l'un des trois dômes. Deux autres tentent de le suivre, en vain : des policiers se sont interposés. Mais la foule les encourage et, sous une avalanche de briques, les forces de l'ordre abandonnent leur poste. C'est le signal : les militants envahissent le terre-plein, brandissant pioches et pelles, marteaux et barres de fer. Un petit groupe, équipé d'une corde à crochet, parvient à l'amarrer au dôme central et à se hisser jusqu'au sommet de la mosquée. Là, au milieu des acclamations, triomphants, ils plantent le drapeau safran en exécutant une danse victorieuse.

C'est le délire : des dizaines, des centaines de jeunes se pressent pour les rejoindre tandis qu'en bas d'autres s'emploient à attaquer la base de l'édifice avec des pics, des pioches, des piolets. Les *sadhus*, le visage peint d'ocre et de vermillon, vocifèrent en brandissant leurs tridents. Sur les toits, des femmes en sari safran crient leur enthousiasme pour ces héros qui osent défier le gouvernement félon et, par leur action, proclamer que l'Inde est aux hindous, rien qu'à eux.

Depuis la plate-forme les dirigeants du BJP s'époumonent ; à l'aide de porte-voix, ils enjoignent aux *kar sevak* d'arrêter. En vain : personne ne les écoute, leurs ordres sont noyés dans les cris et les chants. Très vite, ils abandonnent et, impuissants — ou complices ? —, regardent les équipes de militants hisser de lourds marteaux de forgeron pour s'attaquer aux dômes.

Il est midi quinze, la destruction de la mosquée de Babur a commencé.

Zahr n'en croit pas ses yeux. Autour d'elle, les dizaines de milliers de pèlerins qui, tout à l'heure, récitaient des *mantras,* hurlent leur haine, tandis que résonne de plus en plus fort le bruit des marteaux, des barres de fer et que, dans des nuages de poussière, les flancs de la mosquée commencent à s'effriter. Que fait donc la police ?

— Que voulez-vous qu'elle fasse ? s'énerve un journaliste. On lui a donné l'ordre formel d'éviter toute violence !

— Ce n'est pas une raison pour sympathiser avec les émeutiers ! rétorque Zahr en désignant des policiers qui, assis au milieu des pèlerins, se congratulent bruyamment sur l'heureuse tournure prise par les événements.

— Et les vingt-cinq mille hommes des forces d'intervention rapide envoyés par Delhi, où sont-ils ?

— On les a stationnés à deux kilomètres. Ils devraient arriver d'un instant à l'autre.

Ils n'arriveront pas. Lorsqu'ils se sont présentés aux abords d'Ayodhya, le chef du gouvernement provincial, Kayan Singh, a ordonné de les renvoyer, prétendant avoir la situation bien en main.

Bien en main, en effet : ébranlé par les assauts furieux, le premier dôme de la mosquée vient de s'effondrer.

Zahr a l'impression de vivre un cauchemar ; la poussière l'étouffe, les coups lui résonnent dans la tête, dans le ventre, elle a envie de hurler comme si c'était elle que l'on frappait. Elle n'a pourtant jamais eu le culte des monuments, elle pour qui le désert, plus que n'importe quel sanctuaire, est lieu de contact avec l'infini... et cependant, face à cette antique mosquée sur laquelle la foule s'acharne avec tant de haine, elle se sent solidaire, elle a le sentiment que c'est elle et tous les siens que l'on tente d'anéantir. Glacée, elle reste là, impuissante devant la destruction de ce qu'elle perçoit non plus comme un vieil édifice parmi d'autres, mais, en tant que première mosquée de l'Inde, comme le symbole de l'identité des musulmans indiens.

Et c'est bien pour nier cette identité que les extrémistes veulent l'abattre, comme ils ont juré d'en abattre encore des centaines d'autres et d'éradiquer de leur sol tout ce qui rappelle l'islam.

Mais peuvent-ils aussi éliminer leurs cent vingt millions de compatriotes de confession musulmane ? Acculés, ceux-ci ne vont-ils pas réagir, oubliant dans leur désespoir le fait qu'ils n'ont aucune chance de vaincre? Zahr a la vision d'affrontements sans merci, de massacres barbares, de fleuves charriant des cadavres, comme au temps de la partition. Si les extrémistes hindous continuent, les musulmans n'auront d'autre choix que de se battre. Jusqu'à présent, les deux communautés ne se sont affrontées que localement, mais, avec la destruction de la mosquée de Babur, ce sont aujourd'hui tous les musulmans de l'Inde qui se sentent agressés. Si l'on n'arrête pas ces apprentis sorciers, ils vont déclencher un processus que nul ne pourra plus enrayer.

Zahr s'est tournée vers la tribune où s'agitaient tout à l'heure Advani et son aéropage. Assis dans des fauteuils d'osier, ils n'essaient plus d'intervenir; ils regardent les *kar sevak* s'acharner sur la mosquée. Ne comprennent-ils pas le danger? Instinctivement, Zahr se dirige vers eux. Elle vient de reconnaître Lal Das, un membre du parlement local qu'elle a interviewé deux semaines auparavant. Il lui avait alors paru modéré; peut-être pourrait-il... Que pourrait-il? Elle n'en a aucune idée. Tout ce qu'elle sait, c'est qu'elle ne peut rester les bras croisés; même s'il n'y a qu'une chance sur un million d'arrêter cette profanation, elle doit tout essayer, sinon elle ne se le pardonnera jamais.

A grand-peine, elle se fraie un chemin dans la foule et, grâce au désordre ambiant, peut accéder à la tribune. Absorbé par le spectacle, Lal Das ne la reconnaît pas.

— Sri [1] Lal, savez-vous quand l'armée va intervenir? demande-t-elle.

— L'armée? Aucune idée, répond-il en haussant les épaules. Mais, dites-moi, combien de temps à votre avis faut-il encore pour achever la démolition?

Elle le regarde, stupéfaite : a-t-elle bien entendu? Et, soudain, elle comprend ce qu'elle a refusé

---

1. Terme de respect.

jusqu'ici d'admettre : que la mosquée est condamnée, qu'il n'y a aucun espoir de la sauver. Les militants sont là pour la détruire jusqu'à la dernière pierre, comme certains, tout à l'heure, s'en vantaient. Leur rapidité, leur efficacité prouvent qu'ils ont été soigneusement entraînés et qu'il ne s'agit pas là d'un accès de folie populaire, comme elle a voulu le croire, mais d'un plan minutieusement élaboré. Les ordres de respecter le sanctuaire n'étaient que poudre aux yeux lancée à l'intention de la presse ; en réalité, malgré les dénégations officielles, cela fait longtemps que la destruction de la mosquée était programmée.

Une immense lassitude la saisit. L'indignation et la rage qui, tout à l'heure, semblaient lui donner la force de déplacer des montagnes ont fait place à un profond découragement. Lui revient le souvenir de Mumtaz et d'Imran, de tous ses amis de Lucknow et de leur lutte quotidienne et inutile — une goutte d'eau, face à la vague déferlante de l'intolérance et du racisme.

Comme dédoublée, elle voit le second dôme s'écrouler dans des nuages de poussière et des clameurs de joie, les *swamis* en robe jaune exécuter tout autour leur danse macabre et, dans une sorte de transe, scander :

> *Encore un effort, un petit effort !*
> *Bientôt il n'y aura plus de mosquée*
> *Et Rama sera vengé !*

Autour d'elle, ses collègues journalistes s'agitent, des équipes de télévision qui ont voulu s'approcher pour mieux filmer ont vu leurs caméras brisées par des militants en colère, des photographes ont eu leurs rouleaux de pellicule confisqués sous les yeux de la police impassible. Certains, qui se rebiffaient, ont été roués de coups et traînés dans les excréments par des *kar sevak* déchaînés, tandis qu'une photographe américaine n'a pu leur échapper qu'en étant roulée dans un grand tapis. A l'évidence, la chasse aux journalistes fait partie d'une tactique préétablie : il ne faut pas que le caractère prémédité et organisé de la destruction de la mosquée puisse être prouvé.

Brusquement, les équipes de démolition s'interrompent. Il est quatre heures de l'après-midi. Dans la lumière pâle, entre deux trous béants, le dôme central de la mosquée, en équilibre précaire, semble osciller. Va-t-il être sauvé ? L'ordre est-il enfin venu de Delhi ? L'armée est-elle arrivée ?

Zahr se reprend à espérer : il y a encore dans ce pays des lois auxquelles même ces forcenés sont obligés de se plier ! La mosquée est en triste état, mais on la reconstruira, tous les musulmans, jusqu'aux plus pauvres, auront à cœur d'y participer. Elle renaîtra de ses cendres, plus belle, forte de la dévotion, de l'amour de ses millions d'enfants, symbole de l'unité des musulmans de l'Inde face à l'adversité.

Mais pourquoi ce groupe de *swamis* pénètre-t-il dans le sanctuaire, et qu'en rapporte-t-il avec tant de soin ?

— Ce sont les idoles, l'informe un journaliste. Il faut bien les mettre à l'abri avant que la mosquée ne s'écroule !

Zahr le regarde, interloquée : des idoles ? Dans un lieu de culte musulman où toute représentation humaine est interdite pour justement prévenir le risque d'idolâtrie !

— C'était peu après l'indépendance, explique son confrère. La mosquée était déjà contestée. Des religieux hindous ont réussi à s'y introduire de nuit pour y déposer des idoles, après quoi ils ont crié au miracle. Furieux de cette entorse aux principes laïcs qui fondaient la nouvelle République indienne, Nehru a ordonné de retirer les idoles, mais les autorités locales n'ont jamais obtempéré, de crainte d'une réaction violente de la population. C'est ainsi que, depuis trente-trois ans, des divini-

tés hindoues se trouvent abritées dans un sanctuaire musulman !

— Et qu'ont dit les musulmans ?

— Ils ont crié au sacrilège, mais ils ne sont
qu'une minorité. Si le gouvernement ne fait pas
respecter la loi, que peuvent-ils faire ?

A présent que les idoles sont placées en lieu sûr,
les *kar sevak* se sont remis à l'œuvre avec une
ardeur décuplée. A coups de masse, ils s'acharnent
contre les murs de la mosquée qui, trouée de part
en part, ressemble à un grand animal blessé refusant de se laisser abattre. Le dôme central résiste
encore, on ne distingue que des formes tant l'air est
saturé de poussière. Les cris et les chants se sont
tus et, dans le silence impressionnant, où chacun
attend en retenant son souffle, on n'entend plus
que les coups réguliers, obstinés, mortels.

Enfin, dans un craquement sinistre, le dôme se
fissure et, au milieu de hurlements de triomphe,
dans une avalanche de pierres et de mortier, il
s'écroule. Alors, de milliers de poitrines jaillit un
cri : « Vive notre Dieu Rama ! », tandis qu'agrippés
à des branches, des *swamis* agitent les drapeaux
safran et qu'à la tribune, les dirigeants hindouistes
tombent dans les bras les uns des autres.

La foule qui, jusque-là, s'était prudemment tenue
à l'écart, se rue sur l'ennemi terrassé. Encouragées
par les *sadhus* qui, roulant des yeux fous, frappent
de leurs tridents les pans de murs qui résistent
encore, des hordes humaines s'acharnent, piétinant
et arrachant çà et là des pierres, précieux trophées
que l'on emportera en souvenir de ce jour glorieux.

Partir, échapper à ce cauchemar ! Zahr en a assez
vu pour témoigner, elle n'a plus rien à faire ici Elle
se tourne vers Aman, son collègue du *Times of
India*, avec qui elle est venue de Delhi. Il hoche la
tête :

— Attendons, il faut nous déplacer en groupe :
avec ces fanatiques, on ne sait pas ce qui peut arriver. Une centaine de journalistes auraient été

agressés, certains grièvement blessés. Une consœur hindoue a même failli être tuée : ils l'avaient prise pour une musulmane. Heureusement, un *kar sevak* l'a reconnue, sinon elle y passait ! Si c'est ça, le règne de Rama, que le Ciel nous en préserve !

— Parce que vous pensiez que ce serait autre chose ? lui lance Zahr, sarcastique.

Il la considère d'un air sombre :

— Eh bien oui, figurez-vous, car je suis d'une famille de brahmanes et je puis vous dire que ce à quoi nous avons assisté aujourd'hui relève de la manipulation politique et n'a rien à voir avec la religion hindoue.

— Eh bien, moi qui suis musulmane, je peux également vous dire que...

Il ne lui laisse pas le temps d'achever :

— Musulmane ? Ici ! Vous êtes tombée sur la tête ! S'ils s'en aperçoivent, ils sont capables de vous tailler en pièces !

Il s'interrompt, car d'autres journalistes accourent en criant :

— Des bandes écument la ville à la recherche des musulmans. Ils ont commencé à incendier leurs maisons !

On aperçoit au loin des colonnes de fumée noire s'élevant dans le ciel : ils sont en train de brûler des femmes et des enfants, il faut faire quelque chose ! Zahr se précipite, mais Aman la saisit par le bras :

— Pas question que vous y alliez !

Hors d'elle, elle se débat : de quel droit la retient-il ?

— Si vous pouvez les regarder griller sans rien dire, je vous lâche ; sinon, vous restez là, car vous nous mettriez tous en danger, lui souffle-t-il.

— Vous êtes un monstre ! proteste-t-elle, se retenant à grand-peine d'ajouter : « Si c'étaient des hindous que l'on brûlait, garderiez-vous le même flegme ? »

La haine soudain la submerge ; elle les déteste, ces hindous avec leur prétendue non-violence, ces hypocrites qui se font les chantres de la tolérance alors qu'ils tiennent le tiers de leur population pour « intouchable », et tous les non-hindous pour des êtres impurs. Y a-t-il au monde pire racisme ?

Elle serre les lèvres, mais ses yeux parlent pour elle.

— Nous avons tous des penchants racistes, murmure Aman comme s'il lisait dans ses pensées. Il faut être très vigilant pour ne pas y succomber...

Il a raison : pour défendre l'identité musulmane violée, voilà qu'elle recourt à des arguments qu'elle a toujours récusés, voilà qu'à son tour elle fonce tête baissée dans le racisme !... Et pourquoi pas ? Pour la première fois, elle a envie de s'y abandonner, de le revendiquer, ce racisme, comme un droit, peut-être même un devoir face à l'arrogance, à la folie meurtrière des autres. Haïr apaise et rassure, elle a soif de goûter à son tour à cette fusion chaleureuse, instinctive, aveugle contre un ennemi désigné comme le Mal absolu, sans qu'il soit besoin de se poser de questions. Plus qu'épuisée, elle est dégoûtée, désespérée, et refuse de devoir encore et toujours comprendre. Il est des moments où l'intelligence est obscène, où elle est trahison. On aura beau lui fournir les explications les plus sophistiquées sur ce qui vient de se passer et sur la chasse aux musulmans qui se déroule actuellement, elle ne veut plus rien entendre, elle veut cultiver dans son cœur la haine, elle a besoin de s'adonner à une orgie de mauvais sentiments. Sorte d'exorcisme pour recouvrer un certain équilibre ? ou, au contraire, façon de se débarrasser de ses illusions, de ses scrupules d'intellectuelle pour un jour être capable de venger les siens ?

Les siens qui, en ce moment même, terrorisés, se cachent pour tenter d'échapper aux fanatiques qui dévalent les rues, pillant et brûlant leurs pauvres demeures. De minute en minute, l'horizon s'obscurcit de fumées. Hors d'elle, Zahr essaie de se dégager :

— Lâchez-moi ! Je dois aller voir ce qui se passe !

— Nous allons tous y aller, mais vous ne nous accompagnerez que si vous êtes capable de faire votre métier de journaliste, et non de vous conduire en gamine hystérique !

Comment ose-t-il lui parler ainsi ? Elle lui revaudra ça, mais, pour le moment, elle n'a pas le choix : elle ne peut que s'incliner.

Ils ont marché à travers une ville d'où les forces de l'ordre ont disparu, laissant le champ libre à des bandes vociférantes qui entendent célébrer leur victoire en « cassant du musulman ». Mais, instruits par les pogromes de ces dernières années, la plupart d'entre eux se sont enfuis dès l'annonce de la destruction de la mosquée. Frustrés de leur vengeance, les gangs ont entrepris de piller les maisons de tout ce qui peut avoir quelque valeur, puis, avec une fureur froide, méthodique, ils les saccagent avant d'y mettre le feu.

A distance, l'équipe de journalistes les observe ; il ne ferait certes pas bon s'approcher, mais, avec de puissants téléobjectifs, certains se risquent à prendre des photos qu'ils comptent revendre aux magazines étrangers.

La nuit est tombée ; çà et là, des brasiers éclairent le ciel de lueurs rougeâtres cependant qu'à travers la ville résonnent, cristallines, les clochettes des temples célébrant ce jour béni, et que les prêtres psalmodient des actions de grâces en versant dévotement sur des idoles à tête d'éléphant ou de singe les offrandes de beurre fondu, de lait, de fleurs de jasmin et de miel.

Telle une automate, Zahr suit le petit groupe de correspondants de presse qui se déplace avec prudence. Précises, les images se gravent dans son cerveau, mais elle ne ressent plus qu'indifférence, comme si, après cette journée terrible, sa faculté de s'indigner et de souffrir s'était émoussée, comme si elle acceptait l'amère vérité que, jusqu'à ces derniers temps, elle avait toujours refusée : qu'il ne sert à rien d'être dans son droit si l'on n'est pas le plus fort.

Toute sa vie elle s'est battue pour ce qu'elle pensait être la justice, pour ce qu'elle croyait être la vérité; malgré les déceptions, les tromperies, les échecs, elle a refusé d'abandonner et d'adapter sa morale à ses convenances personnelles. On lui reproche de n'avoir pas mûri, de ne pas savoir « tirer les leçons de l'expérience », d'être irréaliste, entêtée, difficile à vivre dans un monde où la vertu principale consisterait à faire des concessions, et où l'on pare l'indifférence du beau nom de tolérance. Souvent, elle se prend à douter : à quoi sert-il de rêver, elle ne peut avoir raison contre tous... et elle décide de se montrer plus raisonnable, concrète, objective, de se conformer à la réalité... mais quelle réalité ? Pourquoi ont-ils tous l'air de le savoir, sauf elle ? Font-ils semblant, ou bien appellent-ils « réalité » ce qu'ils ont dans leur assiette, n'en levant surtout pas le nez de peur de devoir se remettre en question ?

Zahr, elle, ne sait pas, n'a jamais su, en dépit des conseils avisés, quelle réalité était plus réelle que l'autre. Aussi continue-t-elle à mener sa vie de la façon la plus déraisonnable qui soit, au grand scandale de tous ceux qui lui veulent du bien.

Mais parfois, comme aujourd'hui devant les flots de violence haineuse que rien n'arrive à endiguer, elle se dit qu'elle a fait fausse route et n'a plus qu'une envie : partir vivre à l'autre bout de la planète en oubliant toute cette misère contre laquelle elle ne peut rien.

Cependant, elle n'a pas le choix. Où qu'elle soit, où qu'elle aille, elle garde le monde rivé au cœur. Mais, tandis que dans sa jeunesse révolutionnaire elle croyait aux raz de marée, avec le temps elle a dû se rendre à l'évidence : il n'y a que des gouttes d'eau isolées. Et, après s'en être désespérée, elle a compris que l'important est que ces gouttes d'eau jamais ne s'assèchent, car, alors que la vague se retire et que tout redevient comme avant, la goutte d'eau, elle, finit par creuser le roc.

— Qu'est-ce que vous foutez ici ?

Sortis de la nuit, ils sont une vingtaine à les entourer, le front ceint du bandeau safran, barres de fer en main, menaçants. Un photographe qui tente de dissimuler son appareil est violemment jeté à terre ; un autre, cherchant à fuir, est aussitôt rattrapé et ceinturé par deux malabars qui s'apprêtent à le tabasser, lorsqu'Aman s'interpose :

— Arrêtez ! Si vous osez porter la main sur nous, ce sera dès demain en première page des quotidiens, et toute l'Inde pensera que les *kar sevak* sont des bandits. Vous n'allez quand même pas ruiner votre cause qui, jusqu'à présent, a toute notre sympathie ?

— Votre sympathie, on n'en a rien à cirer, les journalistes sont tous des menteurs ! rétorque un grand garçon au visage vérolé qui semble être le chef. Donnez-nous vos caméras, et pas d'histoires !

Il n'y a rien d'autre à faire que de s'exécuter. La rage au cœur, les photographes abandonnent leurs appareils qui disparaissent dans des besaces déjà bien remplies.

— Et celle-là, qui c'est ? aboie le vérolé en désignant Zahr qui essaie de se faire toute petite.

— C'est la correspondante du *Times* français, répond Aman en écrasant le pied de Zahr. Elle a interviewé hier Advani pendant deux heures. Son journal va sortir six pages sur votre mouvement, qui sera connu dans le monde entier.

— Rien à foutre ! D'abord, les journalistes étrangers sont tous des espions. Aboule ses papiers !

C'est toujours dans les situations désespérées que Zahr recouvre son sang-froid. Sentant qu'Aman perd contenance, elle s'avance :

— Je ne suis ni sourde ni muette. Si vous voulez quelque chose, vous pouvez me le demander ! lance-t-elle.

Contre le vérolé, elle joue serré ; elle sait que sa

seule chance est de l'impressionner. Elle se rappelle son arrestation en Iran, voici des années, lorsqu'elle avait engueulé le chef de la police khomeyniste qui avait « osé » la faire appréhender au petit matin, et qu'elle avait exigé qu'on lui serve son petit déjeuner ; le temps que le policier, abasourdi, vérifie qu'il ne s'était pas fourvoyé et qu'elle figurait bien sur les listes, elle avait gagné des heures précieuses qui, permettant à l'ambassade de France d'intervenir, lui avaient évité des moments très désagréables.

— Je veux voir vos papiers, répète l'Indien, légèrement décontenancé.

— Voici ma carte de visite professionnelle.

Elle lui tend une de ses cartes au nom de Chantal Dupont, puis reprend :

— Quant à mon passeport, vous n'avez qu'à le demander à Advani, il l'a gardé pour me faire une lettre de recommandation. Je dois le reprendre demain à son domicile. Si vous voulez vérifier, vous n'avez qu'à m'accompagner. Je suis certaine qu'il sera ravi de constater votre intérêt pour les journalistes étrangères...

Attention, pas trop d'ironie, il pourrait s'énerver ! D'autant plus que mon histoire ne tient pas debout : pourquoi Advani aurait-il eu besoin de mon passeport ? Sourire... Surtout, avoir l'air sûr de soi. Ce genre de type a tellement l'habitude de régner par la terreur que, lorsqu'on lui tient tête, il est persuadé d'avoir affaire à quelqu'un de puissant, qu'il faut ménager.

De fait, même s'il doute, l'autre juge plus prudent de ne pas insister. Et, passant sa colère sur Aman, il hurle :

— Qu'est-ce que vous attendez ? Foutez-moi tous le camp d'ici, et plus vite que ça !

Il aura fallu attendre trente-six heures avant que les forces armées stationnées autour d'Ayodhya ne reçoivent l'ordre d'intervenir. Trente-six heures durant lesquelles les extrémistes auront pu non seulement raser la mosquée et jeter à sa place les fondations du nouveau temple, mais aussi incendier systématiquement les cent trente-quatre maisons et magasins appartenant à des musulmans. Treize femmes, enfants, vieillards seront massacrés, n'ayant pas eu le temps de s'enfuir ou ayant cru jusqu'au dernier instant que leurs voisins les protégeraient.

Sitôt connus les événements d'Ayodhya, dans les milieux musulmans c'est l'accablement. On a fait confiance à l'État et, pendant deux jours, il a laissé faire. Un État qui, pourtant, les représente au même titre que les chrétiens et les hindous, et qui leur avait promis que, s'ils restaient tranquilles, il protégerait la mosquée. Indignés par une telle partialité, dans tout le nord de l'Inde les jeunes sont descendus dans la rue pour manifester leur colère. Certains commencent à brûler des autobus, ce qui va entraîner et « justifier » une répression terrible. Au lieu d'arrêter les plus excités, la police ouvre le feu sur la foule désarmée.

En une semaine, les émeutes feront plus de douze cents morts, presque tous musulmans, en majorité des enfants et surtout des femmes torturées et violées avant d'être tuées. Jamais la police ne s'interposera pour protéger les victimes ; le plus souvent, au contraire, elle aidera les extrémistes hindous. Dans des villages, les huttes des musulmans, avant d'être incendiées, sont cernées par des policiers qui tirent sur les habitants essayant de s'échapper. En Assam, on voit des trains stoppés, les passagers musulmans lynchés et sauvagement châtrés avant d'être brûlés.

Mais les plus abominables sont sans doute les événements de Surat, un port du Gujerat, la patrie de Gandhi, où, encouragés par des femmes surexcitées, des gangs de voyous promènent nues dans la rue des jeunes musulmanes avant de les violer collectivement et de les tuer, en ayant pris soin d'installer projecteurs et caméra-vidéo pour filmer le tout. Ces films seront vendus clandestinement dans diverses villes et fourniront l'occasion de soirées « divertissantes » pour nombre de foyers hindous d'une petite bourgeoisie bien-pensante.

Une poignée de dirigeants des organisations extrémistes seront arrêtés, mais vite relâchés. Certains se vanteront de ne rien regretter et annonceront la destruction prochaine de *toutes* les grandes mosquées. Quant aux fonctionnaires de police reconnus complices des tueries, aucun ne sera inquiété, les plus compromis seront simplement mutés. Les seuls tenus pour responsables seront les gouvernements des États où se sont déroulées ces atrocités. Ils seront limogés [1]. Mais ce n'est là qu'une parenthèse : comme l'explique Advani, la destruction de la mosquée leur a gagné l'adhésion de centaines de millions d'hindous et aux élections suivantes, leur formation reviendra en force.

Pour la première fois, Zahr est heureuse que son père soit mort : au moins ce drame lui a-t-il été épargné. Elle se rappelle l'expression d'infinie tristesse qui assombrissait son beau visage chaque fois que les journaux relataient des incidents entre communautés. Ces conflits lui déchiraient l'âme, lui qui avait œuvré toute sa vie pour une Inde unie, laïque, et pour l'entente entre hindous et musulmans, au point de s'être fermement opposé à la création du Pakistan. Malgré les nombreuses difficultés auxquelles se heurtaient les musulmans restés comme lui en Inde, il demeurait persuadé que les problèmes et les désaccords ne se résolvent pas par la partition : « Là où il existe une réelle égalité entre les citoyens, il n'y a aucun motif de séparatisme, disait-il. L'éclosion de tous ces nationalismes résulte de la façon inéquitable dont les gens sont ou se sentent traités. C'est lorsqu'une communauté ne peut, à l'intérieur de son propre pays,

---

1. Limogés pour convenance politique car ils appartiennent au parti d'opposition le BJP.

obtenir les mêmes droits que les autres, qu'elle en conclut que la seule solution est d'avoir un pays à soi. Les particularismes ou micronationalismes qui partout se multiplient ne sont que l'expression et le résultat d'un dysfonctionnement de la démocratie... »

Tandis que de nombreuses agglomérations s'embrasaient, Lucknow est restée calme. Le long de la rivière Gomti, la cité des *nawabs* a continué de vivre au rythme du *tassawuf*, cette politesse millénaire faite de tolérance, d'humour, de scepticisme ainsi que de beaucoup de nonchalance... Zahr respire : la fièvre qui ravage l'Inde a une fois de plus épargné sa ville. Mais pour combien de temps encore ? Ici comme ailleurs, les conditions de vie se sont dégradées ; chaque année, de nouveaux bidonvilles apparaissent, surpeuplés de petits paysans ruinés à la recherche de travail ; l'atmosphère s'alourdit, la misère engendre méfiance et haine, un rien suffirait à déclencher l'étincelle.

Subashini, l'ex-épouse de son frère Muzaffar, a téléphoné de Kanpour. Durant six jours la ville industrielle a été en proie à la violence ; les quartiers sud, habités par des familles musulmanes pauvres, ont été victimes d'attaques organisées. Ce n'est que le 11 décembre au matin, avec l'arrivée de l'armée et la mise à l'écart du responsable de district et du chef de la police, que tout est rentré dans l'ordre.

— Venez, si vous voulez, a dit Subashini d'une voix lasse que Zahr ne lui connaît pas et qui va l'inciter à prendre le train le soir même.

— Nous n'aurions jamais dû te faire confiance !

En pénétrant dans le bureau de sa belle-sœur, Zahr se rend compte qu'elle arrive en pleine bagarre. Les mains crispées sur sa table, Subashini fait face à une demi-douzaine d'hommes au front buté, à la mine agressive.

Son arrivée fait heureusement diversion :

— Laissez-moi vous présenter la sœur de mon mari. Zahr, voici mon vieil ami Shaad Ahmad, contremaître à la principale usine de tannerie de Kanpour, et quelques-uns de ses camarades.

Pour des amis, ils n'ont pas l'air aimables, songe Zahr tandis que Shaad Ahmad, surpris, s'enquiert :

— Comment cette Anglaise peut-elle être la sœur de Muzaffar sahib ?

En quelques mots, Subashini le lui explique.

— Est-elle musulmane ? insiste Shaad.

Devant sa réponse affirmative, il se tourne gravement vers Zahr :

— Alors tu es des nôtres. Sois la bienvenue !

Zahr jette un coup d'œil à sa belle-sœur, seule hindoue dans l'assistance. Par ces simples mots, Shaad Ahmad l'exclut — délibérément, semble-t-il. Très à l'aise, Subashini continue de sourire comme si elle n'avait rien entendu. Pourtant, Zahr jurerait avoir vu vaciller une petite flamme dans ses yeux.

— Assieds-toi, Zahr. La discussion te concerne aussi. Les émeutes ont fait ici beaucoup de morts : environ quatre-vingts musulmans et une quinzaine d'hindous. Quant aux maisons incendiées, elles appartenaient presque toutes à des musulmans. Actuellement, la plupart des familles sont à la rue, elles ont tout perdu. D'après Shaad Ahmad, je suis partiellement responsable de cette tragédie.

— Responsable ? — Zahr a haussé les sourcils — et en quoi ?

— Nous avions projeté de nous armer, explique Shaad. Nous nous doutions que l'affaire d'Ayodhya tournerait mal. Mais Subashini nous a suppliés de n'en rien faire, elle a dit que cela entraînerait des violences incontrôlables dont nous serions les premières victimes. Elle nous avait assuré que nous étions en sécurité, qu'elle avait la parole du chef de la police, que ses hommes nous protégeraient. Belle protection ! Dans le sud de la ville, non seulement les policiers ne nous ont pas aidés, mais certains se sont même joints aux émeutiers...

— Elle est hindoue, qu'est-ce que ça peut lui faire que nos femmes et nos enfants soient égorgés ! gronde un petit homme barbu, assis à l'écart.

Subashini a pâli. Tout le travail qu'elle a accompli depuis tant d'années, toute l'énergie qu'elle a déployée pour combattre l'intolérance n'auront donc servi à rien ? Voici qu'à la première grande épreuve s'écroulent les ponts qu'elle et ses compagnons ont cru bâtir entre communautés. Même chez ces hommes de bonne volonté qu'elle pensait avoir convaincus de l'inanité du racisme, les préjugés et les haines reviennent en force.

— Tais-toi, Sadeq, interrompt Shaad. Subashini est différente des autres hindous ! Pendant les émeutes, elle a si bien pris notre défense qu'on l'a accusée de trahir sa race et sa religion.

— Peut-être, mais en quoi cela nous aide-t-il ? Elle et ses amis, avec leurs bonnes intentions et leurs bonnes paroles, nous ont fait le plus grand tort ! Au lieu de nous préparer à nous battre, nous leur avons fait confiance et c'est à cause de ça que les nôtres ont été massacrés. La leçon est claire : bons ou mauvais, nous ne devons rien attendre des hindous. Il faut nous armer, nous n'allons pas continuer à nous laisser égorger comme des porcs ! Si nous devons mourir, au moins mourons avec dignité.

« *Au moins mourir dans la dignité...* » *C'est ce qu'à Lucknow disait Imran, le jeune radjah de Talpour. C'est ce que disent tous ceux que le malheur pousse à bout. Telle est la force du désespoir qui, lorsqu'on n'a plus rien à perdre, peut mener à la victoire... Mais, ici, toute victoire constitue à la longue une défaite, car il ne s'agit pas de bouter un ennemi hors de son territoire — ce territoire appartient à tous —, il s'agit de cohabiter, et aucune violence ne peut forcer à cohabiter. La seule victoire possible est celle de la compréhension, de l'intelligence. La tolérance ne suffit pas, elle peut même se révéler dangereuse, car dans tolérer il y a aussi patienter et souffrir, un effort*

contre nature qui ne dure pas mais finit par exploser
en un surcroît de violence. Non, il ne s'agit pas de
tolérer, mais de comprendre que, sous nos diffé-
rences, nous sommes profondément semblables.

Est-ce elle qui raisonne ainsi, elle qui, voici quelques jours, à Ayodhya, était prête à tuer pour venger les siens? Elle se considère avec ironie : hier,
Kali vengeresse revendiquant le droit au racisme;
aujourd'hui, philosophe détachée des faiblesses
humaines. Et elle se dit que nous portons poten-
tiellement tout en nous, des crimes les plus crapu-
leux jusqu'aux plus héroïques dévouements, et que
les motivations de nos choix sont aussi innombrables qu'impalpables. Nous avons beau invoquer
les arguments les plus convaincants, nous ne
savons jamais ce qui, en fin de compte, nous déter-
mine.

Dans le bureau qu'envahit lentement l'ombre du
soir, Zahr s'est tournée vers Shaad et ses compagnons :

— Ne voyez-vous pas que c'est justement cela
qu'ils veulent : que vous preniez les armes afin de
justifier une répression plus effroyable encore et
vous obliger à fuir? Et où irez-vous? Le Pakistan
pourra tout au plus accueillir quelques centaines
de milliers d'entre vous. Que deviendront les millions d'autres?

— Tu suggères que nous nous laissions massa-
crer?

— Je vous suggère simplement de réfléchir à qui
profite le crime? A vos voisins hindous, aussi
pauvres que vous et dont un certain nombre vont
aussi périr pour rien? Ou bien à leurs dirigeants
qui, eux, ne risquent rien dans la bagarre, mais
tirent les ficelles pour instaurer bientôt leur dicta-
ture théocratique? Car ce qu'ils appellent le règne
de Rama n'est en réalité que celui de la caste des
brahmanes, 3 à 4 % de la population hindoue. Les
autres devront rester à leur place, en particulier les
castes inférieures et les intouchables qui n'auront

plus, comme sous la république laïque actuelle, la moindre chance d'améliorer leur situation. Beaucoup d'hindous commencent à le comprendre ; c'est avec eux que vous devez faire alliance et élaborer une stratégie de défense.

— Toi-même, Sadeq, intervient Subashini, ne m'as-tu pas raconté qu'il y a deux ans, lors des troubles d'Alighar, ta sœur avait échappé à la mort grâce à sa voisine hindoue qui avait pris le risque de la cacher ? La même chose est arrivée cette semaine à Kanpour et dans les autres villes : beaucoup de musulmans ont été sauvés par leurs voisins hindous qui savent bien qu'ils ne sont que des pauvres gens comme eux. Ouvrez les yeux, ne vous trompez pas d'ennemi : cela vous serait fatal !

Ils sont partis, ébranlés, et Subashini a appelé sa vieille *ayah* pour qu'elle lui masse la nuque. Elle a tenu bon pendant des heures, mais, maintenant, la migraine se fait si violente qu'elle ne peut même plus ouvrir les yeux. Qu'importe : Avec l'aide de Zahr, elle a gagné.

— Nous devrions faire équipe ! suggère-t-elle.

— C'est gentil de me le proposer, mais vous savez bien que c'est impossible. Il n'y a qu'en France qu'on ne m'a pas encore rejetée comme étrangère.

— Parce que vous ne gênez personne ; là-bas, vous ne faites pas de politique !

— Peut-être...

La discussion est interrompue par un serviteur qui apporte une lettre destinée à Zahr. Postée de Lucknow, elle a mis deux semaines pour parcourir cent cinquante kilomètres, ce qui, même en Inde, bat les records de lenteur...

— Tous les circuits ont été perturbés, remarque Subashini. Les musulmans sont nombreux parmi les petits employés des postes et des chemins de fer, et ils n'osent plus se rendre à leur travail.

Zahr déchire l'enveloppe. La lettre est de Mister Dutt, le vieil ami de son père :

« Ma chère enfant,

J'ai une bonne nouvelle à vous annoncer. J'ai parlé à Muzaffar à propos de votre jardin de Badalpour. Il était d'abord extrêmement réticent, mais je lui ai rappelé que c'était la volonté de votre père, et que, par piété filiale, il ne pouvait s'y opposer. Finalement, il a accepté de vous le laisser, mais à une condition : c'est que, comme votre belle-sœur Amina, vous lui signiez un papier aux termes duquel vous renoncez à tout le reste — les forêts, les terres et les palais de Badalpour, ainsi qu'à la propriété de Naïnital. Sachant que vous n'êtes intéressée que par le jardin, j'ai cru pouvoir lui dire que cela ne poserait pas de problème.

« Je vous conseillerais cependant de m'en envoyer la confirmation au plus vite, de peur que votre frère ne change d'avis.

« Avec toute mon affection,

« Votre vieil oncle,
« C.H. Dutt. »

« *De peur qu'il ne change d'avis* » ? *Mais qu'est-ce que ce chantage ? Pauvre Mister Dutt, il ne se rend même pas compte de l'offense dont il se fait l'interprète ! Comment Muzaffar ose-t-il dicter ses conditions pour m'accorder ce qui m'appartient ?*

Rouge de rage, Zahr déchire la lettre devant Subashini interloquée.

— Que se passe-t-il ?

— Il se passe que votre ex-mari est une crapule, et que je me demande comment vous, qui êtes l'honnêteté personnifiée, vous avez pu le supporter !

Et, sans attendre la réponse, elle quitte la pièce.

Elle n'a désormais plus aucune hésitation. Le serment qu'elle s'était fait sur la terre de Badalpour, elle le tiendra jusqu'au bout. Elle se battra jusqu'au moindre brin d'herbe, jusqu'à la moindre pierre.

Elle ne cédera pas à son frère. Par orgueil, mais surtout par sens de la justice : on n'a pas le droit de se laisser écraser. Ce que d'aucuns appellent désintéressement n'est souvent que lâcheté. Demain, elle ira à Lucknow revoir Mᵉ Delvi ; elle lui demandera d'entamer la procédure. Elle lui enverra de France l'argent nécessaire. Car elle veut rentrer au plus vite ; elle n'a plus rien à faire ici.

Mais, au préalable, elle tient à aller dire adieu à Badalpour, adieu à son jardin, et embrasser la tombe où repose son père.

Chapitre VII

Violé, éventré, déchiqueté...

Le petit jardin offre ses plaies béantes à la lumière crue de cet après-midi d'hiver. Arrachés de la terre-mère, les jeunes manguiers tendent vers le ciel leurs racines noires et leurs branches disloquées. Le puits n'est plus qu'un amas de briques près duquel une large fosse a été creusée, d'où part une tranchée profonde.

Violé, éventré, déchiqueté.

Telles les victimes des pogromes de ces derniers jours.

Médusée, Zahr contemple le désastre. Que s'est-il passé ? Un ouragan ? Un tremblement de terre ? Mais ces sillons qui labourent le sol ? Elle ne comprend pas, elle ne ressent qu'un grand vide, une nausée la prend, elle...

... Où est-elle ? Qu'est-ce que ce liquide tiède qui lui dégouline sur le visage ? Que fait-elle couchée à plat ventre dans la poussière ? Soudain, elle réalise qu'elle vient d'avoir un étourdissement et que le liquide visqueux qui coule de son arcade sourcilière est du sang.

Prenant appui sur ses paumes, péniblement elle se met à genoux. Ses forces la trahissent, avec difficulté elle parvient à s'asseoir, le dos appuyé à la haie.

Devant elle, son jardin dévasté.

Assassiné.

« Les manguiers gâchent la vue. Il faudra les arracher et creuser des tranchées pour amener l'eau jusqu'au parc », avait dit Muzaffar.

Elle avait répondu qu'il n'en était pas question : on ne lui détruirait pas son jardin, le jardin de sa mère, le gage d'amour offert par son père.

Elle sait bien que ce ne sont pas les manguiers qui gênent son frère et qu'il y a un autre puits dans le parc.

Elle sait que c'est elle et le souvenir de Selma qu'il veut anéantir.

Jamais elle n'aurait cru qu'il les haïssait à ce point, elles, les étrangères...

Titubante, Zahr se lève et se dirige vers la mosquée blanche à l'ombre de laquelle repose son père. La tête lui tourne, dans la bouche lui vient un goût de cendres, mais elle a l'impression que si elle peut atteindre, là-bas au bout du chemin, ce havre de sérénité, elle sera sauvée.

A côté de la tombe elle s'est allongée, et elle est restée là sous le soleil, le nez dans l'herbe, à respirer l'odeur de Badalpour, à se laisser envahir par la chaude vibration de cette terre à laquelle elle appartient par toutes les fibres de son être. Dans son esprit défilent les événements de ces derniers mois et s'impose la vision de son père, si fragile sur son lit d'hôpital, son grand corps décharné gisant sans défense ; mais, surtout, elle se rappelle son regard douloureux qui, à son approche, se voilait d'une insoutenable douceur. Devant ce père agonisant qui l'avait trop aimée, elle s'était soudain sentie coupable de ne pas lui avoir donné le bonheur qu'il attendait d'elle... Horrifiée par cette pensée sacrilège, elle l'avait vite éloignée, se traitant de folle : le coupable, n'était-ce pas lui, lui qui par égoïsme avait tout gâché alors qu'elle avait, au contraire, eu la grandeur de lui pardonner ?

Aujourd'hui, elle n'est pas sûre que les choses aient été aussi claires. Pour combler ses frustrations d'enfant abandonnée, n'avait-elle pas désiré que son père l'aime plus que tout ? Et où s'arrête un tel amour ? Les barrières des conventions sociales ne sont pas les barrières de l'âme...

Il m'a aimée de tout son être, et moi j'ai dressé un mur entre l'amour auquel il avait droit et l'amour interdit. Je l'ai accablé de culpabilité et l'ai puni par vingt ans d'absence, avant de l'accabler de la générosité de mon pardon. Pendant toutes ces années, je me suis complu dans l'idée que j'étais une victime et qu'il était un monstre, et sur l'image de ce père dénaturé je me suis bâti à bon compte une personnalité vertueuse, héroïque. Toute ma relation avec lui a été centrée sur cette idée : comme j'ai été bien ! Bien de ne rien lui reprocher, bien de revenir et de me comporter malgré tout en fille affectueuse. Et comme j'ai été courageuse de continuer à vivre et à me battre malgré le traumatisme subi !

Maintenant, je commence à comprendre que je me suis fabriqué une fausse idole, que j'ai sacrifié à mon image une victime sur le cadavre de laquelle je me suis construite, et que cette victime c'est mon père. En fait, sa relation à moi était plus saine, plus libérée que la mienne. Il m'aimait et ne faisait aucune distinction dans son amour.

Brusquement elle s'est redressée : Qu'est-ce qu'elle raconte ? Elle délire !... Il n'existe rien de pire que l'inceste, ou même que la tentative d'inceste. Elle est payée pour le savoir, elle dont toute la vie affective a été ravagée par le geste de son père. Autant que la haine raciste, l'amour incestueux est une violence, lui aussi peut tuer, mais plus insidieusement : comme un arbre rongé de l'intérieur, la victime reste debout alors qu'en elle tout s'est pétrifié et s'effrite peu à peu.

Car l'amour d'un père est indéracinable ; d'où la terrible ambivalence de l'inceste : l'enfant ressent à la fois l'envie de haïr et celle d'aimer. Des deux il se sent coupable, et cette culpabilité dont il ne peut se défaire empoisonne chaque jour de sa vie.

A l'époque, il est vrai, Zahr n'était plus une enfant ni même une adolescente; n'avait-elle pas inconsciemment laissé une porte ouverte? Ne cherchait-elle pas sans se l'avouer une raison de rompre? Car elle était entrée avec son père dans une symbiose suicidaire: elle l'aimait trop, il l'aimait trop. Il était le miroir dans lequel elle était en train de se perdre. Elle en avait pressenti le danger dès Paris, mais, une fois en Inde, elle avait senti sa volonté se dissoudre dans le cocon familial. La séduction de son père l'amenait à tout accepter. Elle avait focalisé sur lui tous ses rêves, ses vingt et un ans de frustrations et d'espoirs, elle avait maintenant envie de se couler dans le moule, de se reposer dans ses bras, de devenir ce qu'elle aurait dû être s'il n'y avait eu, à sa naissance, cette funeste erreur d'aiguillage.

Mais, dans le même temps, tout ce qu'elle avait été jusque-là se révoltait, elle ne voulait pas de cette existence mortifère, de ce doux et inéluctable enterrement. Avait-elle eu une réaction de survie et, s'arrachant à la fascination dans laquelle elle sombrait, provoqué le geste qui justifierait sa fuite?

Est-ce elle, la coupable? Ou s'accuse-t-elle pour excuser son père? Pour pouvoir s'en rapprocher le plus possible, maintenant qu'il a disparu, qu'il ne constitue plus un danger? S'accuse-t-elle pour le reconstruire tel qu'elle rêvait qu'il fût, débarrassé des scories d'une décevante réalité, afin de le chérir d'un amour désormais libre de s'exprimer sans réticence ni pudeur?

Elle ne le saura jamais, et cela n'a plus d'importance.

Ce qui compte, elle le comprend tandis qu'elle effleure doucement sa tombe, c'est que, d'une situation impossible, ils se sont débrouillés comme ils ont pu...

Et qu'au-delà de tout, ils se sont aimés.

Les ombres envahissent le cimetière. Devant son jardin saccagé Zahr se sent impuissante. Que peut-elle contre tant de haine? Sa vie fut difficile, parfois douloureuse, mais elle ne l'aurait pas voulue différente.

Pourtant, depuis quelques années, ne voyant autour d'elle que mensonges et violences, elle commençait à désespérer, Alors elle se prenait à rêver de son jardin de Badalpour comme à un havre de paix et de sérénité où elle pourrait venir se ressourcer avant de repartir.

Elle a appuyé sa tête contre le tumulus sous lequel repose son père, comme si, à travers la terre qui l'enlace et se nourrit de lui, de l'un à l'autre la pensée pouvait se transmettre. Mais elle a beau presser son front contre cette terre et, à travers ses larmes, implorer qu'il l'inspire, dans son cerveau embrumé ne résonne que le lointain coassement des grenouilles.

Combien de temps est-elle restée ainsi? Il fait presque nuit lorsqu'une main, effleurant son épaule, la fait tressaillir. D'un bond elle s'est redressée pour se trouver face à une longue silhouette dégingandée flottant dans son *kurtah* déchiré. Dans la pénombre elle reconnaît Mandjou qui lui sourit de toute sa bouche édentée. Pauvre Mandjou! Elle l'avait complètement oublié. C'est vrai qu'il est désormais le « maître des lieux », puisque, dès la mort de leur père, Muzaffar a renvoyé le cousin régisseur et que son frère vit seul ici, gardé par un jeune paysan et visité parfois par les gens du village qui s'amusent de lui en l'appelant « notre radjah ».

Zahr fait un effort pour l'embrasser; il est d'une saleté repoussante.

— Vous donne-t-on parfois un bain? s'enquiert-elle en fronçant le nez.

— Mahmoud dit que ce n'est pas la peine, que j'ai aussi vite fait de me salir.

— Je vois... Et qu'est-ce que vous mangez?

— Du riz, des lentilles, des *chapatis*...

— Jamais de viande ni de fruits?

— Mahmoud dit que c'est trop cher, surtout quand Muzaffar oublie d'envoyer l'argent...

Et, d'un air irrité :

— Il a même oublié de m'envoyer un million pour que j'aille au cinéma !

— Un million !

— J'aime être bien placé...

Zahr se retient de rire. On ne sait jamais, avec son petit frère : il tient une conversation sensée puis, d'un coup, il déraille. A moins qu'il ne prenne un malin plaisir à dérouter son interlocuteur. Avec son père, cela donnait des dialogues surréalistes, mais au moins sortait-il de son apathie. Grâce à l'amour qu'Amir lui avait prodigué tout au long de sa vie, Mandjou était passé d'une complète prostration à un semblant de vie normale. Mais ici, abandonné, sans personne à qui parler, que va-t-il devenir ? Et, détaillant son visage autrefois si beau, qui n'est plus qu'une gueule cassée, elle frémit que le malheur ne l'incite à recommencer...

C'était il y a une dizaine d'années. Arrivant à Lucknow, elle avait trouvé le palais plongé en plein drame : Mandjou s'était jeté du haut de la terrasse, on l'avait transporté à l'hôpital, les membres brisés. Il était dans le coma. S'il survivait, il resterait sans doute paralysé à vie. Bouleversée, elle avait tenté de comprendre ce qui avait bien pu se passer. Cela faisait vingt ans que son frère était malade, mais, même aux pires moments, jamais il n'avait essayé de se tuer. Quel désespoir l'y avait donc conduit ?

C'est son père qui, innocemment, lui avait donné la clé de l'énigme :

— Quand je pense que l'opération s'était si bien déroulée et qu'il a fallu que, le lendemain, il saute du haut de cette maudite terrasse ! avait-il soupiré.

— L'opération ? Quelle opération ? avait-elle demandé, mise en alerte.

— On l'a simplement stérilisé. Avec l'anesthésie locale, ça n'a pas pris une demi-heure. Il y avait longtemps que la belle-mère de Muzaffar me poussait à le faire, car il risquait d'engrosser une servante. Imaginez les problèmes s'il avait eu un enfant! En outre, il se masturbait, ce qui nuisait à sa santé...

Zahr avait eu l'impression que son cœur s'arrêtait de battre. Muette d'horreur, elle considérait son père : comment avait-il pu consentir à une chose aussi cruelle? Ce pauvre Mandjou avait sûrement cru qu'on le castrait, qu'on lui arrachait la seule chose qui lui donnait un peu de bonheur, la seule par laquelle il se sentait encore rattaché à la vie. Elle imaginait son angoisse, sa révolte impuissante tandis que les bourreaux s'acharnaient sur lui, et son désespoir lorsque, l'opération terminée, le pauvre fou avait cru que son sexe, l'unique part de lui qui lui donnait encore l'impression de vivre, était neutralisé à jamais.

Il ne lui restait plus rien; il n'avait plus qu'à se supprimer.

Zahr s'était retenue de crier qu'ils étaient des monstres, que c'étaient eux qui l'avaient acculé à ce geste désespéré; son père n'aurait pas compris, cela n'aurait servi qu'à le rendre encore plus malheureux. Mais elle ne comprenait que trop bien : l'enfant de Mandjou aurait eu droit à l'héritage, ce qui aurait diminué d'autant la part de Muzaffar... Quant à Amir, elle préférait ne pas imaginer l'écheveau d'ambivalences qui l'avait amené, par cette castration symbolique, à tenter d'entraver la sexualité débordante de son fils...

Par miracle, Mandjou en avait réchappé, mais, du jeune homme au regard vide dont l'inquiétante beauté fascinait, il ne reste qu'un pauvre boiteux au visage labouré de cicatrices.

— Rentrons, il est tard.

Zahr a pris la main de son frère et, lentement, ils se dirigent vers la masse sombre du palais.

— Allez-vous rester avec moi? demande Mandjou.

— Plus tard, mon Mandjou. Actuellement, ce n'est pas possible.

Il s'arrête et la regarde, l'air grave :

— C'est parce qu'on vous a cassé votre joli jardin ?

La gorge serrée, elle hoche la tête. Son frère a la sensibilité exacerbée des êtres blessés, on ne peut rien lui cacher.

— Ne soyez pas si triste ; je vous aiderai, moi, à les replanter, vos manguiers !

Si elle ouvre la bouche, elle va se mettre à pleurer. Elle ne peut lui faire ça, elle est sa sœur aînée, celle qui doit le protéger. Elle se contente de presser sa main très fort pour le remercier.

Demain matin, elle ira à l'école du village, comme elle le faisait chaque année avec son père, et elle distribuera des bourses aux petites filles.

Pour la dernière fois, peut-être.

L'école bruisse comme une volière, les enfants sont surexcités et les maîtres ont bien du mal à les garder en rang : il est dix heures, la radjkumari va arriver !

A peine l'ont-ils aperçue au bout de l'allée poussiéreuse, accompagnée du chef du village qui a tenu à lui faire escorte, que dans une assourdissante cacophonie ils entonnent l'hymne de Badalpour, habituellement réservé au radjah. Des petits de trois ans, le visage barbouillé de sucre de canne, aux grandes filles de neuf à dix ans, mains propres et cheveux peignés pour la circonstance, ils chantent de tout leur cœur tandis que, debout, Zahr les contemple, bouleversée par cet accueil auquel elle ne s'attendait pas.

Le directeur l'a conduite vers la table, à l'ombre du marronnier, où, chaque année, elle s'asseyait avec son père pour examiner les cahiers. Examen purement formel puisque, depuis longtemps, elle accorde des bourses à chacune des enfants, mais il est important que ces dons apparaissent non comme un cadeau, mais comme la récompense du mérite.

L'une après l'autre, les fillettes défilent avec leur cahier. Consciencieusement, Zahr les feuillette. Mais, devant ses yeux, lettres et chiffres se brouillent ; dans son dos, elle perçoit une présence, une main s'est posée sur la sienne, et, dans un souffle, elle entend la voix grave de son père : « C'est bien, ma fille, continuez... »

Sursautant, elle s'est retournée. Derrière elle, le directeur attend, impassible ; pourtant, elle sait qu'elle n'a pas rêvé, que son père lui a parlé. « Continuez », a-t-il dit. Elle ne demanderait que cela. Elle est malade à l'idée de laisser ces enfants, ces villageois qui l'aiment, cette terre de Badalpour avec laquelle elle se sent des liens de sang, mais comment continuer maintenant que son père n'est plus là et que son frère la considère comme une intruse ?

Après avoir distribué les enveloppes bourrées de roupies et gavé les enfants de *burfis* achetés en ville, elle revient vers le palais, pensive. La voiture l'attend pour la ramener à Lucknow. Elle veut encore embrasser Mandjou, lui remettre « quelques millions » pour que Mahmoud l'emmène au cinéma de la cité voisine, et puis elle partira, très vite.

A peine a-t-elle franchi la grille du parc qu'elle se trouve entourée par une vingtaine de femmes.

— Nous sommes venues pour te souhaiter bon voyage, dit Pritti.

— Et pour savoir quand tu reviendras, ajoute Mahila.

Agglutinées autour de Zahr, elles la regardent, attendant sa réponse.

— Quand ? Je ne sais pas...

— Mais tu reviendras ? insistent-elles.

Doit-elle leur mentir ? Leur donner de faux espoirs ? Elle les connaît, elles vont l'attendre, et, si elle ne revient pas, elles penseront qu'elle les a oubliées.

— J'essaierai... Mais si je ne peux pas, sachez que je vous aime et que je me souviendrai de chacune d'entre vous.

— Voyez ce que je vous disais, elle ne reviendra pas ! s'écrie Mahila en se tournant vers ses compagnes. Maintenant que radjah sahib est mort, son frère l'a chassée !

Spontanément, les femmes lui prennent les mains :

— Il n'a pas le droit ! Tu dois rester, tu es la fille aînée, tu es ici chez toi ! protestent-elles.

— Vous êtes gentilles, sourit tristement Zahr, mais, en réalité, je ne suis même plus chez moi dans le jardin que m'a donné mon père...

— Mais tu ne vas pas te laisser faire ! Depuis des années, tu nous répètes de ne pas tolérer l'injustice, de résister même si l'autre semble plus fort, car les jeux ne sont jamais faits d'avance. Tu nous as adjurées d'être fortes, de ne jamais baisser la tête... Et toi, tu ferais le contraire ? A la première difficulté, tu abandonnerais ? Nous sommes de pauvres femmes illettrées qui t'avons fait confiance, nous avons pris des risques parce que tu nous as persuadées que nous étions des êtres humains comme les autres, parce que tu nous as appris la fierté et que nous voulions être dignes de toi. Et tu nous aurais trompées ? Ce n'est pas possible, ce serait trop terrible !

C'est Mahila qui, comme d'habitude, a parlé, mais les autres approuvent. Imperceptiblement, elles se sont reculées et regardent leur radjkumari. Mi-inquiètes, mi-accusatrices, elles attendent.

Et Zahr, qui avait décidé de repartir en laissant toute l'affaire aux mains des avocats, qui s'était imaginé que, par le truchement de ses hommes de loi, elle pourrait continuer de lutter, comprend qu'elle se ment et qu'en réalité elle est en train de lâcher prise... Si elle part, elle n'a plus la moindre chance de gagner. Tout ce qu'elle se raconte n'est qu'arrangements avec sa conscience. En fait, elle n'a plus qu'un désir : rentrer en France et tout oublier. Oublier Badalpour, ses frères, oublier même que l'Inde existe.

— Qu'est-ce que tu décides, rani Bitia ?

C'est Pritti qui a posé la question en la tirant par la manche. C'est la première fois qu'elle se permet ce surnom affectueux qui signifie « notre petite rani », et toutes la scrutent de leurs grands yeux inquiets, comme si de sa décision dépendait aussi leur avenir.

— Dis-nous, rani Bitia, qu'est-ce que tu vas faire ?

Zahr a soudain honte de sa faiblesse. Elle n'est plus seule en cause, elle est solidaire de ces paysannes auxquelles elle a donné espoir et confiance et qui, à leur tour, lui donnent une leçon de courage. Il serait criminel de les décevoir.

Elle se battra, elle le leur doit.

Chapitre VIII

A peine arrivée à Lucknow, Zahr s'est rendue chez Me Delvi. On l'installe dans la salle d'attente avec une tasse de thé, le temps de sortir son dossier. Au bout d'une demi-heure, le premier clerc revient, l'air ennuyé : le dossier a dû être mal classé, on n'arrive pas à le trouver. Peut-elle revenir dans quelques jours, le temps de le rechercher ?

— Comment cela, dans quelques jours ? se récrie Zahr. Dans quelques jours, je serai en France ! J'avais pourtant prévenu Me Delvi que je venais à Lucknow spécialement pour le voir !

Le premier clerc se confond en excuses : si la *mem sahib* peut lui accorder deux jours, il espère pouvoir lui donner satisfaction. De toute façon, Me Delvi ne sera pas là demain, car il plaide une affaire en dehors de Lucknow.

— Puis-je le voir maintenant ?

— Impossible, il est en rendez-vous.

— Alors dites-lui qu'il me faut absolument le rencontrer après-demain, en début d'après-midi, car je pars pour Delhi le soir même.

Tandis qu'elle attend la réponse, le second clerc a entrebâillé la porte :

— Excusez-moi, vous êtes bien la sœur de Muzaffar sahib ?

— Oui.

— Je n'arrive pas à le joindre. Pourriez-vous

avoir la bonté de lui dire que les papiers qu'il a demandés sont prêts ?

Et, avant que Zahr ait pu répondre, il s'est éclipsé.

Étrange... Comment Me Delvi peut-il avoir mon frère comme client et ne pas m'en avoir parlé ? Mais, après tout...

Quelques minutes plus tard, le premier clerc est revenu, tout sourire :

— Me Delvi vous recevra après-demain ; il téléphonera à la bégum Rehman pour préciser l'heure exacte.

Et, avec force courbettes, il l'a raccompagnée jusqu'à la porte.

— Voilà qui est ennuyeux, commente la bégum que Zahr est passée informer aussitôt. Je crois qu'il va falloir vous trouver un autre avocat.

— Pourquoi donc, auntie Nishou ? Il va bien finir par retrouver mon dossier !

— Ne soyez pas si innocente, il ne l'a jamais perdu ! s'irrite la vieille dame. Muzaffar a dû savoir que vous le lui aviez confié et il lui a certainement demandé de ne pas s'en occuper.

— Et pourquoi accepterait-il ?

— Les choses ont changé depuis les événements d'Ayodhya. Le nouveau gouverneur veut prendre votre frère comme conseiller culturel et démontrer ainsi qu'il n'est pas antimusulman. Muzaffar est en train de devenir un personnage important, personne ne tient à s'opposer à lui.

— Mais vous m'aviez affirmé que Me Delvi était honnête !

— Oui, mais pas au point de s'attirer des ennuis à cause de vous. D'autres feraient semblant de suivre votre affaire et vous feraient payer indéfiniment, pour rien. Lui est honnête dans la mesure où il vous fait comprendre qu'il ne veut plus s'en occuper, et vous laisse libre d'aller chercher ailleurs.

— Mais il a juste dit qu'on avait égaré mon dossier...

— A Lucknow, la politesse interdit de dire non. C'est à vous de comprendre.

Sur l'insistance de ses amis, Gotham et Lakshmi, Zahr a accepté leur hospitalité. Elle n'est plus chez elle dans la maison de son père, et surtout elle n'est pas d'humeur à écouter les explications mensongères de son frère. La violence de sa réaction à propos de l'héritage des fillettes l'a persuadée qu'il était inutile de discuter. Elle lui a simplement fait savoir par Mister Dutt qu'elle ne signerait rien.

Impatients d'avoir des détails de première main sur les événements d'Ayodhya, ses hôtes la pressent de questions. Ils n'arrivent pas à croire aux horreurs racontées par la presse. Mais le récit circonstancié de Zahr les convainc que, pour une fois, les journaux ont plutôt été en deçà de la réalité.

— Ces brahmanes sont la plaie de l'Inde, il faudrait tous les éliminer ! s'écrie Gotham indigné, cependant que Lakshmi, tête baissée, garde le silence.

Zahr se mord les lèvres. Sans le vouloir, elle a déclenché l'orage. Elle le sait bien, pourtant, que ses amis sont hindous et que leur mariage, voici quinze ans, a fait un tel scandale qu'aujourd'hui encore, dans la bonne société lucknowi, personne ne les reçoit. Lakshmi est en effet issue d'une très ancienne famille de brahmanes, alors que Gotham est de basse caste. Ils se sont connus à l'université où le jeune homme enseignait l'histoire, et ils ont dû s'enfuir pour se marier. Au bout de quelques années, ils sont rentrés à Lucknow, pensant que la tempête se serait apaisée, d'autant qu'ils avaient deux fils et que Gotham était devenu un professeur éminent. Mais le père de Lakshmi était mort sans accepter de revoir sa fille, et sa mère refuse encore de rencontrer Gotham et les enfants.

Pour Zahr, leur histoire est exemplaire. Ses amis ont eu le courage, exceptionnel en Inde, d'affronter

des préjugés millénaires et de prouver par la réussite de leur couple que le système des castes n'est
pas seulement inique, mais totalement dépassé.

Aujourd'hui, pourtant, elle se rend compte que ce
n'est pas si simple et que la pression de la société
pèse lourd ; elle perçoit ce qu'elle n'a pas voulu voir
jusqu'à présent : la profonde rancœur de Gotham,
son amertume et ses complexes, si intelligent soit-il,
envers la caste des brahmanes à laquelle appartient
sa femme. Elle comprend mieux le sourire triste de
Lakshmi lorsque, après deux whiskies, son mari se
met à insulter cette aristocratie qui, quoi qu'il fasse,
ne le reconnaîtra jamais. Plus Gotham insulte les
siens, plus Lakshmi se tait, et plus il lui en veut de
son silence, signe d'une grandeur d'âme dont lui et
ceux de sa caste seraient dépourvus...

Car ce système qu'il rejette conditionne toujours
ses réactions : il voit les qualités ou les défauts de
son épouse moins comme ceux d'une personne que
comme ceux d'une caste, et, sans doute à son corps
défendant, la douce Lakshmi réagit-elle de même.
Le poison a pénétré trop profond, il faudra des
générations et des millions de Gotham et de
Lakshmi pour arriver à l'éliminer.

— Les brahmanes et autres castes supérieures ne
peuvent garder le pouvoir qu'en montant le peuple
hindou contre les musulmans, poursuit sombre-
ment Gotham. Si nous nous unissions, imaginez
notre force : 12 % de musulmans alliés à 15 %
d'intouchables et à 50 % de basses castes, ils
seraient vite balayés !

— Vous n'avez même pas besoin des musulmans,
vous êtes assez nombreux !

— Nombreux, certes, mais aveuglés par la propagande ! Tant que nous croirons les musulmans responsables de nos malheurs, pourquoi nous révolter
contre nos classes dirigeantes ? Elles sont corrom-
pues et sans pitié, mais, de même que le taureau
fonce sur la muleta sans comprendre que l'ennemi
n'est pas ce bout de tissu mais le torero, de même

nous fonçons sur le musulman qui n'est que le tissu rouge qu'agitent les leaders hindouistes.

— N'y a-t-il pas de plus en plus d'hommes politiques et de ministres issus des basses castes, et même des milieux intouchables ?

— De la poudre aux yeux ! Parce que les brahmanes ont l'habileté de nous laisser parfois obtenir un poste important, nous pensons que les choses s'améliorent. Elles s'améliorent pour eux ! La situation des pauvres, elle, ne cesse de se dégrader. Après quarante-cinq ans d'indépendance, la moitié de la population n'a toujours pas d'eau potable ni le moindre accès aux soins médicaux, sans parler des 52 % d'analphabètes, des millions d'enfants sousalimentés qui s'épuisent au travail, et des dizaines de millions de paysans sans terre. Des réformes, des lois, nous en avons à revendre, intelligentes et généreuses, mais elles restent le plus souvent sur le papier. Croyez-moi, la seule solution, c'est une révolution !

— Pour en revenir à Ayodhya, interrompt Lakshmi, soucieuse de changer le cours de la conversation, vous devriez faire une conférence, suivie peut-être d'une discussion. Il faudrait y convier hindous et musulmans, des gens de bonne volonté, afin de confronter les points de vue.

— Mumtaz me l'a déjà suggéré, elle veut en organiser une chez elle, acquiesce Zahr, cependant que, haussant les épaules, Gotham déclare que le temps des conférences est dépassé, que désormais c'est la guerre.

Dans le sombre salon du palais de Talpour, sur les tapis recouverts de draps blancs immaculés, une cinquantaine de femmes de tous âges sont assises. Les boîtes d'argent remplies de noix et de feuilles de bétel circulent, tandis que des servantes silencieuses disposent çà et là d'épais coussins de soie et d'élégants crachoirs damasquinés. Mumtaz a réuni là la fine fleur de la société lucknowi — musulmane, s'entend, car la seule hindoue présente est

Lakshmi, les autres dames contactées ayant décliné l'invitation sous des prétextes divers.

— C'est peut-être mieux ainsi, glisse Mumtaz à Zahr qui le déplore. La situation est si tendue que certaines de nos amies auraient pu oublier leur traditionnelle courtoisie et se permettre des remarques désobligeantes. Imaginez !

De fait, Zahr imagine... ce qui se passerait si l'on n'était pas à Lucknow !

Une journaliste du *Pioneer,* le premier quotidien d'Uttar Pradesh [1], est également présente.

— Elle a, par hasard, entendu parler de la réunion et a tellement insisté pour venir que je n'ai pu refuser ; j'espère que cela ne vous ennuie pas ? demande Mumtaz. Elle vient d'une famille musulmane très convenable, son père était notre ancien régisseur.

— Cela ne pose aucun problème, la rassure Zahr. Après tout, c'est une collègue.

Et elle sourit à la journaliste qui, armée de son bloc-notes, se tient discrètement dans son coin.

La conférence s'est bien déroulée, et la discussion a tout naturellement dérivé des événements d'Ayodhya sur la haine croissante qu'une partie des hindous ressentent envers les musulmans. Réminiscences d'un peuple conquis au fil de guerres particulièrement cruelles, comme les expéditions de Mahmoud de Ghazni, de Gengis Khan et de Tamerlan... Toutefois, suite à ces conquêtes, il y eut des siècles de prospérité et d'entente, notamment sous les grands moghols qui surent allier le génie hindou et le génie musulman pour produire une civilisation brillante dont le Taj Mahal est le chef-d'œuvre. De même pour la musique : les plus

1. Le plus grand État de l'Inde, dont la capitale est Lucknow.

grands compositeurs de *ragas*, forme musicale originellement hindoue, furent des musulmans. Quant à la poésie, dans tout le nord de l'Inde, sauf au Bengale, qui avait sa culture spécifique, elle était composée en urdu, langue extrêmement riche dans laquelle poètes hindous et musulmans rivalisaient de talent.

On s'essaya même à un véritable dialogue des religions : sous l'empereur moghol Akbar, passionné de spiritualité, des théologiens de toutes origines se réunirent pour tenter d'élaborer la *Din i ilali*, la religion universelle, établie à partir du fonds commun à toutes les croyances. Akbar espérait ainsi extirper les germes de dissensions entre communautés.

Seuls continuèrent un certain temps les affrontements avec les Marathes et les Rajpoutes, deux peuples hindous de tradition guerrière qui, pendant des siècles, s'étaient battus pour le pouvoir. Mais la grande majorité des hindous s'accommodaient de ces dominations qui, au départ étrangères, finissaient par se fondre dans le fantastique creuset de la civilisation indienne, qui toujours sut absorber et finalement conquérir ses conquérants.

La domination britannique, au XIXe siècle, bouleversa ce fragile équilibre. Selon leur vieux principe : « diviser pour régner », les nouveaux maîtres firent tout pour empoisonner les relations entre les deux communautés. Une lettre du secrétaire d'État George Francis Hamilton à Lord Curzon, vice-roi des Indes, illustre la tactique des nouveaux colonisateurs :

> « Je pense que le véritable danger pour notre pouvoir en Inde [...] est l'adoption graduelle et l'extension des idées occidentales d'agitation, et que, si nous pouvions diviser les Indiens éduqués en deux sections ayant des vues diamétralement opposées, nous renforcerions notre position. Nous devrions concevoir

les livres de classe de façon à ce que les différences entre communautés soient encore accentuées. » (2 septembre 1887)

Ainsi, les livres scolaires furent systématiquement falsifiés pour persuader les hindous que, pendant des siècles, les musulmans les avaient massacrés et avaient violé leurs femmes, et convaincre les musulmans que les grands leaders hindous étaient tous des racistes. Cette politique de distorsion de l'Histoire empoisonne encore les esprits.

— Actuellement, les partis hindouistes utilisent exactement la tactique du colonisateur anglais, souligne Mumtaz. Depuis trois ans, ils abreuvent le peuple d'une propagande haineuse à propos de temples hindous détruits par les musulmans du Cachemire, et justifient ainsi en retour la destruction de nos mosquées. Or une équipe d'investigation envoyée sur place vient de constater que sur les vingt-trois temples prétendument détruits ou endommagés, vingt et un sont absolument intacts. Deux seulement ont été abîmés, mais ce, accidentellement, au cours de combats entre les militants indépendantistes et l'armée. En fait, ces partis suivent à la lettre les principes exposés par Hitler dans *Mein Kampf*. Celui-ci prétendait que plus le mensonge est gros, mieux il convainc, car les gens normaux, capables de menus mensonges, ne peuvent imaginer que l'on puisse travestir aussi totalement la réalité.

L'air dégoûté, une grosse femme crache en un long jet rouge son *pan* dans le récipient d'argent placé à côté d'elle :

— J'ai toujours dit que les hindous étaient des hypocrites, et voilà qu'en plus ce sont des fascistes !

— Ah non, ne confondons pas tout !

Lakshmi, qui jusqu'à présent se taisait, s'est levée, toute pâle.

— Ces fanatiques ne représentent pas plus l'hindouisme que les extrémistes musulmans ne représentent l'Islam! Nos textes sacrés enseignent que tout être humain, de quelque religion qu'il soit, a en lui l'étincelle divine, et que c'est par sa piété et son travail intérieur qu'il parvient à la réalisation ultime. Si, au cours des siècles, la caste des brahmanes a confisqué l'hindouisme et l'a réinterprété à son profit, c'est un hold-up politique qui n'a rien à voir avec la religion!

On hoche la tête, on approuve. Depuis des millénaires, en effet, l'Inde, plus qu'aucun autre pays, a accueilli toutes les religions, l'hindouisme abritant lui-même multiples rites et croyances, différents sans être jamais contradictoires. Elle a été la patrie du mysticisme le plus profond, produit d'échanges réguliers entre les soufis, mystiques musulmans, et les sages hindous. Comment, à partir de tels trésors de sagesse, de clairvoyance et de générosité, a-t-on pu tomber dans ce tragique bourbier?

Dans de fines tasses de porcelaine aux armes de Talpour, vestiges de la grandeur passée, les servantes ont commencé à verser le thé, ce qui va détendre pour quelques instants l'atmosphère. Des femmes se sont fait apporter le *hookah*, et, dans un discret gargouillis d'eau fraîche, pensivement aspirent la fumée. Dans le calme de ce vieux palais hors du temps, elles ont du mal à imaginer les affres dans lesquelles se débattent les leurs, que ce soit en Palestine, au Liban, en Irak. Partout le sort semble s'acharner sur les peuples musulmans.

— Non seulement les hindous nous détestent, mais en plus ils nous méprisent, reprend amèrement une jeune fille. Tout ce qu'enseigne notre religion, ils le qualifient d'infâme ou le tournent en dérision.

— Peut-être parce que ce sont souvent des coutumes d'un autre âge qui n'ont rien à voir avec la religion, laisse tomber Zahr, comme si elle énonçait une banalité.

Elle est parfaitement consciente qu'elle avance en terrain miné, mais, cette fois, on est au cœur du problème et elle ne supporte plus de se taire.

— Des coutumes d'un autre âge? Vous plaisantez! Les injonctions du Coran n'ont pas d'âge, ce sont les paroles mêmes de Dieu!

Indignées, les femmes se sont dressées, elles ne permettront pas ce blasphème, cette remise en question de ce qu'elles ont de plus précieux, le Livre saint qui guide leur vie et qui, depuis quatorze siècles, éclaire de sa sagesse le monde de l'Islam.

— Je ne parle pas du Coran, mais de la *Sharia,* la loi musulmane, et je ne fais que reprendre ce qui a été dit par nos plus grands sages : Ghazali, Afghani, Abdu, Iqbal, parmi bien d'autres, proteste Zahr. N'oublions pas que la *Sharia* n'est pas basée seulement sur le Coran, mais sur la *Sunna,* actes et paroles du Prophète tels qu'ils ont été rapportés après sa mort, souvent bien des années plus tard. La plupart de ces témoignages étaient si flous que les savants durent se livrer à un colossal travail de tri, et parmi les dizaines de milliers de *hadiths* [1], ils n'en retinrent que quelques milliers, considérés comme authentiques. Mais, si respectables soient-ils, ces savants n'étaient que des hommes. Ils avaient un jugement humain, donc relatif, influencé par les idées de l'époque, notamment en ce qui concerne les femmes et les préceptes de justice.

— Eh bien, justement, parlons-en, des femmes et des leçons que l'Occident prétend nous donner!

Azra bégum, la plus jeune sœur de la rani de Mahbabad, est considérée comme une intellectuelle ; elle n'est jamais sortie du *purdah,* mais, voici vingt ans, elle a passé sa licence d'histoire, par correspondance.

— Le port du voile ou du foulard, par exemple, qui aujourd'hui mobilise la chrétienté contre l'Islam, était jusqu'au siècle dernier une coutume répandue aussi bien chez les chrétiens du Moyen-Orient que chez les hindous. Quant aux Européens,

---

1. Paroles du Prophète rapportées dans les recueils de la *Sunna,* ou tradition.

ils oublient un peu vite les fichus de leurs grand-mères et le fait que, jusque dans les années cinquante, seules les femmes de peu, dites « de mauvaise vie », sortaient « en cheveux », c'est-à-dire tête nue !

— C'est vrai, remarque Zahr. En revanche, le port du voile, comme il se pratique encore aujourd'hui dans certains pays — notamment ici, en Inde, où, pour sortir, on doit s'affubler de *burkahs*, ces abominables tentes noires qui permettent à peine de respirer —, est une déviation totalement contraire à l'Islam !

Des exclamations outrées accueillent sa remarque. Presque toutes les femmes ici portent le *burkah* depuis l'adolescence.

— Vous racontez n'importe quoi ! Les femmes doivent être voilées : ce n'est même pas un *hadith* que, selon vous, on pourrait discuter, c'est écrit en toutes lettres dans le Coran !

— Non, ce n'est pas écrit dans le Coran.

Pour le coup, c'est la révolution ! Des femmes se sont levées et menacent de partir pour ne pas entendre pareilles hérésies ; d'autres n'hésitent pas à traiter Zahr d'infidèle, ignorante de la religion de ses ancêtres — « Pas étonnant, elle a été élevée à l'étranger. Mais qu'elle s'abstienne de venir nous faire la leçon ! ». Certaines insinuent même qu'elle ment sciemment, qu'elle a renié ses origines et qu'elle est devenue un instrument de l'Occident, peut-être même des hindous, qui sait ?

— Taisez-vous, je vous en supplie ! chuchote Mumtaz à Zahr, tout en s'efforçant de calmer ses invitées.

Mais Zahr n'a aucune intention de se taire. Elle savait qu'au lieu de discuter, on lui jetterait à la figure sa qualité d'étrangère, mais cela fait trop longtemps qu'elle hésite ; maintenant qu'elle en a pris le risque, elle ira jusqu'au bout. C'est la seule façon de s'en sortir.

C'est surtout la seule façon de ne plus avoir honte

d'elle-même, honte du silence qu'elle et nombre d'intellectuels musulmans gardent depuis tant d'années face aux ulémas conservateurs dont ils redoutent l'anathème, et face aux islamistes dont ils redoutent les balles. Car les rares érudits qui, en Égypte, en Turquie, en Algérie, se sont élevés contre le dévoiement de l'Islam par les intégristes ont été assassinés.

Contre l'ouragan déchaîné, la résistance est vaine, il faut faire le dos rond et attendre qu'il s'apaise. Zahr garde son calme, s'étonnant de son indifférence devant des accusations qui, il n'y a pas si longtemps, l'auraient ravagée. D'où lui vient cette force, sinon de la certitude que, cette fois-ci, elle lutte pour des vérités essentielles ?

Déconcertées par son silence, les femmes se sont tues. Alors, de sa voix la plus douce, Zahr suggère :
— Plutôt que de discuter, consultons donc le saint Coran.

Tandis que Mumtaz va chercher le Livre, Zahr se remémore les circonstances qui l'avaient poussée, voici quelques années, à étudier de près la question du voile, consultant sur le sujet divers islamologues, puis le combat qu'elle avait mené avec toute la force du désespoir.

C'était un an après la mort de son frère Nadim. Des amis avaient présenté à Amina un Iranien vivant comme elle en Angleterre. Contrairement à ce qu'il en est dans l'hindouisme, en Islam une veuve est censée se remarier, et ils jugeaient que cet homme, extrêmement pieux, serait un parfait protecteur pour la jeune femme et ses filles. Lorsque, timidement, Amina s'en était ouverte à Zahr, celle-ci l'avait encouragée. Elle était venue à Londres pour rencontrer le prétendant : il travaillait comme ingénieur dans une firme anglo-iranienne, il était beau, semblait sérieux, un peu rigide peut-être, mais, après tout, c'était l'affaire d'Amina. Pourtant, sa jeune belle-sœur hésitait. Un jour, sur l'insistance de Zahr, intriguée, elle finit par lui avouer que l'Iranien, grand admirateur de l'ayatollah Khomeyni, entendait la voiler, ainsi que les trois petites, âgées à l'époque de onze, neuf et cinq ans.

— Vous ne pouvez accepter une chose pareille! s'était récriée Zahr, scandalisée. Ces enfants ont été élevées dans la liberté, elles ne le supporteront jamais!

— Ahmad dit qu'elles ont été mal élevées, et que, même à leur âge, le voile est obligatoire pour les musulmanes, sauf pour la dernière qui peut attendre d'avoir sept ans.

— D'abord, ce n'est pas une obligation, mais un choix, et leur père était hostile à cette coutume, vous le savez fort bien! Il désirait que ses filles soient des musulmanes modernes, attachées aux croyances et à la morale islamique, mais non à des formes extérieures, peut-être justifiées autrefois, mais aujourd'hui absurdes. Il disait aussi que voiler les femmes, c'est faire injure aux hommes : sont-ils des animaux en rut, incapables de refréner leurs pulsions? Si oui, ce sont eux que l'on doit enfermer et non les femmes!

Pendant des mois, Zahr avait tenté de convaincre sa belle-sœur. Elle avait même un jour essayé de parler à Ahmad. Il l'avait pris de haut et, fixant ses jambes nues, il avait rétorqué qu'elle n'était qu'une mécréante qui n'avait pas voix au chapitre, et que si son frère avait toléré sa tenue indécente, c'est qu'il était un mauvais musulman.

Injurier son frère mort! Pour le coup, Zahr avait explosé. La confrontation avait été d'une violence extrême. C'était à Londres, sur le quai du métro — elle se souvient des mines effarées des voyageurs, et des sanglots de sa belle-sœur —, mais elle ne se retenait plus : consciente de jouer sa dernière carte, elle avait dit tout ce qu'elle avait sur le cœur. Devant le visage d'Ahmad déformé par la haine, devant son bras levé pour la frapper, elle, l'aînée, Amina allait-elle enfin comprendre dans quel piège elle était sur le point de se fourvoyer?

Les semaines passèrent, Zahr n'en dormait plus ; elle avait envisagé toutes les possibilités. En vain. La mère était toute-puissante : si celle-ci décidait de se remarier, elle ne pourrait plus rien pour ses nièces.

Par bonheur, l'affaire se résolut d'elle-même : le vertueux Iranien, découvrant que sa promise, bien qu'ayant épousé un fils de radjah, n'avait pas le sou, renonça à son rôle de défenseur de la veuve et des orphelines, et disparut sans laisser d'adresse.

Et Amina vécut sans mari et sans voile, heureuse avec ses enfants (qui allaient poursuivre de brillantes études, l'aînée promettant, selon ses professeurs, de devenir une remarquable astrophysicienne).

Mumtaz est revenue avec le Coran soigneusement enveloppé dans un velours vert. Après l'avoir baisé respectueusement, Zahr l'ouvre, et se met à lire :

> *Dis aux croyantes*
> *de baisser le regard,*
> *d'être chastes,*
> *de ne montrer que l'extérieur de leurs atours,*
> *de rabattre leurs voiles sur leurs poitrines* [1].

Puis elle continue :

> *Dis à tes épouses et à tes filles [...]*
> *et aux femmes des croyants*
> *de se revêtir de leurs mantes* [2].

— Le mot *jilbab*, employé ici, signifie mante ou cape, précise-t-elle. Les rigoristes l'ont interprété comme l'ordre de se couvrir des pieds à la tête, y compris le visage. Mais, aucun verset du Coran

---

1. Sourate 24, verset 31.
2. Sourate 33, verset 59.

n'ordonne de dissimuler son visage, ni même explicitement sa chevelure, mais simplement de se couvrir décemment. Or, à l'époque, comme en Europe jusqu'en 1900, il était indécent de montrer ne serait-ce qu'une cheville. Avec le temps, les choses ont évolué! Quant à garder les femmes cloîtrées, le Prophète lui-même, par son exemple, prêchait le contraire. Aïcha, son épouse préférée, participait aux dîners avec des hommes et discutait avec eux de divers sujets, notamment politiques, faisant preuve d'une intelligence brillante. Après la mort du Prophète, elle a même pris la tête de l'armée pour venger l'assassinat du troisième calife. C'est par la suite que les mœurs patriarcales de l'époque ont repris le dessus et que les ulémas [1], réinterprétant à leur façon le Coran, ont enfermé les femmes à la maison.

— A leur façon? Mais c'étaient de saints hommes et des savants certainement mieux qualifiés pour comprendre le Livre sacré que vous ou moi! s'insurge une femme.

— Alors pourquoi croyez-vous que le Prophète ne voulait pas d'un clergé? Il était très conscient du dangereux pouvoir que confère le monopole de l'interprétation des textes. Il disait que le croyant, éclairé par le Coran, était seul avec sa conscience face à Dieu. Et il recommandait, si l'on ne trouvait pas de réponse dans le Coran ou dans la Sunna, d'exercer l'*ijtihad* : son propre effort d'interprétation.

— Je n'ai jamais entendu parler de cela, proteste une femme, méfiante.

— C'est pourtant l'une de ses paroles les plus connues. Cela se passa lors d'une entrevue avec Mohaz ibn Djabal qu'il envoyait comme gouverneur au Yémen :

1. Savants en science islamique qui ont fini par s'adjuger les attributs d'un « clergé », notamment le pouvoir de dicter ce qui est bien ou mal.

« *Lorsque tu seras confronté à un problème, d'où tireras-tu la réponse ? lui demanda le Prophète.*

« *— Je consulterai le saint Coran.*

« *— Et si tu ne trouves pas la réponse dans le Coran ?*

« *— Je me référerai à la Sunna.*

« *— Et si dans la Sunna tu ne trouves pas la réponse ?*

« *— Alors j'exercerai l'ijtihad, mon effort d'interprétation.*

« *— Louange à Dieu, dit le Prophète qui éclaire ainsi mon envoyé !* »

— Hélas, continue Zahr, dès le XIe siècle, le conformisme l'emportait. Poussés par le pouvoir politique, les ulémas adoptant une lecture littérale fixèrent les textes dans une interprétation définitive et fermèrent arbitrairement le *Bab al-Ijtihad,* la « porte de l'interprétation ». C'est en partie de cette fermeture que découlent les malheurs de l'Islam et des musulmans. Tandis qu'au fil des siècles, les autres religions faisaient leur aggiornamento, l'Islam, au départ très progressiste, est resté une religion figée.

Comme si un horizon nouveau s'ouvrait à elles, un petit groupe de femmes s'est rapproché de Zahr et l'écoutent les yeux brillants, cependant que d'autres, restant sur la défensive, grommellent :

— Même si c'est vrai, sommes-nous assez savantes pour être capables d'interpréter ? Nous ne pouvons que suivre ce que nous disent nos ulémas.

— C'est justement pourquoi le Prophète insistait tellement sur l'éducation. L'une de ses paroles les plus connues est : « Cherchez le savoir jusqu'en Chine si nécessaire ; cette quête est une obligation pour tout musulman. » Les femmes comme les hommes devaient s'instruire pour pouvoir juger, distinguer le bien du mal et ainsi conduire leur existence. Le deuxième calife, Hazrat Omar, l'un des plus proches compagnons du Prophète avait même statué que si quelqu'un volait pour se nourrir, il ne devait pas avoir la main coupée, châtiment pourtant énoncé en toutes lettres dans le Coran arguant — c'était lors d'une famine — que la lutte contre la pauvreté passait avant l'application rigoureuse de la loi, et il avait suspendu l'application de ce commandement. Il faisait simplement preuve d'humanité, respectant ainsi l'esprit du message coranique, et non aveuglément sa lettre.

— Si vous allez par là, il n'y a plus de Coran, on peut tout réinterpréter à sa façon !

— Absolument pas. Il y a les articles de foi et les préceptes du culte obligatoires pour tout musulman, ce qu'on appelle les cinq piliers de l'Islam, et bien sûr les principes moraux universels. Mais en ce qui concerne la vie quotidienne, Ghazali, appelé « la preuve décisive de l'Islam », a écrit que tout peut faire l'objet d'interprétations, compte tenu des nécessités de l'époque [1]. Remarquez en outre qu'après chacun des châtiments prescrits par le Coran, ou presque, il est écrit : « Mais Dieu préfère le pardon »...

— Pas pour la fornication, qui doit être punie de cent coups de fouet ! proteste sa voisine.

— Effectivement, le fouet pour l'homme comme pour la femme. Mais le Livre précise qu'il faut quatre témoins ayant assisté à l'acte de fornication, ce qui rend, avouez-le, l'administration de la preuve très difficile, et donc le châtiment extrêmement rare ! D'autant que le faux témoignage est puni lui aussi très sévèrement : quatre-vingts coups de fouet. Par la suite, la société évoluant, les jurisconsultes du royaume musulman de Grenade [2], par exemple, avaient remplacé la peine de fouet par une période de réclusion.

« Le fouet est en revanche toujours à l'honneur en

---

1. Le verset 38 de la 13e sourate dit : « A chaque époque son Livre. » Ce que beaucoup comprennent comme « A chaque époque son interprétation du Livre. »
2. Qui dura du VIIIe au XVe siècle.

Arabie Saoudite, en Afghanistan ou en Iran sans qu'on s'embarrasse de réunir quatre témoins directs. Si ces régimes, qui se targuent d'être les seuls régimes vraiment islamiques, se refusent à pratiquer l'*ijtihad* recommandé par le Prophète, qu'au moins ils aient la décence de respecter les conditions énoncées par le Livre saint !

Le lendemain, sous le titre : « Pas de voile pour les musulmanes ! », le *Pioneer* rend compte non pas de la conférence sur Ayodhya, mais de la discussion qui l'a suivie.

C'est Mumtaz qui, par téléphone, prévient son amie :

— Je suis désolée, je croyais cette journaliste honnête, mais elle a déformé vos propos et surtout omis de citer les versets coraniques et les *hadiths* sur lesquels vous vous basiez. Allez-vous protester auprès du *Pioneer* ?

— Non, cela ne servirait qu'à envenimer les choses en leur donnant encore plus de publicité.

— Je crains que vous n'ayez des ennuis. Qu'allez-vous faire ?

— Rien. Simplement, si on me pose des questions, je répondrai. Allons, Muntaz, calmez-vous ; je savais que mes déclarations provoqueraient des réactions hostiles. Comme on dit en France : « On ne fait pas d'omelette sans casser des œufs » !

Gotham et Lakshmi sont sortis, Zahr est seule dans l'appartement. Elle a toute la matinée devant elle avant d'aller, cet après-midi, consulter un nouvel avocat recommandé par Mister Dutt. Si celui-ci ne convient pas, il y a encore le conseil d'Imran qui s'est dit prêt à examiner le dossier. Et d'autres... Lucknow ne manque pas de bons hommes de loi !

On sonne à la porte. Le domestique est parti faire les courses et Zahr est encore en robe de chambre. Elle n'ouvrira pas ; c'est certainement pour ses amis, personne ne sait qu'elle habite ici.

Mais on sonne et resonne avec insistance. Au

bout de quelques minutes, exaspérée, Zahr va voir ce dont il s'agit.

Sur le pas de la porte se tient Muzaffar.

— Qu'est-ce que vous venez faire ici? balbutie-t-elle.

— C'est plutôt à moi de vous demander ce que vous faites à Lucknow chez des étrangers, au lieu d'être à la maison! J'ai appris ce matin par les journaux que vous étiez en ville, et j'ai immédiatement deviné où vous vous cachiez.

— Je ne me cache pas.

— Ah non? Eh bien, maintenant vous devriez, vu le scandale que vous avez provoqué par vos propos ridicules. N'avez-vous pas honte? Je me demande ce qu'aurait dit mon pauvre père.

— *Notre* père aurait approuvé, car nous partagions les mêmes idées. Mais puisque vous prétendez connaître l'Islam, ignorez-vous que le Coran voue au feu éternel ceux qui s'attribuent les biens des orphelins? Vous dépouillez les filles de votre défunt frère et vous osez vous dire musulman? Vous me volez et vous saccagez le jardin que m'a légué mon père, et vous osez invoquer sa mémoire?

Et, comme il tente de l'interrompre :

— Ne vous fatiguez pas à mentir. Sachez seulement que j'ai décidé de vous assigner en justice.

Il éclate de rire :

— Vous n'arriverez à rien! Vous êtes ici une étrangère, et vous avez en outre eu la sottise de critiquer les imams. Vous êtes désormais au ban de la communauté. Je vous conseille d'abandonner... et de ne pas retourner à Badalpour. Il y a des bandits, par là-bas, ce pourrait être dangereux pour vous.

— Est-ce une menace?

— Non, seulement un avertissement. Je ne voudrais pas qu'il vous arrive malheur.

Est-ce son frère qui lui parle ainsi? Ce frère qui, autrefois, l'avait charmée par son intelligence, sa sensibilité d'artiste? Même si, parfois, ses réactions d'enfant gâté l'irritaient.

Zahr réalise peu à peu qu'à l'instar de ce que représente pour elle son jardin, les palais dévastés et les terres de Badalpour représentent pour Muzaffar sa propre identité, et que pour la garder intacte, il est prêt à tout. Car le petit garçon figurant sur la photo reçue autrefois à l'institut Merici, l'enfant assis tout nu sur son trône a continué de rêver; ni la révolution ni la ruine n'ont entamé ses fantasmes: hier prince héritier, il est aujourd'hui le maître. Et lui disputer la moindre pierre, la plus modeste parcelle de terre, c'est remettre en question son autorité et sa qualité même de radjah. Peu importe que, dans l'Inde actuelle, ces titres ne soient plus que symboles; les symboles gouvernent souvent nos vies avec bien plus de puissance que la réalité.

Mieux que quiconque, Zahr peut le comprendre.

Et elle se demande si, par la patience, elle ne pourrait pas trouver un compromis... A moins qu'en fin de compte elle ne se batte avec son frère dans le but inconscient de briser ses propres liens avec l'Inde? Irrémédiablement, afin qu'il n'y ait plus de choix possible, plus d'hésitation, plus de déchirement, plus rien de cette souffrance éprouvée à tenter de trouver sa place dans une société, un pays qui vous refuse.

Muzaffar arpente le salon de long en large; son ton a changé, il ne l'insulte plus, il tente de la persuader :

— Voyons, pourquoi vous entêter? L'Inde n'est pas votre pays, vous l'avez connu bien trop tard, jamais vous ne pourrez y vivre. En réalité, votre pays, c'est la Turquie.

Ironie: c'est exactement ce qu'en sens inverse lui répète sa famille turque, ou du moins les aînés qui disent la représenter : « Après tout ta famille, c'est la famille de ton père! Et ton pays, c'est l'Inde. »

Pourtant, Zahr n'a jamais rien demandé, sinon la reconnaissance d'une identité qu'on lui a déniée, et l'admission de plein droit dans ses familles, turque et indienne.

Aujourd'hui, elle n'est plus en quête de cette reconnaissance. Que cela leur plaise ou non, elle est là. Elle n'a plus besoin qu'on l'accepte pour avoir le droit d'exister.

Perdue dans ses pensées, elle n'a pas entendu Muzaffar s'en aller. Lui reviennent les images de son premier voyage en Turquie, dans le pays de sa mère.

C'est dans son uniforme bleu marine, coiffée de sa toque d'hôtesse de l'air, qu'à vingt-huit ans Zahr avait débarqué à Istanbul. Elle était si émue qu'elle aurait volontiers baisé le sol, mais la peur du ridicule l'en avait empêchée.

Pendant deux longues journées elle avait parcouru la ville, la respirant à pleins poumons, s'émerveillant de tout, scrutant intensément chaque détail, s'imprégnant de ses musiques, de ses ombres et de ses lumières, comme pour en effacer tout sentiment d'étrangeté et se l'approprier au plus vite. Mais alors qu'elle s'apprêtait à la découvrir, elle n'avait fait que la reconnaître : elle s'était sentie d'emblée chez elle. Elle souriait aux passants comme à de vieux amis, et eux regardaient étonnés cette touriste singulière. Elle aurait tant voulu leur parler, leur dire qu'elle aussi était turque, qu'elle était fière de son pays et heureuse d'être là, parmi eux. Mais elle ne pouvait que leur sourire : elle ne connaissait pas le premier mot de sa langue maternelle.

Dans l'un des innombrables magasins de souvenirs, elle avait acheté une assiette ornée d'une *tughra*, l'emblème de la dynastie ottomane, et c'est la gorge serrée qu'elle avait écouté le marchand lui expliquer que jadis, en Turquie, régnaient des sultans. A l'évidence, pour tous, elle n'était qu'une aimable étrangère ; comment aurait-il pu en être autrement ? Ce n'est pas parce que son cœur battait une folle chamade, ce n'est pas parce que, de toute son âme, elle se sentait une enfant de retour au pays qu'on allait la reconnaître et lui ouvrir les bras.

En Inde, l'accueil chaleureux de sa nombreuse famille lui avait permis de se sentir chez elle. En Turquie, excepté quelques vieilles cousines qui avaient à peine entendu parler d'elle, Zahr ne connaissait personne. Et, dans ce pays qu'elle sentait pourtant sien plus intimement encore que l'Inde, jamais elle n'éprouva à ce point sa solitude.

Perdue dans le flot anonyme, elle avait visité le palais de Topkapi où sa famille avait vécu plus de trois siècles. Tentant de s'abstraire du groupe et de la voix monocorde du guide, elle s'attardait pour rêver dans les salons et dans les chambres des sultanes, de toute sa sensibilité exacerbée elle essayait de se mettre en contact avec elles, de retrouver leurs rires et leurs babillages, leurs espoirs et leurs rêves, et de renouer le lien qui la rattachait aux belles oubliées. Parfois, pour mieux les sentir, comme une voleuse elle caressait la douceur d'un brocart sur lequel s'était étendue une aïeule, ou touchait furtivement le bois précieux d'un luth qu'avaient effleuré ses doigts fins. Mais le guide veillait et la rappelait sévèrement à l'ordre : à regret, Zahr rejoignait le groupe.

En fin de visite, ils étaient arrivés dans la galerie où se trouvaient exposés les portraits des trente-six sultans, et elle s'était déridée en songeant : « Pas beaux, les grands-pères ! » Le vieux guide avait commencé à raconter leur vie. A un moment donné, à propos de Mourad V, il se trompa et elle ne put s'empêcher de le lui faire remarquer. Tout étonné, il lui demanda d'où elle tenait des détails aussi précis. Elle répondit, mi-fière mi-gênée, qu'il s'agissait de son arrière-grand-père.

Il s'était alors passé une chose extraordinaire : l'homme aux cheveux blancs avait saisi la main de Zahr et l'avait portée à ses lèvres puis à son front, comme on le faisait du temps de l'Empire ; après quoi, tout ému, il avait appelé les autres guides qui avaient entouré la jeune femme et lui avaient à leur tour baisé les mains. Ils semblaient heureux, comme si, après une longue séparation, ils retrouvaient un membre de leur famille, et elle, parmi ces hommes qui lui témoignaient si spontanément leur attachement, avait peine à retenir ses larmes : par ce simple geste ils la reconnaissaient, l'adoptaient comme une des leurs. La tristesse et le désarroi qui l'avaient accompagnée durant ces deux jours s'évanouissaient soudain ; elle avait chaud au cœur : tout naturellement ils lui avaient redonné sa place.

Jamais elle n'oublierait ce vieux guide qui, le premier, sans calculs ni arrière-pensées, avait su lui rendre son pays.

L'avocat chez qui Mister Dutt a emmené Zahr les reçoit avec affabilité, mais, après les avoir écoutés attentivement, il décline l'affaire, arguant ne pas être assez au fait des détails du droit musulman, et il leur recommande un de ses éminents confrères, Me Saïd Khan.

Me Khan, que Zahr va voir dès le lendemain, se montre lui aussi d'une amabilité extrême. Hélas, il est actuellement surchargé : la rajkumari peut-elle attendre quelques mois ?

En l'espace d'une semaine, sous des prétextes divers, cinq avocats refusent le dossier.

— Qu'en pensez-vous ? demande Zahr, perplexe, à ses amis, les radjahs de Talpour. Mon affaire leur paraît-elle trop compliquée, ou y aurait-il une autre raison ?

— J'ai bien peur que ce ne soit à cause de votre conférence, dit Imran. Je vais m'en assurer. Un de mes amis d'enfance est avocat ; lui me dira la vérité.

Et il sort téléphoner.

Au bout de quelques minutes, il revient, l'air préoccupé :

— Il semble que vous soyez boycottée. Vos propos ont déplu aux autorités religieuses, elles l'ont fait savoir, et personne n'a envie de s'attirer des problèmes en prenant votre défense.

— Les avocats musulmans, je peux éventuellement le comprendre ; mais les hindous ?

— La situation est si tendue que les hindous ne veulent pas irriter davantage leurs confrères musulmans. C'est un mauvais moment à passer, mais, actuellement, vous n'avez aucune chance : personne à Lucknow ne se chargera de votre affaire. A mon avis, vous devriez prendre un avocat de Delhi qui n'ait rien à voir avec la politique locale.

Affectueusement, Mumtaz a passé son bras autour des épaules de son amie :

— Je suis désolée, c'est ma faute. Jamais je n'aurais dû vous demander de faire cette conférence. Vous devez bien le regretter aujourd'hui !

— Le regretter ? Au contraire, Mumtaz, je vous en suis reconnaissante. Vous m'avez donné l'occasion de dire des choses qui m'étouffaient depuis trop longtemps.

— En tout cas, sachez qu'il y a des retombées positives. Nous sommes une dizaine à avoir décidé de nous réunir chaque semaine pour relire le Coran. Ma cousine Shahnaz, qui a fait des études d'arabe classique, nous aidera. Mais, surtout, n'en parlez pas, c'est un secret ; car il n'est pas évident que cela plaise à nos époux. A part Imran, précise-t-elle en souriant, mais lui est un être exceptionnel !

— Bravo ! s'écrie Zahr, enthousiaste. Imaginez, si, dans tous les pays d'Islam, se formaient des groupes de femmes décidées à saisir le vrai message du Coran, à retrouver l'esprit de progrès qu'il apporta à son époque, ce serait une véritable renaissance du monde musulman ! Les hommes ne comprennent pas qu'en enfermant les femmes, c'est à eux-mêmes qu'ils font le plus grand tort. Comment une mère ignorante du monde peut-elle former son fils à affronter la réalité ? Comment une épouse soumise peut-elle être l'interlocutrice, le miroir dont tout homme a besoin ? Adulés par leur mère, puis par leur épouse, pourquoi les hommes se remettraient-ils en question ? Je suis de plus en plus persuadée que le progrès et la prospérité de nos sociétés passent par l'éducation et la libération des femmes. Ce qui ne signifie pas que nous devions copier l'Occident. A nous de trouver notre propre modèle.

— Ce sera difficile...

— Y a-t-il un autre moyen? Le monde évolue à grande vitesse et ne nous fera pas de cadeau. Si nous continuons à nous bercer de belles paroles et à rêver de notre grandeur passée, nous irons de catastrophe en catastrophe.

— Mais nous sommes nombreux à comprendre la nécessité d'évoluer, s'interpose Imran, et nous ne manquons pas des scientifiques indispensables au développement de nos pays. Le problème, c'est que les meilleurs émigrent, nos autorités politiques et religieuses continuant d'exercer leur contrôle non seulement sur la vie mais sur la pensée.

— Pourquoi l'acceptez-vous? Je ne vous parle pas de révoltes individuelles, vouées à l'échec, mais d'un travail de fond, d'une remise en question globale à partir des vraies valeurs de l'Islam. Contre cela, aucun uléma ne pourrait lancer de *fatwa*. Hélas la majeure partie de l'élite musulmane, confondant modernisation avec occidentalisation, s'est coupée de sa culture et de son peuple. Elle a failli à sa mission d'éclairer les esprits et de faire évoluer les mentalités ; elle a abandonné les populations aux forces manipulatrices les plus réactionnaires. D'où les aberrations et les drames auxquels nous assistons aujourd'hui.

— Nous sommes plongés dans un tel marasme, croyez-vous que nous arrivions jamais à en sortir? soupire Mumtaz.

— Hannah Arendt, une philosophe juive, dont la pensée m'a soutenue alors que j'étais moi aussi complètement désespérée, écrivait qu'être un homme, ce n'est pas réagir aux événements, comme nous le faisons tous, ni choisir entre ce qui existe déjà, mais agir, utiliser sa liberté pour créer, initier de nouveaux cycles d'actions, de nouvelles logiques. C'est cela vivre, et non simplement survivre.

CHAPITRE IX

Sur les conseils de ses amis de Lucknow qui désespèrent de lui trouver un avocat sur place, Zahr a pris le train pour Delhi où Amélie et Mohandas, le couple franco-indien qui l'a déjà hébergée, l'accueillent à bras ouverts :

— N'ayez crainte, ma chère, nous allons vous trouver le meilleur spécialiste en droit musulman, la rassure Amélie. En fin de compte, votre affaire serait on ne peut plus simple si ne s'y mêlaient des problèmes locaux et l'influence de votre frère. Ici, cela ne joue pas et je suis persuadée que tout sera résolu en quelques semaines.

En fait, les choses s'avèrent moins faciles que prévu.

— Pourquoi ne vous adressez-vous pas à un juriste de Lucknow ? s'étonnent les premiers avocats qu'elle va consulter. Ce serait plus rapide, car il existe dans chaque province des particularités que nous connaissons mal ; et puis, ce serait bien moins onéreux pour vous !

Zahr juge inutile d'expliquer qu'à Lucknow, elle est boycottée, car, hindou ou musulman, qui se soucierait de prendre des risques ? D'autant que pour ces hommes de loi habitués à traiter d'affaires de milliards de roupies, cette histoire de jardin semble de bien peu d'importance.

— Ne faudrait-il pas viser plus bas ? suggère-t-elle à ses amis. Ceux-ci sont des ténors qui me reçoivent par pure courtoisie envers vous — à l'évidence, mon cas ne les intéresse pas.

— Plus bas, vous trouverez des avocats qui travaillent seuls et n'ont pas la possibilité de quitter leur bureau pour aller traiter une affaire en province, surtout à Lucknow où tout est trois fois plus lent et plus compliqué que dans le reste du pays... S'ils sont honnêtes, ils vous le diront ; sinon, ils vous feront mille promesses, demanderont des avances, et, dans un an, vous en serez au même point.

— Alors, que faire ?

— Ne vous inquiétez pas, nous trouverons une solution, lâche Amélie d'un ton qui se veut réconfortant, mais où, pour la première fois, Zahr décèle une nuance de doute. Venez ce soir avec nous à la réception des Chandra, il y aura la « crème de la crème » du milieu des finances et de la politique. Nous rencontrerons certainement quelqu'un qui pourra vous aider.

Diamants et rubis brillent sur les peaux brunes. L'hiver est la saison des réceptions ; dans la fraîcheur des soirées, les femmes parées de leurs plus beaux saris virevoltent tels de somptueux oiseaux de paradis en égrenant leurs rires cristallins parmi les hommes en *kurtah* de soie blanche. Ici, nulle ségrégation : la haute société de Delhi semble avoir rejeté les coutumes séculaires, et ses élégantes ne dépareraient pas dans les salons du *jet-set* international. Du moins en apparence, car à la maison les traditions demeurent, et rares sont celles qui jouissent ne serait-ce que d'une parcelle des libertés de leurs sœurs occidentales.

Zahr les regarde, charmée par le spectacle, tout en constatant une fois de plus qu'elle n'a rien à leur dire. Après s'être enquises de ses enfants et de son mari, et s'être tues poliment quand elle leur a dit — tare suprême ! — n'en point avoir, la conversation, comme d'habitude, a tourné autour de Paris : quelle chance vous avez! Mais — et Zahr s'en félicite — sans plus étaler l'admiration inconditionnelle qu'elle rencontrait lors de ses premiers séjours en Inde. En vingt-cinq ans, le pays a beaucoup évolué et l'étranger, qui y fut longtemps traité en être supérieur, est désormais, par un retour de bâton compréhensible, souvent sous-estimé, parfois même méprisé, en tout cas parmi les classes aisées. Néanmoins, les formes sont si bien respectées qu'en général il ne s'en aperçoit pas... sauf lorsqu'on fait en sorte qu'il s'en aperçoive.

Zahr se souvient d'un de ses amis de la plus ancienne noblesse française qui effectuait un stage dans une banque de Bombay. Il y avait rencontré une jeune fille hindoue qu'il avait conviée à dîner. Quelques jours plus tard, les parents l'invitèrent chez eux. Au cours de la conversation, le père lui expliqua longuement le système des castes.

— Nous autres, bien sûr, sommes des brahmanes, précisa-t-il, nous ne faisons alliance avec aucune autre caste, car toutes nous sont inférieures.

Puis, regardant le jeune homme dans les yeux, il ajouta :

— Pour nous, les non-hindous et les étrangers en général font partie des intouchables.

Il mettait ainsi un point final à la relation du jeune Français avec sa fille, sans mesurer que de son côté la famille française n'aurait pas davantage apprécié un éventuel mariage!

Amélie s'est approchée en compagnie d'un homme mince aux tempes argentées, très distingué :

— Zahr, je vous présente Me Gupta, le meilleur avocat de Delhi. Je lui ai parlé de votre problème, il est prêt à vous aider.

L'homme s'est incliné en souriant :

— Qui pourrait résister à notre adorable Amélie? Ses désirs sont pour moi des ordres, et quand ses amies sont aussi charmantes, cela devient pour moi un plaisir.

— Attention, Zahr, Ranjan est aussi un bourreau des cœurs, réplique Amélie en s'éclipsant dans un éclat de rire.

Ils s'entretiennent quelques instants et Me Gupta propose à Zahr de venir le voir à son bureau dès le lendemain :

— Votre affaire ne me paraît pas si compliquée, mais il faut que vous m'apportiez tous vos papiers et que nous en discutions en détail. Je vous attends à seize heures. Dites à ma secrétaire que c'est moi qui vous ai donné personnellement rendez-vous, elle vous fera passer avant tout le monde.

Et, comme Zahr le remercie avec effusion :

— Ne me remerciez pas. En dehors même de mon amitié pour Amélie, votre cas m'intéresse pour de multiples raisons.

— C'est vraiment une chance de l'avoir rencontré ! commente Amélie dans la voiture qui les ramène à la maison. Avec lui, vous êtes sûre de gagner, il est connu pour n'avoir jamais perdu un procès. Il ne fera qu'une bouchée de votre frère !

— Il dit que mon affaire l'intéresse pour de multiples raisons ; je me demande ce que cela signifie... J'espère qu'il n'imagine pas que je possède les diamants des maharadjahs et que je pourrai le payer une fortune.

— Certainement pas. Il a pour clients les plus riches hommes d'affaires de Delhi et sait très bien que les anciens aristocrates n'ont pas le sou. Mais votre cas doit lui plaire par son aspect humain : se battre pour un jardin et quelques ruines, voilà qui doit lui paraître follement romanesque et le change de ses milliardaires ! Comme tous les avocats, il a un côté cabotin et je suis persuadée qu'il s'imagine déjà à la barre, faisant pleurer le tribunal...

Zahr s'est raidie :

— Il n'est pas question qu'il raconte ma vie, ce

serait ridicule! Il y a spoliation d'héritage : c'est seulement là-dessus que je lui demande de plaider.

— Comme vous êtes susceptible, ma chérie! Après tout, il n'y a aucun mal à ce que l'on parle de vous!

— Vous ne comprenez pas, Amélie : j'ai passé toute mon enfance à être un « cas extraordinaire » et j'ai longtemps eu l'impression que seul ce cas intéressait; que moi, je n'existais pas. Malgré cela, je me suis servie de ces plumes multicolores, elles me facilitaient les choses. Jusqu'à ce que je m'aperçoive qu'en réalité elles m'étouffaient. C'est pour tout le monde pareil : les facilités que nous nous donnons se révèlent tôt ou tard nos pires ennemies.

— Pourtant, vous m'avez dit qu'un jour vous écririez peut-être votre vie?

— Un jour, peut-être... si je suis assez forte, car, contrairement à ce que l'on pense, c'est un exercice qui exige une grande modestie, un vrai détachement de soi. Il faut être capable d'abandonner les multiples armures qui nous protègent et d'accepter par avance l'incompréhension et la critique; il faut savoir qu'en se mettant à nu, on risque fort de se faire déchiqueter. Certains sont assez sûrs d'eux-mêmes pour s'en moquer; moi, j'avoue que j'ai peur. Tout le monde pense que je suis courageuse parce que, reporter, j'ai défié le danger sur les champs de bataille. En fait, je suis une peureuse : j'ai l'impression que l'opinion des autres peut me tuer plus sûrement qu'une balle, car après une balle il n'y a plus rien, alors que le regard des autres vous met à mort indéfiniment...

— Et moi qui vous croyais si indépendante, si indifférente au jugement d'autrui!

— Je l'ai cru et, lorsque j'ai constaté ma faiblesse, j'en ai été mortifiée. Il m'a fallu longtemps pour réaliser que si le regard des autres revêtait pour moi autant d'importance, c'est qu'il m'avait jadis été essentiel. Si on n'avait pas aimé le bébé, puis, plus tard, la petite fille, pourquoi s'en serait-on chargé?

Pour moi l'opinion des autres fut, au sens strict, *vitale*. C'est une fragilité qu'aujourd'hui encore j'ai du mal à surmonter.

Situé en plein centre de New Delhi, près de la fameuse Connaught Place, le bureau de Me Gupta, tout de cuir fauve et d'acajou, a le luxe discret des meilleurs cabinets d'avocats de la City de Londres. Aux murs, des gravures anglaises du XIXe siècle représentant courses de chevaux et chasses à courre voisinent avec d'imposants bois de cerfs. Seule concession à l'exotisme, la magnifique peau de tigre qui recouvre le sol et, dans un coin, à l'intérieur d'une petite niche faiblement éclairée, un précieux Krishna de bronze.

Comme promis, Zahr n'a pas eu à attendre. A peine est-elle arrivée que, la faisant passer devant une demi-douzaine de clients, une efficace secrétaire l'a introduite directement chez le maître qui l'accueille chaleureusement :

— Soyez la bienvenue ! Une tasse de thé ? Sucre, lait ? Suraj, soyez gentille de nous apporter cela tout de suite, ainsi que les biscuits au gingembre qu'on m'a envoyés d'Écosse. Vous ne me passerez aucune communication téléphonique, je ne veux pas être dérangé. Prenez les messages et dites que je suis en rendez-vous à l'extérieur.

Étonnée, Zahr se demande ce qui lui vaut tant d'égards dans un pays où le téléphone est roi et où les rendez-vous d'affaires les plus sérieux sont constamment interrompus sans que le client songe à s'en formaliser.

— Allons, racontez-moi votre affaire. J'ai besoin de tous les détails, même ceux qui vous semblent dénués d'importance : on ne sait jamais, ils peuvent se révéler utiles. Et n'ayez crainte : l'avocat est comme le confesseur, il doit tout savoir, mais reste muet comme une tombe.

Et, se carrant dans son fauteuil, Me Gupta écoute Zahr, l'interrompant parfois d'une question, prenant quelques notes. L'entretien dure plus d'une heure, après quoi il hoche la tête :

— C'est bien ce que je pensais : légalement, vous avez tous les droits, mais, dans la réalité, étant femme et musulmane, vous n'avez aucune chance qu'on vous les reconnaisse.

Zahr est sur le point de lui rétorquer que, femme et hindoue, elle n'aurait pas davantage de chances, mais quelque chose lui souffle de s'abstenir. Elle se contente de répondre avec un grand sourire :

— C'est justement pour cela que j'ai recours à vous. Amélie jure que vous êtes le meilleur avocat de tout Delhi.

— Chère Amélie ! En tout cas, je vais tout faire pour vous aider. Laissez-moi vos papiers, je vais étudier l'affaire. D'ici une quinzaine de jours, je vous exposerai ma stratégie, et je pense que d'ici trois mois tout sera réglé. Pas de problème ?

— Non... ou plutôt si, un seul, murmure Zahr en rougissant. Je n'ai pas d'énormes moyens et j'aimerais avoir une idée de vos honoraires...

— Ne vous préoccupez pas de cela. Pour vous, je plaiderai gratis. Vous n'aurez qu'à payer les frais de procédure.

— C'est trop gentil, mais il n'y a aucune raison...

— Comprenez que je ne fais pas cela pour l'argent, mais par conviction. C'est ma contribution à la cause des musulmanes. Au-delà de votre cas particulier, j'entends faire le procès de l'exploitation éhontée des femmes par l'Islam.

C'était donc ça... Indignée, Zahr se redresse :

— Jusqu'en 1956, la loi hindoue était bien pire, que je sache, puisque la femme n'héritait de rien ! Et dans la pratique, vous savez fort bien que c'est moins une question de religion que de coutumes. Les statistiques montrent clairement que les hindoues sont aussi mal loties que les musulmanes.

— Eh bien, si vous êtes contente de votre sort, je ne vois pas pourquoi vous êtes venue me voir ! riposte Me Gupta avec la plus parfaite mauvaise foi.

— Je n'ai pas dit cela, et je n'ai pas dit non plus que les musulmanes sont bien traitées. Je dis que la plupart des femmes de ce pays sont maltraitées, et ce, quelle que soit leur religion : c'est un problème de société. Et je refuse que vous vous serviez de mon cas pour monter une machine de guerre contre l'Islam.

— Voyons, je ne vous dis pas comment rédiger vos articles, vous n'allez pas me dire comment plaider ! A vous de choisir : ou vous voulez récupérer votre jardin et j'emploie les arguments que je juge convaincants ; ou nous laissons tomber et vous cherchez un autre avocat. Mais je crains que vous n'ayez du mal à en trouver, car, à moins d'être payé des millions, quel avocat de valeur accepterait de perdre son temps pour une histoire de jardin ? Enfin, sachez que si vous changez d'avis, je reste à votre disposition.

Et c'est avec une parfaite courtoisie, démentie par un sourire ironique, que Me Gupta raccompagne Zahr jusqu'à la porte.

— Mais enfin, Zahr, il faudrait savoir ce que vous voulez ! Vous prétendez que ce jardin représente tout votre lien avec votre père et votre pays, et que vous tenez absolument à le récupérer. Il n'y a pas deux attitudes possibles : soit vous suivez les conseils des experts et laissez tomber les considérations politiques ; soit vous abandonnez, car si vous refusez toute concession, vous n'y arriverez jamais.

Amélie est indignée. En Me Gupta, elle avait trouvé la solution idéale au problème de son amie, et voici que cette sotte refuse sa chance au nom de principes moraux et de la solidarité avec sa soi-disant communauté.

— Vous vous dites musulmane, mais regardez-vous : vous n'avez rien à voir avec ces gens, vous êtes complètement française !

Que de fois Zahr ne s'est-elle pas trouvée confrontée à ce genre de réflexions ! Que de fois n'a-t-on voulu la forcer à se déterminer, française ou étrangère! A la réalité toujours complexe, la plupart des gens préfèrent les raisonnements à la Mickey Mouse selon lesquels tout ce qui n'est pas blanc est noir.

Elle se lève, elle n'a nulle envie de discuter, encore moins de se justifier : dans une Inde en proie à la fièvre antimusulmane, elle ne fournira pas d'armes contre les siens. Tant pis pour son jardin! Au regard des problèmes de survie auxquels sont confrontés des millions d'hommes et de femmes, ses problèmes d'identité lui semblent à présent dérisoires.

Les événements des jours suivants la confortent dans sa résolution. Le 6 janvier 1993, un mois jour pour jour après la destruction de la mosquée d'Ayodhya, Bombay s'enflamme à nouveau. Cette fois, les victimes sont une famille hindoue. Pendant six jours, encouragées par les chefs du mouvement extrémiste « Siv Shena », des bandes parcourent la ville, déferlant dans les quartiers pauvres, et, pour la première fois, dans ceux de la haute bourgeoisie, sur les hauteurs de la ville.

Quant au gouvernement local, il a perdu toute initiative, et les ministres passent leur temps à discutailler et à se rejeter mutuellement les responsabilités.

Ce n'est que le 13 janvier que la Force d'action rapide est enfin envoyée pour rétablir l'ordre. Mais cette semaine de cauchemar aura fait plus de cinq cents morts, des milliers de blessés, des dizaines de milliers de sans-abri, et aura ruiné le reste de confiance que les musulmans pouvaient encore avoir en leur gouvernement. Ceux-ci, qui jusqu'alors remettaient leur sort entre les mains des grands partis laïques, commencent à prêter l'oreille aux harangues enflammées de certains de leurs imams.

— Nos jeunes sont à bout. Si d'autres émeutes éclatent, nous ne pourrons plus les contrôler.

Saïd Ahmad est écrivain, natif de Bombay. Zahr et Amélie l'ont rencontré chez des voisins auprès desquels il s'est réfugié avec toute sa famille :

— J'ai fui dès les premiers incidents, je savais ce qui nous attendait. Déjà, voici un an, me promenant avec un livre de poèmes en urdu sous le bras, j'ai failli être lynché par un groupe de jeunes en robe safran. Depuis, j'en suis arrivé, à ma grande honte, à dissimuler mon identité. Nous sommes nombreux dans ce cas, pas forcément par peur d'un danger, mais par crainte d'une rebuffade, d'une insulte. On ne compte plus les femmes de la bourgeoisie musulmane qui, lorsqu'elles vont faire leurs courses, dissimulent leur appartenance religieuse, et les hommes d'affaires qui, pour obtenir une licence, ou lorsqu'ils s'adressent à l'administration, prennent des noms hindous.

Zahr a blêmi. Elle aussi, ces derniers jours...

C'était dans un bureau de poste. Lorsque l'employée lui a demandé son nom, instinctivement elle l'a articulé à la française afin d'en dissimuler l'origine musulmane. A peine l'a-t-elle eu prononcé que la honte l'a submergée : comment elle, qui partout défend la dignité des musulmans, a-t-elle pu agir ainsi ? Elle qui pourtant n'a rien à redouter, qui ne vit pas ici, n'est pas dépendante de maîtres hindous, ne court aucun danger puisqu'elle a l'air d'une étrangère, comment, par une simple intonation, a-t-elle pu renier ce pour quoi elle s'est toujours battue : l'honneur des siens, l'égalité entre tous les êtres humains ? Elle n'arrive pas à comprendre la réaction qui l'a poussée à se renier alors que rien ne la menaçait.

Rien, sinon le regard méprisant et dégoûté d'une employée.

C'est à ce mépris, lot quotidien de sa communauté, qu'elle a instinctivement tenté d'échapper en se désolidarisant des siens, alors qu'elle aurait dû...

Fermant les yeux, Zahr a concentré ses forces pour effectuer un tout petit saut en arrière et se retrouver avant ces quelques minutes absurdes qui n'auraient pas dû, qui n'ont pas pu exister... Fixant l'employée dans les yeux, elle lui assène fièrement son nom, la défiant en silence d'oser le moindre commentaire, la moindre expression désobligeante, mais l'idiote, qui n'a pas compris, esquisse un petit ricanement et, derrière sa main, chuchote deux mots à sa voisine. Alors, avec un calme meurtrier, Zahr lui ordonne de répéter, et, comme l'autre refuse, elle la prend par le bras et la traîne chez le directeur. Là, elle fait tout un scandale, dénonçant l'insupportable racisme visant les musulmans. Le directeur, effrayé, appelle ses plantons pour la flanquer dehors, mais elle résiste, exigeant des excuses. Finalement, la police arrive. Zahr hésite, puis décide de se lancer : elle ne laissera pas passer l'occasion, quoi qu'il puisse lui en coûter. Elle se débat, frappe un policier, tant et si bien qu'on l'arrête. Mais elle a pu faire prévenir ses collègues journalistes étrangers. En prison, pendant plusieurs jours, elle fait la grève de la faim, et, lors de l'audience où elle comparaît, pâle et émaciée, témoigne publiquement devant la presse réunie de la situation abominable faite aux siens, et...

... Elle n'a même pas osé dire son nom.

L'angoisse l'étreint. Ces derniers jours, elle a essayé d'oublier l'incident, et voilà que le témoignage de cet homme la remet face à sa lâcheté.

Se libérera-t-elle un jour de l'appréhension de déplaire ?

Elle s'est levée :

— Excusez-moi, je ne me sens pas bien.

— Ma pauvre Zahr, compatit Amélie, je comprends que ces injustices vous bouleversent, mais il ne sert à rien de vous mettre dans un état pareil. Soyez raisonnable, essayez d'oublier...

Oublier, c'est ce que tout le monde lui répète, mais elle en est incapable. En revanche, elle est capable de trahir !

La tête lui tourne, c'est à peine si elle entend

Mohandas lui annoncer qu'il a peut-être trouvé une solution pour son jardin... Son jardin! Ce combat lui apparaît soudain si futile : un combat destiné à affirmer une identité qu'à la moindre difficulté elle en vient à renier...

Persuadé qu'à tort ou à raison, l'équilibre de Zahr dépend de cette histoire de jardin, Mohandas a passé en revue les diverses possibilités et en a conclu que la seule valable consistait à confier l'affaire à un cabinet d'avocats international.

— Un cabinet londonien, par exemple, qui aurait un correspondant sur place, lequel s'occuperait de votre problème, lui explique-t-il.

— Mais si c'est pour engager un avocat local, pourquoi passer par un cabinet international ?

— Parce que ce n'est pas l'avocat, mais le cabinet londonien qui accepte ou refuse votre affaire, et que l'avocat local a, vis-à-vis de ce cabinet, une obligation d'honnêteté et d'efficacité. Il n'est pas simplement responsable devant un client auquel il peut raconter n'importe quoi, mais devant son employeur qui n'hésitera pas à le remercier s'il ne fait pas correctement son travail. Le seul problème, évidemment, c'est l'argent : ces cabinets internationaux se font payer extrêmement cher. Voulez-vous que je me renseigne ?

— S'il vous plaît, Mohandas, car il faut que je me décide au plus vite. Mon journal trouve qu'on a suffisamment parlé de l'Inde et me demande de rentrer. Ils ont grand besoin de leurs reporters : cela va mal partout !

Deux jours plus tard, Mohandas rentre du bureau, l'air soucieux :

— J'ai consulté plusieurs cabinets. A peu de chose près, ils pratiquent les mêmes tarifs, et je dois dire que je ne m'attendais pas à ce que ceux-ci soient aussi élevés !

— Combien ? interroge Zahr.

— Entre cinq et six cent mille francs, selon le

temps que cela prendra. D'après eux, deux à trois mois.

Comment réunir une telle somme ? Elle peut bien sûr vendre les firmans, les quelques bibelots et soieries anciennes qu'elle a réussi à racheter au fil des années comme autant de liens avec ses familles ottomane et indienne. Au fond, elle n'y tient plus tellement : elle a moins besoin de ces accessoires qui lui parlaient de ses origines. Elle commence à avoir envie d'un lieu limpide, dépouillé de ces souvenirs trop pesants, de ces liens aussi glorieux qu'étouffants. Mais, à supposer qu'elle puisse vendre le tout, elle arrivera à réunir au maximum le tiers de la somme demandée. Que faire ? La simple raison commanderait de renoncer. Mais elle sait qu'en la circonstance, il serait fou d'être raisonnable.

— C'est une somme énorme, insiste Mohandas qui a observé le trouble de Zahr, et surtout totalement disproportionnée à la valeur d'un jardin qui doit atteindre au grand maximum vingt mille francs ! Je le leur ai fait remarquer, mais ils m'ont rétorqué que, quelle que soit l'importance de la propriété contestée, pour eux le travail est le même.

— Allons, Zahr, tout cela est ridicule, laissez tomber ! conseille Amélie. D'autant plus que, si vous gagnez, votre frère vous rendra la vie impossible et vous ne pourrez jamais profiter de votre jardin.

Peut-être... Mais surtout, les semaines passant, elle constate qu'elle se détache de ce qui lui paraissait jusqu'alors essentiel. Le petit jardin calme qu'avait aimé Selma et que lui a offert son père, scellant ainsi leur réconciliation et son admission dans sa famille et sur la terre de ses ancêtres, ce jardin qui mit fin à une vie d'errance et, lien ombilical de terre et de sang avec un passé volé, l'enfanta en une seconde naissance, ce jardin était son havre, à la fois sa maison, sa famille, son pays. Dissipant ses doutes, il lui apportait l'extraordinaire sérénité de qui se sent reconnu et aimé. Pour la première fois elle goûtait l'évidence du bonheur. Elle aimait s'y étendre de tout son long, sentir ses vibrations chaudes parcourir son corps, en humer herbes et feuilles pour se l'approprier plus intimement; elle aurait voulu s'y enfouir, se lover dans sa terre brune, s'en nourrir, s'y fondre jusqu'à y disparaître pour renaître en milliers de fleurs et de fruits, de papillons et de bêtes à bon Dieu...

On ne le lui a pas permis; la guerre a ravagé son enclos d'herbes folles, la haine a piétiné les boutons-d'or et déchiré le ventre velouté de la terre. Son joli jardin n'est plus que lambeaux que l'on s'arrache. Il a perdu sa magie, il est mort à jamais.

La douleur de ces dernières semaines a été trop forte. A présent, Zahr ne ressent plus rien. Comme si, en elle, on avait arraché le cœur qui s'était remis à battre.

Pourtant, elle ne peut pas abandonner! Elle doit lutter contre la tentation de démission, lutter pour pouvoir continuer à se regarder en face.

Cela, elle est prête à le payer aussi cher qu'il le faudra.

Et, soudain, la solution lui paraît évidente : elle vendra son studio de Montmartre et prendra une location, comme tout le monde.

Avec un sourire narquois, elle entend déjà ses proches s'indigner : « Tu n'as rien derrière toi, pas de famille pour t'aider; si tu tombes malade, si tu perds ton travail, qu'arrivera-t-il? Cet appartement représente ta seule sécurité! »

Elle écoutera poliment, mais s'abstiendra de discuter. Car comment leur faire comprendre que la sécurité dont ils parlent est illusoire, que la seule sécurité c'est d'être en paix avec soi-même, que tout le reste en découle? Comment leur expliquer, si la vie ne le leur a pas appris, que la véritable force vient de l'assurance que l'on a d'être un humain, libre à chaque instant de choisir sa voie entre une infinité de possibles?

Bien que le gouvernement prétende avoir désormais la situation en main, des milliers de musulmans continuent de quitter les villes ravagées par les émeutes. Bombay, en particulier, voit ses quartiers musulmans se vider, surtout depuis que son principal leader hindou, Bal Thackeray, comparant les musulmans aux Juifs de l'Allemagne nazie, a appelé à « les foutre dehors ».

Demain 26 janvier c'est la fête nationale. L'imam de la grande mosquée de Delhi, Ahmed Bukhari, a demandé aux fidèles de la boycotter, leur enjoignant de hisser, à la place du drapeau indien, les drapeaux noirs du deuil. Un défi dont les extrémistes hindous ont aussitôt pris argument pour accuser la communauté musulmane de trahison. La tension monte ; on s'attend à de nouvelles violences.

Pour tenter de parer au danger, des groupes d'intellectuels et d'artistes, toutes religions confondues, se sont formés. Dénonçant publiquement leurs dirigeants politiques qui, au lieu de calmer les passions, les enflamment, ils se sont répandus dans les quartiers populaires afin de persuader les musulmans des risques qu'ils courraient à suivre les instructions de leur imam.

Zahr a rejoint sa belle-sœur à Kanpour, l'une des villes les plus affectées par les émeutes de décembre. Comme d'habitude, Subashini et ses amis se sont dépensés sans compter pour exhorter la population à ne plus se laisser manipuler.

— Les gens comprennent qu'ils n'ont rien à gagner à s'étriper entre pauvres. Ils savent que c'est leur voisin, hindou ou musulman, qui peut les aider, et non les politiques qui ne se soucient d'eux que tous les cinq ans, à la veille des élections ! Hélas, la plupart du temps, il suffit d'une provocation pour qu'ils oublient et se lancent tête baissée dans la bataille. Ce soir, j'ai l'impression que nous les avons convaincus, mais on ne sait jamais : demain, si flottent ne serait-ce que quelques drapeaux noirs sur les quartiers musulmans, cela peut tourner au drame !

Le lendemain, on n'aperçoit pas un seul drapeau noir dans le ciel de Kanpour, mais des milliers de drapeaux indiens. Sur les toits de carton et de tôle ondulée des bidonvilles, sur les terrasses des maisons bourgeoises, partout ils fleurissent, proclamant haut et fort que, malgré les malentendus et les horreurs de ces derniers mois, les musulmans restent avant tout des citoyens indiens.

Et ce n'est pas seulement à Kanpour ; toute la matinée, le téléphone sonnera pour annoncer l'incroyable nouvelle : dans l'Inde entière, au-dessus des quartiers musulmans, des millions de petits drapeaux vert-blanc-safran se dressent dans le vent, comme autant de mains tendues dans un geste de réconciliation et d'espoir, un acte de foi dans l'avenir commun.

Subashini est radieuse :

— Je n'imaginais pas une telle maturité chez notre population musulmane ! Quelques semaines seulement après les massacres, avoir le cran d'affirmer sa solidarité avec une majorité qui a laissé faire et avec un gouvernement qui s'est montré incapable de les protéger !

— N'est-ce pas plutôt la peur d'autres attaques qui les incite à agir ainsi ? observe Zahr, sceptique.

— Vraisemblablement, mais au moins comprennent-ils que leur meilleure protection est dans une politique de coopération avec les modérés, non dans l'affrontement préconisé par certains de leurs chefs. Nous avons décidé de battre le fer tant qu'il est chaud : nous allons organiser des manifestations qui frappent les imaginations. Le comité de solidarité de Bombay prépare déjà pour le 15 février une chaîne humaine rassemblant hindous, musulmans, chrétiens, parsis, bouddhistes, une chaîne qui entourera toute la ville.

— C'est du folklore ! proteste Zahr. Croyez-vous que c'est ce qui va les consoler de leurs morts ou empêcher qu'il y en ait d'autres ?

— Non, mais folklore ou pas, les symboles ont

leur efficacité. J'ai promis d'y aller et de prêter main-forte M'accompagnerez-vous ?

— Peut-être... si le nouvel avocat qui s'occupe de mon jardin n'a pas besoin de me voir.

— Ah, bien sûr, votre jardin... » Subashini s'est mise à rire. « Et c'est vous qui osez me dire que les symboles n'ont pas d'importance ! »

Ce 15 février 1993, Bombay, la plus trépidante métropole de l'Inde, est paralysée par une chaîne humaine qui s'étend de l'extrême sud de la ville aux lointains faubourgs du nord en passant par les quartiers chics de Malabar Hills, de Marine Drive et de Cuffe Parade. Sur une longueur de quelque quarante kilomètres, des hommes et des femmes de tous âges et de toutes conditions se tiennent par la main : mères de famille en sari accompagnées d'enfants rieurs, étudiantes en jean, aux longs cheveux flottant sur les épaules, bureaucrates en complet-veston, bourgeoises élégantes dans leur tenue décontractée, petits vendeurs des rues au crâne rasé et aux pieds nus, commerçants à l'air important, portefaix au torse luisant, les hanches enveloppées d'un *longui*, employés de l'administration arborant cravate et chemise blanche immaculée, porteuses de pierres, le sari drapé haut sur leurs jambes robustes, vieillards qu'un souffle de vent semble sur le point de renverser mais qui ont mis leur point d'honneur à être présents ; on remarque même, çà et là, quelques femmes en *burkah*... Et puis, tous les enfants des écoles en uniforme gris ou bleu marine, petites filles aux nattes huilées, garçonnets cravatés, et les stars de cinéma que l'on se montre tout excité : le grand Amita Batcham, Shabana Azmi, Razzia, ainsi que toute une pléiade de messieurs à lunettes, écrivains, professeurs, artistes — des gens considérables, à n'en pas douter.

C'est une foule grave qui défile autour de la ville en scandant des slogans d'unité et de paix. Une foule consciente que le destin du pays, celui de chaque famille est en train de se jouer, qu'il est entre les mains de chacun et que seul l'acceptation de l'autre pourra sauver l'exceptionnelle mosaïque de races et de religions qui compose la société indienne.

Pendant des heures, Zahr marchera entre un adolescent au regard ardent qui, en trois minutes, lui aura raconté son passé, son présent et l'avenir qu'il ambitionne, et le vieil homme frêle, vêtu du *kurtah choridar* traditionnel, qui, tout à l'heure, s'est avancé vers elle et l'a prise par la main en souriant. Du coin de l'œil, Zahr observe le visage aux traits fins, illuminé d'une joie paisible, elle voudrait bien savoir si ce sage est hindou ou musulman. Question indécente dans un rassemblement fraternel où les différences sont censées n'avoir plus d'importance. Elle en a un peu honte et se persuade que ce n'est, de sa part, que banale curiosité...

— Comment t'appelles-tu, Baba [1] ? finit-elle par demander.

Le vieil homme la regarde malicieusement.

— Tu me demandes mon nom pour connaître ma religion, n'est-ce pas ? Qu'est-ce que ça peut faire ? Que tu sois chrétienne ou animiste, moi, ça m'est égal. Tu manifestes avec nous, c'est ce qui compte, car cela me prouve que tu es un être humain ouvert aux autres. Et pourtant... » Il la dévisage attentivement. « Pourtant, tu t'accroches encore à des détails dont tu sais fort bien qu'ils n'ont aucune importance, tu continues à vouloir limiter, classer, tout en sachant que c'est ta vie que, ce faisant, tu limites. De quoi donc as-tu peur ? »

Le soleil s'est reflété dans ses prunelles et elle a eu l'impression qu'il ne la voyait plus. Le regard tourné en lui-même, il s'est mis à fredonner une lente mélopée.

1. Littéralement : papa, mais par extension terme de respect envers un homme âgé.

Zahr se laisse envahir par la douceur de ce chant. Au bout d'une longue route, elle comprend peu à peu que son identité si passionnément recherchée ne tient ni à un nom que, sitôt recouvré, elle s'est empressée d'abandonner, ni à un titre dont, par sens de l'équité, elle a refusé de se servir ; elle ne dépend pas non plus d'un statut social — ses allées et venues du haut en bas de l'échelle lui ont appris à n'en prendre aucun au sérieux —, ni même d'une famille — elle en a tant eu et tant perdu qu'elle sait combien, réelles ou adoptives, elles sont toutes à la fois merveilleuses et terribles. S'identifier à un pays ? Malgré ses efforts, elle n'y a pas réussi. Car elle est de partout et de nulle part — elle le sent et on le lui fait sentir. Quant à la religion, même si elle se dit musulmane par morale politique à une époque où l'Islam est si décrié, elle ne s'identifie à aucune, convaincue qu'elles ne sont que des chemins différents vers une même Réalité. En revanche, elle a longtemps cru trouver sa raison d'être dans le combat politique et a soutenu toutes les luttes du tiers monde, mais, comme les idéalistes de sa génération, c'est là qu'elle a connu ses plus cruelles déceptions.

En fait, malchance ou chance extraordinaire, tout ce en quoi Zahr a essayé de se reconnaître au cours de sa vie s'est dérobé, soit qu'elle ait été rejetée, soit qu'elle-même ne soit pas arrivée à y croire. Jusqu'à ce qu'elle admette que toutes ces formes d'adhésion ne sont que des béquilles qui aident à vivre, mais plus encore entravent ; jusqu'à ce qu'elle comprenne que l'identité profonde c'est tout simplement d'être un humain ouvert au monde, en union avec ce qui nous entoure. Que nous sommes tous issus de la même matrice, une étape entre la pierre et l'Esprit, une parcelle d'infini, une partie de l'Un qui est en chacun de nous.

En regardant autour d'elle ces hommes et ces femmes qui se tiennent par la main et chantent leur unité, elle a la certitude que c'est la seule lutte valable : la lutte pour la dignité, le respect de l'autre, et qu'être un homme, c'est d'abord faire en sorte que chacun ait la possibilité matérielle et morale de le devenir à part entière.

Il lui apparaît enfin clairement que son jardin n'est qu'un prétexte mais qu'il lui est nécessaire, car, à travers lui, elle se bat pour la justice et la dignité. Et que c'est dans ce combat qu'on forge son humanité.

Le soleil tourbillonne dans le ciel, la ronde autour de la ville s'est accélérée, les enfants rient, la foule chante, fervente, enivrée par sa propre générosité. Zahr a fermé les yeux et savoure ce moment de bonheur. Elle sait qu'il est temporaire, que demain surviendront d'autres drames. Mais elle sait aussi que, très loin des crispations délétères sur « ce que je suis » et « ce que tu n'es pas », elle vit là des minutes de vérité qu'il lui faut goûter intensément pour ne pas les oublier.

Il est des souvenirs à cultiver comme des fleurs rares, comme des joyaux, des pierres de vie qui, chaque fois qu'on les regarde, redonnent espoir et force.

ÉPILOGUE

Trois mois plus tard, Zahr a gagné son procès. La bataille a été plus rude que prévu. Les deux parties y ont englouti toutes leurs munitions et se sont retrouvées exsangues.

Le jour où elle a eu entre les mains l'acte de propriété de son jardin, cette fois avec tous les timbres et paraphes requis, elle s'est rendue chez le notaire pour en faire donation à ses nièces. Mohandas et Amélie lui ont servi de témoins.

Depuis lors, un mois s'est écoulé et personne ne l'a revue, ni à Lucknow ni à Badalpour, pas plus qu'à Delhi, Bombay ou Kanpour.

Inquiets, ses amis ont téléphoné à Paris; elle n'était pas rentrée chez elle et son journal n'avait aucune nouvelle.

On a fini par mettre la police sur l'affaire. Sans résultat.

Elle a disparu sans laisser de traces.

Aurait-elle été tuée par les hommes de main de son frère, ivre de rage d'avoir perdu le procès et de s'être en partie ruiné?

Aurait-elle été assassinée par des extrémistes musulmans qui la tenaient pour une dangereuse moderniste, susceptible de semer le trouble dans l'esprit de leurs femmes?

Ou abattue par les extrémistes hindous dont la

stratégie repose sur le cliché du musulman réactionnaire, incapable de s'adapter au monde actuel, et qui n'entendent surtout pas qu'on prouve le contraire?

... Ou bien, à présent qu'elle s'est libérée de ses fantômes, Zahr serait-elle simplement partie vers d'autres horizons, légère, enfin prête à danser sa vie?

Je tiens à remercier mon éditeur Claude Durand sans lequel je ne me serais sans doute jamais décidée à écrire ce livre. Je remercie aussi pour sa patience à revoir mes épreuves Hélène Guillaume, ainsi que Christine de Grandmaison, et tous les amis qui m'ont soutenue de leur affection et de leurs conseils : Ishtar, Eglal, Manuela, Asma, Ghislaine, Tulay, et Claude.

DU MÊME AUTEUR

De la part de la princesse morte, Robert Laffont, 1987, et
  Livre de Poche n° 6565, Grand Prix des Lectrices de *Elle*
  1988.

Composition réalisée par EURONUMÉRIQUE

Archevé d'imprimer en Europe (Allemagne)
par Elsnerdruck à Berlin
Librairie Générale Française - 43, quai de Grenelle - 75015 Paris.
Dépôt légal Édit. 2653-05/2000
ISBN : 2-253-14866-0